CB030304

Emma

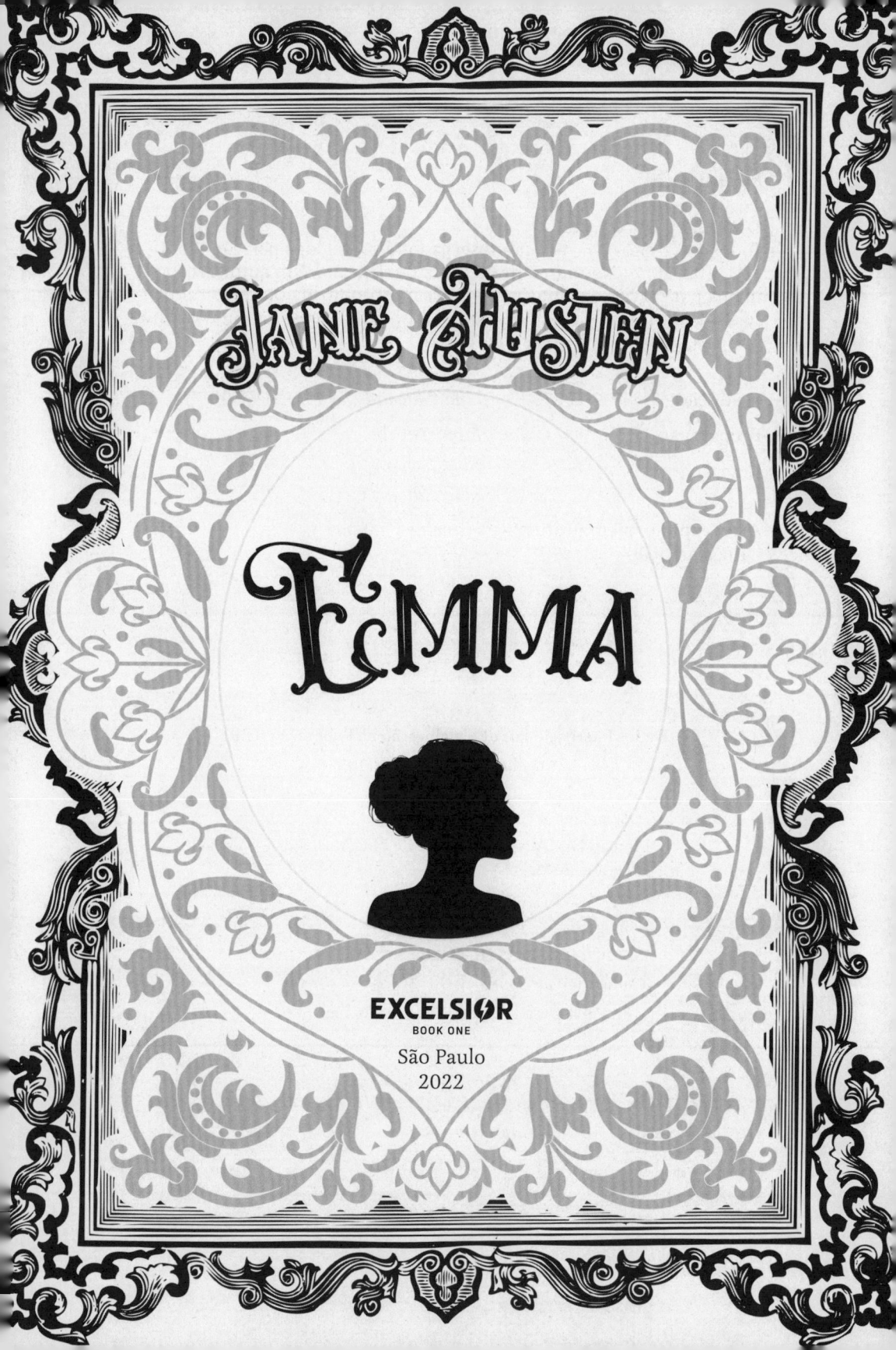

Jane Austen

Emma

EXCELSIOR
BOOK ONE

São Paulo
2022

Emma (1815)

© 2022 by Book One
Todos os direitos de tradução reservados e protegidos pela Lei 9.610 de 19/02/1998. Nenhuma parte desta publicação, sem autorização prévia por escrito da editora, poderá ser reproduzida ou transmitida sejam quais forem os meios empregados: eletrônicos, mecânicos, fotográficos, gravação ou quaisquer outros.

Tradução	*Lina Machado*
Preparação	*Tainá Fabrin*
Revisão	*Rhamyra Toledo* *Raíca Augusto*
Arte, capa, projeto gráfico e diagramação	*Francine C. Silva*

Dados Internacionais de Catalogação na Publicação (CIP)
Angélica Ilacqua CRB-8/7057

A95e — Austen, Jane, 1775-1817

Emma / Jane Austen; tradução de Lina Machado. – São Paulo: Excelsior, 2022.

464 p.

Bibliografia

ISBN 978-65-87435-91-6

Título original: *Emma*

1. Ficção inglesa I. Título II. Machado, Lina

22-3846 — CDD 823

TIPOGRAFIA — ADOBE DEVANAGARI

IMPRESSÃO — IPSIS

VOLUME I

Capítulo 1

Emma Woodhouse, bela, inteligente e rica, com um lar confortável e de disposição feliz, parecia reunir algumas das melhores bênçãos da existência; e vivera quase vinte e um anos no mundo com muito pouco para afligi-la ou irritá-la.

Era a mais jovem de duas filhas de um pai muito afetuoso e indulgente, e, devido ao casamento de sua irmã, tornou-se senhora da casa do pai muito cedo. A mãe morrera há tempo demais para que tivesse mais do que uma vaga lembrança de suas carícias, e o lugar fora ocupado por uma excelente preceptora, que, pelo pouco afeto, ficava longe de ser uma mãe.

Há dezesseis anos a srta. Taylor fazia parte da família do sr. Woodhouse, menos como governanta do que como amiga, muito afeiçoada às duas filhas, mas em particular a Emma. Entre *elas* havia mais a intimidade de irmãs. Mesmo antes de a srta. Taylor deixar de exercer o cargo nominal de preceptora, a brandura de seu temperamento mal lhe havia permitido impor qualquer restrição; e, com a sombra da autoridade já há muito desaparecida, viviam juntas como amigas, e amigas bastante apegadas mutuamente, com Emma fazendo exatamente o que queria; estimando muito o julgamento da srta. Taylor, mas guiada principalmente pelo próprio.

Na realidade, os verdadeiros males da situação de Emma eram o poder de ter sua vontade atendida demais e uma inclinação a pensar um tanto bem demais de si mesma; essas eram as desvantagens que ameaçavam prejudicar seus vários contentamentos. Entretanto, o perigo passava tão despercebido no momento, que não lhe parecia, de maneira alguma, um infortúnio.

A tristeza surgiu — uma tristeza branda —, mas não sob a forma de qualquer consciência desagradável. A srta. Taylor se casou. Foi a perda da srta. Taylor que primeiro lhe trouxe a tristeza. E foi no dia do casamento dessa amiga amada que Emma primeiramente considerou com pesar qualquer permanência. Terminado o casamento, os noivos tendo partido, ela e o pai haviam sido deixados para jantar juntos, sem a perspectiva de um terceiro para alegrar uma longa noite. O pai preparou-se para dormir depois do jantar, como sempre, e só restou a ela sentar e pensar no que havia perdido.

O evento prometia toda a felicidade para sua amiga. O sr. Weston era um homem de caráter irrepreensível, boa fortuna, idade adequada e modos agradáveis; e havia alguma satisfação em considerar com que abnegada e generosa amizade ela sempre desejara e promovera a união; porém, foi o ofício de uma manhã sombria. A falta da srta. Taylor seria sentida a cada hora de cada dia. Emma recordou-se da bondade dela — dos dezesseis anos de bondade e afeto —, de como a srta. Taylor a ensinara e brincara com ela desde os cinco anos —, de como devotara todas as forças para cativá-la e diverti-la na saúde; de como cuidara dela durante as várias enfermidades da infância. Tinha uma grande dívida de gratidão para com ela; mas a relação dos últimos sete anos, a igualdade e a perfeita falta de reservas que surgiram logo após o casamento de Isabella, ao serem deixadas uma com a outra, era uma lembrança ainda mais querida e terna. Ela havia sido uma amiga e companheira como poucas possuíam: inteligente, bem informada, útil, gentil, conhecedora de todos os costumes da família, interessada em todas as suas preocupações e peculiarmente interessada em Emma, em todos os prazeres e em todos os planos dela — alguém para quem ela poderia contar cada pensamento conforme surgisse e que tinha por ela um afeto tal que nunca lhe enxergava defeitos.

Como suportaria a mudança? Era verdade que sua amiga estava se mudando para apenas oitocentos metros de distância; mas Emma sabia que seria grande a diferença entre uma sra. Weston, a apenas oitocentos metros, e uma srta. Taylor dentro de casa; e, com todas as suas vantagens, naturais e domésticas, Emma agora corria um grande perigo de sofrer de solidão intelectual. Amava profundamente o pai, mas ele não era um companheiro adequado para ela. Não era capaz de acompanhá-la em uma conversa séria ou brincalhona.

O mal da verdadeira disparidade de idade entre eles (e o sr. Woodhouse não se casara cedo) aumentava muito devido à constituição e hábitos dele; por ter sido um valetudinário a vida toda, sem atividade mental ou física, era um homem muito mais velho em maneiras do que em anos; e embora fosse estimado em todos os lugares pela afabilidade de seu coração e por seu temperamento amável, seus talentos não o teriam recomendado em momento algum.

A irmã, em comparação, embora pouco afastada pelo matrimônio, estando estabelecida em Londres, a apenas 25 quilômetros de distância, estava muito além de seu alcance diário; e muitas longas noites de outubro e novembro teriam de ser suportadas em Hartfield antes que o Natal trouxesse a próxima visita de Isabella, seu marido e seus filhos pequenos, para encher a casa e lhe proporcionar companhia agradável novamente.

Highbury, o grande e populoso vilarejo, quase uma pequena cidade, ao qual Hartfield na verdade pertencia, apesar de seu relvado, canteiros de arbustos e nome separados, não lhe proporcionava alguém que fosse seu igual. Os Woodhouse eram os primeiros em importância lá. Todos os respeitavam. Emma tinha muitos conhecidos no local, pois o pai era cortês com todos, mas ninguém entre eles poderia ser aceito no lugar da srta. Taylor nem por meio dia. Era uma mudança melancólica; e Emma não pôde deixar de suspirar e desejar coisas impossíveis, até que o pai acordasse e tornasse necessário estar alegre. O ânimo dele exigia cuidados. Era um homem nervoso, se deprimia com facilidade; era apegado a todos a quem estava acostumado e odiava separar-se deles; odiava mudanças de todo tipo. O matrimônio, sendo causa de mudanças, sempre era desagradável; e ele ainda não estava, de maneira alguma, conformado com o casamento da própria filha, nem conseguia falar dela sem ser com compaixão, embora a união tivesse se dado inteiramente por afeto, e agora era obrigado a se separar também da srta. Taylor; e por seus hábitos de gentil egoísmo e de nunca conseguir supor que outras pessoas pudessem ter opiniões diferentes das dele, estava muito disposto a pensar que a srta. Taylor havia feito algo tão ruim para si mesma como para eles e que ela poderia ser muito mais feliz se passasse o resto de sua vida em Hartfield. Emma sorriu e conversou com tanta animação quanto pôde para mantê-lo afastado de tais pensamentos;

mas quando o chá foi servido, era impossível para ele não dizer exatamente o que dissera no jantar.

— Pobre senhorita Taylor! Gostaria que ela estivesse aqui de novo. Que pena que o senhor Weston alguma vez pensou nela!

— Não posso concordar, papai; sabe que não posso. O senhor Weston é um homem tão bem-humorado, agradável e excelente, que realmente merece uma boa esposa. E o senhor não iria querer que a senhorita Taylor morasse conosco para sempre e suportasse todos os meus humores estranhos, quando ela poderia ter a própria casa, não é?

— A própria casa! Mas onde está a vantagem de ter a própria casa? Essa é três vezes maior. E você nunca tem humores estranhos, minha querida.

— Quantas vezes iremos visitá-los, e eles virão nos visitar! Vamos viver sempre nos encontrando! *Nós* devemos começar; devemos fazer a visita aos noivos muito em breve.

— Minha querida, como vou para tão longe? Randalls está a uma grande distância. Não conseguiria andar nem a metade.

— Não, papai, ninguém pensou que o senhor fosse andando. Iremos na carruagem, com certeza.

— A carruagem! Mas James não vai gostar de preparar os cavalos para uma distância tão curta; e onde ficarão os pobres cavalos enquanto fizermos nossa visita?

— Ficarão no estábulo do senhor Weston, papai. Sabe que já resolvemos tudo isso. Conversamos sobre o assunto com o senhor Weston na noite passada. E, quanto a James, tenha certeza de que ele sempre ficará satisfeito de ir até Randalls, porque a filha é empregada lá. Só duvido que ele nos leve a outro lugar. Isso foi obra sua, papai. O senhor conseguiu esse bom emprego para Hannah. Ninguém havia pensado nela até que a mencionou, e James lhe é tão grato!

— Fico muito feliz por ter pensado nela. Foi muita sorte, pois não gostaria que o pobre James se considerasse menosprezado por qualquer motivo; e tenho certeza de que ela será uma empregada muito boa; é uma moça educada, de fala bonita. Eu tenho uma ótima opinião sobre ela. Sempre que a vejo, ela me faz uma mesura e me pergunta como estou, de uma maneira muito delicada; e quando você a trazia aqui para bordar, observei que ela sempre trancava a porta da maneira certa e nunca a batia. Tenho certeza de que ela será uma excelente empregada; e será um grande conforto para a pobre senhorita Taylor ter alguém com quem está acostumada. Sempre que James for ver a filha, sabe, ela vai receber notícias de nós. Ele poderá lhe contar como nós estamos.

Emma não poupou esforços para manter esse fluxo mais feliz de ideias e esperava que, com a ajuda do gamão, o pai passasse a noite toda de modo tolerável e que ela não fosse atacada por nenhum arrependimento além dos próprios. A mesa de gamão foi preparada, mas um visitante entrou logo depois e a tornou desnecessária.

O sr. Knightley, um homem sensato de 37 ou 38 anos, não era apenas um amigo muito antigo e íntimo da família, mas também era especialmente ligado a eles por ser irmão mais velho do marido de Isabella. Ele morava a cerca de um quilômetro e meio de Highbury, era um visitante frequente e sempre bem-vindo, e nesse momento era mais bem-vindo do que de costume, visto que vinha direto da casa de seus parentes mútuos em Londres. Retornara a tempo de um jantar tardio, após alguns dias de ausência, e então se encaminhou para Hartfield para dizer que todos estavam bem em Brunswick Square. Foi uma circunstância feliz e animou o sr. Woodhouse por algum tempo. O sr. Knightley tinha modos alegres que sempre lhe faziam bem; e as muitas perguntas sobre a "pobre Isabella" e seus filhos foram respondidas do modo mais satisfatório. Quando acabou, o sr. Woodhouse observou, com gratidão:

— É muito gentil de sua parte, senhor Knightley, vir nos visitar tão tarde. Receio que deve ter sido uma caminhada terrível.

— Nem um pouco, senhor. É uma bela noite de luar, e tão quente que preciso me afastar de sua grande lareira.

— Mas deve estar muito úmida e enlameada. Espero que não se resfrie.

— Enlameada, senhor! Olhe meus sapatos. Não têm nenhuma mancha.

— Bem! Isso é muito surpreendente, pois tivemos muita chuva por aqui. Choveu terrivelmente forte por meia hora, enquanto tomávamos o desjejum. Quis que adiassem o casamento.

— A propósito, não lhes desejei felicidade. Sabendo muito bem que tipo de alegria os dois devem estar sentindo, não tive pressa em dar minhas felicitações; mas espero que tudo tenha corrido razoavelmente bem. Como todos se comportaram? Quem chorou mais?

— Ah! Pobre senhorita Taylor! É uma situação triste.

— Pobre senhor e senhorita Woodhouse, se me permite dizer; mas não posso dizer "pobre senhorita Taylor". Tenho grande consideração pelo senhor e por Emma; mas quando se trata de dependência ou independência! De qualquer modo, deve ser melhor ter apenas um para agradar do que dois.

— Especialmente quando *um* dos dois é uma criatura tão caprichosa e difícil! — Disse Emma, de brincadeira. — É isso que está pensando, eu sei, e o que certamente diria se meu pai não estivesse por perto.

— Creio que seja a verdade, minha querida, de fato — respondeu o sr. Woodhouse, com um suspiro. — Receio que, às vezes, sou muito caprichoso e difícil.

— Querido papai! Não acha que eu me referia ao *senhor*, ou supõe que o senhor Knightley o fizesse. Que ideia horrível! Ah, não! Falava apenas de mim mesma. O senhor Knightley adora me criticar, como sabe; de brincadeira, é tudo uma brincadeira. Sempre falamos o que queremos um para o outro.

De fato, o sr. Knightley era uma das poucas pessoas que conseguia ver defeitos em Emma Woodhouse, e o único que já os havia apontado para ela; e, embora isso não fosse particularmente agradável para a própria Emma, ela sabia que seria tão menos agradável para seu pai, que não queria que ele suspeitasse, de maneira alguma, que ela não era considerada perfeita por todos.

— Emma sabe que nunca a elogio — respondeu o sr. Knightley —, mas não quis censurar ninguém. A senhorita Taylor costumava ter duas pessoas para agradar, agora terá apenas uma. As chances são de que ela deva estar no lucro.

— Bem, deseja saber do casamento — disse Emma, disposta a deixar passar —; e ficarei feliz em dizer ao senhor, pois todos nós nos comportamos de maneira encantadora. Todos foram pontuais, todos com suas melhores roupas, nenhuma lágrima, quase nenhum semblante fechado à vista. Não, todos sabíamos que estaríamos separados por apenas oitocentos metros e tínhamos certeza de que nos encontraríamos todos os dias.

— A querida Emma suporta tudo tão bem — disse o pai. — Mas, senhor Knightley, ela realmente lamenta muito ter perdido a pobre senhorita Taylor, e tenho certeza de que sentirá mais falta dela do que pensa.

Emma virou o rosto, dividida entre lágrimas e sorrisos.

— É impossível que Emma não sinta falta de tal companheira — disse o sr. Knightley. — Não gostaríamos dela tanto quanto gostamos, senhor, se pudéssemos supor tal coisa; mas ela sabe como o casamento é vantajoso para a senhorita Taylor; ela sabe o quão aceitável é, na idade da senhorita Taylor, se estabelecer na própria casa, e como é importante para ela estar segura de uma renda confortável, e, por isso, não pode se permitir sentir tanta tristeza como contentamento. Todos os amigos da senhorita Taylor devem estar contentes por ela ter se casado tão bem.

— Esqueceu-se de um motivo de alegria para mim — disse Emma —, e um motivo muito considerável: eu mesma arranjei o casamento. Arranjei o casamento, sabe, quatro anos atrás; e vê-lo acontecer e ter a prova de que estava certa, quando tantas pessoas disseram que o senhor Weston nunca mais se casaria, irá me consolar por qualquer coisa.

O sr. Knightley meneou a cabeça para ela. Seu pai respondeu afetuosamente:

— Ah! Minha querida, gostaria que não arranjasse casamentos nem predissesse coisas, pois tudo o que diz sempre acontece. Por favor, não faça mais isso.

— Prometo não arranjar nenhum para mim, papai; mas devo, de fato, para as outras pessoas. É a maior diversão do mundo! E, depois de tamanho sucesso, o senhor sabe! Todos disseram que o senhor Weston jamais se casaria de novo. Ora, não! O senhor Weston, viúvo há tanto tempo, e que parecia tão perfeitamente confortável sem uma esposa, tão ocupado com seus negócios na cidade ou entre seus amigos aqui, sempre bem-vindo aonde quer que fosse, sempre alegre; o senhor Weston não precisava passar uma única noite do ano sozinho, se não quisesse. Ah, não! O senhor Weston com certeza nunca mais se casaria. Algumas pessoas até falavam de uma promessa feita à esposa em seu leito de morte, e outras que o filho e o tio não permitiam. Todo tipo de tolice solene foi dito sobre o assunto, mas eu não acreditei em nenhuma. Desde o dia, cerca de quatro anos atrás, em que a senhorita Taylor e eu nos encontramos com ele na Broadway Lane, e ele, porque começou a garoar, saiu correndo com tanta gentileza e pegou emprestados dois guarda-chuvas para nós com o fazendeiro Mitchell, tomei minha decisão quanto ao assunto. Planejei a união a partir daquele momento; e quando tal sucesso me abençoou neste caso, querido papai, não pode pensar que vou deixar de bancar a casamenteira.

— Não entendo o que quer dizer com "sucesso" — disse o sr. Knightley. — Sucesso pressupõe empenho. Seu tempo foi gasto de modo adequado e elegante, se tem se esforçado pelos últimos quatro anos para realizar este casamento. Emprego digno para a mente de uma jovem dama! Mas se, como imagino, ter arranjado o casamento, como o chama, significa apenas tê-lo planejado, ter dito a si mesma em um dia de ócio: "Acho que seria muito bom para a senhorita Taylor se o senhor Weston se casasse com ela", e repetir isso para si mesma de vez em quando, por que fala de sucesso? Onde está o seu mérito? Do que se orgulha? Fez uma previsão correta; e *isso* é tudo o que pode afirmar.

— Nunca conheceu o prazer e o triunfo de um palpite certo? Tenho pena do senhor. Pensei que fosse mais inteligente, pois, pode ter certeza, um palpite certo nunca é apenas sorte. Há sempre algum talento envolvido. E quanto à minha pobre palavra "sucesso", a qual questiona, não creio que não a mereça de todo. Descreveu duas belas situações; mas creio que pode haver uma terceira, algo entre fazer nada e fazer tudo. Se eu não tivesse promovido as visitas do senhor Weston aqui, dado muitos pequenos incentivos e suavizado muitas pequenas questões, poderia não ter dado em nada, afinal. Creio que conheça Hartfield o suficiente para compreender isso.

— Um homem franco e de coração aberto como Weston, e uma mulher racional e sem afetação como a senhorita Taylor, podem muito bem cuidar de seus próprios interesses. É mais provável que tenha feito mal a si mesma do que bem a eles, com sua interferência.

— Emma nunca pensa em si mesma, se pode fazer o bem aos outros — respondeu o sr. Woodhouse, entendendo apenas em parte. — Mas, minha querida, por favor, não arranje mais casamentos; são coisas bobas e rompem severamente o círculo familiar de uma pessoa.

— Só mais um, papai; apenas para o senhor Elton. Pobre senhor Elton! O senhor gosta dele, papai; devo procurar uma esposa para ele. Não há ninguém em Highbury que o mereça; e ele está aqui há um ano inteiro, e arrumou sua casa com tanto conforto, que seria uma pena tê-lo solteiro por mais tempo; e pensei, quando ele estava unindo suas mãos hoje, que parecia muito que ele gostaria que alguém lhe fizesse o mesmo tipo de belo serviço! Penso muito bem do senhor Elton, e esta é a única maneira que tenho de prestar-lhe um serviço.

— O senhor Elton é um jovem muito bem-apessoado, com certeza, e um homem muito bom; tenho grande consideração por ele. Mas se quiser ser atenciosa com ele, minha querida, peça que venha jantar conosco algum dia. Será muito melhor. Ouso dizer que o senhor Knightley terá a gentileza de vir também.

— Com muito prazer, senhor, a qualquer momento —, confirmou o sr. Knightley, rindo —, e concordo plenamente com o senhor, que será muito melhor. Convide-o para jantar, Emma, e sirva-lhe o melhor peixe e frango, mas deixe-o escolher a própria esposa. Tenha certeza, um homem de 26 ou 27 anos pode cuidar de si mesmo.

Capítulo 2

O sr. Weston era natural de Highbury, de uma família respeitável, que nas duas ou três gerações anteriores se elevou na sociedade e acumulou bens. Ele recebera uma boa educação, mas, tendo obtido muito cedo uma relativa independência, perdeu a inclinação para qualquer uma das ocupações mais caseiras nas quais seus irmãos estavam envolvidos, e satisfez uma mente ativa e animada e um temperamento sociável entrando na milícia de seu condado, que então servia em tempo integral.

O capitão Weston era em geral um dos favoritos; e quando os acasos de sua vida militar o apresentaram à srta. Churchill, de uma importante família de Yorkshire, e a srta. Churchill se apaixonou por ele, ninguém ficou surpreso, exceto pelo irmão e pela cunhada dela, que nunca o haviam visto, que eram cheios de orgulho e importância e a quem a união ofenderia.

A srta. Churchill, porém, sendo maior de idade e tendo total controle de sua fortuna — embora sua fortuna não fizesse diferença nos bens da família —, não foi dissuadida do casamento, que se realizou, para a eterna mortificação do sr. e da sra. Churchill, que, com o devido decoro, cortaram relações com ela. Era uma conexão imprópria e não gerou muita felicidade. A sra. Weston deveria ter sido mais feliz nela, pois tinha um marido cujo coração afetuoso e temperamento doce a levava a pensar que ela merecia tudo, em troca da grande bondade de amá-lo; mas embora ela tivesse uma espécie de espírito, ela não tinha o melhor de todos. Era obstinada o bastante para seguir a própria vontade à revelia do irmão, mas não o suficiente para se abster de remorsos absurdos diante da raiva absurda daquele irmão, e nem para não sentir falta dos luxos de sua antiga casa. Eles viviam além de suas rendas, mas ainda não era nada comparado a Enscombe; ela não deixou de amar o marido, mas queria, ao mesmo tempo, ser a esposa do capitão Weston e a srta. Churchill de Enscombe.

Provou-se que o capitão Weston, que todos, em especial os Churchill, consideravam ter feito uma união extraordinária, recebera o pior da barganha; pois quando a esposa faleceu, após três anos de casamento, era um homem mais pobre do que antes e tinha um filho para criar. Entretanto, foi logo aliviado das despesas com a criança. O menino foi, com o atenuante acréscimo de uma doença prolongada da mãe, o meio de reconciliação; e o sr. e a sra. Churchill, que não tinham filhos, nem outra jovem criatura de igual parentesco a quem amar, se ofereceram para assumir todos os cuidados do pequeno Frank pouco depois que ela faleceu. O pai viúvo deve ter sentido alguns escrúpulos e alguma relutância, mas, como foram superados por outras considerações, a criança foi entregue aos cuidados e à riqueza dos Churchill, e ele tinha apenas o próprio conforto para buscar e a própria situação para melhorar o quanto pudesse.

Uma mudança completa de vida tornou-se desejável. Abandonou a milícia e entrou no comércio, tendo irmãos já bem estabelecidos em Londres, o que lhe proporcionou um começo favorável. Era algo que lhe dava somente ocupação suficiente. Ele ainda mantinha uma pequena casa em Highbury, onde passava a maior parte de seus dias de lazer; e, entre a ocupação útil e os prazeres da sociedade, os dezoito ou vinte anos seguintes de sua vida transcorreram com alegria. Havia, então, alcançado uma boa fortuna — capaz de garantir a compra de uma pequena propriedade adjacente a Highbury, que ele sempre desejara —, suficiente para se casar com uma mulher tão sem posses como a srta. Taylor e viver conforme os desejos de sua própria disposição amigável e sociável.

Já fazia algum tempo que a srta. Taylor começara a influenciar seus planos; mas como não era a influência tirânica da juventude sobre a juventude, não abalou sua determinação de nunca se estabelecer até que pudesse comprar Randalls, e a venda de Randalls era há muito esperada; mas ele prosseguira com persistência, com esses objetivos em vista, até que os realizou. Ele fez sua fortuna, comprou sua casa e conseguiu sua esposa; e estava iniciando um novo período da existência, com toda probabilidade de maior felicidade do que em qualquer outro já transcorrido. Nunca foi um homem infeliz; seu próprio temperamento o protegeu disso, mesmo durante o primeiro casamento; mas o segundo lhe mostraria como uma mulher sensata e afável de verdade era encantadora e lhe daria a mais agradável prova de que é muito melhor escolher do que ser escolhido, despertar gratidão do que senti-la.

Ele tinha apenas a si mesmo para agradar com sua escolha; sua fortuna lhe pertencia, pois estava mais do que implícito que Frank estava sendo criado como herdeiro do tio. A adoção havia se tornado tão declarada a ponto de o rapaz assumir o sobrenome Churchill ao completar a maioridade. Era muito improvável, portanto, que algum dia desejasse a assistência do pai. O pai não temia isso. A tia era uma mulher caprichosa e governava o marido por completo; mas não era da natureza do sr. Weston imaginar que qualquer capricho pudesse ser forte o suficiente para afetar alguém tão querido e, conforme acreditava, tão merecidamente querido. Via o filho todos os anos em Londres e se orgulhava dele; e seu carinhoso relato de que era um jovem muito bom também fez Highbury sentir uma espécie de orgulho dele. Era considerado que pertencia o suficiente ao lugar para fazer de seus méritos e suas perspectivas uma espécie de preocupação comum.

O sr. Frank Churchill era um dos orgulhos de Highbury, e uma grande curiosidade por vê-lo predominava, embora o elogio fosse tão pouco retribuído que nunca havia estado lá em sua vida. Sua visita ao pai era sempre comentada, mas nunca concretizada.

Agora, por ocasião do casamento do pai, era da consideração geral, como uma atenção mais que apropriada, que a visita deveria ocorrer. Não houve uma voz dissidente sobre o assunto, nem quando a sra. Perry tomou chá com a sra. e a srta. Bates, ou quando a sra. e a srta. Bates retribuíram a visita. Agora era a hora de o sr. Frank Churchill visitá-los; e a esperança fortaleceu-se quando se soube que havia escrito para a nova mãe à ocasião. Por alguns dias, todas as visitas matinais em Highbury incluíam alguma menção à bela carta que a sra. Weston recebera. "Suponho que já ouviram falar da bela carta que o sr. Frank Churchill escreveu para a sra. Weston. Soube que foi uma carta realmente muito bem escrita. O sr. Woodhouse me contou sobre isso. O sr. Woodhouse viu a carta e disse que nunca viu uma carta tão elegante na vida".

Era, de fato, uma carta muito preciosa. A sra. Weston, é claro, havia formado uma opinião muito favorável sobre o jovem; e uma atenção tão agradável era prova irresistível de seu grande bom senso e um acréscimo muito bem-vindo a todas as fontes e expressões de felicitações que o casamento já havia obtido. Ela se sentia uma mulher muito afortunada e vivera o suficiente para saber como podia ser considerada com sorte, quando seu único pesar era a separação parcial de amigos cuja amizade por ela nunca esfriou e que mal suportavam separar-se dela.

Ela sabia que, às vezes, sua falta seria sentida; e não conseguia imaginar, sem tristeza, Emma perdendo um único prazer, ou sofrendo uma hora de tédio, pela falta de sua companhia; mas a querida Emma não tinha um caráter frágil, estava mais à altura de sua posição do que a maioria das garotas estaria, e tinha bom senso, energia e espírito, que, podia-se esperar, a ampaurariam bem e a manteriam feliz em meio às suas pequenas dificuldades e privações. E havia tamanho conforto na curta distância entre Randalls e Hartfield, tão adequada até mesmo para solitárias caminhadas femininas e na disposição e nas circunstâncias do sr. Weston, que não tornaria a estação que se aproximava um obstáculo para passarem metade das tardes da semana juntas.

Sua situação era, de modo geral, objeto de horas de gratidão para a sra. Weston, e apenas alguns momentos de pesar; e sua satisfação — mais do que satisfação, seu alegre deleite —, era tão justa e aparente que Emma, mesmo conhecendo bem o pai, às vezes ficava surpresa por ele ainda ser capaz de sentir pena da "pobre srta. Taylor", quando a deixavam em Randalls, em meio a todos os confortos domésticos, ou a via partir à noite acompanhada por seu agradável marido para uma carruagem própria. Ela nunca ia embora sem que o sr. Woodhouse soltasse um suave suspiro e dissesse:

— Ah, pobre senhorita Taylor! Ela ficaria tão feliz em ficar.

Não havia como recuperar a srta. Taylor, nem muita probabilidade de parar de sentir pena dela; mas algumas semanas trouxeram algum alívio para o sr. Woodhouse. As felicitações dos vizinhos cessaram; ele não era mais provocado pelos votos de alegria por um acontecimento tão doloroso; e o bolo de casamento, que havia sido um grande tormento para ele, havia sido comido por completo. Seu próprio estômago não suportava nada forte, e ele nunca conseguiu acreditar que outras pessoas fossem diferentes de si. Aquilo que lhe era prejudicial ele considerava impróprio para qualquer um; e, portanto, tentara, com insistência, dissuadi-los de ter um bolo de casamento, e, quando isso se provou em vão, tentara, com igual fervor, evitar que qualquer um o comesse. Ele teve o trabalho de consultar o sr. Perry, o boticário, sobre o assunto. O sr. Perry era um homem inteligente e cavalheiresco, cujas visitas frequentes eram um dos confortos da vida do sr. Woodhouse; e, ao ser consultado, não pôde deixar de reconhecer (embora parecesse bastante contra sua inclinação) que bolo de casamento certamente poderia fazer mal a muitos, talvez a maioria das pessoas, a menos que fosse comido com moderação. Com tal opinião confirmando a própria ideia, o sr. Woodhouse esperava influenciar todos os convidados dos recém-casados; mas, ainda assim, o bolo foi comido, e não houve descanso para seus nervos benevolentes até que se acabasse com ele.

Havia um estranho rumor em Highbury de que todos os pequenos Perry haviam sido vistos com uma fatia do bolo de casamento da sra. Weston, mas o sr. Woodhouse não podia acreditar nisso.

CAPÍTULO 3

O sr. Woodhouse gostava de companhia à sua maneira. Gostava muito que seus amigos viessem vê-lo; e, por várias causas unidas, sua longa residência em Hartfield, e sua boa índole, sua fortuna, sua casa e sua filha, ele podia organizar as visitas de seu pequeno círculo, em grande medida, como gostaria. Ele não tinha muitas relações com nenhuma família fora desse círculo; seu horror a ficar fora até tarde e a grandes jantares tornavam-no inadequado para qualquer amizade, a não ser aquelas dispostas a visitá-lo em seus próprios termos. Felizmente para ele, Highbury, incluindo Randalls na mesma paróquia, e a abadia de Donwell, na paróquia adjacente, a residência do sr. Knightley, compreendia muitas delas. Não raro, persuadido por Emma, ele recebia alguns dos escolhidos e os melhores para jantar; mas sarau era o que preferia, e, a menos que em algum momento se sentisse indisposto a receber companhia, dificilmente havia uma noite na semana em que Emma não pudesse preparar uma mesa de jogo para ele.

Uma consideração real e duradoura unia os Weston e o sr. Knightley; e o sr. Elton, um jovem que não apreciava viver sozinho, com o privilégio de trocar qualquer noite livre com a própria solidão vazia pelas elegâncias e pela companhia na sala de visitas do sr. Woodhouse, e pelos sorrisos de sua adorável filha, não corria nenhum risco de ser desperdiçado.

Depois desses, havia um segundo grupo; entre as mais acessíveis estavam a sra. e a srta. Bates e a sra. Goddard, três damas quase sempre disponíveis a um convite de Hartfield e que eram buscadas e levadas para casa com tanta frequência que o sr. Woodhouse não considerava nenhum sofrimento nem para James nem para os cavalos. Se acontecesse apenas uma vez por ano, teria sido um terrível incômodo.

A sra. Bates, a viúva de um antigo vigário de Highbury, era uma senhora muito velha, quase além de tudo, exceto de tomar chá e dançar *quadrille*. Vivia com a filha solteira de uma maneira muito simples e tinha toda a consideração e o respeito que uma velha senhora inofensiva, em circunstâncias tão adversas, pode despertar. Sua filha gozava de um grau de popularidade incomum para uma mulher que não era jovem, nem bonita, nem rica e nem casada. A srta. Bates enfrentava a pior situação do mundo por ter grande favor público, e não tinha superioridade intelectual para redimi-la ou para inspirar temor naqueles que pudessem detestá-la, de modo que demonstrassem respeito, ainda que falso. Ela nunca possuíra beleza nem inteligência. Sua juventude passara sem distinção, e sua meia-idade era dedicada a cuidar de uma mãe adoentada e ao esforço de fazer uma pequena renda durar o máximo possível. E, no entanto, era uma mulher feliz e a quem ninguém mencionava sem boa vontade. Eram sua boa vontade generalizada e seu temperamento contente que operavam tais maravilhas. Ela amava a todos, se interessava pela felicidade de todos, estava alerta para os méritos de todos; considerava-se uma criatura muito afortunada e cercada de bênçãos por uma mãe tão excelente, além de tantos bons vizinhos e amigos, e um lar no qual nada faltava. A simplicidade e jovialidade de sua natureza, seu espírito contente e grato, eram uma recomendação para todos e uma mina de felicidade para ela. Ela era grande conversadora de assuntos fáceis, o que combinava com perfeição com o sr. Woodhouse, cheia de comunicações triviais e fofocas inofensivas.

A sra. Goddard era dona de uma Escola — não de um seminário, ou estabelecimento, ou qualquer coisa que professasse, em longas frases de refinado absurdo, combinar educação liberal com elegante moralidade, sobre novos princípios e novos sistemas, onde jovens senhoras, por uma taxa considerável podiam ser afastadas da saúde para a vaidade, mas de um verdadeiro, honesto e antiquado internato, no qual uma quantidade razoável de talentos era vendida a um preço razoável, e onde as meninas podiam ser enviadas para ficar fora do caminho e obter um pouco de educação, sem qualquer perigo de voltar como prodígios. A escola da sra. Goddard era muito conceituada, e bem merecidamente, pois Highbury era considerado um local bastante saudável; ela possuía uma casa e um jardim amplos, alimentava as crianças com bastante comida saudável, deixava-as correr muito no verão e, no inverno, tratava suas frieiras com as próprias mãos. Não era de se admirar que uma fila dupla de vinte jovens andasse agora atrás dela rumo à igreja. Era uma mulher simples e maternal, que havia trabalhado muito na juventude e agora considerava que tinha direito ao ocasional descanso de uma visita para o chá; e, tendo antes devido muito à bondade do sr. Woodhouse, sentia que ele tinha direito particular de pedir a ela que deixasse sua bela sala de estar, enfeitada com bordados elegantes, sempre que pudesse, e ganhasse ou perdesse alguns xelins ao lado da lareira.

Essas eram as senhoras que Emma, com frequência, conseguia reunir; e ficava satisfeita de ser capaz de fazê-lo, pelo pai; embora, para ela mesma, não fosse um remédio para a ausência da sra. Weston. Ficava encantada ao ver que o pai parecia confortável e muito satisfeita consigo mesma por planejar as coisas tão bem; mas a prosa quieta das três mulheres a fazia sentir que cada noite assim passada era, de fato, uma das longas noites que antecipara com temor.

Certa manhã, enquanto antevia exatamente esse fim para o dia, chegou um bilhete da sra. Goddard, solicitando, nos termos mais respeitosos, permissão para trazer a srta. Smith com ela; um pedido muito bem-vindo, pois a srta. Smith era uma moça de dezessete anos, que Emma conhecia muito bem de vista e que há muito tempo lhe despertara o interesse por sua beleza. Retornou um convite muito gentil, e a noite não era mais temida pela bela senhora da mansão.

Harriet Smith era a filha natural de alguém. Alguém a havia colocado na escola da sra. Goddard e alguém a elevara da condição de estudante à de inquilina. Isso era tudo que se sabia de sua história. Não tinha amigos conhecidos, exceto os conquistados em Highbury, e agora acabara de voltar do campo, depois de uma longa visita a algumas jovens que haviam estudado lá com ela.

Era uma moça muito bonita, e sua beleza era do tipo que Emma mais admirava. Era baixa, rechonchuda e clara, de compleição rosada, olhos azuis, cabelos claros, feições regulares e um ar de grande doçura, e, antes do final da noite, Emma estava tão satisfeita com suas maneiras como com sua pessoa, e bastante determinada a continuar a ter contato com ela.

Na conversa com a srta. Smith, ela não ficou impressionada com nada de notável em sua inteligência mas a achou, no geral, envolvente; não era tímida a ponto de ser inconveniente, nem relutava em falar, e, ainda assim, estava longe de ser intrometida, demonstrando tão apropriada e agradável deferência, parecendo tão agradavelmente grata por ter sido recebida em Hartfield, e impressionada de modo tão ingênuo com a aparência de todas as coisas em um estilo tão superior ao que estava acostumada, a ponto de ter bom senso e merecer encorajamento. As relações que já havia estabelecido eram indignas dela. Os amigos de quem acabara de se separar, embora fossem pessoas muito boas, deviam estar lhe prejudicando. Eram uma família de nome Martin, a quem Emma conhecia bem de reputação, por alugar uma grande fazenda do sr. Knightley e residir na paróquia de Donwell — com muita honra, ela acreditava. Emma sabia que o sr. Knightley os tinha em alta conta; mas eles deviam ser rudes e sem refinamento, além de muito inadequados para serem íntimos de uma moça a quem faltava apenas um pouco mais de conhecimento e elegância para ser perfeita. Emma a notaria, a melhoraria, a separaria das más relações e a introduziria na boa sociedade; formaria suas opiniões e seus modos. Seria um empreendimento interessante e decerto muito gentil, bastante apropriado a sua própria situação na vida, seu tempo livre e seus talentos.

Esteve tão ocupada em admirar aqueles suaves olhos azuis, em conversar e escutar e em planejar todos esses esquemas entre uma coisa e outra, que a noite voou em um ritmo muito incomum; e a mesa da ceia, que sempre fechava essas reuniões e para a qual costumava se sentar e esperar a hora certa, já estava arrumada, pronta e colocada próxima ao fogo, antes que se desse conta. Com uma vivacidade além do impulso comum de um espírito que ainda não era indiferente ao crédito de fazer todas as coisas bem e com atenção, com a verdadeira boa vontade de uma mente encantada com as próprias ideias, ela fez, então, todas as honras da refeição, servindo e recomendando o frango picadinho e as ostras gratinadas, com uma urgência que sabia ser aceitável para os horários adiantados e os escrúpulos educados de suas convidadas.

Em tais ocasiões, os sentimentos do pobre sr. Woodhouse tratavam infeliz conflito. Ele adorava ver a toalha posta, porque havia sido a moda de sua juventude, mas sua convicção de que jantares eram muito prejudiciais o deixava descontente ao ver qualquer coisa servida sobre ela; e enquanto sua hospitalidade desse tudo às suas convidadas com prazer, sua preocupação com a saúde delas o fazia lamentar que comessem.

Uma pequena tigela de mingau ralo como a sua era tudo o que ele seria capaz de recomendar, com total autoaprovação, embora pudesse se restringir, enquanto as senhoras, confortáveis, se serviam das coisas mais agradáveis, a dizer:

— Senhora Bates, permita-me propor que experimente um desses ovos. Um ovo cozido bem mole não é prejudicial. Serle cozinha um ovo como ninguém. Não recomendaria um ovo cozido por mais ninguém; não precisa temer, são bem pequenos, vê, um de nossos pequenos ovos não lhe fará mal. Senhorita Bates, permita que Emma a sirva *um pouco* de torta, apenas um pouquinho. As nossas são todas tortas de maçã. Não precisa se preocupar com conservas prejudiciais. Não recomendo o creme. Senhora Goddard, gostaria de dividir um copo de vinho? *Meio* copo pequeno em um copo-d'água? Creio que não lhe faria mal.

Emma permitia que seu pai falasse, mas servia suas visitas de maneira muito mais adequada e, naquela noite, sentiu especial prazer em mandá-las embora felizes. A felicidade da srta. Smith correspondia perfeitamente às suas intenções. A srta. Woodhouse era uma figura tão importante em Highbury que a perspectiva da apresentação causou tanto pânico quanto prazer; mas a moça humilde e grata partiu com sentimentos bastante satisfatórios, encantada com a afabilidade com que a srta. Woodhouse a tratara durante toda a noite, e ainda apertou sua mão no final!

Capítulo 4

A intimidade de Harriet Smith em Hartfield logo era coisa consolidada. Rápida e decidida em suas maneiras, Emma não perdeu tempo em convidá-la, encorajá-la e em pedir que viesse com frequência; conforme sua amizade aumentava, aumentava também a satisfação mútua. Emma logo anteviu como ela poderia ser útil como companheira de caminhada. Nesse aspecto, a perda da sra. Weston foi grande. Seu pai nunca ia além dos canteiros de arbustos, onde duas divisões no terreno eram suficientes para uma caminhada longa ou curta, conforme o ano variava; e, desde o casamento da sra. Weston, o exercício de Emma havia sido muito limitado. Uma vez, ela aventurou-se a ir sozinha até Randalls, mas não foi agradável; e Harriet Smith, por isso, a quem ela poderia chamar a qualquer momento para uma caminhada, seria um valioso acréscimo aos seus privilégios. Mas, em todo caso, quanto melhor Emma a conhecia, mais a aprovava e tinha mais certeza de todos os seus bondosos projetos.

Harriet, sem dúvida, não era inteligente, mas tinha um temperamento meigo, dócil e grato, era totalmente livre de vaidades e só desejava ser guiada por qualquer pessoa a quem admirasse. Seu apego inicial a Emma foi muito amável; e sua inclinação para a boa companhia e capacidade de apreciar o que era elegante e inteligente indicava que não havia falta de bom gosto, embora força de entendimento não devesse ser esperada. No geral, estava bastante convencida de que Harriet Smith era exatamente a jovem amiga que desejava, exatamente o que sua casa precisava. Uma amiga como a sra. Weston estava fora de questão. Duas assim nunca poderiam lhe ser concedidas. Duas assim ela não queria. Era algo bem diferente, um sentimento distinto e independente. A sra. Weston era objeto de uma consideração que se baseava na gratidão e na estima. Harriet seria amada como alguém a quem poderia ser útil. Pela sra. Weston, não havia nada a ser feito; por Harriet, tudo.

Suas primeiras tentativas de ser útil consistiram no esforço de descobrir quem eram os pais da moça, mas a própria Harriet não sabia. Estava pronta para dizer tudo que estivesse ao seu alcance, mas sobre esse assunto as perguntas eram em vão. Emma foi obrigada a imaginar o que desejava, mas jamais poderia acreditar que na mesma situação *ela* não teria descoberto a verdade. Harriet não tinha discernimento. Ficara satisfeita em ouvir e acreditar exatamente no que a sra. Goddard decidira lhe dizer; e não pesquisou mais.

A sra. Goddard, os professores, as meninas e os negócios da escola em geral formavam grande parte da conversa, como era de se esperar, e não fosse sua amizade com os Martin da Fazenda do Moinho da Abadia, formariam tudo. Entretanto, os Martin ocupavam muito seus pensamentos; ela havia passado dois meses muito felizes com eles e, agora, adorava falar sobre os prazeres de sua visita e descrever os muitos confortos e as maravilhas do lugar. Emma encorajava sua tagarelice, divertindo-se com tal imagem de outro grupo de pessoas, e apreciando a simplicidade juvenil com a qual conseguia falar, com tanta satisfação, sobre a sra. Martin ter "*duas* salas, duas salas muito boas, de fato; uma delas tão grande quanto a sala de visitas da sra. Goddard; e uma empregada que vivera vinte e cinco anos com ela; e oito vacas, duas da raça Alderney, e uma vaquinha galesa, uma vaca galesa muito bonita, de fato; e já que a sra. Martin disse que gostava tanto dela, aquela seria *sua* vaca; e um belo caramanchão em seu jardim, onde, em algum dia no ano seguinte, todos tomariam chá; um belo caramanchão, grande o suficiente para abrigar uma dúzia de pessoas".

Por algum tempo, Emma divertiu-se, sem pensar além da causa imediata; mas, à medida que passou a entender melhor a família, outros sentimentos surgiram. Ela tinha entendido errado, imaginando que eram uma mãe e filha, um filho e sua esposa, que moravam todos juntos; porém, quando pareceu que o sr. Martin, que desempenhava um papel na narrativa e sempre era mencionado com aprovação por sua grande boa vontade ao fazer uma coisa ou outra, era um homem solteiro, que não havia nenhuma jovem sra. Martin, nenhuma esposa, no caso, Emma suspeitou que sua pobre amiga corria perigo com toda essa hospitalidade e gentileza e que, se não tivesse cuidado, poderia ser levada a afundar-se para sempre.

Com essa noção inspiradora, suas perguntas aumentaram em número e significado; em especial, incentivou Harriet a falar mais sobre o sr. Martin, e, era evidente, não havia aversão a isso. Harriet estava disposta a falar sobre a participação que ele tivera nas caminhadas ao luar e nos alegres jogos noturnos; e enfatizou muito como ele era bem-humorado e prestativo. Certo dia, ele dera uma volta de cinco quilômetros para trazer-lhe algumas nozes, porque ela dissera que gostava muito delas, e que em tudo o mais ele era muito amável. Levou o filho de seu pastor para a sala de estar uma noite com o propósito de cantar para ela. Ela gostava muito de canções. Ele mesmo cantava um pouco. Ela acreditava que ele era muito inteligente e sabia tudo. Ele tinha um rebanho muito bom e, enquanto estivera com eles, recebeu mais ofertas por sua lã do que qualquer outro na região. Ela acreditava que todos falavam bem dele. Sua mãe e irmãs gostavam muito dele. A sra. Martin lhe dissera um dia (e ela corou ao dizer isso) que era impossível para qualquer um ser um filho melhor e que, portanto, tinha certeza de que, quando ele se casasse, seria um bom marido. Não que ela *quisesse* que o filho se casasse. Não tinha pressa alguma.

"Muito bem, sra. Martin!" pensou Emma. "A senhora sabe o que está fazendo".

— E quando ela foi embora, a senhora Martin teve a gentileza de mandar para a senhora Goddard um belo ganso, o melhor ganso que a senhora Goddard já tinha visto. A senhora Goddard o preparou em um domingo e convidou todas as três professoras, a senhorita Nash, a senhorita Prince e a senhorita Richardson, para jantar com ela.

— Imagino que o senhor Martin não seja um homem de conhecimentos fora de sua área de negócios? Ele lê?

— Ah, sim! Quero dizer, não... Eu não sei... Mas acredito que ele já tenha lido muito. Mas nada que a senhorita consideraria importante. Ele lê os Relatórios Agrícolas e alguns outros livros que estão em um dos assentos debaixo da janela, mas lê todos eles para si mesmo. Porém, algumas vezes, antes de jogarmos cartas, ele lia parte dos *Elegant Extracts*, era muito interessante. E sei que ele leu *The Vicar of Wakefield*. Ele nunca leu *The Romance of the Forest*, nem *The Children of the Abbey*. Nunca tinha ouvido falar desses livros antes de eu mencioná-los, mas agora está determinado a obtê-los o mais rápido que puder.

A pergunta seguinte foi:

— Que tipo de homem é o senhor Martin?

— Ah! Não é bonito, nem um pouco bonito. Eu o considerei muito sem graça no início, mas não o considero sem graça agora. Não dá para pensar assim, sabe, depois de um tempo. Mas nunca o viu? Ele vem a Highbury de vez em quando e, com certeza, atravessa o lugar toda semana a caminho de Kingston. Passou pela senhorita muitas vezes.

— Pode ser, e posso tê-lo visto umas cinquenta vezes, mas sem fazer ideia de seu nome. Um jovem fazendeiro, seja a cavalo ou a pé, é o último tipo de pessoa a despertar minha curiosidade. Os pequenos fazendeiros são o exato tipo de pessoas com as quais sinto que não tenho nada em comum. Um ou dois graus abaixo e uma aparência digna de crédito podem me interessar; posso esperar ser útil para suas famílias de uma maneira ou de outra. Contudo, um fazendeiro não precisa de nenhuma ajuda minha e está, portanto, em certo sentido, tão acima da minha percepção como abaixo dela também.

— Com certeza. Sim! Não é provável que tenha reparado nele; mas ele a conhece muito bem, de fato, quero dizer, de vista.

— Não tenho dúvidas de que é um jovem muito respeitável. Sei, de fato, que o é e, como tal, desejo-lhe o melhor. Qual imagina ser a idade dele?

— Ele completou 24 anos no dia 8 de junho passado, e meu aniversário é no dia 23, apenas uma quinzena e um dia de diferença, o que é muito estranho.

— Apenas 24 anos. Muito jovem para se estabelecer na vida. A mãe dele tem toda razão em não ter pressa. Parece que estão muito confortáveis do modo como estão, e se ela se esforçasse para casá-lo, é provável que se arrependesse. Daqui a seis anos, se ele conhecer uma boa moça da mesma classe que ele, com algum dinheiro, seria muito positivo.

— Daqui a seis anos! Cara senhorita Woodhouse, ele teria trinta anos!

— Bem, isso é tão cedo quanto a maioria dos homens pode se dar ao luxo de casar, se não nasceram com alguma independência. O senhor Martin, suponho, ainda tem de conquistar sua fortuna, não pode antecipar o mundo. Qualquer dinheiro que tenha recebido quando seu pai faleceu, qualquer que seja sua parte na propriedade da família, ouso dizer que está toda investida, toda aplicada em seu rebanho, e por aí vai; e embora, com esmero e boa sorte, ele possa, com o tempo, ser rico, é quase impossível que tenha conseguido qualquer coisa ainda.

— Com certeza, é isso mesmo. Mas eles vivem com muito conforto. Não têm um criado de dentro de casa, fora isso não lhes falta nada; e a senhora Martin fala em conseguir um garoto no próximo ano.

— Não quero que se envolva em encrencas, Harriet, quando quer que ele se case; quero dizer, quanto a conhecer sua esposa, pois, embora as irmãs, por conta de uma educação superior, não sejam de se opor por completo, isso não quer dizer que ele deva se casar com qualquer pessoa digna de sua atenção. O infortúnio de seu nascimento deve torná-la ainda mais cuidadosa sobre com quem se associa. Não há dúvida de que é filha de um cavalheiro, e deve sustentar sua reivindicação a essa posição de todo modo que estiver ao seu alcance, ou haverá muitas pessoas que teriam prazer em degradá-la.

— Sim, com certeza, suponho que sim. Mas enquanto frequento Hartfield e é tão gentil comigo, senhorita Woodhouse, não tenho medo do que qualquer pessoa possa fazer.

— Entende a força da influência muito bem, Harriet; mas gostaria que se estabelecesse tão bem na boa sociedade a ponto de ser independente até de Hartfield e da senhorita Woodhouse. Quero vê-la bem conectada de maneira duradoura, e, para esse fim, é aconselhável ter o mínimo de relações estranhas; e, portanto, declaro que, se ainda estiver nessa região quando o senhor Martin se casar, gostaria que não fosse atraída, por sua intimidade com as irmãs, a ser íntima da esposa, que provavelmente será apenas a filha sem educação de algum fazendeiro.

— Com certeza. É claro. Não que eu pense que o senhor Martin algum dia se case com alguém que não teve alguma educação e que não tenha sido muito bem criada. No entanto, não pretendo opor minha opinião à sua e tenho certeza de que não desejarei conhecer a esposa dele. Sempre terei grande consideração pelas senhoritas Martin, especialmente por Elizabeth, e lamentaria muito perder contato com elas, pois são tão bem educadas quanto eu. Mas se ele se casar com uma mulher muito ignorante e vulgar, decerto é melhor não a visitar, se puder evitar.

Emma a observou pelas flutuações dessa declaração e não viu nenhum sintoma alarmante de amor. O rapaz havia sido o primeiro admirador, mas ela confiava que não havia outro apego e que não haveria nenhuma dificuldade maior, por parte de Harriet, a se opor a qualquer arranjo amigável de sua parte.

Elas encontraram o sr. Martin no dia seguinte, enquanto caminhavam pela estrada Donwell. Ele estava a pé e, depois de olhá-la com todo o respeito, olhou com a mais sincera satisfação para sua companheira. Emma não lamentou ter essa oportunidade para examiná-lo; e andando alguns metros adiante, enquanto conversavam, logo fez seu olhar rápido conhecer o sr. Robert Martin o suficiente. Sua aparência era muito agradável e parecia ser um jovem sensato, mas sua figura não tinha nenhuma outra vantagem; e quando fosse comparado a cavalheiros, ela pensou que ele perderia todo o terreno que havia conquistado na inclinação de Harriet. Harriet não era insensível aos modos; havia espontaneamente notado a gentileza de seu pai com admiração, bem como com surpresa. O sr. Martin parecia não saber o que eram modos.

Ficaram apenas alguns minutos juntos, pois a srta. Woodhouse não podia ficar esperando; e Harriet, então, veio correndo até ela com um semblante sorridente e vibrando de animação, que a srta. Woodhouse esperava muito em breve acalmar.

— Quem iria imaginar que nos encontraríamos com ele! Que estranho! Ele disse que foi por um grande acaso que não contornou Randalls. Achava que nunca caminhávamos por esta estrada. Pensava que caminhávamos em direção a Randalls quase todos os dias. Ele ainda não conseguiu *The Romance of the Forest*. Esteve tão ocupado da última vez que esteve em Kingston que se esqueceu, mas voltará amanhã. É tão estranho que nos encontremos! Bem, senhorita Woodhouse, ele é como esperava? O que pensa dele? Acha ele muito sem graça?

— Sem dúvida, é muito sem graça, notavelmente sem graça, mas isso não é nada comparado a sua completa falta de requinte. Eu não tinha o direito de esperar muito e não esperava muito; mas não tinha ideia de que ele poderia ser tão desajeitado, totalmente sem presença. Eu o imaginei, confesso, um grau ou dois mais próximo da nobreza.

— De fato — disse Harriet, com voz mortificada —, ele não é tão requintado quanto os cavalheiros de verdade.

— Creio, Harriet, que, desde que nos conheceu, esteve repetidas vezes na companhia de alguns verdadeiros cavalheiros, a ponto de você mesma se surpreender com a diferença em relação ao senhor Martin. Em Hartfield, viu exemplos muito bons de homens bem educados e refinados. Eu ficaria surpresa se, depois de conhecê-los, conseguisse estar novamente na companhia do senhor Martin sem vê-lo como uma criatura muito inferior, e até mesmo não se surpreendesse por já tê-lo considerado agradável antes. Já não sente isso agora? Não ficou impressionada? Tenho certeza de que deve ter ficado impressionada com sua aparência esquisita e maneiras abruptas e a falta de graça de uma voz que percebi não ter nenhuma modulação enquanto estava ali.

— Certamente, ele não é como o senhor Knightley. Ele não tem um ar e um jeito de andar tão refinados quanto o senhor Knightley. Eu vejo a diferença bem clara. Mas o senhor Knightley é um homem tão requintado!

— Os modos do senhor Knightley são tão incrivelmente bons que não é justo comparar o senhor Martin a *ele*. Não vai encontrar um em cem com *cavalheiro* escrito com tanta clareza como no senhor Knightley. Mas ele não é o único cavalheiro com quem tem convivido. O que diria do senhor Weston e do senhor Elton? Compare o senhor Martin a qualquer um deles. Compare sua maneira de se portar; de caminhar; de falar; de ficar em silêncio. Com certeza, vê a diferença.

— Sim, é claro! Há uma grande diferença. Mas o senhor Weston é quase um velho. O senhor Weston deve ter entre quarenta e cinquenta anos.

— Isso torna suas boas maneiras ainda mais valiosas. Quanto mais velha a pessoa fica, Harriet, é ainda mais importante que seus modos não sejam maus; mais flagrante e repugnante qualquer gritaria, grosseria ou estranheza se torna. O que é aceitável à juventude é detestável na idade madura. O senhor Martin, agora, é acanhado e abrupto; como ele será quando tiver a idade do senhor Weston?

— De fato, não há como saber — respondeu Harriet, com bastante seriedade.

— Mas podemos fazer uma boa dedução. Será um fazendeiro completamente grosseiro e vulgar, totalmente desatento às aparências e que pensa em nada além de lucros e perdas.

— Será que vai mesmo? Isso seria muito ruim.

— O tanto que seus negócios já o envolvem fica bem claro pelo fato de ele se esquecer de pedir o livro que você recomendou. Ele estava ocupado demais com o mercado para pensar em qualquer outra coisa, o que é exatamente como devia ser para um homem que está prosperando. O que tem ele a ver com os livros? E não tenho dúvidas de que ele irá prosperar e será um homem muito rico com o tempo, e o fato de ser inculto e grosseiro não precisa *nos* incomodar.

— Eu me surpreendo que ele não tenha se lembrado do livro — foi tudo o que Harriet respondeu, e falou com um grau de grave desagrado, que Emma pensou que poderia ser deixado com segurança por si só. Ela, portanto, não disse mais nada por algum tempo. Seu próximo começo foi:

— Em um aspecto, talvez, os modos do senhor Elton são superiores aos do senhor Knightley ou do senhor Weston. São mais gentis. Podem ser considerados um padrão com mais segurança. Há uma franqueza, uma rapidez, quase uma brusquidão no senhor Weston, que todo mundo aprecia nele, porque muito bom humor o acompanha, mas que não seria bom copiar. Nem as maneiras sinceras, decididas e imponentes do senhor Knightley, embora lhe caiam muito bem; sua figura, aparência e situação na vida parecem permitir isso; mas se qualquer rapaz se empenhasse em copiá-lo, não seria tolerável. Pelo contrário, penso que é possível recomendar com segurança a um rapaz que tome o senhor Elton como modelo. O senhor Elton é bem-humorado, alegre, prestativo e gentil. Ele me parece ter ficado notavelmente gentil nos últimos tempos. Não sei se ele tem a intenção de inspirar simpatia em qualquer uma de nós, Harriet, com mais suavidade, mas me parece que suas maneiras estão mais suaves do que costumavam ser. Se ele tem alguma intenção, deve ser a de agradar você. Eu não te contei o que ele disse de você outro dia?

Ela, nesse momento, repetiu alguns elogios calorosos que havia obtido do sr. Elton, e agora lhes fazia completa justiça; e Harriet corou e sorriu, e disse que havia sempre considerado o sr. Elton muito agradável.

O sr. Elton era a pessoa exata que Emma tinha em mente para tirar o jovem fazendeiro da cabeça de Harriet. Ela pensou que seria uma excelente união; e até mesmo muito pertinente, natural e provável, por ela ter muito mérito em planejá-la. Ela temia que fosse o que todo mundo pensava e previa. No entanto, não era provável que qualquer outra pessoa tivesse se igualado a ela na data do plano, uma vez que a ideia lhe surgiu durante a primeira noite de Harriet em Hartfield. Quanto mais o considerava, maior era seu senso de oportunidade. A situação do sr. Elton era muito apropriada, sendo ele próprio um cavalheiro, e sem ligações inferiores; ao mesmo tempo, não pertencia a nenhuma família que pudesse se opor à duvidosa origem de Harriet. Ele tinha uma casa confortável para ela e, Emma imaginava, uma renda bastante suficiente; pois embora o vicariato de Highbury não fosse grande, sabia-se que ele possuía algumas propriedades independentes; e ela o considerava um moço bem-humorado, bem-intencionado e respeitável, sem qualquer deficiência de juízo útil ou conhecimento do mundo.

Ela já se contentara em saber que ele considerava Harriet uma linda moça, o que ela confiava, com encontros tão frequentes em Hartfield, que era alicerce suficiente para ele; e, no caso de Harriet, não havia dúvida de que a ideia de ser preferida por ele teria todo o peso e a eficácia habituais. E ele era, de fato, um jovem muito agradável, um moço de quem qualquer mulher não meticulosa poderia gostar. Era considerado muito bonito; sua pessoa, em geral, era muito admirada, embora não por Emma, faltando-lhe certa elegância nas feições que ela não podia oferecer; mas a moça que ficava satisfeita por um Robert Martin cavalgar pelo campo para lhe conseguir nozes poderia muito bem ser conquistada pela admiração do sr. Elton.

Capítulo 5

— Não sei qual é a sua opinião, senhora Weston — disse o sr. Knightley —, sobre esta grande intimidade entre Emma e Harriet Smith, mas a considero ruim.

— Ruim! Acha mesmo que é ruim? Por quê?

— Creio que uma não fará nenhum bem à outra.

— Surpreende-me! Decerto Emma ajudará Harriet, e, ao oferecer-lhe um novo objeto de interesse, pode-se dizer que Harriet faz bem a Emma. Tenho observado sua intimidade com o maior prazer. Como nossas opiniões são diferentes! Não achar que farão algum bem uma à outra! Esse certamente será o início de uma de nossas brigas sobre Emma, senhor Knightley.

— Talvez pense que tenho a intenção de discutir com a senhora, sabendo que Weston não está e que ainda assim precisa travar sua batalha.

— O senhor Weston sem dúvida me apoiaria se estivesse aqui, pois pensa o mesmo que eu sobre o assunto. Conversávamos sobre isso ontem mesmo, e concordávamos como era uma sorte para Emma que houvesse uma garota assim em Highbury com quem ela pudesse se relacionar. Senhor Knightley, não creio que possa ser um juiz imparcial nesse caso. Está tão acostumado a viver sozinho que não consegue ver o valor de um companheiro; e talvez nenhum homem possa entender o conforto que uma mulher sente na companhia de outra, tendo sido acostumada a isso por toda sua vida. Posso imaginar sua objeção a Harriet Smith. Ela não é a moça superior que uma amiga de Emma deveria ser. Mas, por outro lado, já que Emma deseja vê-la melhor informada, será um incentivo para que ela mesma leia mais. Irão ler juntas. Ela fala sério, eu sei.

— Emma tem a intenção de ler mais desde que tinha doze anos. Vi um grande número de listas que ela redigiu, em diferentes momentos, de livros que pretendia ler regularmente até o fim, e eram listas muito boas, muito bem escolhidas e muito bem organizadas, às vezes em ordem alfabética, às vezes seguindo alguma outra regra. A lista que ela fez quando tinha apenas quatorze anos, lembro-me de pensar que depunha tanto contra seu bom senso, que a guardei por algum tempo; e ouso dizer que ela deve ter feito uma lista muito boa agora. Mas deixei de esperar qualquer prática de leitura constante de Emma. Ela nunca se submeterá a nada que exija diligência, paciência e uma sujeição do capricho ao entendimento. Naquilo que a senhorita Taylor falhou em estimular, posso afirmar com segurança que Harriet Smith não fará nada. A senhora nunca conseguiu persuadi-la a ler metade do que gostaria. Sabe que não conseguiria.

— Arrisco dizer — respondeu a sra. Weston, sorrindo —, que pensava *assim* na época; mas, desde que nos separamos, nunca consigo lembrar de Emma ter deixado de fazer qualquer coisa que eu desejasse.

— Dificilmente se deseja despertar *esse* tipo de recordação — disse o sr. Knightley com sentimento, e por um ou dois momentos ele desistiu. — Mas eu — logo acrescentou —, que não tive tal encanto lançado sobre meus sentidos, ainda sou capaz de ver, ouvir e lembrar. Emma é mimada por ser a mais inteligente de sua família. Aos dez anos, teve a infelicidade de ser capaz de responder a perguntas que confundiam sua irmã aos dezessete. Ela sempre foi rápida e segura; Isabella, lenta e temerosa. E, desde os doze anos, Emma tem sido a senhora da casa e de todos vocês. Com a mãe, perdeu a única pessoa capaz de lidar com ela. Herdou os talentos da mãe e devia ter estado sujeita a ela.

— Eu teria lamentado, senhor Knightley, se dependesse de *sua* recomendação, caso tivesse deixado a família do senhor Woodhouse e quisesse outra posição. Não acho que teria dito uma palavra boa sobre mim a ninguém. Tenho certeza de que sempre me considerou inadequada para o cargo que ocupei.

— Sim — respondeu ele, sorrindo. — Está melhor posicionada *aqui*; é muito adequada para uma esposa, porém,nem um pouco para uma governanta. Mas esteve se preparando para ser uma excelente esposa durante todo o tempo em que esteve em Hartfield. Pode não ter dado a Emma uma educação tão completa quanto seus poderes parecem prometer; mas estava recebendo uma educação muito boa *dela*, no muito importante ponto matrimonial de submeter sua própria vontade e fazer como lhe foi ordenado; e se Weston tivesse me pedido que lhe recomendasse uma esposa, eu certamente teria nomeado a senhorita Taylor.

— Muito obrigada. Será de muito pouco mérito ser uma boa esposa para um homem como o senhor Weston.

— Ora, para ser sincero, temo que tenha sido desperdiçada, e com toda a disposição para suportar, não haverá nada a ser suportado. Não nos desesperemos, entretanto. Weston pode ficar mal-humorado com o excesso de conforto, ou seu filho pode atormentá-lo.

— Espero que isso não aconteça. Não é provável. Não, senhor Knightley, não faça previsões de aborrecimentos dessa origem.

— Não eu, de fato. Eu apenas aponto possibilidades. Não finjo ter o talento de Emma para predições e adivinhações. Espero, de todo o coração, que o rapaz seja um Weston em mérito e um Churchill em fortuna. Contudo, Harriet Smith, ainda não terminei com Harriet Smith. Considero-a o pior tipo de companhia que Emma poderia ter. Ela não sabe de nada por si mesma e acha que Emma sabe de tudo. Ela é uma bajuladora em todas as suas maneiras; e ainda pior, porque não é planejado. Sua ignorância é lisonja de hora em hora. Como Emma pode pensar que ela mesma tem algo a aprender, enquanto Harriet apresenta uma inferioridade tão deliciosa? E quanto a Harriet, atrevo-me a dizer que não tem o que ganhar com a conexão. Hartfield só irá deixá-la desacostumada a todos os outros lugares aos quais ela pertence. Ela se tornará refinada o suficiente para se sentir desconfortável com aqueles entre os quais o nascimento e as circunstâncias a colocaram. Estarei muito enganado se as doutrinas de Emma dão alguma força de espírito ou façam uma moça se adaptar racionalmente às variedades de sua situação na vida. Oferecem apenas um pouco de refinamento.

— Ou eu tenho mais confiança no bom senso de Emma do que o senhor, ou me preocupo mais com seu conforto atual; pois não consigo lamentar pela amizade. Como ela parecia estar bem na noite passada!

— Ah! Prefere falar sobre a figura dela do que sobre sua mente, então? Muito bem. Não tentarei negar que Emma é bonita.

— Bonita! Diga linda, em vez disso. Consegue imaginar algo mais próximo da beleza perfeita do que Emma em tudo, em rosto e corpo?

— Não sei o que eu poderia imaginar, mas confesso que raramente vi um rosto ou um corpo que mais me agradem do que os dela. Mas sou um velho amigo parcial.

— Que olhos! Verdadeiros olhos de amêndoa... Tão brilhantes! Feições regulares, semblante honesto, com uma tez! Ah! Que viço de saúde plena, e uma altura e um tamanho tão belos! Uma figura tão robusta e ereta! Há saúde não apenas em seu frescor, mas também em sua expressão, sua cabeça, seu olhar. Às vezes, ouve-se que uma criança é "a imagem da saúde"; bem, Emma sempre me parece a imagem completa da saúde adulta. Ela é a própria beleza, não acha, senhor Knightley?

— Não há nenhum defeito que eu possa encontrar na pessoa dela — respondeu ele. — Penso que ela é tudo o que a senhora descreve. Adoro observá-la. E acrescentarei este elogio, não a considero vaidosa por si mesma. Considerando o quão bonita é, ela parece pensar pouco nisso; sua vaidade está em outra área. Senhora Weston, não serei demovido de minha antipatia por Harriet Smith, ou de meu temor de que a proximidade faça mal a ambas.

— E eu, senhor Knightley, estou igualmente firme em minha certeza de que isso não lhes causará mal algum. Com todos os seus pequenos defeitos, a querida Emma é uma criatura excelente. Onde encontraremos uma filha melhor, uma irmã mais gentil ou uma amiga mais verdadeira? Não, não. Ela tem qualidades em que se pode confiar; jamais levará alguém realmente ao erro; não cometerá nenhum equívoco duradouro. Naquilo que Emma erra uma vez, ela acerta cem.

— Está bem. Não irei atormentá-la mais. Emma será um anjo, e eu guardarei meu amargor para mim mesmo até que o Natal traga John e Isabella. John ama Emma com uma afeição razoável e, portanto, nada cega, e Isabella sempre concorda com ele, exceto quando ele não está preocupado o suficiente com as crianças. Tenho certeza de que concordarão comigo.

— Sei que todos vocês a amam bem demais para serem injustos ou indelicados; mas perdoe-me, senhor Knightley, se tomo a liberdade... Considero, sabe, que tenho uma parcela do privilégio de opinar sobre Emma que pertenceria à mãe dela... De sugerir que não considero que nenhum bem possa advir da intimidade dela com Harriet Smith se tornar um assunto de discussão. Por favor, desculpe-me; mas supondo que qualquer pequeno inconveniente possa vir com a intimidade, não se pode esperar que Emma, que não presta contas a ninguém além de seu pai, que aprova a conexão plenamente, acabe com isso enquanto é uma fonte de prazer para si. Durante tantos anos foi meu papel aconselhar, e você não pode se surpreender, senhor Knightley, com esse pequeno resquício do ofício.

— Nem um pouco — exclamou ele. — Sou-lhe muito grato por isso. É um conselho muito bom e terá um destino melhor do que seus conselhos muitas vezes encontraram, pois será seguido.

— A senhora John Knightley se alarma facilmente e pode ficar preocupada pela irmã.

— Fique tranquila — respondeu ele. — Não levantarei nenhum clamor. Manterei minha irritação para mim. Tenho um interesse muito sincero por Emma. Isabella não parece tanto minha cunhada, nunca me despertou interesse maior, muito mal de igual tamanho. Há uma ansiedade, uma curiosidade, no que se sente por Emma. Pergunto-me o que o futuro lhe reserva!

— Eu também — disse a sra. Weston, gentilmente —, muito.

— Ela vive declarando que nunca irá se casar, o que, é claro, não significa nada. Mas não tenho ideia se ela já conheceu um homem por quem se interessasse. Não seria ruim para ela estar muito apaixonada por um objeto adequado. Gostaria de ver Emma apaixonada e em certa dúvida de uma reciprocidade; isso lhe faria bem. Contudo, não há ninguém na região para conquistá-la, e ela raramente sai de casa.

— Na verdade, parece que, no momento, há tão pouco para tentá-la a quebrar sua resolução — disse a Sra. Weston — quanto pode haver; e estando ela tão feliz em Hartfield, não posso desejar que forme qualquer laço que gere dificuldades por conta do pobre senhor Woodhouse. Não recomendo o matrimônio para Emma, por enquanto, apesar de não ter intenção de menosprezar o estado, garanto-lhe.

Parte de sua intenção era encobrir alguns pensamentos favoritos dela e do sr. Weston sobre o assunto tanto quanto fosse possível. Havia anseios em Randalls em relação ao destino de Emma, mas não era desejável que se suspeitasse desses; e a transição tranquila que o sr. Knightley fez logo depois para "O que Weston pensa sobre o tempo? Será que vai chover?" convenceu-a de que ele não tinha mais nada a dizer ou supor sobre Hartfield.

Capítulo 6

Emma não tinha dúvidas de ter dado à imaginação de Harriet um direcionamento adequado e despertado a gratidão de sua jovem vaidade por um propósito muito bom, pois percebeu que ela estava bem mais consciente do que antes ao fato de o sr. Elton ser um homem particularmente belo e com os melhores modos; e como não tinha hesitação em reforçar as garantias da admiração dele por meio de agradáveis insinuações, Emma logo estava bastante confiante em ter-lhe criado tanta simpatia por parte de Harriet quanto era possível. Ela estava bastante convencida de que o sr. Elton estava a ponto de se apaixonar, se é que já não estava apaixonado. Ela não tinha escrúpulos em relação a ele. Ele falava de Harriet e a elogiava tão ardorosamente que ela não podia supor que faltasse nada que um pouco de tempo não acrescentasse. A percepção dele da notável melhora nos modos de Harriet, desde que passara a frequentar Hartfield, não era uma das provas menos agradáveis de seu crescente apego.

— Concedeu à senhorita Smith tudo o que ela precisava — disse ele. — Tornou-a graciosa e suave. Ela era uma linda criatura quando veio até a senhorita, mas, na minha opinião, as atrações que lhe acrescentou são infinitamente superiores às que ela recebeu da natureza.

— Fico feliz que pense que fui de utilidade para ela; mas Harriet precisava apenas receber estímulo e algumas, bem poucas, dicas. Ela tinha toda a graça natural da doçura de temperamento e da falta de artifícios em si mesma. Eu fiz muito pouco.

— Se fosse aceitável contradizer uma senhora… — disse o galante sr. Elton.

— Talvez eu tenha dado a ela um pouco mais de força de caráter; ensinei-lhe a refletir sobre pontos que não haviam aparecido em seu caminho antes.

— Exatamente; isso é o que mais me impressiona. Tanta decisão de caráter foi-lhe acrescentada! Como foi hábil o toque!

— Grande foi o prazer, tenho certeza. Nunca encontrei uma disposição mais genuinamente amável.

— Não tenho dúvidas quanto a isso — disse com uma espécie de animação suspirante, que tinha bastante do ar de um amante. Ela não ficou menos satisfeita um outro dia com a maneira como ele apoiou um desejo repentino dela de ter um retrato de Harriet.

— Alguma vez alguém fez um retrato seu, Harriet? — perguntou ela. — Já posou para um?

Harriet estava a ponto de sair da sala e só parou para dizer, com uma ingenuidade muito interessante:

— Oh! Ora, não, nunca.

Assim que ela estava fora de vista, Emma exclamou:

— Que posse primorosa seria um belo retrato dela! Eu daria qualquer dinheiro por isso. Quase desejo tentar retratá-la eu mesma. O senhor não deve saber, ouso dizer, mas dois ou três anos atrás eu tinha uma grande paixão por fazer retratos e me arrisquei a fazer vários de meus amigos, e pensava-se que tinha um olho razoável em geral. Mas por um motivo ou outro, abandonei a atividade por frustração. Contudo, de verdade, por pouco eu me arriscaria a fazê-lo se Harriet posasse para mim. Seria um prazer ter um retrato dela!

— Permita-me suplicar-lhe — exclamou o sr. Elton. — Seria, de fato, um grande prazer! Permita-me suplicar-lhe, senhorita Woodhouse, que exercite talento tão encantador em favor de sua amiga. Conheço seus desenhos. Como pode supor que eu não os conheça? Não está esta sala cheia de exemplos das suas paisagens e flores; e a senhora Weston não tem algumas ilustrações inimitáveis em sua sala de estar, em Randalls?

"Sim, bom homem!", pensou Emma, "mas o que tudo isso tem a ver com retratos? Não sabe nada sobre a arte do desenho. Não finja estar em êxtase por causa dos meus. Guarde seu entusiasmo para a face de Harriet".

— Bem, já que me encoraja com tamanha gentileza, senhor Elton, creio que vou ver o que posso fazer. Os traços de Harriet são muito delicados, o que torna difícil retratá-la; no entanto, há uma peculiaridade no formato de seus olhos e nas linhas ao redor de sua boca que é preciso capturar.

— Exato! O formato dos olhos e as linhas ao redor da boca… Não tenho dúvidas quanto ao seu sucesso. Por favor, eu lhe peço, tente. Como a senhorita o fará, será, de fato, para usar suas próprias palavras, uma posse primorosa.

— Mas receio, senhor Elton, que Harriet não irá querer posar. Ela pensa tão pouco de sua própria beleza. Não notou a maneira como ela me respondeu? Como se suas palavras no fundo quisessem dizer, "por que minha imagem deveria ser desenhada?".

— Ah! Sim, garanto-lhe que percebi. Não me passou despercebido. Mas, ainda assim, não consigo pensar que ela não possa ser persuadida.

Harriet logo estava de volta, e a proposta foi feita quase imediatamente; e ela não tinha escrúpulos que pudessem resistir muitos minutos contra a pressão fervorosa dos outros dois. Emma desejava começar naquele instante e, portanto, montou o portfólio contendo suas várias tentativas de retratos, pois nenhum deles havia sido concluído, para que pudessem decidir juntos sobre o melhor tamanho para o de Harriet. Seus muitos começos foram exibidos. Retratos em miniatura, de meio-corpo, de corpo inteiro, a lápis, a giz e aquarelas, todos foram testados um a um. Ela sempre quis fazer de tudo, e progrediu tanto no desenho quanto na música mais do que muitos poderiam ter feito com tão pouco esforço quanto ela se submetera. Ela tocava e cantava e desenhava em quase todos os estilos, mas sempre lhe faltou persistência; e em nada se aproximou do grau de excelência com o qual teria ficado satisfeita e que não deveria ter falhado em alcançar. Não estava muito enganada quanto à própria habilidade como artista ou musicista, mas não desejava que os outros se enganassem, nem deixava de lamentar que soubessem que sua reputação de belas realizações muitas vezes era melhor do que merecia.

Havia mérito em cada desenho, talvez ainda mais nos inacabados. Seu estilo era vivo; mas houvesse muito menos, ou houvesse dez vezes mais, o deleite e a admiração de seus dois companheiros teriam sido os mesmos. Ambos estavam extasiados. Um retrato agrada a todos; e as obras da srta. Woodhouse devem ser de primeira categoria.

— Não há grande variedade de rostos para apreciarem — disse Emma. — Eu tinha apenas minha própria família para estudar. Este é do meu pai, outro do meu pai, mas a ideia de posar para um retrato o deixava tão nervoso que só consegui pegá-lo às escondidas; por isso nenhum deles ficou muito parecido. A senhora Weston de novo, de novo e de novo, como veem. A querida senhora Weston! Sempre minha amiga mais gentil em todas as ocasiões. Posava sempre que eu pedia. Um de minha irmã; e é bem a sua figura pequena e elegante! E o rosto não está tão diferente. Eu teria feito um bom retrato se ela tivesse posado por mais tempo, mas estava tão ansiosa para que eu desenhasse seus quatro filhos que não parava quieta. Aqui estão todas as minhas tentativas de retratar três daqueles quatro filhos; aqui estão eles, Henry, John e Bella, de uma ponta a outra da folha, e qualquer um deles pode servir para qualquer um dos outros. Ela estava tão ansiosa para que eu os desenhasse que não pude recusar; mas não há como fazer crianças de três ou quatro anos ficarem paradas, como sabem; nem é muito fácil captar qualquer semelhança delas, além do jeito e da compleição, a menos que tenham feições mais grosseiras do que qualquer criança jamais teve. Aqui está meu esboço da quarta, que era um bebê. Eu o fiz enquanto ele dormia no sofá, e é uma reprodução tão boa de sua fita quanto poderiam gostar de ver. Ele havia aninhado sua cabeça de um modo bastante conveniente. Está muito parecido. Estou bastante orgulhosa do pequeno George. O canto do sofá está muito bom. E aqui está o meu último — disse, revelando um lindo esboço de um cavalheiro em tamanho pequeno, de corpo inteiro —, o meu último e meu melhor, meu cunhado, o senhor John Knightley. Não faltava muito para concluir quando o pus de lado em um momento de irritação e jurei que nunca mais faria outro retrato. Não pude deixar de me sentir provocada. Depois de todos os meus esforços, e quando eu havia de fato conseguido uma semelhança muito boa (a senhora Weston e eu estávamos bastante de acordo em pensar que estava *muito* parecido), estava apenas bonito demais, lisonjeiro demais, mas essa é uma falha positiva. Depois de tudo isso, veio a fria aprovação de Isabella: "Sim, está um pouco parecido, mas com certeza não lhe faz justiça." Tivemos muita dificuldade em persuadi-lo a posar. Ele o fez como se fosse um enorme favor; e, no geral, era mais do que eu podia suportar; e, por isso, nunca o terminaria, não para que fosse lamentado como uma semelhança desfavorável por qualquer visitante matinal de Brunswick Square. E, como eu disse, jurei que jamais faria o retrato de mais ninguém. Mas por Harriet, ou melhor, por mim, e como não há maridos e esposas *nesse caso*, quebrarei minha promessa agora.

O Sr. Elton parecia muito impressionado e encantado com a ideia e repetia:

— Não há maridos e nem esposas nesse caso, de fato, como a senhorita observa. Exatamente. Nada de maridos e esposas — com uma consciência tão interessante que Emma começou a cogitar se não seria melhor deixá-los a sós logo. Entretanto, como ela queria desenhar, a declaração deveria esperar mais um pouco.

Ela logo se decidiu sobre o tamanho e o tipo de retrato. Seria um de corpo inteiro em aquarela, como o do sr. John Knightley, e estava destinado, se ela pudesse agradar a si mesma, a ocupar uma posição muito honrosa sobre o consolo da lareira.

A sessão começou; e Harriet, sorrindo e corando, e com medo de não manter sua atitude e semblante, apresentava aos olhos firmes da artista um tipo muito doce de expressão jovial. Contudo, não havia como fazer nada, com o sr. Elton se remexendo atrás dela e observando cada toque. Deu-lhe crédito por se posicionar onde pudesse olhar e olhar mais uma vez sem causar ofensa; mas foi realmente obrigada a pôr um fim nisso e a pedir-lhe que se colocasse em outro lugar. Então, ocorreu-lhe empregá-lo na leitura.

"Se pudesse fazer o favor de ler para elas, seria uma grande gentileza! Poderia distraí-la das dificuldades da tarefa dela e diminuiria o aborrecimento da srta. Smith na dela."

O sr. Elton não poderia estar mais disposto. Harriet escutou, e Emma desenhou em paz. Ela deveria permitir que ele ainda fosse olhar com frequência; qualquer coisa a menos seria indubitavelmente muito pouco em um apaixonado; e ele estava pronto, ao menor intervalo do lápis, para se levantar, checar o progresso e ficar encantado. Não havia como ficar descontente com tal encorajamento, pois sua admiração o fez discernir uma semelhança quase antes que fosse possível. Ela não podia respeitar seu olhar, mas seu amor e sua complacência eram irrepreensíveis.

A sessão foi totalmente satisfatória; Emma ficou contente o bastante com o esboço do primeiro dia para desejar continuar. Não havia falta de semelhança, ela teve sucesso ao capturar a atitude, e como pretendia melhorar um pouco a figura, acrescentar-lhe um pouco de altura e bem mais elegância, ela tinha grande confiança de que seria em tudo um belo desenho no final das contas e de que ocuparia seu lugar destinado com crédito para as duas, como um memorial permanente da beleza de uma, da habilidade da outra e da amizade de ambas; com tantas outras associações agradáveis quanto o afeto muito promissor do sr. Elton provavelmente acrescentaria.

Harriet posaria de novo no dia seguinte; e o sr. Elton, como deveria, pediu permissão para assistir e ler para elas mais uma vez.

— Com todo o prazer. Ficaremos muito contentes em considerá-lo parte do grupo.

As mesmas delicadezas e cortesias, o mesmo sucesso e a satisfação se repetiram no dia seguinte e acompanharam todo o progresso da pintura, que foi rápido e feliz. Todo mundo que o viu ficou satisfeito, mas o sr. Elton estava em êxtase contínuo e defendeu-o de todas as críticas.

— A senhorita Woodhouse concedeu à sua amiga a única beleza que lhe faltava — observou-lhe a sra. Weston, sem a menor suspeita de que se dirigia a um apaixonado. — A expressão do olhar está perfeita, mas a senhorita Smith não tem aquelas sobrancelhas e cílios. A única falha de seu rosto é que ela não os tenha.

— A senhora pensa assim? — replicou ele. — Não posso concordar. Parece-me uma semelhança perfeita em todas as feições. Nunca vi tamanha semelhança em minha vida. Devemos levar em conta o efeito da sombra, entende?

— Desenhou-a alta demais, Emma — disse o sr. Knightley.

Emma sabia que o havia feito, mas jamais iria admitir; e o sr. Elton acrescentou, com ardor:

— Ah, não! Com certeza não a fez alta demais, nem um pouco. Considere que ela está sentada, o que naturalmente apresenta uma diferença, que, em suma, dá a ideia exata, e as proporções devem ser preservadas, como sabe. Proporções, escorço… Não, não! Dá uma ideia perfeita da altura da senhorita Smith. De fato, perfeita!

— Está muito bonito — disse o sr. Woodhouse. — Tão bem feito! Como seus desenhos sempre são, minha querida. Não conheço ninguém que desenhe tão bem quanto você. A única coisa que não gosto muito é que ela parece estar sentada ao ar livre, com apenas um leve xale sobre os ombros, e isso faz pensar que ela deve pegar um resfriado.

— Mas, meu querido pai, era para parecer verão; um dia quente no verão. Veja a árvore.

— Mas nunca é seguro sentar do lado de fora, minha querida.

— O senhor pode dizer qualquer coisa — exclamou o sr. Elton —, mas devo confessar que considero uma ótima ideia colocar a senhorita Smith ao ar livre; e a árvore está tocada com um espírito tão inimitável! Qualquer outra situação teria sido muito menos característica. A ingenuidade das maneiras da senhorita Smith e, no geral... Ah, é tão admirável! Não consigo desviar meus olhos. Nunca vi tal semelhança.

Em seguida, era preciso emoldurar a pintura; e nisso havia algumas dificuldades. Devia ser feito de imediato, precisava ser feita em Londres; o pedido deveria ser levado pelas mãos de alguma pessoa inteligente, em cujo bom gosto se pudesse confiar; e Isabella, a executora costumeira de todas as comissões, não deveria ser acionada, porque era dezembro, e o sr. Woodhouse não podia suportar a ideia de que ela saísse de casa nas neblinas de dezembro. Mas tão logo a apreensão chegou ao conhecimento do sr. Elton, foi também removida. Sua galanteria estava sempre alerta. "Se lhe fosse confiada a comissão, que prazer infinito teria em executá-la! Poderia cavalgar até Londres a qualquer momento. Era impossível dizer o quanto ele ficará satisfeito por ser empregado em tal missão".

"Era bondade demais da parte dele! Ela não poderia suportar a ideia... Não lhe daria tarefa tão incômoda por nada no mundo..." — tais respostas provocaram a desejada repetição de súplicas e promessas, e, em poucos minutos, resolveram o assunto.

O sr. Elton deveria levar o desenho para Londres, selecionar a moldura e dar as instruções; e Emma pensava que poderia embalá-lo para garantir sua segurança sem incomodar muito o sr. Elton, enquanto este parecia bastante temeroso de não ser incomodado o suficiente.

— Que carga preciosa! — Disse ele, com um suspiro terno, ao recebê-la.

"Este homem é quase galante demais para estar apaixonado", pensou Emma. "Eu diria isso, porém suponho que possa haver uma centena de maneiras diferentes de estar apaixonado. É um rapaz excelente, e combina perfeitamente com Harriet; será 'perfeito', como ele mesmo diz; mas ele suspira, se entristece e busca elogios um pouco mais do que eu seria capaz de suportar em um reitor. Aceitaria mais em um auxiliar. Mas é sua gratidão por causa de Harriet."

Capítulo 7

No mesmo dia da ida do Sr. Elton a Londres, Emma teve uma nova ocasião para prestar seus serviços à sua amiga. Harriet estivera em Hartfield, como sempre, logo após o café da manhã; e, depois de algum tempo, voltou para casa de novo para o jantar. Ela voltou, mais cedo do que o combinado, e com um olhar agitado e apressado, anunciando que algo extraordinário havia acontecido e estava ansiosa para contar. Meio minuto revelou tudo. Ela soube, assim que voltou para a casa da sra. Goddard, que o sr. Martin havia estado lá uma hora antes e, descobrindo que ela não estava em casa, nem era esperada logo, deixou um embrulho para ela, de uma das irmãs, e foi embora; e ao abrir este pacote, ela na verdade encontrou, além das duas músicas que emprestara a Elizabeth para copiar, uma carta para si mesma, e esta carta era dele, do sr. Martin, e continha uma proposta direta de casamento. Quem poderia ter imaginado isso? Estava tão surpresa que não sabia o que fazer. Sim, uma bela proposta de casamento; e uma carta muito boa, pelo menos ela achava. E ele escreveu como se realmente a amasse muito, mas ela não sabia, e então ela foi o mais rápido que pôde para perguntar à srta. Woodhouse o que deveria fazer. Emma estava meio envergonhada por sua amiga parecer tão satisfeita e tão em dúvida.

— Minha nossa — exclamou ela —, o rapaz está decidido a não perder nada por falta de pedido. Ele se conectará bem se puder.

— A senhorita quer ler a carta? — pediu Harriet. — Por favor, leia. Preferiria que o fizesse.

Emma não lamentou ser pressionada. Ela leu e ficou surpresa. O estilo da carta estava muito acima de suas expectativas. Não apenas não havia erros gramaticais, mas a composição também não desonraria um cavalheiro; a linguagem, embora simples, era forte e sem afetações, e os sentimentos que transmitia falavam muito em favor do autor. Era breve, mas expressava bom senso, afeto caloroso, liberalidade, decoro e até delicadeza de sentimentos. Ela fez uma pausa após ler, enquanto Harriet esperava, ansiosa, sua opinião, com um "Então", sendo, por fim, forçada a acrescentar: "É uma boa carta? Ou é curta demais?"

— Sim, de fato, uma carta muito boa — respondeu Emma bem devagar —, uma carta tão boa, Harriet, que, considerando tudo, acho que uma de suas irmãs deve tê-lo ajudado. Não consigo imaginar que o jovem que vi conversando com você no outro dia pudesse se expressar tão bem pelas próprias habilidades. Ainda assim, não é o estilo de uma mulher; não, certamente, é direta e concisa demais; não é difusa o suficiente para ser de uma mulher. Sem dúvida é um homem sensato e suponho que tenha um talento natural: pensar com firmeza e clareza, e, quando pega uma caneta, seus pensamentos naturalmente encontram palavras adequadas. É assim com alguns homens. Sim, eu conheço esse tipo de mente. Vigorosa, decidida, com sentimentos até certo ponto nada grosseiros. Uma carta melhor escrita, Harriet — devolvendo-a —, do que eu esperava.

— Bem… — disse Harriet, ainda à espera. — Bem… E o que devo fazer?

— O que você deve fazer! A respeito de quê? Quer dizer, em relação à essa carta?

— Sim.

— Mas a respeito de quê tem dúvida? Deve respondê-la, é claro. E imediatamente.

— Sim. Mas o que vou dizer? Querida senhorita Woodhouse, me aconselhe.

— Ah, não, não! É melhor que a carta seja toda sua. Você se expressará com muita propriedade, estou certa disso. Não há perigo de que não seja inteligível, o que é a primeira coisa. O significado deve ser inequívoco; sem dúvidas ou hesitações; e expressões de gratidão e preocupação pela dor que infligirá, conforme o decoro exige, se apresentarão espontaneamente à *sua* mente, tenho certeza. Não precisa ser instada a escrever com o tom de tristeza pelo desapontamento dele.

— Acha então que eu deveria recusá-lo — disse Harriet, baixando o olhar.

— Devia recusá-lo! Minha doce Harriet, o que você quer dizer? Tem alguma dúvida quanto a isso? Pensei que... Peço que me desculpe, talvez eu tenha me enganado. Certamente não a entendi bem, se tem dúvida quanto ao *propósito* de sua resposta. Imaginei que estava me consultando apenas quanto a como redigi-la.

Harriet ficou em silêncio. Com modos um pouco reservados, Emma continuou:

— Você pretende devolver uma resposta favorável, pelo que entendi.

— Não, eu não; isto é, não quero dizer... O que devo fazer? O que me aconselha a fazer? Por favor, querida senhorita Woodhouse, diga-me o que devo fazer.

— Não vou lhe dar nenhum conselho, Harriet. Não irei me intrometer nisso. Isso é algo que você deve resolver com seus sentimentos.

— Não imaginei que ele gostasse tanto de mim — disse Harriet, contemplando a carta.

Por algum tempo, Emma persistiu em seu silêncio, mas começando a perceber que a encantadora adulação daquela carta poderia ser poderosa demais, ela achou melhor dizer:

— Tenho como regra geral, Harriet, que se uma mulher tem *dúvidas* se deve aceitar um homem ou não, com certeza ela deverá recusá-lo. Se ela hesitar em dizer "sim", deve dizer "não" imediatamente. Não é um estado em que se possa entrar com segurança com sentimentos duvidosos, com meio coração. Creio ser meu dever como amiga, e sendo mais velha, dizer-lhe isso. Mas não pense que quero influenciá-la.

— Ah! Não, tenho certeza de que a senhorita é gentil demais para fazê-lo, mas ao menos me aconselhe quanto ao que devo fazer... Não, não quero dizer isso... Como disse, deve-se estar completamente decidida. Não se deve hesitar... É uma decisão muito séria. Talvez será mais seguro dizer "não". Acha que seria melhor eu dizer "não"?

— Por nada no mundo — respondeu Emma, sorrindo graciosamente — eu aconselharia a aceitar ou a recusar. Deve ser a melhor juíza de sua própria felicidade. Se preferir o senhor Martin a qualquer outra pessoa; se o considera o homem mais agradável com quem já esteve, por que hesitaria? Está corando, Harriet. Lembra-se de alguma outra pessoa nesse momento ao ouvir tal definição? Harriet, Harriet, não se engane; não se deixe levar pela gratidão e compaixão. Agora, em quem está pensando?

Os sintomas eram favoráveis. Em vez de responder, Harriet virou as costas, confusa, e quedou pensativa perto da lareira; embora a carta ainda estivesse em suas mãos, agora a retorcia mecanicamente, sem consideração. Emma esperou a resolução com impaciência, mas não sem grandes esperanças. Por fim, com alguma hesitação, Harriet respondeu:

— Senhorita Woodhouse, como não vai me dar sua opinião, devo fazer o melhor que puder por mim mesma; e agora estou bastante determinada e, na verdade, quase decidida a… a recusar o senhor Martin. Acha que tomo a decisão correta?

— Perfeitamente certa, minha cara Harriet; está fazendo justamente o que deve. Enquanto estava indecisa, guardei minhas opiniões para mim, mas agora que está tão decidida, não hesito em aprovar. Querida Harriet, como me alegra. Teria me entristecido perder sua amizade, o que seria a consequência de seu casamento com o senhor Martin. Enquanto demonstrava a menor hesitação, eu não dei minha opinião, porque não queria influenciá-la; mas teria sido a perda de uma amiga para mim. Eu não poderia visitar a senhora Robert Martin, da Fazenda do Moinho da Abadia. Agora estou segura de tê-la para sempre.

Harriet não havia imaginado esse perigo, mas a ideia a atingiu com violência.

— Não poderia me visitar! — Exclamou ela, parecendo horrorizada. — Não, com certeza não poderia; mas não havia pensado nisso antes. Teria sido terrível demais! Do que escapei! Cara senhorita Woodhouse, eu não abriria mão do prazer e da honra de sua amizade por nada nesse mundo.

— É verdade, Harriet, teria sido um grande pesar perdê-la; mas teria sido necessário. Você se afastaria de toda boa companhia. Eu seria obrigada a renunciar a você.

— Minha nossa! Como eu aguentaria! Eu morreria se nunca mais viesse a Hartfield!

— Criatura amada! *Você* banida para a Fazenda do Moinho da Abadia! *Você* limitada à companhia de pessoas incultas e vulgares por toda a vida! Pergunto-me como o rapaz teve a confiança para fazer o pedido. Ele deve pensar muito bem sobre si mesmo.

— Mas também não acho que ele seja vaidoso, em geral — disse Harriet, sua consciência se opondo a tal censura. — Pelo menos, ele é de natureza muito boa, e sempre lhe serei muito grata e lhe terei grande consideração, mas isso é uma coisa bem diferente de... E, sabe, embora ele possa gostar de mim, não sou obrigada a... E, é claro, devo confessar que, desde que passei a frequentar aqui, eu tenho visto pessoas, e se os comparar, em aparência e bons modos, não há comparação alguma, *um* é tão belo e agradável. No entanto, realmente considero o senhor Martin um moço muito amável e tenho uma ótima opinião sobre ele; e ele me ter tanta afeição... E ter-me escrito essa carta... Mas ter que deixá-la é algo que eu não faria sob qualquer circunstância.

— Obrigada, muito obrigada, minha doce amiga. Não nos separaremos. Uma mulher não deve se casar com um homem simplesmente porque ele a pede, ou porque ele é afeiçoado a ela e é capaz de escrever uma carta tolerável.

— Não mesmo... E, além disso, é uma carta tão curta.

Emma sentiu o mau gosto da amiga, mas deixou passar com um "É verdade; e seria de pouco consolo para ela, pelos modos vulgares que a ofenderiam a cada hora do dia, saber que seu marido sabia escrever uma boa carta".

— Ah! Sim, de fato. Ninguém liga para uma carta; o problema é estar sempre contente, com companheiros amáveis. Estou muito decidida a recusá-lo. Mas como devo fazer? O que devo dizer?

Emma assegurou-lhe que não haveria dificuldade na resposta e aconselhou que fosse escrita imediatamente, com o que ela concordou, na esperança de ter sua ajuda; e embora Emma continuasse a protestar contra qualquer necessidade de ajuda, prestou-a na elaboração de cada frase. A releitura da carta, durante a redação da resposta, tinha uma influência tão amenizadora, que havia a especial necessidade de exortar Harriet com algumas expressões decididas; e ela estava tão preocupada com a ideia de entristecê-lo, e se preocupava tanto com o que a mãe e as irmãs pensariam e diriam, e estava tão ansiosa para que elas não a considerassem ingrata, que Emma acreditou que se o jovem aparecesse em seu caminho naquele momento, ele teria sido aceito, no final das contas.

Essa carta, entretanto, foi escrita, selada e enviada. O negócio estava encerrado, e Harriet estava salva. Ela ficou bastante abatida durante toda a noite, mas Emma podia permitir seus amáveis arrependimentos e, às vezes, os aliviava falando de sua própria afeição, às vezes mencionando o sr. Elton.

— Nunca mais serei convidada para o Moinho da Abadia — foi dito em um tom bastante triste.

— E se fosse, eu jamais suportaria me separar de você, minha Harriet. É necessária demais em Hartfield para poder ir para ao Moinho da Abadia.

— E tenho certeza de que nunca vou querer voltar lá; pois nunca fico feliz fora de Hartfield.

Algum tempo depois, disse:

— Acho que a senhora Goddard ficaria muito surpresa se soubesse o que aconteceu. Tenho certeza de que a senhorita Nash ficaria, pois a senhorita Nash acha que a própria irmã é muito bem casada, e ele não passa de um comerciante de tecidos.

— Seria uma pena ver maior orgulho ou refinamento em uma professora de escola, Harriet. Ouso dizer que a senhorita Nash invejaria por uma oportunidade como essa de se casar. Mesmo essa conquista pareceria valiosa aos olhos dela. Quanto a qualquer coisa superior para você, suponho que ela ignore totalmente. As atenções de uma certa pessoa dificilmente já estariam entre os mexericos de Highbury. Portanto, imagino que nós somos as únicas pessoas para quem sua aparência e seus modos se revelaram.

Harriet corou e sorriu, e disse algo sobre se surpreender pelas pessoas gostarem tanto dela. A ideia do sr. Elton de fato era animadora; mas ainda assim, depois de um tempo, ela estava com o coração enternecido pelo rejeitado sr. Martin.

— Agora já recebeu minha carta — disse ela com suavidade. — Pergunto-me o que todos eles estão fazendo, se suas irmãs sabem. Se ele ficar infeliz, elas ficarão infelizes também. Espero que ele não se importe muito.

— Vamos pensar naqueles entre nossos amigos ausentes que estão investidos em coisas mais alegres — exclamou Emma. — Talvez o senhor Elton esteja agora mesmo mostrando seu retrato para a mãe e as irmãs, contando como a original é muito mais bela, e depois de ser perguntado umas cinco ou seis vezes, permitindo que ouçam seu nome, seu doce nome.

— Meu retrato! Mas ele deixou meu retrato em Bond-Street.

— Deixou mesmo! Então, não conheço o senhor Elton. Não, minha querida e modesta Harriet, pode ter certeza de que o retrato só irá para Bond-Street um pouco antes de ele montar em seu cavalo amanhã. Será sua companhia durante toda esta noite, seu consolo, seu deleite. Introduz seus projetos à sua família, apresenta você a eles, difunde nas pessoas os mais agradáveis sentimentos da natureza humana: ávida curiosidade e calorosa inclinação. Quão alegres, quão animadas, quão desconfiadas, quão ocupadas estão todas as suas imaginações!

Harriet sorriu novamente, e seus sorrisos ficaram mais firmes.

Capítulo 8

Harriet dormiu em Hartfield naquela noite. Já fazia algumas semanas que ela passava mais da metade do tempo ali e, aos poucos, teve um quarto separado para si; e Emma julgou melhor em todos os aspectos, mais seguro e gentil, mantê-la com eles tanto quanto fosse possível no momento. Ela foi obrigada a ir na manhã seguinte por uma ou duas horas à casa da sra. Goddard, mas então ficou decidido que ela deveria retornar a Hartfield, para fazer uma visita mais longa de alguns dias.

Enquanto ela estava fora, o sr. Knightley apareceu e sentou-se algum tempo com o sr. Woodhouse e Emma, até que o sr. Woodhouse, que antes havia decidido dar uma caminhada, foi persuadido por sua filha a não adiar, e foi induzido pelos pedidos de ambos, embora contra os escrúpulos da própria civilidade, a deixar o sr. Knightley cumprir esse propósito. O sr. Knightley, que não era dado a fazer cerimônias, oferecia, com suas respostas curtas e decididas, um divertido contraste às longas desculpas e educadas hesitações do outro.

— Bem, creio, se me der licença, senhor Knightley, se não considerar que estou fazendo algo muito rude, vou seguir o conselho de Emma e sair por uns quinze minutos. Como o sol apareceu, acho melhor dar minha volta enquanto posso. Eu o trato sem cerimônia, senhor Knightley. Nós, inválidos, pensamos que somos pessoas privilegiadas.

— Meu caro senhor, não me trate como a um estranho.

— Deixo uma excelente substituta: a minha filha. Emma ficará feliz em fazer-lhe companhia. E, portanto, acho que vou implorar sua licença e dar minha volta, minha caminhada de inverno.

— Não poderia fazer melhor, senhor.

— Eu pediria o prazer de sua companhia, senhor Knightley, mas ando muito devagar e meu passo lhe seria tedioso; e, além disso, o senhor tem outra longa caminhada pela frente, de volta à Abadia de Donwell.

— Agradeço-lhe, senhor. Eu mesmo estou indo embora daqui a pouco e acho que quanto mais cedo *o senhor* for também, melhor. Vou buscar seu sobretudo e abrir a porta do jardim.

Finalmente, o sr. Woodhouse saiu; mas o sr. Knightley, em vez de também logo partir, sentou-se de novo, aparentando querer conversar mais. Ele começou a falar de Harriet por vontade própria, e a falar dela de modo mais elogioso do que Emma jamais ouvira antes.

— Não posso avaliar a beleza dela como o faz — disse ele. — Mas ela é uma criaturinha bonita, e estou inclinado a pensar muito bem sobre seu temperamento. Seu caráter depende daqueles com quem está; mas em boas mãos ela se tornará uma esposa valiosa.

— Fico feliz que pense assim; e as boas mãos, espero, não devem faltar.

— Vamos — disse ele —, está ansiosa por um elogio, então vou lhe dizer que você a melhorou. Curou-a da risadinha de colegial; ela realmente lhe faz justiça.

— Obrigada. Ficaria realmente envergonhada caso não acreditasse que tinha sido de alguma valia para ela; mas não é todo mundo que concede elogios ao que merece. O *senhor* não costuma me sufocar com eles.

— Está esperando por ela de novo esta manhã, como disse?

— A qualquer momento. Ela já está se demorando mais tempo do que pretendia.

— Algo aconteceu para atrasá-la; alguns visitantes, talvez.

— Fofocas de Highbury! Infelizes cansativos!

— Harriet pode não considerar aborrecidos a todos que você considera.

Emma sabia que isso era bem verdade para ser contradito e, portanto, não disse nada. Ele logo acrescentou, com um sorriso:

— Não finjo saber horários ou lugares, mas devo dizer-lhe que tenho boas razões para acreditar que sua amiguinha logo ouvirá algo que lhe será proveitoso.

— É mesmo? Como assim? De que tipo?

— Algo muito sério, garanto-lhe — disse, ainda sorrindo.

— Muito sério! Só consigo pensar em uma coisa: quem está apaixonado por ela? Quem lhe fez confidente?

Emma esperava mais do que meio esperançosa que o sr. Elton tivesse dado uma dica. O sr. Knightley era uma espécie de amigo e conselheiro geral, e ela sabia que o sr. Elton o admirava.

— Tenho motivos para acreditar — respondeu ele — que Harriet Smith em breve receberá um pedido de casamento, e vindo de alguém absolutamente irrepreensível: Robert Martin. A visita dela ao Moinho da Abadia, nesse verão, parece tê-lo convencido. Ele está desesperadamente apaixonado e pretende se casar com ela.

— Ele é muito amável — replicou Emma. — Mas ele tem certeza de que Harriet deseja se casar com ele?

— Ora, bem, ele pretende propor-lhe casamento, então. Está bem? Ele veio à Abadia há duas noites para me consultar a respeito. Ele sabe que tenho grande respeito por ele e por toda a sua família e, acredito, me considera um de seus melhores amigos. Ele veio me perguntar se eu achava que seria imprudente da parte dele se estabelecer tão cedo; se eu a achava muito jovem; em suma, se eu aprovava sua escolha; sentindo certa apreensão, talvez, de que ela seja considerada (especialmente depois de *você* a melhorar tanto) em um nível social superior ao dele. Fiquei muito satisfeito com tudo o que ele disse. Não conheço ninguém mais sensato do que Robert Martin. Ele sempre fala com um propósito; é aberto, direto e muito bem ajuizado. Contou-me tudo: suas circunstâncias e seus planos, e o que ele e sua família pretendiam fazer no caso de seu casamento. É um excelente rapaz, como filho e como irmão. Não hesitei em aconselhá-lo a se casar. Provou-me que tinha condições financeiras de fazê-lo; e, nesse caso, convenci-me de que ele não poderia fazer melhor escolha. Eu também elogiei a bela dama, e mandei-o embora muito feliz. Se ele nunca tivesse estimado minha opinião antes, teria tido grande consideração por mim, então; e, ouso dizer, ele saiu da casa pensando que eu era o melhor amigo e conselheiro que um homem já teve. Isso aconteceu anteontem à noite. Bom, como bem podemos supor, ele não deixaria passar muito tempo antes de falar com a moça e, como parece não ter falado ontem, não é improvável que ele esteja na casa da senhorita Goddard hoje; e Harriet pode ter sido detida por um visitante, sem considerá-lo um desgraçado enfadonho.

— Diga-me, senhor Knightley — disse Emma, que estava sorrindo para si mesma durante grande parte do discurso —, como sabe que o senhor Martin não falou ontem?

— Bem, é verdade, não sei com certeza — respondeu ele, surpreso —, mas é de se supor. Ela não passou o dia todo em sua companhia?

— Pois bem — disse ela —, vou contar-lhe uma coisa, em troca do que me contou. Ele falou ontem, ou melhor, ele escreveu e foi recusado.

Precisou repetir para que ele acreditasse; e o sr. Knightley realmente pareceu corar de surpresa e desagrado, quando se levantou, indignado, e disse:

— Então ela é mais simplória do que pensei. O que essa garota tola tem na cabeça?

— Ah! É claro — exclamou Emma —, é sempre incompreensível para um homem que uma mulher recuse uma oferta de casamento. Um homem sempre imagina que uma mulher está pronta para aceitar qualquer um que lhe peça a mão.

— Absurdo! Os homens não pensam tal coisa. Mas que significa isso? Harriet Smith recusar Robert Martin? Loucura, se assim for; mas espero que esteja enganada.

— Eu vi a resposta dela! Não poderia ser mais clara.

— Viu a resposta dela! Escreveu a resposta dela também. Emma, isso é obra sua. Convenceu a recusar.

— E se o tivesse feito (o que, entretanto, estou longe de admitir), não sentiria que fiz algo errado. O senhor Martin é um jovem muito respeitável, mas não posso concordar que seja do mesmo nível de Harriet; e estou de fato bastante surpresa que ele tenha se aventurado a se dirigir a ela. Segundo o seu relato, ele parece ter tido alguns escrúpulos. É uma pena que tenham sido superados.

— Harriet não é do mesmo nível dele! — Exclamou o sr. Knightley alta e calorosamente; e, com aspereza mais calma, acrescentou, alguns momentos depois: — Não, ele não é igual a ela, pois é seu superior tanto em sensatez como em situação. Emma, sua fascinação por aquela garota a deixa cega. Quais são as reivindicações de Harriet Smith, seja de nascimento, natureza ou educação, a qualquer conexão mais elevada do que Robert Martin? Ela é a filha natural de ninguém sabe quem, provavelmente sem nenhuma provisão determinada, e, com toda certeza, sem conexões respeitáveis. É conhecida apenas como pensionista em uma escola comum. Não é uma moça sensata, nem tem qualquer cultura. Não lhe foi ensinado nada de útil e é jovem e simples demais para ter adquirido qualquer conhecimento por si mesma. Na sua idade, não pode ter nenhuma experiência e, com sua pouca inteligência, é pouco provável que jamais tenha tido alguma que lhe possa ser útil. É bela e tem bom temperamento, e isso é tudo. Meu único escrúpulo em aconselhar o casamento foi por causa dele, por considerar abaixo de seu mérito e uma conexão ruim para ele. Pensei que, quanto à fortuna, com toda a probabilidade ele conseguiria algo muito melhor; e que quanto a uma companheira racional ou auxiliar útil, não poderia se sair pior. Mas não pude argumentar assim com um homem apaixonado, e estava disposto a confiar que não haveria nenhum mal nela, que ela tivesse aquele tipo de índole que, em boas mãos, como as dele, poderia ser conduzida com facilidade no caminho certo e se dar muito bem. Senti que a vantagem no enlace estava toda do lado dela; e não tinha a menor dúvida, nem tenho agora, de que haveria um clamor geral por sua extrema boa sorte. Até da *sua* satisfação estava certo. Imediatamente, passou-me pela cabeça que não se arrependeria de ver sua amiga deixar Highbury, estando ela tão bem estabelecida. Lembro-me de dizer a mim mesmo: "Até mesmo Emma, com toda sua preferência por Harriet, considerará que é uma boa união".

— Não posso deixar de me surpreender que conheça Harriet tão pouco a ponto de dizer tal coisa. Ora! Pensar que um fazendeiro, e mesmo com todo o seu bom senso e todo o seu mérito, o senhor Martin não passa disso, seja um bom par para minha amiga íntima! Não lamentar que ela deixasse Highbury para se casar com um homem que eu jamais poderia admitir como meu conhecido! Admira-me que pense ser possível que eu pudesse ter tais sentimentos. Garanto-lhe que os meus são bem diferentes. Considero suas declarações nada justas. O senhor não faz jus aos méritos de Harriet. São estimados de maneira muito diferente por outros e também por mim. O senhor Martin pode ser o mais rico entre os dois, mas sem dúvida é inferior a ela quanto à posição social. Os círculos pelos quais ela transita são muito superiores aos dele. Seria uma degradação.

— Uma degradação à ilegitimidade e à ignorância, ser casada com um fazendeiro respeitável, inteligente e cavalheiresco!

— Quanto às circunstâncias de seu nascimento, embora no sentido jurídico ela possa ser chamada "Ninguém", isso não vale no bom senso. Ela não deve pagar pelos erros alheios, sendo mantida abaixo do nível daqueles com quem foi criada. Não há dúvidas de que seu pai é um cavalheiro, e um cavalheiro de fortuna. Sua mesada é muito generosa; nada jamais foi negado para seu desenvolvimento ou conforto. Para mim, não há dúvida de que é filha de um cavalheiro; que ela se associe a filhas de cavalheiros, ninguém, entendo, poderá negar. É superior ao senhor Robert Martin.

— Quem quer que sejam seus pais — disse o sr. Knightley —, quem quer que tenha sido encarregado de cuidar dela, não parece ter feito parte de seus planos introduzi-la ao que você chamaria de boa sociedade. Depois de receber uma educação muito indiferente, é deixada nas mãos da senhora Goddard para a conduzir como puder; resumindo, para seguir na linha da senhora Goddard, ter as amizades da senhora Goddard. Está claro que seus amigos acharam que isso era bom o bastante para ela; e *foi* bom o bastante. Ela não desejava nada melhor para si mesma. Até você decidir torná-la sua amiga, sua mente não tinha qualquer aversão à própria situação, nem qualquer ambição além dela. Ficou bastante feliz quando passou o verão com os Martin. Não tinha nenhum senso de superioridade então. Se o tem agora, você o deu. Você não tem sido amiga de Harriet Smith, Emma. Robert Martin nunca teria ido tão longe se não estivesse persuadido de que ela não era avessa a ele. Eu o conheço bem. Seus sentimentos são honestos demais para se dirigir a qualquer mulher ao acaso de uma paixão egoísta. E quanto a ser presunçoso, está mais longe disso do que qualquer homem que conheço. Pode ter certeza de que ele teve incentivo.

Emma achou mais conveniente não responder diretamente a essa afirmação e preferiu retomar sua própria linha de raciocínio.

— O senhor é um amigo muito bom para o senhor Martin; mas, como eu disse antes, é injusto com Harriet. As possibilidades de Harriet de fazer um bom casamento não são tão desprezíveis quanto as representa. Ela não é uma moça inteligente, mas tem mais bom senso do que imagina e não merece que seu entendimento seja tão mal falado. Deixando esse ponto de lado, no entanto, e supondo que ela seja, como a descreve, apenas bela e bem-humorada, deixe-me dizer-lhe que, à medida que ela os possui, essas não são recomendações triviais para o mundo em geral, pois ela é, de fato, uma bela garota, e deve ser considerada assim por noventa e nove pessoas entre cem; e até que pareça que os homens são muito mais filosóficos sobre o conceito de beleza do que geralmente se supõe; até que se apaixonem por mentes bem informadas em vez de rostos bonitos, uma garota, com tanta beleza como Harriet, tem a certeza de ser admirada e procurada, de ter o poder de escolher entre muitos, consequentemente, pelo mérito de ser bela. Sua boa índole também não é uma pretensão tão desprezível, abarcando, como o faz, uma real e completa doçura de temperamento e maneiras, uma opinião muito humilde de si mesma e uma grande disposição para se agradar de outras pessoas. Estou muito enganada se o sexo do senhor em geral não consideraria tal beleza e tal temperamento os maiores méritos que uma mulher fosse capaz de possuir.

— Dou-lhe minha palavra, Emma, que ouvi-la abusar do raciocínio que tem é quase o suficiente para me fazer pensar da mesma maneira. Melhor não ter bom senso do que aplicá-lo mal como o faz.

— Com certeza! — Exclamou ela, debochadamente. — Eu sei que *esse* é o sentimento de todos vocês. Sei que uma garota como Harriet é exatamente o que todo homem deseja, que, ao mesmo tempo, enfeitiça seus sentidos e satisfaz seu entendimento. Ah! Harriet pode escolher a dedo. Se o senhor fosse se casar, seria a mulher perfeita. E é de se surpreender que ela, aos dezessete anos, apenas começando a viver, começando a ser conhecida, não aceite a primeira oferta que recebe? Não, por favor, dê-lhe tempo para conhecer mais pessoas.

— Sempre achei uma amizade muito tola — retrucou o sr. Knightley —, embora tenha guardado minhas opiniões para mim; mas, agora, percebo que será muito infeliz para Harriet. Você a inflará com tais ideias sobre a própria beleza e sobre aquilo a que ela tem direito que, em pouco tempo, ninguém no seu nível será bom o suficiente para ela. A vaidade, influenciando uma mente fraca, produz todo tipo de problemas. Não há nada mais fácil para uma jovem que elevar muito suas expectativas. A senhorita Harriet Smith pode não encontrar ofertas de casamento fluindo tão rápido, embora seja uma jovem muito bonita. Homens de bom senso, não importa o que digam, não querem esposas tolas. Homens de boa família não ficariam muito felizes em se conectar a uma moça de origens tão obscuras, e homens mais prudentes temeriam a inconveniência e a desgraça em que poderiam se ver envolvidos quando o mistério de sua linhagem viesse a ser revelado. Permita-lhe que se case com Robert Martin e ela estará segura, respeitável e feliz para sempre; mas se a encorajar a esperar um grande casamento e ensiná-la a ficar satisfeita com nada menos do que um homem de importância e de grande fortuna, ela pode vir a ser uma pensionista da senhora Goddard pelo resto da vida ou, pelo menos, pois Harriet Smith é uma garota que vai se casar com alguém, até que fique desesperada e se dê por satisfeita por agarrar o filho do velho professor de escrita.

— Temos opiniões tão diferentes sobre esse assunto, senhor Knightley, que não há nenhuma utilidade em discuti-lo. Apenas deixaremos um ao outro ainda mais irritado. E quanto a *permitir* que ela se case com Robert Martin, é impossível; ela o recusou, e tão decididamente, creio eu, que deve impedir qualquer segundo pedido. Ela deve suportar o mal de tê-lo recusado, seja qual for; e quanto à recusa em si, não vou fingir que não a tenha influenciado um pouco, mas asseguro-lhe que restava muito pouco que eu ou qualquer pessoa pudesse fazer. Sua aparência depõe tanto contra ele, e seus modos são tão grosseiros, que se ela alguma vez esteve disposta a favorecê-lo, agora não está mais. Posso imaginar que antes de ter conhecido alguém superior, ela poderia tê-lo tolerado. Ele é irmão de suas amigas e se esforçou para agradá-la; e, além disso, sem ter visto ninguém melhor, o que deve ter sido de grande auxílio para ele, ela não poderia, enquanto estivesse no Moinho da Abadia, achá-lo desagradável. Mas as coisas estão diferentes agora. Sabe agora o que são cavalheiros; e nada além de um cavalheiro em educação e maneiras tem alguma chance com Harriet.

— Tolice, tolice errônea, como nunca foi falada! — Exclamou o sr. Knightley. — A seu favor, há bom senso, sinceridade e bom humor nos modos de Robert Martin; e sua mente tem mais verdadeira nobreza do que Harriet Smith é capaz de entender.

Emma não respondeu e tentou parecer alegremente despreocupada, mas, na verdade, estava se sentindo desconfortável e queria muito que ele fosse embora. Não estava arrependida do que havia feito; ainda se considerava uma juíza melhor sobre tal ponto de direito feminino e requinte do que ele; mas, ainda assim, tinha uma espécie de respeito casual pelo julgamento dele em geral que a fazia não gostar de ouvi-lo tão claramente contra ela, e tê-lo sentado diante dela em estado de raiva era muito desagradável. Alguns minutos se passaram nesse silêncio desagradável, com apenas uma tentativa da parte de Emma de falar sobre o tempo, mas ele não respondeu. Ele estava pensando. O resultado de seus pensamentos apareceu finalmente nestas palavras.

— Robert Martin não perdeu muito, se ele puder apenas pensar assim; e espero que não demore muito a fazê-lo. Ninguém melhor do que você para saber quais são suas opiniões sobre Harriet, mas como não esconde seu prazer em bancar a casamenteira, é correto supor que tem opiniões, planos e projetos; e, como seu amigo, devo apenas sugerir que se Elton for o homem, creio que tudo será trabalho em vão.

Emma riu e negou. Ele continuou:

— Pode ter certeza, Elton não vai servir. Elton é um tipo de homem muito bom e um vigário muito respeitável para Highbury, mas é muito improvável que faça um casamento imprudente. Ele conhece o valor de uma boa renda tão bem quanto qualquer um. Elton pode falar com sentimentalidade, mas agirá racionalmente. Ele conhece tão bem os próprios méritos quanto você conhece os de Harriet. Ele sabe que é um homem muito bem-apessoado e muito popular onde quer que vá; e por sua maneira comum de falar em momentos sem reservas, quando só há homens presentes, estou convencido de que ele não pretende se jogar fora. Ouvi-o falar com grande animação de uma grande família de moças de quem suas irmãs são amigas, que têm todas as vinte mil libras cada uma.

— Sou muito grata ao senhor — disse Emma, rindo-se de novo. — Se eu estivesse decidida que o senhor Elton se casaria com Harriet, teria sido muito gentil abrir meus olhos; mas, por enquanto, apenas quero Harriet só para mim. Na verdade, abandonei o ofício de casamenteira. Jamais poderia esperar igualar minhas próprias ações em Randalls. Decidi parar enquanto estou indo bem.

— Tenha um bom dia — disse ele, levantando-se e saindo abruptamente. Estava muito irritado. Sentia pelo desapontamento do jovem e ficou mortificado por ter ajudado a causá-lo, pelo incentivo que lhe dera; e o papel que Emma desempenhara no caso, segundo estava convencido, o provocava ao extremo.

Emma também permaneceu em um estado de aborrecimento, mas havia menos clareza quanto às suas causas que nas dele. Ela nem sempre se sentia tão absolutamente satisfeita consigo mesma, tão inteiramente convencida de que suas opiniões estavam certas e as de seu oponente erradas quanto o sr. Knightley. Ele foi embora em um estado de autoaprovação mais completo do que quando a viu. No entanto, não estava tão significativamente abatida que um pouco de tempo e o retorno de Harriet não bastassem muito bem para restaurá-la. O fato de Harriet ficar longe por tanto tempo estava começando a inquietá-la. A possibilidade de o jovem ir à casa da sra. Goddard naquela manhã, encontrar-se com Harriet e defender sua própria causa lhe trazia ideias aterradoras. Afinal, o pavor de tal fracasso tornou-se inquietação proeminente; e quando Harriet apareceu, e de muito bom humor, e sem qualquer motivo para justificar sua longa ausência, Emma sentiu tal satisfação que a deixou tranquila com a própria mente e a convenceu de que o sr. Knightley podia pensar ou dizer o que quisesse; afinal, ela não tinha feito nada que a amizade e os sentimentos femininos não justificassem.

Ele a assustou um pouco por causa do Sr. Elton; mas ela considerou que o sr. Knightley não poderia tê-lo observado como havia feito, nem com o interesse, nem — permitiu-se dizer a si mesma —, apesar das pretensões do sr. Knightley, com sua habilidade de observação para tais assuntos, e que ele falara sem pensar e movido pela raiva, levando-a a acreditar que, na verdade, havia dito o que, ressentidamente, desejava que fosse verdade, em vez do que sabia a respeito. Certamente devia ter ouvido o sr. Elton falar com mais franqueza do que ela jamais ouvira; e o sr. Elton talvez não tivesse uma atitude imprudente e insensata quanto a questões financeiras; pelo contrário, seria natural que fosse mais atento a elas. Porém, o sr. Knightley não levava em consideração a influência de uma forte paixão em conflito com todos os motivos de interesse. O sr. Knightley não viu tal paixão e, é claro, não deu importância aos seus efeitos; mas ela viu muito dela para ter dúvidas sobre sua capacidade de superar quaisquer hesitações que uma cautela razoável pudesse a princípio sugerir; e mais do que um grau razoável e apropriado de cautela, tinha certeza que o sr. Elton não a possuía.

O ar e as maneiras alegres de Harriet determinaram os de Emma; ela voltou não para pensar no sr. Martin, mas para falar do sr. Elton. A srta. Nash estivera lhe contando algo que ela repetiu imediatamente com grande prazer. O sr. Perry havia estado na casa da sra. Goddard para cuidar de uma criança doente, e a srta. Nash o vira, e ele contou à srta. Nash que, quando estava voltando de Clayton Park no dia anterior, havia encontrado o sr. Elton e descoberto para sua grande surpresa, que ele estava, na verdade, a caminho de Londres e não pretendia retornar até a manhã seguinte, embora fosse a noite do clube de uíste, que ele nunca havia perdido antes; e o sr. Perry havia protestado e dito-lhe como era vergonhoso que ele, o melhor jogador, se ausentasse, tentando muito persuadi-lo a adiar sua viagem apenas por um dia, mas sem sucesso. O sr. Elton estava determinado a seguir viagem e disse de um modo de fato *muito único* que estava indo para cuidar de um negócio que não adiaria por nenhum incentivo no mundo e disse algo sobre uma tarefa muito invejável e sobre ser o portador de algo extremamente precioso. O sr. Perry não conseguiu entendê-lo bem, mas tinha certeza de que uma *dama* estava envolvida no caso, e disse isso a ele; e o sr. Elton apenas pareceu muito consciente e sorridente, e partiu muito animado. A srta. Nash havia contado tudo isso a ela e falado muito mais sobre o sr. Elton; e disse, olhando-a de modo muito significativo, "que ela não fingia entender qual era o negócio dele, mas sabia apenas que qualquer mulher a quem o sr. Elton pudesse preferir seria considerada a mulher mais sortuda do mundo; pois, sem dúvida, o sr. Elton não tinha rival em beleza ou amabilidade".

Capítulo 9

O sr. Knightley podia brigar com ela, mas Emma não podia brigar consigo mesma. Ele ficou tão aborrecido que demorou mais tempo do que o normal antes que voltasse a Hartfield; e, quando eles se encontraram, seu ar sério mostrou que ela não havia sido perdoada. Ela sentia muito, mas não podia arrepender-se; pelo contrário, seus planos e condutas pareciam cada vez mais justificados e se tornavam ainda mais encantadores para ela pelos aspectos gerais dos dias seguintes.

O retrato, elegantemente emoldurado, chegou a salvo logo após o retorno do sr. Elton e, tendo sido pendurado sobre o consolo da lareira da sala de visitas, ele se levantou para observá-lo e suspirou suas meias frases de admiração, como deveria; e quanto aos sentimentos de Harriet, estavam visivelmente se unindo em uma ligação tão forte e estável quanto sua juventude e tipo de mente admitiam. Emma logo ficou perfeitamente satisfeita com o fato de o sr. Martin não ser lembrado de outra maneira, a não ser a fim de propor um contraste com o sr. Elton, para a maior vantagem deste último.

Seus planos para melhorar o intelecto de sua amiguinha, por meio de muitas leituras e conversas úteis, nunca haviam levado a mais do que alguns primeiros capítulos e à intenção de continuar amanhã. Era muito mais fácil conversar do que estudar; muito mais agradável deixar sua imaginação voar e trabalhar sobre a sorte de Harriet do que trabalhar para ampliar sua compreensão ou exercitá-la com fatos sóbrios; e a única atividade literária que envolvia Harriet no momento, a única provisão mental que ela estava fazendo para o entardecer da vida, era coletar e transcrever todo tipo de charadas que pudesse encontrar em um caderno fino de papel prensado no calor, ornamentado com monogramas e taças, feito por sua amiga.

Nessa era da literatura, essas coletâneas em grande escala não são incomuns. A srta. Nash, diretora na escola da sra. Goddard, tinha escrito pelo menos trezentas delas; e Harriet, que havia primeiro aprendido isso com ela, esperava, com a ajuda da srta. Woodhouse, conseguir muitas mais. Emma ajudou com sua invenção, memória e gosto; e como Harriet escrevia com uma caligrafia muito bonita, era provável que fosse um arranjo de primeira categoria, tanto em forma como em quantidade.

O sr. Woodhouse estava quase tão interessado no negócio quanto as meninas, e muitas vezes tentava se lembrar de algo que valesse a pena elas registrarem. "Tantas charadas inteligentes que costumava haver quando era jovem…" Ele se admirava por não conseguir se lembrar delas! Mas tinha esperança que o conseguisse com o tempo E elas sempre terminavam em "Kitty era uma bela, porém fria, donzela ".

Também seu bom amigo Perry, a quem havia falado sobre o assunto, não se lembrava de nenhum tipo de charada; mas pediu que Perry prestasse atenção. Já que ele circulava tanto, pensava que algo poderia surgir daí.

De maneira nenhuma era desejo de sua filha que os intelectos de Highbury em geral fossem requisitados. O sr. Elton foi o único a quem ela pediu ajuda. Ele foi convidado a contribuir com quaisquer enigmas, charadas ou adivinhas realmente boas de que pudesse se lembrar; e ela teve o prazer de vê-lo buscá-las atentamente na memória; e, ao mesmo tempo, como ela pode perceber, tomando todo o cuidado para que nada soasse pouco galante, para que nada que não exalasse um elogio ao sexo feminino passasse por seus lábios. Deviam a ele dois ou três dos seus enigmas mais polidos; e a alegria e o entusiasmo com que, por fim, ele lembrou e recitou de maneira um tanto sentimental a famosa charada:

A primeira em algum lugar do mundo
Ando em busca dela onde eu estiver
E me completo quando encontro
Aquela que nunca irá me tolher

Isso lhe fez lamentar que já a houvessem transcrito algumas páginas antes.

— Por que o senhor mesmo não escreve uma para nós, senhor Elton? — sugeriu ela. — É a única maneira de garantir sua espontaneidade, e nada poderia lhe ser mais fácil.

Ah, não! Ele nunca havia escrito, quase nunca, algo desse tipo em sua vida. Era o sujeito mais estúpido! Temia que nem mesmo a srta. Woodhouse... — hesitou por um momento — ou a srta. Smith pudessem inspirá-lo

O dia seguinte, entretanto, trouxe alguma prova de inspiração. Apareceu lá apenas por alguns instantes, só para deixar um pedaço de papel sobre a mesa, contendo, como disse, uma charada, que um amigo seu dirigira a uma jovem a quem admirava, mas que, pelos seus modos, Emma ficou imediatamente convencida de que devia ser dele.

— Não a ofereço para a coletânea da senhorita Smith — disse ele. — Sendo de um amigo meu, não tenho o direito de expô-la, de modo algum, ao público, mas talvez a senhorita a aprecie.

O discurso foi mais para Emma do que para Harriet, o que Emma podia entender. Havia uma profunda lucidez sobre ele, e ele achou mais fácil olhar nos olhos dela do que nos olhos de sua amiga. Ele se foi no momento seguinte... Após um momento de pausa:

— Pegue — disse Emma, sorrindo e empurrando o papel para Harriet. — É para você. Pegue o que é seu.

Contudo, Harriet estava tremendo e não conseguia tocá-lo; e Emma, que nunca hesitava em ser a primeira, foi obrigada a examiná-lo.

Para a senhorita....

CHARADA.

> *A primeira revela*
> *A riqueza e a pompa dos reis,*
> *Senhores da terra!*
> *A segunda traz*
> *Bela visão do homem,*
> *De seu talento e criatividade!*
> *A terceira é a mais travessa*
> *Lembra-me da rainha zombeteira*
> *Que a mais bela flor afinal há de invejar!*

Sua sagacidade a palavra logo encontrará,
Que aprovação cintile no seu suave olhar!

Passou os olhos sobre o papel, ponderou, captou seu significado, leu tudo de novo para ter certeza e, senhora dos versos, passando-o então para Harriet, sentou-se feliz, sorrindo e dizendo para si mesma, enquanto Harriet lia o papel intrigada, em meio a toda a confusão, tomada por entorpecimento e por expectativas. "Muito bem, senhor Elton, muito bem mesmo. Já li charadas piores. *Corte* é uma dica muito boa. Dou-lhe crédito por isso. É o seu modo de sentir. É uma forma de dizer, muito claramente: 'Por favor, senhorita Smith, dê-me permissão para lhe dirigir meu afeto. Aprove minha charada e minhas intenções ao mesmo tempo'."

Que aprovação cintile no seu suave olhar!

"Harriet, com certeza. Suave é a palavra perfeita para seu olhar, de todos os epítetos, o mais justo que lhe poderia ser conferido."

Sua sagacidade a palavra logo encontrará.

"Hum... A sagacidade de Harriet! Ainda melhor. Um homem deve estar muito apaixonado, de fato, para descrevê-la assim. Ah! Sr. Knightley, gostaria que pudesse ver isso. Creio que isso o convenceria. Pela primeira vez na vida, seria obrigado a reconhecer que estava errado. Uma excelente charada, de fato! E que servia muito bem a seu propósito. As coisas devem chegar a uma conclusão em breve."

Ela foi obrigada a interromper esses pensamentos muito agradáveis, que, de outro modo, durariam um longo tempo, devido à ansiedade das perguntas espantadas de Harriet.

— O que pode ser, senhorita Woodhouse? O que pode ser? Eu não tenho ideia... Não consigo adivinhar. O que pode ser? Tente descobrir, senhorita Woodhouse. Me ajude. Nunca vi nada tão difícil. Será reino? Pergunto-me quem era o amigo e quem poderia ser a jovem. Considera uma boa charada? A reposta poderá ser paisagem?

Lembra-me da rainha zombeteira.

— Será que é governante?

A riqueza e a pompa dos reis.

— Ou um castelo? Ou uma luneta? Ou um imperador? Não. Imperador não tem três sílabas. Deve ser muito inteligente, ou ele não a teria trazido. Ah! Senhorita Woodhouse, acha que algum dia iremos decifrá-la?

— Luneta e imperador! Que absurdo! Minha querida Harriet, no que está pensando? Para que ele nos traria uma charada escrita por um amigo sobre uma luneta ou um imperador? Dê-me o papel e ouça. No lugar de: "Para a senhorita," leia "Para a senhorita Smith." E a charada: "A primeira revela/ A riqueza e a pompa dos reis,/ Senhores da terra!" Desse trecho, tiramos coroa, a primeira sílaba da palavra é "cor". "A segunda traz/B ela visão do homem,/ De seu talento e criatividade!" Essa parte nos dá a palavra "arte", da qual tiramos a sílaba "te", e então só falta uma. "A terceira é a mais travessa/ Lembra-me da rainha zombeteira/ Que a mais bela flor afinal há de invejar!" Aqui está a terceira sílaba, que é a mais complicada de encontrar, mas é "jar", e ficamos com a palavra "cor-te-jar". Uma intenção muito apropriada! E em seguida a solicitação, que creio eu, querida Harriet, você não terá muita dificuldade em compreender. Leia para sua própria satisfação. Não há dúvidas de que foi escrita para você.

Harriet não pôde resistir por muito tempo a uma persuasão tão provocadora. Leu os versos finais e ficou toda agitada e feliz. Não conseguia falar. Mas não precisava falar. Era suficiente que sentisse. Emma falou por ela.

— Há um significado tão acentuado e tão particular neste elogio — disse ela —, que não tenho dúvidas quanto às intenções do senhor Elton. O objetivo dele é você e em breve receberá a prova mais completa disso. Pensava que seria assim. Achava que não podia estar tão enganada, mas, agora, está claro: seu estado de espírito está tão claro e decidido quanto meus desejos sobre o assunto desde que a conheci. Sim, Harriet, há tanto tempo desejo que aconteça exatamente o que acaba de acontecer. Não saberia dizer se uma ligação entre você e o senhor Elton era mais desejável ou mais natural. Sua probabilidade e sua elegibilidade são de fato iguais! Estou muito feliz. Dou-lhe os parabéns, minha querida Harriet, de todo o coração. Essa é uma união que uma mulher pode muito bem sentir orgulho em ter criado. É uma conexão que só oferece benefícios. Irá dar-lhe tudo o que deseja: consideração, independência, um lar apropriado; irá fixá-la ao seio de todos os seus amigos verdadeiros, perto de Hartfield e de mim, e confirmará nossa amizade para sempre. Essa, Harriet, é uma aliança que nunca poderá causar rubor a nenhuma de nós.

"Querida senhorita Woodhouse!" e "Querida senhorita Woodhouse!" foi tudo o que Harriet, com muitos abraços ternos, conseguiu articular a princípio; mas quando chegaram a algo mais parecido com uma conversa, ficou suficientemente claro para a amiga que ela entendia, sentia, antecipava e lembrava-se exatamente como deveria que a superioridade do sr. Elton tinha amplo reconhecimento.

— Tudo o que você diz está sempre certo — exclamou Harriet —, e por isso, suponho, acredito e espero que deva ser assim; mas, de outra maneira eu não poderia ter imaginado nada. É tão além de qualquer coisa que eu mereça. O senhor Elton, que poderia se casar com qualquer moça que escolhesse! Não pode haver dúvidas quanto a *ele*. É tão superior. Pense apenas nesses doces versos: "Para a senhorita….". Minha nossa, que esperteza! Será mesmo escrito para mim?

— Eu não duvido nem aceito dúvidas quando a isso. É uma certeza. Acredite em meu julgamento. É uma espécie de prólogo da peça, uma epígrafe para o capítulo; e logo será seguido por uma prosa assertiva.

— É o tipo de coisa que ninguém poderia esperar. Tenho certeza de que, há um mês, eu mesma não fazia a mínima ideia! As coisas mais estranhas acontecem!

— Quando uma senhorita Smith e um senhor Elton se conhecem de fato, realmente é estranho; está fora do curso comum daquilo que é tão evidente, tão palpavelmente desejável… Aquilo que acompanha o que havia sido predeterminado por outras pessoas se molda imediatamente de modo apropriado. Você e o senhor Elton foram unidos pela situação, pertencendo um ao outro em todas as circunstâncias de suas respectivas origens. Seu casamento será igual à união em Randalls. Parece haver algo no ar de Hartfield que lança o amor na direção exata e o encaminha ao canal por onde deveria fluir.

O curso do amor verdadeiro nunca fluiu suavemente...

Uma edição de Shakespeare produzida em Hartfield teria uma longa nota sobre essa passagem.

— Que o senhor Elton deveria estar realmente apaixonado por mim — por mim, entre todas, que não o conhecia para poder falar com ele no dia da festa de São Miguel! E ele, o homem mais bonito que já existiu e que todo mundo admira, como o senhor Knightley! Sua companhia é tão requisitada, que todo mundo diz que não precisa fazer uma única refeição sozinho se não quiser; que ele tem mais convites do que dias na semana. E tão excelente na Igreja! A senhorita Nash transcreveu todas as duas pregações desde que ele veio para Highbury. Minha nossa! Quando olho para trás, para a primeira vez que o vi! Quão pouco imaginei! As duas Abbot e eu corremos para a sala da frente e espiamos pela cortina quando soubemos que ele estava passando, e a senhorita Nash veio e nos repreendeu e ficou para olhar ela mesma; no entanto, ela logo me chamou de volta e me deixou ver também, o que foi muito gentil. E como pensamos que ele era bem-apessoado! Ele estava de braços dados com o senhor Cole.

— Esta é uma aliança que, seja quem for, quais forem os seus amigos, deve agradá-los, desde que tenham o mínimo de bom senso; e não dirigimos nossa conduta aos tolos. Se estão ansiosos para vê-la casada e *feliz*, eis um homem cujo caráter amável dá toda a certeza disso. Se desejam que você se estabeleça na mesma região e círculos nos quais escolheram colocá-la, assim será realizado; e se o único objetivo deles é que você, usando a expressão comum, se case *bem*, aqui está a fortuna confortável, o estabelecimento respeitável, a ascensão no mundo que deve satisfazê-los.

— Sim, é bem verdade. Como a senhorita fala bem; amo ouvi-la. Entende de tudo. É tão esperta quanto o senhor Elton. Esta charada! Se eu a tivesse estudado por um ano, não conseguiria entendê-la.

— Achei que ele pretendia testar sua habilidade, pela sua maneira de fazer uma ontem.

— Realmente penso que é, sem exceção, a melhor que já li.

— Nunca li uma mais a propósito, sem dúvida.

— É tão longa como quase todas as que vimos antes.

— Não considero sua extensão particularmente em seu favor. Em geral, essas coisas não podem ser curtas demais.

Harriet estava muito concentrada nos versos para ouvir. As comparações mais satisfatórias surgiam em sua mente.

— Uma coisa é — disse ela, pouco tempo depois, com as faces coradas — ter muito bom senso de uma maneira comum, como qualquer outra pessoa, e se há algo a dizer, sentar e escrever uma carta e dizer apenas o que precisa, de um modo breve; e outra, escrever versos e charadas como esta.

Emma não poderia ter desejado uma rejeição mais vigorosa da prosa do sr. Martin.

— Essas doces linhas! — Continuou Harriet — Essas duas últimas! Mas como poderei devolver o papel ou dizer que a decifrei? Senhorita Woodhouse, o que podemos fazer quanto a isso?

— Deixe comigo. Não faça nada. Ele estará aqui esta noite, ouso dizer, então o devolverei, e falaremos uma ou outra amenidade, e você não será comprometida. Seus olhos suaves escolherão sua hora de cintilar. Confie em mim.

— Oh! Senhorita Woodhouse, que pena que não devo escrever essa bela charada em meu livro! Tenho certeza de que não tenho uma tão boa, sequer pela metade.

— Deixe de fora as duas últimas linhas e não há razão para que deixe de escrevê-las em seu livro.

— Oh! Mas essas duas linhas são...

— As melhores. Concordo; mas para apreciação privada e para isso as guarde. Não perdem seu valor por dividi-las, sabe. O dístico não deixa de ser, nem muda seu significado. Mas remova-os e toda *apropriação* cessa, e uma charada muito bonita e galante permanece, adequada para qualquer coletânea. Tenha certeza de que ele não gostaria que sua charada, bem como sua paixão, fosse menosprezada. Um poeta apaixonado deve ser encorajado em ambas as funções ou em nenhuma. Dê-me o livro, eu a copiarei, e, então não será possível haver repercussões sobre você.

Harriet aquiesceu, embora sua mente mal conseguisse separar as partes, para ter certeza de que sua amiga não estava copiando uma declaração de amor. Parecia uma oferta muito preciosa para qualquer grau de divulgação.

— Jamais deixarei esse livro sair das minhas mãos — disse ela.

— Muito bem — respondeu Emma —, um sentimento mais que natural; e quanto mais ele durar, mais ficarei satisfeita. Mas aí vem meu pai; não se opõe a eu ler a charada para ele. Irá dar-lhe muito prazer! Ele adora qualquer coisa desse tipo, especialmente qualquer coisa que elogie a mulher. Ele tem o mais terno espírito de galanteria para com todas nós! Tem de me deixar ler para ele.

Harriet parecia séria.

— Minha querida Harriet, você não deve dar valor demais a esta charada. Irá trair seus sentimentos de modo impróprio caso se mostre muito consciente e muito alerta e pareça atribuir mais significado, ou mesmo todo o significado que lhe possa ser atribuída. Não se deixe ser arrebatada por tão singelo tributo de admiração. Se ele desejasse sigilo, não teria deixado o papel enquanto eu estivesse por perto; mas ele preferiu entregá-lo para mim do que para você. Não tratemos o assunto com tanta solenidade. Ele tem encorajamento suficiente para prosseguir, sem que suspiremos por causa dessa charada

— Ah! Não, espero não ser tão ridícula a esse respeito. Faça o que quiser.

O sr. Woodhouse entrou e retornou ao assunto, pela recorrência de sua pergunta muito frequente de "Bem, minhas queridas, como vai o seu livro? Tem algo de novo?".

— Sim, papai; temos algo para ler para o senhor, algo totalmente novo. Um pedaço de papel foi encontrado na mesa esta manhã, deixado, supomos, por uma fada, contendo uma charada muito agradável, e acabamos de copiá-la.

Ela leu para ele, do modo como ele gostava que qualquer coisa fosse lida: lenta e distintamente, duas ou três vezes, com explicações de cada parte à medida que ela prosseguia; e ele ficou muito satisfeito e, como ela previra, especialmente impressionado com a elogiosa conclusão.

— Sim, essa é muito boa, de fato, essa está muito bem escrita. Muito verdadeira. "Mulher, linda mulher." Uma charada tão elegante, minha querida, que posso facilmente adivinhar que fada a trouxe. Ninguém poderia tê-la escrito tão bem, exceto por você, Emma.

Emma apenas acenou com a cabeça e sorriu. Depois de pensar um pouco e dar um suspiro muito terno, ele acrescentou:

— Ah! Não é difícil perceber a quem você puxou! Sua querida mãe era tão esperta em todas essas coisas! Se ao menos eu tivesse a memória dela! Mas não consigo me lembrar de nada, nem mesmo daquele enigma que mencionei; só consigo lembrar da primeira estrofe, e há várias.

> *Kitty era uma bela, porém fria, donzela*
> *Acendeu uma chama que ainda deploro,*
> *O menino enganado que chamei para ajudar,*
> *Embora com medo de sua aproximação,*
> *Antes tão fatal à minha corte.*

— E isso é tudo que consigo lembrar, mas é muito sagaz do começo ao fim. Mas acredito, minha querida, que você já a tenha registrado.

— Sim, papai, transcrevemos essa na segunda página. Copiamos dos *Elegant Extracts*. Era de Garrick, sabia?

— Sim, é verdade. Eu gostaria de poder me lembrar de mais.

Kitty era uma bela, porém fria, donzela

— O nome me faz pensar na pobre Isabella, pois ela estava muito perto de ser batizada Catherine, em homenagem à sua avó. Espero que ela esteja aqui na próxima semana. Já se decidiu, minha querida, onde irá acomodá-la e em qual quarto ficarão as crianças?

— Sim, ela ficará no próprio quarto, é claro; o quarto que sempre usa; e os pequenos, no quarto de crianças, como sempre; o senhor sabe. Por que deveria haver alguma mudança?

— Não sei, minha querida, mas faz tanto tempo desde que ela esteve aqui! Desde a última Páscoa, e mesmo assim ficou apenas alguns dias. O fato de o senhor John Knightley ser advogado é muito inconveniente. Pobre Isabella! Tristemente tirada de todos nós! E como ela lamentará quando vier por não encontrar a senhorita Taylor aqui!

— Ela pelo menos não ficará surpresa, papai.

— Não sei, minha querida. Tenho certeza de que fiquei muito surpreso quando soube que ela ia se casar.

— Precisamos convidar o senhor e a senhora Weston para jantar conosco enquanto Isabella estiver aqui.

— Sim, minha querida, se houver tempo. Mas — em um tom muito deprimido — ela vem para passar apenas uma semana. Não terá tempo para nada.

— É uma pena que eles não possam ficar por mais tempo, mas parece ser um caso de necessidade. O senhor John Knightley precisa estar na cidade novamente no dia 28, e devemos ser gratos, papai, por termos todo o tempo que eles podem dar ao campo, que dois ou três dias não sejam reservados para a Abadia. O senhor Knightley promete desistir de suas reclamações esse Natal, embora o senhor saiba que faz mais tempo que eles estiveram com ele do que conosco.

— Seria muito difícil, de fato, minha querida, se a pobre Isabella ficasse em qualquer lugar que não fosse Hartfield.

O sr. Woodhouse nunca poderia aceitar que o sr. Knightley reivindicasse a presença de seu irmão, ou que qualquer outra pessoa reclamasse de Isabella, exceto ele mesmo. Ele refletiu um pouco, e então disse:

— Mas não vejo por que a pobre Isabella deveria ser obrigada a voltar tão cedo, embora ele volte. Acredito, Emma, que tentarei persuadi-la a ficar mais tempo conosco. Ela e as crianças podem muito bem ficar.

— Ah, papai, isso é algo que o senhor nunca foi capaz de fazer, e acho que nunca será. Isabella não suporta ficar longe do marido.

Esta era uma declaração verdadeira demais para admitir contradição. Por mais indesejável que fosse, o sr. Woodhouse só conseguiu dar um suspiro vencido; e como Emma percebeu que seu ânimo era influenciado pela ideia do apego da filha com o marido, imediatamente o conduziu a um aspecto do assunto que deveria animá-lo.

— Harriet deve nos dar o máximo de sua companhia enquanto meu cunhado e minha irmã estiverem aqui. Tenho certeza de que ela ficará encantada com as crianças. Temos muito orgulho das crianças, não temos, papai? Pergunto-me qual deles ela vai achar mais bonito, Henry ou John?

— Sim, eu também me pergunto. Pobres queridinhos, como ficarão felizes por vir. Eles gostam muito de estar em Hartfield, Harriet.

— Não duvido disso, senhor. Tenho certeza de que não consigo pensar em alguém que não goste.

— Henry é um bom menino, mas John é muito parecido com sua mãe. Henry é o mais velho, e foi nomeado em minha homenagem, não em homenagem ao pai. John, o segundo, leva o nome do pai. Algumas pessoas ficam surpresas, acredito, que o mais velho não o tenha carregado, mas Isabella queria que ele se chamasse Henry, o que achei muito bonito da parte dela. E ele é um menino muito inteligente, de verdade. São todos incrivelmente inteligentes e têm modos tão agradáveis. Vêm e ficam ao pé da minha cadeira e dizem: "Vovô, pode me dar um pedaço de corda?". Uma vez, Henry me pediu uma faca, mas eu disse a ele que facas eram apenas para vovôs. Creio que o pai deles seja muito severo com eles com frequência.

— Ele parece severo para o senhor — disse Emma —, porque o senhor é gentil demais; mas se o comparasse a outros pais, não o consideraria assim. Ele deseja que seus meninos sejam ágeis e fortes; e se eles se comportam mal, pode dar-lhes uma palavra dura de vez em quando; mas é um pai afetuoso, com certeza. O senhor John Knightley é um pai afetuoso. As crianças o amam.

— E então o tio deles aparece e os joga para o alto de uma maneira muito assustadora!

— Mas eles gostam, papai; não há nada de que eles gostem mais. É tão divertido para eles que, se o tio não estabelecesse a regra de revezamento, aquele que começasse nunca cederia seu lugar ao outro.

— Bem, não consigo entender.

— Esse é o caso de todos nós, papai. Metade do mundo não consegue entender os prazeres do outro.

Mais tarde naquela manhã, no momento em que as moças iam se separar para se preparar para o jantar, o herói da charada inimitável apareceu novamente. Harriet lhe voltou as costas, mas Emma pôde recebê-lo com o sorriso de sempre, e seu olhar sagaz logo percebeu nele a noção de ter feito um movimento, de ter realizado uma jogada; e imaginou que ele estava vindo para ver qual era o resultado. Sua razão ostensiva, entretanto, fazia ele perguntar se a reunião do sr. Woodhouse poderia se desenrolar naquela noite sem ele, ou se ele era absolutamente necessário em Hartfield. Se ele fosse, tudo o mais deveria ser deixado de lado; mas, fora isso, seu amigo Cole insistira tanto em jantar com ele, e fazia tanta questão, que ele havia lhe prometido, condicionalmente, comparecer.

Emma agradeceu, mas não podia permitir que ele decepcionasse o amigo por causa deles; a partida de uíste de seu pai estava garantida. Ele reiterou, e ela recusou mais uma vez; e ele parecia, então, prestes a fazer sua reverência, quando pegou o papel sobre a mesa e o devolveu:

— Ah! Aqui está a charada que o senhor foi tão amável em deixar conosco; obrigada por nos deixar lê-la. Nós a admiramos tanto que me atrevi a incluí-la na coletânea da senhorita Smith. Seu amigo não vai achar ruim, espero. Claramente não transcrevi além das primeiras oito linhas.

O sr. Elton decerto não sabia muito bem o que dizer. Ele parecia em dúvida, bastante confuso; disse algo sobre "honra", olhou para Emma e para Harriet e, ao ver o livro aberto sobre a mesa, pegou-o e examinou-o com muita atenção. Com a intenção de encerrar um momento constrangedor, Emma disse, sorrindo:

— Deve pedir desculpas ao seu amigo por mim, mas uma charada tão boa não deve ser limitada a uma ou duas pessoas. Ele pode ter certeza da aprovação de todas as mulheres enquanto escreve com tamanha galanteria.

— Não hesito em dizer — respondeu o sr. Elton, embora hesitasse bastante enquanto falava —, não hesito em dizer... Se, por ventura, meu amigo sequer pensar como *eu*... Não tenho a menor dúvida de que, se ele pudesse, honradamente, vislumbrar sua breve efusividade como *eu* vejo — olhou para o livro de novo e recolocou-o sobre a mesa —, ele consideraria este o momento de maior orgulho de sua vida.

Após a intervenção, ele foi embora o mais rápido possível. Emma achava que não podia ter ido mais rápido, pois, mesmo com todas as suas boas e agradáveis qualidades, havia um certo tipo de pompa em seus discursos que a fazia ter vontade de rir. Ela fugiu para satisfazer a inclinação, deixando o terno e o sublime prazer para Harriet.

Capítulo 10

Embora corressem meados de dezembro, o tempo ainda não havia impedido as jovens de fazerem exercícios razoavelmente regulares; e, no dia seguinte, Emma tinha uma visita de caridade a fazer a uma família pobre e doente, que morava nas proximidades de Highbury.

O caminho para esta casa isolada passava pela Alameda do Vicariato, uma alameda que conduzia em ângulos retos a partir da larga, embora irregular, rua principal; e, como pode ser inferido, que acomodava a abençoada morada do sr. Elton. Algumas habitações secundárias deveriam ser ultrapassadas em primeiro lugar e, então, cerca de quatrocentos metros descendo a rua, erguia-se o vicariato, uma casa velha e não muito boa, quase tão próxima da estrada quanto poderia estar. Não estava numa situação muito favorável; mas havia sido muito melhorada pelo atual proprietário; e, tal como era, não havia possibilidade de as duas amigas passarem por ela sem abrandar o passo e lhe lançar olhares críticos. O comentário de Emma foi:

— Aí está. Para lá irão você e seu livro de charadas um dia desses.

O de Harriet foi:

— Ah, que casa adorável! Que linda! Ali estão as cortinas amarelas que a senhorita Nash tanto admira.

— Não costumo andar por aqui, *agora* — disse Emma, enquanto prosseguiam —, mas *então* haverá um incentivo, e aos poucos me familiarizarei intimamente com todas as sebes, os portões, as piscinas e as árvores podadas desta parte de Highbury.

Harriet, ela descobriu, nunca havia estado no interior do vicariato, e sua curiosidade em vê-lo era tão extrema que, considerando os exteriores e as probabilidades, Emma só poderia classificá-la como uma prova de amor, junto com o sr. Elton ter visto inteligência nela.

— Gostaria que pudéssemos encontrar algum pretexto — disse ela —, mas não consigo pensar em nenhum motivo razoável para entrar; nenhum criado a quem eu queira perguntar sobre a sua governanta, nem nenhuma mensagem de meu pai.

Ponderou, mas não conseguiu pensar em nada. Depois de um silêncio mútuo de alguns minutos, Harriet falou novamente:

— Surpreendo-me, senhorita Woodhouse, que não esteja casada, ou prestes a se casar! Tão charmosa quanto é!

Emma riu e respondeu:

— Meu charme, Harriet, não é o bastante para me induzir a casar; devo achar outras pessoas encantadoras, ao menos uma outra pessoa. E não apenas não vou me casar no momento, mas tenho muito pouca intenção de me casar.

— Ah! É o que diz, mas não consigo acreditar.

— Devo conhecer alguém muito superior a qualquer um que já vi, para ser tentada. O senhor Elton, sabe, (lembrando-se) está fora de questão, e eu *não* desejo conhecer tal pessoa. Prefiro não ser tentada. Não posso realmente mudar para melhor. Se me casasse, devo esperar me arrepender.

— Meu Deus! É tão estranho ouvir uma mulher falar assim!

— Não tenho nenhum dos incentivos usuais que as mulheres têm para se casar. Se me apaixonasse, de fato, seria diferente! Mas nunca me apaixonei; não é meu jeito ou minha natureza; e acho que nunca irei. E, sem amor, tenho certeza de que seria uma tolice alterar uma situação como a minha. Não me falta a riqueza, não me falta ocupação; importância, eu não quero: acredito que poucas mulheres casadas são tão senhoras da casa do marido como eu sou de Hartfield; e nunca, nunca poderia esperar ser tão verdadeiramente amada e importante, sempre considerada como a primeira e sempre tendo razão aos olhos de qualquer um como aos olhos de meu pai.

— Mas, ser uma solteirona, como a senhorita Bates!

— Essa é a imagem mais aterrorizante que poderia apresentar, Harriet; e se pensasse que algum dia ficaria como a senhorita Bates! Tão boba, tão satisfeita, tão sorridente, tão prosaica, tão sem distinção e sem refinamento, e tão apta a falar sobre todas as coisas relativas a todas as pessoas ao meu redor, me casaria amanhã. Mas cá entre *nós,* estou certa de que jamais pode haver qualquer semelhança, exceto em ser solteira.

— Mas ainda assim, você será uma solteirona! E isso é tão terrível!

— Não se preocupe, Harriet, não serei uma pobre solteirona; e é apenas a pobreza que faz o celibato desprezível a um público generoso! Uma mulher solteira, com uma renda muito pequena, deve ser uma solteirona ridícula e desagradável, alvo do deboche das crianças! Mas uma mulher solteira, de boa fortuna, é sempre respeitável e pode ser tão sensata e agradável quanto qualquer outra pessoa. E a distinção não vai tanto contra a imparcialidade e o bom senso do mundo como parece à primeira vista; pois uma renda muito pequena tem a tendência de diminuir a mente e azedar o temperamento. Aqueles que mal podem viver, e que vivem por força em uma sociedade muito pequena e geralmente muito inferior, podem muito bem ser avaros e irritadiços. Isso não se aplica, entretanto, à senhorita Bates; ela é simpática e boba demais para o meu gosto; mas, em geral, ela agrada muito a todos, embora seja solteira e pobre. A pobreza certamente não apequenou sua mente; realmente acredito que se ela tivesse apenas dois tostões na vida, é muito provável que desse um deles para outra pessoa; e ninguém tem medo dela, isso é um grande encanto.

— Meu Deus! Mas o que irá fazer? Com o que se ocupará quando envelhecer?

— Se me conheço, Harriet, minha mente é ativa e ocupada, com muitos recursos independentes; e não vejo por que estaria mais desocupada aos quarenta ou cinquenta anos do que aos vinte e um. As ocupações usuais para as mãos e a mente de uma mulher estarão à minha disposição então tanto quanto estão agora; ou sem diferença importante. Se eu desenhar menos, lerei mais; se deixar a música de lado, irei dedicar-me à tapeçaria. E quanto aos objetos de interesse, objetos de afeto, que é na verdade o grande ponto de inferioridade, cuja falta é realmente o grande mal a ser evitado ao *não* casar, estarei muito bem com todos os filhos de uma irmã a quem amo muito, com os quais me ocupar. É provável que haverá um número suficiente deles para suprir todas as sensações que a vida em declínio possa precisar. Haverá o suficiente para toda esperança e todo medo; e embora meu apego a nenhuma delas possa se igualar ao de seus pais, é mais adequado às minhas ideias de conforto do que o que é mais ardente e cego. Meus sobrinhos e sobrinhas! Muitas vezes terei uma sobrinha comigo.

— Conhece a sobrinha da senhorita Bates? Isto é, eu sei que você deve tê-la visto centenas de vezes, mas já foram apresentadas?

— Sim, somos forçadas a estar juntas sempre que ela vem a Highbury. A propósito, *isso* é quase o suficiente para indispor alguém com uma sobrinha. Deus me livre, de aborrecer as pessoas pelo menos a metade como ela faz falando de Jane Fairfax. É para se ficar farto do próprio nome de Jane Fairfax. Cada carta dela é lida quarenta vezes; seus cumprimentos a todos os amigos são repetidos de novo e de novo; e se ela apenas envia um molde para uma estomaqueira para a tia ou tricotar um par de meias para a avó, não se ouve falar em mais nada por um mês. Desejo muito bem a Jane Fairfax; mas ela me cansa até a morte.

Se aproximavam agora do chalé, e todos os tópicos banais foram deixados de lado. Emma foi muito compassiva; e as aflições dos pobres eram aliviadas por sua atenção e bondade, por seu conselho e sua paciência tanto quanto por sua bolsa. Ela entendia seus modos, podia admitir sua ignorância e suas tentações, não tinha expectativas românticas de virtude extraordinária daqueles por quem a educação havia feito tão pouco; tomava parte em seus problemas com pronta simpatia, e sempre dava sua ajuda com tanta inteligência quanto boa vontade. No presente caso, era a doença e a pobreza unidas a quem viera visitar; e depois de permanecer lá pelo tempo em que pode lhes dar conforto ou aconselhamento, deixou o chalé com tal impressão da situação que a fez dizer a Harriet, enquanto se afastavam:

— Essas são visões, Harriet, que trazem benefícios. Quão fúteis fazem parecer todo o resto! Sinto agora como se não pudesse pensar em nada além dessas pobres criaturas o resto do dia; e, no entanto, quem pode dizer quando tudo pode desaparecer da minha mente?

— É verdade — disse Harriet. — Pobres criaturas! Não se pode pensar em mais nada.

— E realmente, eu não acho que a impressão vai se apagar logo — disse Emma, enquanto cruzava a sebe baixa e a trilha sinuosa ao fim do caminho estreito e escorregadio através do jardim do chalé, e as levava para a estrada de novo. — Eu não acho que vá — parando para olhar mais uma vez para toda a miséria externa do lugar e relembrar a miséria ainda maior lá dentro.

— Oh, céus, não mesmo — disse a companheira.

Eles seguiram em frente. A aleia fazia uma ligeira curva; e, quando essa curva foi ultrapassada, o sr. Elton apareceu imediatamente à vista; e tão perto que deu tempo para Emma dizer apenas:

— Ah! Harriet, aí vem uma chance muito repentina de provar de nossa estabilidade de bons pensamentos. Bem —sorrindo—, espero que se admita que, se a compaixão levou força e alívio aos sofredores, fez tudo o que é de fato importante. Se sentimos pelos miseráveis, o suficiente para fazer tudo o que está ao nosso alcance por eles, o resto é solidariedade vazia, apenas angustiante para nós mesmas.

Harriet poderia apenas responder, "Ah, sim, é verdade", antes que o cavalheiro se juntasse a elas. As necessidades e sofrimentos da pobre família, porém, foram o primeiro assunto a ser abordado. Ele estava indo visitá-los. Agora, iria adiar sua visita; mas tiveram uma conversa muito interessante sobre o que poderia e deveria ser feito. O sr. Elton então deu meia-volta para acompanhá-las.

"Unirem-se em uma missão como esta — pensou Emma —; juntarem-se em um esquema caridoso; isso trará um grande aumento do amor de cada lado. Não devo me surpreender se trouxer a declaração. Com certeza, se eu não estivesse aqui. Gostaria de estar em qualquer outro lugar."

Ansiosa por se separar deles o máximo que podia, logo em seguida seguiu por uma trilha estreita, um pouco elevada de um dos lados da estrada, deixando-os juntos na estrada principal. Mas não estava lá há dois minutos quando descobriu que os hábitos de dependência e imitação de Harriet a levaram a seguir por ali também e que, em suma, ambos estariam logo junto dela. Isso não era aceitável; ela parou de imediato, sob o pretexto de precisar ajustar os cadarços de suas meias botas e, abaixando-se de forma a ocupar completamente o caminho, pediu-lhes que tivessem a bondade de continuar que ela os alcançaria num instante. Fizeram como pedira; e, depois de um tempo que julgou razoável para ter desatado e reatado os cadarços da bota, ainda teve mais um motivo para se atrasar mais, ao ser alcançada por uma criança do chalé, que vinha conforme lhe fora ordenado, com uma bilha, para buscar um bocado de caldo em Hartfield. Andar ao lado dessa criança, conversar com ela e questioná-la era a coisa mais natural do mundo, ou teria sido a mais natural, se ela estivesse agindo sem intenção naquele momento; e assim os outros ainda podiam seguir em frente, sem qualquer obrigação de esperar por ela. No entanto, ela os alcançou sem querer: o passo da criança era rápido, e o deles bastante lento; e ela estava ainda mais preocupada por isso, pois era evidente que conversavam o que os interessava. O sr. Elton falava com animação, Harriet ouvia com uma atenção muito satisfeita; e Emma, tendo mandado a criança ir na frente, estava começando a pensar em como poderia recuar um pouco mais, quando os dois olharam para trás, e ela foi obrigada a se juntar a eles.

O sr. Elton ainda estava falando, ainda envolvido em contar algum detalhe interessante; e Emma ficou um pouco decepcionada ao descobrir que ele estava apenas contando a sua bela companheira sobre a reunião da noite anterior na casa de seu amigo Cole, e que ela mesma havia chegado para ouvir sobre o queijo Stilton, o norte de Wiltshire, a manteiga, o aipo, a beterraba e todas as sobremesas.

"Isso logo teria levado a algo melhor, é claro", foi sua reflexão consoladora. "Qualquer coisa interessa àqueles que amam; e qualquer coisa pode servir como introdução ao que está próximo ao coração. Se ao menos eu tivesse conseguido ficar mais tempo longe!"

Agora caminhavam juntos em silêncio, até as proximidades do vicariato, quando uma decisão repentina de pelo menos fazer Harriet entrar na casa, a fez achar mais uma vez algo muito errado com suas botas e ficar para trás para arrumá-la novamente. Então, arrebentou parte do cadarço e, jogando-o habilmente em uma vala, foi obrigada a pedir que parassem e reconheceu sua incapacidade de se recompor para caminhar até em casa em tolerável conforto.

— Parte do cadarço está faltando — disse ela —, e não sei como vou ajeitá-lo. Realmente sou uma companhia muito incômoda para vocês dois, mas espero não estar tão mal equipada com frequência. Senhor Elton, devo pedir-lhe licença para parar em sua casa e pedir a sua governanta um pedaço de fita ou barbante, ou qualquer coisa apenas para prender minha bota.

O sr. Elton pareceu todo feliz com essa proposta; e nada poderia exceder sua prontidão e atenção ao conduzi-las até sua casa e em empenhar-se em fazer com que tudo parecesse vantajoso. A sala para a qual foram levadas era aquela que ele mais ocupava, voltada para a frente; atrás estava outra à qual essa se ligava imediatamente; a porta entre elas estava aberta e Emma a atravessou com a governanta para receber sua ajuda da maneira mais confortável. Foi obrigada a deixar a porta entreaberta como a encontrou; mas tinha total pretensão que o sr. Elton a fechasse. Não o foi, no entanto, permaneceu entreaberta; mas, ao envolver a governanta em uma conversa incessante, ela esperava que ele pudesse escolher seu próprio assunto na sala ao lado.

Por dez minutos ela não conseguiu ouvir nada além de si mesma. Não poderia se demorar mais. Foi então obrigada a terminar os ajustes e reaparecer.

Os enamorados estavam juntos diante de uma das janelas. Era uma visão muito favorável; e, por um momento, Emma sentiu a glória de ter planejado com sucesso. Mas não adiantara; ele não tinha ido direto ao ponto. Ele tinha sido muito agradável, muito encantador; dissera a Harriet que as vira passar e as seguira de propósito; outros pequenos galanteios e alusões escaparam, mas nada sério.

"Cauteloso, muito cauteloso", pensou Emma. "Ele avança centímetro a centímetro e não arriscará nada até que se acredite seguro".

Ainda assim, apesar de nem tudo se realizar por seu engenhoso esquema, não podia deixar de se gabar, pois a ocasião foi de grande alegria para ambos, e devia estar conduzindo-os para o grande evento.

Capítulo 11

Devia deixar o sr. Elton agir por si mesmo. Não estava mais nas mãos de Emma supervisionar sua felicidade ou acelerar suas medidas. A vinda da família da irmã estava tão próxima, que, primeiro em antecipação, e então de fato, tornou-se doravante seu principal objeto de interesse; e durante os dez dias de sua estada em Hartfield não era de se esperar — ela mesma não esperava — que pudesse oferecer qualquer coisa além de uma assistência ocasional ao casal. Eles poderiam avançar rapidamente se quisessem, no entanto; tinham que avançar de uma maneira ou de outra, quisessem ou não. Considerava melhor não ter muito tempo para eles. Há pessoas que quanto mais se faz por elas, menos farão por si mesmas.

O sr. e a sra. John Knightley, por terem ficado mais tempo ausentes de Surrey do que o normal, despertaram mais do que o interesse usual. Até esse ano, todas as férias longas desde que se casaram haviam sido divididas entre Hartfield e Donwell; mas as férias deste outono foram dedicadas a banhos de mar para as crianças e, portanto, fazia muitos meses que não eram vistos de maneira regular por seus contatos em Surrey, ou vistos pelo sr. Woodhouse, que não podia ser convencido a ir tão longe quanto Londres, nem mesmo pela pobre Isabella; e que por consequência estava agora mais nervosa e apreensivamente feliz em atrasar esta visita tão curta.

Ele considerou muito os males da jornada para ela e nem um pouco no cansaço dos próprios cavalos e do cocheiro que deveriam conduzir parte do grupo na última metade do caminho; mas suas preocupações eram desnecessárias; os 25 quilômetros tendo sido facilmente percorridos, o sr. e a sra. John Knightley, seus cinco filhos e um bom número de babás, chegaram todos a Hartfield sãos e salvos. O alvoroço e a alegria de tal chegada, as várias pessoas com quem falar, a quem receber, encorajar e também acomodar e dispensar, produziram um ruído e uma confusão que seus nervos não teriam suportado por qualquer outro motivo, nem suportado por muito mais tempo, mesmo por esse; mas os costumes de Hartfield e os sentimentos de seu pai eram tão respeitados pela sra. John Knightley que, apesar de sua solicitude maternal para proporcionar o prazer imediato de seus pequenos, para que gozassem logo de toda a liberdade e cuidados, todo o alimento e bebida, o sono e a diversão que pudessem desejar, sem a menor demora, nunca permitia que as crianças o perturbassem por muito tempo, nem elas mesmas, nem por qualquer cuidado inquieto para com elas.

A sra. John Knightley era uma mulher bonita, diminuta e elegante, de modos delicados e tranquilos e uma disposição notavelmente amável e afetuosa; envolvida com sua família; uma esposa devotada, uma mãe extremosa e tão ternamente apegada ao pai e à irmã que, não fosse por esses laços mais elevados, um amor mais ardoroso teria parecido impossível. Não era capaz de ver um defeito em nenhum deles. Não era uma mulher de grande conhecimento ou qualquer sagacidade; e com esta semelhança com seu pai, herdou também muito de sua constituição; era delicada de saúde e muito cuidadosa com a dos filhos, tinha muitos receios e preocupações, e gostava tanto de seu próprio senhor Wingfield na cidade quanto seu pai gostava do senhor Perry. Os dois também eram parecidos, em um temperamento em geral benevolente e uma grande consideração por todos os velhos conhecidos.

O sr. John Knightley era um homem alto, cavalheiresco e muito inteligente; ascendendo em sua profissão; doméstico e respeitável em sua vida privada; mas com maneiras reservadas que o impediam de ser agradável em geral e capaz às vezes de parecer aborrecido. Não era um homem mal-humorado, nem irracionalmente zangado com tanta frequência a ponto de merecer tal reprovação; mas seu temperamento não era sua grande perfeição; e, de fato, com uma esposa tão veneradora, era quase impossível que quaisquer defeitos naturais nele não aumentassem. A extrema doçura de seu temperamento devia ferir o dele. Ele tinha toda a clareza e agilidade mental que faltavam a ela e às vezes podia agir de maneira indelicada ou dizer uma coisa severa.

Ele não era um grande favorito de sua bela cunhada. Nada de errado nele escapava a ela. Ela era rápida em sentir as pequenas ofensas a Isabella, que Isabella nunca sentia. Talvez pudesse ter-lhe perdoado mais se as maneiras dele fossem lisonjeiras à irmã de Isabella, mas eram apenas as de um irmão e amigo bom e gentil, sem lisonjas e sem engano; mas dificilmente qualquer grau de elogio à pessoa dela poderia tê-la feito ignorar o maior defeito de todos aos seus olhos, no qual ele às vezes caía, a falta de tolerância respeitosa para com seu pai. Nisso ele nem sempre tinha a paciência que seria de se desejar. As peculiaridades e inquietações do sr. Woodhouse às vezes lhe provocavam protestos racionais ou réplicas ásperas igualmente malfeitas. Isso não acontecia com frequência; pois o sr. John Knightley tinha realmente grande consideração pelo sogro e, em geral, um forte senso do que lhe era devido; mas era frequente demais para a generosidade de Emma, em especial, porque toda a dor da apreensão devia ser suportada, mesmo que a ofensa não viesse. No entanto, o início de cada visita não exibia nada além dos sentimentos mais adequados, e como essa seria tão curta, por necessidade, era de se esperar que transcorresse na mais perfeita cordialidade. Não haviam se sentado e se recomposto há muito tempo quando o sr. Woodhouse, com um balançar melancólico da cabeça e um suspiro, chamou a atenção da filha para a triste mudança ocorrida em Hartfield desde a última vez em que ela estivera ali.

— Ah, minha querida — disse ele —, a pobre senhorita Taylor... é um negócio doloroso.

— É mesmo, senhor — concordou ela com pronta simpatia —, como deve sentir falta dela! E, a querida Emma, também! Que perda terrível para vocês dois! Estou tão triste por vocês. Não poderia imaginar como conseguem viver sem ela. É uma mudança realmente triste! Mas espero que ela esteja bem, senhor.

— Está bastante bem, minha querida, assim espero, muito bem. Não estou certo, mas parece que o lugar a agrada o suficiente.

O sr. John Knightley perguntou baixinho a Emma se havia alguma dúvida quanto à atmosfera em Randalls.

— Ah! Não, absolutamente nenhuma. Nunca vi a senhora Weston melhor em minha vida, nunca me pareceu estar tão bem. Papai está apenas falando do próprio pesar.

— Muito para a honra de ambos — foi a elegante resposta.

— E a tem visto com frequência razoável, senhor? — perguntou Isabella no tom queixoso que agradava ao pai.

O sr. Woodhouse hesitou.

— Não com tanta frequência, querida, quanto desejaria.

— Ai, papai! Apenas deixamos de vê-los um dia inteiro desde que se casaram. Seja pela manhã ou à noite, todos os dias, exceto um, temos visto o senhor Weston ou a senhora Weston, geralmente ambos, em Randalls ou aqui; e como pode supor, Isabella, com mais frequência aqui. Eles são muito, muito gentis em suas visitas. O senhor Weston é realmente tão gentil quanto ela. Papai, se você falar desse jeito melancólico, dará a Isabella uma falsa ideia de todos nós. Todos devem estar cientes de que a falta da senhorita Taylor é sentida, mas todos também precisam ter certeza de que o senhor e a senhora Weston na verdade nos impedem de sentir sua falta por todos os meios na extensão que havíamos previsto… o que é a pura verdade.

— Exatamente como deveria ser — disse o sr. John Knightley — e exatamente como esperava que fosse pelas suas cartas. Seu desejo de lhes demonstrar atenção não podia ser duvidado, e o fato de ele ser um homem desobrigado e sociável torna tudo mais fácil. Sempre lhe disse, meu amor, que não pensava que a mudança em Hartfield era tão brusca como você temia; e agora que tem a declaração de Emma, espero que fique satisfeita.

— Ora, com certeza — disse o sr. Woodhouse —, sim, é verdade, não posso negar que a senhora Weston, a pobre senhora Weston, vem nos ver com frequência, mas então sempre é obrigada a ir embora de novo.

— Seria muito difícil para o senhor Weston se ela não o fizesse, papai. O senhor se esquece do pobre senhor Weston.

— Acredito, de fato — disse John Knightley de modo agradável — que o senhor Weston tem seus direitos. Você e eu, Emma, vamos nos aventurar a defender a posição do pobre marido. Eu, por ser um marido, e você por não ser uma esposa, é provável que os direitos do homem nos toquem com igual força. Quanto a Isabella, está casada há tempo suficiente para ver a conveniência de deixar todos os senhores Weston de lado o máximo que puder.

— Eu, meu amor — exclamou a esposa, ouvindo e entendendo apenas em parte. — Está falando de mim? Estou certa de que ninguém é, ou poderia ser, melhor advogada do matrimônio quanto eu; e se não fosse pelo sofrimento de ela deixar Hartfield, jamais pensaria na senhorita Taylor como a nada além da mulher mais afortunada do mundo; e quanto a desprezar o senhor Weston, o excelente senhor Weston, creio que não há nada que ele não mereça. Penso que ele é um dos homens de melhor temperamento que já existiu. Exceto por você e seu irmão, não conheço igual. Jamais esquecerei que ele empinou a pipa de Henry para ele naquele dia de muito vento na última Páscoa, e desde sua especial gentileza em setembro do ano passado, ao escrever aquele bilhete, à meia-noite, a fim de me assegurar de que não havia escarlatina em Cobham, estou convencida de que não poderia haver coração mais sensível nem melhor homem na face da terra. Se alguém o merece, é a senhorita Taylor.

— Onde está o rapaz? — disse John Knightley. — Esteve aqui na ocasião ou não?

— O filho ainda não veio — respondeu Emma. — Havia grande expectativa de que viesse logo após o casamento, mas não deu em nada; e não tenho ouvido falar dele ultimamente.

— Mas deveria contar a eles sobre a carta, minha querida — disse o pai. — Ele escreveu uma carta para a pobre senhora Weston, para parabenizá-la, e foi uma carta muito apropriada e elegante. Ela me mostrou. Achei uma conduta muito boa da parte dele. Se foi ideia dele, sabe, não dá para saber. É jovem, e seu tio, talvez…

— Querido papai, ele tem vinte e três anos. Esquece que o tempo passa.

— Vinte e três anos! É mesmo? Bem, não podia imaginar; ele tinha apenas dois anos quando perdeu a pobre mãe! Bem, o tempo voa mesmo! E minha memória é muito ruim. No entanto, foi uma carta muito boa e bem escrita, e trouxe muita alegria ao senhor e à senhora Weston. Lembro-me de que foi escrita em Weymouth e datada de 28 de setembro e começava: "Minha cara senhora", mas esqueço como continuava; e estava assinada "FC Weston Churchill". Lembro-me perfeitamente disso.

— Que delicado e respeitoso da parte dele! — Exclamou a delicada sra. John Knightley. — Não tenho dúvidas de que é um rapaz muito amável. Mas como é triste que não more em casa com o pai! Há algo tão chocante em uma criança ser afastada de seus pais e de seu lar natural! Nunca pude compreender como o senhor Weston conseguiu se separar dele. Desistir de um filho! Realmente, nunca conseguiria pensar bem de qualquer pessoa que propusesse tal coisa a qualquer outra pessoa.

— Acredito que ninguém nunca pensou bem dos Churchills — observou o sr. John Knightley com frieza. — Mas não deve imaginar que o senhor Weston sentiu o que você sentiria se tivesse que abrir mão de Henry ou

John. O senhor Weston é mais um homem tranquilo e de temperamento alegre do que um homem de sentimentos exacerbados; aceita as coisas como as encontra e desfruta delas de uma forma ou de outra, dependendo, suspeito eu, muito mais do que se chama de sociedade para seu bem-estar, isto é, do poder de comer e beber e jogar uíste com seus vizinhos cinco vezes por semana, do que do afeto familiar, ou qualquer coisa que o lar oferece.

Emma não podia aprovar o que beirava a uma reflexão sobre o sr. Weston, e estava quase decidida a questioná-lo; mas se conteve e deixou passar. Ela manteria a paz, se fosse possível; e havia algo de honroso e valioso nos fortes hábitos domésticos, na autossuficiência do lar para ele mesmo, da qual resultava a inclinação do cunhado para menosprezar o valor comum das relações sociais e aqueles para quem isso era importante. Clamava por muita tolerância.

Capítulo 12

O sr. Knightley iria jantar com eles, um tanto contra os desejos do sr. Woodhouse, que não gostava que ninguém compartilhasse com ele do primeiro dia de Isabella. O senso de correção de Emma, porém, havia decidido; e além da consideração do que era devido a cada irmão, teve um prazer particular, pelas circunstâncias do recente desentendimento entre o sr. Knightley e ela, em fazer-lhe o convite adequado.

Ela esperava que pudessem voltar a ser amigos. Achava que era hora de fazer as pazes. Uma conciliação de fato não aconteceria. *Ela* certamente não estava errada, e *ele* nunca reconheceria que estivera. Uma concessão estava fora de questão; mas era hora de parecer ter esquecido que alguma vez haviam brigado; e ela esperava que ajudasse a restaurar a amizade o fato de, quando ele entrou na sala, ela estar com um dos sobrinhos — a mais nova, uma linda garotinha de cerca de oito meses, que fazia sua primeira visita a Hartfield, e estava muito contente por ser embalada nos braços da tia. De fato, ajudou; pois embora ele tivesse começado com olhares graves e perguntas breves, logo foi levado a falar de todos eles da maneira usual e a tirar a criança de seus braços com toda a falta de cerimônia da perfeita amizade. Emma sentiu que eram amigos de novo; e a convicção dando-lhe a princípio grande satisfação, e depois um pouco de atrevimento, ela não pôde deixar de dizer, enquanto ele admirava a bebê:

— Que satisfação que pensamos da mesma forma sobre nossos sobrinhos e sobrinhas. Quanto a homens e mulheres, nossas opiniões às vezes são muito diferentes; mas com relação a essas crianças, observo que nunca discordamos.

— Se você fosse tão guiada pela natureza em sua avaliação dos homens e mulheres, e estivesse tão pouco sob o poder da fantasia e do capricho em seu trato com eles, quanto é no que diz respeito a essas crianças, poderíamos sempre pensar da mesma forma.

— Com certeza, nossas discordâncias devem sempre surgir do fato de eu estar errada.

— Sim — disse ele, sorrindo — e com boa razão. Eu já tinha dezesseis anos quando você nasceu.

— Uma grande diferença então — ela respondeu — e sem dúvida era muito superior a mim em entendimento naquele período de nossas vidas; mas a passagem de vinte e um anos não aproximou muito nossos entendimentos?

— Sim, bem mais *próximos*.

— Mas ainda assim, não perto o suficiente para me dar uma chance de estar certa, se temos opiniões diferentes.

— Ainda tenho vantagem de dezesseis anos de experiência sobre você e de não ser uma bela moça e uma criança mimada. Vamos, minha cara Emma, façamos as pazes e não falemos mais sobre isso. Diga a sua tia, pequena Emma, que ela deve lhe dar um exemplo melhor do que renovar velhas desavenças, e que se ela não estava errada antes, está agora.

— Isso é verdade — retorquiu ela —, bem verdade. Pequena Emma, torne-se uma mulher melhor do que sua tia. Seja infinitamente mais inteligente e nem metade tão vaidosa. Agora, senhor Knightley, mais uma ou duas palavras e pronto. No que diz respeito às boas intenções, estávamos *ambos* certos, e devo dizer que nada do meu lado da discussão ainda se provou errôneo. Quero saber apenas se o senhor Martin não está muito amargamente desapontado.

— Não poderia ter ficado mais — foi sua curta e completa resposta.

— Ah! Na verdade, eu lamento muito. Vamos, aperte minha mão.

Isso havia acabado de acontecer e com grande cordialidade, quando John Knightley apareceu, e "Como vai, George?" e "John, como vai?" se seguiu no verdadeiro estilo inglês, enterrando sob uma calma que parecia quase indiferença, o verdadeiro afeto que levaria qualquer um deles, se necessário, a fazer tudo pelo bem do outro.

A noite foi tranquila e repleta de boa conversa, já que o sr. Woodhouse não deixou de lado o carteado em prol de uma conversa confortável com sua amada Isabella, e o pequeno grupo se separou em duas divisões naturais; de um lado ele e a filha; do outro, os dois srs. Knightley; seus assuntos totalmente distintos, ou muito raramente se misturando, e Emma apenas de vez em quando participando de um e do outro.

Os irmãos falaram de suas próprias preocupações e atividades, mas principalmente das do mais velho, cujo temperamento era muito mais comunicativo e sempre o mais falante. Como magistrado, geralmente tinha algum ponto de direito sobre o qual consultar John ou, pelo menos, algum caso curioso para contar; e, como fazendeiro, cuidando da casa de fazenda em Donwell, tinha que contar o que cada campo produziria no ano seguinte, e dar todas as informações locais que não deixavam de ser interessantes para um irmão que havia igualmente passado a maior parte de sua vida ali e cujo vínculo era forte. O plano para drenagem, a troca de uma cerca, a derrubada de uma árvore e o destino de cada acre de trigo, nabos ou milho da primavera, foram tratados com tanta igualdade de interesses por John quanto seus modos mais frios permitiam; e se seu irmão disposto ainda lhe deixava sobre o que indagar, o tom de suas perguntas chegou a se aproximar do entusiasmo.

Enquanto estavam assim confortavelmente ocupados, o sr. Woodhouse desfrutava de um fluxo de felizes recordações e temerosa afeição com a filha.

— Minha pobre e querida Isabella — disse ele, tomando-lhe carinhosamente a mão e interrompendo, por alguns instantes, seu árduo trabalho com um dos cinco filhos. — Faz tanto tempo, um tempo terrivelmente longo desde que esteve aqui! E como deve estar cansada da viagem! Deve ir para a cama cedo, minha querida, recomendo que tome um pouco de mingau antes de se deitar. Nós dois vamos tomar um bom prato de mingau juntos. Minha querida Emma, que tal todos nós tomarmos um pouco de mingau?

Emma não podia imaginar tal coisa, sabendo como bem sabia, que os dois srs. Knightley seriam tão impossíveis de persuadir a isso quanto ela; e mandou que apenas dois pratos fossem preparados. Depois de mais alguns louvores ao mingau, com algumas surpresas por não ser tomado todas as noites por todos, ele disse, com ar de grave reflexão:

— Foi estranho, minha querida, você passar o outono em South End em vez de vir para cá. Nunca achei a brisa marinha muito saudável.

— O senhor Wingfield recomendou muito vigorosamente, senhor, ou não teríamos ido. Ele recomendou para todas as crianças, mas em particular para a fraqueza de garganta da pequena Bella, tanto o ar marinho quanto os banhos.

— Ah! Minha querida, mas Perry tinha muitas dúvidas de que o mar lhe fizesse algum bem; e quanto a mim, há muito estou totalmente convencido, embora talvez nunca tenha lhe dito antes, de que o mar raramente faz bem a qualquer um. Sei que quase me matou uma vez.

— Ora, ora — exclamou Emma, sentindo que este era um assunto perigoso —, imploro que não falem sobre o mar. Isso me deixa com inveja e miserável; nunca o vi! South End é assunto proibido, por favor. Minha querida Isabella, ainda não a ouvi perguntar sobre o senhor Perry; e ele nunca se esquece de você.

— Oh! O bom senhor Perry, como ele está, senhor?

— Ora, bem; mas não muito bem. O pobre Perry anda bilioso, não tem tempo para cuidar de si mesmo... Ele me diz que não tem tempo para cuidar de si mesmo, o que é muito triste. Mas ele é sempre requisitado em toda região. Suponho que não haja outro nessa prática em lugar nenhum. Mas também não há homem tão inteligente em lugar algum.

— E a senhora Perry e as crianças, como estão? As crianças estão crescidas? Tenho grande consideração pelo senhor Perry. Espero que ele me visite em breve. Ele ficará muito feliz em ver meus pequeninos.

— Espero que ele esteja aqui amanhã, pois tenho uma ou duas perguntas a fazer a ele sobre mim e de alguma importância. E, minha querida, quando ele vier, é melhor deixá-lo dar uma olhada na garganta da pequena Bella.

— Ah! Meu caro senhor, a garganta dela está tão melhor que quase não me incomodo com isso. Ou os banhos de mar foram de grande valia para ela, ou então deve-se a um excelente linimento do senhor Wingfield, que temos aplicado algumas vezes desde agosto.

— Não é muito provável, minha querida, que os banhos de mar tenham feito bem a ela, e se eu soubesse que você estava querendo um linimento, eu teria falado com...

— Parece ter esquecido a senhora e a senhorita Bates — interviu Emma —, não ouvi nenhuma pergunta a respeito delas.

— Oh! A boa senhora Bates e a filha! Vergonha sinto de mim mesma, mas você as menciona na maioria de suas cartas. Espero que estejam bem. Boa e velha senhora Bates... Irei visitá-la amanhã e levar meus meninos. Elas sempre ficam tão contentes em ver as crianças. E a excelente senhorita Bates! Pessoas tão dignas!? Como elas estão, meu pai?

— Ora, muito bem, minha querida, no geral. Mas a pobre senhora Bates teve um forte resfriado há cerca de um mês.

— Ora sinto tanto! Mas os resfriados nunca foram tão frequentes quanto neste outono. O senhor Wingfield me disse que nunca viu tantos e tão fortes, exceto quando era de fato uma gripe forte.

— Esse tem sido bem o caso, minha querida; mas não na medida em que você menciona. Perry diz que os resfriados têm sido muito frequentes, mas não tão fortes como ele costumava ver em novembro. Perry não pensa que seja uma estação doentia.

— Não, não sei se o senhor Wingfield a considera *muito* doentia, exceto...

— Ah! Minha pobre querida filha, a verdade é que em Londres é sempre uma estação doentia. Ninguém é saudável em Londres, ninguém pode ser. É uma coisa terrível que você seja forçada a viver lá! Tão longe! E o ar tão ruim!

— Não, na verdade, *nós* não estamos em uma situação ruim. Nossa parte de Londres é muito superior à maioria das outras! Não deve nos confundir com a maioria dos residentes em Londres, meu caro senhor. A vizinhança de Brunswick Square é muito diferente de quase todas as demais. Temos muito ar fresco! Garanto que não aceitaria viver em qualquer outra parte da cidade; dificilmente haveria outra em que eu pudesse ficar satisfeita para criar meus filhos, mas *nós* temos tanto ar fresco! O senhor Wingfield considera que os arredores de Brunswick Square sejam decididamente a região de ar mais favorável.

— Ah! Minha querida, não é como Hartfield. Você tira o melhor proveito disso, mas depois de passar uma semana em Hartfield, todos vocês são criaturas diferentes; você não parece a mesma. Ora, não posso dizer que ache que qualquer um de vocês está com boa aparência no momento.

— Lamento ouvi-lo dizer isso, senhor; mas asseguro-lhe que, exceto por aquelas pequenas dores de cabeça nervosas e palpitações, das quais nunca fico inteiramente livre em lugar algum, eu mesma estou muito bem; e se as crianças pareciam um bocado pálidas antes de irem para a cama, era apenas porque estavam um pouco mais cansadas do que de costume, da viagem e da felicidade de vir. Espero que ache a aparência delas melhor amanhã; pois asseguro-lhe que o senhor Wingfield me disse que não acreditava que jamais tivesse nos deixado partir em melhor estado. Espero, pelo menos, que não ache que o senhor Knightley parece doente — disse, voltando os olhos com afetuosa ansiedade para o marido.

— Um pouco, minha querida; não posso satisfazê-la. Acho que o senhor John Knightley está muito longe de parecer bem.

— Qual é o problema, senhor? Falou comigo? — exclamou o sr. John Knightley, ao ouvir o próprio nome.

— Lamento dizer, meu amor, que meu pai acha que você não parece bem, mas espero que seja apenas por estar um pouco cansado. Gostaria, no entanto, como sabe, que tivesse se consultado com o senhor Wingfield antes de partirmos.

— Minha querida Isabella — exclamou ele bruscamente —, por favor, não se preocupe com a minha aparência. Fique satisfeita em cuidar e paparicar a si mesma e às crianças, e deixe-me ter a aparência que quiser.

— Não entendi muito bem o que o senhor estava dizendo a seu irmão — interviu Emma — sobre a intenção de seu amigo, o senhor Graham, de ter um administrador da Escócia para cuidar de sua nova propriedade. Em que isso vai ajudar? O velho preconceito não será muito forte?

E falou dessa maneira por tanto tempo e sucesso que, quando foi forçada a voltar sua atenção de novo para o pai e a irmã, não havia nada pior para ouvir do que a pergunta gentil de Isabella sobre Jane Fairfax; e estava muito contente em contribuir aos elogios a Jane Fairfax nesse momento, embora ela não fosse sua grande favorita em geral.

— A doce e amável Jane Fairfax! — Disse a sra. John Knightley. — Faz muito tempo que não a vejo, exceto de vez em quando por um momento e por acaso na cidade! Que felicidade deve ser para sua boa e velha avó e excelente tia, quando ela vem visitá-las! Sempre lamento muito, por conta da querida Emma, que ela não possa estar mais em Highbury; mas agora que a filha deles está casada, suponho que o coronel e a sra. Campbell não irão querer se separar dela de forma alguma. Ela seria uma companhia tão agradável para Emma.

O sr. Woodhouse concordou com tudo, mas acrescentou:

— Nossa amiguinha Harriet Smith, porém, é outro belo exemplo de moça. Vai gostar de Harriet. Emma não poderia ter melhor companheira do que Harriet.

— Fico muito feliz em ouvir isso, mas apenas Jane Fairfax se conhece por ser tão talentosa e superior! E tem exatamente a idade de Emma.

Esse tópico foi discutido com muita alegria, e outros semelhantes se sucederam e se acabaram com harmonia similar; mas a noite não terminou sem um pequeno retorno à agitação. O mingau foi servido e forneceu muito a ser dito, muitos elogios e comentários, a declaração indiscutível de seu benefício para todas as constituições e severas críticas às muitas casas onde nunca era aceito de forma tolerável; mas, infelizmente, entre os problemas que a filha tinha para relatar, o mais recente e, portanto, mais proeminente, era a própria cozinheira em Southend, uma jovem contratada para a temporada, que nunca conseguira entender o que ela queria dizer com um bom prato de mingau cremoso, fino, mas não muito aguado. Com frequência, quando desejava o prato ordenava que o preparasse, ela nunca tinha sido capaz de produzir algo tolerável. Aqui estava uma deixa perigosa.

— Ah! — Exclamou o sr. Woodhouse, balançando a cabeça e fixando os olhos nela com terna preocupação A interjeição expressava para os ouvidos de Emma: "Ah! Não há fim para as tristes consequências de sua ida para Southend. Não adianta falar disso." E por um momento ela esperou que ele não dissesse nada sobre o assunto, e que uma ruminação silenciosa pudesse ser suficiente para voltar sua atenção à degustação do próprio mingau. Após um intervalo de alguns minutos, no entanto, ele começou dizendo:

— Sempre sentirei muito que você tenha ido para o litoral neste outono, em vez de vir para cá.

— Mas por que sentiria, senhor? Asseguro-lhe, fez muito bem às crianças.

— E, além disso, se precisava ir para o litoral, seria melhor não ter ido para Southend. É um lugar insalubre. Perry ficou surpreso ao saber que você tinha escolhido Southend.

— Eu sei que muitas pessoas acham isso, mas na verdade é um grande erro, senhor. Estávamos todos na mais perfeita saúde lá, nunca encontramos o menor inconveniente na lama; e o senhor Wingfield diz que é um erro supor que o lugar é insalubre; e tenho certeza de que podemos confiar nele, pois ele entende por completo a natureza dos ares, e o próprio irmão e família estiveram lá diversas vezes.

— Deveria ter ido para Cromer, minha querida, se precisava ir a qualquer lugar. Perry esteve uma semana em Cromer uma vez e considera que é o melhor de todos os lugares para banhos de mar. Um belo mar aberto, diz ele, e um ar muito puro. E, pelo que entendi, poderiam ter se instalado ali bem longe do mar, a quatrocentos metros de distância, muito confortável. Deveria ter consultado Perry.

— Mas, meu caro senhor, e a diferença da distância da viagem? Apenas considere quão grande teria sido. Quase duzentos quilômetros, talvez, em vez de sessenta.

— Ah! Minha cara, como diz Perry, quando a saúde está em jogo, nada mais deve ser considerado; e se alguém vai viajar, não há muito o que escolher entre sessenta e duzentos quilômetros. Melhor não se locomover, melhor ficar em Londres do que viajar sessenta quilômetros para ficar em clima pior. Isso é exatamente o que Perry disse. Pareceu-lhe uma decisão muito mal pensada.

As tentativas de Emma de impedir o pai foram em vão; e quando ele chegou a tal ponto, ela não se surpreendeu com a explosão do cunhado.

— O senhor Perry — disse ele, em tom de forte desagrado — faria bem em guardar sua opinião até que ela seja solicitada. Por que ele considera de sua conta questionar o que eu faço? Se levo minha família para uma parte do litoral ou outra? Espero ter a liberdade para usar meu julgamento tanto quanto o senhor Perry. Eu não quero suas instruções nem suas drogas — ele fez uma pausa e se acalmando em um momento, acrescentou, com apenas uma secura sarcástica: — Se o senhor Perry puder me dizer como transportar uma esposa e cinco filhos uma distância de duzentos quilômetros sem maiores despesas ou inconvenientes do que uma distância de quarenta, eu estaria tão disposto a preferir Cromer a South End quanto ele mesmo.

— Isso é verdade! — Exclamou o sr. Knightley, intervindo prontamente.
— É bem verdade. Essa é uma consideração, de fato. Mas John, quanto ao que eu estava lhe contando sobre minha ideia de mudar o caminho para Langham, de movê-lo mais para a direita para que não corte os prados da casa, não consigo conceber nenhuma dificuldade. Não cogitaria tentar, se causasse incômodo para o povo de Highbury, mas se você se recordar com exatidão do trajeto atual... A única maneira de provar isso, porém, será

olhar nos nossos mapas. Espero vê-lo na abadia amanhã pela manhã e, então iremos examiná-los, e me dará sua opinião.

O sr. Woodhouse ficou bastante agitado por tais opiniões duras sobre seu amigo Perry, a quem ele tinha, na verdade, embora inconscientemente, atribuído muitos dos próprios sentimentos e opiniões; mas as atenções calmantes de suas filhas aos poucos removeram o presente mal-estar, e a imediata vigilância de um dos irmãos, e as melhores lembranças do outro, impediram que se renovasse.

Capítulo 13

Dificilmente haveria criatura mais feliz no mundo do que a sra. John Knightley, nessa curta visita a Hartfield, passando todas as manhãs entre seus velhos conhecidos com seus cinco filhos e conversando sobre o que ela havia feito todas as noites com o pai e a irmã. Não tinha nada mais a desejar, exceto que os dias não passassem tão rápido. Foi uma visita deliciosa, perfeita, por ser demasiado breve.

Em geral, suas noites eram menos ocupadas com os amigos do que as manhãs; mas um jantar, e fora de casa também, não havia como evitar, embora na noite de Natal. O sr. Weston não aceitaria negativas; todos deviam jantar em Randalls um dia; até o sr. Woodhouse foi persuadido a pensar que seria possível e preferível a dividir o grupo.

Ele teria criado dificuldades quanto ao modo como todos seriam transportados se lhe fosse permitido, mas como a carruagem e os cavalos da filha e do genro estavam em Hartfield, ele não pode fazer mais do que um breve questionamento sobre o assunto, que mal representava dúvida; Emma também não precisou de muito tempo para convencê-lo de que também podiam, em uma das carruagens, encontrar lugar para Harriet.

Harriet, o sr. Elton e o sr. Knightley, seu grupo especial, foram as únicas pessoas convidadas a se unir a eles; se reuniriam cedo e o grupo seria pequeno. Os hábitos e inclinações do sr. Woodhouse eram considerados para tudo.

Na noite anterior a este grande evento (pois era um grande evento que o sr. Woodhouse fosse jantar fora, no dia 24 de dezembro), Harriet havia passado em Hartfield e tinha ido para casa tão indisposta com um resfriado, que, se não fosse por seu desejo sincero de ser cuidada pela sra. Goddard, Emma não teria permitido que ela deixasse a casa. Emma visitou-a no dia seguinte e viu que sua ida a Randalls estava fora de cogitação. Ela estava muito febril e tinha uma forte dor de garganta; a sra. Goddard era toda carinho e afeição, falava-se em chamar o sr. Perry, e a própria Harriet estava doente e abatida demais para resistir à autoridade que a excluía deste compromisso encantador, embora não pudesse falar de sua perda sem derramar muitas lágrimas.

Emma ficou com ela o máximo que pôde, para atendê-la nas ausências inevitáveis da sra. Goddard e elevar seu ânimo, falando o quanto o sr. Elton ficaria deprimido quando soubesse de seu estado; e por fim deixou-a em razoável conforto, na doce certeza de que ele teria uma visita muito desagradável e que todos sentiriam muita falta dela. Ela não havia avançado muitos metros além da porta da sra. Goddard, quando encontrou o próprio sr. Elton, claramente a caminho de lá, e enquanto caminhavam juntos lentamente falando sobre a enferma, sobre quem ele, ouvindo o rumor de uma doença considerável, tinha ido perguntar, para que pudesse levar alguma notícia dela a Hartfield, foram surpreendidos pelo sr. John Knightley voltando da visita diária a Donwell, com seus dois filhos mais velhos, cujos rostos saudáveis e brilhantes mostravam todos os benefícios de uma corrida pelo campo, e que parecia garantir um despacho rápido do carneiro assado e do arroz-doce pelo quais voltavam apressados para casa. Uniram-se aos dois e seguiram juntos. Emma estava descrevendo a natureza da enfermidade da amiga: uma garganta muito inflamada, com muita febre, o pulso rápido e fraco, etc. E lamentou saber da sra. Goddard que Harriet era suscetível a dores de garganta muito fortes que muitas vezes a deixavam alarmada. O sr. Elton parecia muito preocupado na ocasião, quando exclamou:

— Uma dor de garganta! Espero que não seja infecciosa. Espero que não seja de um tipo muito infeccioso. Perry a examinou? Não há dúvida que deve cuidar de si mesma e bem como de sua amiga. Permita-me suplicar que não corra riscos. Por que Perry não a vê?

Emma, que não estava nem um pouco assustada, tranquilizou esse excesso de apreensão com a garantia da experiência e do cuidado de sra. Goddard; mas como ainda devia permanecer um grau de inquietação que ela não desejava afastar, que antes preferia alimentar, ela acrescentou logo depois, como se fosse outro assunto:

— Está tão frio, tão frio... E parece muito que vai nevar, que se fosse para qualquer outro lugar ou com qualquer outro grupo, eu de fato tentaria não sair hoje e dissuadiria meu pai de se aventurar fora de casa; mas como ele já se decidiu e não parece sentir o frio, não quero interferir, pois sei que seria uma grande decepção para o senhor e a senhora Weston. Mas, juro, senhor Elton, no seu caso, certamente pediria licença. Já me soa um pouco rouco, e se pensar no quanto o dia de amanhã exigirá de sua voz e no cansaço que trará, penso que não seria mais do que a prudência comum ficar em casa e se cuidar essa noite.

O sr. Elton parecia não saber muito bem que resposta dar; o que era exatamente o caso; pois embora muito satisfeito com o amável cuidado de uma dama tão bela, e não querendo resistir a qualquer conselho dela, ele não tinha a menor inclinação de desistir da visita; mas Emma, ansiosa e ocupada demais com as próprias concepções e ideias prévias para ouvi-lo com imparcialidade, ou vê-lo com clareza, ficou muito satisfeita com seu reconhecimento murmurante de que estava "muito frio, realmente muito frio", e seguiu adiante, regozijando-se por tê-lo liberado de Randalls e lhe assegurado a possibilidade de ir mandar perguntar por Harriet a cada hora da noite.

— Faz muito bem — disse ela. — Apresentaremos suas desculpas ao senhor e à senhora Weston.

Mas mal havia acabado de dizer isso, quando percebeu que seu cunhado estava educadamente oferecendo um assento em sua carruagem, se o tempo fosse a única objeção do sr. Elton, e o sr. Elton aceitando a oferta com grande e imediata satisfação. Estava acertado, o sr. Elton iria, e nunca seu rosto largo e bonito expressou mais prazer do que neste momento; nunca seu sorriso foi mais forte, nem seus olhos mais exultantes do que quando ele olhou para ela em seguida.

"Ora", disse ela a si mesma, "isto é muito estranho! Depois de eu tê-lo livrado tão bem, escolher nos acompanhar e deixar Harriet doente para trás! Muito estranho mesmo! Mas há, acredito, em muitos homens, especialmente nos solteiros, tal inclinação, tal paixão em comerem fora, um convite para jantar ocupa posição tão alta na classe de seus prazeres, suas ocupações, sua importância, quase seus deveres, que qualquer coisa cede a isso, e deve ser esse o caso do sr. Elton; sem dúvida um moço muito estimado, amável e agradável e muito apaixonado por Harriet; mas, ainda assim, não pode recusar um convite, deve jantar fora onde quer que seja convidado. Que coisa estranha é o amor! Ele pode enxergar esperteza em Harriet, mas não vai jantar sozinho por ela."

Pouco depois, o sr. Elton os deixou, e ela não podia deixar de fazer-lhe a justiça de sentir que havia uma grande dose de sentimento em sua maneira de dizer o nome de Harriet na despedida; no seu tom de voz ao lhe assegurar que iria visitar a casa da sra. Goddard para saber notícias de sua bela amiga, a última coisa que faria antes de se preparar para a felicidade de reencontrá-la, quando esperava poder fazer um relatório melhor; e ele suspirou e sorriu de uma forma que deixou o equilíbrio da aprovação a seu favor.

Depois de alguns minutos de silêncio total entre eles, John Knightley começou dizendo:

— Nunca na minha vida vi um homem mais decidido a ser agradável do que o senhor Elton. É uma obrigação para ele no que diz respeito às mulheres. Com os homens, ele pode ser racional e sem afetações, mas quando há mulheres a quem agradar, utiliza todos os recursos.

— As maneiras do senhor Elton não são perfeitas — respondeu Emma —; mas onde há o desejo de agradar, deve-se deixar passar e tolerar muita coisa. Naquilo que um homem dá o melhor de si apenas com forças moderadas, terá vantagem sobre a superioridade negligente. A boa índole e a boa vontade do senhor Elton são tão perfeitas, que podemos apenas valorizar.

— Sim — respondeu o sr. John Knightley, com certa malícia —, ele parece ter muita boa vontade para com você.

— Para comigo? — respondeu ela, com um sorriso de espanto. — Está imaginando que eu sou o objeto do senhor Elton?

— Esse pensamento me passou pela cabeça, eu admito, Emma; e se nunca lhe ocorreu antes, pode muito bem levar isso em consideração agora.

— O senhor Elton apaixonado por mim! Que ideia!

— Eu não digo que assim o seja; mas fará bem em considerar se é ou não e em regular seu comportamento de acordo com isso. Acho que suas maneiras para com ele são encorajadoras. Falo como amigo, Emma. É melhor se observar e certificar-se de como age e o que tem intenção de fazer.

— Agradeço-lhe; mas garanto que está bastante enganado. O senhor Elton e eu somos bons amigos e nada mais — e ela continuou a caminhar, divertindo-se ao considerar os equívocos que com frequência surgem de um conhecimento parcial das circunstâncias, dos erros que as pessoas com altas pretensões de julgamento estão sempre cometendo; e não muito satisfeita com seu irmão por imaginá-la cega e ignorante, e carente de conselho. Ele não disse mais nada.

O sr. Woodhouse decidira-se tão completamente quanto à visita que, apesar do crescente frio, parecia não ter a menor ideia de se esquivar dela e, por fim, partiu pontualmente com sua filha mais velha na própria carruagem, aparentando estar menos consciente do tempo do que qualquer um dos outros; maravilhado demais com a própria ida e com o prazer que proporcionaria a Randalls para perceber que estava frio, e muito bem agasalhado para senti-lo. O frio, porém, estava severo; e no momento em que a segunda carruagem se pôs em movimento, alguns flocos de neve começaram a cair, e o céu parecia estar tão sobrecarregado que precisaria apenas de uma corrente de ar mais suave para embranquecer o mundo em pouquíssimo tempo.

Emma logo percebeu que seu companheiro não estava de bom humor. A preparação e a saída com aquele tempo, com o sacrifício dos filhos após o jantar, eram males, eram no mínimo desagrados, dos quais o sr. John Knightley não gostava de forma alguma; ele não antecipava nada na visita que pudesse valer a pena; e todo o trajeto até o vicariato foi gasto por ele expressando seu descontentamento.

— Um homem — disse ele — deve ter uma opinião muito boa de si mesmo para pedir às pessoas que deixem sua própria lareira e enfrentem um dia como este, para irem vê-lo. Ele deve se considerar um sujeito muito agradável; eu não seria capaz de fazer tal coisa. É o maior absurdo… E está de fato nevando agora! A loucura de não permitir que as pessoas fiquem confortáveis em casa, e a tolice das pessoas de não ficarem no conforto de casa quando podem! Se fôssemos obrigados a sair em uma noite como esta, por qualquer obrigação ou dever, que dificuldade iríamos considerá-lo; e aqui estamos, provavelmente com roupas um pouco mais finas do que o normal, partindo por vontade própria, sem motivo, desafiando a natureza, que diz ao homem, em todas as coisas dadas à sua visão ou aos seus sentidos, para que ele fique em casa e mantenha tudo o que puder abrigado; aqui estamos nós indo passar cinco entediantes horas na casa de outro homem, sem nada para dizer ou para ouvir que não tenha sido dito e ouvido ontem, e não possa ser dito e ouvido de novo amanhã. Indo com um tempo horrível, para provavelmente retornar com um ainda pior; quatro cavalos e quatro criados empregados em nada além de transportar cinco criaturas preguiçosas e trêmulas até aposentos mais frios e companhia pior do que teriam em casa.

Emma não se sentia capaz de dar o consentimento satisfeito, que sem dúvida ele estava habituado a receber, a imitar o "É verdade, meu amor", que deveria ser a resposta usual de sua companheira de viagem; mas ela teve resolução suficiente para se abster de dar qualquer resposta. Se não era capaz de ceder, temia ser conflituosa; seu heroísmo valeu-se do silêncio. Ela deixou que ele falasse, arrumou os vidros e se agasalhou, sem abrir a boca.

Chegaram, a carruagem fez a volta, o degrau foi baixado e o sr. Elton, elegante, vestido de preto e sorridente, imediatamente se uniu a eles. Emma pensou com prazer em alguma mudança de assunto. O sr. Elton era todo dedicação e contentamento; ele estava tão alegre em suas gentilezas, que ela começou a pensar que tinha recebido notícias diferentes sobre Harriet daquelas que ela mesma ouvira. Ela tinha mandado perguntar enquanto se vestia, e a resposta foi: "Quase a mesma coisa, não melhorou."

— As notícias que recebi da senhora Goddard — disse ela logo — não foram tão agradáveis quanto eu esperava: "não melhorou", foi o que me responderam.

A expressão dele se nublou no mesmo instante; e sua voz estava cheia de sentimento quando ele respondeu.

— Ah! Não... Lamento ouvir isso, estava a ponto de dizer que, quando passei na senhora Goddard, que foi a última coisa que fiz antes de voltar para me vestir, me disseram que a senhorita Smith não estava melhor, nem um pouco melhor, na verdade havia piorado. Fiquei muito triste e preocupado... Esperava que ela fosse ter melhorado depois de um cordial que eu sabia ter sido dado a ela pela manhã.

Emma sorriu e respondeu:

— Minha visita foi benéfica para a parte nervosa de sua enfermidade, espero eu; mas nem mesmo eu consigo afastar uma dor de garganta; é um resfriado de fato muito forte. O senhor Perry esteve com ela, como o senhor provavelmente soube.

— Sim... eu imaginei... isto é... eu não...

— Ele já cuidou dela em queixas semelhantes, e tenho esperança que amanhã de manhã ambos teremos um relatório mais confortável. Mas é impossível não sentir preocupação. Um desfalque tão triste para a nossa reunião de hoje!

— Horrível! Exatamente, é verdade. Ela fará falta a cada momento.

Isso foi muito apropriado; o suspiro que acompanhou essas palavras foi realmente admirável, mas deveria ter durado mais. Emma ficou bastante consternada quando, apenas meio minuto depois, ele começou a falar de outras coisas, com o maior entusiasmo e alegria.

— Que excelente ideia usar pele de carneiro nas carruagens. Como as tornam confortáveis; é impossível sentir frio com tais precauções. Os artifícios dos dias modernos de fato tornaram a carruagem de um cavalheiro perfeitamente completa. Fica-se tão abrigado e protegido do tempo, que nem um sopro de ar pode entrar sem permissão. O tempo torna-se absolutamente irrelevante. A tarde está muito fria, mas nessa carruagem nem percebemos. Ah! Vejo que está nevando um pouco.

— Sim — disse John Knightley — e acho que nevará bastante.

— Um clima de Natal — observou o sr. Elton. — Bastante sazonal; e podemos nos considerar demasiado afortunados por não ter começado ontem e impedido a festa de hoje, o que muito possivelmente teria acontecido, pois o senhor Woodhouse dificilmente teria se arriscado se houvesse muita neve no caminho; mas agora não tem importância. Esta é, de fato, uma época perfeita para encontros amistosos. No Natal, todas as pessoas convidam seus amigos para visitá-los, e as pessoas dão pouca importância mesmo ao pior tempo. Uma vez, fiquei preso por uma semana na casa de um amigo devido à neve. Nada seria mais agradável. Fui para passar apenas uma noite e não pude sair antes que uma semana tivesse se passado.

O sr. John Knightley parecia não compreender o prazer, mas apenas disse, com frieza:

— Não posso desejar ficar ilhado pela neve uma semana em Randalls.

Em outra ocasião, Emma poderia ter se divertido, mas agora estava muito surpresa com a animação do sr. Elton por outros sentimentos. Harriet parecia bastante esquecida diante da expectativa de uma festa agradável.

— Podemos ter certeza de que têm excelentes lareiras — continuou ele — e nos receberão com o maior conforto possível. São pessoas encantadoras, o senhor e a senhora Weston. A senhora Weston, de fato, é muito superior a qualquer elogio, e o senhor Weston é tudo o que há de melhor, tão hospitaleiro e afeito à sociedade. Será uma reunião pequena, mas reuniões pequenas são selecionadas, e talvez por isso são as mais agradáveis. A sala de jantar do senhor Weston não acomoda mais que dez pessoas com conforto; e, de minha parte, prefiro, em tais circunstâncias, ter duas pessoas a menos a ter duas a mais. Creio que irá concordar comigo — voltando-se com um ar suave para Emma —, creio que decerto terei sua aprovação, embora o senhor Knightley, talvez, por estar acostumado com as grandes festas de Londres, possa não concordar com nossos sentimentos.

— Não sei nada sobre as grandes festas de Londres, senhor. Nunca janto com ninguém.

— É mesmo! — disse em tom de admiração e pena. — —Não fazia ideia de que a lei havia se tornado tamanha escravidão. Bem, senhor, há de chegar o tempo quando será recompensado por tudo isso, quando terá pouco trabalho e grande prazer.

— Meu primeiro prazer — respondeu John Knightley, quando eles passaram pelo portão de entrada — será encontrar-me seguro em Hartfield novamente.

Capítulo 14

Foi necessária alguma mudança no semblante de cada cavalheiro ao entrar na sala de estar da sra. Weston: o sr. Elton precisou conter sua animação, e o sr. John Knightley, dispersar seu mau humor. O sr. Elton precisava sorrir menos, e o sr. John Knightley, mais, para se adequarem ao lugar. Emma precisava apenas agir como sua natureza solicitava e se mostrar tão feliz quanto estava. Para ela, era um verdadeiro prazer estar com os Weston. O sr. Weston era um grande favorito, e não havia criatura no mundo com quem ela falasse com tanta franqueza quanto com sua esposa; nem qualquer outra com a qual ela se relacionasse com tal convicção de ser ouvida e compreendida, de ser sempre interessante e inteligível, nos pequenos casos, arranjos, perplexidades e prazeres de seu pai e dela mesma. Não havia nada que pudesse falar sobre Hartfield, com que sra. Weston não demonstrasse vivo interesse; e meia hora de comunicação ininterrupta de todos aqueles pequenos assuntos dos quais depende a felicidade diária da vida privada foi uma das primeiras gratificações de ambas.

Era um prazer que talvez uma visita de um dia inteiro não pudesse proporcionar, que certamente não pertencia à meia hora atual; mas a própria visão da sra. Weston, seu sorriso, seu toque, sua voz eram gratos a Emma, e ela decidiu pensar o menos possível nas esquisitices do sr. Elton, ou em qualquer outra coisa desagradável, e desfrutar ao máximo de tudo o que fosse agradável.

O infortúnio do resfriado de Harriet havia sido muito bem discutido antes de sua chegada. O sr. Woodhouse já estava instalado em segurança tempo suficiente para contar toda a história, além de relatar toda a história da própria vinda com Isabella, e da vinda de Emma em seguida e, na verdade, havia acabado de falar de sua satisfação de que James pode vir e ver sua filha, quando os outros apareceram, e a sra. Weston, que estava quase totalmente absorta por suas atenções para com ele, foi capaz de se desvencilhar e dar as boas-vindas a sua amada Emma.

O projeto de Emma de esquecer o sr. Elton por um tempo a fez lamentar muito ao descobrir, quando todos haviam tomado seus lugares, que ele estava próximo a ela. Era grande a dificuldade de tirar da cabeça a estranha insensibilidade dele em relação a Harriet, enquanto ele não apenas estava sentado a seu lado, mas continuamente impunha seu semblante feliz à atenção dela, e se dirigia a ela solicitamente a todo momento. Em vez de esquecê-lo, seu comportamento foi tal que ela não pôde evitar a sugestão interna de "Será que realmente é como meu cunhado imaginou? Será possível que esse homem esteja começando a transferir seu afeto de Harriet para mim? Absurdo e insuportável!" No entanto, ele se mostrava tão ansioso que ela estivesse perfeitamente aquecida, tão interessado em seu pai e tão encantado com sra. Weston; e por fim começou a admirar seus desenhos com tanto zelo e tão pouco conhecimento que parecia terrivelmente com um candidato a enamorado, e fez com que ela tivesse que se esforçar para manter suas boas maneiras. Pelo próprio bem, ela não podia ser rude; e pelo de Harriet, na esperança de que tudo ainda desse certo, ela foi até decididamente civilizada; mas foi um esforço; especialmente porque algo se passava entre os outros que ela tinha especial interesse em ouvir, durante o momento mais excessivo das tolices do sr. Elton. Ela ouviu o suficiente para saber que o sr. Weston estava dando alguma informação sobre seu filho; ela ouviu as palavras "meu filho", "Frank" e "meu filho" repetidas várias vezes; e, baseada em algumas outras meias-palavras, suspeitou que ele anunciava uma visita próxima de seu filho; mas antes que ela pudesse aquietar o sr. Elton, o assunto estava tão completamente ultrapassado que qualquer outra pergunta dela teria sido imprópria.

Bem, acontece que, apesar da resolução de Emma de nunca se casar, havia algo no nome, na ideia do sr. Frank Churchill, que sempre a interessou.

Ela frequentemente pensava, especialmente desde o casamento de seu pai com a srta. Taylor, que, se ela *viesse a* se casar, ele seria a pessoa certa para ela em idade, caráter e condição. Ele parecia, por essa conexão entre as famílias, pertencer de fato a ela. Não podia deixar de supor que era uma união que todos os que os conheciam deviam imaginar. Estava bastante convencida de que o sr. e a sra. Weston desejavam que ocorresse; e, embora não quisesse ser induzida por ele, nem por qualquer outro, a desistir de uma situação que ela acreditava mais repleta de benefícios do que qualquer outra pela qual pudesse trocá-la, ela tinha uma grande curiosidade em vê-lo, uma intenção decidida de considerá-lo agradável, de ser apreciada por ele até certo ponto, e uma espécie de prazer com a ideia de serem unidos na imaginação de seus amigos.

Com tais sensações, as delicadezas de sr. Elton foram terrivelmente inoportunas; mas ela teve a satisfação de parecer muito educada, embora estivesse muito aborrecida, e de pensar que o restante da visita não poderia passar sem que o mesmo assunto viesse de novo ou ao menos o principal de seu conteúdo, pelo sincero sr. Weston. E assim aconteceu, pois quando felizmente se livrou do sr. Elton, e se sentou próxima ao sr. Weston, no jantar, ele aproveitou o primeiro intervalo nos cuidados da hospitalidade, o primeiro momento depois de cortar o lombo de carneiro, para dizer-lhe:

— Faltam apenas duas pessoas para termos o número ideal. Gostaria de ver mais outros dois aqui: sua linda amiguinha, a senhorita Smith, e meu filho, e então diria que estávamos completos. Acredito que não me ouviu contar aos outros na sala que esperamos Frank. Recebi uma carta dele esta manhã e ele estará conosco em duas semanas.

Emma respondeu com um grau apropriado de satisfação; e concordou plenamente com sua proposta de o sr. Frank Churchill e a srta. Smith tornarem sua festa bastante completa.

— Ele tem desejado nos visitar — continuou o sr. Weston — desde setembro: expressa esse desejo em todas as suas cartas; mas não comanda seu próprio tempo. Precisa agradar àqueles a quem deve agradar e a quem, cá entre nós, às vezes só se agrada mediante muitos sacrifícios. Mas agora não tenho dúvidas de tê-lo aqui por volta da segunda semana de janeiro.

— Que grande prazer será para o senhor! E a senhora Weston, que está tão ansiosa para conhecê-lo, deve estar quase tão feliz quanto o senhor.

— Sim, ela estaria, mas acha que haverá outro adiamento. Ela não acredita em sua vinda tanto quanto eu, mas não conhece os envolvidos tão bem quanto eu. O caso, sabe, é… (mas isso fica só entre nós, não mencionei uma sílaba disso na outra sala. Existem segredos em todas as famílias, entende?). O caso é que um grupo de amigos está convidado para fazer uma visita a Enscombe em janeiro; e a vinda de Frank depende da deles ser adiada. Se não for adiada, ele não pode viajar. Mas sei que adiarão, porque é uma família pela qual certa senhora, de alguma importância em Enscombe, tem especial antipatia; e embora julguem necessário convidá-los uma vez a cada dois ou três anos, eles sempre adiam a visita no final das contas. Não tenho a menor dúvida sobre o assunto. Estou tão confiante de ver Frank aqui antes de meados de janeiro, quanto de estar aqui eu mesmo; mas sua boa amiga ali — acenando com a cabeça em direção à extremidade superior da mesa— tem tão poucos caprichos ela mesma e estava tão pouco acostumada a eles em Hartfield, que não consegue calcular seus efeitos, como eu tenho longo tempo de prática em fazê-lo.

— Lamento que haja qualquer coisa próxima à dúvida no caso — respondeu Emma —; mas estou disposta a ficar do seu lado, senhor Weston. Se acredita que ele virá, eu também pensarei assim; pois o senhor conhece Enscombe.

— Sim, tenho algum direito a esse conhecimento; embora nunca tenha estado naquele lugar em minha vida. Ela é uma mulher estranha! Mas nunca me permito falar mal dela, por causa de Frank; pois acredito que ela gosta muito dele. Eu costumava pensar que ela não era capaz de gostar de ninguém, exceto de si mesma: mas sempre foi bondosa com ele (à sua maneira, permitindo pequenas extravagâncias e caprichos, e esperando que tudo seja conforme ela gosta). E não é de pouco mérito, em minha opinião, em favor dele, que tenha despertado tal afeto; pois, embora eu não diga isso a ninguém, ela não tem mais coração do que uma pedra para as pessoas em geral e seu temperamento é diabólico.

Emma gostou tanto do assunto que voltou a ele com a sra. Weston, logo após passarem para a sala de visitas, desejando-lhe alegria, mas observando saber que o primeiro encontro devia ser bastante alarmante. A sra. Weston concordou, mas acrescentou que ficaria muito feliz de ter a certeza de que passaria pela ansiedade de um primeiro encontro no momento estipulado:

— Pois não posso viver na expectativa de sua vinda. Não consigo ser tão otimista quanto o senhor Weston. Tenho muito medo de que tudo dê em nada. O senhor Weston, ouso dizer, estava lhe contando como exatamente anda o assunto?

— Sim, parece que não depende de nada além do mau humor da senhora Churchill, que imagino ser a coisa mais certa do mundo.

— Minha nossa, Emma! — respondeu a Sra. Weston, sorrindo. — Como se pode ter certeza de um capricho? — Em seguida, voltando-se para Isabella, que não havia ouvido antes. — Deve saber, minha cara senhora Knightley, que não temos tanta certeza de ver o senhor Frank Churchill, na minha opinião, quanto o pai dele pensa. Sua vinda depende inteiramente do humor e do desejo da tia, em suma, do temperamento dela. Para vocês, minhas duas filhas, posso me arriscar a dizer a verdade. A senhora Churchill reina em Enscombe e é uma mulher de temperamento muito estranho; e a vinda do rapaz agora, depende de ela estar disposta a abdicá-lo.

— Oh, a senhora Churchill; todo mundo conhece a senhora Churchill — respondeu Isabella — e tenho certeza de que nunca pensei naquele pobre rapaz sem sentir a maior compaixão. Conviver constantemente com uma pessoa mal-humorada deve ser terrível. É algo que felizmente nunca conhecemos; mas deve ser uma vida miserável. Que bênção que ela nunca tenha tido filhos! Pobres criaturinhas, como ela os teria deixado infelizes!

Emma desejou estar sozinha com a sra. Weston. Pois assim teria ouvido mais; a sra. Weston falaria com ela com um menor grau de reserva que não arriscaria com Isabella; e, de fato acreditava, dificilmente tentaria esconder-lhe qualquer coisa relativa aos Churchills, exceto aquelas opiniões sobre o jovem, das quais a própria imaginação já lhe dera algum conhecimento instintivo. Mas no momento não havia mais nada a ser dito. O sr. Woodhouse logo as seguiu até a sala de visitas. Permanecer sentado por muito tempo depois do jantar era um confinamento que ele não podia suportar. Nem vinho, nem conversa importavam para ele; e se aproximou, contente, daquelas com quem sempre se sentia confortável.

Enquanto ele falava com Isabella, no entanto, Emma encontrou uma oportunidade de dizer:

— E então não considera esta visita de seu enteado como certa. Lamento muito por isso. A apresentação com certeza será desagradável, quando ocorrer; por isso, quanto mais cedo puder acontecer, melhor.

— É verdade; e cada atraso me deixa mais apreensiva de que surjam outros. Mesmo que esta família, os Braithwaite, desistam da visita, ainda temo que alguma desculpa possa ser encontrada para nos desapontar. Não aguento imaginar que exista relutância da parte dele; mas tenho certeza de que há um grande desejo dos Churchill de mantê-lo junto a si. Tudo por ciúmes.

Eles têm ciúmes até mesmo de sua consideração pelo pai. Em suma, não consigo ter nenhuma confiança em sua vinda e gostaria que o senhor Weston fosse menos otimista.

— Ele tem que vir — disse Emma. — Mesmo que possa ficar apenas alguns dias, precisa vir; é difícil de conceber que um rapaz não possa fazer nem mesmo isso. Uma jovem *mulher*, se cair nas mãos de pessoas más, pode ser controlada e mantida longe daqueles com quem ela quer estar com; mas não é compreensível que um jovem *homem* esteja sob tais restrições, de modo que não seja capaz de passar uma semana com o pai, se assim o quiser.

— É preciso estar em Enscombe e conhecer os costumes da família antes de determinar o que ele pode fazer — respondeu a sra. Weston. — Deve-se ter a mesma cautela, talvez, ao julgar a conduta de qualquer indivíduo de qualquer família; mas Enscombe, creio eu, certamente não deve ser julgada por regras gerais; *ela* é muito irracional, e tudo é feito conforme seus desejos.

— Mas ela gosta tanto do sobrinho, ele é um grande favorito dela. Agora, de acordo com a ideia que tenho da senhora Churchill, seria muito natural que, embora ela não faça nenhum sacrifício pelo bem do marido, a quem deve tudo, como exerce capricho incessante para com *ele,* ela deve ser frequentemente governada pelo sobrinho, a quem não deve nada.

— Minha querida Emma, não tente, com seu doce temperamento, entender um mau temperamento, ou estabelecer regras para ele; deve deixar que siga seu próprio curso. Não tenho dúvidas de que ele tenha, às vezes, considerável influência; mas pode muito bem ser-lhe impossível saber de antemão *quando* a terá.

Emma ouviu e depois disse friamente:

— Não ficarei satisfeita, a menos que ele venha.

— Ele pode ter uma grande influência em alguns assuntos — continuou a sra. Weston — e em outros, muito pouca; e entre aqueles nos quais ela está além de sua influência, é muito provável que esteja essa circunstância de ele vir nos visitar.

Capítulo 15

O sr. Woodhouse logo estava pronto para o chá; e, depois que ele tomou seu chá, estava pronto para ir para casa; e foi tudo o que seus três companheiros puderam fazer para distrair sua atenção do adiantado da hora, antes que os outros cavalheiros aparecessem. O sr. Weston estava falante e sociável, e não gostava de separações precoces de qualquer tipo; mas, por fim, o grupo na sala recebeu um acréscimo. O sr. Elton, de muito bom humor, foi um dos primeiros a entrar. A sra. Weston e Emma estavam sentadas em um sofá. Ele se juntou a elas imediatamente e, quase sem convite, sentou-se entre as duas.

Emma, de bom humor também, pela diversão proporcionada a sua mente pela expectativa da vinda do sr. Frank Churchill, estava disposta a esquecer suas impropriedades recentes e a estar tão contente com ele quanto antes, e como Harriet foi seu primeiro assunto, estava disposta a ouvir com sorrisos muito amigáveis.

Ele se declarou extremamente preocupado com sua bela amiga… sua bela, adorável e amável amiga. "Ela sabia?… Teve alguma notícia dela, desde que chegaram a Randalls? Estava tão preocupado… Precisava confessar que a natureza da enfermidade o alarmou consideravelmente." E falou nesse estilo por algum tempo de forma muito apropriada, não dando muita atenção a qualquer resposta, mas inteiramente alerta para o terror de uma forte dor de garganta; e Emma foi bastante indulgente com ele.

Mas por fim pareceu ocorrer uma mudança terrível; pareceu de súbito que ele temia que fosse uma forte dor de garganta mais por causa de Emma que de Harriet; parecia desejar mais que ela escapasse da infecção do que querer que não houvesse infecção alguma. Ele começou a suplicar-lhe com grande seriedade que se abstivesse de visitar o quarto da enferma de novo, por enquanto, a suplicar que *lhe prometesse* não se aventurar a correr tal risco até que ele tivesse encontrado o sr. Perry e soubesse sua opinião; e embora ela tentasse rir-se disso e trazer o assunto de volta ao seu curso adequado, não havia como acabar com sua extrema solicitude para com ela. Ela estava confusa. Parecia — não havia como escondê-lo — exatamente como se aparentasse estar apaixonado por ela, em vez de Harriet; uma inconstância, se real, a mais desprezível e abominável possível! E ela sentia dificuldade em manter a compostura. Ele se virou para a sra. Weston para implorar sua ajuda: "Não lhe daria seu apoio? Não acrescentaria seus argumentos aos dele, para persuadir a srta. Woodhouse a não ir à casa da sra. Goddard até que tivesse certeza de que a doença da srta. Smith não era infecciosa? Ele não ficaria satisfeito sem uma promessa... Não usaria de sua influência para obtê-la?"

— Tão cuidadosa com os outros — ele continuou — e, todavia, tão descuidada consigo mesma! Queria que eu cuidasse de meu resfriado ficando em casa hoje, mas não promete evitar o perigo de ela mesma pegar uma infecção de garganta. Está certo, senhora Weston? Seja nossa juíza. Não tenho algum direito de reclamar? Estou certo de seu amável apoio e ajuda.

Emma percebeu a surpresa da sra. Weston, e sentiu que devia ser grande diante de um modo de falar que, em palavras e modos, assumia o direito de um interesse importante por ela; e quanto a si mesma, sentiu-se tão provocada e ofendida a ponto de não conseguir dizer nada a esse propósito. Ela só foi capaz de dirigir-lhe um olhar; mas foi um olhar que ela pensou que o faria recuperar o juízo, e então deixou o sofá, sentando-se ao lado da irmã, e dando a ela toda a sua atenção.

Ela não teve tempo de observar como o sr. Elton recebeu a reprovação, já que rapidamente outro assunto se sucedeu; pois o sr. John Knightley agora entrava na sala depois de examinar o tempo, e contou a todos que o solo estava coberto de neve, e ainda nevava rápido, com um vento forte e tortuoso; concluindo com estas palavras dirigidas ao sr. Woodhouse:

— Este se provará um início animado para seus compromissos de inverno, senhor. Algo novo para seu cocheiro e seus cavalos será terem que abrir caminho no meio de uma tempestade de neve.

O pobre sr. Woodhouse quedou em um silêncio consternado; mas todos os outros tinham algo a dizer; todos ficaram surpresos ou não e tinham alguma pergunta a fazer ou algum consolo a oferecer. A sra. Weston e Emma, determinadas, tentaram animá-lo e desviar sua atenção do genro, que perseguia seu triunfo de maneira bastante insensível.

— Admirei muito sua coragem, senhor — disse ele — em se aventurar nesse clima, pois é claro que o senhor havia visto que nevaria muito em breve. Todo mundo deve ter visto a neve chegando. Admirei seu espírito; e ouso dizer que vamos retornar para casa muito bem. Mais uma ou duas horas de neve dificilmente tornarão a estrada intransitável; e nós estamos em duas carruagens; se uma não conseguir atravessar a parte sombria do campo aberto, haverá a outra à disposição. Ouso dizer que estaremos todos seguros em Hartfield antes da meia-noite.

O sr. Weston, experimentando um triunfo diferente, confessou que já sabia que nevava há algum tempo, mas não dissera uma palavra, para não incomodar o sr. Woodhouse e servir de desculpa para que partisse às pressas. Quanto ao fato de haver caído ou vir a cair quantidade de neve suficiente para impedir o retorno deles, era mera piada; ele temia que não encontrariam dificuldade. Gostaria que a estrada ficasse intransitável, para que pudesse mantê-los todos em Randalls; e com a maior boa vontade estava certo de que poderiam encontrar acomodação para todos, pedindo que a esposa concordasse com ele, que com um pouco de imaginação, todos poderiam ser alojados, o que ela mal sabia como faria, consciente de que havia apenas dois quartos vagos na casa.

— O que faremos, minha querida Emma? O que deve faremos? — foi a primeira exclamação do sr. Woodhouse e tudo o que ele foi capaz de dizer por algum tempo. Ele se voltou para ela em busca de conforto; e sua garantia de segurança, sua declaração da excelência dos cavalos e de James, e do fato de terem tantos amigos com eles, o reanimou um pouco.

O alarme de sua filha mais velha foi igual ao dele. O horror de ficar ilhada em Randalls, enquanto seus filhos estavam em Hartfield, preencheu sua imaginação; e imaginando que a estrada agora seria apenas transitável para pessoas aventureiras, mas em um estado que não admitia demora, ela estava ansiosa para que seu pai e Emma permanecessem em Randalls, enquanto ela e o marido avançariam imediatamente atravessando todos os possíveis acúmulos de neve que pudessem impedi-los.

— É melhor chamar a carruagem logo, meu amor — disse ela. — Ouso dizer que seremos capazes de avançar, se partirmos agora; e se nos depararmos com condições muito ruins, posso sair e caminhar. Não estou com medo. Não me importo em andar metade do caminho. Posso trocar os sapatos, sabe, assim que chegar em casa; e não é o tipo de coisa que vá me deixar resfriada.

— É mesmo?! — respondeu ele. — Então, minha cara Isabella, é a coisa mais extraordinária do mundo, pois em geral tudo te deixa resfriada. Andar até a casa! Está mesmo bem calçada para ir a pé para casa, ouso dizer. Será ruim o bastante para os cavalos.

Isabella voltou-se para a sra. Weston para obter sua aprovação para o plano. A sra. Weston viu-se obrigada a aprovar. Isabella virou-se então para Emma; mas Emma não queria ainda desistir por completo da esperança de que todos pudessem ir juntos; e ainda estavam discutindo o assunto, quando o sr. Knightley, que havia deixado a sala logo após o primeiro anúncio de neve do irmão, retornou e disse-lhes que havia estado lá fora para examinar e poderia assegurar que não haveria a menor dificuldade para voltarem para casa, quando quisessem, seja agora ou daqui a uma hora. Ele havia ido além da curva — seguindo um pouco adiante ao longo da estrada de Highbury — a neve não tinha mais que um centímetro de profundidade e em muitos trechos mal havia o suficiente para embranquecer o solo; alguns poucos flocos caíam no momento, mas as nuvens estavam se dissipando e havia toda a aparência de que logo acabaria. Ele tinha visto os cocheiros e ambos concordaram com ele de que não havia nada a que causasse apreensão.

Para Isabella, o alívio de tais notícias foi muito grande, e foram pouco menos aceitáveis para Emma por causa do pai, que no mesmo instante ficou tão tranquilo em relação ao assunto quanto sua constituição nervosa permitia; mas o alarme que havia sido suscitado não pôde ser apaziguado de modo a admitir qualquer conforto para ele enquanto continuasse em Randalls. Ele estava satisfeito por não haver perigo presente em voltar para casa, mas nenhuma garantia poderia convencê-lo de que era seguro ficar; e enquanto os outros instavam e recomendavam de várias maneiras, o sr. Knightley e Emma resolveram em algumas breves frases assim:

— Seu pai não vai ficar tranquilo. Por que não partem?

— Estou pronta, se os outros estiverem.

— Devo tocar a sineta?

— Sim, deve.

E a sineta foi tocada, e as carruagens foram requisitadas. Mais alguns minutos, e Emma esperava ver um companheiro incômodo depositado na própria casa, para ficar sóbrio e tranquilo, e o outro recuperando o bom humor e o contentamento quando essa visita cansativa terminasse.

A carruagem chegou, e o sr. Woodhouse, tendo sempre a preferência em tais ocasiões, foi acomodado na própria com cuidado pelo sr. Knightley e o sr. Weston; mas nem tudo o que qualquer um pudesse dizer conseguiu impedir alguma renovação do alarme ao ver a neve que de fato havia caído e a descoberta de uma noite muito mais escura do que ele havia esperado. "Temia que teriam um retorno muito ruim. Temia que a pobre Isabella não fosse ficar bem. E a pobre Emma na carruagem de trás. Não sabia o que era melhor fazer. Deviam manter-se juntos o máximo possível"; e falou com James, ordenando que fosse muito devagar e esperasse pela outra carruagem.

Isabella veio atrás do pai; John Knightley, esquecendo-se de que não pertencia ao grupo, entrou atrás da esposa com muita naturalidade; de modo que Emma descobriu, ao ser escoltada e seguida até a segunda carruagem pelo sr. Elton, que a porta foi devidamente fechada atrás deles e que deveriam seguir viagem sozinhos. Não teria sentido mais que um momento de estranheza, teria sido um prazer, antes das suspeitas de hoje; ela poderia ter falado com ele sobre Harriet, e o trajeto de cerca de um quilômetro pareceria ter apenas meio. Mas agora, preferia que não tivesse acontecido. Ela acreditava que ele havia bebido muito do bom vinho do sr. Weston e tinha certeza de que ele ia querer falar bobagens.

Para contê-lo tanto quanto pudesse, por seus próprios modos, ela se preparou imediatamente para falar com requintada calma e gravidade sobre o tempo e a noite; mas mal havia começado, mal passaram pelo portão de entrada e se juntaram à outra carruagem, viu-se sendo interrompida, sua mão agarrada, sua atenção exigida, e o sr. Elton realmente declarando amor violento a ela: aproveitando-se da preciosa oportunidade, declarando sentimentos que já deviam ser conhecidos, esperando… temendo… adorando… pronto para morrer se ela o recusasse; mas se convencido de que seu ardente apego, inigualável amor e incomparável paixão não poderiam deixar de surtir algum efeito e, em suma, muito decidido a ser seriamente aceito o mais rápido possível. Foi de fato assim. Sem escrúpulos… sem desculpas… aparentemente sem a menor vergonha, o sr. Elton, o enamorado de Harriet, estava se declarando apaixonado por *ela*. Tentou interrompê-lo, mas em vão; ele continuaria e diria tudo. Por mais zangada que estivesse, o pensamento do momento a fez decidir conter-se quando falasse. Sentia que metade dessa tolice devia ser embriaguez e, por isso, podia esperar que fosse coisa do momento. Assim, com uma mistura de seriedade e jocosidade, que ela esperava que melhor se adequasse a seu estado meio ébrio, respondeu:

— Estou muito surpresa, senhor Elton. Isso para *mim*! Está confuso, toma-me pela minha amiga… Se tiver qualquer mensagem para a senhorita Smith terei o maior prazer em entregar; mas não fale mais disso para *mim*, por favor.

— Senhorita Smith! Uma mensagem para a Senhorita Smith! Qual importância ela poderia ter para mim?!

Ele repetiu as palavras dela numa inflexão tão segura, com pretensão tão insolente de espanto, que ela não pôde deixar de responder com rapidez:

— Senhor Elton, a sua conduta é assombrosa por demais! E só posso explicá-la de uma maneira: não está em seu juízo perfeito, ou não falaria comigo ou sobre Harriet dessa maneira. Controle-se o bastante para não dizer mais nada, e eu me esforçarei para esquecer isso.

Mas o sr. Elton havia apenas bebido vinho suficiente para animar seu espírito, não para confundir seu intelecto. Ele sabia perfeitamente o que estava dizendo; e protestando ardentemente contra as suspeitas dela como muito injuriosas, e confirmando de modo breve seu respeito pela srta. Smith como amiga dela, mas reconhecendo seu espanto de que a srta. Smith fosse sequer mencionada, ele retomou o assunto da própria paixão, e insistiu muito para receber uma resposta favorável.

À medida que pensava menos em sua embriaguez, pensava mais em sua inconstância e presunção; e se esforçando menos para ser afável, Emma respondeu:

— É impossível para mim duvidar por mais tempo. O senhor se expressou com muita clareza. Senhor Elton, meu espanto é muito maior do que eu posso expressar. Depois de tal comportamento, como testemunhei durante o mês passado, para com a senhorita Smith… Tantas atenções que tenho o hábito diário de observar… dirigir-se a mim dessa maneira… isso é uma instabilidade de caráter, de fato, que jamais suspeitei ser possível! Acredite em mim, senhor, estou longe, muito longe de estar lisonjeada em ser o objeto de tais profissões.

— Pelos céus! — exclamou o sr. Elton — Qual pode ser o significado disso? A senhorita Smith! Eu nunca pensei na senhorita Smith em todo o curso de minha existência; só prestei alguma atenção a ela por ser sua amiga; nunca me importei se ela estava morta ou viva, a não ser por ser sua amiga. Se ela imaginou o contrário, seus próprios desejos a enganaram, e eu sinto muito, muito mesmo. Mas, a senhorita Smith, ora! Ah! Senhorita Woodhouse! Quem pode pensar na senhorita Smith, quando tem a senhorita Woodhouse por perto! Não, por minha honra, meu caráter não é instável. Pensei apenas na senhorita. Nego ter prestado a menor atenção a qualquer outra pessoa. Cada coisa que eu disse ou fiz, nas últimas semanas, foi com o único objetivo de demonstrar minha adoração pela senhorita. Não pode realmente, de fato, duvidar. Não! —em um tom que pretendia ser insinuante. — Tenho certeza de que percebeu e me entendeu.

Seria impossível descrever o que Emma sentiu ao ouvir isso, qual de todas as suas sensações desagradáveis predominava. Estava mortificada demais para conseguir responder de imediato; e dois momentos de silêncio sendo amplo incentivo para o estado de espírito otimista do sr. Elton, ele tentou agarrar a mão dela novamente, enquanto exclamava alegremente:

— Charmosa senhorita Woodhouse! Permita-me interpretar este silêncio interessante. Ele confessa que me entende há muito tempo.

— Não, senhor — exclamou Emma — ,não confessa nada disso. Longe de tê-lo entendido por muito tempo, cometi um erro dos mais completos a respeito de suas intenções, até esse momento. Quanto a mim, lamento muito que o senhor tenha cedido a quaisquer sentimentos. Nada poderia estar mais distante dos meus desejos… seu apego à minha amiga Harriet… sua tentativa de conquistá-la (pois parecia uma tentativa de conquista) me deu grande satisfação, e muito honestamente desejava-lhe que tivesse êxito; mas se tivesse suspeitado que não era ela que o atraía até Hartfield, certamente teria considerado que o senhor julgava mal por fazer visitas tão frequentes. Devo acreditar que nunca buscou recomendar-se especialmente para a senhorita Smith? Que nunca pensou seriamente nela?

— Nunca, senhora — exclamou ele, afrontado por sua vez —; nunca, garanto-lhe. *Eu* pensar seriamente na senhorita Smith! A senhorita Smith é uma moça muito boa; e eu ficaria feliz em vê-la bem estabelecida. Desejo-lhe muitíssimo bem e, sem dúvida, há homens que talvez não se oponham a… Todos têm seu nível; mas, quanto a mim, não estou, creio eu, tão perdido. Não preciso perder tanto as esperanças de fazer uma aliança igual, a ponto de me dirigir à senhorita Smith! Não, senhora, minhas visitas a Hartfield foram apenas para você; e o encorajamento que recebi…

— Encorajamento! Jamais o encorajei! Senhor, estava completamente iludido ao supor tal coisa. Via-o apenas como um admirador de minha amiga. Sob nenhum outro viés poderia ser mais para mim do que um mero conhecido. Lamento profundamente, mas é bom que o equívoco seja desfeito. Se o mesmo comportamento tivesse continuado, a senhorita Smith poderia ter sido levada a uma concepção errada de suas intenções; não tendo consciência, é provável, tanto quanto eu, da grande desigualdade de que o senhor é tão sensível. Mas, do jeito que está, a decepção é única e, acredito eu, não será duradoura. Não tenho a intenção de me casar no presente momento.

Ele estava zangado demais para dizer outra palavra; os modos dela eram decididos demais para abrir espaço para súplicas; e nesse estado de ressentimento crescente e mútua mortificação profunda, eles tiveram que continuar juntos por mais alguns minutos, pois os medos do sr. Woodhouse os haviam restringido ao ritmo de uma caminhada. Se não houvesse tanta raiva, teria havido um constrangimento desesperador; mas suas francas emoções não deixavam espaço para os pequenos vagares do constrangimento. Sem saber quando a carruagem entrou na alameda do vicariato, ou quando parou, encontraram-se, de repente, diante da porta da casa dele; e ele saiu antes que outra sílaba fosse dita. Emma então sentiu que era indispensável desejar-lhe uma boa noite. O cumprimento foi apenas retribuído, com frieza e orgulho; e, sob indescritível irritação do espírito, ela foi então transportada para Hartfield.

Lá ela foi recebida, com o maior deleite, por seu pai, que estava temeroso pelos perigos de uma viagem solitária desde a alameda do vicariato, dobrando uma curva na qual ele não suportava pensar, e em mãos estranhas, um simples cocheiro qualquer, não James; e parecia que faltava apenas seu retorno para fazer com que tudo ficasse bem; pois o sr. John Knightley, envergonhado de seu mau humor, era agora todo gentileza e atenção e estava tão particularmente solícito para com o bem-estar do sogro, a ponto de parecer, se não de todo disposto a se juntar a ele para tomar uma tigela de mingau, ter perfeita consciência de que era muito salutar; e o dia estava terminando em paz e conforto para todo o seu pequeno grupo, exceto por ela mesma. Mas sua mente nunca estivera tão perturbada; e foi preciso um grande esforço para parecer atenta e alegre até que a hora habitual da separação lhe permitisse o alívio da reflexão silenciosa.

Capítulo 16

O cabelo havia sido enrolado e a criada dispensada, e Emma sentou-se para pensar e se sentir infeliz. Era uma situação de fato horrível! Uma destruição tão completa de tudo que ela desejava! Um desenvolvimento que era em tudo indesejável! Que golpe para Harriet! Isso era o pior de tudo. Cada parte causava dor e humilhação, de um jeito ou de outro; mas, em comparação com o mal causado a Harriet, tudo era suportável. E teria se submetido de bom grado a se sentir ainda mais enganada, mais equivocada, mais desgraçada por um erro de julgamento do que na verdade estava, se os efeitos de seus erros se limitassem a si mesma.

"Se eu não tivesse persuadido Harriet a gostar do homem, eu suportaria qualquer coisa. Ele poderia ter dobrado suas pretensões quanto a mim, mas pobre Harriet!"

Como ela pôde ter se enganado tanto? Ele protestou que nunca havia pensado com seriedade em Harriet, nunca! Ela refletiu sobre o passado o melhor que pôde; mas estava tudo nublado. Supôs que criou a ideia e fez tudo se moldar a ela. Os modos dele, no entanto, devem ter sido indefinidos, vacilantes, dúbios, ou ela não teria se enganado tanto.

O retrato! O quanto ele se mostrara ansioso pelo retrato! E a charada! E uma centena de outras circunstâncias… com que clareza pareciam apontar para Harriet. Certamente, a charada, com sua "sagacidade", mas então o "suave olhar" — na verdade, não combinava com nenhuma das duas; era uma confusão sem gosto ou verdade. Quem poderia ter enxergado através de tamanha tolice?

É bem verdade que ela tinha com frequência, em especial nos últimos tempos, considerado as maneiras dele desnecessariamente galantes para consigo; mas considerou-as como seu jeito, como um mero erro de julgamento, de entendimento, de gosto, como uma prova entre outras de que ele nem sempre viveu na melhor sociedade, que com toda a gentileza de seu comportamento, a verdadeira elegância às vezes faltava; mas, até o dia de hoje, ela nunca havia, por um instante, suspeitado que significasse qualquer coisa além de grato respeito por ela como amiga de Harriet.

Estava em dívida com o sr. John Knightley pela primeira suspeita sobre o assunto, pelo primeiro início de sua possibilidade. Não havia como negar que aqueles irmãos eram astutos. Ela se lembrou do que o sr. Knightley uma vez lhe dissera sobre o sr. Elton, a advertência que lhe fizera, a convicção que ela professara de que o sr. Elton nunca se casaria indiscretamente; e corou ao pensar quão mais acertada fora essa avaliação de seu caráter do que a que ela mesma alcançara. Era terrivelmente mortificante; mas o sr. Elton estava provando ser, em muitos aspectos, exatamente o contrário do que ela pensara e acreditara que fosse: orgulhoso, presunçoso, vaidoso; muito convencido das próprias prerrogativas e pouco preocupado com os sentimentos alheios.

Ao contrário do curso normal das coisas, o fato de o sr. Elton querer endereçar seus afetos a ela o afundou em sua opinião. Suas profissões e propostas não lhe valeram de nada. Ela não se importava com o apego dele e se ofendeu com suas esperanças. Ele desejava se casar bem e, tendo a arrogância de erguer os olhos para ela, fingia estar apaixonado; mas ela estava perfeitamente convencida que ele não sofreria nenhuma decepção digna de consideração. Não houvera afeto real nem em sua linguagem nem em seus modos. Suspiros e belos dizeres foram proferidos em abundância; mas ela mal podia conceber qualquer conjunto de expressões, ou imaginar qualquer tom de voz que menos indicasse amor verdadeiro. Ela não precisa se preocupar em ter pena dele. Ele queria apenas se engrandecer e enriquecer; e se a srta. Woodhouse de Hartfield, herdeira de trinta mil libras, não fosse obtida com tanta facilidade como ele imaginara, logo ele tentaria a srta. Qualquer Uma, herdeira de vinte, ou dez.

Mas que ele falasse em encorajamento, considerasse ciente de suas pretensões, aceitando suas atenções, com a intenção (em suma) de se casar com ele! Que ele se imaginasse seu igual em termos de contatos ou inteligência! Que desprezasse sua amiga, entendendo tão bem as gradações de posição abaixo dele, e fosse tão cego para aquelas acima, a ponto de imaginar que não demostrava nenhuma presunção ao se dirigir a ela! Foi muito perturbador.

Talvez não fosse justo esperar que ele sentisse o quanto era seu inferior em talento e em todas as elegâncias intelectuais. A própria falta de tal igualdade poderia impedir sua percepção dela; mas ele deveria saber que em fortuna e consequência ela era muito superior a ele. Ele deveria saber que os Woodhouse estavam estabelecidos em Hartfield há várias gerações, o ramo mais jovem de uma família muito antiga — e que os Elton não eram ninguém. A propriedade fundiária de Hartfield certamente era insignificante, sendo apenas uma espécie de entalhe na propriedade da abadia de Donwell, à qual todo o resto de Highbury pertencia; mas sua fortuna, de outras fontes, era tal que mal lhes tornava secundários em relação à própria Donwell, em todos os outros aspectos; e os Woodhouse há muito tempo ocupavam um lugar de destaque na consideração da vizinhança em que o sr. Elton entrara pela primeira vez, há menos de dois anos, para abrir o caminho que pudesse, sem quaisquer conexões fora as de seu ofício, ou qualquer coisa que o recomendasse à atenção além de sua ocupação e sua polidez. Mas a imaginara apaixonada por ele; era evidente que devia estar se fiando nisso; e depois de meditar um pouco sobre a aparente incongruência de maneiras gentis e uma cabeça presunçosa, Emma foi obrigada, em sã consciência, a parar e admitir que o próprio comportamento para com ele havia sido tão complacente e amável, tão cheio de cortesia e atenção, que (supondo que seu verdadeiro motivo despercebido) poderiam justificar um homem de observação e delicadeza medíocres, como o sr. Elton, considerar-se um claro favorito. Se *ela* interpretou tão mal os sentimentos dele, não tinha o direito de se surpreender que *ele,* com o interesse próprio a cegá-lo, se enganasse quanto aos dela.

O primeiro e o pior erro haviam sido seus. Era uma tolice, um erro tomar parte tão ativa em tentar unir duas pessoas. Era arriscar-se demais, presumir demais, não dar a devida importância ao que deveria ser sério, fazer um truque do que deveria ser simples. Estava muito preocupada e envergonhada e decidida a não fazer mais essas coisas.

"Eis que," disse a si mesma, "convenci a pobre Harriet a se afeiçoar muito a esse homem. Talvez ela nunca tivesse pensado nele se não fosse por mim; e com certeza nunca teria pensado nele com esperança, se eu não lhe tivesse assegurado de sua afeição, pois ela é tão modesta e humilde quanto eu costumava pensar que ele era. Ah! Se ao menos eu tivesse ficado satisfeita em persuadi-la a não aceitar o jovem Martin. Nisso eu estava certa. Isso foi muito bom da minha parte; mas devia ter parado aí e deixado o resto ao tempo e ao acaso. Eu a estava apresentando a boa companhia e dando-lhe a oportunidade de agradar a alguém que valesse a pena. Eu não deveria ter tentado mais. Agora, porém, pobre garota, sua paz está interrompida por algum tempo. Tenho sido apenas parte amiga para ela; e se ela *não* sentisse tanto essa decepção, estou certa de que não tenho a menor ideia de qualquer outro que seria de todo desejável para ela. William Coxe… Oh, não, eu não suportaria William Coxe… advogadozinho petulante."

Ela parou para corar e rir da própria recaída, e então retomou uma consideração mais séria e desanimadora sobre o que havia se passado, poderia ocorrer e deveria acontecer. A explicação angustiante que teria que dar a Harriet, e tudo o que a pobre Harriet sofreria, com o constrangimento de futuros encontros, as dificuldades de continuar ou interromper a relação, de subjugar sentimentos, esconder ressentimentos e evitar o escândalo, bastavam para ocupá-la por mais algum tempo nas mais tristes reflexões e, por fim, ela foi para a cama sem resolver nada, contudo, com a convicção de ter cometido um erro terrível.

Para uma natureza jovial e alegre como a de Emma, embora sob temporária melancolia à noite, o retorno do dia dificilmente falhava de trazer o retorno do ânimo. A juventude e a alegria da manhã são alegremente análogas e de ação poderosa; e se a angústia não for pungente o suficiente para manter os olhos abertos, eles certamente se abrirão para sensações de dor atenuada e esperança mais brilhante.

Emma se levantou no dia seguinte mais disposta ao conforto do que quando tinha ido se deitar, mais pronta para ver o alívio do mal diante dela e a confiar que sairia toleravelmente fora dele.

Era um grande consolo que o sr. Elton não estivesse apaixonado por ela de verdade, e que não fosse de especial amabilidade a ponto de tornar difícil desapontá-lo, que a natureza de Harriet não fosse daquele tipo superior em que os sentimentos são mais agudos e retentivos; e que não houvesse necessidade de ninguém saber o que tinha acontecido, exceto os três envolvidos, e especialmente que o pai dela não tivesse um momento de inquietação sobre isso.

Esses foram pensamentos muito animadores; e a visão de uma grande quantidade de neve no solo serviu-lhe ainda mais, pois qualquer coisa que pudesse justificar que os três estivessem completamente separados no momento era bem-vinda.

O tempo foi muito favorável para ela; embora fosse dia de Natal, ela não podia ir à igreja. O sr. Woodhouse teria ficado infeliz se a filha tentasse fazer isso, e ela estava, portanto, a salvo de suscitar ou de receber ideias desagradáveis e muito inadequadas. O chão coberto de neve, e a atmosfera naquele estado instável entre geada e degelo, que é entre todos o mais hostil aos exercícios, todas as manhãs começando com chuva ou neve, e todas as noites trazendo o congelamento, ela foi uma prisioneira muito contente por diversos dias. Não havia como contatar Harriet, exceto por bilhetes; não havia possibilidade de ir à igreja no domingo como no dia de Natal; e não havia necessidade de encontrar desculpas para a ausência do sr. Elton.

Era um clima que podia confinar todo mundo em casa; e embora ela esperasse e acreditasse que ele estaria contente com uma companhia ou outra, era muito agradável ter seu pai tão satisfeito por estar sozinho na própria casa, sábio demais para sair; e ouvi-lo dizer ao sr. Knightley, a quem nenhum clima poderia impedir inteiramente deles:

— Ora, senhor Knightley, por que não fica em casa como o pobre senhor Elton?

Esses dias de confinamento teriam sido, não fosse por suas perplexidades pessoais, singularmente confortáveis, visto que tal reclusão convinha muito a seu cunhado, cujos sentimentos deviam sempre ser de grande importância para seus companheiros; e ele havia, além disso, expurgado tão completamente seu mau humor em Randalls, que sua amabilidade nunca lhe faltou durante o resto de sua estadia em Hartfield. Estava sempre agradável e prestativo, e falava com gentileza de todas as pessoas. Mas, com todas as esperanças de alegria e todo o atual conforto da demora, ainda havia um mal pairando sobre ela na hora da explicação à Harriet, que tornava impossível para Emma estar perfeitamente tranquila.

Capítulo 17

O sr. e a sra. John Knightley não foram detidos por muito tempo em Hartfield. O tempo logo melhorou o suficiente para permitir a partida daqueles que precisavam partir; e o sr. Woodhouse tendo, como de costume, tentado persuadir a filha a ficar para trás com todos os filhos, foi obrigado a ver toda a família partir e retornar às suas lamentações sobre o destino da pobre Isabella; a pobre Isabella que, vivendo cercada por aqueles a quem adorava, orgulhosa de seus méritos, cega para seus defeitos e sempre inocentemente ocupada, poderia ter sido um modelo da perfeita felicidade feminina.

A noite do mesmo dia em que foram embora trouxe um recado do sr. Elton para o sr. Woodhouse, um longo recado, civilizado e cerimonioso, para dizer, com os melhores cumprimentos do sr. Elton, que ele tinha a intenção de deixar Highbury na manhã seguinte rumo a Bath; onde, cedendo às súplicas urgentes de alguns amigos, se comprometeu a passar algumas semanas, e lamentava profundamente a impossibilidade, devido a várias circunstâncias de tempo e compromissos, de se despedir em pessoa do sr. Woodhouse, de cujas amigáveis cortesias ele se recordaria com um senso de gratidão e caso o sr. Woodhouse tivesse qualquer solicitação a fazer, ficaria feliz em atendê-lo.

Emma ficou agradavelmente surpresa. A ausência do sr. Elton naquele momento era extremamente desejável. Ela o admirava por tê-la planejado, embora não pudesse lhe dar muito crédito pela maneira como a anunciou. O ressentimento não poderia ter sido expresso com maior clareza do que em uma gentileza para com seu pai, da qual ela foi tão obviamente excluída. Ela nem mesmo teve lugar em seus cumprimentos iniciais. Seu nome nem mesmo foi mencionado; e havia uma mudança tão notável em tudo isso, e uma solenidade tão impensada na sua despedida e em seus graciosos agradecimentos, que ela, a princípio, pensou que não escaparia às suspeitas de seu pai.

No entanto, escapou. Seu pai ficou bastante surpreso com a viagem tão repentina e com o temor de que o sr. Elton não chegasse em segurança ao fim dela, e não notou nada de extraordinário em seu linguajar. Foi um bilhete muito útil, pois forneceu-lhes um novo assunto para reflexão e conversa durante o resto da noite solitária. O sr. Woodhouse falou sobre suas preocupações, e Emma estava com ânimo para dissipá-las com toda a prontidão de costume.

Decidiu, então, não manter Harriet na ignorância por mais tempo. Tinha razões para crer que Harriet estava quase recuperada da gripe, e era desejável que ela tivesse o máximo de tempo possível para se recuperar desse outro mal antes do retorno do cavalheiro. Com essa intenção, foi até a casa da sra. Goddard no dia seguinte, para submeter-se à necessária penitência da comunicação; e como foi severa. Foi obrigada a destruir todas as esperanças que havia alimentado com tanta diligência, a aparecer no papel indelicado da preferida e reconhecer-se terrivelmente equivocada e pouco sagaz em todas as suas ideias sobre o assunto, todas as suas observações, todas as suas convicções, todas as suas profecias das últimas seis semanas.

A confissão renovou completamente sua vergonha inicial; e a visão das lágrimas de Harriet a fez pensar que esta jamais voltaria a sentir por ela o mesmo afeto de antes.

Harriet aguentou muito bem a revelação, não culpou ninguém e, em tudo, demonstrou um temperamento tão ingênuo e uma opinião de si mesma tão humilde, que deve ter parecido de particular vantagem para sua amiga naquele momento.

Emma estava inclinada a valorizar a simplicidade e a modéstia ao máximo; e tudo o que era amável, tudo o que deveria inspirar afeição, parecia a favor de Harriet, não dela mesma. Harriet não se considerava tendo nada do que reclamar. O afeto de um homem como o sr. Elton teria sido uma distinção muito grande. Ela jamais poderia merecê-lo e ninguém, exceto uma amiga tão parcial e gentil como a srta. Woodhouse, pensaria que fosse possível.

Suas lágrimas caíram abundantes; mas sua dor foi tão verdadeiramente honesta, que nenhuma dignidade a teria tornado mais respeitável aos olhos de Emma; e Emma a ouviu e tentou consolá-la de todo o coração e com toda a sua compreensão — de fato convencida naquele momento de que Harriet era a superior entre as duas — e que assemelhar-se a ela contribuiria mais para seu próprio bem-estar e felicidade do que tudo que o gênio ou a inteligência poderiam fazer.

Já era muito tarde para começar a ser simplória e ignorante; mas ela deixou a outra com todas as resoluções anteriores de ser humilde e discreta confirmadas, e reprimir os arroubos da imaginação pelo resto da vida. Seu segundo dever agora, inferior apenas às reivindicações de seu pai, era promover o conforto de Harriet e se esforçar para provar a própria afeição por algum método melhor do que bancar a casamenteira. Levou-a para Hartfield, e mostrou-lhe a mais invariável bondade, esforçando-se para ocupá-la e diverti-la, e por meio de livros e conversas, afastar o sr. Elton de seus pensamentos.

O tempo, ela sabia, se encarregaria de realizar isso por completo; e podia se considerar, de modo geral, somente uma juíza indiferente em tais assuntos e, em particular, incapaz de simpatizar com uma ligação com o sr. Elton; mas parecia-lhe razoável que, na idade de Harriet, e com a extinção de todas as esperanças, tal progresso pudesse ocorrer em direção a um estado de compostura, por ocasião do retorno do sr. Elton, de modo a permitir que todos se encontrassem de novo na rotina comum de convivência, sem perigo de trair ou aumentar sentimentos.

Harriet considerava-o perfeito em tudo e sustentava a inexistência de qualquer outro que se igualasse a ele em aparência ou bondade — e, na verdade, provou estar mais perdidamente apaixonada do que Emma previra; mas ainda assim parecia-lhe tão natural, tão inevitável resistir a uma inclinação daquele tipo, *não correspondida,* que não conseguia imaginar que continuasse por muito tempo com igual força.

Se o sr. Elton, ao voltar, demonstrasse a própria indiferença tão evidente e indubitável, como Emma não duvidada que ele ansiosamente faria, não podia imaginar que Harriet persistisse em fiar sua felicidade em vê-lo ou lembrar-se dele.

O fato de estarem fixos, tão absolutamente fixos, no mesmo lugar, era ruim para cada um e para todos os três. Nenhum deles tinha o poder para mudar-se ou de efetuar qualquer mudança significativa na sociedade. Seriam obrigados a se encontrar e lidar da melhor forma possível com isso.

Harriet era ainda mais desafortunada com o tom de suas companheiras na casa da sra. Goddard; pois o sr. Elton era adorado por todos os professores e garotas mais velhas da escola; e somente em Hartfield que ela teria alguma chance de ouvir falar dele com fria moderação ou repulsiva honestidade. Onde a ferida foi aberta, a cura deveria ser encontrada, se houvesse; e Emma sentiu que, até que visse Harriet no caminho da cura, não sentiria verdadeira paz.

Capítulo 18

O sr. Frank Churchill não veio. Quando a data proposta se aproximou, os temores da sra. Weston foram justificados com a chegada de uma carta de desculpas. No presente momento, ele não podia ser dispensado, para sua "grande mortificação e pesar; mas ele ainda tinha a esperança de visitar Randalls em data não muito distante".

A sra. Weston ficou extremamente desapontada, na verdade, muito mais desapontada do que o marido, embora sua esperança de ver o jovem tivesse sido muito mais contida; mas um temperamento sanguíneo, embora sempre espere mais bem do que ocorre, nem sempre paga por suas esperanças com qualquer depressão proporcional. Logo supera o fracasso atual e começa a ter esperança de novo. Por meia hora, o sr. Weston ficou surpreso e arrependido; mas então começou a perceber que a vinda de Frank dois ou três meses depois seria um plano muito melhor; uma melhor época do ano, com melhor clima; e ele, sem dúvida, seria capaz de ficar muito mais tempo com eles do que se viesse antes.

Esses sentimentos rapidamente restauraram seu ânimo, enquanto a sra. Weston, de disposição mais apreensiva, não previa nada além de uma repetição de desculpas e atrasos; e depois de toda sua preocupação com o que seu marido iria sofrer, ela própria sofreu muito mais.

Emma não estava naquele momento em um estado de espírito para se importar realmente com o fato de o sr. Frank Churchill não vir, exceto pela decepção em Randalls. A apresentação, no momento, não tinha encanto algum para ela. Em vez disso, ela queria ficar quieta e longe da tentação; mas ainda assim, como era desejável que, em geral, parecesse estar como sempre, teve o cuidado de expressar tanto interesse na situação e partilhar tão ardentemente no desapontamento do sr. e sra. Weston, como seria natural à sua amizade.

Ela foi a primeira a contar ao sr. Knightley; e censurou tanto quanto necessário, ou, por desempenhar um papel, talvez até mais, a conduta dos Churchills, em mantê-lo afastado. Ela então começou a falar muito mais do que pensava sobre a vantagem de tal acréscimo à sua reduzida sociedade em Surrey; do prazer de ver alguém novo; o dia de gala para toda Highbury, que a chegada dele causaria; e terminando com mais reflexões sobre os Churchills, viu-se logo envolvida em desacordo com o sr. Knightley; e, para sua grande diversão, percebeu que estava defendendo o contrário da sua verdadeira opinião e usando dos argumentos da sra. Weston contra si mesma.

— É muito provável que os Churchills sejam os culpados — disse o sr. Knightley, friamente. — Atrevo-me a dizer que ele poderia vir, se quisesse.

— Não sei por que diz isso. Ele deseja muito vir; mas seu tio e sua tia não abrem mão dele.

— Não consigo acreditar que ele não tenha meios de vir, se fizer questão disso. É muito improvável para que eu acredite nisso sem provas.

— Como o senhor é estranho! O que o senhor Frank Churchill fez para fazê-lo supor que ele é uma criatura tão anormal?

— Não suponho que ele seja uma criatura anormal, ao suspeitar que pode ter aprendido a sentir-se superior às suas conexões, e a se importar muito pouco com qualquer coisa além do próprio prazer, por viver com aqueles que sempre lhe deram esse exemplo. É muito mais natural do que o desejável que um jovem, criado por pessoas orgulhosas, afeitas ao luxo e egoístas, seja também orgulhoso, afeito ao luxo e egoísta. Se Frank Churchill quisesse ver seu pai, teria encontrado um meio de fazê-lo entre setembro e janeiro. Um homem de sua idade… quantos anos tem? Vinte e três ou vinte e quatro… Não podem lhe faltar os meios para fazer isso. É impossível.

— Isso é fácil de dizer e fácil de sentir para o senhor, que sempre foi seu próprio mestre. É o pior juiz do mundo, senhor Knightley, sobre as dificuldades que advém da dependência. Não sabe o que é ter que administrar temperamentos.

— Não é concebível que um homem de vinte e três ou vinte e quatro anos não tenha liberdade de espírito ou de meios a esse ponto. Não pode lhe faltar dinheiro, não pode lhe faltar tempo livre. Pelo contrário, sabemos que ele tem tanto de ambos, que fica contente em se livrar deles nos lugares mais ociosos do reino. Ouvimos falar que sempre frequenta um balneário ou outro. Há pouco tempo ele estava em Weymouth. Isso prova que pode deixar os Churchills.

— Sim, às vezes ele pode.

— E esses momentos são sempre os que ele acha que vale a pena; sempre que há qualquer tentação de prazer.

— É muito injusto julgar a conduta de qualquer pessoa, sem um conhecimento íntimo de sua situação. Ninguém, que não tenha estado no seio de uma família, pode dizer quais podem ser as dificuldades de qualquer indivíduo dessa família. Devemos conhecer Enscombe e o temperamento da senhora Churchill antes de pretender decidir o que seu sobrinho pode fazer. Ele pode, algumas vezes, ser capaz de fazer muito mais do que em outros.

— Há uma coisa, Emma, que um homem sempre pode fazer, se ele escolhe fazê-lo, e isto é seu dever; não por manobras e sutilezas, mas por vigor e resolução. É dever de Frank Churchill prestar atenção ao pai. Ele sabe que é verdade, como prova com suas promessas e cartas; mas, se quisesse, poderia ser feito. Um homem de sentimentos corretos diria de uma vez, de maneira simples e decidida, à senhora Churchill: sempre estarei pronto a sacrificar todo prazer para sua conveniência; mas devo ir ver meu pai imediatamente. Sei que ele ficaria magoado se eu falhasse lhe dar tal sinal de respeito na presente ocasião. Devo, portanto, partir amanhã... Se ele dissesse isso a ela, de uma vez e com o tom decidido, digno de um homem, não haveria oposição à sua partida.

— Não — disse Emma, rindo —; mas talvez pudesse haver alguma contra seu retorno. Um rapaz totalmente dependente usar tal linguagem! Ninguém, além do senhor, imaginaria que isso fosse possível. Mas o senhor não tem ideia do que é necessário em situações diametralmente opostas à sua. O senhor Frank Churchill fazer um discurso desses para o tio e a tia, que o criaram e devem provê-lo! Levantando-se no meio da sala, suponho, e falando tão alto quanto fosse capaz! Como pode imaginar tal conduta praticável?

— Pode acreditar, Emma, um homem sensato não encontraria dificuldade. Consideraria ter o direito de fazê-lo; e a declaração feita, é claro, como um homem sensato faria, de modo adequado, lhe faria mais bem, elevá-lo-ia mais alto, fixaria seus interesses com ainda mais firmeza com aqueles de quem depende, do que toda uma sequência de subterfúgios e expedientes são capazes de fazer. Respeito se somaria ao afeto. Sentiriam que podem confiar nele; que o sobrinho que se portou bem para com o pai, faria o mesmo por eles; pois sabem, tão bem quanto ele, tão bem quanto todo o mundo deve saber, que ele tem a obrigação de fazer esta visita ao pai; e ao mesmo tempo que exercem mesquinhamente o poder de atrasá-lo, em seus corações não pensam melhor dele por se submeter aos seus caprichos. Todos respeitam a conduta correta. Se ele agisse dessa maneira, por princípio, com consistência, com regularidade, suas mentes estreitas se curvariam à dele.

— Eu duvido bastante disso. O senhor gosta muito de dobrar mentes estreitas; mas quando as mentes estreitas pertencem a pessoas ricas em posição de autoridade, acredito que elas têm um talento especial para se inflarem, até se tornarem tão incontroláveis quanto as grandes. Posso imaginar que se o senhor, sendo como é, senhor Knightley, fosse transportado e colocado de repente na situação do senhor Frank Churchill, seria capaz de falar e fazer exatamente como está recomendando para ele; e surtiria enorme efeito. Os Churchills não teriam nada a dizer em resposta; mas então, o senhor não teria hábitos de obediência prévia e longa prática de obediência para romper. Para aquele que os tem, pode não ser tão fácil irromper imediatamente em perfeita independência e desconsiderar todas as reivindicações à sua gratidão e consideração. Ele pode ter um senso tão forte do que seria certo, quanto o senhor, sem ser tão livre, por circunstâncias particulares, para agir de acordo.

— Então não seria uma sensação tão forte. Se não produzisse igual esforço, não poderia ser uma convicção igual.

— Ah, a diferença de situação e hábito! Gostaria que o senhor tentasse entender o que um jovem amável sentiria ao se opor diretamente àqueles que, desde criança, ele tem admirado por toda a sua vida.

— Nosso amável jovem é um rapaz muito fraco, se esta for a primeira vez que cumprirá uma resolução de fazer o que é certo contra a vontade de outros. A essa altura, deveria ser um hábito para ele cumprir seu dever, em vez de consultar a conveniência. Posso perdoar os temores da criança, mas não os do homem. Ao crescer na razão, ele deveria ter imposto a si mesmo e se libertado de tudo que fosse indigno na autoridade deles. Deveria ter se oposto à primeira tentativa deles de fazê-lo menosprezar o pai. Se ele tivesse começado como deveria, não haveria dificuldade agora.

— Jamais concordaremos quanto a ele — exclamou Emma. — Mas isso não é nada extraordinário. Não tenho a menor suspeita de que ele seja um jovem fraco: tenho certeza de que não é. O senhor Weston não seria cego para a tolice, mesmo no próprio filho; mas é muito provável que ele tenha uma disposição mais dócil, complacente e branda do que se adequaria às suas noções sobre a perfeição masculina. Ouso dizer que sim; e embora isso possa privá-lo de algumas vantagens, garantirá a ele muitas outras.

— Sim; todas as vantagens de ficar sentado quieto quando deveria se mover, e de levar uma vida de mero prazer ocioso, considerando-se um grande especialista em encontrar desculpas para fazê-lo. Ele pode sentar-se e escrever uma carta excelente e floreada, cheia de profissões e falsidades, e se convencer de que encontrou o melhor método do mundo para preservar a paz em casa e impedir que seu pai tenha o direito de reclamar. Suas cartas me enojam.

— Seus sentimentos são singulares. Elas parecem satisfazer a todos os demais.

— Suspeito que não satisfaçam a senhora Weston. É muito difícil que possam satisfazer uma mulher com seu bom senso e astúcia, que ocupa o lugar de uma mãe, mas sem o afeto de uma mãe para cegá-la. É por ela que a atenção a Randalls é duplamente devida, e ela quem deve sentir a omissão em dobro. Se ela própria fosse uma pessoa importante, ouso dizer que ele teria vindo; e não seria importante se ele viesse ou não. É capaz de pensar que sua amiga não fez esse tipo de consideração? Pensa que ela não costuma dizer tudo isso para si mesma? Não, Emma, seu amável jovem só pode ser amável em francês, não em inglês. Ele pode ser muito "amável", ter modos muito bons e ser bastante agradável; mas não tem nada da delicadeza inglesa para com os sentimentos das outras pessoas; não há nada de realmente amável nele.

— Parece determinado a pensar mal dele.

— Eu! De modo algum — retrucou o sr. Knightley, um tanto aborrecido —; não quero pensar mal dele. Estaria tão disposto a reconhecer seus méritos quanto qualquer outra pessoa, mas não ouço falar de nenhum, exceto pelos meramente pessoais; que ele é bem crescido e bem-apessoado, e tem modos agradáveis e corteses.

— Bem, se ele não tiver mais nada para recomendá-lo, será um tesouro em Highbury. Nem sempre convivemos com rapazes belos, bem-educados e agradáveis. Não seremos bons se exigirmos todas as virtudes na barganha. Não consegue imaginar, senhor Knightley, que *sensação* sua vinda produzirá? Haverá apenas um assunto nas paróquias de Donwell e Highbury; apenas um interesse, um objeto de curiosidade; será tudo sobre o senhor Frank Churchill; não pensaremos nem falaremos de mais ninguém.

— Perdoe-me por me mostrar tão perturbado. Se considerar sua conversa agradável, ficarei feliz em me relacionar com ele; mas se ele for apenas um janota tagarela, não ocupará muito de meu tempo ou meus pensamentos.

— Minha ideia a respeito dele é que pode adaptar sua conversa ao gosto de cada ouvinte e tem a capacidade e o desejo de ser agradável para com todos. Com o senhor, falará de agricultura; comigo, de desenho ou música; e assim por diante com cada pessoa, tendo o conhecimento geral sobre todos os assuntos que o habilitará a seguir a liderança, ou a assumir a liderança, conforme for apropriado, e a falar bastante bem sobre cada coisa; essa é a minha ideia sobre ele.

— E a minha — disse o sr. Knightley acaloradamente — é que se ele se revelar assim será o sujeito mais insuportável do mundo! Ora! Aos vinte e três anos ser o rei de sua companhia, o grande homem, o político experiente, que é capaz de ler o caráter de cada pessoa e fazer com que os talentos de cada uma conduzam à exibição da própria superioridade; distribuindo suas lisonjas, para que possa fazer com que todos pareçam tolos em comparação com ele mesmo! Minha querida Emma, seu bom senso não suportaria um espertalhão desses quando chegasse o momento.

— Não direi mais nada sobre ele — exclamou Emma —, o senhor leva tudo para o mal. Ambos temos nossos preconceitos; o senhor contra, e eu a favor; e não temos chance de concordar até que ele esteja realmente aqui

— Preconceito! Eu não sou preconceituoso.

— Mas eu sou muito e não tenho nenhuma vergonha disso. Meu amor pelo senhor e senhora Weston me dá um forte preconceito em favor dele.

— Ele é uma pessoa em quem nunca penso no decorrer de um mês — disse o sr. Knightley, com certo grau de irritação que fez Emma passar imediatamente a outro assunto, embora ela não pudesse compreender por que ele estaria zangado.

Não gostar de um jovem, apenas porque ele parecia ter uma disposição diferente da própria, era indigno da verdadeira liberalidade de espírito que ela sempre reconhecera nele; pois com toda a alta opinião sobre si mesmo, que ela com frequência lhe atribuíra, ela nunca antes, por um momento, supôs que isso pudesse torná-lo capaz de ser injusto com o mérito de outra pessoa.

VOLUME II

CAPÍTULO 1

Emma e Harriet caminhavam juntas certa manhã e, na opinião de Emma, já haviam conversado o suficiente sobre o sr. Elton para aquele dia. Não conseguia acreditar que o consolo de Harriet ou os próprios pecados precisassem de mais e estava, por isso, se esforçando para mudar de assunto enquanto voltavam mas ele emergiu de novo quando pensava que havia tido sucesso; e depois de falar algum tempo sobre o que os pobres deviam sofrer no inverno, sem receber outra resposta além de: "O sr. Elton é tão bom para com os pobres!", percebeu que algo mais deveria ser feito.

Elas estavam aproximando-se da casa onde moravam a sra. e a srta. Bates. Ela decidiu visitá-las e buscar segurança nos números. Sempre houve motivos suficientes para tal atenção; a sra. e a srta. Bates adoravam ser visitadas, e ela sabia que era considerada, pelos poucos que se atreviam a ver imperfeição nela, bastante negligente nesse quesito e também como alguém que não contribuía o quanto deveria para o estoque de seus escassos confortos.

Ela recebera muitas indicações do sr. Knightley e algumas do próprio coração, quanto à essa deficiência, mas nenhuma era suficiente para neutralizar a percepção de que era muito desagradável… Uma perda de tempo… Mulheres tão entediantes… E todo o horror de correr o risco de se associar à a segunda e à terceira classe de Highbury, que as visitavam com frequência;

contudo, ela raramente se aproximava delas. Mas agora ela tomou a repentina decisão de não passar por sua porta sem entrar, observando, quando propôs isso a Harriet, que, tanto quanto podia calcular, estavam, então, completamente a salvo de qualquer carta de Jane Fairfax.

A casa pertencia a comerciantes. A sra. e a srta. Bates ocupavam o patamar da sala de visitas; e ali, no apartamento de tamanho bastante modesto, que era tudo para elas, as visitantes foram recebidas com a maior cordialidade e até gratidão; a velhinha tranquila e simples, que com seu tricô estava sentada no canto mais quente, queria até mesmo ceder seu lugar a srta. Woodhouse, e sua filha, mais ativa e falante, estava quase a ponto de sobrecarregá-las com tanto cuidado e gentileza, agradecimentos pela visita, preocupação com seus sapatos, perguntas inquietas sobre a saúde do sr. Woodhouse, informações animadas sobre a saúde de sua mãe e bolo do bufê: A sra. Cole havia acabado de sair dali, viera fazer uma visita de apenas dez minutos, e teve a gentileza de se ficar por uma hora com elas, e *ela* comeu um pedaço de bolo e teve a gentileza de dizer que gostou muito; e, por isso, esperava que a srta. Woodhouse e a srta. Smith lhes fizessem o favor de comer um pedaço também.

A menção aos Coles com certeza seria seguida por uma ao sr. Elton. Havia amizade entre eles, e o sr. Cole tinha ouvido falar do sr. Elton desde sua partida. Emma sabia o que estava por vir; falariam da carta dele novamente, discutiriam quanto tempo estava longe e quantos compromissos tinha, como era popular onde quer que fosse, e como estivera cheio o baile do mestre de cerimônias; e ela aguentou isso muito bem, com todo o interesse e todos os elogios que eram necessários, e sempre se adiantando para impedir que Harriet fosse obrigada a dizer uma palavra.

Ela estava preparada para isso quando entrou na casa; mas tinha a intenção de, tendo falado generosamente sobre ele, não se incomodar mais com qualquer tópico desagradável e falar com tranquilidade sobre as senhoras e senhoritas de Highbury e suas reuniões para jogar cartas. Ela não estava preparada para que Jane Fairfax sucedesse o sr. Elton como assunto; a srta. Bates, porém, mal falou dele e passou abruptamente aos Cole, para trazer à baila uma carta da sobrinha.

— Ah! Sim… O sr. Elton, sei… É certo quanto à dança… A sra. Cole estava me dizendo que dançar nos salões de Bath era… A sra. Cole teve a gentileza de se sentar algum tempo conosco, conversando sobre Jane, pois, assim que ela entrou, logo perguntou por ela Jane é bastante popular por lá.

Sempre que está conosco, a sra. Cole não sabe como ser gentil o suficiente; e devo dizer que Jane o merece como ninguém. E, então, ela logo começou a perguntar por Jane, dizendo: "Sei que não devem ter tido notícias recentes de Jane, porque não é sua época de escrever"; e, quando eu disse, imediatamente, "Na verdade, nós temos, sim; recebemos uma carta esta manhã", não sei se já vi alguém mais surpreso. "Receberam mesmo?" disse ela. "Bem, isso é bastante inesperado. Deixe-me ouvir o que ela diz".

A educação de Emma estava logo à mão, para dizer, com interesse sorridente:

— Teve notícias tão recentes assim da srta. Fairfax? Estou extremamente feliz. Espero que ela esteja bem.

— Obrigada. A senhorita é tão gentil! — respondeu a tia alegremente iludida, enquanto procurava, ansiosa, pela carta. — Aqui está! Eu tinha certeza de que não podia estar muito longe, mas tinha colocado minha bolsa de costura em cima dela sem perceber, como bem vê, e, por isso, estava bem escondida, mas a estava, segurando há tão pouco tempo que tinha quase certeza de que devia estar sobre a mesa. Eu a li para senhora Cole e, desde que ela foi embora, estava lendo novamente para minha mãe — é um prazer para ela, uma carta de Jane, que nunca pôde ouvi-la o suficiente —; então eu sabia que não poderia estar muito longe, e aqui está, sob minha bolsa de costura —, e já que a senhorita é delicada a ponto de desejar ouvir o que ela diz —, mas, primeiro, eu realmente preciso, para ser justa com Jane, pedir desculpas por ela ter escrito uma carta tão curta — apenas duas páginas, vê, mal chega a duas, quando, em geral, ela preenche os dois lados da folha e cruza metade de outra. Minha mãe sempre se admira que eu consiga entender tão bem. Ela costuma dizer, quando abro as cartas pela primeira vez: "Bem, Hetty, agora creio que você vai ter trabalho para decifrar todo esse emaranhado" — não é, mamãe? — e, então, digo a ela que tenho certeza de que ela daria um jeito de decifrar sozinha se não tivesse ninguém para fazê-lo por ela, cada palavra... Tenho certeza de que ela se esforçaria até que tivesse desvendado cada palavra. E, de fato, embora os olhos de minha mãe não sejam tão bons quanto antes, ela ainda consegue ver muito bem, graças a Deus! Com a ajuda de óculos. É uma bênção! Os da minha mãe são realmente muito bons. Jane costuma dizer, quando está aqui: "Tenho certeza, vovó, que a senhora devia ter uma visão muito boa para enxergar como o faz e ter feito tantos trabalhos delicados quanto fez! Desejo apenas que meus olhos durem tanto tempo assim."

Tudo isso foi dito extremamente rápido, obrigando a srta. Bates a parar para respirar; e Emma disse algo muito atencioso sobre a beleza da caligrafia da srta. Fairfax.

— A senhorita é muito bondosa — respondeu a srta. Bates, muito satisfeita —, você que é tão boa crítica, que escreve tão lindamente. Tenho certeza de que não há elogio de ninguém que possa nos dar tanta alegria como o da senhorita Woodhouse. Minha mãe não consegue ouvir; está um pouco surda, sabe? Mãe — dirigindo-se a ela —, ouviu o que a senhorita Woodhouse teve a delicadeza de dizer sobre a caligrafia de Jane?

E Emma teve o proveito de ouvir seu próprio e fútil elogio repetido duas vezes antes que a boa senhora pudesse compreendê-lo. Ela estava ponderando, entretanto, sobre a possibilidade de escapar da carta de Jane Fairfax sem parecer muito rude, e estava quase resolvida a se retirar rapidamente com uma desculpa qualquer quando a srta. Bates voltou-se para ela de novo e chamou sua atenção.

— A surdez de minha mãe é muito insignificante, sabe, quase nada. Preciso apenas erguer minha voz e repetir algo duas ou três vezes, e ela com certeza ouvirá; mas também está acostumada com a minha voz. Mas é bastante notável que ela sempre ouça Jane melhor do que a mim. Jane fala com tanta clareza! No entanto, ela não encontrará sua avó mais surda do que há dois anos, o que é muito significativo na idade de mamãe; e, na verdade, já faz dois anos inteiros, sabe, desde que ela esteve aqui. Nunca ficamos tanto tempo sem vê-la antes, e como eu estava dizendo à sra. Cole, mal saberemos como aproveitar a presença dela o suficiente agora.

— Esperam a senhorita Fairfax aqui em breve?

— Ah, sim; semana que vem.

— Verdade! Deve ser uma grande satisfação.

— Obrigada. A senhorita é tão gentil. Sim, na próxima semana. Todo mundo está tão surpreso, e todos dizem as mesmas coisas amáveis. Tenho certeza de que ela ficará tão feliz em ver seus amigos em Highbury como eles ficarão em vê-la. Sim, sexta ou sábado; ela não sabe dizer quando, porque o coronel Campbell vai usar a carruagem um dia desses. É muito bondoso da parte deles enviá-la por todo o trajeto! Mas eles sempre o fazem, sabe. Sim, sexta ou sábado que vem. Foi sobre isso que ela escreveu. Esse é o motivo de ter escrito fora do tempo, como chamamos; pois, normalmente, não teríamos notícias dela antes da próxima terça ou quarta-feira.

— Sim, foi o que imaginei. Temia que houvesse pouca chance de ter qualquer notícia da senhorita Fairfax hoje.

— Tão amável de sua parte! Não, não teríamos, se não fosse por esta circunstância especial de ela vir para cá tão cedo. Minha mãe está tão feliz! Pois ela deve ficar pelo menos três meses conosco. Três meses, ela diz, certamente, como terei o prazer de ler para as duas. Fato é que os Campbells estão indo para a Irlanda. A senhora Dixon convenceu o pai e a mãe a irem vê-la agora. Não tinham a intenção de ir até o verão, mas ela está tão impaciente para vê-los novamente, pois até se casar, em outubro passado, ela nunca havia ficado longe deles nem por uma semana, o que deve tornar muito estranho estar em reinos diferentes, eu ia dizer, mas, de qualquer modo, são países diferentes, então ela escreveu uma carta muito urgente para a mãe, ou o pai, declaro que não sei para qual dos dois foi, mas veremos em breve na carta de Jane; escreveu em nome do senhor Dixon, bem como no dela, para pedir que viessem sem demora, e lhes encontrariam em Dublin e os levariam até sua residência no campo, Balycraig, um lugar lindo, imagino. Jane ouviu muito sobre sua beleza; do Senhor Dixon, quero dizer, não sei se ela já ouviu falar disso por qualquer outra pessoa, mas era muito natural, sabe, que ele gostasse de falar da própria casa enquanto fazia seus galanteios, e como Jane costumava sair com eles com frequência, pois o coronel e a senhora Campbell eram muito cuidadosos para que a filha não saísse sozinha e frequentemente com o senhor Dixon, pelo que não os censuro de maneira alguma; é claro que ela ouviu tudo que ele pudesse ter contado à senhorita Campbell sobre o próprio lar na Irlanda, e acho que ela nos escreveu dizendo que ele lhes mostrara alguns desenhos do lugar, paisagens que ele mesmo havia desenhado. É um jovem muito amável e charmoso, creio eu. Jane estava muito ansiosa por ir à Irlanda devido às descrições dele.

Neste momento, com uma suspeita engenhosa e animadora tendo surgido no cérebro de Emma em relação a Jane Fairfax, esse charmoso sr. Dixon e o fato de ela não ir à Irlanda, disse ela, com o intuito insidioso de uma descoberta maior:

— Devem estar muito felizes pela senhorita Fairfax ter permissão para vir até aqui a tal hora. Considerando a amizade muito particular entre ela e a senhora Dixon, dificilmente poderiam esperar que ela fosse dispensada de acompanhar o coronel e a senhora Campbell.

— Sim, com toda a certeza, estamos mesmo. Era algo que sempre tememos muito, pois não gostaríamos de tê-la tão longe de nós, por meses a fio, sem poder vir para cá se alguma coisa acontecesse. Mas, veja bem, tudo acaba dando certo. Eles, o senhor e a senhora Dixon, querem demais que ela venha com o coronel e a senhora Campbell; dependem bastante disso; nada poderia ser mais gentil ou insistente do que o convite *de ambos*, conta Jane, como ouvirá em breve. O senhor Dixon não parece ser em nada menos atencioso. É um jovem muito charmoso. Desde o serviço que lhe prestou em Weymouth, quando estavam naquele passeio na água, ela, pelo repentino giro de alguma coisa ou outra nas velas, teria sido lançada ao mar na mesma hora, e de fato quase foi, se ele não tivesse, com a maior presença de espírito, a agarrado pelo vestido. Nunca consigo pensar nisso sem tremer! Mas desde que soubemos o que ocorreu naquele dia, me afeiçoei tanto ao senhor Dixon!

— Contudo, apesar de toda a insistência dos amigos e do próprio desejo de ver a Irlanda, a senhorita Fairfax prefere dedicar o tempo a senhorita e à senhora Bates?

— Sim, inteiramente por sua própria iniciativa, por sua própria escolha; e o coronel e a senhora Campbell acham que ela faz muito bem, justo o que recomendariam; de fato, desejam *muito* que ela aproveite o ar de sua terra natal, já que não tem andado tão bem quanto de costume nos últimos tempos.

— Preocupa-me saber disso. Creio que eles decidiram com sabedoria. Mas a senhora Dixon deve estar muito decepcionada. A senhora Dixon, pelo que sei, não apresenta um grau notável de beleza pessoal; não pode, de modo algum, ser comparada à senhorita Fairfax.

— Oh, não. É muito delicada por dizer isso, mas certamente não. Não há comparação entre elas. A senhorita Campbell sempre foi muito sem graça, mas extremamente elegante e amável.

— Sim, é claro.

— Jane pegou um resfriado forte, coitadinha! Há bastante tempo, desde 7 de novembro, como vou ler para as duas, e não melhorou desde então. É muito tempo para se estar resfriada, não? Ela não tinha mencionado isso antes porque não queria nos alarmar. Típico dela! Tão atenciosa! No entanto, ela está tão longe de estar bem, que seus amáveis amigos, os Campbell, acreditam que é melhor ela voltar para casa e experimentar ares que sempre lhe fizera bem, e não têm dúvidas de que três ou quatro meses em Highbury a curarão por completo. Com certeza, é muito melhor que ela venha para cá do que vá para a Irlanda, se não estiver bem. Ninguém cuidaria dela tão bem como faremos.

— Parece-me o arranjo mais oportuno do mundo.

— E, então, ela chegará na próxima sexta ou sábado, e os Campbell deixarão a cidade em seu caminho para Holyhead na segunda-feira seguinte, como descobrirão pela carta de Jane. Tão repentino! Pode imaginar, querida senhorita Woodhouse, que agitação isso me causou! Não fosse pelo inconveniente de sua doença… Mas, infelizmente, devemos esperar vê-la magra e com uma aparência muito abatida. Devo dizer que coisa infeliz me aconteceu, por conta disso. Sempre faço questão de ler as cartas de Jane do início ao fim primeiramente para mim mesma, antes de lê-las em voz alta para minha mãe, entende, por medo de haver algo nelas que a aflija. Jane deseja que eu o faça, e é o que sempre faço. E assim comecei, hoje, com minha cautela habitual; mas assim que cheguei à menção de que ela não estava bem, exclamei, bastante assustada: "Valha-me Deus! A pobre Jane está doente!", o que mamãe, estando vigilante, ouviu com clareza e a deixou tristemente alarmada. No entanto, quando continuei a ler, descobri que não era tão ruim quanto imaginei a princípio, e agora faço tão pouco caso disso para ela, que ela nem está se preocupando muito. Mas não consigo imaginar como pude ser tão descuidada. Se Jane não melhorar logo, chamaremos o senhor Perry. A despesa não deve ser considerada, e embora ele seja tão generoso e goste tanto de Jane que, ouso dizer, não cobraria nada por sua visita, não admitiríamos deixar de pagá-lo, compreende? Ele tem esposa e família para sustentar e não deve desperdiçar seu tempo. Bem, agora que acabei de lhe dar uma ideia sobre o que Jane escreveu, leremos sua carta. Tenho certeza de que ela conta a história muito melhor do que eu jamais poderia contar por ela.

— Lamento muito, mas precisamos ir embora — disse Emma, olhando para Harriet e começando a se levantar. — Meu pai está à nossa espera. Não tinha a intenção, imaginei que não haveria como ficar mais de cinco minutos quando primeiro entrei. Simplesmente chamei, porque não passaria pela sua porta sem perguntar pela senhora Bates; mas fui detida de modo tão agradável! Agora, no entanto, devemos desejar a senhorita e à senhora Bates um bom dia.

E nada do que foi dito para detê-la obteve sucesso. Retornou à rua satisfeita, pois, embora tivesse sido obrigada a muita coisa contra sua vontade, embora tivesse ouvido todo o conteúdo da carta de Jane Fairfax, havia sido capaz de escapar à leitura da carta em si.

Capítulo 2

Jane Fairfax era órfã, filha única da filha mais nova da sra. Bates.

O casamento do tenente Fairfax, do regimento de infantaria, e da srta. Jane Bates, teve seus dias de notoriedade e prazer, esperança e interesse; mas agora nada restava dele, exceto pela lembrança melancólica da morte dele em ação no exterior, de sua viúva perecendo pela tuberculose e pelo desgosto pouco depois, e por esta menina.

Por nascimento, ela pertencia a Highbury; e quando aos três anos de idade, ao perder a mãe, ela se tornou a propriedade, o encargo, o consolo, o amor da avó e da tia, tudo parecia indicar que ela ficaria lá para sempre, que aprenderia apenas o que os recursos muito limitados poderiam proporcionar e cresceria sem a vantagens da boa conexão ou educação a serem enxertadas àquilo que a natureza lhe concedera: uma personalidade agradável, bons conhecimentos e relações afetuosas e bem-intencionadas.

Contudo, os sentimentos de compaixão de um amigo de seu pai alteraram seu destino. O amigo era o coronel Campbell, que tivera Fairfax em alta conta, considerava-o um excelente oficial e um jovem muito merecedor; além disso, ficara em dívida com ele pelos cuidados que lhe dedicara, quando sofreu de um caso severo de tifo, os quais acreditava que lhe salvaram a vida. Esses eram créditos que não tinha intenção de ignorar, embora alguns anos se passassem desde a morte do pobre Fairfax, antes que seu regresso à Inglaterra lhe possibilitasse fazer alguma coisa. Quando retornou, procurou a criança e passou a cuidar dela. Era um homem casado, com apenas uma filha, uma menina que tinha mais ou menos a idade de Jane; e Jane passou a ser sua hóspede, fazendo-lhes longas visitas e tornando-se popular entre todos; e antes que ela completasse nove anos, o grande carinho da filha por ela e o próprio desejo de ser um verdadeiro amigo se uniram para fazer o coronel Campbell se oferecer para assumir todo o encargo da educação da menina. A oferta foi aceita, e, desde então, Jane passou a pertencer à família do coronel Campbell e a permanecer com eles, apenas visitando a avó de vez em quando.

O plano era que ela fosse educada para educar outras pessoas; as poucas centenas de libras que herdou do pai tornavam a independência impossível. Provê-la de outra forma estava fora do alcance do coronel Campbell; pois embora sua renda, do soldo e de nomeações, fosse considerável, sua fortuna era moderada e devia ser toda da filha; mas, ao oferecer-lhe educação, ele esperava fornecer-lhe os meios para uma subsistência respeitável no futuro.

Essa era a história de Jane Fairfax. Ela caíra em boas mãos, não conhecera nada além de bondade da parte dos Campbells e recebera uma excelente educação. Convivendo constantemente com pessoas sensatas e bem educadas, seu coração e intelecto receberam todas as vantagens da disciplina e da cultura; e como o coronel Campbell residia em Londres, todos os seus talentos mais discretos haviam sido lapidados, pela presença de mestres de primeira classe. Sua disposição e habilidades eram igualmente dignas de tudo o que a amizade poderia lhe conceder; e aos dezoito ou dezenove anos já estava, tanto quanto é possível em uma idade tão tenra, qualificada para cuidar de crianças e totalmente capacitada para o ofício da instrução; mas era amada demais para que se separassem dela. Nem o pai nem a mãe poderiam promovê-lo e nem a filha o suportaria. O terrível dia foi adiado. Foi fácil decidir que ela ainda era muito jovem; e Jane permaneceu com eles, tomando parte, como uma segunda filha, de todos os prazeres salutares de uma sociedade elegante e uma mistura criteriosa de lar e diversão, apenas com o empecilho do futuro, as sóbrias sugestões de suas próprias boas ideias para lembrá-la de que tudo isso poderia acabar logo.

O afeto de toda a família, e o afetuoso apego da srta. Campbell em particular, tornavam cada um deles ainda mais honrado devido à circunstância da decidida superioridade de Jane, tanto em beleza como em talentos. Que a natureza lhe dera tal superioridade em traços não poderia passar despercebido pela outra moça, nem suas faculdades mentais superiores poderiam deixar de ser notadas pelos pais. Todavia, eles continuaram juntos com carinho inabalável até o casamento da srta. Campbell, que, por aquele acaso, aquela sorte que tantas vezes desafia as previsões nos assuntos matrimoniais, concedendo atrativos ao que é moderado e não ao que é superior, atraiu os afetos do sr. Dixon, um rapaz rico e agradável, quase no exato instante em que se conheceram, estando, assim, adequada e alegremente estabelecida, enquanto Jane Fairfax ainda teria de ganhar seu pão.

Este evento havia ocorrido muito recentemente; recentemente demais para que sua amiga menos afortunada pudesse tentar alguma coisa para começar a trilhar o caminho de seu dever, embora agora houvesse alcançado a idade que seu próprio julgamento havia estabelecido para começar. Há muito havia decidido que os vinte e um anos seria a idade ideal. Com a fortaleza de uma noviça devotada, resolveu que nessa idade completaria o sacrifício, se afastaria de todos os prazeres da vida, dos relacionamentos saudáveis, da boa companhia, da paz e da esperança, para se dedicar para sempre à penitência e à mortificação.

O bom senso do coronel e da sra. Campbell não poderia se opor a tal decisão, embora seus sentimentos se opusessem. Enquanto vivessem, não precisaria fazer nenhum esforço, a casa deles seria dela para sempre; e, pelo próprio bem-estar, eles teriam mantido ela junto de si para sempre; mas isso seria egoísta: o que deve ser, é melhor que seja logo. Talvez eles tenham começado a sentir que seria mais bondoso e sábio resistir à tentação de qualquer atraso para poupá-la de experimentar os prazeres do conforto e do lazer, que agora deveriam ser abandonados. Mesmo assim, alegravam-se por encontrar qualquer desculpa razoável para não apressar a chegada do momento infeliz. Ela não estivera muito bem desde o casamento da filha deles, e até que tivesse recuperado plenamente suas forças habituais, eram obrigados a proibi-la de assumir funções que, longe de serem compatíveis com estrutura enfraquecida e ânimo instável, pareciam, nas circunstâncias mais favoráveis, exigir algo mais do que a perfeição humana de corpo e mente para serem exercidas com aceitável conforto.

Em relação a ela não os acompanhar à Irlanda, o relato dela para sua tia não continha nada além da verdade, embora pudessem ter existido algumas verdades não relatadas. Foi sua própria escolha dedicar o tempo da ausência deles a Highbury; passar aqueles que talvez fossem seus últimos meses de completa liberdade com aquelas parentes amorosas para as quais era tão querida; e os Campbell, quaisquer que fossem seu motivo ou motivos, fossem eles únicos, duplos ou triplos, deram ao arranjo sua pronta aprovação e disseram que confiavam mais em alguns meses passados em seu ar natal, para o restabelecimento de sua saúde, do que em qualquer outra coisa. Era certo que ela viria e que Highbury, em vez de acolher aquela perfeita novidade há tanto tempo prometida — o sr. Frank Churchill —, deveria se contentar por enquanto com Jane Fairfax, que poderia trazer apenas o frescor de uma ausência de dois anos.

Emma lamentou; ter de prestar cortesias a uma pessoa de quem ela não gostava durante três longos meses! Estar sempre fazendo mais do que desejava e menos do que deveria! Por que ela não gostava de Jane Fairfax seria uma pergunta difícil de responder. O sr. Knightley uma vez dissera-lhe que era porque ela via na moça a jovem realmente realizada, que ela mesma desejava que os outros pensassem que era; e embora a acusação tivesse sido veementemente refutada na época, havia momentos de autoexame durante os quais sua consciência não conseguia absolvê-la. Mas "ela nunca conseguiu conhecê-la; ela não sabia como, mas havia tanta frieza e reserva... Tal aparente indiferença, quisesse ela ou não... E também, sua tia era tão tagarela! E todos faziam tanto alarde por conta dela! E sempre se imaginou que elas deveriam ser tão amigas... Porque tinham a mesma idade, todos supunham que deviam gostar muito uma da outra". Essas eram suas razões, e ela não tinha melhores.

Era uma antipatia tão gratuita, e cada falha imputada era tão ampliada pela imaginação, que ela nunca se encontrava com Jane Fairfax pela primeira vez depois de uma ausência considerável sem sentir que a havia ofendido; e agora, quando a devida visita foi feita, após a chegada da moça, depois um intervalo de dois anos, Emma ficou particularmente impressionada com as maneiras e a aparência dela, que tanto depreciara durante aqueles dois anos. Jane Fairfax era muito elegante, notavelmente elegante; a própria Emma dava o maior valor à elegância. A estatura dela era uma beleza, exatamente a que quase todos considerariam alta, mas que ninguém consideraria alta demais; sua figura era especialmente graciosa, seu porte tendia mais para um belo médio, nem gorda, nem magra, embora uma leve aparência de enfermidade parecesse apontar para a segunda. Emma não podia deixar de sentir tudo isso; e então, seu rosto, suas feições, havia mais beleza nela do que se lembrava; não era regular, mas era uma beleza muito agradável.

Seus olhos, de um cinza profundo, com cílios e sobrancelhas escuras, nunca desmentiram os elogios recebidos; mas a pele, que Emma costumava criticar, por falta de cor, tinha uma clareza e delicadeza que realmente não precisavam de maior viço. Era um tipo de beleza, no qual a elegância era a característica reinante e, como tal, Emma deveria, por honra, por todos os seus princípios, admirá-la: a elegância que, seja de pessoa ou de mente, ela via tão pouco em Highbury. Nisso, em não ser vulgar, havia distinção e mérito.

Em suma, ela sentou-se, durante a primeira visita, observando Jane Fairfax com ambivalente condescendência, a sensação de satisfação e a intenção de fazer justiça, e estava decidindo que não iria mais detestá-la. Quando ela considerou sua história, de fato, sua situação, bem como sua beleza; quando refletiu sobre para o quê estava destinada toda aquela elegância, do que se afastaria, como viveria, parecia impossível sentir outra coisa senão compaixão e respeito, especialmente se a cada particular reconhecimento que a tornava digna de interesse fosse acrescentada a circunstância altamente provável de sentimentos pelo sr. Dixon, que a própria Emma imaginara com tanta naturalidade. Nesse caso, nada poderia ser mais lamentável ou mais honrado do que os sacrifícios que ela havia decidido fazer. Emma estava muito disposta agora a absolvê-la de ter atraído as atenções do sr. Dixon para longe de sua esposa ou de qualquer coisa maliciosa que a imaginação lhe houvesse sugerido a princípio. Se fosse amor, devia ser um amor simples, solitário e malsucedido apenas por parte dela. Ela poderia estar inconscientemente ingerindo o triste veneno enquanto presenciava uma conversa entre ele e sua amiga; e pelo melhor, pelo mais puro dos motivos, poderia agora estar negando a si mesma esta visita à Irlanda, determinada a separar-se efetivamente dele e de suas conexões ao começar logo sua carreira de laborioso dever.

No todo, Emma a deixou com sentimentos tão amenos e caridosos que a fizeram observar os arredores enquanto voltava para casa e lamentar por Highbury não dispor de um rapaz digno de lhe dar independência; ninguém que pudesse motivá-la a maquinar um plano em benefício de Jane.

Eram sentimentos encantadores, mas não duradouros. Antes que Emma tivesse se comprometido com qualquer confissão pública de amizade eterna por Jane Fairfax, ou feito mais no sentido de retratar preconceitos e erros passados do que dizer ao sr. Knightley: "Ela certamente é bonita; é mais que bonita!". Jane passara uma noite em Hartfield com a avó e a tia, e tudo estava retornando ao que sempre havia sido. Provocações antigas ressurgiram.

A tia estava irritante como sempre; na verdade, mais irritante ainda, porque a preocupação com a saúde de Jane agora se somava à admiração por seus dotes, e eles foram obrigados a ouvir a descrição de quão pouco pão e manteiga ela comera no café da manhã, e quão pequena fora a fatia de carneiro no jantar, bem como ver exposições de novas toucas e bolsas de costura para a mãe e para ela; e as transgressões de Jane aumentaram de novo. Houve música; Emma foi obrigada a tocar, e os agradecimentos e elogios que necessariamente se seguiram lhe pareceram afetados em sinceridade, envoltos num ar de grandeza, com o propósito único de exibir em grande estilo seu próprio desempenho muito superior. Ela era, além disso, e o que era o pior de tudo, tão fria, tão cautelosa! Não havia como saber sua verdadeira opinião. Envolta em um manto de educação, parecia determinada a não arriscar nada. Ela era repulsiva e duvidosamente reservada.

Se podia ser mais, sendo que já era ao máximo, ela era mais reservada ainda quanto a Weymouth e os Dixon do que qualquer outra coisa. Parecia decidida a não dar nenhuma visão real sobre o caráter do sr. Dixon, ou sobre a própria estima pela companhia dele, ou sobre sua opinião quanto à adequação da união. Era tudo aprovação e suavidade geral; nada delineado ou específico. No entanto, isso não lhe valeu de nada. Sua cautela foi em vão. Emma percebeu esse artifício e retomou suas primeiras suposições. Provavelmente *havia* algo mais a esconder além da própria preferência; o sr. Dixon, talvez, estivera muito perto de trocar uma amiga pela outra, ou ficara com a srta. Campbell apenas por causa das futuras doze mil libras.

Reserva semelhante prevaleceu em outros tópicos. Ela e o sr. Frank Churchill estiveram em Weymouth ao mesmo tempo. Sabia-se que tiveram um pouco de contato, mas Emma não conseguiu obter nenhuma sílaba sequer de informação real sobre como ele realmente era. "É bonito?"; "Acreditava que era considerado um jovem muito belo.". "É agradável?"; "Em geral, consideram que sim.". "Parece ser um jovem sensato; um jovem de cultura?"; "Num balneário ou por um contato ligeiro em Londres, era difícil decidir sobre tais pontos. Boas maneiras eram tudo o que se podia julgar prudentemente entre pessoas com quem tinham um contato muito mais longo do que haviam tido com o sr. Churchill. Acreditava que todos consideravam seus modos agradáveis". Emma não poderia perdoá-la.

Capítulo 3

Emma não poderia perdoá-la; mas como nem provocação nem ressentimento foram identificados pelo sr. Knightley, que fizera parte do grupo e tinha visto apenas atenção pertinente e comportamento agradável de ambos os lados, expressou na manhã seguinte, estando em Hartfield novamente devido a negócios com o sr. Woodhouse, sua aprovação do todo, não tão abertamente como teria feito se o pai dela estivesse fora da sala, mas falando com clareza suficiente de modo a ser bastante inteligível para Emma. Costumava considerá-la injusta com Jane, e agora tinha grande satisfação em notar uma melhora.

— Uma noite muito agradável — começou ele, assim que o sr. Woodhouse havia sido informado do assunto, respondido que entendia e que os papéis foram postos de lado —, particularmente agradável. Você e a senhorita Fairfax nos proporcionaram música muito boa. Não conheço uma situação melhor, senhor, do que sentar-se à vontade para ser entretido a noite inteira por duas moças assim, às vezes com música, e às vezes com conversa. Tenho certeza de que a senhorita Fairfax deve ter achado a noite agradável, Emma. Você não deixou passar nada. Fiquei feliz por tê-la feito tocar tanto, pois não tendo nenhum instrumento na casa da avó, deve ter sido uma verdadeira benevolência.

— Fico feliz por ter aprovado — disse Emma, sorrindo —, mas espero não ser frequentemente desatenta ao que é devido aos hóspedes em Hartfield.

— Não, minha querida — disse seu pai no mesmo instante —, tenho certeza que não é. Não há ninguém tão atenciosa e civilizada quanto você. Na verdade, é até atenciosa demais. Na noite passada, os bolinhos poderiam ter sido servidos apenas uma vez; acho que teria sido o suficiente.

— Não — disse o sr. Knightley, quase ao mesmo tempo —, não é desatenta com frequência; muitas vezes não é deficiente em maneiras ou compreensão. Creio que me entende, portanto.

Um olhar incisivo expressou "Entendo-o bem o suficiente", mas ela disse apenas:

— A senhorita Fairfax é reservada.

— Sempre lhe disse que ela era um pouco; mas você logo superará toda a parte de sua reserva que deve ser superada, tudo que tem raízes na timidez. Aquilo que advém da discrição deve ser honrado.

— Você a considera tímida. Eu não vejo isto.

— Minha cara Emma — disse ele, passando de sua cadeira para a outra perto dela —, não vá me dizer, assim espero, que não teve uma noite agradável.

— Ah, não! Fiquei satisfeita com minha própria perseverança em fazer perguntas e me diverti pensando em quão pouca informação obtive.

— Estou desapontado — foi sua única resposta.

— Espero que todos tenham tido uma noite agradável — disse o senhor Woodhouse, com seu jeito tranquilo. — Eu tive. Por um momento, senti o fogo forte demais mas depois recuei um pouco a cadeira, bem pouco, e isso não me incomodou mais. A senhorita Bates estava muito falante e bem-humorada, como sempre, embora fale rápido demais. No entanto, é muito agradável, e a senhora Bates também, de uma maneira diferente. Gosto de velhos amigos. E a senhorita Jane Fairfax é uma jovem muito bonita, uma jovem muito bonita e muito bem comportada mesmo. Ela deve ter achado a noite agradável, senhor Knightley, porque tinha a companhia de Emma.

— Verdade, senhor; e Emma, por ter a companhia da senhorita Fairfax.

Emma percebeu a ansiedade dele e desejando apaziguá-la, pelo menos por enquanto, disse, com uma sinceridade que ninguém poderia questionar:

— Ela é uma criatura tão elegante que não se consegue desviar o olhar. Estou sempre olhando-a para admirá-la, e tenho pena dela, de todo o coração.

O sr. Knightley parecia mais satisfeito do que gostaria de expressar; e antes que pudesse dar qualquer resposta, o sr. Woodhouse, cujos pensamentos estavam nas Bate, disse:

— É uma pena que as conjunturas sejam tão limitadas! Uma grande pena! Muitas vezes desejei... Mas é tão pouco o que se pode fazer... Presentes pequenos e insignificantes, qualquer coisa incomum... Agora, mandamos abater um porco, e Emma pensa em mandar-lhes um lombo ou um pernil; é muito pequeno e delicado. Os porcos Hartfield não são como qualquer outro porco, mas ainda assim são porcos; e, minha querida Emma, a menos que se pudesse ter certeza de que elas o transformariam em bifes bem fritos, como os nossos são feitos, sem o mínimo de gordura, e não assados, pois nenhum estômago suporta porco assado... Acho que é melhor mandarmos o pernil, você não acha, minha querida?

— Meu querido papai, mandei todo o quarto traseiro. Eu sabia que o senhor aprovaria. Terão o pernil para salgar, sabe, o que é muito bom, e o lombo para ser preparado imediatamente, do modo como quiserem.

— Isso mesmo, minha querida, muito bem. Não tinha pensado nisso antes, mas é a melhor maneira. Espero que não salguem demais o pernil; e então, se não for salgado demais e se for muito bem cozido, como Serle faz com o nosso, e comido com muita moderação, com um nabo cozido e um pouco de cenoura ou pastinaca, não o considero prejudicial.

— Emma — disse o sr. Knightley —, tenho uma novidade para você. Você gosta de novidades, e eu ouvi uma enquanto vinha para cá que acho que vai interessá-la.

— Novidade! Sim! Eu sempre gosto de novidades. O que é? Por que está sorrindo assim? Onde ouviu isso? Em Randalls?

Ele só teve tempo de dizer: "Não, não em Randalls; não estive perto de Randalls" quando a porta foi aberta, e a srta. Bates e a srta. Fairfax entraram na sala. Cheia de agradecimentos e de novidades, a srta. Bates não sabia qual delas dizer antes. O sr. Knightley logo percebeu que havia perdido seu momento e que nenhuma outra sílaba de comunicação lhe pertenceria.

— Oh! Meu caro senhor, como está nessa manhã? Minha querida senhorita Woodhouse, estou tão agradecida. Que belo quarto traseiro de porco! A senhorita é tão generosa! Já souberam da notícia? O senhor Elton vai se casar.

Emma nem havia tido tempo para pensar no sr. Elton e ficou tão surpresa que não pôde evitar um pequeno sobressalto e um leve rubor ao ouvir a notícia.

— Esta é a minha novidade; achei que seria do seu interesse — disse o sr. Knightley, com um sorriso que sugeria saber de algo do que se passara entre eles.

— Mas como *o senhor* soube disso? — exclamou srta. Bates. — Onde ouviu falar disso, senhor Knightley? Pois não faz nem cinco minutos desde que recebi o bilhete da senhora Cole... Ora, não pode fazer mais que cinco, ou ao menos dez... Pois havia acabado de colocar meu gorro e *spencer* para sair, tinha apenas descido para falar com Patty mais uma vez sobre a carne de porco... Jane estava no corredor, não é mesmo, Jane?... Pois mamãe estava muito preocupada que não tivéssemos vasilhame grande o suficiente. Então eu disse que iria descer e conferir, e Jane disse: "Posso ir em seu lugar? Pois acho que está um pouco resfriada, e Patty está lavando a cozinha." "Ah, minha querida", disse eu... E nesse momento chegou o bilhete. Uma senhorita Hawkins... É tudo o que sei. Uma senhorita Hawkins de Bath. Mas, senhor Knightley, como ficou sabendo disso? Pois assim que o senhor Cole contou à senhora Cole, ela se sentou e me escreveu. Uma senhorita Hawkins...

— Estive com o senhor Cole a negócios há uma hora e meia. Ele havia acabado de ler a carta de Elton quando fui anunciado e imediatamente passou-a para mim.

— Ora! Isso é bastante... Suponho que nunca houve uma notícia mais interessante. Meu caro senhor, é realmente muito generoso. Minha mãe envia seus melhores cumprimentos e saudações e mil agradecimentos e diz que realmente a comove.

— Nós consideramos os porcos de Hartfield — respondeu o sr. Woodhouse —, na verdade, certamente o são, tão superiores a todos os outros, que Emma e eu não temos alegria maior do que...

— Oh! Meu caro senhor, como diz minha mãe, nossos amigos são bons demais conosco. Se alguma vez houve pessoas que, sem possuírem grandes riquezas, tivessem tudo o que poderiam desejar, estou certa de que somos nós. Podemos muito bem dizer que "nossa sorte foi lançada em uma boa herança". Bem, senhor Knightley, de fato viu a carta; então...

— Era curta, apenas para anunciar, mas alegre e radiante, é claro. — Aqui lançou um olhar de relance disfarçado em relação à Emma. — Ele teve a sorte de... Esqueço as palavras exatas... Ninguém precisa se lembrar delas. A informação era, como a senhorita contou, que ele vai se casar com uma senhorita Hawkins. Pelo estilo dele, imagino que havia acabado de se resolver.

— O senhor Elton vai se casar! — Disse Emma, assim que conseguiu falar. — Ele terá os votos de todos à sua felicidade.

— É jovem demais para se estabelecer — foi a observação do sr. Woodhouse. — É melhor ele não ter pressa. Ele me parecia muito bem do jeito que estava. Sempre ficamos felizes em vê-lo em Hartfield.

— Uma nova vizinha para todos nós, senhorita Woodhouse! — Disse a srta. Bates de modo contente. — Minha mãe está tão satisfeita! Ela diz que não suporta ver a pobre e velha casa do vicariato sem uma senhora. Realmente essa é uma boa notícia. Jane, você não conheceu o senhor Elton! Não é de admirar que tenha tanta curiosidade em vê-lo.

A curiosidade de Jane não parecia ser de natureza tão envolvente para ocupá-la por completo.

— Não, nunca vi o senhor Elton — respondeu ela, sobressaltando-se com esse chamado. — Ele é... Ele é um homem alto?

— Quem pode responder a essa pergunta? — exclamou Emma. — Meu pai diria que sim, o senhor Knightley, que não; e a senhorita Bates e eu diríamos que ele é de estatura mediana. Permanecendo aqui um pouco mais, senhorita Fairfax, perceberá que o senhor Elton é o padrão de perfeição em Highbury, tanto no que diz respeito à figura como ao intelecto.

— É verdade, srta. Woodhouse, ela irá. Ele é o melhor tipo de rapaz. Mas, minha querida Jane, se você se lembra, eu disse ontem que ele tinha exatamente a altura do senhor Perry. Já a senhorita Hawkins, atrevo-me a dizer que deve ser uma jovem excelente. A extrema atenção dele para com minha mãe, querendo que ela se sentasse no banco do vicariato para que pudesse ouvir melhor, porque mamãe é um pouco surda, como sabem... Não muito, mas ela não ouve muito bem. Jane diz que o coronel Campbell é um pouco surdo. Ele imaginou que o banho pudesse lhe ser bom, o banho quente, mas ela diz que não lhe trouxe nenhum benefício duradouro. O coronel Campbell, como sabem, é um anjo para nós. E o senhor Dixon parece ser um jovem muito encantador, bastante digno dele. É uma grande felicidade quando pessoas boas se aproximam... E sempre o fazem. Agora, serão o senhor Elton e senhorita Hawkins; e há os Cole, gente muito boa; e os Perry... Suponho que nunca houve um casal mais feliz ou melhor do que o senhor e a senhora Perry. Afirmo, senhor — disse dirigindo-se para o sr. Woodhouse —, creio que há poucos lugares com uma sociedade como a de Highbury. Eu sempre digo, somos muito abençoadas quanto a nossos vizinhos. Caro senhor, se há uma coisa que minha mãe ama mais do que tudo, é porco... Um lombo de porco assado...

— Quanto a quem ou como é a senhorita Hawkins ou há quanto tempo ele a conhece — disse Emma —, não há nada, suponho, que se possa saber. Percebe-se que não pode ser um contato de muito tempo. Ele partiu há apenas quatro semanas.

Ninguém tinha informação alguma para dar; e, depois de mais algumas ponderações, Emma disse:

— Está calada, senhorita Fairfax, mas espero que pretenda se interessar por essas notícias. A senhorita tem ouvido e visto tanto ultimamente sobre esses assuntos, deve ter estado tão envolvida no negócio por conta da senhorita Campbell, que não vamos aceitar sua indiferença em relação ao senhor Elton e à senhorita Hawkins.

— Depois que conhecer o senhor Elton — respondeu Jane —, atrevo-me a dizer que ficarei interessada, mas acredito que preciso *disso* para me interessar. E como já se passaram alguns meses desde que a senhorita Campbell se casou, a percepção pode estar um pouco desgastada.

— Sim, ele se foi há apenas quatro semanas, como bem observa, senhorita Woodhouse — disse a srta. Bates —, fez quatro semanas ontem... Uma senhorita Hawkins! Bem, eu sempre imaginei que seria alguma jovem da região; não que eu alguma vez... A senhora Cole uma vez me murmurou, mas eu imediatamente respondi: "Não, o senhor Elton é um jovem muito digno, mas...". Em suma, não acho que seja particularmente esperta para esse tipo de descoberta. Não pretendo ser. Aquilo que está diante de mim, eu vejo. Ao mesmo tempo, ninguém se surpreenderia se o senhor Elton aspirasse a... A senhorita Woodhouse me deixa tagarelar, tão bem-humorada. Ela sabe que eu não ofenderia ninguém por nada no mundo. Como vai a senhorita Smith? Ela parece bastante recuperada agora. Têm tido notícias da senhora John Knightley ultimamente? Oh! Aquelas queridas criancinhas. Jane, sabe que sempre imagino o senhor Dixon como o senhor John Knightley. Quer dizer, na figura, alto e com aquele tipo de aparência, e não muito falante.

— Pelo contrário, minha querida tia; não há nenhuma semelhança entre eles.

— Que estranho! Mas nunca se forma uma ideia adequada de qualquer pessoa de antemão. Temos uma noção e damos corda a ela. O senhor Dixon, você diz, não é, rigorosamente falando, bonito?

— Bonito! Não! Longe disso; é, na verdade, bastante normal. Eu disse à senhora que ele era normal.

— Minha querida, você disse que a senhorita Campbell não admitiria que ele é normal e que você mesma...

— Oh! Quanto a mim, meu julgamento não vale de nada. Quando sinto um apreço, sempre acho uma pessoa bem-apessoada. Mas dei o que acreditava ser a opinião geral quando afirmei que é normal.

— Bem, minha querida Jane, acredito que devemos ir andando. O tempo não parece bom, e mamãe vai ficar inquieta. A senhorita é muito amável, minha cara senhorita Woodhouse, mas realmente precisamos nos despedir. Essa é uma notícia muito agradável. Vou passar na casa da senhora Cole, mas não vou parar por lá mais do que três minutos; e você, Jane, é melhor que vá direto para casa. Não quero que pegue chuva! Acreditamos que ela já está melhor só por estar em Highbury. Obrigada, ficamos muito gratas. Não vou tentar visitar a senhora Goddard, pois realmente não acho que ela se interesse por nada além de porco *cozido;* quando prepararmos a perna, será outra história. Bom dia para o senhor, meu caro senhor. Oh! O senhor Knightley também está indo. Bem, isso é tão... Tenho certeza de que se Jane estiver cansada, fará a gentileza de lhe dar o braço... O senhor Elton e a senhorita Hawkins! Tenham um bom dia.

Emma, sozinha com o pai, tinha metade da atenção requisitada por ele enquanto ele lamentava que os jovens tivessem tanta pressa de se casar, e de se casar com estranhos também, e a outra metade ela dedicava à própria opinião sobre o assunto. Era uma notícia divertida e muito bem-vinda para ela, pois provava que o sr. Elton não podia ter sofrido muito; mas ela sentia muito por Harriet. Harriet sentiria muito — e tudo o que ela podia esperar era, ao dar ela mesma a notícia em primeira mão, evitar que ela a ouvisse abruptamente de outras pessoas. Já era mais ou menos a hora de sua visita. Se ela encontrasse a srta. Bates pelo caminho! E quando começou a chover, Emma foi forçada a esperar que o tempo detivesse na casa da sra. Goddard e que a informação, sem dúvida, se abateria sobre ela sem preparação.

A chuva foi intensa, mas rápida; e não havia terminado há mais de cinco minutos quando Harriet entrou, com o olhar acalorado e inquieto que apressar-se até lá com o coração pesado provavelmente lhe incutira; e o "Ai! Senhorita Woodhouse, o que pensa que aconteceu?", que irrompeu no mesmo instante, tinha todas as evidências de proporcional perturbação. Como o golpe havia sido desferido, Emma sentiu que agora não poderia demonstrar maior bondade do que ouvi-la; e Harriet, descontrolada, despejou avidamente o que tinha a contar. Havia saído da casa da senhora Goddard meia hora atrás… Estava com medo de que chovesse… Tinha medo de que começasse a chover a qualquer momento… Mas pensou que conseguiria chegar a Hartfield antes… Apressou-se tanto quanto pôde; mas então, ao passar pela casa de uma jovem que estava fazendo um vestido para ela, decidiu apenas entrar e conferir como estava ficando; e embora ela parecesse não ter ficado nem meio minuto ali, logo depois que saiu, começou a chover, e ela não sabia o que fazer; então correu adiante, o mais rápido que pôde, e se abrigou na Ford's. — A Ford's era a principal venda de tecidos, roupas de cama e mesa e armarinhos numa loja só; era a maior em tamanho e qualidade da região. — "E então, lá se sentara, sem a menor ideia do que fazer, por dez minutos, talvez… Quando, de repente, quem entrou… Com certeza era tão estranho… Mas eles sempre faziam compras na Ford's… Quem haveria de entrar, a não ser Elizabeth Martin e o irmão…! Querida senhorita Woodhouse! Apenas pense. Achei que iria desmaiar. Não sabia o que fazer. Estava sentada próximo à porta… Elizabeth me viu na hora, mas ele não; estava ocupado com o guarda-chuva. Tenho certeza de que ela me viu, mas desviou o olhar no mesmo instante e não me deu atenção, e os dois seguiram para o outro lado da loja. Eu fiquei sentada próximo à porta…! Oh! Céus, me senti tão infeliz! Tenho certeza de que devia estar tão branca quanto meu vestido. Não pude ir embora, sabe, por causa da chuva; mas desejei estar em qualquer lugar do mundo menos lá. Oh! Cara senhorita Woodhouse… Bem, finalmente, imagino, ele olhou em volta e me viu, pois em vez de continuar com suas compras, eles começaram a sussurrar. Tenho certeza de que estavam falando de mim, e não pude deixar de pensar que ele a estava persuadindo a falar comigo… (Acha que ele estava, senhorita Woodhouse?). Pois, afinal, ela se adiantou… Veio até mim e me perguntou como eu estava e parecia pronta para apertar as mãos, se eu quisesse. Ela não fez nada da mesma maneira que antes, pude perceber que ela estava mudada; no entanto, ela parecia estar *tentando* ser muito amigável. Apertamos as mãos e conversamos por algum tempo, mas não sei mais o que disse… Estava tremendo tanto! Lembro-me de que ela disse que lamentava não nos vermos mais, o que achei quase gentil demais! Querida senhorita Woodhouse, eu estava tão infeliz! A essa altura, a chuva estava começando a diminuir, e eu estava decidida que nada me impediria de sair dali… E então… Imagine só! Vi que ele estava vindo em minha direção também… Lentamente, sabe, como se não soubesse bem o que fazer; assim ele veio e falou, e eu respondi… E fiquei ali por um minuto, sentindo-me horrível, sabe, não sei sequer como descrever; e então tomei coragem e disse que não chovia mais e que eu precisava ir. Logo parti, e eu não tinha me distanciado mais do que três metros da porta quando ele veio atrás de mim, apenas para dizer que se eu estava a caminho de Hartfield, achava que era muito melhor eu dar a volta pelos estábulos do senhor Cole, pois encontraria o caminho mais próximo bastante alagado devido a essa chuva. Oh! Deus, achei que seria a minha morte! Então eu disse que estava muito agradecida, eu não poderia fazer menos, como sabe; e então ele voltou para Elizabeth, e eu passei pelos estábulos... Creio que sim... Mas mal sabia onde estava ou qualquer outra coisa. Oh! Senhorita Woodhouse, eu preferiria que qualquer outra coisa acontecesse; no entanto, sabe, senti uma espécie de satisfação em vê-lo se comportar de maneira tão agradável e gentil. E Elizabeth também. Ah! Senhorita Woodhouse, fale comigo e me tranquilize novamente".

Emma desejava muito sinceramente fazê-lo, mas não estava imediatamente em seu poder. Foi obrigada a parar e refletir. Ela mesma não estava totalmente tranquila. A conduta do rapaz e da irmã parecia o resultado de um sentimento real, e ela não podia deixar de sentir pena deles. Como Harriet descreveu, houve uma mistura interessante de afeto ferido e delicadeza genuína em seu comportamento. Porém ela já havia acreditado que eles eram pessoas bem-intencionadas e dignas, e que diferença isso fez nos males da conexão? Era loucura ficar perturbada com isso. Claro, ele lamentaria perdê-la; todos eles deveriam lamentar. A ambição, assim como o amor, era motivo de pudor. Todos esperavam se elevar pela ligação com Harriet, e, além disso, qual era o valor da descrição de Harriet? Tão fácil de agradar e com tão pouco discernimento; o que significava seu elogio?

Ela esforçou-se e tentou acalmá-la, tratando tudo o que havia ocorrido como uma mera ninharia, totalmente indigna de muita atenção.

— Pode ter sido angustiante, no momento — disse ela —, mas você parece ter se comportado extremamente bem. E já acabou e nunca irá, nunca poderá, como um primeiro encontro, ocorrer novamente, e, portanto, não precisa pensar sobre isso.

Harriet disse, "é verdade", e ela "não pensaria nisso", mas ainda falava do assunto, ainda não conseguia falar de mais nada; e Emma, afinal, para afastar os Martin da mente dela, viu-se obrigada a apressar a notícia que pretendia dar com tanta terna cautela; mal sabendo se devia ficar alegre ou zangada, envergonhada ou apenas divertida, com tal estado de espírito da pobre Harriet, tal fim para a importância do sr. Elton para ela!

Os direitos do sr. Elton, no entanto, gradualmente se reavivaram. Embora a princípio Harriet não sentisse a informação como teria sentido no dia anterior, ou mesmo uma hora antes, seu interesse logo aumentou; e antes que sua primeira conversa terminasse, ela havia se transportado todos os sentimentos de curiosidade, surpresa e arrependimento, dor e prazer, para essa afortunada srta. Hawkins, o que conduziu os Martin à devida posição de subordinação em sua fantasia.

Emma acabou bastante contente por tal encontro ter ocorrido. Tinha sido útil para amortecer o primeiro choque, sem reter qualquer influência que causasse preocupação. Do modo como Harriet vivia agora, os Martin não poderiam chegar até ela sem procurá-la, e até então lhes faltara a coragem ou a condescendência para procurá-la; pois, desde a recusa do irmão, as irmãs nunca mais estiveram na casa da sra. Goddard; e um ano poderia se passar sem que se encontrassem novamente ou que tivessem qualquer necessidade, ou mesmo qualquer possibilidade, de se falar.

Capítulo 4

A natureza humana é tão benevolente para com aqueles que se encontram em situações interessantes, que um jovem que se casa ou morre sempre é mencionado com palavras bondosas.

Não havia se passado uma semana desde que o nome da srta. Hawkins fora mencionado pela primeira vez em Highbury antes que se descobrisse, de um modo ou de outro, que ela dispunha de todas as qualidades de aparência e intelecto para ser bela, elegante, altamente talentosa e perfeitamente amável; e quando o próprio sr. Elton chegou para regozijar-se em suas perspectivas felizes e divulgar a notoriedade dos méritos da noiva, restava-lhe muito pouco a fazer além de revelar seu nome de batismo e as músicas de quais compositores ela preferia tocar.

O sr. Elton retornou muitíssimo feliz. Partira rejeitado e mortificado, decepcionado em uma esperança muito otimista, depois de uma série de sinais que lhe pareceram um forte encorajamento, e tendo não apenas perdido a dama certa, mas também tendo sido rebaixado ao nível de uma dama muito errada. Havia partido profundamente ofendido, porém voltou noivo de outra, e de outra tão superior, é claro, à primeira, visto que nessas circunstâncias o que se ganha sempre é superior ao que se perde. Ele voltou alegre e satisfeito consigo mesmo, entusiasmado e atarefado, sem dar importância à srta. Woodhouse e desprezando a srta. Smith.

A encantadora Augusta Hawkins, além de todos os benefícios usuais de perfeita beleza e mérito, contava com uma fortuna pessoal de tantos milhares que sempre seriam nomeados dez; um ponto de alguma dignidade, bem como de alguma conveniência. A história era boa de se contar; ele não se jogou fora, e ganhara uma mulher de cerca de 10 mil, ou algo assim, e ele a conquistara com uma rapidez deliciosa. A primeira hora após a introdução fora seguida logo por uma clara distinção; a história que tinha para contar à sra. Cole, da ascensão e do progresso do caso, era tão gloriosa, e os passos tão rápidos, desde o encontro acidental até o jantar na casa do sr. Green e a festa da sra. Brown; os sorrisos e rubores crescendo em importância, com sensibilidade e agitação ricamente salpicadas; a dama ficara tão facilmente impressionada, tão docemente disposta, em suma, para usar uma frase bem inteligível, e estivera tão pronta para recebê-lo, que a vaidade e a cautela foram igualmente saciadas.

Ele havia capturado tanto a substância como a sombra, tanto a fortuna como a afeição, e era o homem feliz que deveria ser, falando apenas de si mesmo e de suas próprias preocupações, esperando ser parabenizado e pronto para ser ridicularizado; e, com sorrisos cordiais e destemidos, dirigia-se agora a todas as moças do lugar, com quem, algumas semanas atrás, teria sido mais cuidadosamente galante.

O casamento não seria um acontecimento distante, pois as partes tinham apenas a si mesmas para agradar, e não havia nada além dos preparativos necessários para esperar; e quando ele partiu para Bath novamente, havia uma expectativa geral, que um certo olhar da sra. Cole não parecia contradizer, que quando ele voltasse a pisar em Highbury, traria consigo sua noiva.

Durante sua curta estadia de agora, Emma mal o vira; mas apenas o suficiente para sentir que o primeiro encontro havia passado e para dar a ela a impressão de que ele não havia melhorado com a mistura de ressentimento e pretensão que agora revestia sua atitude. Ela estava, de fato, começando a se surpreender por alguma vez tê-lo considerado agradável; e sua percepção estava tão inseparavelmente ligada a alguns sentimentos muito desagradáveis, que, exceto sob uma luz moral, como uma penitência, uma lição, uma fonte de humilhação útil para a própria mente, ela teria ficado grata se tivesse a certeza de nunca mais vê-lo. Desejava-lhe muito bem, mas ele lhe causava desgosto, e seu bem-estar a trinta quilômetros de distância lhe proporcionaria a maior satisfação.

O incômodo de sua permanência em Highbury, entretanto, decerto seria diminuído por seu casamento. Muitas solicitudes vãs seriam evitadas, muitos constrangimentos, suavizados por isso. Uma s*ra. Elton* seria uma desculpa para qualquer mudança no relacionamento; a intimidade anterior poderia submergir sem sequer ser notada. Seria quase como recomeçar sua vida de civilidades.

Na dama, por ela mesma, Emma pensou muito pouco. Era boa o suficiente para o sr. Elton, sem dúvida; talentosa o bastante para Highbury, e bela o suficiente para parecer comum, provavelmente, ao lado de Harriet. Quanto à posição social, Emma não tinha nenhuma preocupação; convencida de que, depois de todas as suas reivindicações e desprezo por Harriet, ele não obtivera nada. Quanto a isso, parecia ser possível obter a verdade. *O que* ela era, era incerto; mas *quem* era, poderia ser descoberto; e deixando de lado os 10 mil, não parecia que ela era superior a Harriet. Ela tinha nome, sangue nem alianças. A srta. Hawkins era a mais jovem das duas filhas de um comerciante de Bristol, é claro, assim devia ser; mas, como todos os lucros de sua vida mercantil pareciam muito moderados, não era injusto supor que a dignidade de sua linha de comércio também tivesse sido muito moderada. Ela costumava passar parte de cada inverno em Bath; mas residia em Bristol, no coração de Bristol; pois embora o pai e a mãe tivessem morrido há alguns anos, restava um tio — no ramo do direito — nada mais distintamente honrado foi dito dele além disso; e a filha havia residido com ele. Emma supôs que ele fosse o auxiliar de algum advogado, tolo demais para ascender na vida. E toda a grandeza da conexão parecia depender da irmã mais velha, que era *muito bem casada,* com um cavalheiro de *grande fortuna,* das proximidades de Bristol, que mantinha duas carruagens! Essa era a conclusão da história; essa era a glória da srta. Hawkins.

Se ao menos pudesse confiar a Harriet seus sentimentos sobre tudo isso! Ela a havia convencido a amar; entretanto, lamentavelmente, ela não seria dissuadida de fazê-lo com tanta facilidade. O encanto de um objeto para ocupar as muitas lacunas da mente de Harriet não seria eliminado por palavras. Poderia ser substituído por outro; ele certamente o seria, nada poderia ser mais claro; mesmo um Robert Martin teria bastado; mas nada mais, Emma temia, iria curá-la. Harriet era uma daquelas que, uma vez iniciada, estaria sempre apaixonada. E agora, pobre garota! Estava consideravelmente pior com o reaparecimento do sr. Elton. Estava sempre tendo um vislumbre dele em algum lugar ou outro. Emma o viu apenas uma vez; mas duas ou três vezes por dia Harriet sempre estava *prestes a* se encontrar com ele, ou *prestes a* se desencontrar com ele, *prestes* a ouvir sua voz ou ver seu ombro, *prestes a* passar por algo que o mantivesse em sua imaginação, com todo o calor favorável da surpresa e da conjectura. Além disso, ela sempre ouvia falar dele, pois, exceto quando estava em Hartfield, sempre estava entre aqueles que não viam defeito no sr. Elton e não achavam nada mais interessante do que a discussão de seus preparativos; e cada notícia, por conseguinte, cada suposição — tudo o que já havia ocorrido, tudo o que poderia ocorrer no arranjo de seus negócios, incluindo renda, empregados e móveis, estava em contínuo alvoroço ao redor dela. Sua estima estava ganhando força com os elogios constantes a ele, e seus arrependimentos avivados, e seus sentimentos irritados por menções incessantes da felicidade de srta. Hawkins, e a observação contínua do quanto ele parecia apegado, de seu ar enquanto passava pela casa, do modo como usava seu chapéu, tudo era prova do quanto ele estava apaixonado!

Se fosse um entretenimento permitido, se não houvesse sofrimento para sua amiga, ou reprovação para si mesma, nas oscilações da mente de Harriet, Emma teria se divertido com suas variações. Às vezes o senhor Elton predominava, às vezes os Martin; e cada um ocasionalmente era útil como um obstáculo para o outro. O noivado do sr. Elton havia sido a cura para a agitação causada pelo encontro com o sr. Martin. A infelicidade produzida pela descoberta desse noivado foi um pouco deixada de lado pela visita de Elizabeth Martin à casa da sra. Goddard alguns dias depois. Harriet não estava em casa; mas um bilhete foi redigido e deixado para ela, escrito num estilo feito para comover; uma leve mistura de reprovação, com muita delicadeza; e até o próprio sr. Elton aparecer, ela estivera muito ocupada com isso, ponderando continuamente sobre o que poderia ser feito em troca e desejando fazer mais do que ousava confessar. Mas o sr. Elton, em pessoa, afastara todas essas preocupações. Enquanto ele permaneceu, os Martin foram esquecidos; e na mesma manhã em que ele partiu de novo rumo a Bath, Emma, para dissipar parte da angústia que isso causou, julgou melhor que Harriet retribuísse a visita de Elizabeth Martin.

Como essa visita iria ser recebida; o que seria necessário; e o que poderia ser mais seguro, foram pontos que geraram dúvidas e considerações. Negligenciar por completo a mãe e as irmãs, depois de ter sido convidada para visitá-las, seria uma ingratidão. Não poderia ser; mas ainda assim o perigo de uma renovação do contato...!

Depois de muito refletir, Emma não conseguiu determinar nada melhor do que Harriet retribuir a visita; mas de uma forma que, se tivessem percepção, as convenceria de que seria apenas um conhecimento formal. Ela pretendia levá-la na carruagem, deixá-la no Moinho da abadia, enquanto ela seguiria um pouco mais adiante, e retornaria para buscá-la de novo em um período curto, a fim de não dar tempo para propostas insidiosas ou recorrências perigosas ao passado, e para dar a prova mais clara de qual grau de intimidade era escolhida para o futuro.

Não conseguia pensar em nada melhor; e, embora houvesse algo nesse plano que seu próprio coração não aprovava — algo de ingratidão, apenas encoberta —, deveria ser feito, ou o que seria de Harriet?

Capítulo 5

Harriet tinha pouca disposição para a visita. Apenas meia hora antes de sua amiga ir buscá-la na casa da sra. Goddard, o azar a levou ao mesmo lugar onde, naquele momento, um baú, endereçado "Ao Reverendo Philip Elton, White Hart, Bath", podia ser visto em meio à operação de ser içado para a carroça do açougueiro, que deveria transportá-lo até o local onde as diligências passavam; e tudo neste mundo, exceto por aquele baú e o endereço, tornou-se consequentemente um vazio.

Entretanto, ela foi; e quando chegaram à fazenda, e ela estava prestes a desembarcar no final do amplo e bem cuidado passeio de cascalho, que conduzia entre as macieiras em espaldeiras à porta da frente, a visão de tudo que lhe dera tanto prazer no outono anterior, estava começando a reanimar um pouco sua agitação; e quando se separaram, Emma observou que ela olhava em volta com uma espécie de curiosidade temerosa, o que a fez se determinar a não permitir que a visita ultrapassasse os quinze minutos propostos. Ela seguiu sozinha, para dedicar esse tempo a uma antiga criada que se casara e se estabelecera em Donwell.

O quarto de hora a trouxe pontualmente de volta ao portão branco; e a srta. Smith, recebendo seu chamado, uniu-se a ela sem demora e sem a companhia de nenhum jovem preocupante. Ela desceu solitária pelo caminho de cascalho, uma das srtas. Martin indo apenas até a porta e, aparentemente, se despedindo dela com cerimoniosa cortesia.

Harriet não pôde fazer logo um relato inteligível. Ela estava sentindo muito, mas, por fim, Emma obteve dela o suficiente para entender o tipo de encontro e o tipo de dor que estava causando. Ela tinha visto apenas a sra. Martin e as duas moças. Receberam-na de maneira distante, se não fria; e nada além do mero lugar-comum havia sido falado durante quase todo o tempo, até que, finalmente, quando a sra. Martin disse, de repente, que achava que a srta. Smith estava mais alta, apresentaram-se um assunto mais interessante e modos mais calorosos. Naquela mesma sala ela havia sido medida em setembro passado, com as duas amigas. Estavam lá marcas e anotações feitas a lápis no lambril ao lado da janela. *Ele* as tinha feito. Todas pareciam lembrar-se do dia, da hora, das pessoas, da ocasião — ter a mesma percepção, os mesmos arrependimentos — e estar dispostas a retomar o mesmo bom entendimento; e estavam apenas voltando a agir como elas mesmas de novo (Harriet, como Emma devia suspeitar, tão disposta quanto as outras a ser cordial e feliz) quando a carruagem reapareceu e tudo acabou. O estilo e a brevidade da visita foram então considerados decisivos. Dedicar quatorze minutos àquelas com quem, há menos de seis meses, ela agradecidamente havia passado seis semanas! Emma não podia deixar de imaginar tudo e considerar como elas deveriam se ressentir com razão, como Harriet deveria sofrer com toda naturalidade. Era uma péssima situação. Emma teria dado muito, ou suportado muito, para ter os Martins em um nível superior de vida. Eles mereciam tanto que um *pouco* mais acima bastaria; mas do jeito como estavam, como ela poderia ter agido de outra maneira? Impossível! Não podia arrepender-se. Precisavam ser separadas, mas havia muita dor no processo — naquele momento, até mesmo para si mesma, que logo sentiu a necessidade de um pouco de conforto e resolveu ir para casa para obtê-lo, passando por Randalls. Sua mente estava cansada do sr. Elton e dos Martin. O revigoramento de Randalls era absolutamente necessário.

Era um bom plano, mas, ao se aproximarem da porta, ouviram que "nem o senhor nem a senhora estavam em casa"; os dois tinham saído há algum tempo; o homem acreditava que tinham ido para Hartfield.

— Isso é péssimo! — exclamou Emma, quando eles se viraram. — E agora vamos nos desencontrar com eles; que irritante! Não me lembro de jamais ter ficado tão desapontada.

E ela recostou-se no canto, ou para alimentar seus murmúrios, ou para afastá-los; provavelmente um pouco de ambos, pois esse era o processo mais comum de uma mente não bem-intencionada. Logo a carruagem parou, e ela levantou o olhar; haviam sido paradas pelo sr. e a sra. Weston, que esperavam para falar com ela. Sentiu um prazer instantâneo ao vê-los, e um prazer ainda maior foi transmitido ao ouvi-los, pois o sr. Weston imediatamente as abordou com:

— Como vão? Como vão? Estivemos com seu pai… Fico feliz em vê-lo tão bem. Frank chega amanhã… Recebi uma carta esta manhã… Nós o veremos amanhã pela hora do jantar, com certeza… Ele está em Oxford hoje, e virá passar uma quinzena inteira; eu sabia que seria assim. Se ele tivesse vindo no Natal, não poderia ter ficado três dias. Fiquei feliz por ele não ter vindo no Natal; agora teremos tempo apropriado para ele, tempo bom, seco e estável. Desfrutaremos de sua companhia por completo; tudo saiu exatamente como poderíamos desejar.

Não havia como resistir a tais notícias, nenhuma possibilidade de evitar a influência de um rosto tão feliz como o do sr. Weston, confirmado como tudo era pelas palavras e pela expressão da esposa, menos numerosas e mais serena, mas não menos a propósito. Saber que *ela* pensava que a vinda dele era certa bastava para fazer Emma considerá-la assim, e ela sinceramente exultou com a alegria deles. Foi uma deliciosa reanimação de espíritos esgotados. O passado desgastado afundou no frescor do que estava por vir; e, na rapidez de um pensamento de um instante, ela esperou que agora não se falasse mais do sr. Elton.

O sr. Weston contou-lhe a história dos compromissos em Enscombe, que permitiram ao filho ter uma quinzena inteira sob seu comando, bem como a rota e o meio de sua viagem; e ela ouviu, sorriu e parabenizou.

— Em breve o levarei a Hartfield — disse ele, no final.

Emma podia supor que viu um toque no braço da esposa diante dessa declaração.

— É melhor seguirmos em frente, senhor Weston — disse ela — Estamos prendendo as meninas.

— Bem, bem, estou pronto — e voltando-se novamente para Emma —, mas não deve esperar um jovem *tão* belo; teve apenas *minha* descrição, sabe. Ouso dizer que ele não é nada extraordinário — embora seus olhos brilhantes no momento estivessem comunicando uma convicção bem diferente dessa.

Emma conseguiu parecer perfeitamente desentendida e inocente, respondendo de uma maneira que não revelava nada.

— Lembre-se de mim amanhã, minha querida Emma, por volta das quatro horas — foi a recomendação de despedida da sra. Weston, dita com alguma ansiedade, e dirigida apenas para ela.

— Quatro horas! Tenha certeza, ele estará aqui às três — foi a rápida emenda do sr. Weston, e assim terminou um encontro muito satisfatório. O ânimo de Emma elevou-se bastante à felicidade; tudo tinha um ar diferente; James e seus cavalos não pareciam tão lentos quanto antes. Quando olhou para as sebes, ela pensou que pelo menos os sabugueiros logo estariam florescendo, e quando ela se virou para Harriet, vislumbrou algo como um ar primaveril, até mesmo um sorriso terno.

— O senhor Frank Churchill passará também por Bath, assim como por Oxford? — Esta era, porém, uma pergunta que não trazia um bom augúrio.

Mas nem a geografia nem a tranquilidade podiam vir de uma vez, e Emma agora estava com humor para determinar que as duas viriam a seu tempo.

A manhã do significativo dia chegou, e a fiel pupila da sra. Weston não se esqueceu, nem às dez, nem às onze, nem ao meio-dia, que deveria lembrar-se dela às quatro.

"Minha amada e ansiosa querida amiga", disse, em um monólogo mental, enquanto descia as escadas vinda de seu quarto, "sempre preocupada demais com o conforto de todos, exceto o seu. Vejo-a agora em todas as suas pequenas inquietações, entrando repetidas vezes no quarto dele, para ter certeza de que está tudo certo". O relógio bateu as doze enquanto ela passava pelo corredor. "É meio-dia; não me esquecerei de lembrar de você daqui a quatro horas; e amanhã, por essas horas, talvez, ou um pouco mais tarde, eu poderei pensar na possibilidade de todos eles virem aqui. Tenho certeza de que logo o trarão aqui."

Ela abriu a porta da sala e viu dois cavalheiros sentados com seu pai — o sr. Weston e o filho. Eles haviam chegado há apenas alguns minutos, e o sr. Weston mal terminara sua explicação sobre Frank estar um dia adiantado, e o pai dela ainda estava no meio de suas mais calorosas boas-vindas e saudações, quando ela apareceu para participar da surpresa, das apresentações e do regalo.

O tão falado Frank Churchill, que despertava tanto interesse, estava de fato diante dela. Havia sido apresentado a ela, e ela não considerou que os elogios haviam sido excessivos: ele era um rapaz *muito* bonito. Tudo nele era irrepreensível: sua estatura, sua atitude, seus modos, e seu semblante tinha muito do espírito e da vivacidade do pai. Ele aparentava ser inteligente e sensível. Ela sentiu imediatamente que ia gostar dele e havia uma elegante naturalidade de modos e uma disposição para conversar que a convenceram de que ele tinha a intenção ser seu amigo, e que logo o seriam.

Ele havia chegado a Randalls na noite anterior. Ela ficou satisfeita com sua ânsia de chegar, que o fizera alterar seus planos e viajar mais cedo, por mais tempo e mais rápido, de modo a ganhar meio dia.

— Eu lhes disse ontem — exclamou, entusiasmado, o sr. Weston —, eu disse a todos vocês que ele estaria aqui antes da hora indicada. Lembrei-me do que eu mesmo costumava fazer. Não é possível se arrastar numa viagem; não é possível evitar progredir mais rápido do que o planejado; e o prazer de surpreender os amigos antes de começarem a vigiar vale muito mais do que qualquer pequeno esforço que seja necessário.

— É um grande prazer quando é possível se dar a esse luxo — disse o rapaz —, embora não haja muitas casas nas quais eu me atreveria a fazê-lo; mas, ao voltar para *casa*, senti que poderia fazer qualquer coisa.

A palavra *casa* fez o pai olhar para ele com mais complacência. Emma, no mesmo instante, teve certeza de que ele sabia como ser agradável; tal convicção foi reforçada pelo que se seguiu. Estava muito satisfeito com Randalls, considerou que era uma casa muitíssimo bem organizada, mal admitia que fosse muito pequena, admirou sua localização, o caminho até Highbury, a própria Highbury, e Hartfield ainda mais, e afirmou ter sempre sentido o tipo de interesse pela região que só a nossa região *natal* incita, e a maior curiosidade em visitá-la. Que ele nunca tivesse sido capaz de satisfazer sentimento tão amável antes levantou suspeitas na cabeça de Emma; mas, ainda assim, se fosse uma falsidade, era agradável e foi expressa agradavelmente. Seus modos não tinham um ar estudado ou exagerado. Ele realmente parecia e falava como se estivesse em um estado de incomum alegria.

Seus assuntos, em geral, foram próprios do início de uma amizade. Da parte dele vieram as indagações: "Gosta de cavalgar? Há bons passeios para se fazer? Belas trilhas? Têm uma grande vizinhança? Highbury, talvez, ofereça companhia suficiente? Há várias casas muito bonitas por toda parte. E bailes? Têm bailes? É uma comunidade que aprecia música?"

Entretanto, quando satisfeito em todos esses pontos, e com seus conhecimentos proporcionalmente aperfeiçoados, ele esforçou-se para encontrar uma oportunidade, enquanto os pais de ambos estavam entretidos um com o outro, de mencionar a madrasta e falar dela com tantos belos elogios, tanta admiração calorosa, tanta gratidão pela felicidade que ela garantiu ao pai e a recepção muito bondosa a si mesmo, como uma prova adicional de que ele sabia como agradar e que ele de fato achava valer a pena tentar agradá-la. Ele não pronunciou uma palavra de elogio além do que ela sabia ser totalmente merecida pela sra. Weston; mas, sem dúvida, ele poderia saber muito pouco sobre o assunto. Ele sabia o que seria bem-vindo; não podia ter certeza de mais nada. "O casamento do meu pai", disse ele, "foi a medida mais sábia, todos os amigos deviam ter se alegrado; e a família de quem ele recebeu tal bênção deveria ser sempre considerada como merecedora do maior reconhecimento."

Ele chegou o mais perto que pôde de agradecê-la pelos méritos da srta. Taylor, sem parecer totalmente esquecer que, no curso normal das coisas, era de se supor que a srta. Taylor havia formado o caráter da srta. Woodhouse do que a srta. Woodhouse o da srta. Taylor. E, por fim, como se resolvido a qualificar sua opinião por completo para circundar seu objeto, ele concluiu tudo expressando espanto diante da sua juventude e beleza.

— Eu estava preparado para modos elegantes e agradáveis — disse ele —, mas confesso que, considerando tudo, não esperava mais do que uma mulher de uma certa idade com aparência aceitável. Não sabia que iria encontrar uma bela jovem na senhora Weston.

— Não poderá enxergar perfeição demais na senhora Weston para o meu gosto — disse Emma. — Caso pensasse que ela tem *dezoito* anos, eu ouviria com prazer, mas *ela* estaria pronta para repreendê-lo por usar tais palavras. Não a deixe imaginar que a descreveu como uma bela jovem.

— Espero ter mais sensatez que isso — retrucou ele. — Não, pode ter certeza — com uma reverência galante — que, ao me dirigir à senhora Weston, eu entendo a quem posso elogiar sem qualquer risco de ser considerado extravagante em meus termos.

Emma perguntou-se se a mesma suspeita do que poderia ser esperado do fato de se conhecerem, que havia se apossado com firmeza de sua própria mente, já havia cruzado a dele, e se seus cumprimentos deviam ser considerados sinais de consentimento ou provas de desafio. Ela precisaria observá-lo mais para entender seus modos; no momento, ela achava apenas que eram agradáveis.

Não tinha dúvidas quanto aos pensamentos do sr. Weston. Ela detectou seu olhar rápido mais de uma vez repousando sobre eles com uma expressão feliz; e mesmo, quando ele devia ter decidido não olhar, Emma tinha certeza de que ele a estava escutando.

A isenção perfeita do próprio pai a qualquer pensamento desse tipo, toda a limitação dele referente a todo esse tipo de percepção ou suspeita, representava uma conjuntura muito reconfortante. Felizmente, não estava mais distante de aprovar um matrimônio que de prevê-lo. Embora sempre se opusesse a todos os casamentos que eram arranjados, nunca sofria de antemão com a o apoderamento de algum deles; parecia que ele não conseguia julgar mal o discernimento de duas pessoas a ponto de supor que pretendessem se casar até que isso fosse provado contra elas. Ela abençoou a favorável cegueira. Ele podia agora, sem a desvantagem de uma única suposição desagradável, sem antever qualquer possível deslealdade em seu visitante, dar vazão a toda sua bondosa cordialidade natural com questionamentos solícitos sobre a acomodação do sr. Frank Churchill em sua jornada, os tristes males de dormir duas noites na estrada e expressar uma ansiedade genuína e pura de saber que ele certamente escapou de pegar um resfriado — o que, entretanto, não poderia permitir que o rapaz se sentisse seguro de si antes de outra noite.

Após uma visita adequada, o sr. Weston fez menção de partir. Precisava ir. Tinha negócios a resolver na Crown sobre seu feno e muitas encomendas da sra. Weston para a Ford's, mas não precisava apressar ninguém O filho, muito bem criado a dar ouvidos à deixa, também se levantou imediatamente, dizendo:

— Como vai mais adiante a negócios, senhor, aproveitarei para fazer uma visita, que deve ser feita um dia ou outro e, portanto, pode muito bem ser feita agora. Tenho a honra de conhecer uma vizinha sua — voltando-se para Emma —, uma senhora que mora aqui ou nos arredores de Highbury; uma família de nome Fairfax. Não terei dificuldade, suponho, em encontrar a casa; embora Fairfax, creio eu, não seja o nome certo, deveria antes dizer Barnes ou Bates. Conhece alguma família com esse nome?

— É claro que sim — exclamou o pai dele. — Passamos em frente à casa da senhora Bates, e vi a senhorita Bates na janela. É verdade, é verdade, você conhece a senhorita Fairfax. Lembro que a conheceu em Weymouth; ela é uma ótima garota. Visite-a, com certeza deverá visitá-la.

— Não há necessidade de ir nessa manhã — disse o jovem. — Poderia ir qualquer outro dia; mas há o um grau de familiaridade que travamos em Weymouth que…

— Oh! Vá hoje, vá hoje. Não adie. O que é correto fazer não pode ser feito cedo demais. E, além disso, devo lhe dar uma dica, Frank: qualquer falta de atenção a ela por *aqui* deve ser cuidadosamente evitada. Conheceu-a com os Campbell, quando ela era igual a todos com os quais se relacionava, mas aqui ela reside com a pobre e velha avó, que mal tem o suficiente para viver. Se não a visitar logo, parecerá uma desfeita.

O filho parecia convencido.

— Ouvi-a mencionar essa familiaridade — disse Emma. — Ela é uma jovem muito elegante.

Ele concordou, mas com um "sim" tão baixo que a fez quase duvidar de sua real anuência; e, no entanto, devia haver um tipo bem distinto de elegância para o mundo da moda, se Jane Fairfax pudesse ser considerada apenas medianamente dotada dela.

— Se nunca ficou particularmente impressionado com as maneiras dela antes — continuou ela —, creio que hoje ficará. Irá vê-la de modo proveitoso; vê-la e ouvi-la… Não, temo que não irá ouvi-la, pois ela tem uma tia que nunca para de falar.

— O senhor conhece a senhorita Jane Fairfax, é? — questionou o sr. Woodhouse, sempre o último a participar das conversas. — Então me permita assegurar-lhe de que a achará uma moça muito agradável. Ela está aqui para visitar a avó e a tia, pessoas muito dignas. Conheço-as a vida toda. Ficarão extremamente felizes em vê-lo, tenho certeza; e um dos meus empregados irá acompanhá-lo para mostrar-lhe o caminho.

— Meu caro senhor, em hipótese alguma no mundo; meu pai pode me indicar a direção.

— Porém seu pai não vai tão longe; ele está indo apenas até a Crown, bem do lado oposto da rua, e há muitas casas. Pode ficar muito perdido, e é um trajeto muito enlameado, a menos que siga pela trilha, mas meu cocheiro poderá dizer onde é melhor atravessar a rua.

O sr. Frank Churchill persistiu na recusa, com a maior sobriedade que pôde, e seu pai o apoiou calorosamente, exclamando:

— Meu bom amigo, isso é totalmente desnecessário. Frank reconhece uma poça-d'água quando vê uma, e quanto à casa da senhora Bates, chegará lá saindo da Crown em dois tempos.

Conseguiram permissão para seguir sozinhos; e com um aceno cordial de um e uma reverência graciosa do outro, os dois cavalheiros se despediram. Emma ficou muito satisfeita com o início do relacionamento e agora poderia se ocupar imaginando todos eles em Randalls a qualquer hora do dia, com plena confiança em seu bem-estar.

Capítulo 6

Amanhã seguinte voltou a trazer o sr. Frank Churchill. Veio com a sra. Weston, com quem parecia ser muito cordial, assim como parecia ser com Highbury. Estivera sentado junto a ela em casa, ao que parecia, do modo mais amigável, até sua hora habitual de caminhar; e, quando solicitado que escolhesse a trilha, imediatamente decidiu por Highbury. "Ele não duvidava que houvesse caminhos muito agradáveis em todas as direções, mas, se lhe fosse permitido, escolheria sempre o mesmo. Highbury, a arejada, alegre e aparentemente feliz Highbury seria sua atração constante." Highbury, para a sra. Weston, significava Hartfield, e ela esperava que quisesse dizer a mesma coisa para ele. Eles caminharam diretamente para lá.

Emma quase nunca os esperava, pois o sr. Weston, que estivera lá por meio minuto para ouvir que o filho era muito bem-apessoado, não sabia de seus planos; e foi uma agradável surpresa para ela, portanto, avistá-los caminhando juntos na direção da casa, de braços dados. Ela queria vê-lo novamente e, especialmente, vê-lo em companhia da sra. Weston, pois seu comportamento para com ela definiria sua opinião sobre ele. Se ele fosse inadequado nesse ponto, nada mais poderia redimi-lo. Todavia, ao vê-los juntos, Emma ficou perfeitamente satisfeita. Não era apenas com belas palavras ou elogios hiperbólicos que ele cumpria seu dever; nada poderia ser mais apropriado ou agradável do que seu modo de tratá-la, nada poderia denotar de maneira mais agradável seu desejo de considerá-la uma amiga e garantir seu afeto. E houve tempo suficiente para Emma formar um julgamento razoável, já que sua visita ocupou todo o resto da manhã. Os três caminharam juntos por uma ou duas horas — primeiro em torno dos arbustos de Hartfield e depois em Highbury. Ele estava encantado com tudo; expressou admiração o suficiente por Hartfield para os ouvidos do sr. Woodhouse; e, quando decidiram ir mais além, confessou seu desejo de se familiarizar com todo o vilarejo e encontrou motivos para elogio e interesse com muito mais frequência do que Emma teria imaginado.

Alguns dos elementos que lhe despertavam a curiosidade revelaram sentimentos muito amáveis. Ele implorou para que lhe mostrassem a casa em que seu pai havia morado por tanto tempo e que havia sido o lar do pai de seu pai; e, ao se lembrar que uma velha senhora que cuidara dele ainda era viva, andou em busca de seu chalé de uma ponta à outra da rua; e embora em alguns pontos de busca ou observação não houvesse mérito positivo, demonstraram, no todo, uma boa vontade para com Highbury em geral, o que devia ser muito semelhante a um mérito para aquelas com quem ele estava.

Emma observou e decidiu que, com os sentimentos agora demonstrados, não seria possível supor com justiça que algum dia se ausentara voluntariamente; que ele não estivesse desempenhando um papel, ou confessando uma série de declarações insinceras; e que o sr. Knightley, com certeza, não lhe fizera justiça.

A primeira pausa foi na Pousada Crown, uma casa insignificante, embora a principal do tipo, onde um par de cavalos de aluguel era mantidos, mais para a conveniência da vizinhança do que para qualquer viagem pela estrada; e suas companheiras não esperavam ser detidas por qualquer interesse despertado ali; mas ao passarem em frente contaram a história da grande sala que havia sido visivelmente acrescentada. Fora construída há muitos anos para servir como salão de baile e, na época em que a região se encontrava em uma situação especialmente populosa e dançante, havia sido ocasionalmente usada como tal; mas dias tão prósperos já estavam no passado, e agora o maior propósito a que se destinava era acomodar um clube de uíste estabelecido entre os cavalheiros e os quase cavalheiros do lugar. O rapaz interessou-se imediatamente. O caráter de salão de baile do cômodo chamou sua atenção; e em vez de seguir em frente, ele parou por vários minutos diante das duas janelas de guilhotina superiores que estavam abertas para olhar para dentro, observar suas capacidades, e lamentar que seu propósito original tivesse cessado. Ele não viu nenhum defeito na sala, nem reconheceu nenhum dos que elas sugeriram. Não, era longo o bastante, largo o bastante, bonito o bastante. Abrigaria o número apropriado para haver conforto. Deveriam dar bailes ali pelo menos a cada quinze dias durante o inverno. Por que a srta. Woodhouse não havia revivido os bons e velhos tempos do salão? Ela que podia fazer qualquer coisa em Highbury! A falta de famílias adequadas no local e a convicção de que nenhuma delas, além das que pertenciam ao lugar e a seus arredores imediatos, seria tentada a comparecer foram mencionadas, mas ele não se deu por convencido. Não podia ser persuadido de que tantas belas casas, como via ao seu redor, não poderiam fornecer números suficientes para tal reunião; e mesmo quando detalhes foram fornecidos e famílias descritas, ele ainda não estava disposto a admitir que a inconveniência de tal mistura fosse de alguma importância, ou que existisse a menor dificuldade para todos retornarem às suas devidas casas na manhã seguinte. Ele argumentou como um rapaz muito inclinado a dançar, e Emma ficou bastante surpresa ao ver a constituição dos Weston prevalecer tão resolutamente contra os hábitos dos Churchill. Ele parecia ter toda a vivacidade e ânimo, sentimentos alegres e inclinações sociais de seu pai, e nada do orgulho ou das reservas de Enscombe. Na verdade, talvez, mal parecia ter orgulho suficiente; sua indiferença a uma confusão de posições sociais quase beirava à deselegância. Ele não poderia, entretanto, ser o juiz do mal a que estava dando tão pouca importância. Foi apenas a efusividade de um espírito vivaz.

Por fim, ele foi persuadido a sair da frente de Crown, e estando agora quase em frente à casa em que as Bates moravam, Emma se lembrou de sua intenção de visitá-las no dia anterior e perguntou-lhe se ele viera.

— Ah, sim, eu vim! — Respondeu ele. — Eu ia mencionar isso agora. Uma ótima visita. Vi as três senhoras, e me senti muito grato à senhorita por sua dica preparatória. Se a tia falante me pegasse de surpresa, teria sido a minha morte. Do jeito que foi, fui apenas levado a fazer uma visita despropositada demais. Dez minutos teria sido tudo o que era necessário, talvez tudo o que fosse apropriado. Disse a meu pai que, com certeza, estaria em casa antes dele, mas não havia como escapar, nenhuma pausa; e, para minha total surpresa, descobri, quando ele (não tendo me encontrado em nenhum outro lugar) afinal se juntou a mim lá, que eu havia estado com elas há quase três quartos de hora. A boa senhora não havia me dado possibilidade de escapar antes.

— E o que achou da aparência da senhorita Fairfax?

— Má, muito má, isto é, se for possível uma moça estar com má aparência. Mas a expressão é duramente aceitável, não é mesmo, senhora Weston? As damas não podem ter má aparência. E, falando sério, a senhorita Fairfax é naturalmente tão pálida a ponto de quase sempre ter uma aparência doentia. Uma cútis muito deplorável.

Emma não concordou com isso e começou uma defesa calorosa da cútis da srta. Fairfax. Certamente nunca foi muito viçosa, mas ela não concordava que tivesse um tom doentio em geral; e havia uma suavidade e delicadeza em sua pele que conferia uma elegância peculiar ao feitio de sua face. Ele ouviu com toda a devida deferência; reconheceu que tinha ouvido muitas pessoas dizerem o mesmo, mas, ainda assim, precisava confessar que, para ele, nada poderia remediar a falta do bom brilho da saúde. Quando as feições fossem indiferentes, uma bela tez conferiria beleza a todas; e caso fossem boas, o efeito era… Felizmente, ele nem precisaria tentar descrever qual seria o efeito.

— Bem — disse Emma —, gosto não se discute. Pelo menos o senhor a admira, exceto por sua cútis.

Ele balançou a cabeça e riu.

— Não posso separar senhorita Fairfax de sua cútis.

— O senhor a via muitas vezes em Weymouth? Frequentavam os mesmos círculos sociais?

Nesse momento, eles estavam aproximando-se da Ford's, e ele exclamou, apressadamente:

— Ah! Deve ser a loja que todos frequentam todos os dias de suas vidas, segundo meu pai me contou. Ele mesmo vem a Highbury, diz ele, seis dias na semana, e sempre tem negócios na Ford's. Se não for inconveniente para as senhoras, peço-vos que entremos, para que eu possa provar que pertenço ao lugar, que sou um verdadeiro cidadão de Highbury. Devo comprar algo na Ford's. Isso vai tomar a minha liberdade. Arrisco-me a dizer que eles vendem luvas.

— Ah, sim! Luvas e tudo mais. Admiro seu patriotismo. O senhor será adorado em Highbury. Já era muito popular antes mesmo de chegar, porque era filho do senhor Weston, mas gaste meio guinéu na Ford's e sua popularidade se baseará nas suas próprias virtudes.

Eles entraram; e enquanto os pacotes lustrosos e bem amarrados de "chapéu de castor" e " couro claro de York" estavam sendo trazidos e exibidos no balcão, ele disse:

— Mas eu imploro seu perdão, senhorita Woodhouse; estava falando comigo, estava dizendo algo no exato momento dessa minha explosão de *amor patriae*. Não me deixe perder o que dizia. Garanto-lhe que o máximo de reputação pública não me compensaria pela perda de qualquer felicidade na vida privada.

— Apenas perguntei se o senhor teve muito contato com a senhorita Fairfax e o grupo dela em Weymouth.

— E agora que entendi sua pergunta, devo declará-la muito injusta. É sempre direito da dama decidir o grau de intimidade. A senhorita Fairfax já deve ter feito seu relato. Não vou me comprometer reivindicando mais do que ela pode ter escolhido permitir.

— Dou-lhe minha palavra! Responde tão discretamente quanto ela mesma faria. Mas o relato dela sobre tudo deixa muito à imaginação. Ela é tão reservada, tão pouco disposta a dar o mínimo de informação sobre qualquer pessoa, que eu realmente considero que o senhor pode dizer o que quiser sobre seu relacionamento com ela.

— Posso, de fato? Então direi a verdade, e nada me agrada mais. Eu a encontrei com frequência em Weymouth. Conhecia um pouco os Campbells na cidade, e em Weymouth andávamos nos mesmos círculos. O coronel Campbell é um homem muito agradável, e a senhora Campbell, uma mulher amigável e de bom coração. Eu gosto de todos eles.

— Conhece a situação da senhorita Fairfax, concluo; o que ela está destinada a ser?

— Sim — respondeu, de modo um tanto hesitante —, acredito que sim.

— Está abordando assuntos delicados, Emma — disse a sra. Weston sorrindo —; lembre-se de que estou aqui. O senhor Frank Churchill mal sabe o que dizer quando se fala da condição da senhorita Fairfax. Vou me afastar um pouco mais.

— Certamente me esqueço de pensar *nela* — disse Emma — como tendo sido qualquer outra coisa além de minha amiga, e minha amiga mais querida.

Ele parecia compreender e honrar totalmente tal sentimento.

Quando as luvas foram compradas e eles saíram da loja novamente, Frank Churchill indagou:

— Você já ouviu a jovem de quem estávamos falando tocar?

— Se já a ouvi! — Repetiu Emma. — O senhor esquece como ela pertence a Highbury. Eu a ouvi todos os anos de nossas vidas, desde que nós duas começamos. Ela toca lindamente.

— Acha isso, então? Eu queria a opinião de alguém que realmente pudesse julgar. Ela me pareceu tocar bem, isto é, com bom gosto, mas eu mesmo não sei nada sobre o assunto. Gosto demais de música, mas sem a menor habilidade ou o direito de julgar o desempenho de qualquer pessoa. Costumava ouvir o dela ser elogiado e lembro-me de uma prova de que ela toca bem: um homem, um homem muito musical e apaixonado por outra mulher, noivo dela e prestes a se casar, ainda assim nunca pedia a essa outra mulher para sentar-se ao instrumento se a dama em questão pudesse se sentar em vez de outra; parecia que não gostava de ouvir uma se pudesse ouvir a outra. Isso, pensei, vindo de um homem de reconhecido talento musical, era uma prova.

— É uma prova mesmo! — Disse Emma, muito entretida. — O s Dixon é muito musical, não é? Saberemos mais sobre todos eles pelo senhor em meia hora do que a senhorita Fairfax nos teria contado em seis meses.

— Sim, o senhor Dixon e a senhorita Campbell eram as pessoas, e eu achei esta uma prova muito forte.

— Certamente, muito forte; para dizer a verdade, muito mais forte do que, se eu fosse a senhorita Campbell, teria sido aceitável para mim. Não poderia desculpar que um homem tivesse mais música do que amor, mais ouvidos que olhos — uma sensibilidade mais aguda a sons delicados do que a meus sentimentos. Como a senhorita Campbell parecia receber isso?

— Era sua amiga mais íntima, sabe?

— Grande consolo! — Disse Emma, rindo. — Era melhor que preferisse uma estranha a uma amiga muito próxima; com uma estranha, isso poderia não se repetir, mas e o infortúnio de ter uma amiga muito íntima sempre por perto, para fazer tudo melhor do que nós mesmas! Pobre senhor. Dixon! Bem, estou feliz que ela tenha ido se estabelecer na Irlanda.

— A senhorita está certa. Não foi muito lisonjeiro para a senhorita Campbell, mas ela realmente não parecia se importar.

— Tanto melhor, ou tanto pior; não sei dizer qual seria. Mas, seja por doçura ou por tolice, por amizade diligente ou sentimentos entorpecidos, havia uma pessoa, acredito eu, que deve ter se importado com isso: a própria srta. Fairfax. Ela deve ter sentido a distinção imprópria e perigosa.

— Quanto a isso, eu não...

— Oh! Não imagine que espero que o senhor me dê um relato sobre os sentimentos da senhorita Fairfax ou de qualquer outra pessoa. Eles não são conhecidos por nenhum ser humano, acho, além dela mesma. Mas se ela continuasse a tocar sempre que fosse convidada pelo senhor Dixon, pode-se concluir o que se quiser.

— Parecia haver um entendimento perfeito entre todos eles... — ele disse bem rápido, porém, contendo-se, acrescentou: — Entretanto, é impossível dizer em que termos realmente estavam, como as coisas eram nos bastidores. Posso dizer apenas que, visto de fora, parecia tudo tranquilo. Mas a senhorita, que conhece a senhorita Fairfax desde criança, deve ser uma juíza melhor de seu caráter e de como ela se conduziria em situações críticas do que eu.

— Eu a conheço desde criança, sem dúvida. Crescemos juntas, e é natural supor que deveríamos ser íntimas, que deveríamos ter nos aproximado sempre que ela visitava seus amigos. Mas nunca o fizemos. Mal sei dizer como aconteceu; um pouco, talvez, devido àquela maldade de minha parte, que era inclinada a detestar uma garota tão idolatrada e tão elogiada, como sempre foi, por sua tia e avó e todos os seus conhecidos. E além disso, suas reservas! Nunca consegui me dar bem com alguém tão completamente reservada.

— É uma qualidade muito repulsiva, de fato — disse ele. — Muitas vezes é, sem dúvida, muito conveniente, mas nunca agradável. Há segurança nas reservas, mas nenhum atrativo. Não é possível amar uma pessoa reservada.

— Não até que as reservas cessem em relação a nossa pessoa; e, então, a atração pode ser ainda maior. Mas precisarei estar mais carente de uma amiga, ou de uma companheira agradável, do que já estive antes, para me dar ao trabalho de superar as reservas de alguém e conseguir uma. A intimidade entre a senhorita Fairfax e eu está totalmente fora de questão. Não tenho razão para pensar mal dela, nenhuma mesmo, exceto que cautela tão extrema e perpétua de palavras e maneiras, tanto medo de dar uma opinião direta sobre qualquer um, pode gerar suspeitas de haver algo a esconder.

Ele concordou perfeitamente com ela, e depois de caminharem juntos por tanto tempo, e de pensarem da mesma maneira sobre tantos assuntos, Emma sentiu-se tão familiarizada com ele que mal podia acreditar que era apenas o segundo encontro. Ele não era exatamente o que ela havia esperado; era menos o homem do mundo em algumas de suas noções, menos o filho mimado da fortuna, e, portanto, era melhor do que ela havia esperado.

Suas ideias pareciam mais moderadas, e seus sentimentos, mais calorosos. Ela ficou particularmente impressionada com suas considerações sobre a casa do sr. Elton, a qual, assim como a igreja, ele foi ver, e ele não concordou com elas quanto aos muitos defeitos que apontavam. Não, ele não podia acreditar que era uma casa ruim; não era uma casa que tornasse um homem digno de pena. Se fosse para ser compartilhada com a mulher que amava, ele não poderia pensar que nenhum homem seria digno de pena por ter aquela casa. Devia haver espaço bastante para todo verdadeiro conforto. O homem que quisesse mais seria um tolo.

A sra. Weston riu e disse que ele não sabia do que estava falando. Ele próprio, acostumado apenas a uma casa grande e sem nunca ter pensado em quantas vantagens e acomodações estavam associadas a seu tamanho, não poderia julgar as privações que inevitavelmente pertenciam a uma das pequenas. Emma, porém, em sua própria cabeça, determinou que ele *sabia* do que estava falando e que demonstrava uma inclinação muito amável para sossegar cedo na vida e se casar, por motivos dignos. Ele podia não estar ciente das perturbações à paz doméstica ocasionadas pela falta de um quarto de governanta, ou de uma antessala de jantar ruim, mas, sem dúvidas ele certamente sentia que Enscombe não poderia fazê-lo feliz, e que quando estivesse apaixonado, desistiria de bom grado de grande parte da riqueza a fim de obter permissão para poder se estabelecer cedo.

Capítulo 7

A opinião muito favorável de Emma sobre Frank Churchill foi um pouco abalada no dia seguinte ao saber que ele fora para Londres apenas para cortar o cabelo. Aparentando ter sido arrebatado por um capricho repentino durante o café da manhã, ele mandou chamar um cabriolé e saiu, com a intenção de voltar para o jantar, mas sem intenção mais importante do que cortar o cabelo. Certamente não havia nenhum mal em viajar vinte e cinco quilômetros na ida e mais vinte e cinco na volta com essa missão, mas havia um ar exagerado e incabível de afetação nessa atitude que ela não poderia aprovar. Não estava de acordo com a racionalidade do plano, a moderação nas despesas, ou mesmo o ardor altruísta do coração, que ela acreditara ter distinguido nele ontem. Vaidade, extravagância, amor à mudança, inquietação de temperamento, que precisasse estar fazendo algo, fosse bom ou mau; negligente quanto ao contentamento de seu pai e da sra. Weston, indiferente a como sua conduta poderia parecer aos outros; ele se tornou passível a todas essas reprovações. Seu pai apenas o chamou de janota e achou a história muito boa; mas que a sra. Weston não havia gostado, ficou bastante claro, por ela passar pelo assunto o mais rápido possível, sem fazer nenhum outro comentário além de que "todos os jovens têm seus caprichos sem importância".

Com exceção desta pequena mácula, Emma descobriu que sua visita até então tinha dado a sua amiga apenas boas impressões sobre ele. A sra. Weston estava muito disposta a falar sobre como ele se fazia um companheiro atencioso e agradável e do quanto ela gostava de suas inclinações em geral. Ele parecia ter um temperamento muito aberto, certamente muito alegre e animado; ela não conseguia perceber nada de errado em suas noções, e uma grande parte delas era claramente correta; ele falava do tio com calorosa consideração, gostava de falar dele — dizia que seria o melhor homem do mundo caso tomasse as próprias decisões; e embora não houvesse nenhum apego à tia, ele reconhecia sua bondade com gratidão e parecia ter a intenção de sempre falar sobre ela com respeito. Tudo isso era muito promissor; e, exceto por aquele capricho tão infeliz para ter seu cabelo cortado, não havia nada que apontasse que era indigno da distinta honra que a imaginação de Emma lhe concedera: a honra se não de estar de fato apaixonado por ela, de estar ao menos muito perto disso, e a salvo apenas pela própria indiferença dela, pois ainda sustentava a resolução de nunca se casar; a honra, em suma, de ser destinado para ela por todos os seus conhecidos.

O sr. Weston, por sua vez, acrescentou à conta uma virtude que obrigatoriamente teria algum peso. Fez ela entender que Frank a admirava profundamente, que a achava muito bonita e muito charmosa; e, com tanto que poderia ser dito a favor dele, ela decidiu que não deveria julgá-lo com severidade. Como observou a sra. Weston, "todos os jovens têm seus caprichos sem importância".

Havia uma pessoa entre seus novos conhecidos em Surrey que não tinha disposição tão leniente. Em geral, ele era julgado, nas paróquias de Donwell e Highbury, com grande candor; concessões generosas eram feitas para os pequenos excessos de um jovem tão belo, que sorria com tanta frequência e se inclinava tão bem; mas havia um espírito entre eles que não seria amolecido, devido ao seu poder de censura, por reverências ou sorrisos: o sr. Knightley. A circunstância foi contada a ele em Hartfield; por um momento, ele ficou em silêncio; mas Emma o ouviu quase imediatamente depois dizer a si mesmo, por cima de um jornal que ele segurava na mão: "Hum! Apenas o sujeito insignificante e tolo que pensei que fosse". Ela pensou em responder-lhe, mas um instante de observação convenceu-a de que, na verdade, aquilo foi dito apenas para aliviar seus próprios sentimentos, e não para lhe provocar; e, por isso, ela deixou passar.

Embora por um lado fossem portadores de notícias não tão boas, a visita do sr. e da sra. Weston dessa manhã tinha sido particularmente oportuna em outro aspecto. Aconteceu algo enquanto estavam em Hartfield que fez Emma querer seus conselhos; e, no que teve ainda mais sorte, ela queria exatamente o conselho que eles deram.

Este foi o acontecimento: os Cole haviam se estabelecido alguns anos em Highbury e eram pessoas muito boas, amigáveis, generosas e despretensiosas, mas, por outro lado, eram de origem humilde, do comércio, e de moderada distinção. Quando primeiro chegaram à região, viveram de maneira proporcional à sua renda, com discrição, recebendo poucos convidados e despendendo pouco; mas os dois últimos anos trouxeram a eles um aumento considerável de renda — a casa na cidade gerou lucros maiores, e a fortuna em geral sorriu para eles. Junto com sua riqueza, suas opiniões também se desenvolveram; seu desejo por uma casa maior, sua inclinação por mais companhia. Aumentaram sua casa, o número de empregados, as despesas de toda espécie; e a essa altura, tanto em fortuna como em estilo de vida, perdiam apenas para a família de Hartfield. Seu apreço por companhia e sua nova sala de jantar prepararam a todos para que recebessem companhia para as refeições; e algumas reuniões, principalmente entre os rapazes solteiros, já haviam ocorrido. Emma dificilmente poderia supor que ousariam convidar as famílias mais importantes e tradicionais — nem Donwell, nem Hartfield, nem Randalls. Nada deveria *tentá-la* a ir, caso isso acontecesse, e ela lamentava que os conhecidos hábitos de seu pai dessem à sua recusa menos peso do que ela desejaria. Os Cole eram muito respeitáveis a seu modo, mas deviam ser ensinados que não cabia a eles arranjar as condições em que as famílias mais proeminentes os visitariam. Essa lição, ela temia muito, receberiam apenas dela; ela reservava poucas esperanças no sr. Knightley, e nenhuma no sr. Weston.

Mas ela havia decidido como enfrentar essa presunção tantas semanas antes do acontecimento, que quando a afronta finalmente veio, encontrou-a envolvida de modo muito diferente. Donwell e Randalls receberam seu convite, e nenhum chegara para o pai e ela; e a sra. Weston explicando isso com "Suponho que eles não tomarão a liberdade com vocês; sabem que não jantam fora" não havia sido suficiente. Sentiu que gostaria de ter o poder de recusar; e depois, quando a ideia do grupo a se reunir lá, consistindo precisamente daqueles cuja companhia lhe era mais querida, lhe ocorria repetidas vezes, ela não tinha certeza de que não teria sido tentada a aceitar. Harriet estaria lá à noite, junto com as Bates. Elas haviam falado disso enquanto passeavam por Highbury no dia anterior, e Frank Churchill lamentara sua ausência muito sinceramente. A noite não terminaria em dança? Havia sido uma pergunta dele. A mera possibilidade de isso ocorrer atuou como uma irritação ainda maior ao seu espírito, e o fato de ela ter sido deixada em solitária grandeza, mesmo supondo que a omissão tivesse a intenção de ser um elogio, não era um grande consolo.

Foi justamente a chegada desse convite, enquanto os Westons estavam em Hartfield, que tornou sua presença tão apropriada, pois embora sua primeira observação, ao lê-lo, tenha sido "Claro que devo recusá-lo", ela logo lhes perguntou o que aconselhavam que fizesse, o conselho deles de que aceitasse foi muito rápido e eficiente.

Ela reconhecia que, considerando tudo, não estava de todo convencida a não ir à reunião. Os Cole expressaram-se de maneira tão apropriada — havia atenção tão verdadeira na maneira como o fizeram —, havia tanta consideração por seu pai. "Teriam solicitado a honra mais cedo, mas estavam esperando a chegada de um biombo de Londres, que esperavam que pudesse manter o sr. Woodhouse protegido de qualquer corrente de ar e, portanto, induzi-lo mais facilmente a lhes dar a honra de sua companhia". No geral, ela estava muito disposta a ser persuadida; e sendo brevemente resolvido entre eles como tudo poderia ser feito sem negligenciar o conforto do pai — como decerto a sra. Goddard, se não a sra. Bates, estaria à disposição para vir lhe fazer companhia —, o sr. Woodhouse seria convencido a concordar com o fato de sua filha sair para jantar em um dia próximo e passar a noite inteira longe dele. Quanto à ida *dele*, Emma não queria que ele achasse isso possível; seria muito tarde, e o grupo, muito numeroso. Ele logo estava bastante resignado.

— Não gosto de jantares formais — disse ele. — Nunca gostei. Emma também não. Horas tardias não combinam conosco. Lamento que o senhor e a senhora Cole tenham feito isso. Acho que seria muito melhor se viessem uma tarde do próximo verão, tomassem o chá conosco e nos levassem em sua caminhada da tarde, o que poderiam mesmo fazer, visto que nossos horários são tão razoáveis, e ainda assim chegariam em casa sem sair na umidade da noite. O sereno de uma noite de verão é algo a que eu não exporia ninguém. Contudo, como eles estão muito desejosos de que a querida Emma jante com eles, e como vocês dois estarão lá, e o senhor Knightley também, para cuidar dela, não posso querer impedir, desde que o tempo esteja como deve: nem úmido, nem frio, nem ventando.

Em seguida, voltou-se para a sra. Weston, com um olhar de suave reprovação:

— Ah! Senhorita Taylor, se você não tivesse se casado, teria ficado em casa comigo.

— Bem, senhor — exclamou o sr. Weston —, já que levei a senhorita Taylor embora, é minha incumbência também suprir-lo de alguém que ocupe o lugar dela, se eu puder, e irei até a senhora Goddard em um momento, se o senhor desejar.

Mas a ideia de que qualquer coisa fosse feita em um *momento* estava aumentando, e não diminuindo, a agitação do sr. Woodhouse. As senhoras sabiam melhor como acalmá-lo. O sr. Weston devia ficar quieto, e tudo devia ser deliberadamente arranjado.

Com esse tratamento, o sr. Woodhouse logo se recompôs o suficiente para falar como de costume. Ele ficaria feliz em ver a sra. Goddard. Ele tinha grande consideração pela sra. Goddard, e Emma deveria escrever uma linha e convidá-la. James poderia levar o bilhete. Mas, antes de tudo, deveriam enviar uma resposta por escrito à sra. Cole

— Dará minhas desculpas, minha querida, tão educadamente quanto for possível. Dirá que sou um inválido e não vou a lugar nenhum e, portanto, que devo recusar seu amável convite, começando com meus *cumprimentos,* é claro. Mas você fará tudo certo. Não preciso lhe dizer o que deve ser feito. Devemos nos lembrar de avisar a James que a carruagem será necessária na terça-feira. Não terei medo se você for com ele. Nunca estivemos lá mais de uma vez desde que o novo acesso foi construído, mas, ainda assim, não tenho dúvidas de que James irá levá-la com segurança. E quando chegar lá, deve dizer a ele a que horas deseja que vá buscá-la; e é melhor dizer uma hora mais cedo. Não vai gostar de ficar até tarde. Vai ficar muito cansada depois do chá.

— Mas não gostaria que eu fosse embora antes de me cansar, papai?

— Oh! Não, meu amor; mas logo ficará cansada. Haverá muitas pessoas falando ao mesmo tempo. Não vai gostar do barulho.

— Mas, meu caro senhor — exclamou o sr. Weston —, se Emma for embora mais cedo, a festa acabará.

— E não haverá grande mal se isso acontecer — disse o sr. Woodhouse. — Quanto mais cedo todas as festas acabarem, melhor será.

— Mas o senhor não pensou em como isso pode parecer para os Cole. Emma ir embora logo após o chá pode ofendê-los. São pessoas de boa índole e pensam pouco nos próprios direitos, mas, ainda assim, devem considerar que qualquer pessoa que fosse embora apressada não lhes faz um grande elogio; e se a senhorita Woodhouse o fizer, seria alvo de ainda mais atenção do que qualquer outra pessoa no aposento. O senhor não desejaria decepcionar e mortificar os Cole, tenho certeza; pessoas amigáveis e boas como eles não há igual, e têm sido seus vizinhos por *dez* anos.

— Não, por nada nesse mundo, senhor Weston; fico muito grato ao senhor por me lembrar. Eu ficaria extremamente triste por lhes causar qualquer desgosto. Sei como são pessoas dignas. Perry me disse que o senhor Cole nunca toca em licor de malte. Não pensaria ao olhar para ele, mas ele sofre do fígado, o senhor Cole sofre muito do fígado. Não, eu não gostaria de lhes causar nenhum desgosto. Minha cara Emma, devemos considerar isso. Tenho certeza de que, em vez de correr o risco de ofender o senhor e a senhora Cole, você poderia ficar um pouco mais do que gostaria. Você não se importará se estiver cansada. Estará perfeitamente segura, sabe, entre seus amigos.

— Ah, sim, papai. Não tenho nenhum medo por mim mesma; e não devo ter escrúpulos em ficar tanto tempo quanto a senhora Weston, a não ser por sua causa. Temo apenas que o senhor fique acordado para me esperar. Não tenho receio de que não se sinta extremamente confortável com a senhora Goddard. Ela adora jogar *piquet*, sabe; mas quando ela for para casa, temo que o senhor fique sentado sozinho, em vez de ir para a cama na sua hora de costume, e essa ideia destruiria por completo minha tranquilidade. Deve me prometer que não vai me esperar.

Ele o fez, sob a condição de algumas promessas da parte dela, tais como: se ela voltasse para casa com frio, se aqueceria totalmente; se estivesse com fome, comeria algo; sua criada pessoal deveria ficar acordada à espera dela; e Serle e o mordomo cuidariam para que tudo estivesse seguro na casa, como de costume.

Capítulo 8

Frank Churchill retornou, e, se por acaso deixou o pai esperando pelo jantar, o fato não foi sabido em Hartfield, pois a sra. Weston tinha grande interesse em que ele fosse um favorito do sr. Woodhouse a fim de cobrir qualquer imperfeição que pudesse ser escondida.

Ele voltou com o cabelo cortado e riu de si mesmo com muita graça, mas sem parecer realmente envergonhado do que fizera. Ele não tinha razão para querer seu cabelo mais comprido, para esconder qualquer confusão da face; nenhuma razão para desejar que o dinheiro não tivesse sido gasto, para melhorar seu ânimo. Ele estava impávido e vivaz como sempre, e, depois de vê-lo, Emma refletiu dessa maneira consigo mesma:

"Não sei se deveria ser assim, mas certamente as coisas tolas deixam de ser tolas se forem feitas por pessoas sensatas de um modo atrevido. A malícia é sempre malícia, mas a tolice nem sempre é tolice. Depende do caráter daqueles que a tratam. O sr. Knightley, ele *não* é um rapaz frívolo e tolo. Se fosse, teria agido de modo diferente. Ou teria se glorificado com a façanha, ou se envergonhado dela. Teria ocorrido ou a ostentação de um janota ou as fugas de uma mente fraca demais para defender as próprias vaidades. Não, estou perfeitamente convencida de que ele não é frívolo ou tolo."

Com a terça-feira, veio também a agradável perspectiva de ver Frank Churchill de novo, e por mais tempo do que até então; de julgar suas maneiras em geral e, por inferência, o significado de suas maneiras para com ela; de deduzir quando seria necessário que ela assumisse um ar de frieza; e de imaginar quais poderiam ser as observações de todos aqueles que agora os viam juntos pela primeira vez.

Tinha a intenção de ficar muito feliz, apesar da cena se passar na casa do sr. Cole, e sem poder esquecer que, entre as falhas do sr. Elton, mesmo nos dias a seu favor, nenhuma a havia perturbado mais do que seu costume de jantar com o sr. Cole.

O conforto de seu pai foi amplamente garantido, e tanto a sra. Bates como a sra. Goddard puderam vir; e seu último dever agradável, antes de sair de casa, foi prestar seus respeitos aos três, quando se sentaram juntos, depois do jantar; e, enquanto seu pai afetuosamente notava a beleza de seu vestido, para fazer às duas senhoras todas as reparações ao seu alcance, servia-lhes grandes fatias de bolo e taças cheias de vinho, para compensar qualquer renúncia involuntária que a preocupação dele com a constituição delas poderia tê-las obrigado a praticar durante a refeição. Emma havia providenciado um farto jantar para elas; gostaria de saber que lhes fora permitido comê-lo.

Ela seguiu atrás de outra carruagem até a porta do sr. Cole e ficou satisfeita ao ver que era a do sr. Knightley; pois o sr. Knightley, que não mantinha cavalos, tinha pouco dinheiro de sobra e muita saúde, energia e independência, costumava, na opinião de Emma, se locomover como podia, e não usar sua carruagem com tanta frequência quanto era apropriado para o proprietário da abadia de Donwell. Ela, então, teve uma oportunidade de expressar a aprovação ainda ardente em seu coração, pois ele parou para ajudá-la a desembarcar.

— Isso é vir como deve — disse ela —; como um cavalheiro. Estou muito feliz em vê-lo.

Ele agradeceu, observando:

— Que sorte que chegamos ao mesmo tempo! Pois, se tivéssemos nos encontrado primeiramente na sala de visitas, duvido que tivesse identificado que estou mais cavalheiro do que o normal. Poderia não ter percebido como vim, por minha aparência ou maneiras.

— Sim, eu perceberia, tenho certeza que perceberia. Sempre há um ar de lucidez ou alvoroço quando as pessoas chegam de uma maneira que sabem estar abaixo delas. O senhor pensa que esconde muito bem, ouso dizer, mas, no senhor, aparece como uma espécie de bravata, um ar de despreocupação afetada. Sempre observo quando o encontro nessas circunstâncias. *Agora* não precisa fazer nenhum esforço. Não teme que se suponha que está envergonhado. Não está se esforçando para parecer mais alto do que qualquer outro. *Agora* ficarei realmente muito feliz em entrar na mesma sala com o senhor.

— Moça desatinada! — Foi a resposta dele, mas sem um pingo de raiva.

Emma tinha muitos motivos para estar satisfeita tanto com o resto da festa como com o sr. Knightley. Foi recebida com um respeito cordial que não podia deixar de agradá-la e recebeu toda a importância que poderia desejar. Quando os Weston chegaram, os mais gentis olhares de amor e a mais forte admiração foram direcionados para ela, tanto por parte do marido como da esposa; o filho se aproximou dela com um entusiasmado anseio, que a marcou como seu objeto particular de interesse e, no jantar, ela o encontrou sentado ao seu lado e, como ela acreditava firmemente, não sem alguma destreza da parte dele.

O grupo era bastante grande, pois incluía uma outra família, uma família do interior adequada e inquestionável, que os Cole tinham a vantagem de nomear entre seus conhecidos, e a parte masculina da família do sr. Cox, o advogado de Highbury. As mulheres menos distintas deveriam vir à noite, com a srta. Bates, a srta. Fairfax e a srta. Smith; mas já, ao jantar, eram numerosos demais para que qualquer assunto de conversa fosse geral; e, enquanto a política e o sr. Elton eram discutidos, Emma podia facilmente dedicar toda a sua atenção à gentileza de seu vizinho. O primeiro som distante ao qual se sentiu obrigada a dar atenção foi o nome de Jane Fairfax. A sra. Cole parecia estar relatando algo sobre ela que se esperava ser muito interessante. Ela ouviu e considerou que valeu a pena fazê-lo. Essa parte muito querida de Emma, sua imaginação, recebera um suprimento divertido. A sra. Cole estava contando que estivera visitando a srta. Bates e que, assim que entrou na sala, se deparou com a visão de um fortepiano — instrumento de aparência muito elegante —; não um de cauda, e sim um grande fortepiano de caixa vertical; e a essência da história, o fim de todo o diálogo que se seguiu de surpresa, e indagação, e saudações da parte dela, e explicações da parte da srta. Bates, foi que este fortepiano havia chegado da Broadwood's no dia anterior, para grande surpresa da tia e da sobrinha — algo inteiramente inesperado. A princípio, segundo o relato da srta. Bates, a própria Jane ficou meio perplexa, bastante aturdida para pensar quem poderia tê-lo enviado; mas, agora, as duas estavam perfeitamente satisfeitas de que só poderia ter uma origem: e é claro que deveria ser do coronel Campbell.

— Não se pode supor mais nada — acrescentou a sra. Cole. — E fiquei surpresa de que pudesse ter havido alguma dúvida. Mas Jane, ao que parece, recebeu uma carta deles há pouquíssimo tempo, e nenhuma palavra foi dita sobre o assunto. Ela conhece melhor seus hábitos, mas não consideraria seu silêncio como uma razão para que não pretendessem dar o presente. Eles podiam ter decidido fazer-lhe uma surpresa.

A sra. Cole teve muitos motivos para concordar com ela; todas as pessoas que falaram sobre o assunto estavam igualmente convencidas de que deveria ser do coronel Campbell, e igualmente se alegraram por tal presente ter sido dado; e haviam pessoas suficientes para falar e permitir que Emma tirasse as próprias conclusões e ainda ouvisse a sra. Cole.

— Declaro que não sei quando ouvi notícia que me desse mais satisfação! Sempre considerei uma pena que Jane Fairfax, que toca tão lindamente, não tivesse um instrumento. Era uma pena, especialmente considerando quantas casas existem onde instrumentos finos são absolutamente desperdiçados. Isso é como dar uma bofetada em nós mesmos, com certeza! E ainda ontem eu estava dizendo ao senhor Cole, que realmente tinha vergonha de olhar nosso novo pianoforte de cauda na sala de visitas, já que eu não sei distinguir uma nota da outra, e nossas meninas, que estão apenas começando, talvez nunca consigam tocar nada; enquanto a pobre Jane Fairfax, que é mestra da música, não tem nenhum instrumento, nem mesmo a mais lamentável e velha espineta do mundo, para se divertir. Eu estava dizendo isso ao senhor Cole ontem mesmo, e ele concordou bastante comigo; contudo, ele gosta tanto de música que não pôde deixar de se dar ao luxo de comprá-lo, na esperança que alguns de nossos bons vizinhos fossem tão gentis a ponto de, às vezes, fazer um uso melhor dele do que nós; e essa é a verdadeira razão pela qual o instrumento foi comprado, ou então tenho certeza de que nos envergonharíamos por tê-lo. Temos grandes esperanças de que senhorita Woodhouse possa ser convencida a experimentá-lo esta noite.

A srta. Woodhouse consentiu apropriadamente, e, descobrindo que nada mais poderia ser obtido por qualquer comunicado da sra. Cole, se voltou para Frank Churchill.

— Por que sorri? — disse ela.

— Ora, por que a senhorita sorri?

— Eu! Suponho que sorrio de satisfação com o fato de o coronel Campbell ser tão rico e generoso. É um belo presente.

— Muito.

— Pergunto-me por que nunca o fez antes.

— Talvez a senhorita Fairfax nunca tenha ficado aqui por tanto tempo.

— Ou que ele não desse a ela o uso do próprio instrumento, que agora deve estar trancado em Londres, intocado por qualquer pessoa.

— Aquele é um fortepiano de cauda, e ele deve ter pensado que seria muito grande para a casa da senhora Bates.

— O senhor pode *dizer* o que quiser, mas seu semblante entrega que seus *pensamentos* sobre este assunto são muito parecidos com os meus.

— Não sei. Prefiro acreditar que está me dando mais crédito por perspicácia do que mereço. Sorrio porque a senhorita sorri e provavelmente suspeitarei de tudo o que eu descobrir que esteja suspeitando, mas, por enquanto, não vejo o que há para ser questionado. Se não for o coronel Campbell, quem poderia ser?

— O que diz da senhora Dixon?

— A senhora Dixon! É verdade. Eu não tinha pensado na senhora Dixon. Ela deve saber tão bem quanto seu pai, o quão aceitável um instrumento seria; e talvez a maneira como foi entregue, o mistério, a surpresa, assemelhe-se mais ao esquema de uma jovem mulher do que ao de um homem idoso. Foi a senhora Dixon, ouso dizer. Eu lhe disse que suas suspeitas guiariam as minhas.

— Nesse caso, deve ampliar suas suspeitas e incluir o *senhor* Dixon nelas.

— O senhor Dixon. Muito bem. Sim, percebo imediatamente que deve ser um presente conjunto do senhor e da senhora Dixon. Estávamos conversando outro dia sobre como ele é um grande admirador de sua performance.

— Sim, e o que o senhor me contou sobre isso confirmou uma ideia que eu havia tido antes. Não pretendo refletir sobre as boas intenções do senhor Dixon ou da senhorita Fairfax, mas não posso deixar de suspeitar que, depois de fazer seu pedido à amiga, ele teve o azar de se apaixonar por *ela,* ou de ter se dado conta de um modesto afeto por parte. É possível adivinhar vinte coisas sem adivinhar exatamente a certa, mas tenho certeza de que deve haver um motivo particular para ela ter optado por vir para Highbury em vez de ir com os Campbells à Irlanda. Aqui, ela deve estar levando uma vida de privação e penitência; lá teria sido tudo contentamento. Quanto à desculpa de desfrutar do ar de sua terra natal, considero isso uma mera desculpa. No verão, poderia ter convencido; mas o que o ar da terra natal de qualquer pessoa poderia fazer por ela nos meses de janeiro, fevereiro e março? Boas lareiras e carruagens seriam muito mais adequadas na maioria dos casos de saúde delicada, e ouso dizer, no dela também. Não exijo que o senhor adote todas as minhas suspeitas, embora faça disso uma confissão bastante nobre, mas honestamente lhe digo quais são.

— E, dou-lhe a minha palavra, elas têm um ar de grande probabilidade. A preferência do senhor Dixon pela sua música em relação à da amiga, posso confirmar, era muito resoluta.

— E, então, ele salvou a vida dela. Já ouviu falar disso? Em um passeio de barco, por algum acidente, ela estava quase caindo no mar. Ele a deteve.

— É verdade. Eu estava lá, fazia parte do grupo.

— Estava mesmo? Ora! Mas não percebeu nada, é claro, pois parece ser uma ideia nova para o senhor. Se eu estivesse lá, acho que teria feito algumas descobertas.

— Atrevo-me a dizer que sim; mas eu, pobre de mim, não vi nada além do fato de que senhorita Fairfax quase foi atirada da embarcação e que o senhor Dixon a agarrou. Foi coisa de um instante. E embora o choque e o alarme consequentes tenham sido muito grandes e ainda mais duradouros... Na verdade, acredito que se passou meia hora antes que qualquer um de nós se sentisse tranquilo de novo; porém, era uma sensação generalizada demais para que qualquer sinal de ansiedade peculiar pudesse ser observado. Não quero dizer, no entanto, que a senhorita não teria feito descobertas.

A conversa foi interrompida aqui. Eles foram chamados a compartilhar do constrangimento de um intervalo bastante longo entre os pratos, e obrigados a ser tão formais e ordeiros quanto os outros; mas quando a mesa estava mais uma vez posta com segurança, quando cada prato de acompanhamento havia sido servido da maneira exata, e a conversação e o bem-estar haviam sido restaurados de modo geral, Emma disse:

— A chegada deste fortepiano é decisiva para mim. Eu queria saber um pouco mais, e isso me diz o suficiente. Pode ter certeza, em breve saberemos que é um presente do senhor e da senhora Dixon.

— E se os Dixon negarem absolutamente todo o conhecimento disso, devemos concluir que é proveniente dos Campbell.

— Não, tenho certeza de que não é dos Campbell. A senhorita Fairfax sabe que não é dos Campbells, ou teria logo adivinhado que era deles. Não teria ficado confusa, se ousasse apontá-los. Posso não ter convencido o senhor, talvez, mas estou perfeitamente convencida de que o senhor Dixon ocupa o papel principal no negócio.

— De fato, me ofende se supõe que não estou convencido. Seus raciocínios guiam meu julgamento inteiramente. A princípio, enquanto pensava que a senhorita estava convencida de que o coronel Campbell era o doador, entendi o gesto apenas como bondade paternal e achei que era a coisa mais natural do mundo. Mas quando a senhorita mencionou a senhora Dixon, achei muito mais provável que fosse o tributo de uma calorosa amizade feminina. E agora não enxergo isso sob nenhuma outra luz senão como uma oferta de amor.

Não houve ocasião para pressionar o assunto mais adiante. A convicção parecia real; ele aparentava pensar isso mesmo. Ela não disse mais nada, outros assuntos tiveram a sua vez; e o resto do jantar passou; a sobremesa foi servida em seguida; as crianças entraram, e falaram com elas e as admiraram em meio ao ritmo normal da conversa; algumas coisas inteligentes foram ditas, algumas francamente tolas, mas nenhuma em proporção muito maior que a outra — nada pior do que observações cotidianas, repetições maçantes, notícias velhas e piadas pesadas.

As damas não estavam há muito tempo na sala de visitas, antes que as outras damas, em suas diferentes divisões, chegassem. Emma assistiu à entrada de sua amiguinha especial; e se não podia exultar em sua dignidade e graça, podia não apenas amar a doçura florescente e as maneiras ingênuas, mas se regozijar de coração pela índole leve, alegre e nada sentimental que lhe permitia tantos alívios de prazer, em meio às dores de um afeto decepcionado. Lá estava ela — e quem poderia imaginar quantas lágrimas estivera derramando ultimamente? Estar em companhia, bem vestida e ver outras pessoas bem vestidas, sentar-se e sorrir e parecer bonita, e não falar nada, era suficiente para a felicidade do momento presente. Jane Fairfax tinha melhor aparência e postura; mas Emma suspeitou que ela teria ficado feliz em trocar de sentimentos com Harriet, muito feliz por obter a mortificação de ter amado — sim, de ter amado até mesmo o sr. Elton em vão — pela renúncia de todo o perigoso prazer de saber que era amada pelo marido de sua amiga.

Em um grupo tão grande, não era necessário que Emma se aproximasse dela. Ela não queria falar do pianoforte, sentia-se demasiado ciente do segredo, para considerar justa a aparência de curiosidade ou interesse e, por conseguinte, manteve-se propositalmente à distância; os outros, porém, introduziram o assunto quase imediatamente, e ela viu o rubor de consciência com que os parabéns foram recebidos, o rubor de culpa que acompanhava o nome do "meu excelente amigo coronel Campbell".

A sra. Weston, de bom coração e amante da música, estava particularmente interessada nas circunstâncias, e Emma não pôde deixar de se divertir com sua perseverança em insistir no assunto; e ter tanto a perguntar e dizer quanto à afinação, o teclado e o pedal, sem suspeitar em nada a vontade de falar o menos possível sobre o assunto, que Emma lia claramente no semblante da bela heroína.

Logo se juntaram a elas alguns dos cavalheiros; e o primeiro dos adiantados foi Frank Churchill. Ele entrou, o primeiro e o mais bonito; e depois de fazer seus cumprimentos *en passant* à srta. Bates e sua sobrinha, dirigiu-se diretamente para o lado oposto do círculo, onde estava a srta. Woodhouse; e até que ele pudesse encontrar um assento próximo a ela, não se sentou de forma alguma. Emma adivinhou o que todos os presentes deveriam estar pensando. Ela era seu objeto, e todos deviam ter percebido. Ela o apresentou a sua amiga, srta. Smith, e, em momentos convenientes depois, ouviu o que cada um pensava do outro. "Ele nunca tinha visto um rosto tão lindo e ficou encantado com sua ingenuidade." E ela: "Com certeza era um elogio grande demais, mas ela achava que se parecia um pouco com o sr. Elton." Emma conteve sua indignação e apenas desviou o olhar, em silêncio.

Sorrisos cúmplices foram trocados entre ela e o cavalheiro quando observaram a srta. Fairfax; mas era mais prudente evitar falar. Ele contou a ela que estivera impaciente para sair da sala de jantar; odiava ficar sentado muito tempo e era sempre o primeiro a se levantar assim que podia, que deixara o pai, o sr. Knightley, o sr. Cox e o sr. Cole muito ocupados com os negócios da paróquia — que o tempo que havia permanecido, porém, tinha sido agradável o suficiente, pois os considerara, em geral, um grupo de homens sensatos e cavalheirescos; e falou tão bem de Highbury como um todo, declarou-a tão abundante em famílias agradáveis, que Emma começou a sentir que estava acostumada demais a desprezar o lugar. Ela o questionou sobre a sociedade em Yorkshire, a extensão e o tipo da vizinhança em torno de Enscombe; e conseguiu perceber por suas respostas que, no que dizia respeito a Enscombe, havia muito pouca atividade, que suas visitas eram entre uma série de famílias importantes, nenhuma muito próxima; e que, mesmo quando datas eram marcadas e os convites aceitos, era muito provável que a sra. Churchill não estivesse com saúde e ânimo para ir; que faziam questão de não visitar nenhuma pessoa nova; e que, embora ele tivesse seus compromissos particulares, não era sem dificuldade, sem um esforço considerável *às vezes*, que conseguia escapar ou entreter um conhecido por uma noite.

Ela entendeu que Enscombe não podia satisfazer, e que Highbury, vista com bons olhos, podia razoavelmente agradar um jovem que tinha mais isolamento em casa do que gostaria. Sua importância em Enscombe era muito evidente. Ele não se gabou, mas naturalmente se traiu, ao contar que havia persuadido a tia já que seu tio não tinha mais o que fazer, e diante da risada de Emma ao ouvir isso, ele admitiu que acreditava, exceto por um ou dois pontos, que poderia *com o tempo* persuadi-la a fazer qualquer coisa. Um daqueles pontos em que sua influência falhou, ele então mencionou. Desejava muito viajar para o exterior, ansiara muito receber permissão para viajar, mas ela não quis nem ouvir falar disso. Isso havia acontecido no ano anterior. *Agora,* ele disse, estava começando a não ter mais o mesmo desejo.

O ponto no qual não foi capaz de persuadi-la, que ele não mencionou, Emma supôs ser um bom comportamento para com o pai.

— Fiz uma descoberta miserável — disse ele, após uma breve pausa. — Amanhã faz uma semana que estou aqui, metade do meu tempo. Eu nunca vi os dias passarem tão depressa. Uma semana amanhã! E mal comecei a me divertir. Mal conheci a senhora Weston e outros! Eu odeio essa lembrança.

— Talvez agora comece a se arrepender de ter passado um dia inteiro, de tão poucos, cortando o cabelo.

— Não — disse ele, sorrindo —, isso não é motivo de arrependimento algum. Não tenho prazer em ver meus amigos, a menos que possa crer que estou digno de ser visto.

Com o resto dos cavalheiros agora na sala, Emma se viu obrigada a desviar a atenção dele por alguns minutos e ouvir o sr. Cole. Quando o sr. Cole se afastou e sua atenção pôde retornar-se ao ponto anterior, ela viu Frank Churchill olhando atentamente para o outro lado da sala para a srta. Fairfax, que estava sentada exatamente em frente.

— Qual é o problema? — indagou ela.

Ele se sobressaltou.

— Obrigado por me despertar — respondeu ele. — Acredito que tenho sido muito rude; mas honestamente a senhorita Fairfax penteou o cabelo de um modo tão estranho, tão curioso, que não consigo desviar os olhos dela. Nunca vi nada tão exagerado! Aqueles cachos! Deve ser invenção dela.

Nunca vi mais ninguém usando um parecido! Preciso ir perguntar se é uma moda irlandesa. Devo ir? Sim, eu vou… Eu vou. E a senhorita verá como ela reage, se ela cora.

Ele foi imediatamente; e Emma logo o viu parado diante da srta. Fairfax, conversando com ela; mas quanto ao seu efeito sobre a jovem, como ele havia se colocado com descuido nem entre as duas, mas exatamente na frente da srta. Fairfax, ela não conseguia distinguir absolutamente nada.

Antes que ele pudesse voltar para sua cadeira, esta foi ocupada pela sra. Weston.

— Este é o luxo de uma festa grande — declarou ela —: pode-se chegar perto de todos e dizer tudo. Minha cara Emma, desejo muito falar com a senhorita. Tenho feito descobertas e traçado planos, assim como a senhorita, e devo contá-los enquanto a ideia ainda está fresca. Sabe como a senhorita Bates e sua sobrinha vieram parar aqui?

— Como? Elas foram convidadas, não foram?

— Oh! Sim, mas como se locomoveram para cá? De que forma elas vieram?

— Suponho que caminharam. De que outra forma poderiam vir?

— É verdade. Bem, há pouco me ocorreu como seria muito triste que Jane Fairfax voltasse andando para casa, tarde da noite, e noites tão frias como estão agora. E quando olhei para ela, embora nunca a tenha visto parecer tão bem, percebi que ela estava aquecida e, portanto, estaria particularmente suscetível a resfriar-se. Pobre garota! Eu não conseguia suportar a ideia; então, assim que o senhor Weston entrou na sala e pude me aproximar dele, lhe falei sobre a carruagem. Pode imaginar o quão prontamente ele atendeu aos meus desejos; e, tendo sua aprovação, dirigi-me diretamente para a senhorita Bates, para assegurar-lhe que a carruagem estaria a seu dispor antes de nos levar para casa; pois pensei que isso a deixaria confortável imediatamente. Boa alma! Ela ficou tão grata quanto possível, pode ter certeza. "Ninguém nunca teve tanta sorte quanto ela!" — com muitos, muitos agradecimentos — "não havia motivo para nos incomodarmos, pois a carruagem do senhor Knightley as havia trazido e iria levá-las de volta para casa." Fiquei bastante surpresa; muito feliz, é claro; mas realmente bastante surpresa. Uma atenção tão gentil, e tão cuidadosa! O tipo de coisa em que somente poucos homens pensariam. E, em suma, conhecendo seus hábitos habituais, estou muito inclinada a pensar que foi para o conforto delas que a carruagem foi usada. Suspeito que ele não teria usado uma parelha de cavalos apenas para si mesmo, e que era apenas uma desculpa para ajudá-las.

— Muito provavelmente — disse Emma —, não há nada mais provável. Não conheço nenhum homem mais propenso do que o senhor Knightley a fazer esse tipo de coisa, a fazer qualquer coisa realmente generosa, útil, atenciosa ou benevolente. Ele não é um homem galante, mas é muito humano; e isso, considerando a saúde fraca de Jane Fairfax, pareceria um caso de humanidade para ele; e para um ato de bondade sem ostentação, não há ninguém em quem eu me fiaria mais do que no senhor Knightley. Sabia que ele havia vindo com a carruagem hoje, pois chegamos juntos; e brinquei com ele sobre isso, mas ele não disse uma palavra que pudesse trair seu gesto.

— Bem — disse a sra. Weston, sorrindo. — Você dá a ele o crédito por uma benevolência mais simples e desinteressada neste caso do que eu; pois enquanto a senhorita Bates falava, uma suspeita surgiu em minha mente, e não consegui mais afastá-la. Quanto mais penso nisso, mais provável parece. Resumindo, pensei em um enlace entre o senhor Knightley e Jane Fairfax. Veja as consequências de lhe fazer companhia! O que pensa disso?

— O senhor Knightley e Jane Fairfax! — exclamou Emma. — Cara senhora Weston, como pode imaginar uma coisa dessas? Knightley! Knightley não deve se casar! Não gostaria que o pequeno Henry deixasse de ser herdeiro de Donwell? Não, não, Henry deve ter Donwell. Não posso de forma alguma consentir com o casamento do senhor Knightley; e tenho certeza de que não é nada provável. Estou surpresa que pense em tal coisa.

— Minha querida Emma, disse-lhe o que me levou a pensar nisso. Não quero o casamento, não quero prejudicar o pequeno Henry, mas a ideia me foi dada pelas circunstâncias; e caso o senhor Knightley realmente desejasse se casar, você iria querer que ele se abstivesse por causa de Henry, um menino de seis anos, que nada sabe sobre o assunto?

— Sim, eu iria. Não suportaria que Henry fosse suplantado. Knightley se casar! Não, nunca pensei nessa ideia e não posso aceitá-la agora. E com Jane Fairfax, também, entre todas as mulheres!

— Ora, ele sempre a admirou muito, como sabe muito bem.

— Mas a imprudência de tal união!

— Não estou falando de sua prudência; apenas sua possibilidade.

— Não vejo probabilidade nisso, a menos que a senhora tenha qualquer fundamento melhor do que aquele já mencionado. A boa natureza e a humanidade dele, como lhe digo, seriam suficientes para explicar a carruagem.

Ele tem grande consideração pelas Bates, como sabe, independentemente de Jane Fairfax, e sempre fica feliz em demonstrar-lhes atenção. Minha querida senhora Weston, não se torne uma casamenteira. Não é nada boa nisso. Jane Fairfax, senhora da Abadia! Ah! não, não; todo sentimento se revolta. Para o próprio bem dele, desejo que não faça tamanha loucura.

— Imprudência, talvez, mas não loucura. Excetuando a desigualdade de fortuna e talvez uma pequena disparidade de idade, não consigo ver nada inadequado.

— Mas o senhor Knightley não quer se casar. Tenho certeza de que ele não tem a menor intenção de fazer isso. Não coloque isso em sua cabeça. Por que ele se casaria? Ele é tão feliz quanto possível sozinho; com sua fazenda, e suas ovelhas, e sua biblioteca, e toda a paróquia para administrar; e ele é muito afeiçoado aos filhos do irmão. Não tem necessidade de se casar, seja para preencher seu tempo ou seu coração.

— Minha querida Emma, enquanto ele pensar assim, será assim; mas se ele realmente ama Jane Fairfax…

— Tolice! Ele não se importa com Jane Fairfax. Na maneira do amor, tenho certeza de que não. Ele faria qualquer bem para ela ou sua família; mas…

— Bem — disse a Sra. Weston, rindo —, talvez o maior bem que ele poderia fazer a elas seria dar a Jane um lar tão respeitável.

— Se fosse bom para ela, tenho certeza de que seria mau para ele; uma conexão muito vergonhosa e degradante. Como ele suportaria ter a senhorita Bates fazendo parte da família? Tê-la assombrando a Abadia, e agradecendo-lhe o dia todo por sua grande bondade em se casar com Jane? Tão bondoso e generoso! Mas sempre foi vizinho muito gentil! E então passar a falar, no meio de uma frase, para a velha anágua da mãe. "Não que fosse uma anágua tão velha… pois ainda durariam muito tempo" e, na verdade, ela devia agradecer muito por suas anáguas serem todas muito duradouras.

— Que vergonha, Emma! Não a imite. Faz-me rir contra minha consciência. E, dou-lhe minha palavra, não acho que o senhor Knightley ficaria muito incomodado com a senhorita Bates. As pequenas coisas não o irritam. Ela poderia continuar falando; e, se ele mesmo quisesse dizer alguma coisa, apenas falaria mais alto e abafaria a voz dela. Mas a questão não é se seria uma união ruim para ele, mas se ele a deseja; e eu acho que sim. Eu o ouvi falar, e você também deve ter ouvido, muito bem de Jane Fairfax! O interesse que ele tem por ela, sua ansiedade em relação à saúde dela, sua preocupação de que ela não tivesse uma perspectiva mais feliz! Eu o ouvi expressar-se tão calorosamente sobre esses pontos! Admira tanto sua performance ao piano, e sua voz! Eu o ouvi dizer que poderia ouvi-la para sempre. Oh! E eu quase tinha esquecido uma ideia que me ocorreu... este piano que foi enviado por alguém... embora todos nós tenhamos ficado tão satisfeitos em considerá-lo um presente dos Campbells, não pode ser do senhor Knightley? Não posso deixar de suspeitar dele. Acho que é bem capaz de fazer isso, mesmo sem estar apaixonado.

— Então não pode ser argumento para provar que ele está apaixonado. Mas não acho que seja possível que ele fizesse isso. O senhor Knightley não faz nada misteriosamente.

— Eu o ouvi lamentando repetidamente por ela não ter nenhum instrumento; com mais frequência do que eu suporia que tal circunstância, no curso normal das coisas, ocorreria a ele.

— Muito bem; e se ele tivesse a intenção de dar um a ela, ele teria lhe dito.

— Pode haver escrúpulos por delicadeza, minha querida Emma. Tenho uma impressão muito forte de que o presente é dele. Estou certa de que ele ficou particularmente silencioso quando a senhora Cole nos contou isso no jantar.

— A senhora pega uma ideia, senhora Weston, e sai correndo com ela; como muitas vezes me censurou por fazer. Não vejo nenhum sinal de afeto, não acredito em nada do pianoforte, e apenas uma prova me convencerá de que o senhor Knightley tem alguma ideia de se casar com Jane Fairfax.

Disputaram a questão por mais tempo da mesma maneira; Emma ganhando um pouco mais de terreno sobre a mente de sua amiga; pois das duas a sra. Weston era a mais acostumada a ceder; até que um pequeno alvoroço na sala lhes mostrou que o chá havia acabado e o instrumento estava sendo preparado; e no mesmo momento o sr. Cole se aproximava para suplicar à srta. Woodhouse que lhes desse a honra de experimentá-lo. Frank Churchill, de quem, no entusiasmo de sua conversa com a sra. Weston, ela não vira nada, exceto que ele encontrara um assento perto da srta. Fairfax, seguiu o sr. Cole, para acrescentar suas súplicas muito urgentes; e como, em todos os aspectos, Emma preferia liderar, ela aquiesceu de maneira apropriada.

Ela conhecia as limitações das próprias habilidades muito bem para tentar mais do que era capaz de executar com crédito; não lhe faltava bom gosto nem espírito nas pequenas coisas que geralmente são aceitáveis, e poderia acompanhar bem a própria voz. Um acompanhamento para sua canção a pegou agradavelmente de surpresa: uma segunda voz, suave, mas corretamente executada por Frank Churchill. Ele pediu o perdão dela como devia ao fim da canção, e tudo de costume se seguiu. Ele foi acusado de ter uma voz encantadora e um perfeito conhecimento musical; isso foi devidamente negado, e que ele nada sabia do assunto e não tinha voz alguma, assegurado categoricamente. Cantaram juntos mais uma vez; e Emma então cedeu seu lugar para a srta. Fairfax, cujo desempenho, vocal e instrumental, jamais poderia tentar esconder de si mesma, era infinitamente superior ao próprio.

Com sentimentos confusos, ela se sentou a uma pequena distância das pessoas ao redor do instrumento, para ouvir. Frank Churchill cantou mais uma vez. Eles haviam cantado juntos uma ou duas vezes, ao que parecia, em Weymouth. Mas a visão do sr. Knightley entre os mais atentos logo atraiu parte da atenção de Emma; e ela começou a pensar sobre as suspeitas da sra. Weston, ao que os doces sons das vozes unidas deram apenas interrupções momentâneas. Suas objeções ao casamento do sr. Knightley não diminuíram em nada. Não conseguia ver nada além de mal nisso. Seria uma grande decepção para o sr. John Knightley e, por consequência para Isabella. Um verdadeiro prejuízo para as crianças, uma mudança muito humilhante e grande perda material para todos eles; uma redução muito grande do conforto diário de seu pai; e, quanto a si mesma, ela não poderia de forma alguma suportar a ideia de Jane Fairfax na abadia de Donwell. Uma sra. Knightley a quem todos deveriam prestar respeito! Não, o sr. Knightley nunca deveria se casar. O pequeno Henry deveria permanecer o herdeiro de Donwell.

Nesse momento, o sr. Knightley olhou para trás, aproximou-se e sentou-se ao lado dela. A princípio, falaram apenas sobre a performance. A admiração dele era certamente muito calorosa; no entanto, ela pensou, se não fosse pela sra. Weston, não lhe teria chamado a atenção. Como uma espécie de teste, porém, Emma começou a falar da gentileza dele em transportar a tia e a sobrinha; e embora ele tivesse respondido no espírito de abreviar o assunto, ela acreditava que isso indicava apenas sua relutância em discutir qualquer gentileza sua.

— Muitas vezes fico preocupada — disse ela —, por não me atrever a tornar nossa carruagem mais útil nessas ocasiões. Não é que eu não tenha vontade; mas o senhor sabe como meu pai consideraria impossível que James fosse empregado para esse propósito.

— Estaria totalmente fora de questão, totalmente fora de questão — respondeu ele —; mas você deve ter vontade de fazer isso com frequência, tenho certeza — e ele sorriu aparentando tanto prazer com a convicção, que ela precisava avançar mais um passo.

— Esse presente dos Campbells — disse ela —, esse pianoforte foi uma doação muito generosa.

— Sim — respondeu ele, e sem o menor constrangimento aparente. — Mas eles teriam se saído melhor se tivessem avisado a ela. Surpresas são coisas tolas. O prazer não é intensificado e a inconveniência costuma ser considerável. Eu esperava um melhor julgamento do coronel Campbell.

A partir daquele momento, Emma teria jurado que o sr. Knightley não teve nenhuma participação na doação do instrumento. Mas se ele estava inteiramente livre de um afeto particular, se não havia uma verdadeira preferência, permaneceu um pouco mais duvidoso. Perto do final da segunda música de Jane, a voz dela ficou mais pesada.

— Já basta — disse ele, quando ela terminou, pensando em voz alta —, já cantou o suficiente por uma noite... agora descanse.

Outra música, no entanto, logo foi pedida.

Mais uma; eles não cansariam a senhorita Fairfax de forma alguma, e só pediriam mais uma

E Frank Churchill disse:

— Creio que a senhorita consegue cantar essa sem esforço; a primeira voz é bem simples. A força da música está na segunda. O Senhor Knightley ficou com raiva.

— Esse sujeito — disse ele, indignado —, não pensa em nada além de exibir a própria voz. Não pode ser.

E, segurando a srta. Bates, que naquele momento passou ali perto:

— Senhorita Bates, está louca para deixar sua sobrinha cantar até ficar rouca dessa maneira? Vá e interfira. Eles não têm pena dela.

A srta. Bates, na sua verdadeira ansiedade por Jane, mal pôde ficar para agradecer, antes de dar um passo à frente e pôr fim a cantoria. Aqui terminou a parte de concerto da noite, pois a srta. Woodhouse e a srta. Fairfax eram as únicas jovens intérpretes; mas logo (em cinco minutos) a proposta de dançar, originada ninguém sabia exatamente de onde, foi tão eficazmente promovida pelo sr. e a sra. Cole, que tudo estava sendo afastado com rapidez, para abrir o espaço adequado. A sra. Weston, excelente nas quadrilhas, sentou-se e começou a tocar uma valsa irresistível; e Frank Churchill, dirigindo-se com grande galanteio para Emma, segurou sua mão e a conduziu para abrir a dança.

Enquanto esperava até que os outros jovens formassem pares, Emma encontrou tempo, apesar dos elogios que recebia por sua voz e seu bom gosto, para olhar ao redor e ver o que era feito do sr. Knightley. Isso seria uma prova. Ele não costumava dançar geralmente. Caso se mostrasse muito disposto a dançar com Jane Fairfax agora, isso poderia ser um presságio. Não houve aparecimento imediato. Não; ele estava conversando com a sra. Cole, observava tudo despreocupado; Jane foi convidada por outra pessoa, e ele ainda estava falando com a sra. Cole.

Emma não estava mais alarmada por Henry; os interesses dele ainda estavam a salvo; e ela iniciou a dança com animação e alegria genuínas. Não mais que cinco casais puderam ser reunidos; mas a raridade e a rapidez do evento tornaram tudo muito deleitoso, e ela se viu com um par à altura. Formavam um casal belo de se olhar.

Infelizmente, duas danças fora tudo o que podia permitir. Estava ficando tarde e a srta. Bates ficou ansiosa para voltar para casa, por causa da mãe. Depois de algumas tentativas, portanto, de terem permissão para recomeçar, foram obrigados a agradecer à sra. Weston, mostrarem-se tristes e parar a dança.

— Talvez seja melhor assim — disse Frank Churchill, enquanto acompanhava Emma para sua carruagem. — Teria convidado a senhorita Fairfax para uma dança, e não teria me agradado a dança lânguida dela depois da sua.

Capítulo 9

Emma não se arrependeu de sua condescendência em ir à casa dos Cole. A visita proporcionou-lhe muitas lembranças agradáveis no dia seguinte, e tudo o que ela poderia ter perdido em digna reclusão, devia ser amplamente recompensado no esplendor da popularidade. Ela devia ter encantado os Cole, pessoas dignas, que mereciam que os fizesse felizes! E deixado uma impressão que não se apagaria logo.

A felicidade perfeita, mesmo na memória, não é comum; e havia dois pontos nos quais ela não estava muito tranquila. Ela se questionava se não havia transgredido o dever de mulher para mulher, ao trair suas suspeitas sobre os sentimentos de Jane Fairfax para Frank Churchill. Não era correto; mas tinha sido uma ideia tão forte que escapara dela, e a concordância dele com tudo o que ela contara era um elogio à sua penetração, o que tornava difícil para ela ter certeza de que deveria ter se calado.

A outra circunstância de arrependimento também se relacionava com Jane Fairfax; e nisso ela não tinha nenhuma dúvida. Lamentou, sem fingimento e de modo inequívoco, a inferioridade de sua habilidade para tocar e cantar. Lamentou profundamente a ociosidade de sua infância, sentou-se e praticou vigorosamente por uma hora e meia.

Foi então interrompida pela chegada de Harriet; e se o elogio de Harriet a satisfizesse, ela logo se sentiria consolada.

— Ah! Se eu pudesse tocar tão bem quanto a senhorita e a senhorita Fairfax!

— Não nos classifique juntas, Harriet. Minha execução é tão parecida com a dela, quanto um lampião é com o sol.

— Oh! Querida, acho que toca melhor entre as duas. Acho que toca tão bem quanto ela. Sem dúvida, prefiro ouvi-la. Todo mundo ontem à noite falou como tocou bem.

— Aqueles que sabem alguma coisa sobre música devem ter percebido a diferença. A verdade, Harriet, é que minha execução é boa o suficiente para ser elogiada, mas a de Jane Fairfax vai muito além disso.

— Bem, sempre pensarei que toca tão bem quanto ela, ou que, se houver alguma diferença, ninguém jamais descobrirá. O senhor Cole disse quanto bom gosto a senhorita teve; e o senhor Frank Churchill falou muito sobre o seu bom gosto e que ele valorizava muito mais o bom gosto do que a execução.

— Ah! Mas Jane Fairfax tem os dois, Harriet.

— Tem certeza? Eu vi que ela tinha execução, mas não senti que ela tinha bom gosto. Ninguém falou sobre isso. E eu odeio canções italianas. Não dá para entender uma palavra. Além disso, se ela toca tão bem, sabe, não é mais do que sua obrigação, porque ela vai ter que dar aula. Os Cox estavam se perguntando na noite passada se ela será contratada por alguma grande família. O que achou das Cox?

— Como sempre, muito vulgares.

— Elas me contaram uma coisa — disse Harriet, um tanto hesitante —; mas não tem qualquer importância.

Emma foi obrigada a perguntar o que eles haviam contado, embora temesse que isso levasse ao nome do sr. Elton.

— Eles me contaram que o senhor Martin jantou com eles sábado passado.

— Ah!

— Ele veio falar com o pai delas a respeito de um assunto e pediu-lhe que ficasse para jantar.

— Ah!

— Elas falaram muito sobre ele, especialmente Anne Cox. Não sei o que ela queria, mas me perguntou se eu achava que iria para lá novamente no próximo verão.

— Ela pretendia ser impertinentemente curiosa, assim como uma Anne Cox deveria ser.

— Ela disse que ele foi agradável no dia em que jantou lá. Ele se sentou ao lado dela no jantar. A senhorita Nash acha que qualquer uma das Cox ficaria muito feliz em se casar com ele.

— Muito provavelmente. Acho que elas são, sem exceção, as garotas mais vulgares de Highbury.

Harriet tinha negócios na Ford. Emma achou mais prudente ir com ela. Outro encontro acidental com os Martins era possível e, em seu estado atual, seria perigoso.

Harriet, tentada por tudo e influenciada por meia palavra, sempre demorava muito nas compras; e enquanto ela ainda hesitava quanto às musselinas e mudava de ideia, Emma foi até a porta para se distrair. Não se podia esperar muito do tráfego até mesmo da parte mais movimentada de Highbury; o sr. Perry passando apressadamente, o sr. William Cox entrando no escritório, os cavalos de carruagem do sr. Cole voltando do exercício, ou um menino de recados em cima de uma mula obstinada, eram os objetos mais animados que poderia esperar; e quando seus olhos caíram apenas sobre o açougueiro com sua bandeja, uma velha arrumada voltando da loja para casa com sua cesta cheia, dois cães brigando por causa de um osso sujo e uma fileira de crianças desocupadas em volta da pequena janela em arco da padaria olhando os biscoitos de gengibre, ela sabia que não havia motivo para reclamar e se divertiu o suficiente; o bastante para continuar na porta. Uma mente viva e tranquila se satisfaz vendo nada e não consegue ver nada que não responda.

Ela olhou na direção do caminho para Randalls. A cena aumentou; duas pessoas apareceram; a sra. Weston e seu enteado; eles estavam entrando em Highbury; rumo a Hartfield, é claro. Eles estavam parando, no entanto, primeiro na sra. Bates; cuja casa ficava um pouco mais perto de Randalls do que da Ford; e quase haviam batido à porta, quando perceberam Emma. Imediatamente atravessaram a rua e se aproximaram dela; e a amabilidade do compromisso de ontem parecia dar novo prazer ao presente encontro. A sra. Weston informou-a de que iria visitar as Bates para ouvir o novo instrumento.

— Pois meu companheiro afirma — contou ela —, que de fato prometi à senhorita Bates ontem à noite que viria esta manhã. Eu mesma não estava ciente disso. Não sabia que tinha marcado um dia, mas como ele diz que sim, estou indo agora.

— E enquanto a senhora Weston faz sua visita, tenho permissão, espero — disse Frank Churchill —, de me unir ao seu grupo e esperar por ela em Hartfield, se a senhorita estiver indo para casa.

A sra. Weston ficou desapontada.

— Eu pensei que queria ir comigo. Elas ficariam muito satisfeitas.

— Eu! Eu atrapalharia. Mas, talvez… eu possa da mesma forma atrapalhar aqui. A senhorita Woodhouse parece não precisar de mim. Minha tia sempre me manda embora quando faz compras. Ela diz que eu a perturbo até a morte; e a senhorita Woodhouse parece que quase poderia dizer o mesmo. O que devo fazer?

— Não estou aqui para tratar de meus negócios — disse Emma. — Estou apenas esperando minha amiga. Ela provavelmente acabará logo, e então iremos para casa. Mas é melhor o senhor ir com a senhora Weston e ouvir o instrumento.

— Bem, se a senhorita o aconselha. Mas,c om um sorriso, se o coronel Campbell tiver contratado um amigo negligente e se o instrumento tiver um som de pouca qualidade, o que direi? Não serei apoio à senhora Weston. Ela se sairá muito bem sozinha. Uma verdade desagradável seria palatável vinda de seus lábios, mas eu sou o ser mais desajeitado do mundo para dizer falsidades corteses.

— Não acredito nisso — respondeu Emma. — Tenho certeza que o senhor pode ser tão insincero quanto qualquer um, quando necessário; mas não há razão para supor que o instrumento seja de pouca qualidade. Pelo contrário, na verdade, se eu entendi a opinião da senhorita Fairfax na noite passada.

— Venha comigo — disse a sra. Weston —, se não for muito desagradável para você. Não precisamos nos deter por muito tempo. Iremos para Hartfield em seguida. Nós as seguiremos até Hartfield. Eu realmente gostaria que fosse comigo. Será recebido como uma atenção tão grande! E sempre pensei que tinha a intenção de fazê-lo.

Ele não pôde dizer mais nada; e com a esperança de Hartfield como recompensa, voltou com a sra. Weston à porta da sra. Bates. Emma observou-os entrar e depois se juntou a Harriet no interessante balcão, tentando, com toda a força de sua mente, convencê-la de que, se ela queria musselina lisa, não adiantava olhar a bordada; e que uma fita azul, por mais bonita que fosse, nunca combinaria com sua estampa amarela. Por fim estava tudo resolvido, até o destino do pacote.

— Devo mandar para a casa da senhora Goddard, madame? — perguntou a sra. Ford. — Sim... não... sim, para a casa da senhora Goddard. Contudo, meu vestido estampado está em Hartfield. Não, deve enviá-lo para Hartfield, por favor. Mas a senhora Goddard vai querer ver. E eu poderia levar o vestido estampado para casa qualquer dia. Mas vou querer a fita agora... então é melhor ir para Hartfield... pelo menos a fita. Poderia fazer dois pacotes, senhora Ford, não poderia?

— Não vale a pena, Harriet, dar à senhora Ford o trabalho de fazer dois pacotes.

— Não é nada demais.

— Não é nenhum problema no mundo, madame — disse a atenciosa sra. Ford.

— Oh! Mas, na verdade, preferia muito mais apenas um. Então, por favor, envie tudo para a casa da senhora Goddard... não sei... não, acho, senhorita Woodhouse, que posso muito bem mandar para Hartfield e levá-lo para casa comigo à noite. O que me aconselha?

— Que não pense mais meio segundo no assunto. Envie para Hartfield, por favor, senhora Ford.

— Sim, isso será muito melhor — disse Harriet, bastante satisfeita —, eu não gostaria nada de tê-lo enviado para a senhora Goddard.

Vozes se aproximaram da loja, ou melhor, uma voz e duas senhoras: a sra. Weston e a srta. Bates as encontraram na porta.

— Minha cara senhorita Woodhouse — disse a última —, vim correndo para pedir-lhe o favor de vir sentar-se um pouco conosco e dar-nos sua opinião sobre nosso novo instrumento; você e a senhorita Smith... Como vai, senhorita Smith?... Muito bem, obrigado... E implorei à senhora Weston que viesse comigo, para que eu tivesse a certeza de ter sucesso.

— Espero que a senhora Bates e a senhorita Fairfax estejam...

— Estão muito bem, agradeço muito a senhorita. Minha mãe está maravilhosamente bem; e Jane não pegou resfriado na noite passada. Como está o senhor Woodhouse?... Fico tão feliz em ouvir um relato tão bom. A senhora Weston me disse que você estava aqui... "Ah! Então", disse eu, "devo atravessar, tenho certeza de que a senhorita Woodhouse permitirá que eu apenas atravesse e implore para que entre; minha mãe ficará muito feliz em vê-la... e agora que somos um grupo tão bom, ela não pode recusar..."

"Sim, por favor", disse o senhor Frank Churchill, "vale a pena ter a opinião da senhorita Woodhouse sobre o instrumento." "Mas", disse eu, "terei mais certeza de ter sucesso se um dos dois for comigo". "Ora", disse ele, "espere meio minuto, até eu terminar meu trabalho"; pois, acredite, senhorita Woodhouse, lá está ele, da maneira mais amável do mundo, apertando o parafuso dos óculos de minha mãe… O parafuso soltou, entende, essa manhã. Tão amável! Pois ela não podia usar seus óculos… não podia colocá-los. E, por falar nisso, todo mundo deveria ter dois pares de óculos; realmente deveriam. Jane disse isso. A primeira coisa que pretendia fazer era levá-los para John Saunders, mas uma coisa ou outra me atrapalhou durante toda a manhã; primeiro uma coisa, depois outra, não dá para dizer o quê, sabe. Uma hora, Patty chegou para avisar que achava que a chaminé da cozinha precisava ser limpa. "Ah", disse eu, "Patty, não venha com suas más notícias para mim. Aqui está o parafuso que soltou dos óculos de sua senhora." Então as maçãs assadas chegaram, a senhora Wallis as mandou por seu filho; eles são extremamente corteses e amáveis conosco, os Wallis, sempre… ouvi algumas pessoas dizerem que a senhora Wallis pode ser rude e dar respostas muito indelicadas, mas nunca tivemos nada além da maior delicadeza da parte deles. E não pode ser pelo valor de nossas compras agora, pois qual é o nosso consumo de pão, sabe? Apenas três de nós… além da querida Jane no momento… e ela realmente não come nada… toma um desjejum tão chocante que a senhorita ficaria muito assustada se visse. Não me atrevo a deixar minha mãe saber o quão pouco ela come… então digo uma coisa e depois digo outra, e tudo passa. Mas no meio do dia ela fica com fome, e não há nada de que ela goste tanto quanto dessas maçãs assadas, e são extremamente saudáveis, pois aproveitei a oportunidade outro dia para perguntar ao senhor Perry. Acontece que o encontrei na rua. Não que eu tivesse alguma dúvida antes… ouvi tantas vezes o senhor Woodhouse recomendar uma maçã assada. Creio que essa seja a única maneira que o senhor Woodhouse considere a fruta totalmente salutar. Temos tortinhas de maçã, no entanto, com muita frequência. Patty faz uma excelente tortinha de maçã. Bem, senhora Weston, a senhora foi bem sucedida, espero, e essas senhoritas vão nos atender.

Emma ficaria "muito feliz em visitar a sra. Bates e etc.", e elas finalmente deixaram a loja, sem mais delonga da srta. Bates além de:

— Como vai a senhora, senhora Ford? Mil perdões. Não a vi antes. Ouvi dizer que a senhora tem uma coleção encantadora de novas fitas vindas da

cidade. Jane voltou encantada ontem. Muito obrigada, as luvas são perfeitas... apenas um pouco largas demais no pulso; mas Jane as está apertando.

— Do que eu estava falando? — disse ela, recomeçando quando todas
estavam na rua.

Emma se perguntou em que, de todo o mistifório, ela se concentraria.

— Declaro que não consigo me lembrar do que estava falando. Ah!
Os óculos de minha mãe. Muito gentil do senhor Frank Churchill! "Ora!"
disse ele: "Acho que consigo prender o parafuso. Gosto muito desse tipo de
trabalho." O que sabem que mostrou que ele é muito... na verdade, devo dizer
que, por mais que eu já tivesse ouvido falar dele e por mais que esperasse,
ele excede bastante qualquer coisa... Eu a felicito, senhora Weston, muito
calorosamente. Ele parece tudo o que os pais mais afetuosos poderiam...
"Ah!" disse ele, "Consigo prender o parafuso. Gosto muito desse tipo de
trabalho." Jamais esquecerei seus modos. E quando tirei as maçãs assadas do
armário e esperei que nossos amigos fossem tão amáveis a ponto de pegar
algumas, "Ah!" disse ele logo, "não há nenhuma fruta tão boa, e estas são
as maçãs assadas caseiras mais bonitas que já vi na minha vida." Aquilo,
sabe, foi tão... E tenho certeza, pelos modos dele, que não foi apenas para
agradar. Na verdade, são maçãs muito deliciosas, e a senhora Wallis lhes
faz justiça... só que não as mandamos assar mais do que duas vezes, e o
senhor Woodhouse nos fez prometer que as assaríamos três vezes..., mas
a senhorita Woodhouse será boa o bastante para contar a ele. Por assim
dizer. As próprias maçãs são do melhor tipo para assar, sem dúvida; todas de
Donwell, parte do suprimento mais que generoso do senhor Knightley. Ele
nos envia um saco todos os anos; e certamente nunca houve maçãs melhores
para guardar que as de suas macieiras... creio que haja duas delas. Minha
mãe diz que o pomar sempre foi famoso nos seus anos de mocidade. Mas
fiquei realmente muito chocada outro dia... pois o senhor Knightley nos
visitou uma manhã e Jane estava comendo essas maçãs, e conversamos sobre
elas e dissemos o quanto ela gostava delas, e ele perguntou se não tínhamos
chegado ao fim do nosso estoque. "Tenho certeza de que devem ter chegado", disse ele, "e enviarei outro suprimento; pois tenho muito mais do que
posso usar. William Larkins me deixou ficar com uma quantidade maior do
que o normal este ano. Vou enviar-lhe mais algumas, antes que não sirvam
para nada." Então supliquei que não mandasse, porque apesar de as nossas
terem quase acabado, não poderia dizer com firmeza que ainda tínhamos
muitas, restava apenas meia dúzia; mas seriam guardadas para Jane; e eu não

poderia aceitar que ele nos enviasse mais, tão generoso como já tinha sido; e Jane disse o mesmo. E quando ele se foi, ela quase brigou comigo... não, não devo dizer que brigou, pois nunca tivemos uma briga em nossas vidas; mas ela ficou bastante aborrecida por eu ter admitido que as maçãs estavam quase no fim; ela gostaria que eu o tivesse feito acreditar que ainda havia muitas. Oh, disse eu, minha querida, disse tudo o que pude. No entanto, na mesma noite William Larkins veio com uma grande cesta de maçãs, do mesmo tipo, pelo menos um alqueire, e eu fiquei muito agradecida, e desci e falei com William Larkins e disse tudo, como pode supor. William Larkins é um velho conhecido! Sempre fico feliz em vê-lo. Mas, no entanto, descobri depois por Patty, que William dissera que eram todas as maçãs *desse* tipo que seu mestre tinha; ele as trouxera todas, e agora seu mestre não tinha mais nenhuma para assar ou cozinhar. William não parecia se importar com isso, estava muito feliz em pensar que seu mestre tinha vendido tantas; pois William, sabe, pensa mais no lucro de seu patrão do que em qualquer outra coisa; mas a senhora Hodges, disse ele, ficou bastante aborrecida com o fato de todas terem sido levadas embora. Ela não podia aceitar que seu mestre não poderia comer outra tortinha de maçã nessa primavera. Ele contou isso para Paty, mas pediu que ela não se preocupasse e nem nos contasse nada disso, pois a senhora Hodges às vezes *ficava* zangada e, enquanto tantos sacos fossem vendidos, não importava quem comesse o restante. E foi o que Patty me contou, e fiquei extremamente chocada! Não gostaria que o senhor Knightley soubesse disso por nada neste mundo! Ele ficaria tão... Eu queria esconder isso do conhecimento de Jane; mas, infelizmente, eu havia mencionado isso antes de saber.

A srta. Bates havia apenas acabado de falar quanto Patty abriu a porta; e suas visitantes subiram as escadas tranquilamente, seguidas apenas pelos sons de sua boa vontade incoerente.

— Por favor, tome cuidado, senhora Weston, há um degrau no patamar. Por favor, tome cuidado, senhorita Woodhouse, a nossa escada é bem escura, bem mais escura e estreita do que se poderia desejar. Senhorita Smith, por favor, tome cuidado. Senhorita Woodhouse, estou bastante preocupada, tenho a certeza de que bateu com o pé. Senhorita Smith, o degrau do patamar.

Capítulo 10

A aparência da pequena sala de visitas quando entraram era a própria imagem da tranquilidade; a sra. Bates, privada de sua ocupação habitual, cochilava de um lado da lareira, Frank Churchill, em uma mesa próxima a ela, trabalhava intensamente nos óculos, e Jane Fairfax estava de costas para eles, concentrada em seu pianoforte.

Ocupado como estava, no entanto, o rapaz ainda foi capaz de mostrar um semblante muito feliz ao ver Emma novamente.

— É um prazer — disse ele, em voz bastante baixa —, vinda pelo menos dez minutos antes do que eu havia calculado. Encontra-me tentando ser útil; diga-me se pensa que terei sucesso.

— O quê! — disse a sra. Weston —inda não terminou? Não ganharia um sustento muito bom trabalhando como ourives dessa forma.

— Não tenho trabalhado ininterruptamente — respondeu ele —, tenho ajudado a senhorita Fairfax a tentar fazer seu instrumento ficar estável, não estava bem firme; um desnível no chão, creio eu. Veja, estivemos calçando uma perna com papel. Foi muito bondoso da sua parte ser persuadida a vir. Quase temi que voltasse correndo para casa.

Ele fez com que ela se sentasse ao seu lado; e estava suficientemente empenhado em escolher a melhor maçã assada para ela, e tentando fazê-la ajudá-lo ou aconselhá-lo em seu trabalho, até que Jane Fairfax estivesse pronta para sentar-se novamente ao pianoforte. Que ela não estivesse imediatamente pronta, Emma suspeitou que surgisse do estado de seus nervos; ela ainda não possuía o instrumento por tempo suficiente para tocá-lo sem emoção; precisava persuadir-se para conseguir executar; e Emma não podia deixar de sentir pena de tais sentimentos, qualquer que fosse sua origem, e não pode deixar de decidir nunca mais expô-los ao vizinho.

Por fim, Jane começou, e, embora as primeiras notas tenham sido tocadas com debilidade, as capacidades do instrumento foram gradualmente feitas justiça. A sra. Weston já tinha ficado encantada antes, e ficou encantada de novo; Emma se uniu a ela em todos os seus elogios; e o pianoforte, com toda a discriminação adequada, foi considerado totalmente promissor.

— Quem quer que o coronel Campbell possa ter empregado — disse Frank Churchill, com um sorriso para Emma —, a pessoa não fez uma má escolha. Eu ouvi muito sobre o bom gosto do coronel Campbell em Weymouth; e a suavidade das notas mais altas, tenho certeza, é exatamente o que ele e *todo aquele grupo* valorizaria em especial. Atrevo-me a dizer, senhorita Fairfax, que ele deu instruções minuciosas ao amigo ou escreveu pessoalmente a Broadwood. A senhorita não acha?

Jane não olhou para trás. Ela não era obrigada a ouvir. A sra. Weston falava com ela no mesmo momento.

— Não é justo — disse Emma, em um sussurro —; o que eu disse foi um palpite aleatório. Não a perturbe.

Ele balançou a cabeça com um sorriso e parecia ter bem pouca dúvida e muito pouca misericórdia. Logo depois recomeçou:

— Quanto seus amigos na Irlanda devem estar apreciando seu prazer nessa ocasião, senhorita Fairfax. Ouso dizer que muitas vezes pensam em você e se perguntam qual será o dia, o dia exato em que o instrumento estará em suas mãos. Acha que o coronel Campbell já sabe que o negócio está avançado nesse momento? Acha que seja consequência de um pedido direto dele, ou que tenha dado apenas instruções gerais, uma ordem indefinida quanto à data, dependendo de contingências e conveniências?

Ele fez uma pausa. Ela não podia deixar de ouvir; não pôde evitar responder:

— Até eu receber uma carta do coronel Campbell — disse ela, em uma voz de calma forçada —, não posso imaginar nada com alguma segurança. Só posso fazer conjecturas.

— Conjecturas... sim, às vezes as conjecturas estão certas, e, às vezes, erradas. Gostaria de poder conjeturar em quanto tempo apertarei esse parafuso bem firme. Que bobagem se fala, senhorita Woodhouse, quando se trabalha duro, se é que se fala; os operários de verdade, suponho, seguram a língua; mas nós, cavalheiros trabalhadores, se conseguirmos uma palavra... A senhorita Fairfax disse algo sobre conjecturas. Pronto, está feito. Tenho o prazer, senhora, — para a sra. Bates — de restaurar seus óculos, consertados por enquanto.

Ele foi muito calorosamente agradecido pela mãe e pela filha; para fugir um pouco desta última, foi até o pianoforte e implorou à srta. Fairfax, que ainda estava sentada, que tocasse mais alguma coisa.

— Se você for muito gentil — disse ele —, será uma das valsas que dançamos ontem à noite; deixe-me revivê-las. Não gostou delas como eu; parecia cansada o tempo todo. Acredito que tenha ficado feliz por não termos mais dançado; mas eu teria dado mundos, todos os mundos que alguém tem para dar, por mais meia hora.

Ela tocou.

— Que felicidade é ouvir de novo uma música que nos *fez* felizes! Se não estou enganado essa foi dançada em Weymouth.

Ela olhou para ele por um momento, corou profundamente e tocou outra coisa. Ele pegou algumas partituras de uma cadeira perto do piano- forte e, voltando-se para Emma, disse:

— Aqui está uma bastante nova para mim. Conhece? Cramer. E aqui está um novo conjunto de melodias irlandesas. Essas, vindas de tal região, eram de se esperar. Tudo isso foi enviado com o instrumento. Muito atencioso da parte do coronel Campbell, não é? Ele sabia que a senhorita Fairfax não teria partituras aqui. Prezo essa parte da atenção em especial; mostra que foi totalmente do fundo do coração. Nada feito às pressas, nem incompleto. Apenas a verdadeira afeição poderia ter motivado isso.

Emma desejou que ele fosse menos incisivo, mas não pôde deixar de se divertir; e quando, ao olhar para Jane Fairfax, captou os vestígios de um sorriso, quando viu que, com todo o profundo rubor da consciência, havia um sorriso de secreto deleite, teve menos escrúpulos com sua diversão, e muito menos remorso com respeito a ela. A amável, honesta e perfeita Jane Fairfax estava aparentemente acalentando sentimentos muito repreensíveis.

Ele trouxe todas as partituras para ela, e as examinaram juntos. Emma aproveitou a oportunidade para sussurrar:

— O senhor fala com clareza demais. Ela deve ter compreendido.

— Espero que sim. Quero que ela me entenda. Não estou nem um pouco envergonhado do que quis dizer.

— Mas, realmente, estou meio envergonhada e gostaria de nunca ter abraçado a ideia.

— Estou muito feliz que o tenha feito, e que a tenha me comunicado. Agora tenho uma chave para todos os seus olhares e modos estranhos. Deixe a vergonha para ela. Se age mal, deve senti-la.

— Ela não deixa inteiramente de senti-la, creio eu.

— Não vejo muitos sinais disso. Está interpretando *Robin Adair* neste momento, a favorita *dele*.

Pouco depois, a srta. Bates, passando perto da janela, avistou o sr. Knightley a cavalo não muito longe.

— O senhor Knightley, afirmo! Preciso falar com ele, se possível, apenas para lhe agradecer. Não vou abrir a janela aqui; faria todos ficarem com frio; mas posso ir para o quarto da minha mãe, sabe. Ouso dizer que ele irá entrar quando souber quem está aqui. Que prazer ter todos se encontrando aqui! Nossa salinha tão honrada!

Ela estava na câmara contígua enquanto ainda falava e, abrindo a janela, imediatamente chamou a atenção do sr. Knightley, e cada sílaba de sua conversa foi ouvida tão distintamente pelos outros, como se tivesse passado no mesmo cômodo.

— Como vai? Como vai? Muito bem, obrigada. Muito obrigada pela carruagem ontem à noite. Chegamos bem a tempo; minha mãe esperando por nós. Por favor, entre; entre. O senhor encontrará alguns amigos aqui.

Assim começou a srta. Bates; e o sr. Knightley parecia determinado a ser ouvido por sua vez, pois da forma mais decidida e autoritária ele disse:

— Como está sua sobrinha, senhorita Bates? Quero perguntar por todas vocês, mas principalmente por sua sobrinha. Como está a senhorita Fairfax? Espero que ela não tenha se resfriado na noite passada. Como ela está hoje? Diga-me como está a senhorita Fairfax.

E a srta. Bates foi obrigada a dar uma resposta direta antes que ele a ouvisse em qualquer outro assunto. Os ouvintes se divertiram; e a sra. Weston lançou a Emma um olhar de significado particular. Mas Emma ainda balançou a cabeça em ceticismo constante.

— Tão grata ao senhor! Muitíssimo grata ao senhor pela carruagem — retomou a srta. Bates.

Ele a interrompeu com:

— Estou a caminho de Kingston. Posso fazer alguma coisa pela senhorita?

— Ah! Meu Deus, Kingston… O senhor vai até lá? A senhora Cole estava dizendo outro dia que ela queria algo de Kingston.

— A senhora Cole tem criados para enviar. Posso fazer alguma coisa pela *senhorita*?

— Não, eu agradeço. Mas entre. Quem imagina que está aqui? A senhorita Woodhouse e a senhorita Smith; tão delicadas por visitar para ouvir o novo pianoforte. Deixe seu cavalo na Crown e entre.

— Bem — disse ele, de forma deliberada —, por cinco minutos, talvez.

— E também a senhora Weston e o senhor Frank Churchill! Tão encantador; tantos amigos!

— Não, agora não, obrigado. Não poderia ficar dois minutos. Devo seguir para Kingston o mais rápido que puder.

— Oh! Por favor, entre. Eles ficarão muito felizes em vê-lo.

— Não, não; sua sala está cheia o bastante. Virei outro dia e ouvirei o pianoforte.

— Bem, eu sinto muito! Ah! Senhor Knightley, que reunião deliciosa na noite passada; tão extremamente agradável. O senhor já havia visto tal dança? Não foi encantador? A senhorita Woodhouse e o senhor Frank Churchill... nunca vi nada igual.

— Oh! Sim, muito encantadora; não posso dizer nada menos, pois suponho que a senhorita Woodhouse e o senhor Frank Churchill estão ouvindo tudo o que se passa. E — levantando ainda mais a voz — não vejo por que a senhorita Fairfax não deva ser mencionada também. Acho que a senhorita Fairfax dança muito bem; e a senhora Weston toca quadrilhas melhor que qualquer pessoa na Inglaterra, sem exceção. Agora, se seus amigos tiverem alguma gratidão, vão dizer algo bem alto sobre a senhorita e eu em resposta; mas não posso ficar para ouvir.

— Oh! Senhor Knightley, só mais um momento; é algo importante… tão chocante! Jane e eu estamos tão surpresas com as maçãs!

— Qual é o problema agora?

— Pensar que o senhor nos enviou todas as suas maçãs armazenadas. O senhor disse que tinha muitas e agora não tem mais nenhuma. Nós realmente estamos tão chocados! A senhora Hodges pode muito bem estar com raiva. William Larkins mencionou isso aqui. Não deveria ter feito isso, de verdade, não deveria. Ah! Ele se foi. Não suporta ser agradecido. Mas achei

que ele teria ficado agora, e seria uma pena não ter mencionado... bem —
voltando para a sala—, não fui capaz de convencê-lo. O senhor Knightley
não pode parar. Está indo para Kingston. Perguntou-me se poderia fazer
alguma coisa...

— Sim — disse Jane —, ouvimos suas ofertas gentis, ouvimos tudo.

— Ah! Sim, minha querida, atrevo-me a dizer que sim, porque, sabe, a
porta e a janela estavam abertas, e o senhor Knightley falava alto. Devem
ter ouvido tudo com certeza. "Posso fazer alguma coisa pela senhorita em
Kingston?" disse ele; como acabei de mencionar... Ah! Senhorita Woodhouse,
precisa ir? Parece que acabou de chegar... muito amável de sua parte.

Emma achou que de fato estava na hora de estar em casa; a visita já
havia durado tempo demais; e, ao examinar os relógios, percebeu-se que
grande parte da manhã havia passado, que a sra. Weston e seu companheiro,
também de saída, só puderam acompanhar as duas jovens até os portões
de Hartfield, antes de seguirem para Randalls.

Capítulo 11

Pode ser possível ficar sem dançar por completo. Conhecem-se casos de jovens que passam muitos e muitos meses sucessivos, sem frequentar qualquer baile de qualquer espécie, sem nenhum dano permanente para seus corpos ou mentes; mas quando se começa, quando as felicidades do movimento acelerado foram sentidas uma vez, mesmo que ligeiramente, deve ser um grupo muito sisudo para não pedir mais.

Frank Churchill dançou uma vez em Highbury e ansiava por dançar novamente; e a última meia hora de uma noite que o sr. Woodhouse foi persuadido a passar com sua filha em Randalls, foi passada pelos dois jovens fazendo planos sobre o assunto. A primeira ideia foi de Frank, e teve o maior zelo em persegui-la; pois a dama era melhor avaliadora das dificuldades e a mais solícita quanto à acomodação e a aparência. Mas ainda assim ela tinha inclinação suficiente para mostrar às pessoas de novo como o sr. Frank Churchill e a srta. Woodhouse dançavam lindamente — por fazer aquilo em que ela não precisava corar ao se comparar a Jane Fairfax; e até mesmo pela dança em si, sem nenhum dos incentivos perversos da vaidade — para ajudá-lo primeiro a medir a sala na qual estavam para ver quantas pessoas poderia conter, e então a tomar as dimensões da outra sala, na esperança de descobrir, apesar de tudo que o sr. Weston dizia sobre seu tamanho exatamente igual, que era um pouco maior.

A primeira proposta e pedido de Frank, de que a dança iniciada na casa do sr. Cole terminasse ali, que o mesmo grupo fosse reunido e a mesma musicista empregada, encontrou a mais pronta aquiescência. O sr. Weston aceitou a ideia com grande prazer, e a sra. Weston comprometeu-se muito de bom grado a tocar enquanto eles quisessem dançar; e o interessante trabalho se seguiu, de calcular exatamente quem participaria e distribuir a divisão indispensável de espaço para cada casal.

— A senhorita e a senhorita Smith, e a senhorita Fairfax, serão três, e as duas senhoritas Cox cinco — tinha sido repetido muitas vezes. — E haverá os dois Gilbert, o jovem Cox, meu pai e eu, além do senhor Knightley. Sim, isso será o suficiente para o prazer. A senhorita e a senhorita Smith, e a senhorita Fairfax, serão três, e as duas senhoritas Cox cinco; e para cinco casais haverá espaço de sobra.

Mas logo ocorreu a uma das partes:

— Mas haverá bastante espaço para cinco casais? Eu realmente não acho que haverá.

E a outra:

— E, afinal de contas, cinco casais não são suficientes para valer a pena ficar de pé. Cinco casais não são nada, quando se pensa seriamente a respeito. Não adianta *convidar* cinco casais. Isso pode ser permitido apenas como ideia do momento.

Alguém disse que a srta. Gilbert era esperada na casa do irmão e deveria ser convidada com os demais. Mais alguém acreditava sra. Gilbert teria dançado na outra noite, se tivesse sido convidada. Uma palavra foi dada para um segundo jovem Cox; e por fim, o sr. Weston nomeando uma família de primos que deveriam ser incluídos, e outra de um velho conhecido que não poderia ficar de fora, teve-se a certeza de que os cinco casais seriam pelo menos dez, e uma especulação muito interessante sobre de que maneira eles poderiam ser acomodados.

As portas dos dois cômodos eram opostas uma à outra. "Não poderiam usar os dois aposentos e dançar através da passagem?" Parecia o melhor plano; mas ainda não era tão bom para que muitos deles não quisessem um melhor. Emma disse que seria estranho; a sra. Weston estava preocupada com o jantar; e o sr. Woodhouse se opôs veementemente, por causa da saúde. A ideia o deixou tão infeliz, de fato, que não puderam perseverar nela.

— Oh! Não — disse ele. — Seria o extremo da imprudência. Eu não suportaria por Emma! Emma não é forte. Ela pegaria um resfriado terrível. O mesmo aconteceria com a pobre Harriet. Todos pegariam. Senhora Weston, ficariam de cama; não permita que falem de uma coisa tão desenfreada. Ora, não os deixe falar disso. Esse jovem —f alando mais baixo — é muito insensato. Não diga a seu pai, mas aquele jovem não é muito certo da cabeça. Ele passou a noite abrindo as portas várias vezes, e as mantendo abertas com muita imprudência. Ele não pensa nas correntes de ar. Não é minha intenção colocá-la contra ele, mas de fato ele não é muito certo da cabeça!

A sra. Weston lamentou tal acusação. Ela sabia a importância dela e disse tudo o que pode para afastá-la. Todas as portas estavam fechadas agora, o plano da passagem abandonado e o primeiro plano de dançar apenas no aposento em que estavam havia sido retomado; e com tanta boa vontade da parte de Frank Churchill, que o espaço que quinze minutos antes fora considerado quase insuficiente para cinco casais, agora se esforçava para ser representado o suficiente para dez.

— Estávamos sendo grandiosos demais — disse ele. — Calculamos um espaço desnecessário. Dez casais podem caber muito bem aqui.

Emma hesitou.

— Seria uma aglomeração, uma triste aglomeração; e o que poderia ser pior do que dançar sem espaço para se mover?

— É verdade — respondeu ele gravemente —; seria muito ruim.

Mas ainda assim ele continuou medindo, e ainda assim terminou com:

— Acho que haverá espaço bastante tolerável para dez casais.

— Não, não — disse ela —, está sendo bastante irracional. Seria terrível ficar tão apertada! Nada pode estar mais longe do prazer do que dançar numa multidão… e uma multidão em uma sala pequena!

— Não há como negar — respondeu ele. — Concordo com a senhorita plenamente. Uma multidão em uma salinha… Senhorita Woodhouse, tem a arte de traçar imagens em poucas palavras. Extraordinária, muito extra-ordinária! Entretanto, ainda assim, tendo prosseguido até aqui, não se está disposto a desistir do assunto. Seria uma decepção para meu pai… e, de modo geral… não sei… acho que dez casais poderiam dançar aqui muito bem.

Emma percebeu que a natureza de sua galanteria era um pouco obsti-nada e que ele preferia se opor a perder o prazer de dançar com ela; mas ela aceitou o elogio e perdoou o resto. Se ela tivesse a pretensão de se *casar* com ele, teria valido a pena parar e considerar, e tentar compreender o valor da preferência e o caráter do temperamento dele; mas para todos os efeitos de sua amizade, ele foi amável o bastante.

Antes do meio-dia seguinte, ele estava em Hartfield; e ele entrou na sala com um sorriso tão agradável que atestava a continuidade do plano. Logo ficou claro que ele veio anunciar algo melhor.

— Bem, senhorita Woodhouse — ele começou quase imediatamente —, sua inclinação para a dança não foi totalmente espantada, espero, pelos terrores dos pequenos aposentos de meu pai. Trago uma nova proposta sobre o assunto: uma ideia de meu pai, que espera apenas sua aprovação para agir. Posso ter a honra de sua mão para as duas primeiras danças deste pequeno planejado baile, a ser dado, não em Randalls, mas na Crown Inn?

— Na Crown!

— Sim; se a senhorita e o senhor Woodhouse não tiverem objeções, e acredito que não tenham, meu pai espera que seus amigos tenham a bondade de visitá-lo lá. Melhores acomodações, ele promete, e não menos agradecidas boas-vindas do que em Randalls. É ideia dele mesmo. A senhora Weston não vê nenhuma objeção a isso, desde que esteja satisfeita. Isso é o que todos nós pensamos. Oh! Estava perfeitamente certa! Dez casais, em qualquer um dos quartos dos Randalls, teria sido insuportável! Terrível! Percebi como a senhorita estava certa o tempo todo, mas estava ansioso demais para assegurar *alguma coisa* para ceder. Não é uma boa troca? A senhorita consente... espero que consinta?

— Parece-me um plano ao qual ninguém pode se opor, se o senhor e a senhora Weston não se opõem. Acho-o admirável; e tanto quanto posso responder por mim mesma, ficarei muito feliz. Parece-me a única melhoria que poderia haver. Papai, não acha uma excelente melhora?

Ela foi obrigada a repetir e explicar, antes que a ideia fosse totalmente compreendida; e então, sendo bastante nova, mais explicações foram necessárias para torná-la aceitável.

Não; ele achou que estava muito longe de ser melhor... um plano muito ruim... muito pior do que o outro. Um salão em uma estalagem era sempre úmido e perigoso; nunca arejado adequadamente, ou apto a ser ocupado. Se tinham que dançar, era melhor dançar em Randalls. Ele nunca havia estado no salão da Crown na vida... não conhecia as pessoas que o mantinham de vista. Ah! Não... um plano terrível. Pegariam resfriados piores na Crown do que em qualquer lugar.

— Eu ia observar, senhor — disse Frank Churchill —, que uma das grandes recomendações dessa mudança seria o mínimo perigo de qualquer um pegar um resfriado, muito menos perigo na Crown do que em Randalls! O senhor Perry pode ter razões para lamentar a alteração, mas ninguém mais teria.

— Senhor — disse o sr. Woodhouse, de forma bastante calorosa —, o senhor está muito enganado se supõe que o senhor Perry seja esse tipo de pessoa. O senhor Perry fica extremamente preocupado quando qualquer um de nós fica doente. Mas não entendo como pode considerar o salão da Crown mais seguro do que a casa do seu pai.

— Pela própria circunstância de ser maior, senhor. Não teremos necessidade de abrir as janelas, nem uma vez durante toda a noite; e é o hábito horrível de abrir as janelas, deixando entrar o ar frio sobre corpos aquecidos, que,c omo bem sabe, senhor, faz mal.

— Abrir as janelas! Mas com certeza, senhor Churchill, ninguém pensaria em abrir as janelas em Randalls. Ninguém poderia ser tão imprudente! Nunca ouvi tal coisa. Dançar com as janelas abertas! Tenho certeza de que nem seu pai nem a senhora Weston (pobre senhorita Taylor, como se chamava) iriam permitir.

— Ah! Senhor…, mas um jovem insensato pode às vezes entrar atrás de uma cortina e abrir um caixilho, sem que haja suspeita. Muitas vezes eu mesmo soube que isso aconteceu.

— Soube mesmo, senhor? Santo Deus! Jamais teria imaginado uma coisa dessas. Mas vivo fora do mundo e muitas vezes fico surpreso com o que ouço. No entanto, isso faz diferença; e, talvez, quando viermos conversar sobre isso…, mas esse tipo de coisa requer muita consideração. Não se pode decidi-la com pressa. Se o senhor e a senhora Weston forem tão amáveis a ponto de vir aqui uma manhã, podemos conversar sobre isso e ver o que pode ser feito.

— Mas, infelizmente, senhor, meu tempo é tão limitado…

— Ah! — interrompeu Emma. —averá muito tempo para discutir tudo. Não há pressa nenhuma. Se puder ser planejado para ser na Crown, papai, será muito conveniente para os cavalos. Eles estarão tão perto de seu próprio estábulo.

— De fato estarão, minha querida. Isso é uma coisa importante. Não que James alguma vez reclame; mas é certo poupar nossos cavalos quando pudermos. Se eu pudesse ter certeza de que os quartos estão sendo totalmente arejados, mas a senhora Stokes é confiável? Eu duvido. Eu não a conheço nem de vista.

— Posso responder por tudo referente a isso, senhor, porque estará aos cuidados da senhora Weston. A senhora Weston compromete-se a organizar tudo.

— Pronto, papai! Agora deve estar satisfeito. Nossa querida senhora Weston, é o cuidado em pessoa. Não se lembra do que o senhor Perry disse, tantos anos atrás, quando eu tive sarampo? "Se a senhorita *Taylor* se compromete a envolver a senhorita Emma, não precisa ter nenhum medo, senhor." Quantas vezes eu já ouvi o senhor mencionar isso como um elogio a ela!

— Sim, é bem verdade. O senhor Perry disse isso. Nunca vou esquecer isso. Pobre pequena Emma! Você ficou muito mal com o sarampo; isto é, teria ficado muito mal, não fosse a grande atenção de Perry. Ele veio quatro vezes por dia durante uma semana. Ele disse, desde o início, que era uma espécie muito benigna… o que era nosso grande consolo; mas o sarampo é uma doença terrível. Espero que quando os pequeninos da pobre Isabella estiverem com sarampo, ela mande chamar Perry.

— Meu pai e a senhora Weston estão na Crown neste momento —, disse Frank Churchill —, examinando as capacidades da casa. Deixei-os lá e vim para Hartfield, impaciente por sua opinião e esperando que pudesse ser persuadida a se juntar a eles e dar seus conselhos na hora. Desejavam que eu lhe dissesse isso da parte de ambos. Seria um grande prazer para eles se me permitisse acompanhá-la lá. Não podem fazer nada satisfatoriamente sem sua presença.

Emma ficou muito feliz por ser chamada para tal conselho; e seu pai, dedicando-se a pensar em tudo enquanto ela estivesse fora, os dois jovens partiram juntos sem demora para a Crown. Lá estavam o sr. e a sra. Weston; muito contentes em vê-la e em receber sua aprovação, muito ocupados e muito felizes cada um à sua maneira; ela, com um pouco de preocupação; e ele, achando tudo perfeito.

— Emma — disse ela —, esse papel de parede é pior do que eu esperava. Olhe! Há lugares em que dá para ver que está terrivelmente sujo; e os lambris estão mais amarelados e desoladores do que qualquer coisa que eu poderia ter imaginado.

— Minha querida, você é muito exigente — disse o marido. — Que importância tem isso? Não verá nada disso à luz de velas. Será tão limpo quanto Randalls à luz de velas. Nunca percebemos nada disso nas nossas noites de clube.

As senhoras nesse momento provavelmente trocaram olhares que diziam: "Os homens nunca sabem quando as coisas estão sujas ou não;" e os cavalheiros talvez pensassem cada um consigo mesmo: "As mulheres têm seus pequenos disparates e cuidados desnecessários".

No entanto, surgiu uma preocupação que os cavalheiros não desdenharam: uma sala de jantar. Na época da construção do salão de baile, os jantares não estavam em voga; e uma pequena sala de jogos contígua era a única adição. O que fariam? Esta sala de jogos seria desejada agora como sala de jogos; ou, se o carteado fosse convenientemente votado como desnecessário pelos quatro, ainda assim não seria pequena demais para uma refeição confortável? Outra sala de tamanho muito melhor poderia ser reservada para esse propósito; mas ficava do outro lado da casa, e precisariam atravessar uma passagem longa e deselegante para chegar até lá. Isso criou uma dificuldade. A sra. Weston tinha medo que as correntes de ar naquela passagem adoecessem os jovens; e nem Emma nem os cavalheiros podiam tolerar a perspectiva de ficarem miseravelmente amontoados durante a refeição.

A sra. Weston propôs não terem um jantar formal; mas apenas sanduíches etc., servidos na saleta; mas isso foi descartado como uma sugestão terrível. Um baile particular sem um jantar, foi declarada um dolo infame contra os direitos de homens e mulheres; e a sra. Weston não deveria voltar a falar no assunto. Ela então seguiu outra linha de conveniência e, olhando para a saleta duvidosa, observou:

— Não acho que *seja* tão pequena. Não seremos muitos, sabe.

E o sr. Weston ao mesmo tempo, caminhando a passos largos pela passagem, estava falando:

— Você falou tanto sobre a extensão desta passagem, minha querida. No fim das contas, é uma coisa à toa; e não há a menor corrente de ar vinda da escada.

— Gostaria — disse a sra. Weston — que pudéssemos saber qual arranjo a maioria dos nossos convidados gostariam mais. Fazer o que seria mais agradável para o maior número deve ser nosso objetivo, se ao menos se pudesse dizer o que seria.

— Sim, é verdade — exclamou Frank —, é verdade. A senhora quer a opinião de seus vizinhos. Não me admira. Se alguém pudesse averiguar o que o principal deles... os Cole, por exemplo. Não estão longe. Devo chamá-los? Ou a senhorita Bates? Ela está ainda mais perto. E talvez a senhorita Bates seja a pessoa mais apropriada para entender as preferências dos demais que qualquer outra pessoa. Creio que precisamos de um conselho maior. Que tal se eu fosse e convidasse a senhorita Bates para se juntar a nós?

— Bem, se quiser — disse a sra. Weston um tanto hesitante—, se pensa que ela será útil.

— Não conseguirá nada a propósito da senhorita Bates — disse Emma.— Ela ficará toda encantada e agradecida, mas não dirá nada. Ela nem vai ouvir suas perguntas. Não vejo vantagem em consultar a senhorita Bates.

— Mas ela é tão divertida, tão extremamente divertida! Gosto muito de ouvir a senhorita Bates falar. E não preciso trazer a família inteira, sabe.

Nisso o sr. Weston juntou-se a eles e, ao ouvir o que foi proposto, deu sua decidida aprovação.

— Sim, faça isso, Frank. Vá buscar a senhorita Bates e vamos encerrar o assunto imediatamente. Ela vai gostar do plano, tenho certeza; e não conheço pessoa mais adequada para nos mostrar como acabar com as dificuldades. Vá buscar a senhorita Bates. Estamos ficando um pouco exigentes demais. Ela é um exemplo vivo de como ser feliz. Mas traga as duas. Convide ambas.

— Ambas, senhor! Pode a velha senhora...?

— A velha senhora! Não, a jovem, com certeza. Vou considerá-lo um grande tolo, Frank, se trouxer a tia sem a sobrinha.

— Ah! Imploro seu perdão, senhor. Não me lembrei de imediato. Sem dúvida, se quiser, vou me esforçar para persuadir as duas.

E se foi apressado.

Muito antes de ele reaparecer, acompanhando a tia baixa, arrumada e ágil, e sua sobrinha elegante, a sra. Weston, sendo uma mulher de temperamento doce e uma boa esposa, examinou a passagem mais uma vez e descobriu que seus problemas eram muito menores do que pensara antes, na verdade, muito insignificantes; e assim acabaram as dificuldades da decisão. Todo o restante, pelo menos em tese, estava perfeitamente arranjado. Todos os pequenos arranjos de mesa e cadeira, luzes e música, chá e ceia, se arranjavam sozinhos; ou foram deixados como meras ninharias a serem resolvidas a qualquer momento entre a sra. Weston e a sra. Stokes. Todos os convidados certamente viriam; Frank já havia escrito a Enscombe para propor ficar alguns dias além de sua quinzena, o que não poderia ser recusado. E seria um baile encantador.

Muito cordialmente, quando a srta. Bates chegou, ela concordou com tudo. Como conselheira, ela não era desejada; mas como aprovadora (um papel muito mais seguro), ela era de fato bem-vinda. Sua aprovação, ao mesmo tempo geral e minuciosa, calorosa e incessante, não podia deixar de agradar; e por mais meia hora, todos caminharam de um lado para o outro, entre as diferentes salas, alguns sugerindo, outros ouvindo, e todos em feliz contentamento do futuro. O grupo não se separou sem que Emma tivesse sido confirmada com segurança para as duas primeiras danças pelo herói da noite, nem sem ela ouvir o sr. Weston sussurrar para a esposa:

— Ele pediu a ela, minha querida. Isso mesmo. Eu sabia que ele ia pedir!

CAPÍTULO 12

Apenas uma coisa faltava para tornar a perspectiva do baile completamente satisfatória para Emma: ser marcado para um dia dentro do prazo concedido para a estadia de Frank Churchill em Surrey; pois, apesar da confiança do sr. Weston, ela não podia pensar que fosse tão impossível que os Churchills não permitissem que o sobrinho permanecesse um dia além da quinzena. Mas isso não foi considerado viável. Os preparativos deviam levar um tempo, nada estaria devidamente pronto até o início da terceira semana, e por alguns dias eles deviam planejar, prosseguir e esperar na incerteza, correndo o risco, na sua opinião, o grande risco de ser tudo em vão.

Enscombe, entretanto, foi condescendente, na ação, se não nas palavras. O desejo de ficar mais tempo evidentemente não agradou; mas não houve oposição. Tudo estava seguro e próspero; e como a remoção de uma solicitude geralmente dá lugar a outra, Emma, agora certa de seu baile, começou a adotar como aborrecimento seguinte a indiferença provocadora do sr. Knightley a respeito. Seja porque ele próprio não dançava, ou porque o plano fora formulado sem que fosse consultado, parecia decidido que não o interessaria, decidido que não despertaria sua curiosidade no atual e que não lhe proporcionaria qualquer divertimento futuro. Às suas comunicações voluntárias, Emma não conseguiu obter uma resposta mais aprovadora do que:

— Muito bem. Se os Weston acham que vale a pena ter todo esse trabalho por algumas horas de diversão barulhenta, não tenho nada a dizer contra isso, exceto que não escolherão prazeres para mim. Sim, estarei lá; não podia recusar; e vou ficar o mais acordado que puder; mas preferiria ficar em casa, examinando o relatório da semana de William Larkins; muito mais, confesso. Prazer em ver outros dançarem! Não eu, de fato, nunca assisto a danças; não sei quem o faça. Uma bela dança, creio eu, assim como a virtude, deve ser sua própria recompensa. Aqueles que estão parados geralmente estão pensando em algo muito diferente.

Emma sentiu que isso era dirigido a ela; e a deixou bastante zangada. Não era um elogio a Jane Fairfax, entretanto, que ele estivesse tão indiferente, ou tão indignado; ele não foi guiado pelos sentimentos *dela* ao reprovar o baile, pois *ela* gostara da ideia em um grau extraordinário. Ela ficou animada — de coração aberto — e disse voluntariamente:

— Ah! Senhorita Woodhouse, espero que nada aconteça para impedir o baile. Seria uma decepção! Estou aguardando ansiosa, admito, com prazer *muito* grande.

Não seria para agradar a Jane Fairfax, portanto, que ele teria preferido a companhia de William Larkins. Não! Ela estava cada vez mais convencida de que a sra. Weston estava bastante enganada quanto a essa suposição. Havia um grande apego amigável e compassivo da parte dele, porém, nenhum amor.

Enfim! Logo não havia tempo para discutir com o sr. Knightley. Dois dias de alegre certeza foram imediatamente seguidos pela derrocada de tudo. Chegara uma carta do sr. Churchill pedindo o retorno imediato do sobrinho. A sra. Churchill não estava bem — mal demais para ficar sem ele; já estava em grande sofrimento, assim dizia o marido, ao escrever para o sobrinho dois dias antes, embora por sua habitual relutância em causar dor e pelo hábito constante de nunca pensar em si mesma, ela não o tivesse mencionado; mas agora ela estava doente demais para fingir e precisava suplicar-lhe que fosse para Enscombe sem demora.

O resumo dessa carta foi encaminhado para Emma, em um bilhete da sra. Weston, imediatamente. Quanto à sua partida, era inevitável. Ele devia partir em poucas horas, embora sem sentir nenhum verdadeiro alarme pela tia para diminuir sua repugnância. Ele conhecia suas enfermidades; elas nunca ocorriam exceto para própria conveniência dela.

A sra. Weston acrescentou que ele só poderia se dar tempo para correr até Highbury, após o desjejum, e se despedir dos poucos amigos que ele poderia supor teriam algum interesse por ele; e que ele devia ser esperado em Hartfield muito em breve.

Esse bilhete infeliz acabou com o desjejum de Emma. Depois de lido, não havia mais nada a fazer, a não ser lamentar e maldizer. A perda do baile, a perda do rapaz, e de tudo o que o rapaz poderia estar sentindo! Era terrível! Teria sido uma noite tão maravilhosa! Todos estariam tão felizes! E ela e seu companheiro seriam os mais felizes! "Eu disse que seria assim", foi o único consolo.

Os sentimentos de seu pai eram bastante distintos. Ele pensava principalmente na doença da sra. Churchill e queria saber como ela era tratada; e quanto ao baile, foi horrível ver a querida Emma desapontada; mas todos estariam mais seguros em casa.

Emma estava pronta para receber seu visitante algum tempo antes de ele aparecer; mas se isso lançou qualquer dúvida sobre a sua impaciência, seu olhar triste e total falta de ânimo quando de fato chegou conseguiram redimi-lo. Sentia a partida quase demais para falar sobre ela. Seu desânimo era mais que evidente. Ficou realmente perdido em pensamentos nos primeiros minutos; e quando se recompôs, foi apenas para dizer:

— De todas as coisas horríveis, partir é a pior.

— Mas o senhor virá de novo — disse Emma. — Esta não será sua única visita a Randalls.

— Ah! — balançando a cabeça — a incerteza de quando poderei voltar! Tentarei com fervor! Será o objeto de todos os meus pensamentos e esforços! E se meu tio e minha tia forem para a cidade nessa primavera… mas temo… eles não se mexeram na primavera passada, temo que seja um costume que se acabou para sempre.

— Teremos que desistir de nosso pobre baile.

— Ah! Aquele baile! Por que esperamos por alguma coisa? Por que não agarrar o prazer de uma vez? Quantas vezes a felicidade é destruída pela preparação, tola preparação! A senhorita nos avisou que seria assim. Oh! Senhorita Woodhouse, por que está sempre tão certa?

— Na verdade, lamento muito estar certa neste caso. Eu preferia ser alegre do que sábia.

— Se eu puder voltar, teremos nosso baile. Meu pai conta com isso. Não se esqueça do seu compromisso.

Emma olhou graciosamente.

— Que duas semanas excelentes! — ele continuou. — Cada dia mais precioso e encantador que o anterior! Cada dia me tornando menos apto a suportar qualquer outro lugar. Felizes aqueles que podem permanecer em Highbury!

— Já que o senhor nos faz plena justiça agora — disse Emma, rindo —, atrevo-me a perguntar, se não veio com um pouco de dúvida a princípio. Não superamos bastante suas expectativas? Tenho certeza que sim. Tenho certeza de que o senhor não esperava gostar muito de nós. Não demoraria tanto para vir, se tivesse uma ideia favorável de Highbury.

Ele riu um tanto consciente; e embora negasse o sentimento, Emma estava convencida de que fora assim.

— E você deve partir essa manhã?

— Sim; meu pai irá se juntar a mim aqui; voltaremos juntos e devo partir imediatamente. Tenho quase medo de que qualquer momento o traga.

— Nem cinco minutos sobrando nem mesmo para suas amigas, senhorita Fairfax e senhorita Bates? Que pena! A mente poderosa e argumentativa da senhorita Bates pode ter fortalecido a sua.

— Sim, eu *já* estive lá; passando em frente à porta, achei melhor. Foi a coisa certa a fazer. Entrei por três minutos e fui detido pela ausência da senhorita Bates. Ela estava fora; e achei impossível não esperar até que ela voltasse. É uma mulher de quem se pode, se *deve* rir; mas que não se deseja menosprezar. Era melhor fazer minha visita, então…

Ele hesitou, levantou-se e foi até a janela.

— Em suma — disse ele —, talvez, senhorita Woodhouse… creio que dificilmente não tenha suspeitado…

Olhou para ela, como se quisesse ler seus pensamentos. Ela mal sabia o que dizer. Parecia o presságio de algo absolutamente sério, que ela não desejava. Obrigando-se a falar, então, na esperança de deixar isso de lado, disse calmamente:

— Tem toda a razão; era bem natural fazer a sua visita então…

Ficou em silêncio. Emma pensou que ele a observava; provavelmente, refletindo sobre o que ela havia dito e tentando entender o intento. Ouviu-o suspirar. Era natural que sentisse que tinha *razões* para suspirar. Ele não podia acreditar que ela encorajava. Alguns momentos embaraçosos se passaram e ele voltou a sentar-se; e de maneira mais decidida disse:

— Foi bom sentir que todo o resto do meu tempo poderia ser dedicado a Hartfield. Minha consideração por Hartfield é muito calorosa...

Interrompeu-se de novo, levantou-se mais uma vez e pareceu bastante constrangido. Estava mais apaixonado por ela do que Emma havia suposto; e quem pode dizer como teria terminado, se o pai dele não tivesse aparecido? O sr. Woodhouse logo o seguiu; e a necessidade do esforço o fez se recompor.

Poucos minutos mais, porém, encerraram o presente teste. O sr. Weston, sempre alerta quando havia negócios a resolver e incapaz de adiar qualquer mal que fosse inevitável, assim como de prever qualquer um que fosse duvidoso, disse: "É hora de ir"; e o jovem, embora pudesse suspirar, não pôde deixar de concordar em despedir-se.

— Terei notícias de todos — disse ele —; esse é o meu maior consolo. Vou saber de tudo o que está acontecendo aqui. Solicitei à senhora Weston que se corresponda comigo. Ela foi muito amável em prometer que o faria. Ah! A bênção de uma correspondente feminina, quando se está realmente interessado nos ausentes! Ela me contará tudo. Em suas cartas, estarei de volta na querida Highbury.

Um aperto de mão muito cordial e um "Adeus" muito sincero encerrou o discurso, e a porta logo se fechou atrás de Frank Churchill. Breve fora o tempo para se preparar, breve fora seu encontro; ele se fora; e Emma lamentou tanto a separação e previu uma perda tão grande para sua pequena sociedade devido à ausência dele, que começou a temer lamentar demais e sentir demais.

Foi uma mudança triste. Estavam se encontrando quase todos os dias desde sua chegada. De fato, sua presença em Randalls concedera grande alegria às últimas duas semanas, uma alegria indescritível; a ideia, a expectativa de vê-lo que todas as manhãs lhe trouxeram, a certeza das suas atenções, da sua vivacidade, dos seus modos! Havia sido uma quinzena muito feliz, e desolador deveria ser afundar no curso normal dos dias de Hartfield. Para completar todas as outras recomendações, ele *quase lhe* dissera que a amava. A que força, ou a que constância de afeto poderia estar sujeito, era outra história; mas no momento ela não podia duvidar de que ele tivesse uma admiração decididamente ardorosa, uma preferência consciente por si mesma; e esta persuasão, somada a todas as outras, a fez pensar que *devia* estar um pouco apaixonada por ele, apesar de todas as determinações anteriores contra isso.

— Certamente devo estar — disse ela. — Essa sensação de apatia, cansaço, estupidez, essa aversão a me sentar e me ocupar, essa sensação de que tudo na casa é monótono e insípido! Devo estar apaixonada. Seria a criatura mais esquisita do mundo se não estivesse... há algumas semanas, pelo menos. Bem! O mau para alguns é sempre bom para outros. Terei muitos companheiros de luto pelo baile, se não por Frank Churchill; mas o senhor Knightley ficará contente. Poderá passar a noite com seu querido William Larkins agora, se quiser.

O sr. Knightley, no entanto, não demonstrou nenhuma felicidade triunfante. Não podia dizer que lamentava por sua própria causa; seu olhar muito satisfeito o teria contradito se ele o fizesse; mas ele disse, e com muita firmeza, que lamentava a decepção dos outros, e com considerável gentileza adicionada:

— Você, Emma, que tem tão poucas oportunidades de dançar, está realmente sem sorte; está muito sem sorte!

Demorou alguns dias para que visse Jane Fairfax, para julgar seu sincero pesar por essa mudança lamentável; mas quando se encontraram, sua compostura era odiosa. Ela não estivera muito bem, entretanto, sofrendo de fortes dores de cabeça, o que fez sua tia declarar que, se o baile tivesse acontecido, ela não achava que Jane poderia ter comparecido; e foi caridoso imputar parte de sua deselegante indiferença ao langor dos problemas de saúde.

Capítulo 13

Emma continuou a não ter dúvidas de que estava apaixonada. Suas ideias variavam em relação ao quanto. A princípio, achou que era muito; e depois, apenas um pouco. Ela sentia grande prazer em ouvir falar de Frank Churchill; e, por causa dele, maior prazer do que nunca em ver o sr. e a sra. Weston; ela pensava nele com frequência e ficava impaciente por uma carta, para saber como ele estava, como estava seu ânimo, como estava sua tia e qual era a chance de ele voltar a Randalls nesta primavera. Mas, por outro lado, não podia se considerar infeliz, nem, depois da primeira manhã, menos disposta para as atividades do que de costume; ela ainda estava ocupada e alegre; e, por mais agradável que ele fosse, ela ainda podia imaginá-lo com defeitos; e mais longe, embora pensando tanto nele, e, enquanto se sentava desenhando ou trabalhando, formando mil esquemas divertidos para o progresso e encerramento de seu apego, imaginando diálogos interessantes e inventando cartas elegantes; a conclusão de cada declaração imaginária da parte dele era que ela *o recusava*. O afeto deles sempre se transformaria em amizade. Tudo que havia de terno e encantador marcaria sua despedida; mas ainda assim haveriam de se separar. Quando percebeu isso, ela entendeu que não poderia estar muito apaixonada; pois apesar de sua determinação anterior e firme de nunca deixar o pai, de nunca se casar, um forte apego certamente deveria produzir um debate maior do que ela conseguia prever nos próprios sentimentos.

"Não me vejo fazendo uso da palavra *sacrifício*", disse ela. "Em nenhuma de todas as minhas respostas inteligentes, minhas delicadas negativas, há qualquer alusão a fazer um sacrifício. Suspeito que ele não seja realmente necessário para minha felicidade. Melhor assim. Certamente não vou me persuadir a sentir mais do que sinto. Estou apaixonada o bastante. Lamentaria estar mais."

No todo, ela estava igualmente satisfeita com sua impressão dos sentimentos dele.

"*Ele* está, sem dúvida, muito apaixonado, tudo indica isso, muito apaixonado mesmo! E quando voltar, se sua afeição continuar, devo estar em guarda para não o encorajar. Seria indesculpável agir de outro modo, já que minha própria mente já está decidida. Não que eu imagine que ele possa pensar que o tenho encorajado até agora. Não, se ele acreditasse que eu partilhasse de seus sentimentos, não estaria tão infeliz. Caso se julgasse encorajado, sua aparência e linguagem na despedida teriam sido diferentes. Ainda assim, porém, devo estar em guarda. Isto é, supondo que seu apego continue o que é agora; mas não sei se espero que continue. Não o considero o tipo de homem... não confio totalmente em sua firmeza ou constância. Seus sentimentos são calorosos, mas posso imaginá-los bastante mutáveis. Cada consideração sobre o assunto, em suma, torna-me grata por minha felicidade não estar mais profundamente envolvida. Ficarei muito bem depois de um tempo... e então, uma coisa boa terá terminada; pois dizem que todo mundo se apaixona uma vez na vida, e eu terei me livrado com tranquilidade."

Quando chegou carta dele para a sra. Weston, Emma a leu; e a leu com um grau de prazer e admiração que a fez balançar a cabeça diante das próprias sensações e pensar que havia subestimado sua intensidade. Era uma carta longa e bem escrita, dando as particularidades de sua jornada e de seus sentimentos, expressando todo o carinho, gratidão e respeito que era natural e honrado, e descrevendo tudo o que era exterior e local que poderia ser considerado atraente, com ânimo e precisão. Nenhum floreio suspeito agora de desculpas ou preocupação; era a linguagem dos sentimentos verdadeiros para a sra. Weston; e a transição de Highbury para Enscombe, o contraste entre os lugares em algumas das primeiras bênçãos da vida social foi apenas tocado o bastante para mostrar o quão intensamente foi sentido e quanto mais poderia ter sido dito, não fosse pelas restrições do decoro. O encanto do próprio nome não faltou. *Srta. Woodhouse* apareceu mais de uma vez, e nunca sem algo de uma agradável conexão, seja um elogio ao seu bom gosto, ou uma lembrança do que ela havia dito; e no último momento em que encontrou seu olhar, mesmo despida como estava de qualquer vasta guirlanda de galanteios, ela ainda podia discernir o efeito da própria influência e reconhecer talvez o maior elogio de todos transmitidos. Comprimidas no canto mais baixo estavam estas palavras: "Não tive um momento livre na terça-feira, como sabe, para a bela amiguinha da srta. Woodhouse. Por favor, dê minhas desculpas e despedidas a ela." Isso, Emma não podia duvidar, era tudo por ela. Harriet foi lembrada só por ser *sua* amiga. Suas informações e perspectivas quanto a Enscombe não eram piores nem melhores do que o previsto; a sra. Churchill estava se recuperando e ele ainda não ousava, nem mesmo em sua imaginação, fixar um horário para voltar a Randalls.

Embora, gratificante e estimulante como era a carta na parte importante, seus sentimentos, ela ainda descobriu, quando foi dobrada e devolvida à sra. Weston, que não havia adicionado nenhum ardor duradouro, que ainda poderia viver sem o remetente, e que ele deveria aprender a viver sem ela. As intenções dela permaneceram inalteradas. Sua resolução de recusar apenas se tornou mais interessante com o acréscimo de um esquema para o subsequente consolo e felicidade dele. Sua lembrança de Harriet e as palavras que a revestiam, a "bela amiguinha", sugeriam a ela a ideia de Harriet sucedê-la em seus afetos. Seria impossível? Não. Harriet, sem dúvida, era muito inferior no entendimento dele; mas ele ficara muito impressionado com a beleza de seu rosto e a calorosa simplicidade de seus modos; e todas as probabilidades de circunstância e conexão estavam a favor dela. Para Harriet, seria realmente vantajoso e maravilhoso.

— Não devo pensar nisso — disse ela. — Não devo pensar nisso. Sei o perigo de alimentar tais especulações. Mas coisas mais estranhas já aconteceram; e quando deixarmos de nos gostarmos como fazemos agora, será o meio de nos confirmar no tipo de verdadeira amizade desinteressada que já posso antecipar com prazer.

Era bom ter um consolo guardado em nome de Harriet, embora fosse sensato deixar a fantasia tocá-lo raramente; pois o mal que vinha disso estava sempre próximo. Como a chegada de Frank Churchill sucedeu ao noivado do sr. Elton nas conversas de Highbury, da mesma forma que o último interesse afastou inteiramente o primeiro, agora, com a partida de

Frank Churchill, as preocupações do sr. Elton estavam assumindo a forma mais irresistível. A data do casamento foi anunciada. Ele logo estaria entre eles novamente; o sr. Elton e sua noiva. Mal houve tempo para falar sobre a primeira carta vinda de Enscombe antes de "o sr. Elton e sua noiva" estar na boca de todos, e Frank Churchill ser esquecido. Emma detestava a frase. Havia tido três felizes semanas livres do sr. Elton; e a mente de Harriet, esperava, ultimamente vinha se fortalecendo. Com o baile do sr. Weston à vista, pelo menos, houve grande insensibilidade a outras coisas; mas agora estava muito evidente que ela não atingira um estado de compostura que pudesse resistir à aproximação real... nova carruagem, toque de sinos e tudo mais.

A pobre Harriet estava em tamanha agitação mental, que exigia todos os raciocínios, apaziguamentos e atenções de todo tipo que Emma pudesse dar. Emma sentia que não poderia fazer demais por ela, que Harriet tinha direito a toda a sua engenhosidade e paciência; mas era um trabalho pesado estar sempre convencendo sem produzir nenhum efeito, sempre recebendo concordância, sem poder tornar suas opiniões iguais. Harriet ouvia com submissão e dizia "era bem verdade... era exatamente como a senhorita Woodhouse descreveu... não valia a pena pensar neles... e não pensaria mais neles", mas nenhuma mudança de assunto adiantava, e a meia hora seguinte a viu tão ansiosa e inquieta por causa dos Elton quanto antes. Por fim, Emma a atacou em outro terreno.

— Permitir-se ficar tão preocupada e infeliz com o casamento do senhor Elton, Harriet, é a maior reprovação que pode *me* fazer. Não poderia me fazer uma reprimenda maior pelo erro que cometi. Foi tudo culpa minha, eu sei. Não me esqueci, garanto-lhe. Enganada eu mesma, enganei-a miseravelmente, e será uma reflexão dolorosa que farei para sempre. Não imagine que corro o risco de esquecer isso.

Harriet sentiu isso demais para pronunciar mais do que algumas palavras de exclamação ansiosa. Emma continuou:

— Eu não disse, esforce-se, Harriet, por mim; pense menos, fale menos do senhor Elton por minha causa; porque antes, pelo seu próprio bem, eu gostaria que o fizesse, pelo que é mais importante do que meu bem-estar, um hábito de autodomínio seu, uma consideração de qual é o seu dever, uma atenção ao decoro, um esforço para evitar a suspeita dos outros, para preservar sua saúde e reputação, e restaurar sua tranquilidade. Esses são os motivos pelos quais tenho insistido. São muito importantes, e lamento que não os sinta o suficiente para agir de acordo com eles. Que eu seja preservada da dor é uma consideração muito secundária. Eu quero que você se preserve de uma dor maior. Talvez às vezes eu tenha sentido que Harriet não esqueceria o que era devido... ou melhor, o que seria clemente comigo.

Este apelo ao seu afeto fez mais do que todo o resto. A ideia de faltar com gratidão e consideração à srta. Woodhouse, a quem realmente amava profundamente, deixou Harriet infeliz por um tempo, e quando a violência do sofrimento foi confortada, ainda permaneceu poderosa o suficiente para lembrá-la do que era certo e conduzi-la nisso de forma bem tolerável.

— A senhorita, que tem sido a melhor amiga que já tive em minha vida! Faltar-lhe com gratidão! Ninguém é igual a senhorita! Não me importo com ninguém mais nesse mundo! Ah! Senhorita Woodhouse, como tenho sido ingrata!

Tais expressões, acompanhadas como foram por tudo que a aparência e as maneiras podiam fazer, fizeram Emma sentir que nunca amou Harriet tão bem, nem valorizou tanto seu afeto antes.

"Não há encanto que se iguale à ternura de coração", disse ela depois para si mesma. "Não há nada comparável. Calor e ternura de coração, de maneira afetuosa e sincera, superarão toda a clareza mental do mundo, em atração, tenho certeza que sim. É a ternura de coração que torna meu querido pai tão geralmente amado, que dá a Isabella toda a sua popularidade. Não a tenho, mas sei como valorizá-la e respeitá-la. Harriet é minha superior em todo o charme e felicidade dá. Querida Harriet! Não a trocaria pela mulher mais lúcida, com a visão mais aguçada e com a melhor capacidade de julgamento. Oh! A frieza de uma Jane Fairfax! Harriet vale cem delas. E como esposa... a esposa de um homem sensato... é inestimável. Não menciono nomes; mas feliz o homem que troca Emma por Harriet!"

Capítulo 14

A sra. Elton foi vista pela primeira vez na igreja: mas embora a devoção pudesse ser interrompida, a curiosidade não poderia ser satisfeita por uma noiva em um banco, e deve ser deixada para as visitas formais que deveriam ser feitas, para decidir se ela era realmente muito bonita, ou apenas bem bonita, ou nada bonita.

Emma tinha sentimentos, menos de curiosidade do que de orgulho ou decoro, que a fizeram decidir não ser a última a prestar seus respeitos; e ela fez questão de que Harriet fosse com ela, para que a pior parte do negócio fosse resolvida o mais rápido possível.

Não podia entrar de novo na casa, não podia estar no mesmo cômodo para onde havia se retirado com tão vã artimanha três meses atrás, para amarrar os cadarços da bota, sem *recordar*. Milhares de pensamentos vexatórios voltariam a ocorrer. Elogios, charadas e gafes horríveis; e não era de se supor que a pobre Harriet também não estivesse recordando; mas ela se comportou muito bem e esteve apenas bastante pálida e silenciosa. A visita foi, é claro, curta; e houve tanto constrangimento e ocupação da mente para encurtá-la que Emma não se permitiu formar uma opinião sobre a senhora e nem hipótese alguma emitir uma, além dos termos vazios "elegantemente vestida, e muito agradável".

Na verdade, não gostara dela. Não se apressaria a encontrar defeitos, mas suspeitava que não houvesse elegância; desembaraço, mas não elegância. Tinha quase certeza de que para uma jovem moça, uma estranha, uma noiva, havia desembaraço demais. Sua figura era bastante boa; seu rosto não carecia de beleza; mas nem suas feições, nem seu ar, nem sua voz, nem seus modos eram elegantes. Emma pensou que pelo menos seria assim.

Quanto ao sr. Elton, seus modos não pareciam... mas não, ela não permitiria uma palavra apressada ou espirituosa sua sobre seus modos. Receber visitas de casamento era uma cerimônia incômoda, a qualquer momento, e um homem precisava de toda a graça para se sair bem nisso. Para a mulher era mais fácil; ela podia ter a ajuda de roupas elegantes e o privilégio da timidez, mas o homem podia contar apenas com o próprio bom senso; e quando ela considerou o quão azarado era o sr. Elton por estar em um cômodo ao mesmo tempo com a mulher com quem acabara de se casar, a mulher com quem queria se casar e a mulher com quem era esperado que se casasse, ela precisava conceder a ele o direito de parecer tão pouco inteligente, e estar tão afetado e tão pouco desembaraçado de fato quanto podia estar.

— Bem, senhorita Woodhouse — disse Harriet, depois de terem saído da casa, e depois de esperar em vão que sua amiga começasse —; bem, senhorita Woodhouse — com um suspiro suave —, o que pensa dela? Não é muito charmosa?

Houve uma pequena hesitação na resposta de Emma.

— Oh! Sim, muito, uma jovem muito agradável.

— Acho-a linda, muito linda.

— Muito bem vestida, de fato; um vestido extremamente elegante.

— Não me surpreende que ele tenha se apaixonado.

— Ah! Não, não há nada que surpreenda ninguém. Uma bela fortuna; e ela veio em seu caminho.

— Ouso dizer — respondeu Harriet, suspirando de novo —, ouso dizer que ela é muito afeiçoada a ele.

— Talvez ela seja; mas não é o destino de todo homem casar-se com a mulher que melhor o ama. A senhorita Hawkins talvez quisesse um lar e considerou essa a melhor oferta que provavelmente receberia.

— Sim — disse Harriet com seriedade — e com razão, ninguém receberia uma melhor. Bem, desejo-lhes felicidades de todo o coração. E agora, senhorita Woodhouse, penso que não me importarei de vê-los novamente.

Ele continua tão superior quanto sempre; mas sendo casado, entende, é bem diferente. Não, de fato, senhorita Woodhouse, não precisa temer; posso sentar-me e admirá-lo agora sem grande sofrimento. Saber que ele não se casou com uma qualquer é um enorme consolo! Ela de fato parece ser uma jovem encantadora, exatamente como ele merece. Criatura feliz! Ele a chamou de "Augusta". Que adorável!

Quando a visita foi paga, Emma se decidiu. Pôde então ver mais e julgar melhor. Por Harriet não estar em Hartfield, e por seu pai estar presente para ocupar o sr. Elton, ela teve um quarto de hora para conversar com a dama e pôde analisa-la com tranquilidade; e os quinze minutos convenceram-na por completo de que a sra. Elton era uma mulher vaidosa, satisfeita consigo mesma ao extremo e bastante convencida da própria importância; que ela pretendia brilhar e parecer muito superior, mas com modos formados em uma má escola, cheios de atrevimento e familiaridade; que todas as suas opiniões vinham de apenas um grupo de pessoas e um estilo de vida; que, se não era tola, era ignorante, e que sua companhia decerto não faria bem ao sr. Elton.

Harriet teria sido uma combinação melhor. Se não sensata ou refinada ela mesma, iria liga-lo àqueles que o eram; mas a srta. Hawkins, poder-se-ia razoavelmente supor por sua presunção descuidada, havia sido a melhor de seu círculo. O cunhado rico dos arredores de Bristol era o orgulho da aliança, e seu lugar e suas carruagens eram o orgulho dele.

O primeiro sujeito depois de sentar-se foi Maple Grove, "A residência de meu cunhado, o senhor Suckling", uma comparação de Hartfield com Maple Grove. O terreno de Hartfield era pequeno, mas bem cuidado e bonito; e a casa era moderna e bem construída. A sra. Elton parecia favoravelmente impressionada com o tamanho da sala, a entrada e tudo o que podia ver ou imaginar. "De fato, muito parecido com Maple Grove!" Ela estava bastante impressionada com a semelhança! Aquela sala tinha o mesmo formato e tamanho da sala de estar de Maple Grove; o quarto favorito da irmã dela Pediu a opinião do sr. Elton. "Não era incrivelmente parecido? Realmente quase podia se imaginar em Maple Grove."

— E a escada… Sabe, quando entrei, observei como a escada era muito parecida; colocada exatamente na mesma parte da casa. Eu realmente não pude deixar de exclamar! Garanto-lhe, senhorita Woodhouse, é muito encantador para mim ser lembrada de um lugar pelo qual sou tão apaixonada como Maple Grove. Passei tantos meses felizes lá! — com um leve suspiro sentimental — Um lugar encantador, sem dúvida. Todos que o veem ficam impressionados com sua beleza; mas para mim, foi um verdadeiro lar. Quando a senhorita for transplantada, como eu, senhorita Woodhouse, compreenderá como é maravilhoso encontrar qualquer coisa parecida com o que se deixou para trás. Sempre digo que este é um dos males do matrimônio.

Emma deu a resposta mais breve que conseguiu; mas foi mais que suficiente para a sra. Elton, que apenas queria falar ela mesma.

— Tão extremamente semelhante a Maple Grove! E não é apenas a casa, o terreno, asseguro-lhe, pelo que pude observar, é muito parecido. Os loureiros de Maple Grove são tão profusos quanto aqui, e estão plantados de modo muito parecido, do outro lado do gramado; e tive um vislumbre de uma bela árvore grande, com um banco ao redor, que me trouxe tantas recordações! Meu cunhado e minha irmã ficarão encantados com este lugar. Aqueles que possuem grandes propriedades sempre ficam satisfeitos com qualquer coisa no mesmo estilo.

Emma duvidou da verdade desse sentimento. Ela imaginava que as pessoas que possuíam grandes propriedades se importavam muito pouco com as grandes propriedades dos outros; mas não valia a pena atacar um erro tão crasso, por isso, apenas disse em resposta:

— Quando tiver visto mais da região, temo que pense que superestimou Hartfield. Surrey está cheio de belezas.

— Ah! É claro, estou bem ciente disso. É o jardim da Inglaterra, sabe. Surrey é o jardim da Inglaterra.

— É verdade; mas não devemos basear nossas pretensões nessa distinção. Muitos condados, creio eu, são chamados de jardim da Inglaterra, assim como Surrey.

— Não, imagino que não — respondeu a sra. Elton, com um sorriso muito satisfeito. — Eu nunca ouvi falarem em nenhum condado, exceto Surrey, dessa forma.

Emma permaneceu em silêncio.

— Meu cunhado e minha irmã nos prometeram uma visita na primavera ou no verão, no máximo — continuou a sra. Elton —; e esse será o nosso momento de explorar a região. Enquanto estiverem conosco, exploraremos muito, ouso dizer. Eles virão em seu landau, é claro, que comporta quatro perfeitamente; e isso, sem falar da *nossa* carruagem, devemos conseguir explorar as diferentes belezas extremamente bem. Dificilmente viriam em sua caleça, imagino eu, nessa época do ano. De fato, quando for o tempo, decididamente recomendarei que venham no landau; será muito melhor. Quando as pessoas visitam uma bela região como essa, sabe, senhorita Woodhouse, naturalmente se deseja que vejam o máximo possível; e o senhor Suckling adora explorar. Exploramos até King's-Weston duas vezes no verão passado, dessa forma, da maneira mais deliciosa, logo após adquirirem o landau. Suponho que façam muitos passeios desse tipo por aqui todo verão, senhorita Woodhouse?

— Não; não exatamente aqui. Estamos bastante distantes das belezas impressionantes que atraem o tipo de passeio de que a senhora fala; e nós somos pessoas muito quietas, acredito; mais dispostas a ficar em casa do que a tomar parte nesses planos prazenteiros.

— Ah! Não há nada como ficar em casa para desfrutar do verdadeiro conforto. Ninguém pode ser mais dedicada ao lar do que eu. Eu era um verdadeiro exemplo disso em Maple Grove. Muitas vezes Selina disse, quando estava indo para Bristol: "Realmente não consigo fazer essa garota sair de casa. Tenho que ir sozinha, embora odeie ficar presa no landau sem companhia; mas Augusta, creio eu, por sua própria boa vontade, nunca iria além da cerca do jardim". Muitas vezes ela disse isso; e, no entanto, não sou uma defensora da reclusão total. Penso, pelo contrário, que, quando as pessoas se fecham totalmente para a sociedade, é muito ruim; e que é muito mais aconselhável misturar-se ao mundo em um grau adequado, sem viver nele demais nem muito pouco. Entretanto, entendo perfeitamente sua situação, senhorita Woodhouse — olhando para o sr. Woodhouse —, o estado de saúde de seu pai deve ser um grande obstáculo. Por que ele não vai a Bath? Certamente deveria. Deixe-me recomendar-lhes Bath. Garanto-lhe que não tenho dúvidas de que fará bem ao senhor Woodhouse.

— Meu pai foi mais de uma vez, no passado; mas sem receber nenhum benefício; e o senhor Perry, cujo nome, ouso supor, não lhe seja desconhecido, não acredita que seria mais provável de ser útil agora.

— Ah! É uma grande pena; pois asseguro-lhe, senhorita. Woodhouse, quando as águas são benéficas, é maravilhoso o alívio que proporcionam. Em minhas visitas a Bath, já vi casos assim! E é um lugar tão alegre, que não poderia deixar de fazer bem para o ânimo do senhor Woodhouse, que, pelo que sei, às vezes fica muito deprimido. E quanto a razões para recomendá-lo para *a senhorita*, imagino que não preciso me deter muito nelas. As vantagens de Bath para os jovens são amplamente compreendidas. Seria uma encantadora apresentação à sociedade para alguém que viveu uma vida tão reclusa; e eu poderia imediatamente obter para a senhorita contato com algumas das melhores figuras do lugar. Uma linha minha lhe daria um pequeno número de conhecidos; e minha amiga particular, a senhora Partridge, a senhora com quem sempre residi quando em Bath, ficaria muito feliz em mostrar-lhe todas as atenções e seria a pessoa certa com quem sair em público.

Foi o máximo que Emma pôde suportar, sem ser indelicada. A ideia de ela estar em débito com a sra. Elton pelo que foi chamado de *apresentação*, de ela ir a público sob os auspícios de uma amiga da sra. Elton, provavelmente alguma viúva vulgar e atrevida, que, com a ajuda de uma inquilina, apenas ganhava o suficiente para viver! A dignidade da srta. Woodhouse, de Hartfield, estava realmente rebaixada!

Ela se conteve, no entanto, de qualquer uma das reprimendas que poderia ter feito, e apenas agradeceu a sra. Elton friamente; "mas sua ida para Bath estava totalmente fora de cogitação; e não estava inteiramente convencida de que o lugar seria melhor para ela do que para seu pai." E então, para evitar mais ultraje e indignação, mudou imediatamente de assunto.

— Não pergunto se aprecia música, senhora Elton. Nessas questões, o caráter de uma dama geralmente a precede; e Highbury sabe há muito tempo que é uma exímia executante.

— Ah! Na verdade, não; devo protestar contra tal ideia. Uma exímia executante! Estou muito longe disso, garanto-lhe. Considere a parcialidade da fonte de onde suas informações vieram. Sou apaixonada por música, perdidamente apaixonada; e meus amigos dizem que não sou totalmente desprovida de bom gosto; mas, quanto a qualquer outra coisa, por minha honra, meu desempenho é *medíocre* ao último grau. Sei bem, senhorita Woodhouse, que toca encantadoramente. Asseguro-lhe que foi minha maior satisfação, conforto e deleite descobrir em que sociedade musical fui introduzida. Simplesmente não consigo viver sem música. É uma necessidade vital para mim; e, tendo sido sempre acostumada a uma sociedade muito musical, tanto em Maple Grove quanto em Bath, teria sido um sacrifício enorme. Disse isso com toda sinceridade ao senhor quando ele falava de minha futura casa e expressava seus temores de que seu recolhimento fosse desagradável; e da inferioridade da casa também, conhecendo a que eu estava acostumada, é claro que ele não estava totalmente destituído de apreensão. Quando ele falava sobre isso dessa forma, eu honestamente disse que seria capaz de renunciar *ao mundo,* festas, bailes, teatro, pois não tinha medo do recolhimento. Abençoada com tantos recursos dentro de mim, o mundo não era necessário para *mim*. Poderia ficar muito bem sem ele. Para aqueles que não têm recursos, a coisa é diferente; mas meus recursos me tornaram bastante independente. E quanto a aposentos menores do que os que eu estava acostumada, realmente não pensava nisso. Esperava estar perfeitamente à altura de qualquer sacrifício dessa espécie. É verdade, estava acostumada a todos os luxos de Maple Grove; mas assegurei-lhe que duas carruagens não eram necessárias para minha felicidade, nem eram apartamentos espaçosos. "Mas", disse eu, "para ser bem franca, não creio que possa viver sem ao menos algumas pessoas que gostem de música. Não tenho mais nenhuma condição; mas, sem música, a vida seria um vazio para mim."

— Não podemos supor — disse Emma, sorrindo — que o senhor Elton hesitaria em lhe garantir que há pessoas que gostam *muito* de música em Highbury; e espero que a senhora não descubra que ele ultrapassou a verdade mais do que pode ser perdoado, considerando o motivo.

— Não, de fato, não tenho dúvidas quanto a isso. Estou muito feliz por me encontrar em tal círculo. Espero que possamos promover muitos pequenos adoráveis concertos. Creio, senhorita Woodhouse, que devemos estabelecer um clube musical e ter reuniões semanais na sua casa ou na nossa. Não é um bom plano? Se nos empenharmos, estou certa de que não ficaremos muito tempo sem aliadas. Algo dessa natureza seria particularmente desejável para *mim*, como um incentivo para me manter praticando; pois as mulheres casadas, sabe... há uma história triste contra elas, em geral. São muito propensas a desistir da música.

— Mas para a senhora, que gosta tanto, não pode haver perigo, certo?

— Espero que não; mas realmente quando olho em volta entre minhas conhecidas, tremo. Selina desistiu totalmente da música, nunca toca o instrumento, embora tocasse docemente. E o mesmo pode ser dito da senhora Jeffereys, Clara Partridge, quando solteira; e das duas Milman, agora senhora Bird e senhora James Cooper; e de mais outras que poderia enumerar. Dou-lhe minha palavra, é o suficiente para assustar. Eu costumava ficar muito irritada com Selina; mas realmente começo agora a compreender que uma mulher casada tem muitas coisas para ocupar sua atenção. Acredito que passei meia hora esta manhã trancada com minha governanta.

— Mas todas as coisas desse tipo — disse Emma — logo seguirão em uma rotina tão regular...

— Bem — disse a sra. Elton, rindo —, veremos.

Emma, achando-a tão determinada a negligenciar sua música, não tinha mais nada a dizer; e, após uma pausa momentânea, a sra. Elton escolheu outro assunto.

— Visitamos Randalls — disse ela — e encontramos ambos em casa; e parecem ser pessoas muito agradáveis. Gosto muito deles. O senhor Weston parece uma criatura excelente, já é um favorito de primeira classe para mim, asseguro-lhe. E *ela* parece tão genuinamente boa… há algo tão maternal e bondoso nela, que logo nos conquista. Foi sua governanta, certo?

Emma estava quase surpresa demais para responder; mas sra. Elton mal esperou pela afirmativa antes de continuar.

— Tendo sabido isso a respeito dela, fiquei bastante surpresa ao encontrá-la tão distinta! Mas ela é realmente uma dama.

— Os modos da senhora Weston — respondeu Emma — sempre foram particularmente bons. Seu decoro, sua simplicidade e elegância as tornariam o modelo mais seguro para qualquer jovem moça.

— E quem acha que chegou enquanto estávamos lá?

Emma estava completamente perdida. O tom sugeria algum velho conhecido, mas como poderia adivinhar?

— Knightley! — continuou a sra. Elton —; o próprio Knightley! Não foi uma sorte? Por que, não estando em casa quando ele nos visitou outro dia, nunca o tinha visto antes; e, claro, como um amigo tão especial do senhor E., tinha uma grande curiosidade. "Meu amigo Knightley" fora mencionado com tanta frequência que fiquei realmente impaciente para vê-lo; e devo fazer ao meu *caro sposo* a justiça de dizer que não precisa ter vergonha do amigo. Knightley é um cavalheiro. Gosto muito dele. Decididamente, considero-o um homem muito cavalheiresco.

Felizmente, agora era hora de irem embora. Partiram; e Emma pode respirar.

"Mulher insuportável!" foi sua exclamação imediata. "Pior do que eu imaginava. Absolutamente insuportável! Knightley! Eu não podia acreditar. Knightley! Nunca o viu em sua vida antes e chama-o de Knightley! E descubro que ele é um cavalheiro! Uma sujeita nova-rica e vulgar, com seu sr. E. e seu *caro sposo*, e seus recursos, e todos os seus ares de pretensão atrevida e falso refinamento. De fato, descobrir que o sr. Knightley é um cavalheiro! Duvido que ele retorne o elogio e descubra que ela é uma dama. Eu não podia acreditar! E propor que ela e eu deveríamos nos unir para formar um clube musical! Alguém poderia imaginar que éramos amigas do peito! E a sra. Weston! Espantada que a pessoa que me criou fosse uma dama! Apenas piora. Nunca encontrei mulher igual a ela. Muito além de minhas expectativas. Harriet seria humilhada por qualquer comparação. Ah! O que Frank Churchill diria a ela, se estivesse aqui? Como ficaria zangado e distraído! Ah! Eis me aqui logo pensando nele. Sempre a primeira pessoa em quem penso! Como eu me traio! Frank Churchill vem regularmente à minha mente!…"

Tudo isso correu tão fluentemente por seus pensamentos, que quando seu pai havia se recomposto, após a agitação da partida dos Elton, e estava pronto para falar, ela estava razoavelmente capaz de lhe dar atenção.

— Bem, minha querida — começou ele deliberadamente —, considerando que nunca a vimos antes, ela parece uma jovem muito bonita; e ouso dizer que ela gostou muito de você. Ela fala um pouco rápido demais. Um pouco de rapidez na voz que chega a ferir os ouvidos. Mas eu acredito que sou justo; não gosto de vozes estranhas; e ninguém fala como você e a pobre senhorita Taylor. No entanto, ela parece uma moça muito amável e bem comportada e, sem dúvida, será uma boa esposa para ele. Embora eu ache que teria sido melhor ele não ter se casado. Desculpei-me da melhor forma por não os visitar nessa feliz ocasião; disse que esperava ir ao longo do verão. Mas eu deveria ter ido antes. Não visitar uma noiva é muito negligente. Ah! Isso mostra que triste inválido eu sou! Mas eu não gosto da curva da via do vicariato.

— Ouso dizer que suas desculpas foram aceitas, senhor. O senhor Elton o conhece.

— Sim, mas uma jovem dama, uma noiva, eu deveria ter prestado meus respeitos a ela, se possível. Estava sendo muito desatento.

— Mas, meu querido papai, o senhor não é amigo do matrimônio; e, portanto, por que deveria estar tão ansioso para prestar seus respeitos a uma *noiva*? Não seria uma recomendação para *o senhor*. É encorajar as pessoas a se casar, se as valoriza tanto.

— Não, minha querida, nunca encorajei ninguém a se casar, mas sempre desejo prestar a devida atenção a uma dama; e uma noiva, em especial, nunca deve ser negligenciada. Muito mais lhe é declaradamente devido. Uma noiva, sabe, minha querida, é sempre a primeira a ser cumprimentada, sejam os outros quem forem.

— Bem, papai, se isso não é um incentivo para casar, eu não sei o que é. E eu nunca imaginaria que o senhor emprestasse sua sanção a tais iscas de vaidade para pobres moças.

— Minha querida, você não me entende. Esta é uma questão de mera polidez e boa educação, e não tem nada a ver com qualquer incentivo para que as pessoas se casem.

Emma parou de falar. Seu pai estava ficando nervoso e não conseguia entendê-la. Sua mente voltou às ofensas da sra. Elton, e muito, muito tempo, elas a ocuparam.

Capítulo 15

Emma não foi obrigada, por nenhuma descoberta subsequente, a se retratar de sua opinião negativa sobre a sra. Elton. Sua observação foi bastante correta. Tal como a sra. Elton lhe pareceu nessa segunda conversa, tal ela lhe pareceu sempre que se encontraram novamente: pretensiosa, arrogante, intrometida, ignorante e mal-educada. Ela tinha um pouco de beleza e um pouco de talento, mas tão pouco discernimento que se julgava vindo com um conhecimento superior do mundo, para animar e melhorar uma vizinhança campesina; e imaginava que a srta. Hawkins ocupou um lugar na sociedade que somente a importância da sra. Elton poderia superar.

Não havia razão para supor que o sr. Elton pensava de forma diferente da esposa. Ele parecia não apenas feliz com ela, mas também orgulhoso. Ele tinha o ar de estar se congratulando por ter trazido para Highbury mulher tal, a quem nem mesmo a srta. Woodhouse poderia se igualar; e a maior parte de seus novos conhecidos, disposta a elogiar, ou sem ter o hábito de julgar, seguindo a liderança da boa vontade da srta. Bates, ou confiando que a noiva deveria ser tão inteligente e agradável quanto professava ser, ficaram muito satisfeitos; de modo que elogios à sra. Elton passavam de boca em boca como era de se esperar, sem serem contrariados pela srta. Woodhouse, que prontamente continuou sua primeira contribuição e falou com muita graça que ela era "muito agradável e elegantemente vestida".

Em um aspecto, a sra. Elton ficou ainda pior do que parecera a princípio. Seus sentimentos mudaram em relação a Emma. Provavelmente, ofendida pelo pouco encorajamento que suas propostas de intimidade encontraram, recuou, por sua vez, e tornou-se cada vez mais fria e distante; e embora o efeito fosse agradável, a má vontade que o produziu necessariamente aumentava a antipatia de Emma. Suas maneiras, também, e as do sr. Elton, eram desagradáveis para com Harriet. Eram sarcásticos e negligentes. Emma esperava que isso operasse uma cura rápida em Harriet; mas as sensações que poderiam gerar tal comportamento rebaixou muito a ambos. Não havia dúvida de que o apego da pobre Harriet tinha sido uma oferenda à falta de reserva conjugal, e sua própria participação na história, pintada com as cores menos favoráveis a ela e bem mais reconfortantes para ele, com toda probabilidade também havia sido dada. Ela era, é claro, objeto de sua antipatia conjunta. Quando não tinham mais nada a dizer, devia ser sempre fácil começar a maldizer a srta. Woodhouse; e a inimizade que eles não ousavam demonstrar em franco desrespeito para com ela, encontrou vazão mais ampla no tratamento desdenhoso de Harriet.

A sra. Elton se afeiçoou muito por Jane Fairfax; e desde o princípio. Não somente o quanto um estado de guerra com uma jovem pudesse recomendar a outra, mas desde o princípio; e ela não estava satisfeita em expressar uma admiração natural e razoável, mas sem solicitação, súplica ou privilégio, ela precisava estar querendo ajudá-la e tornar-se sua amiga. Antes de Emma perder sua confiança, e na terceira vez que se encontraram, ouviu todos os comentários quixotescos da sra. Elton sobre o assunto.

— Jane Fairfax é absolutamente encantadora, senhorita Woodhouse. Adoro Jane Fairfax. Uma criatura doce e interessante. Tão suave e elegante e com tantos talentos! Garanto que acho que ela tem talentos extraordinários. Não tenho escrúpulos em dizer que ela toca extremamente bem. Sei o suficiente de música para falar sem hesitar sobre esse ponto. Ah! Ela é completamente charmosa! Rirá do meu fervor, mas, palavra de honra, não falo de nada além de Jane Fairfax. E sua situação é própria para comover! Senhorita Woodhouse, devemos nos esforçar e procurar fazer algo por ela. Devemos expô-la. Talento como o dela não deve permanecer desconhecido. Ouso dizer que você ouviu aqueles versos encantadores do poeta

"Muitas flores nascem para desabrochar sem serem vistas,
E desperdiçar sua fragrância no ar do deserto."

Não devemos permitir que sejam confirmadas na doce Jane Fairfax.

— Não consigo pensar que haja algum perigo disso — foi a resposta calma de Emma —, e quando conhecer melhor a situação da senhorita Fairfax e entender qual tem sido sua casa, com o coronel e a senhora Campbell, não tenho ideia de que como irá pensar que seus talentos possam ser desconhecidos.

— Ah! Mas querida senhorita Woodhouse, ela está agora em tal reclusão, em tamanha obscuridade, tão desperdiçada. Quaisquer vantagens que possa ter desfrutado com os Campbell estão tão claramente encerradas! E penso que ela sente isso. Estou certa que sim. É muito tímida e calada. Percebe-se que sente a falta de encorajamento. Gosto ainda mais dela por isso. Devo confessar que é uma recomendação para mim. Sou grande defensora da timidez e tenho certeza de que não se encontra com frequência. Mas naqueles que são inferiores, é extremamente simpática. Ah! Garanto-lhe, Jane Fairfax é uma moça muito agradável e me interessa mais do que posso expressar.

— A senhora parece sentir intensamente, mas não consigo ver como a senhora ou qualquer um dos conhecidos da senhorita Fairfax aqui, qualquer um daqueles que a conhecem há mais tempo, poderiam mostrar-lhe qualquer outra atenção além de...

— Minha cara senhorita Woodhouse, muito pode ser feito por aqueles que se atrevem a agir. A senhorita e eu não precisamos temer. Se *nós* dermos o exemplo, muitos o seguirão até onde puderem; embora nem todos tenham nossa situação. *Nós* temos carruagens para buscá-la e deixá-la em casa, e *nós* temos um estilo de vida que não sofreria qualquer inconveniente pelo acréscimo de Jane Fairfax, a qualquer momento. Ficaria extremamente desagradada se Wright nos enviasse um jantar que me fizesse me arrepender de ter convidado *mais* do que Jane Fairfax para participar. Nem penso numa coisa dessas. Não é provável que eu *deva*, considerando a que estou acostumada. O maior risco que corro, talvez, na administração da casa, seja exatamente o contrário, em fazer demais e ser muito descuidada com as despesas. Maple Grove provavelmente será meu modelo mais do que deveria ser, pois não pretendemos nos igualar a meu cunhado, o senhor Suckling, em renda. No entanto, minha decisão está tomada quanto a notar Jane Fairfax. Com toda certeza, irei recebê-la com frequência em minha casa, irei apresentá-la onde puder, darei festas musicais para exibir seus talentos, e estarei sempre alerta para uma situação aceitável. Conheço tantas pessoas que não tenho dúvidas de que em breve saberei de algo que seja adequado para ela. Irei apresentá-la, é claro, muito especialmente a meu cunhado e minha irmã, quando nos visitarem. Tenho certeza de que vão gostar muito dela; e quando ela os conhecer um pouco, seus medos vão se dissipar por completo, pois de fato não há nada nas maneiras de nenhum dos dois que não seja bastante amistoso. Irei convidá-la com frequência enquanto estiverem comigo, e me arrisco a dizer que às vezes encontraremos um lugar para ela no landau em alguns de nossos passeios exploratórios.

"Pobre Jane Fairfax!" — pensou Emma. — "Não mereceu isso. Pode ter agido mal em relação ao sr. Dixon, mas essa é uma punição além da que poderia ter merecido! A bondade e a proteção da sra. Elton! Jane Fairfax para um lado e Jane Fairfax para o outro. Céus! Não me deixe imaginar que ela se atreve a sair por aí me chamando de Emma Woodhouse! Ora, pela minha honra, parece não haver limites para a licenciosidade da língua daquela mulher!"

Emma não teve que ouvir esses discursos de novo, nenhum tão dirigido com tanta exclusividade a ela, tão repugnantemente decorado com um "Querida srta. Woodhouse". A mudança da sra. Elton surgiu logo depois, e Emma foi deixada em paz, também não foi forçada a ser a amiga muito particular da sra. Elton e nem, sob a orientação da Sra. Elton, a ser a benfeitora muito ativa de Jane Fairfax, e apenas partilhava com os outros de modo geral, em saber o que se sentiu, o que se meditou, o que se fez.

Ela observou com alguma diversão. A gratidão da srta. Bates pelas atenções da sra. Elton para com Jane era expressa no melhor estilo de sincera simplicidade e cordialidade. Era uma de suas eminências: a mulher mais amável, afável e encantadora, tão talentosa e condescendente quanto a sra. Elton pretendia ser considerada. A única surpresa de Emma era que Jane Fairfax aceitasse essas atenções e tolerasse a sra. Elton como parecia fazer. Ouviu falar dela caminhando com os Elton, sentando-se com os Elton, passando um dia com os Elton! Isso era espantoso! Ela não podia acreditar que o gosto ou o orgulho da srta. Fairfax pudesse suportar a companhia e a amizade que o vicariato tinha a oferecer.

"Ela é um enigma, um enigma e tanto!" refletiu Emma. "Escolher permanecer aqui mês após mês, sob privações de todo tipo! E agora escolher a mortificação da atenção da sra. Elton e a penúria de sua conversa, em vez de retornar aos companheiros superiores que sempre a amaram com tão real e generoso afeto."

Jane tinha vindo para Highbury declaradamente por três meses; os Campbell foram para a Irlanda por três meses; mas agora os Campbell prometeram à filha ficar pelo menos até o solstício de verão, e novos convites chegaram pedindo que ela se juntasse a eles lá. De acordo com a srta. Bates — a informação toda veio dela — a sra. Dixon tinha escrito da forma mais insistente. Se Jane fosse, os meios seriam encontrados, criados enviados, amigos convocados — nenhuma dificuldade de viagem poderia existir; mas, ainda assim, ela recusou!

"Ela deve ter algum motivo, mais poderoso do que parece, para recusar este convite," foi a conclusão de Emma. "Deve estar sob algum tipo de penitência, infligida ou pelos Campbell ou por ela mesma. Há grande medo, grande cautela, grande resolução algures. Ela *não* podia estar com os *Dixons*. Alguém decretou isso. Mas por que ela consentiria em ficar com os Elton? Isso é um enigma bem diferente."

Depois de expressar em voz alta sua surpresa com essa parte do assunto, diante dos poucos que conheciam sua opinião sobre a sra. Elton, a sra. Weston se arriscou a dar essa desculpa por Jane:

— Não podemos supor que ela se divirta muito no vicariato, minha querida Emma, mas é melhor do que estar sempre em casa. Sua tia é uma boa criatura, mas, como companheira constante, deve ser muito cansativa. Devemos considerar o que senhorita Fairfax deixa, antes de condenarmos seu gosto pelo que vai encontrar.

— Tem razão, senhora Weston — disse o sr. Knightley calorosamente —, a senhorita Fairfax é tão capaz quanto qualquer um de nós de formar uma opinião justa sobre a senhora Elton. Se pudesse ter escolhido com quem se associar, não a teria escolhido. Mas — com um sorriso de reprovação para Emma — —ela recebe atenção da senhora Elton, que ninguém mais lhe oferece.

Emma sentiu que a sra. Weston olhou para ela por um instante; e ela mesma foi atingida pelo ardor dele. Com um leve rubor, ela imediatamente respondeu:

— Imaginaria que atenções como as da senhora Elton iriam mais enojar que agradar a senhorita Fairfax. Imaginaria que os convites da senhora Elton seriam qualquer coisa, exceto convidativos.

— Não me surpreenderia — disse a sra. Weston — se senhorita Fairfax tivesse sido empurrada além da própria inclinação, pela ânsia de sua tia em aceitar a delicadeza da senhora Elton para com ela. A pobre senhorita Bates pode muito provavelmente ter comprometido sua sobrinha e a pressionado a uma aparência maior de intimidade do que o próprio bom senso da moça teria ditado, apesar do desejo muito natural de uma pequena mudança.

Ambas ficaram bastante ansiosas para ouvi-lo falar novamente; e depois de alguns minutos de silêncio, ele disse:

— Outra coisa também deve ser levada em consideração: a senhora Elton não fala *com* a senhorita Fairfax como fala *dela*. Todos sabemos a diferença entre os pronomes ele ou ela e você, os de menor cerimônia ditos entre nós; todos nós sentimos a influência de algo além da civilidade comum em nossas relações pessoais uns com os outros, um algo implantado mais cedo. Não podemos dar a ninguém as desagradáveis indicações das quais talvez estivéssemos repletos uma hora antes. Sentimos as coisas de modo diferente. E além da operação disso, como um princípio geral, podem ter certeza de que a senhorita Fairfax impressiona a senhora Elton por sua superioridade tanto intelectual quanto de maneiras; e que, face a face, a senhora Elton a trata com todo o respeito que merece. Uma mulher como Jane Fairfax provavelmente cruzou o caminho da senhora Elton antes e nenhum grau de vaidade poderia impedi-la de reconhecer a própria comparativa inferioridade por suas ações, se não em sua consciência.

— Sei em quão alta conta tem Jane Fairfax — disse Emma. O pequeno Henry estava em seus pensamentos, e uma mistura de alarme e delicadeza a deixou indecisa quanto ao que dizer.

— Sim — respondeu ele —, todos sabem o quanto a considero.

— E ainda assim — disse Emma, de supetão e com um olhar enviesado, mas logo se interrompendo... era melhor, no entanto, saber logo do pior... continuou: — e ainda assim, talvez, mal possa estar ciente de o quanto realmente a considera. A extensão da sua admiração pode surpreendê-lo um dia ou outro.

O sr. Knightley estava muito ocupado com os botões inferiores de suas grossas perneiras de couro, e o esforço para ajustá-las, ou alguma outra causa, coloriu seu rosto, quando ele respondeu:

— Ah! Está pensando isso? Mas está terrivelmente atrasada. O senhor Cole me fez uma insinuação disso há seis semanas.

Ele parou. Emma sentiu o pé ser pressionado pela sra. Weston e ela mesma não sabia o que pensar. Em um momento ele continuou:

— Isso nunca acontecerá, porém, posso assegurar-lhe. A senhorita Fairfax, ouso dizer, não me aceitaria se eu propusesse a ela... e tenho certeza de que nunca vou pedi-la.

Emma retribuiu a pressão da amiga com interesse; e ficou satisfeita o suficiente para exclamar:

— Não é vaidoso, senhor Knightley. Isso posso afirmar do senhor.

Ele mal pareceu ouvi-la; estava pensativo... e com um tom que mostrava que não o agradara, logo depois disse:

— Então estava decidindo que eu deveria me casar com Jane Fairfax?

— Não, de fato, não estive. Repreendeu-me demais por bancar a casamenteira, para que eu ousasse tomar tal liberdade com o senhor. O que disse agora não significava nada. Dizemos esse tipo de coisa, sem a menor intenção de um significado sério. Ah! Não, dou-lhe minha palavra que não tenho o menor desejo de que se case com Jane Fairfax ou com qualquer outra moça. Não viria e se sentaria conosco desta maneira agradável, se fosse casado.

O sr. Knightley ficou pensativo novamente. O resultado de seu devaneio foi:

— Não, Emma, não acredito que a extensão da minha admiração por ela jamais me pegará de surpresa. Nunca pensei nela dessa forma, asseguro-lhe.

E logo depois:

— Jane Fairfax é uma jovem muito charmosa, mas nem mesmo Jane Fairfax é perfeita. Ela tem um defeito. Não tem o temperamento aberto que um homem desejaria em uma esposa.

Emma não pôde deixar de se alegrar ao saber que Jane tinha um defeito.

— Bem — disse ela —, e o senhor logo silenciou o senhor Cole, suponho?

— Sim, na mesma hora. Ele me fez uma insinuação discreta; eu disse que ele estava errado; ele pediu meu perdão e não disse mais nada. Cole não quer ser mais esperto ou espirituoso do que seus vizinhos.

— Nesse aspecto, quão diferente da querida senhora Elton, que deseja ser mais esperta e espirituosa do que todo mundo! Eu me pergunto como ela fala dos Cole... como os chama! Como ela pode encontrar qualquer denominação para eles, imersa o bastante na vulgaridade familiar? Ela o chama, Knightley, o que pode fazer pelo senhor Cole? E, assim, não devo me surpreender que Jane Fairfax aceite suas delicadezas e consinta em estar com ela. Senhora Weston, seu argumento tem mais força para mim.

Posso entender com muito mais facilidade a tentação de fugir da senhorita Bates do que consigo acreditar no triunfo da mente da senhorita Fairfax sobre a da senhora Elton. Não acredito que a senhora Elton se reconheça inferior em pensamento, palavra ou ação; ou em ela estar sob qualquer restrição além da própria escassa regra de boa educação. Não posso imaginar que ela não insultará continuamente sua visitante com elogios, encorajamentos e ofertas de serviço; que não detalhará continuamente suas magníficas intenções, desde a obtenção de uma situação permanente para a inclusão dela nos deliciosos passeios de exploração que ocorrerão no landau.

— Jane Fairfax tem sentimento — disse o sr. Knightley. — Não a acuso de falta de sentimento. Sua sensibilidade, suspeito, é forte e seu temperamento excelente em sua tolerância, paciência, autocontrole; mas falta-lhe franqueza. Ela é reservada, mais reservada, eu acho, do que costumava ser… E eu adoro um temperamento franco. Não… até que Cole aludisse ao meu suposto afeto, isso nunca havia me passado pela cabeça. Eu vi Jane Fairfax e conversei com ela, sempre com admiração e prazer, mas sem pensar além.

— Bem, senhora Weston — disse Emma triunfante quando ele as deixou —, o que diz agora sobre o casamento do senhor Knightley com Jane Fairfax?

— Ora, na verdade, querida Emma, afirmo que ele está tão ocupado com a ideia de *não* estar apaixonado por ela, que eu não deveria me surpreender se no final das contas ele realmente estivesse. Não me bata.

Capítulo 16

Todos os moradores de Highbury que já haviam visitado o sr. Elton estavam dispostos a prestar-lhe homenagem por seu casamento. Jantares e recepções noturnas foram dados para ele e sua senhora; e os convites chegavam tão rápido que ela logo teve o prazer de saber que eles nunca teriam um dia sem compromissos.

— Entendo como é — disse ela. — Entendo que vida levarei entre vocês. Dou-lhe minha palavra, ficaremos totalmente esgotados. Realmente parece que estamos na moda. Se morar no campo for assim, não é nada terrível. De segunda a sábado, asseguro-lhe que não temos um dia livre! Uma mulher com menos recursos do que eu, não precisaria ficar perdida.

Nenhum convite lhe parecia impróprio. Seus costumes de Bath tornavam as recepções noturnas perfeitamente naturais para ela, e Maple Grove lhe dera o gosto por jantares. Ela ficou um pouco chocada com a falta de duas salas de visitas, com as tentativas ruins de bolinhos de frutas e com o fato de não haver gelo nos carteados de Highbury. A sra. Bates, a sra. Perry, a sra. Goddard e outras estavam muito atrasadas no conhecimento do mundo, mas ela logo lhes mostraria como tudo deveria ser feito. No decorrer da primavera, precisaria retribuir suas civilidades com uma festa muito superior, na qual suas mesas de jogo deveriam ser dispostas com suas velas separadas e baralhos inteiros no verdadeiro estilo - e mais serviçais contratados para a noite do que a própria casa poderia fornecer, para servir os refrescos exatamente na hora e na ordem apropriada.

Emma, porém, não poderia ficar satisfeita sem um jantar em Hartfield para os Eltons. Não deveriam fazer menos do que os outros, ou ela seria exposta a suspeitas odiosas e seria considerada capaz de lamentáveis ressentimentos. Deveria haver um jantar. Depois de Emma ter falado sobre isso por dez minutos, o sr. Woodhouse não mostrou falta de vontade e apenas fez a estipulação usual de não se sentar à cabeceira da mesa, com a dificuldade habitual de decidir quem faria isso por ele.

As pessoas a serem convidadas exigiam pouca reflexão. Além dos Eltons, deviam ser os Weston e o sr. Knightley; até aí estava tudo certo, e não era menos inevitável que a pobre Harriet fosse convidada para completar oito; mas este convite não foi feito com a mesma satisfação, e em muitos aspectos, Emma ficou particularmente satisfeita com a súplica de Harriet para que tivesse permissão para recusar. "Ela preferia não estar na companhia dele mais do que pudesse evitar. Ainda não era capaz de vê-lo na companhia de sua encantadora e feliz esposa, sem se sentir desconfortável. Se a srta. Woodhouse não fosse ficar descontente, ela preferia ficar em casa." Era exatamente o que Emma teria desejado, se tivesse considerado possível o suficiente para desejar. Ela estava encantada com a força moral de sua amiguinha, pois sabia que era força moral que estava por trás de sua decisão de desistir de estar em companhia e ficar em casa; e agora Emma poderia convidar uma exata pessoa que realmente queria para completar as oito: Jane Fairfax. Desde sua última conversa com a sra. Weston e o sr. Knightley, ela estava com a consciência mais pesada em relação a Jane Fairfax do que normalmente estivera. Senhor. As palavras de Knightley permaneceram em sua mente. Ele havia dito que Jane Fairfax recebia uma atenção da sra. Elton que ninguém mais lhe oferecia.

"Isso é bem verdade", pensou ela, "pelo menos no que se refere a mim, que era tudo o que ele queria dizer, e é muito vergonhoso. Tendo a mesma idade e conhecendo-a desde sempre, eu deveria ter sido mais sua amiga. Ela nunca vai gostar de mim agora. Negligenciei-a por muito tempo. Mas vou dedicar a ela mais atenção do que tenho feito."

Todos os convites foram aceitos. Todos estavam livres e felizes. Os preparativos para esse jantar, porém, ainda não haviam acabado. Ocorreu uma circunstância bastante infeliz. Os dois meninos Knightley mais velhos estavam comprometidos para fazer uma visita ao avô e à tia durante algumas semanas na primavera, e o pai agora propôs trazê-los e ficar um dia inteiro em Hartfield, dia esse que seria o dia do jantar. Seus compromissos profissionais não permitiram adiar; pai e filha, porém, ficaram perturbados com o fato. O sr. Woodhouse considerava oito pessoas jantando juntas como o máximo que seus nervos podiam suportar, e agora seriam nove; e Emma deduziu que seria uma nona pessoa muito mal-humorada por não poder vir nem mesmo a Hartfield por quarenta e oito horas sem se ver em meio a um jantar com convidados.

Ela consolou seu pai melhor do que pôde consolar a si mesma, argumentando que embora ele de fato completasse nove, ele sempre falava tão pouco, que o aumento do barulho seria muito insignificante. Na verdade, considerou uma troca triste para si mesma, tê-lo com seus olhares graves e conversação relutante sentado em frente a ela em vez do irmão deste.

O evento era mais favorável ao sr. Woodhouse do que a Emma. John Knightley veio; mas o sr. Weston foi inesperadamente chamado à cidade e teve que se ausentar no mesmo dia. Ele poderia se juntar a eles à noite, mas certamente não para o jantar. O sr. Woodhouse estava bastante satisfeito; e vê-lo assim, com a chegada dos meninos e a compostura filosófica de seu cunhado ao saber de seu destino, removeu a maior parte da aflição de Emma.

O dia chegou, os convivas estavam pontualmente reunidos, e o sr. John Knightley parecia decidido a se dedicar ao ofício de ser agradável. Em vez de puxar o irmão para a janela enquanto esperavam pelo jantar, estava conversando com a srta. Fairfax. A sra. Elton, por mais elegante que rendas e pérolas pudessem torná-la, ele encarou em silêncio, querendo apenas observar o suficiente para informar Isabella; mas a srta. Fairfax era uma velha conhecida e uma moça quieta, e ele podia conversar com ela. Ele a encontrara antes do café da manhã, quando voltava de um passeio com seus filhos, quando apenas começava a chover. Era natural ter algumas esperanças cordiais sobre o assunto, e ele disse:

— Espero que não tenha se aventurado muito longe esta manhã, senhorita Fairfax ou tenho certeza de que deve ter se molhado. Mal chegamos em casa a tempo. Espero que tenha retornado imediatamente.

— Fui apenas ao correio — disse ela — e cheguei em casa antes que a chuva caísse forte. É minha tarefa diária. Sempre pego as cartas quando estou aqui. Evita problemas e é um motivo para eu sair de casa. Uma caminhada antes do café da manhã me faz bem.

— Não um passeio na chuva, eu imagino.

— Não, mas não chovia nem um pouco quando saí.

O sr. John Knightley sorriu e respondeu:

— Quer dizer, que optou por dar seu passeio, pois não estava a seis metros da porta de sua casa quando tive o prazer de encontrá-la; e Henry e John haviam visto mais gotas do que podiam contar muito antes. O correio tem um grande encanto em certo período de nossas vidas. Quando tiver vivido até a minha idade, começará a pensar que nunca vale a pena andar na chuva por conta de cartas.

Houve um pequeno rubor e, em seguida, essa resposta:

— Não devo esperar estar sempre situada como o senhor, no meio de minhas relações mais queridas e, por isso, não posso esperar que apenas envelhecer me torne indiferente em relação a cartas.

— Indiferente! Oh! Não, nunca imaginei que a senhorita pudesse ficar indiferente. As cartas não são objeto de indiferença; geralmente, são uma maldição muito positiva.

— O senhor fala de cartas de negócios; as minhas são cartas de amizade.

— Eu sempre pensei que essas eram as piores dos dois tipos — ele respondeu friamente. — Os negócios, entende, podem trazer dinheiro, mas a amizade quase nunca o traz.

— Ah! O senhor não está falando sério agora. Conheço o senhor John Knightley muito bem, estou muito certa de que ele entende o valor da amizade tão bem quanto qualquer pessoa. Posso facilmente acreditar que as cartas signifiquem muito pouco para o senhor, muito menos do que para mim, mas não é por ser dez anos mais velho do que eu que faz a diferença, não é a idade, mas a situação. O senhor tem todas as pessoas mais queridas sempre ao seu redor, eu, provavelmente, nunca mais as terei de novo; e, portanto, até que eu tenha sobrevivido a todas as minhas afeições, o correio, acredito, terá sempre o poder de me atrair, com tempo pior do que hoje.

— Quando falei sobre a senhorita ser alterada pelo tempo, pelo passar dos anos — disse John Knightley —, quis sugerir a mudança de situação que o tempo geralmente traz. Considero que uma inclui a outra. O tempo geralmente diminuirá o interesse de cada apego fora do círculo diário, mas essa não é a mudança que eu tinha em vista para a senhorita. Como um velho amigo, permita-me ter esperança, senhorita Fairfax, que daqui a dez anos possa ter tantos entes queridos ao seu redor quanto eu.

Foi dito com gentileza e longe de ser ofensivo. Um agradável "muito obrigada" parecia ter a intenção de afastar o assunto com um riso, mas um rubor, um tremor do lábio, uma lágrima no olho, mostraram que era sentido além do riso. A atenção dela agora era reivindicada pelo sr. Woodhouse, que, de acordo com seu costume em tais ocasiões, fazia o circuito de seus convidados e prestando seus cumprimentos particulares às damas, estava terminando com ela, e com toda sua mais branda urbanidade, disse:

— Lamento muito saber, senhorita

Fairfax, que saiu esta manhã na chuva. As moças devem cuidar de si. Moças são plantas delicadas. Devem cuidar de sua saúde e de sua pele. Minha querida, você trocou as meias?

— Sim, senhor, com certeza troquei; e estou muito agradecida por sua gentil solicitude por mim.

— Minha querida senhorita

Fairfax, as moças sempre terão quem se importe com elas. Espero que sua boa avó e sua tia estejam bem. São duas das minhas amigas mais antigas. Gostaria que minha saúde me permitisse ser um vizinho melhor. A senhorita nos faz uma grande honra hoje, de verdade. Minha filha e eu apreciamos profundamente sua bondade e temos a maior satisfação em vê-la em Hartfield.

O bondoso e educado senhor pode então sentar-se e sentir que havia cumprido seu dever e feito com que toda dama se sentisse bem-vinda e tranquila.

A essa altura, a caminhada na chuva havia alcançado a sra. Elton, e seus protestos agora recaíam sobre Jane.

— Minha querida Jane, o que é isso que eu ouço? Ir até o correio na chuva! Não deve fazer isso, garanto. Menina infeliz, como pôde fazer uma coisa dessas? É um sinal de que eu não estava lá para cuidar de você.

Jane, com muita paciência, garantiu-lhe que não pegara nenhum resfriado.

— Ah! Não *me* diga. Realmente é uma menina muito infeliz e não sabe se cuidar. Até o correio, ora! Senhora Weston, já ouviu uma coisa dessas? Nós duas devemos exercer positivamente nossa autoridade.

— Meu conselho — disse a sra. Weston com delicadeza e persuasão —, certamente me sinto tentada a dar. Senhorita

Fairfax, não deve correr tais riscos. Suscetível como tem estado a resfriados fortes, de fato, deve ter um cuidado especial, ainda mais nessa época do ano. Sempre achei que a primavera exige mais do que os cuidados comuns.

Melhor esperar uma ou duas horas, ou mesmo meio dia, pelas cartas, do que correr o risco de voltar a tossir. Agora não sente que era melhor? Sim, tenho certeza de que é razoável demais. Parece que não faria tal coisa novamente.

— Oh! Ela *não vai* fazer tal coisa novamente — retrucou a sra. Elton, insistentemente. — Não permitiremos que ela faça tal coisa de novo — e acenando com a cabeça significativamente —, deve haver algum arranjo a ser feito, de fato deve. Vou falar com o sr. E. O homem que busca nossas cartas todas as manhãs (um de nossos empregados, esqueço o nome dele) também perguntará pelas suas e as levará até sua casa. Isso eliminará todas as dificuldades, entende; e eu realmente penso, minha querida Jane, que não pode ter escrúpulos em aceitar tal acomodação de *nós*.

— A senhora é extremamente gentil — disse Jane —; mas não posso deixar de fazer minha caminhada matinal. Sou aconselhada a ficar ao ar livre o máximo que puder, devo caminhar para algum lugar, e o correio é um objetivo; e, dou-lhe minha palavra, quase nunca tive uma manhã ruim antes.

— Minha querida Jane, não fale mais nada sobre isso. A coisa está determinada, isto é — rindo afetadamente —, tanto quanto posso presumir determinar alguma coisa sem a concordância de meu senhor e mestre. Sabe, senhora Weston, nós duas devemos ter cuidado ao nos expressarmos. Mas me lisonjeio, minha querida Jane, de que minha influência não tenha se esgotado inteiramente. Se eu não encontrar dificuldades insuperáveis, considere esse ponto como resolvido.

— Perdoe-me — disse Jane com seriedade —, não posso de forma alguma consentir com tal arranjo, tão desnecessariamente incômodo para seu empregado. Se a tarefa não me fosse um prazer, poderia ser feita, como sempre é quando não estou aqui, pela empregada de minha avó.

— Oh! Minha querida; mas com tanto que Patty tem que fazer! E é uma gentileza empregar nossos homens.

Jane parecia não ter a intenção de ser dominada; mas em vez de responder, começou a falar novamente com o sr. John Knightley.

— O correio é um estabelecimento maravilhoso! — disse ela. — Sua regularidade e a rapidez! Se pensarmos em tudo o que tem que ser feito e em tudo o que faz tão bem, é realmente espantoso!

— Certamente é muito bem regulado.

— Tão raramente acontece qualquer negligência ou engano! É tão raro que uma carta, entre as milhares que estão constantemente cruzando o reino, é enviada para o local errado, e nem uma em um milhão, suponho, realmente perdida! E quando se considera a variedade de escritas, e também de escritas ruins, que devem ser decifradas, aumenta o espanto.

— Os funcionários se tornam especialistas pelo hábito. Devem começar com alguma habilidade de vista e mãos, e se aperfeiçoam com o exercício. E se quiser mais alguma explicação — continuou ele, sorrindo —, eles são pagos para isso. Essa é a chave para uma grande habilidade. O público paga e deve ser bem servido.

Conversaram bastante sobre as variedades de caligrafias:

— Eu ouvi dizer — disse John Knightley — que o mesmo tipo de letra com frequência é comum em uma família; e onde o mesmo mestre ensina não há nada mais natural. Mas, por essa razão, imagino que a semelhança deva ser principalmente confinada às mulheres, pois os meninos recebem muito pouco ensino depois de uma certa idade, e adotam qualquer letra que são capazes. Isabella e Emma, acho, escrevem de forma muito parecida. Nem sempre reconheci suas letras.

— Sim — disse seu irmão hesitante —, existe uma semelhança. Sei o que quer dizer, mas a letra de Emma é a mais firme.

— Isabella e Emma escrevem lindamente — afirmou o sr. Woodhouse —; sempre escreveram. E a pobre senhora Weston também — com meio suspiro e meio sorriso para ela.

— Nunca vi a letra de um cavalheiro… — começou Emma, olhando também para a sra. Weston; mas parou, ao perceber que a sra. Weston falava com outra pessoa, e a pausa deu-lhe tempo para refletir: "Agora, como vou introduzi-lo na conversa? Não sou capaz de falar o nome dele diretamente diante de todas essas pessoas? É necessário que eu use alguma frase indireta? Seu amigo de Yorkshire… seu correspondente em Yorkshire…; seria esse o caminho, suponho, se eu fosse muito má. Não, posso pronunciar o nome dele sem a menor angústia. Com certeza fico cada vez melhor. Agora vamos a isso."

A sra. Weston se liberou e Emma começou novamente:

— O senhor Frank Churchill é o cavalheiro que tem uma das mais belas letras que já vi.

— Eu não admiro a letra dele — disse Knightley. — É pequena demais, falta-lhe firmeza. É como a letra de uma mulher.

Isso não foi aceito por nenhuma das duas damas. Ambas o defenderam da difamação. "Não, de forma alguma faltava firmeza… não era uma letra grande, mas muito clara e certamente forte. A sra. Weston não tinha nenhuma carta com ela para apresentar?" Não, ela havia recebido notícias dele muito recentemente, mas tendo respondido a carta, guardou-a.

— Se estivéssemos na outra sala — disse Emma —, se eu tivesse minha escrivaninha, tenho certeza de que poderia apresentar um exemplo. Tenho um bilhete dele. Não se lembra, senhora Weston, de pedir-lhe para escrever em seu lugar um dia?

— Ele escolheu dizer que se empregou…

— Sim, sim, eu tenho aquele bilhete; e posso mostrá-lo depois do jantar para convencer o senhor Knightley.

— Ah! Quando um jovem galante, como o senhor Frank Churchill — disse o Sr. Knightley secamente —, escreve para uma bela dama como a senhorita

Woodhouse, ele irá, é claro, dar o seu melhor.

O jantar estava à mesa. A sra. Elton, antes que pudesse ser chamada, estava pronta; e antes que o sr. Woodhouse a alcançasse com seu pedido para que pudesse acompanhá-la à sala de jantar, estava dizendo:

— Devo ir primeiro? Eu realmente tenho vergonha de sempre liderar o caminho.

A determinação de Jane em buscar as próprias cartas não escapou a Emma. Ela ouvira e vira tudo; e sentiu alguma curiosidade para saber se a caminhada molhada desta manhã havia produzido alguma. Ela suspeitava que havia; que Jane não teria enfrentado a chuva tão resolutamente, mas na expectativa de receber notícias de alguém muito querido, e que não foi em vão. Ela pensou que havia um ar de felicidade maior do que o de costume — um brilho tanto da tez quanto do espírito.

Ela poderia ter feito uma ou duas perguntas sobre a velocidade e os custos dos correios irlandeses; estava na ponta de sua língua… mas se absteve. Estava decidida a não pronunciar uma palavra que pudesse ferir os sentimentos de Jane Fairfax; e seguiram as outras damas para fora da sala, de braços dados, com uma aparência de boa vontade que realçava a beleza e graça de cada uma.

Capítulo 17

Quando as damas voltaram para a sala de visitas depois do jantar, Emma achou praticamente impossível impedir que formassem dois grupos distintos; com tanta perseverança em julgar e se comportar mal, a sra. Elton absorveu Jane Fairfax e desprezou Emma. Ela e a sra. Weston foram quase sempre obrigadas a conversar ou silenciar uma com a outra. A sra. Elton não lhes deixou escolha. Se Jane a reprimia por algum tempo, ela logo recomeçava; e embora muito do que se passasse entre elas ocorresse quase aos sussurros, especialmente da parte da sra. Elton, não havia como evitar saber seus assuntos principais: o correio… pegar um resfriado… recebendo cartas… e a amizade, foram discutidos por muito tempo; e a esses seguiu-se um, que deveria ser pelo menos igualmente desagradável para Jane: indagações se ela já tinha ouvido falar de alguma situação que lhe parecesse apropriada, e declarações sobre as conjecturas da sra. Elton.

— Abril já está chegando! — disse ela. — Fico muito ansiosa por causa de você. Logo será junho.

— Mas nunca fixei junho ou qualquer outro mês, apenas cogitei o verão em geral.

— Mas realmente não ouviu falar de nada?

— Eu nem mesmo fiz nenhuma sondagem; não desejo fazer nenhuma ainda.

— Oh! Minha querida, nunca é cedo demais para começar; não sabe a dificuldade que é obter exatamente o que é desejável.

— Eu não sei! — disse Jane, balançando a cabeça. — Cara senhora Elton, quem pode ter pensado nisso como eu pensei?

— Mas não viu tanto do mundo quanto eu. Não sabe quantas candidatas sempre há para as *primeiras* colocações. Eu vi muito disso na vizinhança de Maple Grove. Uma prima do senhor Suckling, a senhora Bragge, tinha uma infinidade de candidaturas; todas estavam ansiosas para trabalhar para sua família, pois ela se relaciona com os melhores círculos. Velas de cera na sala de aula! Pode imaginar como é desejável! De todas as casas do reino, a da senhora Bragge é aquela em que eu mais gostaria de vê-la.

— O coronel e a senhora Campbell estarão na cidade novamente no meio do verão — disse Jane. — Devo passar algum tempo com eles; tenho certeza de que vão querer; depois disso, provavelmente ficarei feliz em cuidar de mim mesma. Mas não gostaria que a senhora se desse ao trabalho de fazer quaisquer sondagens por hora.

— Trabalho! Sim, entendo seus escrúpulos. Está com medo de me causar problemas; mas asseguro-lhe, minha querida Jane, os Campbell dificilmente podem estar mais interessados em você do que eu. Escreverei para a senhora Partridge em um ou dois dias e darei a ela a estrita incumbência de ficar à procura de qualquer coisa aceitável.

— Obrigada, mas prefiro que não fale com ela sobre o assunto; até que o momento se aproxime, não desejo causar nenhum problema a ninguém.

— Mas, minha querida menina, o momento está se aproximando; já é abril, logo será junho, ou mesmo julho, está muito próximo, com tanto a realizar diante de nós. Sua inexperiência realmente me diverte! Uma situação como merece, e que seus amigos desejariam para você, não é uma ocorrência cotidiana, não é obtida a qualquer momento; na verdade, devemos começar a indagar imediatamente.

— Desculpe-me, senhora, mas esta não é de forma alguma minha intenção. Eu mesma não estou fazendo indagações e lamentaria se meus amigos fizessem alguma. Quando estiver bastante segura quanto à época, não tenho medo de ficar desempregada por muito tempo. Há lugares na cidade, escritórios, onde a busca logo produziria algo, escritórios para a venda, não exatamente de carne humana, mas de intelecto humano.

— Ah! Minha querida, carne humana! Choca-me profundamente; se quis dizer uma aventura no comércio de escravos, asseguro-lhe que o senhor Suckling sempre foi favorável à abolição.

— Eu não quis dizer, não estava pensando no comércio de escravos — respondeu Jane —; comércio de governanta, asseguro-lhe, era tudo o que tinha em mente; muito diferente, é fato, quanto à culpa dos que o executam; mas quanto à maior miséria das vítimas, não sei onde recai. Mas eu só quero dizer que há escritórios de anúncios e que, por meio deles, não teria dúvidas de logo encontrar algo que servisse.

— Algo que servisse! — repetiu a sra. Elton. — Sim, *isso* pode se adequar às suas ideias humildes sobre si mesma; eu sei que criatura modesta você é; mas não vai satisfazer seus amigos que aceite qualquer coisa que lhe seja oferecida, qualquer situação inferior e comum, em uma família que não frequenta determinados círculos, ou seja capaz de comandar as elegâncias da vida.

— A senhora é muito prestativa; mas sou muito indiferente a tudo isso; não é meu objetivo estar com os ricos; minhas mortificações, creio eu, seriam apenas maiores. Sofreria mais com a comparação. A família de um cavalheiro é tudo a que devo aspirar.

— Eu a conheço, eu a conheço; você aceitaria qualquer coisa; mas serei um pouco mais generosa e tenho certeza de que os bons Campbell estarão totalmente do meu lado; com seus talentos superiores, você tem o direito de transitar pela mais alta classe. Seu conhecimento musical por si só lhe daria o direito de estabelecer seus próprios termos, ter quantos aposentos quiser e envolver-se com a família o quanto quiser; isto é... não sei... se você soubesse tocar harpa, poderia fazer tudo isso, com certeza; mas canta tão bem quanto toca; sim, eu realmente acredito que você pode, mesmo sem a harpa, estipular o que quiser; e estará encantadora, honrada e confortavelmente instalada ou os Campbells ou eu sossegarmos.

— A senhora pode muito bem classificar o prazer, a honra e o conforto de tal situação como um só — disse Jane —, com certeza são iguais; porém, falo muito sério quando digo que não desejo que se tente qualquer coisa por mim no momento. Sou-lhe extremamente grata, senhora Elton, sou grata a qualquer pessoa que se preocupe comigo, mas falo muito sério quando digo que não quero que nada seja feito até o verão. Por mais dois ou três meses ficarei onde estou, e como estou.

— E estou falando muito sério também, asseguro-lhe — replicou a sra. Elton alegremente —, ao decidir estar sempre atenta e solicitar a meus amigos para que também estejam, para que nada realmente aceitável nos passe despercebido.

Nesse estilo, ela prosseguiu; nunca definitivamente interrompida por nada até o sr. Woodhouse entrar na sala; sua vaidade mudou então de objeto, e Emma a ouviu dizer no mesmo meio sussurro para Jane:

— Aí vem este meu caro velho admirador, imagine! Pense só em sua galanteria em vir antes dos outros homens! Que criatura amável ele é! Declaro que gosto demais dele. Admiro toda sua polidez singular e antiquada; é muito mais para o meu gosto do que a familiaridade moderna; a familiaridade moderna muitas vezes me enoja. Mas este bom e velho senhor Woodhouse, gostaria que tivesse ouvido seus galantes discursos para mim durante o jantar. Oh! Asseguro-lhe que comecei a achar que meu *caro sposo* morreria de ciúmes. Imagino que sou uma de suas favoritas; ele reparou no meu vestido. Gostou? Escolha de Selina, formoso, acho, mas não sei se não tem adornos demais. Tenho a maior aversão à ideia de ser exagerada demais, detesto enfeites. Devo usar alguns enfeites agora, porque é o que se espera de mim. Uma noiva, entende, deve parecer uma noiva, mas meu gosto natural é pela simplicidade; um estilo de vestido simples é infinitamente preferível aos adornados. Mas estou em minoria, creio; poucas pessoas parecem valorizar a simplicidade no vestuário, exibição e enfeites são tudo. Estou com a ideia de colocar um debrum como esse na minha popelina branca e prateada. Acha que vai ficar bom?

Todo o grupo havia apenas retornado para a sala de estar quando o sr. Weston apareceu entre eles. Chegara para um jantar tardio e se encaminhou para Hartfield assim que terminou. Estava sendo esperado demais pelos melhores juízes, para causar surpresa, mas houve grande alegria. O sr. Woodhouse estava quase tão feliz em vê-lo agora quanto teria ficado triste em vê-lo antes. Apenas John Knightley ficou mudo de espanto. Um homem que poderia ter passado a noite silenciosamente em casa depois de um dia de negócios em Londres sair novamente e caminhar meia milha até a casa de outro homem, para poder estar na companhia de outras pessoas até a hora de dormir, terminando o dia em esforços de civilidade e com os ruídos de uma aglomeração, era uma circunstância que o chocava profundamente. Um homem que estava em atividade desde as oito horas da manhã e que poderia agora estar quieto, que falara por muito tempo e poderia ter ficado em silêncio, que estivera em mais de uma multidão e poderia estar sozinho! Que esse homem abandonasse a tranquilidade e liberdade da própria lareira, numa noite fria e gelada de abril e saísse correndo de novo para o mundo! Se pudesse, com um toque de seu dedo, levar sua esposa de volta em um instante, seria um motivo; mas sua vinda provavelmente prolongaria, em vez de interromper a reunião. John Knightley olhou para ele com espanto, depois deu de ombros e disse: "Não poderia ter acreditado nisso mesmo vindo *dele*".

Enquanto isso, o sr. Weston, perfeitamente desconfiado da indignação causada, feliz e alegre como sempre, e com todo o direito de ser o principal orador, que um dia passado em qualquer lugar longe de casa confere, estava se mostrando agradável entre os demais; e tendo satisfeito as indagações da esposa quanto ao jantar, convencendo-a de que nenhuma de todas as suas instruções cuidadosas para os criados havia sido esquecida, e compartilhando as notícias públicas que ouvira, passou a uma comunicação familiar, a qual, embora principalmente dirigida à sra. Weston, não tinha a menor dúvida de que seria altamente interessante para todos na sala. Entregou-lhe uma carta, era de Frank, para ela; ele a recebera no caminho e tomou a liberdade de abri-la.

— Leia, leia — disse ele —, lhe dará prazer; são apenas algumas linhas, não demorará muito; leia para Emma.

As duas senhoras examinaram-na juntas; e ele ficou sorrindo e conversando com elas o tempo todo, com uma voz um pouco contida, mas muito audível para todos.

— Bem, ele está vindo, entendem; boas notícias, eu acho. Bem, o que diz disso? Eu sempre disse que ele voltaria logo, não disse? Anne, minha querida, não te disse sempre, e você não acreditava em mim? Na cidade na próxima semana, vê... no mais tardar, ouso dizer; pois *ela* fica infernalmente impaciente quando algo deve ser feito; é bem provável que cheguem lá amanhã ou sábado. Quanto à doença dela, nada demais, claro. Mas é uma coisa excelente ter Frank entre nós novamente, tão perto, na cidade. Permanecerão por um bom tempo quando vierem, e ele vai passar metade do tempo conosco. Isso é exatamente o que eu queria. Bem, notícias muito boas, não? Terminou? Emma leu tudo? Guarde-a, guarde-a; teremos uma boa conversa sobre ela outra hora, mas não agora. Vou apenas mencionar a notícia para os outros de modo geral.

A sra. Weston ficou muito satisfeita na ocasião. Nada podia conter sua expressão e suas palavras. Ela estava feliz, ela sabia que estava feliz e sabia que devia estar feliz. Suas felicitações foram calorosas e abertas; mas Emma não conseguia falar tão fluentemente. *Ela* estava um pouco ocupada em pesar os próprios sentimentos e tentar entender o grau de sua agitação, que julgava considerável.

O sr. Weston, porém, ansioso demais para ser um bom observador, comunicativo demais para querer que os outros falassem, ficou muito satisfeito com o que ela disse e logo se afastou para deixar o resto de seus amigos felizes por uma comunicação parcial do que toda a sala já devia ter ouvido.

Era bom que ele considerasse a alegria de todos garantida, ou poderia ter pensado que o sr. Woodhouse ou o sr. Knightley não estavam particularmente contentes. Eles foram os primeiros chamados, depois da sra. Weston e de Emma, a se alegrarem; deles, ele teria procedido a srta. Fairfax, mas ela estava tão envolvida em uma conversa com John Knightley, que teria sido uma interrupção muito positiva; e encontrando-se próximo da sra. Elton, e ela com a atenção livre, ele necessariamente começou a falar sobre o assunto com ela.

Capítulo 18

— Espero que em breve tenha o prazer de apresentar meu filho à senhora — disse Weston.

A sra. Elton, muito disposta a supor que ele tinha a intenção de fazer-lhe um especial elogio com tal esperança, sorriu muito graciosamente.

— Ouviu falar de um certo Frank Churchill, presumo — continuou ele —, e sabe que é meu filho, embora não tenha meu nome.

— Oh! Sim, e ficarei muito feliz em conhecê-lo. Tenho certeza de que o senhor Elton não perderá tempo em visitá-lo; e ambos teremos grande prazer em vê-lo no vicariato.

— A senhora é muito amável. Frank ficará extremamente feliz, tenho certeza. Ele deve estar na cidade na próxima semana, se não antes. Soubemos disso por carta hoje. Recebi as cartas enquanto estava a caminho essa manhã e, vendo a letra de meu filho, tomei a liberdade de abri-la, embora não estivesse endereçada a mim, era para a senhora Weston. Ela é sua principal correspondente, asseguro-lhe. Quase nunca recebo uma carta.

— E então o senhor de fato abriu uma carta endereçada a ela! Ah! Senhor Weston — —rindo afetadamente — devo protestar contra isso. Um precedente muito perigoso, de fato! Imploro que não deixe seus vizinhos seguirem seu exemplo. Palavra de honra, se é isso que devo esperar, nós mulheres casadas temos que começar a nos prevenir! Ora, senhor Weston, não esperava isso do senhor!

— Sim, nós, homens, somos criaturas terríveis. Deve se cuidar, senhora Elton… Esta carta nos diz, é uma carta curta, escrita às pressas, apenas para nos avisar… ela nos diz que todos estão vindo imediatamente para a cidade, por conta da senhora Churchill; ela não esteve bem durante todo o inverno e acha Enscombe muito fria; então todos devem vir para o sul sem perda de tempo.

— É mesmo? Vindos de Yorkshire, creio eu. Enscombe fica em Yorkshire?

— Sim, estão a cerca de trezentos quilômetros de Londres; uma viagem considerável.

— Sim, com minha palavra, muito considerável. Cerca de cem quilômetros mais distante do que Maple Grove de Londres. Mas o que é a distância, senhor Weston, para pessoas de grande fortuna? O senhor ficaria surpreso em saber como meu cunhado, o senhor Suckling, às vezes voa de um lado para outro. Dificilmente acreditará em mim, mas duas vezes em uma semana ele e o senhor Bragge foram a Londres e voltaram com quatro cavalos.

— O mal da distância de Enscombe — disse Weston —, é que a senhora Churchill, *como entendemos,* não foi capaz de deixar o sofá por uma semana inteira. Na última carta de Frank, ele contou que ela reclamava de estar fraca demais para ir até sua estufa de plantas sem se apoiar no braço dele e no do tio! Isso, a senhora entende, revela um grande grau de fraqueza, mas agora ela está tão impaciente para estar na cidade que pretende pernoitar apenas duas noites na estrada. Assim escreve Frank. Decerto, senhoras delicadas têm constituições muito extraordinárias, senhora Elton. Deve concordar comigo.

— Não, de fato, não concordarei em nada com o senhor. Eu sempre fico do lado do meu próprio sexo. Fico mesmo. E garanto ao senhor, terá em mim uma antagonista formidável nesse ponto. Sempre defendo as mulheres e asseguro-lhe, se o senhor soubesse como Selina se sente a respeito de dormir em estalagens, não se surpreenderia de a senhora Churchill fizesse um esforço incrível para evitá-lo. Selina diz que é um horror para ela; e acredito ter adquirido um pouco de sua delicadeza. Ela sempre viaja com os próprios lençóis; uma excelente precaução. A senhora Churchill faz o mesmo?

— Pode ter certeza, a senhora Churchill faz tudo o que qualquer outra senhora refinada já fez. A senhora Churchill não ficará atrás de nenhuma dama no país por…

A sra. Elton ansiosamente interpôs:

— Ah! Senhor Weston, não me entenda mal. Selina não é uma senhora refinada, garanto-lhe. Não fuja com essa ideia.

— Não é? Então não pode servir de régua para a senhora Churchill, que é uma dama tão refinada quanto se pode encontrar.

A sra. Elton começou a pensar que estava errada em ter negado tão veementemente. Não era de forma alguma sua intenção fazer crer que sua irmã *não* fosse uma senhora refinada; talvez faltasse ânimo na pretensão; e considerava a melhor maneira de se retratar, quando o sr. Weston continuou:

— A senhora Churchill não está muito em minhas boas graças, como pode suspeitar, mas isso fica entre nós. Ela é muito afeiçoada a Frank e, por isso, não falaria mal dela. Além disso, está com a saúde frágil agora; mas *isso* na verdade, segundo os relatos dela mesma, sempre foi assim. Não confessaria isso a todas as pessoas, senhora Elton, mas não tenho muita fé na doença da senhora Churchill.

— Se ela está realmente doente, por que não vai para Bath, senhor Weston? Para Bath ou Clifton?

— Ela colocou na cabeça que Enscombe é muito fria para ela. O fato é, suponho, que ela está cansada de Enscombe. Permaneceu há mais tempo lá, do que já ficou antes, e começa a desejar mudança. É um lugar distante. Um bom lugar, mas muito distante.

— Sim, como Maple Grove, ouso dizer. Nada pode estar mais distante da estrada do que Maple Grove. Uma plantação tão imensa em toda a volta! Sente-se afastado de tudo, no mais completo isolamento. E a senhora Churchill provavelmente não tem a saúde nem o ânimo de Selina para desfrutar desse tipo de reclusão. Ou, talvez, não tenha recursos suficientes em si mesma para se adaptar a uma vida no campo. Sempre digo que é impossível para uma mulher ter recursos demais e sou muito grata por ter tantos recursos a ponto de ser bastante independente da sociedade.

— Frank esteve aqui em fevereiro por quinze dias.

— Assim me lembro de ter ouvido. Ele encontrará um *acréscimo* à sociedade de Highbury quando voltar; isto é, se posso presumir me chamar de acréscimo. Mas talvez ele nunca tenha ouvido falar da existência de tal criatura no mundo.

Era um apelo muito alto por um elogio para que fosse ignorado, e o sr. Weston, com muita graça, imediatamente exclamou:

— Minha cara senhora! Ninguém mais poderia imaginar que tal coisa fosse possível. Não ouvir falar a seu respeito! Acredito que as cartas da senhora Weston ultimamente continham muito pouca coisa além da senhora Elton.

Havia cumprido seu dever e podia voltar para o filho.

— Quando Frank nos deixou — continuou ele —, era bastante incerto quando poderíamos vê-lo novamente, o que torna as notícias de hoje duplamente bem-vindas. Foi completamente inesperado. Quer dizer, *eu* sempre tive uma forte crença de que ele retornaria em breve, eu tinha certeza de que algo favorável iria acontecer, mas ninguém acreditou em mim. Ele e a senhora Weston estavam terrivelmente desanimados. "Como ele conseguiria vir? E como poderia supor que o tio e a tia abriram mão dele de novo?" e assim por diante; sempre senti que algo aconteceria a nosso favor; e assim foi, como vê. Tenho observado, senhora Elton, ao longo da minha vida, que se as coisas estão difíceis em um mês, com certeza vão se resolver no seguinte.

— É verdade, senhor Weston, é verdade. É exatamente o que eu costumava dizer a um certo cavalheiro em nossa companhia que me cortejava. Quando as coisas não saíam perfeitas, não procediam com toda a rapidez que convinha aos seus sentimentos, ele era propenso a entrar em desespero e exclamar que tinha certeza que naquele ritmo chegaria *maio* antes que Himeneu colocasse seu manto cor de açafrão por nós. Ah! O esforço que fiz para dissipar essas ideias sombrias e dar-lhe visões mais alegres! A carruagem, tivemos decepções com a carruagem; uma manhã, eu me lembro, ele veio até mim em grande desespero.

Ela foi interrompida por um leve acesso de tosse, e o sr. Weston imediatamente aproveitou a oportunidade para continuar.

— A senhora estava mencionando maio. Maio é o mês exato em que a senhora Churchill tem ordens, ou ordena a si mesma, a passar em algum lugar mais quente do que Enscombe, em suma, a ficar em Londres; de modo que temos a agradável perspectiva de visitas frequentes de Frank durante toda a primavera, precisamente a estação do ano que se escolheria para isso: os dias quase em sua extensão máxima; clima ameno e agradável, sempre convidativo e nunca quente demais para exercícios. Quando ele esteve aqui antes, aproveitamos ao máximo; mas havia muito tempo chuvoso, úmido e sombrio; sempre há em fevereiro, sabe, e não pudemos fazer a metade do que pretendíamos. Agora será a hora. Será uma diversão completa; e não sei, senhora Elton, se a incerteza de nossos encontros, o tipo de expectativa constante que haverá por sua vinda hoje ou amanhã, e a qualquer hora, não possa ser mais propícia à felicidade do que tê-lo realmente em casa. Acredito que sim. Acho que é o estado de espírito que dá mais ânimo e deleite. Espero que a senhora fique satisfeita com meu filho; mas não deve esperar um prodígio. Ele geralmente é considerado um ótimo rapaz, mas não espere um prodígio. A parcialidade da senhora Weston por ele é muito grande e, como pode supor, muito gratificante para mim. Ela acha que ninguém se compara a ele.

— E asseguro-lhe, senhor Weston, não tenho dúvidas de que minha opinião será decididamente a favor dele. Ouvi tantos elogios ao senhor Frank Churchill. Ao mesmo tempo, é justo observar que sou uma pessoa que sempre julga por si mesma e de forma alguma é guiada implicitamente pelos outros. Afirmo que irei julgar seu filho pelos méritos dele. Não sou uma bajuladora.

O sr. Weston estava ponderando.

— Espero — disse ele depois de algum tempo — não ter sido severo com a pobre senhora Churchill. Se ela estiver doente, lamentarei ter feito uma injustiça; mas existem alguns traços em seu caráter que tornam difícil para mim falar dela com a tolerância que seria desejável. Não deve estar ignorante, senhora Elton, de minha ligação com a família, nem do tratamento que recebi; e pelo qual, cá entre nós, toda a culpa deve ser atribuída a ela. Ela o instigou. A mãe de Frank nunca teria sido desprezada como foi, não fosse por ela. O senhor Churchill é orgulhoso; mas seu orgulho não é nada comparado ao da esposa; o dele é um tipo de orgulho quieto, indolente, cavalheiresco, que não faria mal a ninguém e apenas o tornam um pouco incapaz e cansativo; mas o orgulho dela é arrogância e insolência! E o que o torna mais insuportável: ela não tem nenhum direito justo de família ou sangue. Ela não era ninguém quando ele se casou com ela, muito mal era filha de um cavalheiro; mas desde que foi transformada em uma Churchill, superou todos os Churchill em pretensões elevadas e grandiosas; mas por si mesma, asseguro-lhe, ela é uma oportunista.

— Imagine! Ora, isso deve ser infinitamente irritante! Tenho grande horror a oportunistas. Maple Grove me fez ter total repugnância por pessoas desse tipo; pois há uma família naquela vizinhança que tanto aborrece meu cunhado e minha irmã pela importância que dão a si mesmos! Sua descrição da senhora Churchill me fez logo pensar neles. Uma família de nome Tupman, que se mudou há muito pouco tempo para lá, e ligados a muitas relações inferiores, mas agindo como se fossem de imensa importância, e esperando estar em pé de igualdade com as antigas famílias estabelecidas. Estão vivendo em

West Hall há no máximo um ano e meio; e ninguém sabe como eles obtiveram sua fortuna. Vieram de Birmingham, que não é um lugar que promete muito, como sabe, senhor Weston. Não se tem grandes esperanças quando se trata de Birmingham. Sempre digo que há algo terrível no nome. Mas nada mais se sabe com certeza sobre os Tupman, embora muitas coisas, asseguro-lhe, sejam suspeitas; no entanto, por seus modos, eles obviamente se consideram iguais até mesmo a meu cunhado, o senhor Suckling, que por acaso é um de seus vizinhos mais próximos. É infinitamente horrível. O senhor Suckling, que há onze anos reside em Maple Grove, e cujo pai foi seu proprietário antes dele, pelo menos eu acredito... tenho quase certeza de que o velho senhor Suckling completou a compra antes de sua morte.

Foram interrompidos. O chá estava sendo servido, e o sr. Weston, depois de dizer tudo o que queria, logo aproveitou a oportunidade para se afastar.

Depois do chá, o sr. e a sra. Weston e o sr. Elton sentaram-se com o sr. Woodhouse para jogar cartas. Os outros cinco foram deixados por conta própria, e Emma duvidava que se dessem muito bem; pois o sr. Knightley parecia pouco disposto a conversar; a sra. Elton queria atenção, que ninguém estava disposto a dar, a própria Emma estava em um estado de preocupação de espírito que a teria feito preferir ficar calada.

O sr. John Knightley se mostrou mais falante do que o irmão. Ele deveria deixá-los cedo no dia seguinte; e logo começou com:

— Bem, Emma, não acredito que tenha mais nada a dizer sobre os meninos; mas você tem a carta de sua irmã, e tudo está escrito ali, podemos ter certeza. Minhas recomendações seriam muito mais concisas que as dela, e provavelmente bem diferentes; tudo o que tenho para recomendar que seja incluído, não os mime e não os medique.

— Espero satisfazer aos dois — disse Emma —, pois farei tudo ao meu alcance para fazê-los felizes, o que será suficiente para Isabella; e a felicidade deve excluir a falsa indulgência e os remédios.

— E se achar que estão lhe causando problemas, deve mandá-los de volta para casa.

— Isso é muito provável. Acha que é, não é mesmo?

— Espero estar ciente de que eles podem ser barulhentos demais para seu pai, ou mesmo podem ser um estorvo para você, se seus compromissos continuarem a aumentar tanto quanto têm feito recentemente.

— Aumentar!

— Certamente; deve ter percebido que o último semestre trouxe uma grande diferença em seu estilo de vida.

— Diferença! Não, de fato, não percebi.

— Não pode haver dúvida de que tem estado muito mais envolvida com visitas do que costumava. Veja esse exato momento. Aqui estou eu vindo por apenas um dia e está recebendo visitas para um jantar! Quando isso, ou algo parecido, aconteceu antes? Sua vizinhança está aumentando e você se envolve mais com ela. Há pouco tempo, cada carta para Isabella trazia um relato de novas alegrias; jantares na casa do senhor Cole, ou bailes na Crown. A diferença que Randalls, apenas Randalls fez em suas atividades, é muito grande.

— Sim — disse o irmão rapidamente —, é Randalls que opera tudo.

— Muito bem, e como Randalls, suponho, provavelmente não terá menos influência do que antes, parece-me possível, Emma, que Henry e John possam, às vezes, atrapalhar. E se o fizerem, imploro que os mande para casa.

— Não — exclamou o sr. Knightley —, essa não precisa ser a consequência. Que eles sejam enviados para Donwell. Eu certamente estarei livre.

— Dou-lhe minha palavra — exclamou Emma —, o senhor me diverte! Gostaria de saber quantos de todos os meus numerosos compromissos acontecem sem que faça parte dos convidados; e por que consideram que corro o risco de não ter tempo livre para cuidar dos meninos. Esses meus incríveis compromissos, quais foram? Jantar uma vez com os Cole e falar sobre um baile, que nunca aconteceu. Eu posso entender o senhor — acenando para o sr. John Knightley —, sua sorte em se encontrar com tantos de seus amigos ao mesmo tempo aqui, o encanta demais para passar despercebida. Mas o senhor — voltando-se para o Sr. Knightley —, que sabe como raramente estou a duas horas de distância de Hartfield, por que prevê tal série de dissipações para mim, não posso imaginar. E, quanto aos meus queridos meninos, devo dizer que se tia Emma não tiver tempo para eles, não acho que eles se sairiam muito melhor com tio Knightley, que se ausenta de casa cerca de cinco horas, enquanto ela se ausenta uma e que, quando está em casa, está lendo ou fazendo contas.

O sr. Knightley parecia estar tentando não sorrir; e conseguiu sem dificuldade, quando a sra. Elton começou a falar com ele.

VOLUME III

Capítulo 1

Uma breve reflexão silenciosa foi suficiente para satisfazer Emma quanto à natureza de sua agitação ao ouvir a notícia sobre Frank Churchill. Logo se convenceu de que não era por si mesma que estava se sentindo apreensiva ou envergonhada; era por ele. Seu próprio apego havia realmente se reduzido a um mero nada; não valia a pena pensar nisso. Mas se ele, que sem dúvida sempre foi o mais apaixonado dos dois, voltasse com o mesmo ardor de sentimento com que havia partido, seria muito angustiante. Se uma separação de dois meses não o tivesse diminuído, havia perigos e males diante dela: seria necessário cautela por ele e por ela mesma. Ela não pretendia ter as próprias afeições envolvidas de novo, e seria sua incumbência evitar dar qualquer encorajamento às dele.

Ela gostaria de ser capaz de impedi-lo de fazer uma declaração completa. Seria uma conclusão muito dolorosa para sua intimidade atual! E, no entanto, não podia deixar de antecipar algo decisivo. Sentia que a primavera não passaria sem trazer uma crise, um acontecimento, algo que alterasse seu presente estado de serenidade e tranquilidade.

Não demorou muito, embora muito mais do que o sr. Weston previra, antes que ela pudesse formar alguma opinião sobre os sentimentos de Frank Churchill. A família Enscombe não chegou à cidade tão cedo quanto se imaginava, mas ele estava em Highbury logo depois. Ele foi a cavalo para passar algumas horas lá; ainda não podia ficar mais. Mas como saiu de Randalls e foi em seguida para Hartfield, ela pôde então exercer toda a sua capacidade de observação e determinar rapidamente como ele estava influenciado e como ela precisaria agir. Eles se encontraram com a maior simpatia. Não podia haver dúvidas quanto a seu grande prazer em vê-la. Mas ela teve uma dúvida quase imediata de que ele se importasse com ela como antes, de que sentisse a mesma ternura no mesmo grau de antes. Ela o observou bem. Estava claro que ele estava menos apaixonado do que antes. A ausência, provavelmente aliada à convicção da indiferença dela, produziu esse efeito muito natural e muito desejável.

Ele estava animado, tão disposto a falar e rir quanto sempre fora. Parecia feliz por falar de sua visita anterior e a recorrer a velhas histórias, e não deixava de estar agitado. Não foi na calma dele que Emma leu sua comparativa diferença. Não estava calmo. Era evidente que estava inquieto — tinha um ar de desassossego. Animado como estava, parecia ter uma vivacidade que não o satisfazia, mas o que decidiu a crença dela sobre o assunto foi ele ficar apenas um quarto de hora e sair apressado para fazer outras visitas em Highbury. "Ele havia visto um grupo de velhos conhecidos na rua, ao passar... não parou, parou para trocar apenas uma palavra... mas tinha a vaidade de pensar que ficariam desapontados se não os visitasse e, por mais que desejasse ficar mais tempo em Hartfield, tinha que se apressar". Ela não tinha dúvidas de que ele estava menos apaixonado; porém, nem seu espírito agitado, nem sua pressa, pareciam uma cura plena, e ela estava bastante inclinada a pensar que isso implicava um medo do retorno do poder dela e uma resolução discreta de não confiar em si mesmo por muito tempo.

Essa foi a única visita de Frank Churchill em dez dias. Muitas vezes ele esperava, tencionava ir, mas era sempre impedido. Sua tia não suportava que a deixasse. Tal foi o seu próprio relato em Randalls. Se fosse muito sincero, se realmente tentasse ir, devia inferir que a mudança da sra. Churchill para Londres não ajudara em nada a parte de sua enfermidade que era deliberada ou de origem nervosa. Que ela estava de fato doente, era certo; ele se declarara convencido disso, em Randalls. Embora grande parte pudesse ser extravagância, não havia dúvida, quando se lembrava, que ela estava com a saúde mais fraca do que há seis meses. Não acreditava que fosse proveniente de algo que o cuidado e a medicina não pudessem remover, ou pelo menos que ela não tivesse muitos anos de existência diante dela, mas nem mesmo todas as dúvidas do pai foram capazes de persuadi-lo a dizer que as queixas dela eram meramente imaginárias ou que ela estava tão forte como sempre.

Logo ficou evidente que Londres não era lugar para ela. Ela não podia suportar o barulho. Seus nervos estavam sob constante irritação e sofrimento, e ao final de dez dias a carta do sobrinho para Randalls comunicava uma mudança de planos. Iam se deslocar de imediato para Richmond. A sra. Churchill recebera a recomendação de se tratar com um médico eminente de lá e, além disso, gostava do lugar. Uma casa mobiliada em um local favorito foi alugada, e muitos benefícios eram esperados com a mudança.

Emma ouviu dizer que Frank escreveu com o melhor ânimo sobre esse arranjo e que ele pareceu apreciar a bênção de ter dois meses diante dele em uma vizinhança tão próxima de muitos amigos queridos, pois a casa foi alugada para maio e junho. Disseram-lhe que agora ele escrevia com a maior confiança de estar com frequência entre eles, quase tanto quanto ele poderia desejar.

Emma viu como o sr. Weston entendia essas perspectivas alegres. Ele estava considerando-a como a fonte de toda a felicidade que ofereciam. Ela esperava que não fosse assim. Dois meses deviam trazer a prova.

A própria felicidade do Sr. Weston era indiscutível. Ele ficou muito feliz. Era exatamente a circunstância que desejava. Agora, realmente teriam Frank em sua vizinhança. O que são quinze quilômetros para um rapaz? Uma hora de cavalgada. Ele viria sempre. A diferença a esse respeito entre Richmond e Londres era suficiente para fazer toda a diferença entre vê-lo sempre ou nunca. Os 25 quilômetros, ou melhor, 29, até a rua Manchester — devia chegar a 29 quilômetros completos —, eram um sério obstáculo. Se em algum momento pudesse escapar, perderia o dia indo e voltando. Não havia conforto em tê-lo em Londres; era como se ele estivesse em Enscombe. Mas Richmond era exatamente a distância para um intercâmbio sem dificuldades. Melhor do que mais perto!

Uma coisa boa foi imediatamente confirmada devido a essa remoção: o baile na Crown. Antes não havia sido esquecido, mas logo se reconheceu que era vão tentar fixar uma data. Agora, porém, aconteceria de fato; todos os preparativos foram retomados e, logo após os Churchills terem ido para Richmond, algumas linhas de Frank, para dizer que a tia já se sentia muito melhor com a mudança e que ele não tinha dúvidas de que poderia se juntar a eles por vinte e quatro horas a qualquer momento, induziu-os a marcar o evento para o dia o mais próximo possível.

O baile do sr. Weston de fato ocorreria. Poucos dias se interpunham entre os jovens de Highbury e a felicidade.

O sr. Woodhouse resignou-se. A época do ano minimizou o mal para ele. Maio era melhor para tudo do que fevereiro. A sra. Bates foi chamada para passar a noite em Hartfield. James estava avisado com a devida antecedência, e ele tinha a esperança otimista que nem o querido Henry, nem o querido John tivessem qualquer problema enquanto a querida Emma estivesse fora.

Capítulo 2

Nenhum outro imprevisto ocorreu que impedisse o baile. O dia se aproximou, o dia chegou. Depois de uma manhã de ansiosa vigilância, Frank Churchill, com toda a certeza de si mesmo, alcançou Randalls antes do jantar, e tudo estava seguro.

Ainda não ocorrera um segundo encontro entre ele e Emma. A sala da Crown o testemunharia, mas seria melhor do que um encontro qualquer no meio de uma multidão. O sr. Weston havia sido tão fervoroso em suas súplicas para que ela chegasse lá o mais cedo possível, logo depois deles, para que ele pudesse ter sua opinião quanto à adequação e conforto dos salões antes que qualquer outra pessoa chegasse, que ela não pôde recusar, e deveria, portanto, passar alguns momentos tranquilos na companhia do rapaz. Ela passou para buscar Harriet, e elas se dirigiram para a Crown em bom tempo, os Randalls tendo chegado pouco tempo antes.

Frank Churchill parecia ter estado à espera. Embora ele não tivesse dito muito, seus olhos declararam que pretendia ter uma noite encantadora. Todos caminharam juntos pelos salões, para ver se tudo estava como deveria; poucos minutos depois reuniram-se a eles os componentes de outra carruagem, da qual Emma não pôde ouvir o som a princípio, sem grande surpresa. "Tão absurdamente cedo!", estava prestes a exclamar, mas logo descobriu que se tratava de uma família de velhos amigos que vinha, como ela, por um pedido particular, ajudar no julgamento do sr. Weston. Foram seguidos tão de perto por outra carruagem de primos, que haviam sido instados a vir mais cedo com a mesma distinta insistência, pela mesma razão, que parecia que metade do grupo em breve estaria reunido para fins de inspeção preparatória.

Emma percebeu que seu gosto não era o único do qual o sr. Weston dependia, e sentiu que ser a favorita e amiga íntima de um homem que tinha tantos amigos íntimos e confidentes não era uma grande distinção na escala da vaidade. Ela gostava dos modos francos dele, mas um pouco menos de franqueza o teria tornado um homem mais elevado. A benevolência para com todos, mas não a amizade com todos, tornava um homem o que ele deveria ser. Ela poderia gostar de um homem assim. Todo o grupo andou ao redor, observou e elogiou mais uma vez; então, não havendo mais nada a ser feito, formou-se uma espécie de semicírculo ao redor do fogo, para observar de várias maneiras, até que outros assuntos fossem introduzidos, que, embora estivessem em *maio,* uma lareira à noite ainda era muito agradável.

Emma descobriu que não era culpa do sr. Weston que o número de conselheiros particulares não fosse ainda maior. Eles pararam à porta da sra. Bates para oferecer o uso de sua carruagem, mas a tia e a sobrinha deveriam ser trazidas pelos Elton.

Frank estava ao lado dela, mas não parado; havia nele uma inquietação que revelava uma mente agitada. Ele olhava em volta, andava até a porta, vigiava atento ao som de outras carruagens — estava impaciente pelo começo, ou com medo de ficar o tempo todo perto dela.

Falaram sobre a sra. Elton.

— Acho que ela deve chegar logo — disse ele. — Tenho uma grande curiosidade em ver a senhora Elton, ouvi falar tanto dela! Não deve demorar muito, creio eu, para que ela chegue.

Ouviu-se uma carruagem. Ele se adiantou imediatamente, mas, voltando, disse:

— Esqueço que não a conheço. Nunca vi nem o senhor nem a senhora Elton. Não tenho nada que tomar a frente.

O sr. e a sra. Elton apareceram, e todos os sorrisos e cumprimentos apropriados foram trocados.

— Mas e a senhorita Bates e a senhorita Fairfax? — disse o sr. Weston, olhando em volta. — Achamos que fossem trazê-las.

O engano havia sido pequeno. A carruagem fora enviada para buscá-las agora. Emma ansiava por saber qual seria a primeira opinião de Frank sobre a sra. Elton, como ele seria afetado pela elegância estudada de seu vestido e por seus sorrisos condescendentes. Ele estava imediatamente se qualificando para formar uma opinião, dando a ela a devida atenção depois que a apresentação havia terminado.

Em poucos minutos a carruagem voltou. Alguém falou em chuva.

— Vou ver se há guarda-chuvas, senhor — disse Frank ao pai. — A senhorita Bates não deve ser esquecida.

E foi embora. O sr. Weston o estava seguindo, mas a sra. Elton o deteve, para gratificá-lo com sua opinião sobre o filho, e ela começou tão rapidamente que o próprio jovem, embora não andasse devagar, dificilmente poderia estar fora de alcance para escutar.

— De fato, é um belo rapaz, senhor Weston. Disse-lhe com toda franqueza que formaria minha própria opinião, e fico feliz em dizer que estou extremamente satisfeita com ele. Pode acreditar em mim. Eu nunca faço bajulações. Considero-o um jovem muito belo, e suas maneiras são exatamente o que gosto e aprovo. Realmente um cavalheiro, sem a menor presunção ou janotice. O senhor deve saber que tenho uma grande antipatia por janotas, verdadeiro horror a eles. Eles nunca foram tolerados em Maple Grove. Nem o senhor Suckling, nem eu jamais tivemos paciência com eles, e às vezes dizíamos coisas muito duras! Selina, que é meiga até demais, os suportava muito melhor.

Enquanto ela falava de seu filho, a atenção do sr. Weston ficou presa; mas quando ela chegou a Maple Grove, ele se lembrou de que havia senhoras chegando para serem recebidas e, com sorrisos alegres, precisou se afastar às pressas.

A sra. Elton voltou-se para a sra. Weston:

— Não tenho dúvidas de que é nossa carruagem com a senhorita Bates e Jane. Nosso cocheiro e cavalos são extremamente velozes! Acredito que andamos mais rápido do que qualquer outra pessoa. Que prazer é mandar a própria carruagem para buscar uma amiga! Sei que fizeram a gentileza de oferecer, mas no futuro será totalmente desnecessário. Pode estar certa de que sempre cuidarei *delas*.

A srta. Bates e a srta. Fairfax, acompanhadas pelos dois cavalheiros, entraram na sala, e a sra. Elton parecia achar que era seu dever recebê-los tanto quanto a sra. Weston. Seus gestos e movimentos poderiam ser compreendidos por qualquer pessoa que observasse, como Emma; mas suas palavras, as palavras de todos, logo se perderam sob o fluxo incessante da srta. Bates, que entrou falando e não terminou seu discurso até muitos minutos depois de ser admitida no círculo em volta da lareira. Quando a porta se abriu, ela foi ouvida:

— Tão amável de sua parte! Nenhuma chuva. Nada de mais. Eu não me importo comigo. Meus sapatos são bem grossos. E Jane diz... ora! — Disse assim que entrou pela porta.— Nossa! Isso é realmente brilhante! É admirável! Maravilhosamente planejado, palavra. Não falta nada. Nunca teria imaginado. Tão bem iluminado! Jane, Jane, olhe! Você já viu alguma coisa assim? Oh, senhor Weston realmente deve ter usado a lâmpada de Aladim. A boa senhora Stokes não reconheceria seu próprio salão. Eu a vi quando entrei; ela estava parada na entrada. "Olá, senhora Stokes!", eu disse, mas não tive tempo para mais.

Nesse momento, ela foi recebida pela sra. Weston.

— Muito bem, obrigada, senhora. Espero que esteja bem. Muito feliz em ouvir isso. Fiquei com tanto medo que a senhora pudesse ter uma dor de cabeça! Vendo-a passar com tanta frequência e sabendo quanto trabalho devia estar tendo. Fico encantada em ouvir isso, de fato. Ah! Querida senhora Elton, muito obrigada pela carruagem! Um tempo excelente. Jane e eu estávamos prontas. Os cavalos não esperaram nem por um momento. A carruagem mais confortável. Ah! E tenho certeza de que nossos agradecimentos são devidos a você, senhora Weston, por isso também. A senhora Elton havia gentilmente enviado um bilhete para Jane, ou teríamos aceitado. Mas duas ofertas em um dia! Nunca houve vizinhos assim. Eu disse a minha mãe: "Palavra, mamãe...". Obrigada, minha mãe está muito bem. Foi para a casa do senhor Woodhouse. Eu a fiz levar seu xale, pois as noites não estão quentes... seu grande xale novo... o presente de casamento da senhora Dixon. Que gentileza dela pensar em minha mãe! Comprado em Weymouth, sabe... Escolha do senhor Dixon. Havia três outros, diz Jane, sobre os quais eles hesitaram por algum tempo. O coronel Campbell preferia uma cor de oliva. Minha querida Jane, tem certeza de que não molhou os pés? Foi apenas um pingo ou dois, mas fico tão preocupada... mas o senhor Frank Churchill foi tão perfeitamente... e havia um tapete para pisar... nunca me esquecerei de sua extrema polidez. Ah, senhor Frank Churchill, devo dizer-lhe que os óculos de minha mãe nunca mais ficaram avariados; o parafuso não saiu mais. Minha mãe sempre fala de sua boa índole.

Não fala, Jane? Não falamos com frequência do senhor Frank Churchill? Ah! Aqui está a senhorita Woodhouse. Cara senhorita Woodhouse, como vai? Muito bem, obrigada, muito bem. Isso parece um encontro no país das fadas! Tamanha transformação! Eu sei que não devo elogiar — olhando para Emma com toda a complacência —, seria rude, mas, juro, senhorita Woodhouse, a senhorita está... O que acha do cabelo de Jane? A senhorita é capaz de julgar. Ela fez tudo sozinha. É maravilhoso como ela arruma o cabelo! Acho que nenhuma cabeleireira de Londres conseguiria fazer igual. Ah! Se não são o doutor Hughes... e a senhora Hughes! Preciso ir falar com o doutor e a senhora Hughes por um momento. Como vão? Como vão? Muito bem, obrigada. Está tudo encantador, não é mesmo? Onde está o caro senhor Richard? Ah, lá está ele! Não o incomodem. Está muito melhor empregado conversando com as moças. Como vai, senhor Richard? Vi o senhor outro dia enquanto atravessava a cavalo pela cidade. Senhora Otway, minha nossa! E o bom senhor Otway, e a senhorita Otway e a senhorita Carline. Um grupo tão grande de amigos! E o senhor George e o senhor Arthur! Como vão os senhores? Como vão? Muito bem, agradeço muito aos senhores. Nunca estive melhor. Não estou ouvindo outra carruagem? Quem pode ser? Muito provavelmente os honrados Cole. Devo dizer que é encantador estar entre tantos amigos! E um fogo tão bom! Estou quase ficando assada. Sem café, obrigada, não para mim, nunca tomo café. Um pouco de chá, por favor, senhor, daqui a pouco, sem pressa. Oh! Aí vem. Tudo tão bom!

Frank Churchill voltou ao seu posto ao lado de Emma, e assim qué a srta. Bates se calou, ela se viu forçosamente ouvindo o discurso da sra. Elton e da srta. Fairfax, que estavam um pouco atrás dela. Ele ficou pensativo. Se também ouvia, ela não conseguiu ter certeza. Depois de muitos elogios a Jane sobre seu vestido e aparência, elogios recebidos com muita discrição e polidez, a sra. Elton evidentemente queria ser elogiada, e disse:

— O que acha do meu vestido? E o que pensa do debrum? E de como Wright arrumou meu cabelo?

E muitas outras perguntas relativas, todas respondidas com paciente cortesia. A sra. Elton então disse:

— Em geral, ninguém pode pensar menos em roupas do que eu, mas em uma ocasião como esta, quando todos os olhos estão voltados para mim, e em honra aos Weston que, sem dúvida, estão dando esse baile principalmente em minha homenagem, eu não gostaria de estar inferior às outras.

E vejo muito poucas pérolas na sala, exceto as minhas. Então, pelo que entendi, Frank Churchill é um excelente dançarino. Veremos se nossos estilos combinam. Realmente é um belo rapaz, Frank Churchill. Gosto muito dele.

Neste momento, Frank começou a falar tão vigorosamente, que Emma não podia deixar de imaginar que ele tinha ouvido os elogios a si mesmo e que não queria ouvir mais, e as vozes das damas foram abafadas por um tempo, até que outra suspensão trouxe a voz da sra. Elton nitidamente de novo aos seus ouvidos. O sr. Elton tinha acabado de se juntar a elas, e sua esposa exclamava:

— Oh! Finalmente nos descobriu em nosso retiro, não é? Eu estava neste momento dizendo a Jane que achava que você começaria a ficar impaciente por notícias nossas.

— Jane! — Repetiu Frank Churchill, com um olhar de surpresa e desagrado. — É uma familiaridade, mas a senhorita Fairfax não desaprova, suponho.

— O senhor gostou da senhora Elton? — sussurrou Emma.

— De jeito nenhum.

— O senhor é um ingrato

— Ingrato! O que quer dizer? — então, desfranziu as sobrancelhas e sorriu. — Não, não me diga. Eu não quero saber o que quer dizer. Onde está meu pai? Quando devemos começar a dançar?

Emma mal conseguia entendê-lo; ele parecia estar com um humor estranho. Saiu para encontrar o pai, mas logo voltou com o sr. e a sra. Weston. Havia encontrado os dois com uma pequena dúvida, que devia ser explicada a Emma. Acabara de ocorrer à sra. Weston que a sra. Elton deveria ser convidada para abrir o baile, que ela esperaria isso, o que interferia em todos os seus desejos de dar a Emma essa distinção. Emma ouviu a triste verdade com fortaleza.

— E como encontraremos um parceiro adequado para ela? — disse o sr. Weston. — Ela vai pensar que Frank deveria tirá-la.

Frank voltou-se no mesmo instante para Emma, para reivindicar sua promessa anterior, e se gabava de já estar compromissado, diante do que o pai o olhou com total aprovação. Então parecia que a sra. Weston queria que *ele mesmo* dançasse com a sra. Elton, e que o trabalho dos outros dois era ajudá-la a persuadi-lo a isso, o que em pouco tempo foi feito. O sr. Weston e a sra. Elton abriram o baile, com o sr. Frank Churchill e a srta. Woodhouse logo em seguida. Emma precisava submeter-se a ficar em segundo lugar para a sra. Elton, embora sempre tenha considerado o baile como organizado especialmente para ela. Foi quase o suficiente para fazê-la pensar em se casar. A sra. Elton tinha indubitavelmente a vantagem, nesse momento, sua vaidade completamente gratificada; pois embora tivesse a pretensão de abrir o baile com Frank Churchill, ela não sairia perdendo com a troca. O sr. Weston poderia ser superior ao filho. Apesar dessa pequena irritação, no entanto, Emma sorria de prazer, encantada por ver o número respeitável de casais que se formava e por sentir que tinha tantas horas de incomum festividade diante de si. Ficou mais perturbada com o fato de o sr. Knightley não dançar do que com qualquer outra coisa. Lá estava ele, entre os espectadores, onde não devia estar; ele devia estar dançando, não se colocando com os maridos, pais e jogadores de uíste, que fingiam ter interesse pela dança até que suas mesas estivessem formadas. Com sua aparência tão jovem! Talvez não houvesse outro lugar no qual ele se mostrasse em maior vantagem do aquele no qual se colocara. Sua figura alta, firme e ereta, entre as formas corpulentas e os ombros caídos dos homens idosos, parecia a Emma que deveria atrair todos os olhares, e, com exceção do próprio par dela, não havia ninguém entre toda a fileira de rapazes que pudesse ser comparado a ele. Ele se aproximou mais alguns passos, e esses poucos passos foram suficientes para provar com que refinamento, com que graciosidade natural ele dançaria, caso se desse ao trabalho. Sempre que ela capturava o olhar dele, Emma o obrigava a sorrir, mas em geral ele estava com a expressão séria. Ela desejou que ele pudesse amar mais um salão de baile e que pudesse gostar mais de Frank Churchill. Ele parecia observá-la com frequência. Ela não devia se gabar de que ele pensasse em sua maneira de dançar, mas se ele estava criticando seu comportamento, ela não tinha o que temer. Não havia flerte entre ela e seu parceiro. Pareciam mais amigos alegres e próximos do que namorados. O fato de que Frank Churchill sentia menos por ela do que antes era indubitável.

O baile prosseguiu agradavelmente. Os cuidados ansiosos, as atenções incessantes da sra. Weston não foram à toa. Todo mundo parecia feliz, e o elogio de ser um baile maravilhoso, que raramente é concedido antes que um baile tenha terminado, foi dado repetidas vezes no início da existência desse. Considerando acontecimentos muito importantes e muito memoráveis, esse não foi mais produtivo do que tais reuniões costumam ser. Houve um, porém, que chamou a atenção de Emma. As duas últimas danças antes do jantar começaram, e Harriet não tinha par; era a única moça sentada, e o número de dançarinos havia sido tão igual até então, que era um assombro como poderia haver alguém sem par! Mas o espanto de Emma diminuiu logo em seguida, ao ver o sr. Elton andando a esmo pelo salão. Ele não convidaria Harriet para dançar se fosse possível evitá-lo; ela tinha certeza que ele não o faria e esperava que a qualquer momento ele escapasse para a sala de carteado.

Fugir, entretanto, não era seu plano. Ele foi até a parte do salão onde os espectadores estavam reunidos, falou com alguns e caminhou em frente a eles, como se para mostrar sua liberdade e sua resolução em mantê-la. Ele não deixou de estar algumas vezes diretamente diante da srta. Smith, ou de falar com aqueles que estavam próximos a ela. Emma observou isso. Ela ainda não estava dançando, estava no final da fila e, por isso, tinha tempo para olhar ao redor e, apenas virando um pouco a cabeça, via tudo. Quando ela estava na metade do salão, o grupo todo estava imediatamente atrás dela, e ela não se permitiria mais olhar; mas o sr. Elton estava tão perto que ouviu cada sílaba de um diálogo que então ocorreu entre ele e a sra. Weston, e ela percebeu que a esposa dele, que estava de pé logo à sua frente, não apenas ouvia, mas até mesmo o encorajava com olhares significativos. A bondosa e amável sra. Weston deixou seu assento para se juntar a ele e dizer:

— Não irá dançar, senhor Elton?

A resposta imediata foi:

— Muito prontamente, senhora Weston, se aceitar dançar comigo.

— Eu! Oh, não! Eu lhe encontraria um par melhor do que eu. Não sou dançarina.

— Se a senhora Gilbert deseja dançar — respondeu ele —, terei muito prazer, com certeza, pois, embora comece a me sentir como um velho homem casado e que meus dias de dançarino tenham acabado, me daria um prazer muito grande tirar para dançar uma velha amiga como a senhora Gilbert em qualquer ocasião.

— A senhora Gilbert não pretende dançar, mas há uma jovem sem par que eu ficaria muito feliz em ver dançando, a senhorita Smith.

— A senhorita Smith! Ah! Eu não tinha reparado. A senhora é extremamente amável, e se eu não fosse um velho casado… Mas meus dias de dançarino acabaram, senhora Weston. Por favor, me desculpe. Qualquer outra coisa eu ficaria muito feliz em fazer, sob seu comando, mas meus dias de dançarino acabaram.

A sra. Weston não disse mais nada, e Emma podia imaginar com que choque e mortificação ela deveria estar voltando ao seu lugar. Este era o sr. Elton! O amável, prestativo e gentil sr. Elton. Ela olhou ao redor por um momento; ele se juntou ao sr. Knightley a uma pequena distância e estava se preparando para iniciar uma conversa, enquanto trocava sorrisos de grande satisfação com a esposa.

Ela não olharia novamente. Seu coração estava inflamado, e ela temia que seu rosto pudesse estar igualmente quente.

No momento seguinte, uma visão mais feliz chamou-lhe a atenção: o sr. Knightley conduzindo Harriet ao salão! Nunca ela ficara mais surpresa, raramente mais satisfeita, do que naquele instante. Ela era toda satisfação e gratidão, tanto por Harriet quanto por ela mesma, e desejava agradecê-lo; e embora muito distante para falar, seu semblante disse muito, assim que ela pôde cruzar o olhar com o dele novamente.

A forma de dançar dele provou ser exatamente o que ela acreditava que seria: extremamente boa; e Harriet teria parecido quase sortuda demais, não fosse pelo estado cruel das coisas antes e pelo completo deleite e elevado senso de honra que sua expressão feliz anunciava. Não fora desperdiçado; ela saltou mais alto do que nunca, avançava mais além pelo meio e sorria continuamente.

O sr. Elton se retirou para a sala de carteado, parecendo, Emma esperava, muito tolo. Ela não achava que ele estivesse tão endurecido quanto sua esposa, embora estivesse se tornando muito parecido com ela; *ela* expressou alguns de seus sentimentos, observando audivelmente para seu parceiro:

— Knightley ficou com pena da pobre senhorita Smith! Tem uma índole muito boa, isso é fato.

A ceia foi anunciada. A movimentação começou, e a srta. Bates pôde ser ouvida, sem interrupção, daquele momento até se sentar à mesa e pegar a colher.

— Jane, Jane, minha querida Jane, onde você está? Aqui está sua estola. A senhora Weston implora que coloque sua estola. Ela diz que teme que haja correntes de ar na passagem, embora tudo tenha sido feito... Uma porta foi pregada, colocaram vários tapetes... Minha querida Jane, de fato você deve. Ah, senhor Churchill! O senhor é tão prestativo! Como a colocou bem! Muito grata! Excelente dança, de fato! Sim, minha querida, corri para casa, como disse que deveria, para ajudar mamãe a ir se deitar, e voltei, e ninguém sentiu minha falta. Saí sem dizer uma palavra, exatamente como lhe disse. Sua vovó estava muito bem, teve uma noite encantadora com o senhor Woodhouse, com muita conversa e gamão...

Serviram chá, biscoitos e maçãs assadas e vinho antes de ela ir embora; teve uma sorte incrível em alguns de seus lances; e ela perguntou muito sobre você, se estava se divertindo e quem eram seus pares. "Ora!" disse eu, "não irei antecipar Jane; deixei-a dançando com o senhor George Otway; ela vai adorar contar tudo para a senhora amanhã; seu primeiro par foi o senhor Elton, não sei quem vai tirá-la a seguir, talvez o senhor William Cox." Meu caro senhor, é prestativo demais. Não há ninguém que o senhor prefira? Não estou desamparada. Senhor, é muito gentil. Minha nossa, Jane em um braço e eu no outro! Parem, parem, vamos ficar um pouco para trás, a senhora Elton está passando; a senhora Elton, como ela está elegante! Que bela renda! Agora vamos todos segui-la. A própria rainha da noite! Bem, aqui estamos nós na passagem. Dois degraus, Jane, cuidado com os dois degraus. Ah! Não, há apenas um. Ora, eu estava convencida de que havia dois. Que estranho! Eu estava certa de que havia dois, e há apenas um. Nunca vi nada igual ao conforto e ao estilo… Velas por toda parte. Eu estava lhe contando sobre sua avó, Jane… Houve uma pequena decepção. As maçãs e os biscoitos assados, excelentes à sua maneira, sabe; mas serviram um delicado fricassé de molejas e aspargos primeiro, e o bom senhor Woodhouse, pensando que os aspargos não haviam sido cozidos o suficiente, mandou tudo de volta. Ora, não há nada que sua avó ame mais do que molejas e aspargos, assim, ela ficou um tanto decepcionada, mas combinamos que não falaríamos sobre isso com ninguém, por medo de que chegasse aos ouvidos da querida senhorita Woodhouse, que ficaria muito preocupada! Bem, isso é magnífico! Estou totalmente maravilhada! Não poderia ter imaginado! Tanta elegância e profusão! Não vi nada igual desde… Bem, onde nos sentaremos? Onde devemos sentar? Em qualquer lugar, desde que Jane não esteja numa corrente de ar. Onde *eu* me sento não tem importância. Ah! Recomenda esse lado? Sim, acredito, senhor Churchill… mas parece bom demais… seja como quiser. O que o senhor indicar nessa casa não pode estar errado. Querida Jane, como vamos nos lembrar de metade dos pratos para sua vovó? Sopa também! Deus do céu! Não quero ser servida tão cedo, mas o cheiro está muito bom, e não posso resistir a começar.

Emma não teve oportunidade de falar com o sr. Knightley antes do jantar, mas, quando todos estavam de volta ao salão de baile, seus olhos o convidaram irresistivelmente a vir até ela e ser agradecido. Ele foi veemente ao reprovar a conduta do sr. Elton; fora uma grosseria imperdoável, e a aparência da sra. Elton também recebeu a devida cota de censura.

— Eles visavam ferir mais do que Harriet — afirmou. — Emma, por que são seus inimigos?

Encarou-a com um sorriso penetrante e, quando não recebeu uma resposta, continuou:

— *Ela* não tem razão para estar zangada com você, suspeito, não importa o que ele sinta. Sobre essa suposição, você não diz nada, é claro; mas confesse, Emma, que queria que ele se casasse com Harriet.

— Sim — respondeu Emma —, e eles não podem me perdoar.

Ele balançou a cabeça, mas havia um sorriso de indulgência com isso, e ele apenas disse:

— Não irei repreendê-la. Deixo-a com as próprias reflexões.

— Pode confiar em mim com tais bajuladores? Será que meu espírito vaidoso alguma vez me disse que estou errada?

— Não o seu espírito vaidoso, mas o seu espírito sério. Se um a guia para o erro, tenho certeza de que o outro a alerta contra ele.

— De fato confesso que me enganei completamente sobre o senhor Elton. Há uma pequenez nele que o senhor descobriu e eu não, e eu estava totalmente convencida de que ele estava apaixonado por Harriet. Foi por uma série de estranhas gafes!

— E, em troca de seu reconhecimento disso, farei a justiça de dizer que você teria escolhido para ele melhor do que ele escolheu para si mesmo. Harriet Smith é dotada de algumas qualidades de primeira ordem, que faltam por completo à senhora Elton. Uma garota modesta, simples e ingênua, infinitamente preferível para qualquer homem de bom senso e bom gosto a uma mulher como a senhora Elton. Achei Harriet mais conversável do que esperava.

Emma ficou extremamente satisfeita. Foram interrompidos pela agitação do sr. Weston, convocando todos a começar a dançar novamente.

— Venham, senhorita Woodhouse, senhorita Otway, senhorita Fairfax, o que estão fazendo? Vamos Emma, dê o exemplo a suas companheiras. Estão todas com preguiça! Todo mundo está dormindo!

— Estou pronta — disse Emma — para quando for necessária.

— Com quem vai dançar? — perguntou o sr. Knightley.

Ela hesitou por um momento, então respondeu:

— Com o senhor, se me tirar.

— Aceita? — perguntou ele, oferecendo-lhe a mão.

— Com toda a certeza. O senhor mostrou que sabe dançar e sabe que não somos realmente irmão e irmã o bastante para que seja impróprio.

— Irmão e irmã! Não, com certeza.

Capítulo 3

Essa pequena explanação com o sr. Knightley deu a Emma um prazer considerável. Era uma das lembranças mais agradáveis do baile, e ela caminhou pelo gramado na manhã seguinte para desfrutá-la. Ela estava extremamente feliz por terem chegado a um entendimento tão bom a respeito dos Elton e por suas opiniões tanto sobre o marido quanto sobre a esposa serem muito parecidas; e os elogios que ele fez a Harriet, sua concessão a favor dela, foram peculiarmente gratificantes. A impertinência dos Elton, que por alguns minutos ameaçou arruinar o resto de sua noite, foi a causa de algumas de suas maiores satisfações, e ela ansiava por outro feliz resultado: a cura da paixonite de Harriet. Devido a maneira de Harriet falar sobre o ocorrido antes de deixarem o salão de baile, Emma tinha grandes esperanças. Parecia que seus olhos se abriram de repente e ela pôde ver que o sr. Elton não era a criatura superior que ela acreditara que ele fosse. A febre havia passado e Emma não precisava temer que o pulso se acelerasse novamente por uma cortesia prejudicial. Contava com os maus sentimentos dos Elton para fornecer toda a disciplina de aguçada negligência que ainda pudesse ser necessária. Harriet racional, Frank Churchill não muito apaixonado e o sr. Knightley sem querer brigar com ela; que verão feliz devia estar diante dela!

Ela não veria Frank Churchill essa manhã. Ele lhe havia dito que não podia se permitir o prazer de passar em Hartfield, pois deveria estar em casa pelo meio-dia. Ela não lamentou.

Tendo repassado, examinado e organizado todos esses assuntos, ela estava voltando para a casa com o ânimo revigorado para as demandas dos dois meninos, bem como de seu avô, quando o grande portão de ferro se abriu e entraram as duas pessoas que menos esperaria ver juntas: Frank Churchill com Harriet apoiada em seu braço — a própria, Harriet! Bastou um momento para convencê-la de que algo extraordinário havia acontecido. Harriet parecia pálida e assustada, e ele estava tentando animá-la. Os portões de ferro e a porta da frente não estavam a nem vinte metros de distância; logo estavam os três no saguão de entrada, e Harriet imediatamente desabando em uma cadeira, desmaiou.

Uma jovem que desmaia deve ser acudida. Perguntas devem ser respondidas e surpresas explicadas. Tais eventos são muito interessantes, mas o suspense deles não pode durar muito. Em poucos minutos, Emma se inteirou de tudo.

A srta. Smith e a srta. Bickerton, outra inquilina da sra. Goddard, que também estivera no baile, haviam saído juntas e pegaram uma estrada, a estrada de Richmond, que, embora parecesse ser movimentada o bastante para ser segura, as colocou em uma situação alarmante. A cerca de um quilômetro de Highbury, fazendo uma curva fechada e profundamente sombreada por olmos de ambos os lados, tornou-se por um trecho considerável muito isolada. Quando as moças avançaram um pouco mais, de repente avistaram a uma pequena distância adiante, em uma área gramada mais ampla ao lado da estrada, um grupo de ciganos. Uma criança que estava de vigia veio até elas para mendigar. A srta. Bickerton, extremamente amedrontada, deu um grande grito e, dizendo para Harriet segui-la, subiu correndo uma encosta íngreme, pulou uma pequena cerca viva no topo e seguiu por um atalho de volta a Highbury. Mas a pobre Harriet não conseguiu acompanhá-la. Ela sofrera muitas câimbras depois de dançar, e sua primeira tentativa de subir a encosta as fez retornarem com tanta força que a deixaram totalmente incapaz de se mover e, nesse estado e extremamente apavorada, ela foi obrigada a permanecer.

Como os andarilhos teriam se comportado caso as moças tivessem sido mais corajosas é algo duvidoso; mas tal convite para um ataque era irresistível, e Harriet logo foi assaltada por meia dúzia de crianças, encabeçadas por uma mulher corpulenta e um menino grande, todos clamorosos e impertinentes na aparência, embora não completamente nas palavras. Cada vez mais assustada, ela imediatamente lhes prometeu dinheiro e pegou sua bolsa, deu-lhes um xelim e implorou que não quisessem mais e nem que lhe fizessem mal. Ela pôde então andar, embora devagar, e estava se afastando, mas seu terror e sua bolsa eram muito tentadores e ela foi seguida, ou melhor, cercada por toda a gangue exigindo mais.

Nesse estado, Frank Churchill a encontrou: ela, tremendo e argumentando, e eles, barulhentos e insolentes. Por um acaso muito feliz, sua partida de Highbury fora atrasada de forma a levá-lo ao auxílio dela nesse momento crítico. A manhã aprazível o induziu a ir caminhando e mandar que seus cavalos fossem levados por outra estrada para encontrá-lo adiante, a dois ou três quilômetros de Highbury, e, por ter pegado emprestada uma tesoura na noite anterior com a srta. Bates e ter esquecido de devolvê-la, foi obrigado a parar na casa dela e entrar por alguns minutos. Por isso, estava mais atrasado do que pretendera e, estando a pé, passou despercebido por todo o grupo até quase estar perto deles. O terror que a mulher e o menino estiveram causando em Harriet passara então a ser deles. Ele os deixara completamente apavorados, e Harriet, ansiosamente agarrando-se a ele, mal conseguindo falar, teve apenas força suficiente para alcançar Hartfield antes que seu ânimo fosse sobrepujado por completo. Foi ideia dele trazê-la para Hartfield; ele não pensara em nenhum outro lugar.

Essa foi toda a história, segundo o relato dele e de Harriet, assim que ela recuperou os sentidos e a fala. Ele não ousou ficar mais tempo do que o necessário para vê-la bem. Esses vários atrasos o deixaram sem mais um minuto a perder, e, com Emma se comprometendo garantir à sra. Goddard que Harriet estava em segurança e a avisar a o sr. Knightley que aquelas pessoas estavam na vizinhança, ele partiu, com todas as agradecidas bênçãos que ela foi capaz de proferir por sua amiga e por si mesma.

Uma aventura como esta, um belo rapaz e uma adorável moça unidos de tal forma, dificilmente deixariam de sugerir certas ideias ao coração mais frio e ao cérebro mais constante. Ao menos foi o que Emma pensou. Poderia um linguista, um gramático, até mesmo um matemático ter visto o que ela viu, testemunhado o aparecimento dos dois juntos e ouvido sua história, sem sentir que as circunstâncias haviam atuado para torná-los peculiarmente interessantes um para o outro? Quanto mais uma imaginista, como Emma, devia estar em chamas com especulações e previsões! Especialmente com a base de antecipação que sua mente já havia preparado.

Era uma coisa extraordinária! Nada do tipo jamais ocorrera antes a qualquer moça do lugar, conforme se lembrava. Nenhum encontro hostil, nenhum susto do tipo, e agora tinha acontecido com a pessoa exata, na hora exata, em que a outra pessoa exata, por acaso, estava passando para resgatá-la! Certamente, era muito extraordinário! E sabendo, como Emma sabia, do estado de espírito favorável de cada um dos dois naquele período, ela ficou ainda mais impressionada. Ele desejava superar seu afeto pela própria Emma, e Harriet estava começando a se recuperar de sua mania pelo sr. Elton. Parecia que tudo se unia para prometer as consequências mais interessantes. Não era possível que o ocorrido não recomendasse fortemente um para o outro.

Nos poucos minutos de conversa que ainda tivera com ele, enquanto Harriet estivera parcialmente inconsciente, ele falara do terror, da ingenuidade e do fervor dela quando segurou e se agarrou ao seu braço, com uma sensibilidade divertida e encantada. E finalmente, depois que o próprio relato de Harriet foi feito, ele expressou sua indignação com a abominável tolice da srta. Bickerton nos termos mais calorosos. Tudo deveria seguir seu curso natural, no entanto, sem ser impelido nem assistido. Ela não daria um passo e nem uma dica. Não, estava farta de interferências. Não poderia haver dano em um plano, apenas um plano passivo. Não era mais do que um desejo. Não iria além disso de forma alguma.

A primeira resolução de Emma foi manter seu pai ignorante do que havia acontecido, ciente da ansiedade e do alarme que isso causaria, mas ela logo percebeu que esconder seria impossível. Em meia hora, já se sabia de tudo em Highbury. Era o tipo de evento que interessava quem mais fala, os jovens e os humildes, e todos os jovens e servos do lugar logo tiveram a felicidade de notícias terríveis. O baile da noite anterior parecia perdido entre os ciganos. O pobre sr. Woodhouse tremia ao sentar-se e, como Emma previra, não ficou satisfeito enquanto não lhe prometeram que nunca mais iriam além dos jardins. Foi um certo consolo para ele que muitas indagações sobre o estado dele e o da srta. Woodhouse, pois seus vizinhos sabiam que ele adorava ser questionado sobre seu estado, assim como sobre o da srta. Smith, chegaram durante o resto do dia; e ele teve o prazer de retornar como resposta que eles não estavam muito bem, no que, embora não fosse exatamente verdade, pois Emma estava perfeitamente bem, e Harriet não muito diferente, Emma não interferiria. Em geral, ela tinha um péssimo estado de saúde para a filha de um homem como ele, pois mal conhecia o que era uma indisposição, e, se ele não inventasse enfermidades para ela, ela não podia ser mencionada em uma mensagem.

Os ciganos não esperaram pelas operações da justiça e partiram apressados. As jovens damas de Highbury podiam caminhar novamente em segurança antes de o pânico ser instaurado, e toda a história logo se tornou um assunto de pouca importância, exceto para Emma e seus sobrinhos; manteve seu terreno em sua imaginação, e Henry e John ainda pediam todos os dias a história de Harriet e dos ciganos, corrigindo-a com tenacidade se ela alterasse o menor detalhe da versão original.

Capítulo 4

Poucos dias haviam se passado após essa aventura, quando Harriet veio certa manhã a Emma com um pequeno pacote nas mãos e, depois de se sentar e hesitar, começou a falar:

— Senhorita Woodhouse, se estiver com tempo, tenho algo que gostaria de lhe dizer, uma espécie de confissão a fazer, e então, estará acabado, sabe.

Emma ficou bastante surpresa, mas implorou que ela falasse. Havia uma seriedade nos modos de Harriet que a preparou, tanto quanto suas palavras, para algo além do comum.

— É meu dever e tenho certeza de que é meu desejo — ela continuou — não ter reservas com a senhorita sobre este assunto. Como, felizmente, sou uma criatura bastante alterada em *um aspecto*, é muito apropriado que a senhorita tenha a satisfação de saber disso. Não quero dizer mais do que o necessário… estou muito envergonhada de ter me deixado levar como deixei, e arrisco dizer que me compreende.

— Sim — disse Emma —, creio que sim.

— Como pude me enganar por tanto tempo! — exclamou Harriet, acaloradamente. — Parece uma loucura! Não consigo ver nada de extraordinário nele agora. Não me importo se o encontrarei ou não, apesar de que eu preferiria não vê-lo e, na verdade, eu daria qualquer coisa para evitá-lo;

mas eu não invejo sua esposa nem um pouco. Não a admiro nem a invejo como antes: ela é muito charmosa e tudo mais, ouso dizer, mas acho que ela é muito mal-humorada e desagradável. Jamais esquecerei seu olhar na outra noite! Garanto-lhe, senhorita Woodhouse, não desejo mal a ela. Não, que eles sejam muito felizes juntos, isso não vai me dar nem mais um momento de angústia. E para convencê-la de que estou falando a verdade, agora vou destruir… algo que eu deveria ter destruído há muito tempo… algo que eu nunca deveria ter guardado, eu sei disso muito bem — corando enquanto falava. — No entanto, agora vou destruir tudo e é meu desejo particular fazê-lo em sua presença, para que a senhorita possa ver o quão racional me tornei. Não consegue adivinhar o que esse pacote contém? — terminou ela, com um olhar encabulado.

— Não tenho a mínima ideia. Ele alguma vez lhe deu alguma coisa?

— Não, não posso chamá-los de presentes, mas são coisas que eu valorizava muito.

Estendeu o pacote para Emma, que leu as palavras "*Meus mais preciosos tesouros*" na tampa. Sua curiosidade era enorme. Harriet abriu o pacote, e Emma observou com impaciência. Dentro da abundância de papel prateado, havia uma linda caixinha de marchetaria de Tunbridge, que Harriet abriu. Estava bem forrada com o algodão mais macio, mas, com exceção do algodão, Emma viu apenas um pequeno pedaço de emplastro.

— Bem — disse Harriet —, a senhorita *deve se* lembrar.

— Não, na verdade não me lembro.

— Minha nossa! Nunca imaginaria que a senhorita pudesse esquecer o que se passou nesta mesma sala sobre emplastros, uma das últimas vezes que nos encontramos aqui! O sr. e a sra. John Knightley vieram… acho que na mesma noite. Não se lembra dele cortando o dedo com seu canivete novo e que a senhorita recomendou que usasse emplastro? Mas como a senhorita não tinha nenhum e sabia que eu tinha, pediu que eu desse a ele, então peguei o meu e cortei um pedaço para ele, mas era muito grande e ele o cortou num pedaço menor e ficou brincando algum tempo com o que sobrou, antes de me devolver. Desse modo, na minha tolice, não pude deixar de considerá-lo um tesouro, então o guardei para nunca ser usado e olhava para ele de vez em quando como um grande presente.

— Minha querida Harriet! — exclamou Emma, colocando a mão sobre o rosto e se levantando —. Deixa-me mais envergonhada de mim mesma do que posso suportar. Lembrar-me? Sim, eu me lembro de tudo agora; de tudo, exceto do fato de você ter guardado esta relíquia... Não tinha ideia disso até esse momento, exceto o corte do dedo, de ter recomendado o emplastro e de dizer que não tinha nenhum comigo! Ai, meus pecados, meus pecados! E eu tinha muito no meu bolso o tempo todo! Um dos meus truques sem sentido! Eu mereço ficar continuamente ruborizada pelo resto da minha vida. Bem... — sentando-se novamente — vá em frente, o que mais?

— E a senhorita realmente tinha um pedaço a mão? De fato jamais suspeitei, fez tudo com tanta naturalidade.

— Então, você realmente guardou este pedaço de emplastro por causa dele! — disse Emma, recuperando-se de seu estado de vergonha e sentindo-se dividida entre o choque e o divertimento. E secretamente acrescentou para si mesma: "Deus do céu! Quando é que eu teria pensado em guardar em algodão um pedaço de emplastro que Frank Churchill tivesse mexido! Nunca cheguei perto disso."

— Aqui — retomou Harriet, voltando-se para sua caixa novamente —, aqui está algo ainda mais valioso, quero dizer, que *foi* mais valioso, porque é algo que realmente pertenceu a ele, ao contrário do pedaço de emplastro.

Emma estava muito ansiosa para ver esse tesouro superior. Era a ponta de um lápis velho, a parte sem grafite.

— Isso de fato pertenceu a ele — disse Harriet. — Não se lembra que uma manhã...? Não, acredito que não se lembre. Mas uma manhã, esqueci qual o dia exato, mas talvez tenha sido a terça ou quarta-feira antes *daquela noite*, ele queria fazer uma anotação em sua caderneta. Era sobre cerveja de abetos. O sr. Knightley estava lhe dizendo algo sobre como fazer cerveja de abeto e ele queria anotar, mas quando ele pegou o lápis, havia tão pouco grafite que ele logo cortou tudo fora, e não servia mais, então a senhorita emprestou-lhe outro, e este foi deixado sobre a mesa como se não prestasse para nada. Mas eu fiquei de olho nele e, assim que ousei, peguei-o e nunca mais me separei dele desde aquele momento.

— Eu me lembro — retrucou Emma —, eu me lembro perfeitamente. Falavam sobre cerveja de abetos. Oh, sim! O senhor Knightley e eu falando que gostamos, e o senhor Elton parecendo decidido a aprender a gostar também. Eu me lembro perfeitamente. Espere, o senhor Knightley estava parado bem aqui, não estava? Tenho a impressão de que ele estava bem aqui.

— Ah! Não sei. Não consigo me lembrar. É muito estranho, mas não consigo me lembrar. Elton estava sentado aqui, eu me lembro, quase onde estou agora.

— Bem, vá em frente.

— Ah! Isso é tudo. Não tenho mais nada para lhe mostrar ou dizer, exceto que agora vou jogar os dois no fogo e desejo que a senhorita me veja fazer isso.

— Minha pobre Harriet! E você realmente ficou feliz por guardar essas coisas?

— Sim, simplória como eu era! Mas estou bastante envergonhada disso agora, e gostaria de poder esquecer tão facilmente quanto posso queimá-las. Foi muito errado da minha parte, sabe, guardar alguma lembrança, depois que ele se casou. Eu sabia que era, mas não tinha firmeza suficiente para me separar delas.

— Mas, Harriet, precisa queimar o emplastro? Não tenho nada a dizer sobre o pedaço de lápis velho, mas o emplastro pode ser útil.

— Ficarei mais satisfeita se queimá-lo — respondeu Harriet. — Não gosto de olhar para ele. Tenho de me livrar de tudo. Lá vai, e esse é o fim do senhor Elton, graças a Deus!

"E quando", pensou Emma, "haverá um início do sr. Churchill?"

Pouco depois, ela teve motivos para acreditar que o começo já havia chegado, e não podia deixar de torcer para que a cigana, embora não tivesse *lido* a sorte de ninguém, pudesse ter trazido a de Harriet. Cerca de quinze dias depois do susto, chegaram a uma revelação que bastou, totalmente sem intenção. Emma não estava pensando nisso no momento, o que tornou as informações que recebeu mais valiosas. Ela apenas disse, no decorrer de uma conversa trivial:

— Bem, Harriet, quando você se casar, aconselho que faça isso e aquilo…
— e não pensou mais nisso, até que, após um minuto de silêncio, ouviu Harriet dizer em um tom muito sério:

— Nunca vou me casar.

Emma então ergueu o olhar e imediatamente entendeu. Depois de hesitar por um momento se devia deixar passar despercebido ou não, respondeu:

— Nunca se casar! Essa é uma nova resolução.

— No entanto, é uma que nunca mudarei.

Depois de outra breve hesitação:

— Espero que não venha de… espero que não seja por conta do senhor Elton.

— O senhor Elton, ora! — exclamou Harriet, indignada. — Ah! Não… — Emma mal conseguiu entender as palavras — tão superior ao senhor Elton!

Ela então levou mais tempo para refletir. Não deveria parar aqui? Deveria deixar passar e parecer não suspeitar de nada? Talvez Harriet pensasse que ela estava indiferente ou zangada se o fizesse; ou talvez, se não respondesse nada, apenas levaria Harriet a pedir que ouvisse demais. E contra qualquer coisa parecida com a falta de reserva, a discussão franca e frequente de esperanças e chances que havia antes, estava decidida a resistir. Acreditava que seria mais sábio dizer e saber de uma vez, tudo o que pretendia dizer e saber. Tratar com franqueza era sempre melhor. Já havia determinado antes até onde prosseguiria, em qualquer solicitação desse tipo, e seria mais seguro para ambas, ter a sensata lei de seu próprio cérebro estabelecida com rapidez. Ela estava decidida, e assim falou:

— Harriet, não vou fingir que não entendo o que você quis dizer. Sua resolução, ou melhor, sua expectativa de nunca se casar, resulta de uma ideia de que a pessoa que possa preferir seria muito superior para pensar em você. Não é?

— Ai! Senhorita Woodhouse, acredite em mim, não tenho a presunção de imaginar… Tenha certeza, não sou tão louca. Mas é um prazer para mim admirá-lo à distância e pensar em sua infinita superioridade sobre todo o resto do mundo com a gratidão, admiração e veneração, que são tão adequadas, especialmente em mim.

— Não estou surpresa com você, Harriet. O serviço que ele lhe prestou foi suficiente para aquecer seu coração.

— Serviço! Oh! É uma dívida tão inexprimível! A própria lembrança de tudo e do que eu senti na hora… quando o vi chegando, seu ar nobre… e minha infelicidade antes. Que mudança! Em um instante, tamanha mudança! De uma perfeita aflição à perfeita felicidade!

— É muito natural. É natural e honrado. Sim, honrado, creio eu, escolher tão bem e com tanta gratidão. Mas que será uma preferência feliz é mais do que posso prometer. Não a aconselho a ceder a isso, Harriet. Eu não garanto de forma alguma que seja retribuída. Reflita sobre o que está fazendo. Talvez seja mais sensato da sua parte controlar os seus sentimentos enquanto pode. De qualquer maneira, não permita que eles a levem muito longe, a menos que esteja convencida de que ele gosta de você. Observe-o com atenção. Deixe o comportamento dele guiar seus sentimentos. Dou-lhe esta advertência agora, porque nunca mais vou falar com você sobre o assunto. Estou determinada a não interferir. Doravante, nada sei a respeito. Que nenhum nome jamais passe por nossos lábios. Estávamos muito erradas antes e seremos cautelosas agora. Ele é seu superior, sem dúvida, e parece haver objeções e obstáculos de natureza muito séria. Mas mesmo assim, Harriet, coisas mais maravilhosas já aconteceram, já ocorreram uniões de maior disparidade. Mas cuide-se. Não quero que você fique muito otimista, embora, não importa como acabe, tenha certeza de que elevar seus pensamentos a *ele* é uma marca de bom gosto que sempre saberei valorizar.

Harriet beijou sua mão em uma silenciosa e submissa gratidão. Emma estava decidida a pensar que tal afeto não seria uma coisa ruim para sua amiga. Sua tendência seria elevar e refinar sua mente, e deveria salvá-la do perigo da degradação.

CAPÍTULO 5

Junho encontrou Hartfield nesse estado de planos, esperanças e cumplicidades. Não trouxe nenhuma mudança material para Highbury em geral. Os Elton ainda falavam de uma visita dos Suckling e do uso que seria feito de seu landau. Jane Fairfax ainda estava com a avó, e como o retorno dos Campbell da Irlanda foi novamente adiado e marcado para agosto, em vez do solstício de verão, ela provavelmente permaneceria lá por mais dois meses inteiros, desde que pelo menos ela fosse capaz de superar a atividade da sra. Elton para ajudá-la e salvar-se de ser apressada a aceitar uma situação maravilhosa contra sua vontade.

O sr. Knightley, que, por algum motivo conhecido apenas por ele mesmo, certamente antipatizou com Frank Churchill desde o início, apenas desgostava mais dele. Ele começou a suspeitar de segundas intenções no cortejo que o rapaz fazia a Emma. Que Emma era seu objeto parecia indiscutível. Tudo indicava isso: suas próprias atenções, as sugestões do pai, o silêncio cauteloso da madrasta. Estava tudo em uníssono: palavras, conduta, discrição e indiscrição contavam a mesma história. Mas enquanto muitos o devotavam a Emma e a própria Emma o transferia para Harriet, o sr. Knightley começou a suspeitar que ele tinha alguma inclinação a brincar com Jane Fairfax. Ele não conseguia compreender, mas havia sinais de entendimento entre eles, pelo menos era o que pensava, sintomas de admiração da parte do rapaz, os quais, tendo uma vez percebido, ele não conseguiu se persuadir a considerar inteiramente sem importância, por mais que desejasse escapar de qualquer um dos erros de imaginação de Emma. *Ela* não estava presente quando a suspeita surgiu. Ele estava jantando com a família de Randalls e Jane, na casa dos Elton, e observara um olhar, mais do que um olhar, para srta. Fairfax, que, vindo do admirador da srta. Woodhouse, parecia um tanto deslocado. Quando estava novamente na companhia deles, ele não pôde deixar de se lembrar do que tinha visto, nem pôde evitar observações que, a menos que fossem como Cowper e seu fogo ao crepúsculo,

"Eu mesmo criando o que via"

causaram-lhe suspeitas ainda mais fortes de que havia algo de afeição secreta, ou mesmo de entendimento secreto, entre Frank Churchill e Jane.

Ele fora andando, um dia após o jantar, como costumava fazer, para passar a noite em Hartfield. Emma e Harriet iam sair para caminhar, e ele se uniu a elas. Ao retornarem, juntaram-se a um grupo maior que, como eles, julgou mais sensato fazer seu exercício cedo, pois ameaçava chover: o sr. e a sra. Weston e o filho, a srta. Bates e sua sobrinha, que se encontraram por acaso. Todos se uniram, e, ao chegar aos portões de Hartfield, Emma, que sabia que era exatamente o tipo de visita que seria bem-vinda pelo pai, instou a todos para que entrassem e tomassem chá com ele. O grupo de Randalls concordou de imediato; e depois de um longo discurso da srta. Bates, que poucas pessoas ouviram, ela também achou possível aceitar o convite mais que amável da querida srta. Woodhouse.

Quando estavam entrando no terreno, o sr. Perry passou a cavalo. Os cavalheiros comentaram sobre a montaria.

— A propósito — disse Frank Churchill à sra. Weston —, o que foi feito da ideia do senhor Perry de adquirir uma carruagem?

A sra. Weston pareceu surpresa e disse:

— Eu não sabia que ele tinha essa ideia.

— Ora, eu soube pela senhora. Escreveu-me sobre isso há três meses.

— Eu! Impossível!

— Escreveu, sim. Lembro-me perfeitamente. A senhora mencionou isso como algo que com certeza aconteceria em breve. A senhora Perry havia contado a alguém e estava extremamente feliz com isso. Foi devido à persuasão *dela*, já que ela considerava que ele sair com o tempo ruim lhe causava um grande mal. Talvez se lembre disso agora?

— Dou-lhe minha palavra, nunca ouvi falar disso até este momento.

— Nunca! É verdade, nunca? Meu Deus! Como pode ser? Então devo ter sonhado… mas tinha tanta certeza… Senhorita Smith parece cansada. Vai ficar contente por chegar em casa.

— O que é isso? O que é isso? — exclamou o sr. Weston. — O que disse sobre Perry e uma carruagem? Perry vai comprar uma carruagem, Frank? Fico feliz que ele possa arcar com a despesa. Soube disso por ele mesmo, foi?

— Não, senhor — respondeu o filho, rindo —, parece que não ouvi de ninguém. Muito estranho! Tinha certeza que a senhora Weston tinha mencionado isso em uma de suas cartas para Enscombe, há várias semanas, com todos esses detalhes, mas como ela afirma que nunca ouviu falar disso antes, é claro que deve ter sido um sonho. Eu sou um grande sonhador. Eu sonho com todos de Highbury quando estou longe e, depois de sonhar com todos os meus amigos próximos, eu começo a sonhar com o senhor e a senhora Perry.

— No entanto, é estranho — observou o pai — que você tenha tido um sonho tão comum e conectado com pessoas em quem não era muito provável que devesse estar pensando em Enscombe. Perry comprando uma carruagem! E a esposa persuadindo-o a fazer isso, por preocupação com sua saúde… Exatamente o que vai acontecer, não tenho dúvidas, em algum momento, apenas um pouco prematuro. Que ar de probabilidade às vezes há em um sonho! E em outros, apenas um monte de absurdos! Bem, Frank, seu sonho certamente mostra que Highbury está em seus pensamentos quando está ausente. Emma, você é uma grande sonhadora, acredito?

Emma estava fora de alcance. Ela se apressou na frente de seus convidados para avisar o pai sobre sua chegada e estava fora do alcance da insinuação do sr. Weston.

— Ora, para falar a verdade — exclamou a srta. Bates, que vinha tentando em vão ser ouvida nos últimos dois minutos —, se devo falar sobre este assunto, não há como negar que o senhor Frank Churchill possa ter… eu não quero dizer que ele não o sonhou… tenho certeza de que às vezes tenho os sonhos mais estranhos do mundo, mas, se me perguntarem, devo reconhecer que houve tal ideia na primavera passada; pois a própria senhora Perry contou para minha mãe, e os Cole sabiam disso assim como nós, mas era um segredo, conhecido por ninguém mais, e cogitado por apenas cerca de três dias. A senhora Perry estava muito ansiosa para que ele tivesse uma carruagem e veio até minha mãe muito animada uma manhã, porque ela pensou que havia conseguido convencê-lo. Jane, não se lembra que sua vovó nos contou quando chegamos em casa? Esqueci para onde havíamos ido… muito provavelmente para Randalls; sim, acho que foi para Randalls. A senhora Perry sempre foi muito afeiçoada por minha mãe, na verdade, não sei quem não é… e ela havia mencionado isso a ela em segredo. Ela não fez objeções a que ela nos contasse, é claro, mas não era para ir além, e, daquele dia em diante, nunca mencionei isso a ninguém que eu conheça. Ao mesmo tempo, não darei certeza de nunca ter dado uma dica, porque sei que às vezes revelo algo antes de me dar conta. Eu sou uma tagarela, como sabem, sou bastante tagarela, e de vez em quando deixo escapar algo que não deveria. Eu não sou como Jane. Quem me dera ser. Disso eu tenho certeza, *ela* nunca revelou nada no mundo. Onde ela está? Ah, bem aqui atrás. Lembro-me perfeitamente da visita da senhora Perry. Sonho extraordinário, de fato!

Eles estavam entrando no saguão. Os olhos do sr. Knightley precederam os da srta. Bates em se voltar para Jane. Do rosto de Frank Churchill, onde pensou ter visto confusão suprimida ou dissipada pelo riso, involuntariamente passou para o dela, mas ela estava realmente para trás e muito ocupada com o xale. O sr. Weston havia entrado. Os outros dois cavalheiros esperaram na porta para deixá-la passar. O sr. Knightley suspeitou que Frank Churchill estava determinado a atrair o olhar dela, ele parecia observá-la atentamente; entretanto, foi em vão, pois Jane entrou no saguão passando entre os dois e não olhou para nenhum deles.

Não houve tempo para mais comentários ou explicações. A ideia do sonho precisava ser aceita, e o sr. Knightley precisava sentar-se com os outros ao redor da grande mesa moderna circular que Emma introduziu em Hartfield, e que ninguém além de Emma, seria capaz de colocar lá e persuadir seu pai a usar, em vez da pequena Pembroke, na qual as suas duas refeições diárias foram servidas espremidas por quarenta anos. O chá foi tomado agradavelmente, e ninguém parecia com pressa de ir embora.

— Senhorita Woodhouse — disse Frank Churchill, depois de examinar uma mesa atrás dele, que podia alcançar de onde estava sentado —, seus sobrinhos guardaram seus alfabetos, sua caixa de letras? Costumava ficar aqui. Onde está? Esta é uma noite meio monótona, que deveria ser tratada mais como inverno do que como verão. Divertimo-nos muito com aquelas letras uma manhã. Eu quero brincar de adivinhar com a senhorita de novo.

Emma gostou da ideia, e, depois que trouxe a caixa, rapidamente a mesa estava cheia de letras espalhadas, que ninguém mais parecia tão disposto a usar quanto os dois. Logo, ambos estavam formando palavras rapidamente um para o outro, ou para qualquer outra pessoa que quisesse adivinhar. A calma do jogo o tornava particularmente adequado para o sr. Woodhouse, que muitas vezes ficava angustiado com outros mais animados, que o sr. Weston sugeria de vez em quando, e que agora estava feliz, ocupado em lamentar, com terna melancolia, a partida dos "pobres garotinhos", ou em declarar com carinho, ao pegar qualquer letra livre próxima a ele, como Emma a havia escrito lindamente.

Frank Churchill pôs uma palavra diante da srta. Fairfax. Ela deu uma ligeira olhada ao redor da mesa e se dedicou a decifrá-la. Frank estava ao lado de Emma, Jane em frente a eles, e o sr. Knightley posicionado de modo a ver os três. Era seu objetivo ver o máximo que pudesse, aparentando o mínimo possível estar observando. A palavra foi descoberta e, com um leve sorriso, afastada. Se fosse para ser imediatamente misturada com as outras e tirada de vista, ela deveria ter olhado para a mesa em vez de olhar apenas para o outro lado, pois não estava misturada, e Harriet, ansiosa por cada palavra nova e não descobrindo nenhuma, logo a pegou e pôs-se a trabalhar. Ela estava sentada ao lado do sr. Knightley e pediu ajuda a ele. A palavra era "*engano*", e, quando Harriet a proclamou exultante, surgiu um rubor nas faces de Jane que deu à palavra um significado que, de outra maneira, não seria ostensivo. O sr. Knightley ligou isso ao sonho, mas, como tudo podia ser, estava além de sua compreensão. Como era possível que a delicadeza e o discernimento estivessem tão adormecidos a ponto de não perceber nada daquilo! Ele temia que houvesse um verdadeiro envolvimento. Dissimulação e falsidade pareciam encará-lo a cada passo. Essas letras eram apenas o veículo para galanteios e truques. Foi uma brincadeira de criança, escolhida para esconder um jogo mais complexo da parte de Frank Churchill.

Com grande indignação ele continuou a observá-lo; com grande preocupação e desconfiança, continuou a observar também suas duas cegas companheiras. Ele viu uma palavra curta preparada para Emma, e dada a ela com um olhar astuto e recatado. Viu que Emma logo a decifrou e considerou muito divertida, embora fosse algo que ela julgou apropriado parecer censurar, pois ela disse:

— Bobagem! Que vergonha!

Ele ouviu Frank Churchill dizer em seguida, com um olhar para Jane:

— Eu vou passar para ela... devo?

E também ouviu Emma se opondo com uma risada calorosa e ansiosa.

— Não. Não, você não deve; realmente não deve.

No entanto, foi feito. Esse jovem galante, que parecia amar sem sentimentos e tentar se mostrar agradável sem complacência, passou a palavra direto para srta. Fairfax e, com um grau especial de serena civilidade, pediu que ela a estudasse. A curiosidade excessiva do sr. Knightley para saber que palavra poderia ser o fez aproveitar todos os momentos possíveis para relancear os olhos em sua direção, e não demorou muito para que ele percebesse que era *Dixon*. A percepção de Jane Fairfax parecia acompanhar a dele; a compreensão com certeza estava mais apta a captar o significado encoberto, o conhecimento secreto, daquelas cinco letras assim dispostas. Ela estava evidentemente descontente. Levantou o olhar e, ao se ver observada, corou mais profundamente do que ele jamais a viu corar e, dizendo apenas: "Eu não sabia que nomes próprios eram permitidos", empurrou as letras, talvez até com raiva, e parecia decidida a se não aceitar nenhuma outra palavra que pudesse ser oferecida. Desviou o rosto dos que haviam feito o ataque e se voltou para sua tia.

— Sim, é verdade, minha querida — exclamou a última, embora Jane não tivesse dito uma palavra. — Eu ia dizer a mesma coisa. É hora de partirmos, de fato. A noite está caindo e a vovó está nos esperando. Meu caro senhor, é muito prestativo. Devemos realmente desejar-lhes boa noite.

A prontidão de Jane ao se mover provou que estava tão pronta quanto a tia havia suposto. Ela se levantou de imediato e queria deixar a mesa, mas tantos também se moviam, que ela não conseguia escapar, e o sr. Knightley pensou ter visto outra coleção de letras ansiosamente empurrada para ela, e resolutamente afastada por ela sem exame. Depois disso, ela procurava seu xale, Frank Churchill também. Anoitecia, e a sala estava uma confusão; como eles se separaram, o sr. Knightley não pode ver.

Ele permaneceu em Hartfield depois que todos partiram, seus pensamentos ocupados com o que tinha visto, tão ocupados que, quando as velas viessem para auxiliar suas observações, ele devia... sim, ele certamente devia, como amigo... um amigo ansioso... dar a Emma alguma dica, fazer-lhe alguma pergunta. Não poderia vê-la em situação de tal perigo, sem tentar preservá-la. Era seu dever.

— Diga, Emma — disse ele —, posso perguntar em que reside a grande diversão, a picada pungente da última palavra dada a você e à senhorita Fairfax? Eu vi a palavra, e estou curioso para saber como ela pode ser tão divertida para uma e tão angustiante para a outra.

Emma estava extremamente confusa. Ela não poderia suportar dar-lhe a verdadeira explicação, pois, embora suas suspeitas não tivessem sido removidas de forma alguma, estava realmente envergonhada de tê-las compartilhado.

— Oh! — exclamou ela, evidentemente embaraçada. — Não queria dizer nada. Uma mera brincadeira entre nós.

— A piada — respondeu ele gravemente —, parecia limitada a você e ao senhor Churchill.

Ele esperava que ela falasse novamente, mas ela não o fez. Ela preferiu ocupar-se com qualquer outra coisa a falar. Ele ficou um pouco em dúvida. Uma variedade de males passou por sua mente. Interferência... uma interferência infrutífera. A confusão de Emma e a reconhecida intimidade pareciam declarar que seu afeto estava comprometido. Mesmo assim, ele falaria. Devia isso a ela, arriscar qualquer coisa que pudesse estar envolvida em uma interferência indesejada em vez do bem-estar dela, enfrentar qualquer coisa em vez da lembrança de uma negligência em tal caso.

— Minha querida Emma — disse ele por fim, com sincera delicadeza —, acredita que compreende perfeitamente o grau de conhecimento entre o cavalheiro e a senhora de que falamos?

— Entre o senhor Frank Churchill e a senhorita Fairfax? Ah! Sim, perfeitamente. Por que o senhor tem dúvidas quanto a isso?

— Nunca, em nenhum momento, teve motivos para pensar que ele a admirava, ou que ela o admirava?

— Não, nunca! — Retrucou ela com a mais honesta ansiedade. — Nunca, nem por um momento, tal ideia me ocorreu. E como isso pode ter lhe passado pela cabeça?

— Recentemente, imaginei ter visto sinais de afeto entre eles, certos olhares expressivos, que, eu acredito, não pretendiam que fossem públicos.

— Ah! O senhor me diverte enormemente. Estou muito feliz em saber que pode se dar ao luxo de deixar sua imaginação vagar. Mas não funcionou. Sinto muito por interrompê-lo em seu primeiro esboço, mas, de fato, não funcionou. Não há admiração entre eles, asseguro-lhe, e as aparências que chamaram sua atenção surgiram de algumas circunstâncias peculiares...

sentimentos de uma natureza totalmente diferente. É impossível explicar exatamente. Há uma boa dose de tolice nisso, mas a parte que é possível comunicar, que faz sentido, é que eles estão tão distantes de qualquer afeto ou admiração um pelo outro quanto duas pessoas no mundo podem estar. Quer dizer, *creio* que seja assim da parte dela e posso *afirmar* que é assim da parte dele. Posso confirmar a indiferença do cavalheiro.

Ela falou com uma confiança que abismou, com uma satisfação que silenciou o sr. Knightley. Ela estava alegre e teria prolongado a conversa, querendo ouvir os detalhes de suas suspeitas, que ele descrevesse os olhares e todos os locais e maneiras de uma situação que a divertia muito, mas a alegria dele não correspondeu à dela. Ele descobriu que não poderia ser útil e que seus sentimentos estavam muito agitados para falar. Para não se irritar a ponto de chegar a uma verdadeira febre, devido ao fogo que os hábitos delicados do sr. Woodhouse exigiam que fosse aceso quase todas as noites do ano, pouco depois saiu apressado e voltou para casa, para o frescor e a solidão da abadia de Donwell.

Capítulo 6

Depois de ser alimentado por muito tempo com a esperança de uma visita próxima do sr. e da sra. Suckling, o povo de Highbury foi obrigado a suportar a mortificação de ouvir que eles não poderiam vir antes do outono. Não havia nenhuma importação de novidades desse tipo para enriquecer seus estoques intelectuais no momento. No intercâmbio diário de notícias, deviam ficar novamente restritos aos outros temas com os quais por algum tempo a vinda dos Suckling se uniu, como as últimas notícias da sra. Churchill, cuja saúde parecia fornecer a cada dia um relato diferente, e a situação da sra. Weston, cuja felicidade era de se esperar que pudesse eventualmente aumentar devido a chegada de uma criança, tanto quanto a de todos os seus vizinhos com a aproximação desta.

A sra. Elton ficou muito desapontada. Era o adiamento de muito prazer e desfile. Suas apresentações e recomendações devem esperar, e cada reunião planejada ainda apenas discutida. Assim ela pensou a princípio, mas um pouco de consideração a convenceu de que nada precisava ser adiado. Por que eles não deveriam explorar Box Hill mesmo que os Suckling não tivessem vindo? Poderiam voltar lá com eles no outono. Foi decidido que eles iriam a Box Hill. O fato de haver tal passeio já era de conhecimento geral — havia até dado a ideia de outro. Emma nunca tinha estado em Box Hill. Desejava ver o que todo mundo achava tão digno de ser visto, então ela e o sr. Weston concordaram em escolher uma bela manhã e ir até lá. Apenas mais dois ou três escolhidos deveriam ser admitidos para se juntar a eles, e isso deveria ser feito de forma tranquila, despretensiosa e elegante, infinitamente superior à azáfama e à preparação, à refeição completa, com bebidas, e ao piquenique de exibicionismo dos Elton e dos Suckling.

Isso estava tão bem entendido entre eles que Emma não pôde deixar de sentir alguma surpresa e um pouco de desagrado, ao ouvir do sr. Weston que ele havia proposto à sra. Elton, já que o cunhado e a irmã a haviam decepcionado, que os dois grupos se unissem e fossem juntos, e que a sra. Elton prontamente concordara, e assim seria, se Emma não tivesse objeções. Agora, como não tinha nenhuma objeção além de sua grande antipatia pela sra. Elton, da qual o sr. Weston já devia estar perfeitamente ciente, não valia a pena mencioná-la novamente. Não poderia fazê-lo sem repreendê-lo, o que entristeceria a esposa dele, e ela se viu, portanto, obrigada a consentir com um arranjo que teria feito muito para evitar, um arranjo que provavelmente a exporia até mesmo à degradação de ser considerada parte do grupo da sra. Elton! Todas as suas sensibilidades foram ofendidas, e a longanimidade de sua aceitação exterior deixou uma grande dívida devido à secreta severidade em suas reflexões sobre a boa vontade incontrolável do temperamento do sr. Weston.

— Fico contente que tenha aprovado o que eu fiz — disse ele, muito confortavelmente. — Pensei que aprovaria. Esquemas como esses não são nada sem números. Não se pode ter um grupo muito grande. Um grupo grande garante sua própria diversão. E ela é uma mulher bem-humorada, afinal. Não se podia deixá-la de fora.

Emma não negou nada em voz alta e não concordou com nada em particular.

Estavam em meados de junho e o tempo estava bom, e a sra. Elton estava ficando impaciente para marcar o dia e combinar com o sr. Weston sobre as tortas de pombo e frios de carneiro, quando um cavalo de carruagem aleijado deixou tudo em uma triste incerteza. Poderiam ser semanas, poderiam ser apenas alguns dias, até que o cavalo pudesse ser usado, mas nenhum preparativo poderia ser feito, e tudo se estagnou de maneira melancólica. Os recursos da sra. Elton eram inadequados para lidar com tal ataque.

— Isso não é muito vexatório, Knightley? — exclamou ela. — E um clima tão bom para explorar! Esses atrasos e decepções são odiosos. O que faremos?

O ano vai se esgotar nesse ritmo, e nada será feito. Antes disso, no ano passado, garanto que tivemos um passeio de exploração delicioso de Maple Grove a Kings Weston.

— É melhor que explorem até Donwell — respondeu o sr. Knightley. — Pode ser feito sem cavalos. Venham e comam meus morangos. Estão amadurecendo depressa.

Se o sr. Knightley não estivesse falando a sério a princípio, foi obrigado a prosseguir desse modo, pois sua proposta foi agarrada com prazer. E a resposta:

— Ah! Nada me agradaria mais. — Não poderia ser mais clara em palavras do que em modos.

Donwell era famosa por seus canteiros de morango, o que parecia um pretexto para o convite, mas nenhum pretexto era necessário; canteiros de repolho teriam bastado para tentar a senhora, que queria apenas ir a algum lugar. Ela lhe prometeu repetidas vezes que iria, com muito mais frequência do que ele duvidara, e se sentiu extremamente gratificada por tal prova de intimidade, por um elogio tão distinto, conforme ela quis considerá-lo.

— Pode ter certeza — disse ela. — Eu com certeza irei. Diga o dia e eu irei. Permite que eu leve Jane Fairfax?

— Não posso marcar um dia — disse ele —, até que tenha falado com algumas outras pessoas que eu gostaria que a encontrassem.

— Oh! Deixe tudo isso comigo. Dê-me apenas carta branca. Sou a Dama Patrona, sabe. É o meu passeio. Vou levar amigos comigo.

— Espero que a senhora traga Elton — disse ele —, mas não vou incomodá-la pedindo que faça outros convites.

— Ora! Agora o senhor está parecendo muito astuto. Mas considere, não precisa ter medo de delegar poder a *mim*. Não sou nenhuma mocinha tentando me promover. Mulheres casadas, entende, podem ser autorizadas com segurança. É meu passeio. Deixe tudo comigo. Vou chamar seus convidados.

— Não — ele respondeu calmamente —, há apenas uma mulher casada no mundo a quem posso permitir que convide quem quiser para ir a Donwell, e essa é...

— A senhora Weston, suponho — interrompeu a sra. Elton, bastante mortificada.

— Não. A senhora Knightley, e enquanto ela existir, eu mesmo cuidarei dessas questões.

— Ah! O senhor é uma criatura estranha! — Retrucou ela, satisfeita por não ser preterida em favor de outra. — É um humorista e pode dizer o que quiser. Um grande humorista. Bem, vou levar Jane comigo, Jane e sua tia. O resto eu deixo por sua conta. Não tenho nenhuma objeção a encontrar a família Hartfield. Não tenha escrúpulos. Sei que o senhor gosta deles.

— A senhora certamente os encontrará se eu puder convencê-los, e passarei na casa da senhorita Bates quando estiver indo para casa.

— Isso é totalmente desnecessário; eu vejo Jane todos os dias... Mas faça como preferir. É para ser um evento matinal, sabe, Knightley, tudo bem simples. Vou usar um chapéu grande e levar uma das minhas cestinhas pendurada no braço. Aqui, provavelmente essa cesta com a fita rosa. Nada pode ser mais simples, entende? E Jane levará outra. Não deve haver formalidade ou exibicionismo, uma espécie de passeio de andarilhos. Vamos caminhar pelos jardins, colher os morangos nós mesmos e sentar-nos sob as árvores, e tudo o que o senhor quiser oferecer, deve ser tudo ao ar livre. Uma mesa preparada à sombra, entende? Tudo o mais natural e simples possível. Não é essa a sua ideia?

— Não exatamente. A minha ideia do que é simples e natural é ter a mesa posta na sala de jantar. A natureza e a simplicidade de cavalheiros e damas, com seus criados e móveis, acredito que é melhor observada nas refeições dentro de casa. Quando se cansarem de comer morangos no jardim, haverá frios servidos na casa.

— Bem, como quiser, só não sirva muita coisa. E, por falar nisso, eu ou minha governanta podemos ser úteis para o senhor com nossa opinião? Por favor, seja sincero, Knightley. Se deseja que eu converse com a senhora Hodges, ou inspecione qualquer coisa ...

— Eu não tenho o menor desejo disso, obrigado.

— Bem, mas se surgir alguma dificuldade, minha governanta é extremamente esperta.

— Garanto que a minha se considera tão esperta quanto e rejeitaria a ajuda de qualquer pessoa.

— Gostaria que tivéssemos um burrico. O melhor seria que todas nós fôssemos montadas em burricos, Jane, a senhorita Bates e eu, e meu *caro sposo* andando ao lado. Realmente preciso falar com ele sobre a compra de um burrico. Na vida no campo, penso que seja até uma necessidade, pois, mesmo que uma mulher tenha muitos recursos, não é possível ficar sempre trancada em casa, e em longas caminhadas, como sabe... no verão há poeira, no inverno há lama.

— A senhora não vai encontrar nenhuma das duas coisas entre Donwell e Highbury. O caminho para Donwell nunca fica empoeirado e agora está perfeitamente seco. Contudo, venha em um burro se preferir. Pode pegar emprestado o da senhora Cole. Desejo que tudo saia ao seu gosto, tanto quanto possível.

— Isso eu tenho certeza que o senhor deseja. Na verdade, eu lhe faço justiça, meu bom amigo. Sob seu tipo peculiar de modos secos e diretos, sei que tem o coração mais caloroso. Como eu disse ao sr. E., é um perfeito humorista. Sim, acredite em mim, Knightley, estou totalmente ciente de sua atenção para mim em todo este plano. O senhor percebeu exatamente o que me agradaria.

O sr. Knightley tinha outro motivo para evitar uma mesa à sombra. Desejava persuadir o sr. Woodhouse, assim como Emma, a se juntar ao grupo. Ele sabia que ter qualquer pessoa sentada ao ar livre para comer deixaria o senhor inevitavelmente doente. O sr. Woodhouse não deveria, sob o pretexto especioso de um passeio matutino e uma ou duas horas passadas em Donwell, ser tentado para sua infelicidade.

Ele era convidado de boa-fé. Nenhum horror à espreita devia puni-lo por sua credulidade. Ele consentiu. Ele não visitava Donwell há dois anos.

— Uma bela manhã, ele, Emma e Harriet poderiam muito bem ir, e ele poderia ficar sentado com a senhora Weston enquanto as queridas moças caminhavam pelos jardins. Não imaginava que elas pudessem ficar expostas à umidade nessa época, no meio do dia. Ia gostar muito de ver a velha casa novamente e ficaria muito feliz em encontrar o senhor e a senhora Elton e qualquer outro de seus vizinhos. Ele não via nenhuma objeção a sua ida com Emma e Harriet para lá em alguma manhã de tempo bom. Achou uma ideia muito boa do senhor Knightley convidá-los, muito gentil e sensata, muito mais inteligente do que jantar fora. Ele não gostava de jantar fora.

O sr. Knightley teve a sorte de obter a mais pronta aceitação de todos. O convite foi tão bem recebido em todos os lugares que parecia que, tal como a sra. Elton, todos consideravam o plano um elogio especial para si mesmos. Emma e Harriet demonstraram grandes expectativas de divertimento, e o sr. Weston, sem ser solicitado, prometeu chamar Frank para se juntar a eles, se possível, uma prova de aprovação e gratidão que era dispensável. O sr. Knightley foi então obrigado a dizer que ficaria feliz em vê-lo, e o sr.

Weston comprometeu-se a não perder tempo em escrever e a não poupar argumentos que o induzissem a vir.

Nesse ínterim, o cavalo que mancava se recuperou tão rápido que o passeio para Box Hill estava de novo sendo considerado com alegria. Finalmente a ida a Donwell estava marcada para um dia e a Box Hill para o seguinte, e o tempo parecia perfeitamente apropriado.

Sob um forte sol do meio-dia, quase no meio do verão, o sr. Woodhouse foi transportado com segurança em sua carruagem, com uma janela aberta, para participar da festa ao ar livre. Em um dos aposentos mais confortáveis da Abadia, especialmente preparado para ele com um fogo aceso durante toda a manhã, ele se alojou bem contente, bastante à vontade, disposto a conversar com prazer sobre o que havia sido obtido e a aconselhar a todos que se sentassem e não se expusessem ao calor. A sra. Weston, que parecia ter caminhado lá de propósito para se cansar e ficar sentada o tempo todo com ele, permaneceu quando todos os outros foram convidados ou persuadidos a sair, sua paciente ouvinte e simpatizante.

Fazia tanto tempo que Emma não ia à abadia, que, assim que ficou satisfeita com o conforto do pai, ficou contente em deixá-lo e olhar ao redor ansiosa para refrescar e corrigir sua memória com uma observação mais particular, um entendimento mais exato de uma casa e de terrenos que deveriam ser tão interessantes para ela e toda sua família.

Ela sentiu todo o franco orgulho e contentamento que sua ligação com o proprietário atual e o futuro poderia justificar, conforme observava o tamanho e estilo respeitáveis do edifício, sua situação adequada, apropriada e característica, baixa e protegida — seus amplos jardins estendendo-se até os prados margeados por um riacho, dos quais a Abadia, devido à antiga negligência da paisagem, mal tinha uma visão — e sua abundância de árvores em fileiras e aleias, que nem a moda nem a extravagância tinham arrancado. A casa era maior do que Hartfield, e totalmente diferente dela, cobrindo uma boa parte do terreno, irregular e vasta, com muitos quartos confortáveis e um ou dois quartos bonitos. Era exatamente o que deveria ser, e parecia o que era… e Emma sentiu um respeito crescente por ela, como lar de uma família de nobreza tão verdadeira, imaculada de sangue e de entendimento. John Knightley tinha alguns problemas de temperamento, mas Isabella havia se conectado de forma inigualável. Ela não lhes dera nem homens, nem nomes, nem lugares que pudessem causar constrangimento. Esses eram sentimentos agradáveis, e Emma andou e se entregou a eles até que foi necessário fazer como os outros e ir até os canteiros de morango. Todo o grupo estava reunido, exceto Frank Churchill, que se esperava que chegasse de Richmond a qualquer momento, e a sra. Elton, em todo o seu aparato de felicidade, seu grande chapéu e sua cesta, estava muito preparada para liderar a colheita, aceitando ou dizendo — morangos, e apenas morangos, agora só podiam falar ou pensar em morangos.

— As melhores frutas da Inglaterra... as favoritas de todos... sempre saudáveis. Esses são os melhores morangos e os melhores tipos. É um prazer colher para nós mesmos... a única maneira de realmente apreciá-los. A manhã é decididamente a melhor hora... nunca é cansativo... Todos os tipos de morangos são bons... Porém, *Hautboy* é infinitamente superior... sem comparação... os outros quase não são comestíveis... *Hautboys* são muito difíceis de encontrar... Por isso, os *Chili* são os favoritos... Já os morangos *White Wood* têm o melhor perfume de todos, o melhor preço em Londres, e maior abundância em Bristol... Os de Maple Grove são de fácil cultivo quando os canteiros devem ser renovados... Os jardineiros têm opiniões completamente diferentes... não há uma regra geral... Jardineiros nunca deveriam ser contrariados... Frutas deliciosas... Muito doces para serem comidas em grande quantidade... inferiores às cerejas... uvas passas são mais refrescantes... A única objeção a colher morangos é ter que se abaixar sob o sol forte... cansando-se muito... e, por não suportar mais... precisam ir sentar-se à sombra.

Tal foi, durante meia hora, a conversa, interrompida apenas uma vez pela sra. Weston, que saiu, em sua preocupação pelo enteado, para perguntar se havia chegado e ficou um pouco inquieta. Temia um pouco pelo cavalo dele.

Encontraram assentos razoavelmente à sombra, e agora Emma foi obrigada a ouvir o que a sra. Elton e Jane Fairfax estavam falando. Uma situação, uma situação muito desejável, estava em questão. A sra. Elton tinha recebido notícias disso naquela manhã e estava em êxtase. Não era com a sra. Suckling, não era com a sra. Bragge, mas em felicidade e esplendor ficou aquém apenas delas. Era com uma prima da sra. Bragge, uma conhecida da sra. Suckling, uma senhora conhecida em Maple Grove. Encantadora, charmosa, superior, altas rodas, esferas, linhas, fileiras, tudo, e a sra. Elton estava louca para que a oferta fosse aceita imediatamente. De sua parte, tudo era fervor, energia e triunfo, e ela se recusou terminantemente a aceitar a negativa de sua amiga, embora a srta. Fairfax continuasse a assegurá-la de que, no momento, ela não se comprometeria com nada, repetindo os mesmos motivos que havia apresentado antes. Mesmo assim, a sra. Elton insistia para que a autorizasse a escrever uma aquiescência e enviá-la pelo correio amanhã. Como Jane conseguia suportar isso era surpreendente para Emma. Ela parecia irritada, ela de fato falou de forma incisiva e, por fim, com uma decisão fora do comum para ela, propôs uma mudança de lugar. "Não deveriam caminhar? O sr. Knightley não mostraria a eles os jardins... todos os jardins? Ela queria ver toda a extensão." A obstinação de sua amiga parecia mais do que ela podia suportar.

Estava quente e, depois de caminhar por algum tempo pelos jardins de maneira espalhada e dispersa, mal formando grupos de três, sem perceber seguiram uns aos outros até a sombra deliciosa de uma larga e curta alameda de limoeiros, que se estendia além do jardim a uma distância igual do rio, que parecia ser o final da área de lazer. Não levava a lugar algum, além de uma vista no final sobre um muro baixo de pedra com pilares altos, que parecia ter sido destinada, quando da sua construção, a dar a aparência de uma entrada para uma casa que nunca estivera lá. Por mais questionável que pudesse ser o bom gosto de tal acabamento, porém, era em si um passeio encantador, e a vista que o fechava extremamente bonita. A encosta considerável, nas proximidades de cujo pé a abadia se localizava, ficava gradualmente mais íngreme para além dos terrenos. Cerca de oitocentos metros adiante estava um declive consideravelmente abrupto e grandioso, muito arborizado. No fundo, favoravelmente localizada e protegida, erguia-se a fazenda Moinho da Abadia, com prados à frente e o rio formando uma curva fechada e bonita ao redor.

Era uma visão doce para os olhos e para a mente. A vegetação, a cultura, o conforto da Inglaterra vistos sob um sol forte, mas não opressivo.

Nessa caminhada, Emma e o sr. Weston encontraram todos os outros reunidos, e, na direção dessa vista, ela imediatamente percebeu o sr. Knightley e Harriet separados dos demais, liderando calmamente o grupo. O sr. Knightley e Harriet! Era um estranho par, mas ela ficou feliz em ver isso. Houve um tempo em que ele a teria desprezado como companheira e se afastado dela com pouca cerimônia. Agora pareciam estar em uma conversa agradável. Houve um tempo também em que Emma teria lamentado ver Harriet em um local tão favorável para a fazenda do Moinho da Abadia, mas agora ela não o temia. Poderia ser observada com segurança com todos os seus apêndices de prosperidade e beleza, suas ricas pastagens, rebanhos espalhados, pomar em flor e a leve coluna de fumaça subindo. Ela se uniu a eles perto do muro e os encontrou mais ocupados em conversar do que em olhar a vista. Ele estava dando informações a Harriet sobre métodos de agricultura etc., e Emma recebeu um sorriso que parecia dizer: "Essas são minhas próprias preocupações. Tenho o direito de falar sobre esses assuntos, sem que suspeite que falarei em Robert Martin". Ela não suspeitava dele. Era uma história antiga demais. Robert Martin provavelmente havia esquecido Harriet. Deram algumas voltas juntos ao longo do passeio. A sombra era muito refrescante, e Emma achou essa a parte mais agradável do dia.

O próximo deslocamento foi para a casa. Todos deviam entrar e comer, e todos estavam sentados e ocupados, mas Frank Churchill ainda não tinha aparecido. A sra. Weston olhou e olhou em vão. O pai não admitia que estava preocupado e ria dos temores dela, mas ela não conseguia deixar de desejar que ele se desfizesse de sua égua negra. Ele havia confirmado que viria, com mais certeza do que o normal. "A tia estava tão melhor que não tinha dúvidas de que iria vê-los." O estado da sra. Churchill, porém, como muitos estavam prontos para lembrá-la, estava sujeito a variações repentinas que poderiam desapontar seu sobrinho na expectativa mais razoável. Por fim, a sra. Weston foi persuadida a acreditar, ou a dizer, que deveria ser por alguma crise da sra. Churchill que ele foi impedido de vir. Emma olhou para Harriet enquanto a questão estava sendo considerada; ela se comportou muito bem e não traiu nenhuma emoção.

O repasto frio acabou, e o grupo ia sair mais uma vez para ver o que ainda não havia sido visto, os antigos tanques de peixes da abadia. Talvez fossem até os campos de trevos, que deveriam começar a ser cortados no dia seguinte, ou, de qualquer modo, desfrutariam do prazer de se aque-cerem e se refrescarem de novo. O sr. Woodhouse, que já havia dado sua pequena volta na parte mais alta dos jardins, onde nenhuma umidade do rio era imaginada mesmo por ele, não se mexeu mais, e sua filha resolveu ficar com ele para que a sra. Weston pudesse ser persuadida pelo marido a se exercitar e ver a variedade de que seu espírito parecia necessitar.

O sr. Knightley fizera tudo ao seu alcance pelo entretenimento do sr. Woodhouse. Livros de gravuras, gavetas de medalhas, camafeus, corais, conchas e todas as outras coleções de família de seus armários haviam sido preparados para seu velho amigo, para que se distraísse durante a manhã, e a gentileza funcionou perfeitamente. O sr. Woodhouse divertira-se sobre-maneira. A sra. Weston estivera mostrando todos a ele, e agora ele iria mostrar todos a Emma, afortunado por não ter nenhuma outra semelhança com uma criança, a não ser por uma total falta de gosto pelo que via, pois era lento, constante e metódico. Antes que essa segunda inspeção começasse, porém, Emma foi até o átrio para observar por alguns momentos, sem impedimentos, a entrada e o terreno da casa. Mal chegara ali quando Jane Fairfax apareceu, entrando depressa, vinda do jardim e parecendo fugir. Sem esperar encontrar a srta. Woodhouse tão rápido, a princípio se sobressaltou, mas a srta. Woodhouse era exatamente a pessoa que procurava.

— A senhorita faria a gentileza — disse ela —, quando sentirem minha falta, de dizer que fui para casa? Estou indo nesse momento. Minha tia não percebe como está tarde, nem há quanto tempo estamos fora, mas tenho certeza de que seremos desejadas e estou decidida a ir agora. Não avisei nada a ninguém. Só causaria problemas e perturbação. Alguns foram para os tanques e outros para a alameda de limoeiros. Até que todos entrem, não sentirão minha falta. Quando o fizerem, terá a bondade de dizer que eu parti?

— Certamente, se a senhorita deseja que eu o faça. Mas não vá caminhar até Highbury sozinha.

— Vou, o que poderia me acontecer? Eu ando rápido. Estarei em casa em vinte minutos.

— Mas é realmente longe demais para ir sozinha. Deixe o criado de meu pai acompanhar a senhorita. Deixe-me pedir a carruagem. Em cinco minutos estará pronta.

— Obrigada, muito obrigada, mas de maneira alguma. Eu prefiro caminhar. E para *eu* ter medo de andar sozinha! Eu, que posso muito em breve ser a guardiã de outros.

Ela falou com grande agitação, e Emma respondeu com muito sentimento:

— Isso não pode ser motivo para ser exposta ao perigo agora. Tenho que pedir a carruagem. Até o calor pode ser perigoso. A senhorita já está cansada.

— Estou — respondeu Jane. — Eu estou exausta, mas não é o tipo de fadiga… Uma caminhada rápida me revigorará. Senhorita Woodhouse, todos nós sabemos, às vezes, o que é estar cansada de espírito. O meu, confesso, está exausto. A maior bondade que pode me fazer, é permitir que faça o que quero e só dizer que fui embora quando for necessário.

Emma não tinha mais o que dizer para se opor. Ela entendeu tudo e, partilhando de seus sentimentos, promoveu sua partida imediata da casa e observou-a ir embora em segurança com o zelo de uma amiga. O olhar de despedida de Jane foi agradecido, e suas palavras de despedida, "Ah! Senhorita Woodhouse, o conforto de se estar sozinha às vezes!", pareciam brotar de um coração sobrecarregado e descrever uma parte da tolerância contínua que ela precisava praticar, mesmo com relação a alguns daqueles que mais a amavam.

"Que casa! Que tia!", disse Emma para si mesma, enquanto entrava para o átrio novamente. "De fato, tenho pena dela. E quanto mais sensibilidade aos seus horrores justificados trair, mais gostarei dela."

Jane não tinha ido embora há nem um quarto de hora, e eles só haviam chegado a algumas ilustrações da Praça de São Marcos, em Veneza, quando Frank Churchill entrou na sala. Emma não estava pensando nele, tinha se esquecido de pensar nele, mas estava muito contente em vê-lo. A sra. Weston se tranquilizaria. A égua negra não tinha culpa. *Eles* estavam certos quando apontaram a sra. Churchill como a causa. Ele havia sido detido por um aumento temporário da enfermidade dela: uma convulsão nervosa, que durou algumas horas. E ele havia desistido de pensar em vir, até muito tarde, e se ele soubesse o quão quente a cavalgada seria e quão tarde, mesmo com toda sua pressa, ele chegaria, acreditava que não teria vindo. O calor estava excessivo; ele nunca havia sentido nada parecido… quase desejava ter ficado em casa… nada o incomodava tanto quanto o calor… ele suportava o frio que fosse etc., mas o calor era insuportável. Ele se sentou, à maior distância possível dos leves vestígios do fogo do sr. Woodhouse, num estado muito deplorável.

— Em breve se sentirá refrescado, se ficar quieto — disse Emma.

— Assim que estiver refrescado, voltarei. Quase não pude ser liberado, mas tamanha questão havia sido feita quanto à minha vinda! Todos vão embora logo, suponho, o grupo se separando. Encontrei *uma* quando estava chegando… Uma loucura nesse calor! Uma completa loucura!

Emma ouviu, observou e logo percebeu que o estado de Frank Churchill podia ser melhor descrito pela expressiva frase: estar de mau humor. Algumas pessoas sempre ficavam zangadas quando estavam com calor. Essa podia ser sua constituição, e como ela sabia que comer e beber costumavam ser a cura para essas queixas ocasionais, recomendou que ele comesse e bebesse alguma coisa. Ele encontraria abundância de tudo na sala de jantar, e ela apontou para a porta de maneira bondosa.

"Não… ele não ia comer. Não estava com fome, só ficaria com mais calor." Dois minutos depois, porém, cedeu em seu próprio favor e, resmungando algo sobre cerveja de abeto, foi até a outra sala. Emma voltou toda sua atenção para seu pai, dizendo em segredo:

"Fico feliz por não estar mais apaixonada por ele. Não gostaria de um homem que fica tão transtornado por uma manhã quente. O temperamento doce e tranquilo de Harriet não se importará."

Ele ficou afastado tempo suficiente para fazer uma refeição muito confortável e voltou bem melhor, refrescado e com as suas boas maneiras de costume. Foi capaz de puxar uma cadeira para perto deles, interessar-se pela sua ocupação e lamentar, de modo razoável, que estivesse tão atrasado. Ele não estava no melhor dos humores, mas parecia estar tentando melhorá-lo. Por fim, obrigou-se a falar amenidades de modo muito agradável. Eles estavam olhando as paisagens na Suíça.

— Assim que minha tia ficar boa, irei para o exterior — disse ele. — Nunca sossegarei antes de conhecer alguns desses lugares. A senhorita, algum dia, terá meus esboços para ver, ou meu livro de viagens para ler, ou meu poema. Vou fazer algo para me apresentar ao mundo.

— Pode até fazer isso, mas não com esboços na Suíça. O senhor nunca irá à Suíça. Seu tio e sua tia nunca permitirão que deixe a Inglaterra.

— Eles podem ser induzidos a ir também. Um clima quente pode ser prescrito para ela. Tenho mais que uma expectativa de todos irmos para o exterior. Garanto que sim. Tenho uma forte convicção, nessa manhã, de que em breve estarei no exterior. Preciso viajar. Estou cansado de não fazer nada. Quero uma mudança. Estou falando sério, senhorita Woodhouse, o que quer que seus olhos penetrantes possam imaginar, estou farto da Inglaterra, e iria embora amanhã, se pudesse.

— O senhor está farto da prosperidade e do privilégio. Não poderia inventar algumas dificuldades para si mesmo e se contentar em ficar?

— *Eu*, farto da prosperidade e do privilégio! A senhorita está bastante enganada. Não me considero próspero nem privilegiado. Sou frustrado em todas as coisas materiais. Eu não me considero uma pessoa nem um pouco afortunada.

— Contudo, o senhor não está tão infeliz como quando entrou pela primeira vez. Coma e beba mais um pouco e ficará muito bem. Mais uma fatia de frios e outro gole de Madeira e água o deixarão quase igual ao restante de nós.

— Não, não vou me mexer. Ficarei sentado ao seu lado. A senhorita é minha melhor cura.

— Vamos para Box Hill amanhã; junte-se a nós. Não é a Suíça, mas será algo para um rapaz que deseja tanto uma mudança. Vai ficar e ir conosco?

— Não, com certeza, não. Voltarei para casa no frescor da noite.

— Mas pode retornar amanhã no frescor da manhã.

— Não, não vai valer a pena. Se eu for, ficarei irritado.

— Então, por favor, fique em Richmond.

— Mas se eu fizer isso, ficarei ainda mais irritado. Nunca vou suportar pensar em todos lá sem mim.

— Essas são dificuldades que o senhor deve resolver sozinho. Escolha seu próprio grau de irritação. Eu não irei mais pressioná-lo.

O resto do grupo estava voltando agora, e logo todos estavam reunidos. Para alguns, houve grande alegria ao verem Frank Churchill; outros o receberam com muita compostura. Mas houve angústia e perturbação generalizadas quando o sumiço da srta. Fairfax foi explicado. Quando era hora de todos irem, concluiu o assunto, e com um breve acerto final para o passeio do dia seguinte, se separaram. A pequena inclinação de Frank Churchill para se excluir aumentou tanto que suas últimas palavras para Emma foram:

— Bem, se *a senhorita* deseja que eu fique e participe do passeio, ficarei.

Ela sorriu em aceitação, e nada menos do que uma intimação de Richmond o levaria de volta antes da noite seguinte.

Capítulo 7

Estava um dia muito bom para uma ida a Box Hill, e todas as outras circunstâncias externas de organização, acomodação e pontualidade favoreciam um passeio agradável. O sr. Weston dirigia tudo, oficiando com segurança entre Hartfield e o vicariato, e todos foram pontuais. Emma e Harriet foram juntas; a srta. Bates e a sobrinha, com os Elton; os cavalheiros a cavalo. A sra. Weston permaneceu com o sr. Woodhouse. Não faltava nada além de ser feliz quando chegassem lá. Onze quilômetros foram percorridos na expectativa de diversão, e todos foram arrebatados de admiração ao chegarem, mas no restante do dia faltava alguma coisa. Havia um langor, uma falta de ânimo, uma falta de união que não podia ser superada. Eles se separaram demais em grupos. Os Elton caminhavam juntos; o sr. Knightley se encarregou da srta. Bates e de Jane; e Emma e Harriet ficaram aos cuidados de Frank Churchill. E o sr. Weston tentou, em vão, fazer com que ficassem em maior harmonia. A princípio pareceu uma separação acidental, mas em nenhum momento mudou consideravelmente. O sr. e a sra. Elton, de fato, não demonstraram nenhuma relutância em se misturarem e serem agradáveis podiam, mas durante as duas horas inteiras que foram passadas na colina, parecia haver um princípio de separação entre os outros que era forte demais para que qualquer bela paisagem, refeição leve, ou um alegre sr. Weston removessem.

No início, foi totalmente entediante para Emma. Ela nunca tinha visto Frank Churchill tão calado e melancólico. Ele não disse nada que valesse a pena ouvir, olhava sem ver, admirava sem inteligência, ouvia sem saber o que ela dizia. Enquanto ele estava tão aborrecido, não era de admirar que Harriet estivesse igualmente aborrecida, e ambos estavam insuportáveis.

Quando todos se sentaram, foi melhor. Para o gosto de Emma muito melhor, pois Frank Churchill tornou-se falante e alegre, fazendo dela seu principal foco. Toda atenção e distinção que poderia ser concedida, foi dada a ela. Diverti-la e ser agradável aos olhos dela parecia tudo com que ele se importava. Emma, feliz por ser animada, sem lamentar por ser lisonjeada, estava alegre e tranquila também, e deu a ele todo o amigável encorajamento, a permissão para ser galanteador que ela já havia dado no primeiro e mais animador período de sua amizade, mas que agora, por sua própria estimativa, não significava nada, embora no julgamento da maioria das pessoas que observavam devia aparentar o que nenhuma palavra em inglês além de flerte poderia descrever muito bem. "O sr. Frank Churchill e a srta. Woodhouse flertavam excessivamente." Eles estavam se expondo exatamente a essa frase, e a que ela fosse enviada em uma carta para Maple Grove por uma senhora, para a Irlanda por outra. Não que Emma agisse alegre e despreocupada por uma felicidade real; era mais porque ela se sentia menos feliz do que tinha esperado. Ela ria porque estava desapontada e, embora gostasse dele por suas atenções, e as considerasse, fossem motivadas por amizade, admiração ou brincadeira, extremamente apropriadas, elas não estavam reconquistando seu coração. Ela ainda o pretendia para seu amigo.

— Como estou grato — disse ele —, por me dizer para vir hoje! Se não fosse pela senhorita, certamente teria perdido toda a alegria desse passeio. Eu estava decidido a ir embora.

— Sim, o senhor estava muito contrariado, e eu não sei o porquê, exceto que chegou tarde demais para pegar os melhores morangos. Fui uma amiga mais bondosa do que o senhor merecia. Mas foi humilde. Implorou muito para receber a ordem de vir.

— Não diga que eu estava contrariado. Eu estava cansado. O calor me afetou.

— Está mais quente hoje.

— Não para os meus sentimentos. Estou perfeitamente bem hoje.

— Sente-se confortável porque está sob controle.

— Sob seu controle? Sim.

— Talvez eu tivesse a intenção que o senhor dissesse isso, mas quis dizer o autocontrole. O senhor, de uma forma ou de outra, rompeu suas cadeias ontem e fugiu ao próprio controle, mas está de volta e, como não posso estar sempre com o senhor, é melhor crer que seu temperamento está sob seu próprio comando em vez do meu.

— Dá no mesmo. Não posso ter autodomínio sem um motivo. A senhorita me ordena, falando ou não. E pode estar sempre comigo. Está sempre comigo.

— Datado das três da tarde de ontem. Minha influência perpétua não poderia ter começado antes, ou o senhor não teria estado tão mal-humorado antes.

— Três da tarde de ontem! Essa é sua data. Achei que havia visto a senhorita pela primeira vez em fevereiro.

— Realmente não há como responder aos seus galanteios. Mas — baixando a voz — ninguém fala exceto nós dois, e é demais falar bobagem para o entretenimento de sete pessoas silenciosas.

— Não digo nada de que me envergonhe — respondeu ele, com impudência vivaz. — Eu a vi pela primeira vez em fevereiro. Que todos na Colina me ouçam, se puderem. Que minhas palavras cheguem à Mickleham de um lado e a Dorking do outro. Eu vi a senhorita pela primeira vez em fevereiro.

E então sussurrando:

— Nossos companheiros estão entediantes demais. O que vamos fazer para animá-los? Qualquer absurdo servirá. Eles *precisam* falar. Senhoras e senhores, recebo ordens da senhorita Woodhouse que, onde quer que esteja, preside, para dizer que ela deseja saber o que todos estão pensando.

Alguns riram e responderam com bom humor. A srta. Bates falou muito; a sra. Elton se indignou com a ideia da presidência da srta. Woodhouse; a resposta do sr. Knightley foi a mais clara.

— A senhorita Woodhouse tem certeza de que gostaria de ouvir o que todos nós estamos pensando?

— Ah! Não, não — exclamou Emma, rindo tão descuidadamente quanto conseguia —, por nada no mundo. É a última coisa que eu aguentaria agora. Deixe-me ouvir qualquer coisa em vez do que todos estão pensando. Não digo de todos. Há um ou dois, talvez — olhando para o sr. Weston e Harriet —, cujos pensamentos não tenha medo de saber.

— É a espécie de coisa — exclamou a sra. Elton enfaticamente — que *eu* não me consideraria no direito de perguntar. Embora, talvez, como *dama de companhia* do grupo... *eu* nunca estive em nenhum grupo... passeio de exploração... jovens senhoras... mulheres casadas...

Seus murmúrios eram principalmente para o marido, e ele murmurava, em resposta:

— É verdade, meu amor, é verdade. Exatamente, de fato... totalmente inédito... mas algumas senhoras dizem qualquer coisa. Melhor tomar como uma piada. Todos sabem o que é devido a *você*.

— Não vai funcionar — sussurrou Frank para Emma. Eles estão, em sua maioria, afrontados. Vou abordá-los com mais cerimônia. Senhoras e senhores, recebo ordens da senhorita Woodhouse para dizer que ela renuncia ao direito de saber exatamente o que todos possam estar pensando e só requer algo muito divertido de cada um, de maneira geral. Aqui estão sete pessoas, além de mim, que, ela tem o prazer de dizer, já entretive bastante o grupo. Ela só exige de cada um uma coisa muito inteligente, seja prosa ou verso, original ou repetida; ou duas coisas moderadamente inteligentes; ou três coisas muito enfadonhas, de fato, e ela se compromete a rir muito de todas.

— Ah! Muito bem — exclamou a srta. Bates. — Então não preciso me preocupar. Três coisas muito enfadonhas, com certeza. Isso vai servir para mim, sabe. Tenho certeza que direi três coisas enfadonhas assim que abrir a boca, não é? — olhou ao redor com a mais bem-humorada expectativa de que todos concordariam. — Não acham que direi?

Emma não pôde resistir.

— Ah! Senhora, mas pode haver uma dificuldade. Perdoe-me, mas estará limitada quanto ao número, apenas três de uma vez.

A srta. Bates, enganada pela cerimônia fingida de seus modos, não entendeu imediatamente o que ela quis dizer, mas, quando se deu conta, isso não a deixou irritada, embora um leve rubor mostrasse que conseguiu magoá-la.

— Ah! Bem, com certeza. Sim, entendo o que ela quer dizer — voltando-se para o sr. Knightley — e tentarei segurar minha língua. Devo me fazer muito desagradável, ou ela não teria dito tal coisa a uma velha amiga.

— Gostei do seu plano! — Exclamou o sr. Weston. — Aceito, aceito. Eu farei o melhor que posso. Estou inventando uma charada. Quanto valerá uma charada?

— Pouco, receio, senhor, muito pouco — respondeu seu filho —, mas seremos indulgentes, especialmente com qualquer um que vá primeiro.

— Não, não — disse Emma —, não valerá pouco. Um enigma do senhor Weston deve bastar para ele e seu vizinho. Vamos, senhor, por favor, deixe-me ouvir.

— Eu mesmo duvido que seja muito inteligente — disse Weston. — É evidente demais, mas aqui está. Quais são as duas letras do alfabeto que expressam a perfeição?

— Quais são as duas letras! Que expressam a perfeição! Tenho certeza que não sei.

— Ah! Nunca vai adivinhar. Você — para Emma —, tenho certeza, nunca vai adivinhar. Vou contar: M. e A. Em-ma. Entendeu?

A compreensão e a gratificação chegaram juntas. Podia não ser uma charada muito engenhosa, mas Emma encontrou muitos motivos para rir e se divertir, assim como Frank e Harriet. Não pareceu afetar o resto do grupo igualmente; alguns pareciam muito indiferentes a isso, e o sr. Knightley disse gravemente:

— Isso explica o tipo de coisa inteligente que se deseja, e o sr. Weston se saiu muito bem, mas ele deve ter derrotado todo mundo. *A perfeição* não deveria ter chegado tão cedo.

— Oh! De minha parte, peço que me desculpem — disse a sra. Elton. — *Eu* realmente não posso tentar, não gosto nem um pouco desse tipo de coisa. Certa vez, recebi um acróstico do meu próprio nome, com o qual não fiquei nada satisfeita. Eu sabia quem havia enviado. Um janota abominável! Sabe de quem estou falando — acenando com a cabeça para o marido —. Coisas desse tipo vão muito bem no Natal, quando se está sentado em volta da lareira, mas totalmente deslocadas, em minha opinião, quando se está explorando o país no verão. Senhorita Woodhouse há de me desculpar. Não sou do tipo de pessoa que têm dizeres espirituosos para dizer a todos. Não tenho a pretensão de ser espirituosa. Tenho muita vivacidade à minha maneira, mas realmente devo ter o direito de julgar quando falar e quando me calar. Pule-nos, por favor, senhor Churchill. Pule o senhor E., Knightley, Jane e eu. Não temos nada engenhoso para dizer, nenhum de nós.

— Sim, sim, por favor, pule-me — acrescentou o marido, com uma espécie de escárnio estudado. — *Não* tenho nada a dizer que possa entreter a senhorita Woodhouse, ou qualquer outra moça. Um velho homem casado não serve para nada. Vamos caminhar, Augusta?

— Com todo prazer. Estou realmente cansada de ficar tanto tempo em um só lugar. Venha, Jane, pegue meu outro braço.

Jane recusou, no entanto, e o marido e a esposa foram embora.

— Que casal feliz! — Disse Frank Churchill, assim que eles estavam fora de alcance. — Como eles combinam bem! Muita sorte... Casando como fizeram, tendo firmado contato apenas em um lugar público! Eles só se conheceriam, creio eu, há algumas semanas em Bath! Peculiarmente sortudo! Pois quanto a qualquer conhecimento real do temperamento de uma pessoa que Bath, ou qualquer lugar público, possa dar é na verdade nada; não pode haver conhecimento. É somente vendo as mulheres em suas próprias casas, entre seu próprio círculo, como estão sempre, que se pode formar um conhecimento justo. Fora isso, tudo é suposição e sorte e geralmente será desafortunada. Quantos homens se comprometeram com um breve conhecimento e se arrependeram por todo o resto de sua vida!

A srta. Fairfax, que raramente falara antes, exceto entre suas pessoas mais próximas, falou agora.

— Essas coisas acontecem, sem dúvida — ela foi interrompida por uma tosse. Frank Churchill voltou-se para ela a fim de ouvir.

— A senhorita estava dizendo? — disse ele, seriamente.

Ela recuperou a voz.

— Eu ia apenas observar que embora tais circunstâncias infelizes às vezes ocorram tanto para homens quanto para mulheres, não posso imaginar que sejam muito frequentes. Pode surgir um apego apressado e imprudente, mas, geralmente, há tempo para se recuperar depois. Eu quero dizer que apenas aqueles de caráter fraco e vacilante, cuja felicidade está sempre à mercê do acaso, que aceitarão que uma familiaridade infeliz seja um inconveniente, uma opressão, para sempre.

Ele não respondeu, meramente olhou e fez uma mesura em submissão. Pouco depois disse, em tom animado:

— Bem, tenho tão pouca confiança em meu próprio discernimento, que, quando me casar, espero que alguém escolha minha esposa para mim. A senhorita faria isso? — virando-se para Emma. — Escolheria uma esposa para mim? Tenho certeza de que gostaria de qualquer uma que escolhesse. A senhorita provê a família, entende? — com um sorriso para o pai. Encontre alguém para mim. Não tenho pressa. Adote-a, eduque-a.

— E torne-a parecida comigo.

— Sem dúvida, se for possível.

— Muito bem. Eu aceito a encomenda. Terá uma esposa encantadora.

— Ela deve ser muito vivaz e ter olhos cor de mel. Não me importo com mais nada. Irei para o exterior por alguns anos e, quando voltar, irei procurá-la em busca de minha esposa. Lembre-se disso.

Emma não corria o risco de esquecer. Era uma encomenda que provocava seus sentimentos favoritos. Não seria Harriet exatamente a criatura descrita? Com exceção dos olhos castanhos, mais dois anos poderiam torná-la tudo o que ele desejava. Ele podia até já ter Harriet em seus pensamentos no momento, quem poderia dizer? Fazer referência à educação para ela parecia implicar isso.

— Agora, senhora — disse Jane à tia —, vamos nos juntar à senhora Elton?

— Se quiser, minha querida. Com todo meu coração. Estou pronta. Eu estava pronta para ir com ela, mas isso vai ser tão bom quanto. Em breve iremos alcançá-la. Lá está ela... não, é outra pessoa. Essa é uma das senhoras do grupo no carro irlandês, nada parecida com ela. Bem, minha nossa...

Elas se afastaram, seguidas meio minuto depois pelo sr. Knightley. O sr. Weston, seu filho, Emma, e Harriet foram os únicos que permaneceram, e o ânimo do rapaz agora se elevou a um nível quase desagradável. Até Emma finalmente se cansou de lisonjas e hilaridade e desejou estar caminhando em silêncio com qualquer um dos outros, ou sentada quase sozinha, sem que ninguém prestasse atenção a ela, em tranquila observação das belas paisagens abaixo. O aparecimento dos criados procurando por eles para anunciar as carruagens foi uma visão alegre, e até mesmo o alvoroço de recolher tudo e se preparar para partir, e a preocupação da sra. Elton em ter a *sua* carruagem primeiro, foram suportados com satisfação diante da perspectiva da viagem tranquila para casa que encerraria as muito questionáveis alegrias deste dia de prazer. Esperava nunca mais ser levada a participar de outro plano do tipo, composto de tantas pessoas incompatíveis.

Enquanto esperava pela carruagem, percebeu o sr. Knightley ao seu lado. Ele olhou em volta, como se para confirmar que ninguém estava por perto, então disse:

— Emma, devo falar com você mais uma vez como estou acostumado a fazer; um privilégio mais suportado do que permitido, talvez, mas ainda devo utilizá-lo. Não consigo ver você agindo mal sem protestar. Como você pôde ser tão insensível com a senhorita Bates? Como pôde ser tão insolente em seu humor com uma mulher do caráter, da idade e na situação dela? Emma, eu não pensei que fosse possível.

Emma se lembrou, corou, lamentou, mas tentou levar na brincadeira.

— Ora, como eu poderia deixar de dizer o que disse? Ninguém poderia ter evitado. Não foi tão ruim assim. Arrisco-me a dizer que ela não me entendeu.

— Garanto-lhe que ela entendeu. Ela compreendeu perfeitamente. Ela falou sobre isso desde então. Gostaria que você tivesse ouvido como ela falou sobre isso, com que candura e generosidade. Eu gostaria que você pudesse tê-la ouvido honrando sua tolerância, por ser capaz de prestar-lhe tais atenções, como ela sempre recebeu de você e de seu pai, quando sua companhia devia ser tão cansativa.

— Oh! — Retorquiu Emma. — Eu sei que não existe criatura melhor no mundo, mas o senhor tem que admitir que o que há de bom e o que há de ridículo estão infelizmente misturados nela.

— Sim, estão misturados — disse ele —, eu reconheço, e, se ela fosse próspera, eu permitiria a prevalência ocasional do ridículo sobre o bom. Se ela fosse uma mulher de fortuna, eu deixaria todo absurdo inofensivo à própria sorte. Eu não repreenderia qualquer liberdade que você tomasse. Se ela fosse sua igual em situação. Mas, Emma, pense em como esse está longe de ser o caso. Ela é pobre; ela perdeu os confortos para os quais nasceu; e, se viver até a velhice, é provável que perca mais. A situação dela devia assegurar sua compaixão. Foi muito mal feito, sem dúvida! Você, que ela conhece desde bebê, a quem ela viu crescer desde um período em que a atenção dela era uma honra; tê-la agora, em um humor irrefletido e no orgulho do momento, rir-se dela, humilhá-la, e isso diante da sobrinha dela e de outros, muitos dos quais, com certeza *alguns*, seriam totalmente guiados pelo *seu* tratamento para com ela. Isso não é agradável para você, Emma... e está longe de ser agradável para mim, mas devo, vou... lhe direi a verdade enquanto puder, satisfeito em provar que sou seu amigo por meio de conselhos muito confiáveis e acreditando que, em algum momento, você me fará mais justiça do que pode fazer agora.

Enquanto conversavam, avançavam em direção à carruagem. Estava preparada e, antes que ela pudesse falar novamente, ele a ajudou a embarcar. Ele interpretou mal os sentimentos que mantiveram seu rosto desviado e sua língua imóvel. Eram apenas uma combinação de raiva contra si mesma, mortificação e profunda preocupação. Ela não conseguia falar, e, ao entrar na carruagem, afundou-se por um momento absorvida. Então, censurando-se por não ter se despedido sem dar alguma resposta, separando-se aparentemente amuada, ela olhou para fora com voz e mão ansiosas para mostrar uma diferença, mas era tarde demais. Ele havia se virado e os cavalos começaram a andar. Ela continuou a olhar para trás, mas em vão, e logo, com o que parecia uma velocidade incomum, estavam metade do caminho colina abaixo, e tudo ficou para trás. Ela estava atormentada além do que conseguiria expressar, quase além do que seria capaz de esconder. Nunca se sentira tão agitada, mortificada e pesarosa, em nenhuma circunstância em sua vida. Havia sido fortemente abalada. Não havia como negar a verdade dessa representação. Ela sentiu no fundo de seu coração. Como podia ter sido tão brutal, tão cruel com a srta. Bates? Como ela pode ter se exposto a tal opinião negativa de alguém que ela valorizava? E como aguentaria ter se separado dele sem dizer uma palavra de agradecimento, de concordância, de bondade comum!

O tempo não a recompôs. À medida que ela refletia mais, parecia apenas sentir mais. Nunca tinha estado tão deprimida. Felizmente não era necessário falar. Havia apenas Harriet, que também parecia desanimada, exausta e muito disposta a ficar em silêncio. Emma sentiu as lágrimas escorrendo pelo seu rosto quase todo o caminho para casa, sem se dar ao trabalho de impedi-las, por mais extraordinárias que fossem.

Capítulo 8

A miséria do passeio a Box Hill esteve nos pensamentos de Emma a noite toda. Como isso estava sendo considerado pelo resto do grupo, ela não era capaz de dizer. Eles, em seus diferentes lares e com seus diferentes modos, poderiam estar se lembrando com prazer, mas, para ela, havia sido uma manhã extremamente mal aproveitada, totalmente desprovida de satisfação racional no momento e a mais abominável em recordação do que qualquer outra que ela já havia passado. Uma noite inteira de gamão com o pai era uma felicidade comparada àquilo. *Ali* havia, de fato, verdadeiro contentamento, pois ali ela dedicava as horas mais doces do dia para o bem-estar dele e sentindo que, por mais imerecido que fosse o grau da carinhosa afeição e estima confiante dele, ela não podia, em sua conduta geral, estar sujeita a qualquer severa reprovação. Como filha, ela esperava não ser desalmada. Esperava que ninguém pudesse lhe dizer: "Como pode ser tão insensível com seu pai …? Eu devo, eu lhe direi a verdade enquanto puder." A srta. Bates nunca mais iria… não, nunca! Se atenção, no futuro, pudesse apagar o passado, ela talvez pudesse esperar ser perdoada. Muitas vezes havia sido negligente, sua consciência lhe dizia isso. Negligente, talvez, mais em pensamento do que em ações. Desdenhosa, indelicada. Mas não seria mais assim. No fervor da verdadeira contrição, iria visitá-la na manhã seguinte e seria o início, de sua parte, de um relacionamento constante, igualitário e amável.

Continuava com essa mesma determinação quando amanheceu, e saiu cedo, para que nada pudesse impedi-la. Não era improvável, ela pensou, que visse o sr. Knightley em seu caminho, ou, talvez, que ele aparecesse enquanto ela fazia sua visita. Ela não tinha objeções. Não se envergonharia de demonstrar o arrependimento, que lhe cabia de forma tão justa e verdadeira. Seus olhos estavam voltados para Donwell enquanto caminhava, mas ela não o viu.

"As senhoras estão todas em casa." Ela nunca se alegrou com essa frase antes, nem nunca antes de entrar no corredor, nem de subir as escadas, com qualquer desejo de trazer conforto, mas para cumprir obrigações, ou de obtê-lo, exceto no escárnio subsequente.

Houve um alvoroço com sua chegada, muita movimentação e palavras. Ela ouviu a voz da srta. Bates. Algo devia ser feito às pressas. A empregada parecia assustada e sem jeito. Pediu que esperasse um momento e depois a conduziu para dentro cedo demais. A tia e a sobrinha pareciam estar fugindo para o quarto ao lado. Emma teve um vislumbre distinto de Jane, que parecia muito mal. Antes que a porta se fechasse, ela ouviu a srta. Bates dizer:

— Bem, minha querida, vou *dizer* que você está de cama e estou certa de que está bastante indisposta.

A pobre sra. Bates, cordial e humilde como sempre, parecia não entender muito bem o que estava acontecendo.

— Receio que Jane não esteja muito bem — disse ela —, mas não sei, elas me *dizem* que ela está bem. Creio que minha filha estará aqui em breve, senhorita Woodhouse. Espero que a senhorita encontre um lugar. Gostaria que Hetty não tivesse ido. Sou muito pouco capaz… Encontrou uma cadeira, senhorita? Está bem acomodada? Tenho certeza que ela estará aqui em breve.

Emma esperava sinceramente que ela viesse. Por um momento temeu que a srta. Bates a evitasse. Mas a srta. Bates logo apareceu — "muito feliz e agradecida" —, e a consciência de Emma disse-lhe que não havia a mesma alegre tagarelice de antes, menos desembaraço de modos e atitude. Um questionamento muito amigável sobre o estado da srta. Fairfax, esperava, poderia trazer o retorno de antigos sentimentos. O efeito pareceu imediato.

— Ah! Senhorita Woodhouse, como é gentil! Suponho que já tenha ouvido falar e veio para nos parabenizar. Posso não parecer muito alegre, de fato — enxugando uma lágrima ou duas—, mas será muito difícil nos separarmos dela depois de tê-la conosco por tanto tempo, e ela está com uma terrível dor de cabeça agora mesmo, esteve escrevendo a manhã toda. Cartas tão longas, sabe, a serem escritas para o coronel Campbell e à senhora Dixon. "Minha querida", disse eu, "vai prejudicar sua vista", pois havia lágrimas em seus olhos todo o tempo. Não surpreende, não surpreende. É uma grande mudança, e embora ela seja incrivelmente afortunada... uma colocação, suponho, como nenhuma moça antes jamais encontrou ao buscar pela primeira vez... não imagine que somos ingratas, senhorita Woodhouse, por tão surpreendente boa sorte... — de novo enxugando suas lágrimas—, mas pobre menina querida! Se visse que dor de cabeça ela tem. Quando se está sofrendo de uma dor muito forte, não é possível sentir nenhuma bênção como de fato ela merece. Ela está abatida demais. Olhando para ela, ninguém pensaria como ela está encantada e feliz por ter garantido tal posição. A senhorita desculpe-a por não vir vê-la, ela não tem condições, foi para o quarto, eu quero que ela se deite. "Minha querida", disse eu, "direi que você está na cama", porém, ela não está, está andando pelo quarto. Mas, agora que escreveu suas cartas, ela diz que logo ficará bem. Ela ficará bastante triste por não a ver, senhorita Woodhouse, mas terá a bondade de desculpá-la. A senhorita ficou esperando na porta, fiquei tão envergonhada, mas de alguma forma houve uma pequena confusão, porque acontece que não tínhamos ouvido a batida e, até a senhorita estar na escada, não sabíamos que alguém estava chegando. "É apenas a senhora Cole", disse eu, "pode ter certeza. Ninguém mais viria tão cedo." "Bem, teria que suportar isso mais cedo ou mais tarde, pode muito bem ser agora." Mas então Patty entrou e disse que era a senhorita. "Oh! É a senhorita Woodhouse: estou certa de que gostará de vê-la." "Não consigo ver ninguém", disse ela e se levantou, e ia lá para dentro; e foi isso que nos fez mantê-la esperando, pelo que lamentamos profundamente e ficamos envergonhadas. "Se precisa ir, minha querida, vá e eu direi que você está de cama."

Emma estava sinceramente interessada. Seu coração há algum tempo estava se tornando mais gentil para com Jane. Esta imagem de seus sofrimentos atuais atuou como um remédio para todas as antigas suspeitas mesquinhas e não lhe deixou nada além de piedade, e a lembrança das sensações menos justas e menos gentis do passado obrigavam-na a admitir que Jane poderia muito naturalmente decidir ver a sra. Cole ou qualquer outra amiga constante, quando não podia suportar vê-la. Ela disse como se sentia, com sincero pesar e preocupação, desejando sinceramente que as circunstâncias que a srta. Bates lhe relatara fossem agora realmente confirmadas e contribuíssem para o maior benefício e conforto possível para a srta. Fairfax. "Devia ser uma severa provação para todas elas. Ela tinha entendido que seria adiado até o retorno do Coronel Campbell."

— Tão delicada! — Respondeu a srta. Bates. — A senhorita é sempre delicada.

Não havia como suportar aquele "sempre", e, para interromper a terrível gratidão, Emma a questionou diretamente:

— Para onde, se puder perguntar, a senhorita Fairfax está indo?

— Para a casa de uma senhora Smallridge... mulher encantadora... muito refinada... responsável pelo cuidado das três filhinhas... crianças maravilhosas. Impossível que qualquer situação pudesse ser mais confortável exceto, talvez, pela família da senhora Suckling e a da senhora Bragge. Mas a senhora Smallridge é íntima de ambas e da mesma vizinhança; mora a pouco mais de seis quilômetros de Maple Grove. Jane estará a apenas pouco mais de seis quilômetros de Maple Grove.

— A senhora Elton, suponho, é a pessoa a quem a senhorita Fairfax deve...

— Sim, nossa boa senhora Elton. A amiga mais infatigável e verdadeira. Ela não aceitaria uma negativa. Não deixaria Jane dizer "não"; pois quando Jane soube disso pela primeira vez, anteontem, na mesma manhã em que estivemos em Donwell... quando Jane soube disso pela primeira vez, ela estava totalmente decidida a não aceitar a oferta, pelas razões que a senhorita mencionou. Exatamente como disse, ela havia decidido não aceitar nada até o retorno do coronel Campbell, e nada a convenceria a aceitar qualquer compromisso por enquanto. Assim ela disse à senhora Elton repetidas vezes, e eu estava certa de que ela não mudaria de ideia! Mas a boa senhora Elton, cujo julgamento nunca lhe falhou, viu mais longe do que eu. Não são todas as pessoas que teriam insistido de maneira tão gentil como ela e se recusado a aceitar a resposta de Jane. Mas ela declarou decididamente que *não* escreveria uma recusa ontem, como Jane desejava que ela fizesse. Ela esperaria e, de fato, ontem à noite estava tudo acertado para Jane ir. Foi uma grande surpresa para mim! Eu não tinha a mínima ideia! Jane chamou a senhora Elton de lado e disse-lhe em um momento que, pensando melhor nas vantagens da situação da senhora Smallridge, havia decidido aceitar. Eu não soube de nada até que tudo estivesse resolvido.

— Passou a noite com a senhora Elton?

— Sim, todas nós. A senhora Elton desejava que fôssemos. Foi combinado, na colina, enquanto caminhávamos na companhia do senhor Knightley. "Todos vocês *precisam* passar a noite conosco", disse ela, "eu faço questão que *todos* venham".

— O senhor Knightley também esteve lá, então?

— Não, não o senhor Knightley, ele recusou desde o início. E, embora eu pensasse que ele iria, porque a senhora Elton declarou que não o dispensaria, ele não foi. Mas minha mãe, Jane e eu estávamos todas lá, e tivemos uma noite bem agradável. Amigos tão gentis, sabe, senhorita Woodhouse, é sempre prazeroso estar com eles, embora todos parecessem um tanto cansados depois do passeio da manhã. Até o prazer, entende, é fatigante, mas não posso dizer que qualquer um deles parecesse ter gostado muito. Contudo, *eu* sempre o considerarei um passeio muito agradável, serei extremamente grata aos amigos amáveis que me incluíram.

— A senhorita Fairfax, suponho, embora a senhora não soubesse disso, passou o dia todo se decidindo?

— Ouso dizer que sim.

— Quando chegar a hora, não será bem-vinda para ela e todos os seus amigos, mas espero que sua colocação tenha todo o alívio possível, quero dizer, quanto ao caráter e maneiras da família.

— Eu agradeço, querida senhorita Woodhouse. Sim, de fato, há tudo no mundo que pode fazê-la feliz nele. Excetuando os Suckling e os Bragge, não há outra casa com aposentos tão bons para o cuidado das crianças, tão generosos e elegantes, entre todos os conhecidos da senhora Elton. A senhora Smallridge é uma mulher encantadora! Um estilo de vida quase igual ao de Maple Grove, e, quanto às crianças, exceto pelos pequenos Suckling e os pequenos Bragge, não há crianças tão elegantes e doces em lugar algum. Jane será tratada com tanta consideração e bondade! Não será nada além de prazer, uma vida de prazer. E seu salário! Realmente não me atrevo a lhe dizer o salário dela, senhorita Woodhouse. Mesmo a senhorita, acostumada como está a grandes somas, dificilmente acreditaria que tanto poderia ser pago a uma moça como Jane.

— Ah! Senhora — exclamou Emma —, se as outras crianças são como eu mesma me lembro de ter sido, acredito que cinco vezes mais do que já ouvi dizer que é um salário em tais casos, seria muito bem pago.

— A senhorita tem ideias tão nobres!

— E quando a senhorita Fairfax vai deixá-las?

— Muito em breve, muito em breve, de fato. Isso é o pior. Em quinze dias. A senhora Smallridge está com muita pressa. Minha pobre mãe não sabe como suportar. Então, tento tirar isso da cabeça dela e dizer: vamos, senhora, não vamos mais pensar nisso.

— Os amigos devem estar tristes por perdê-la, e o coronel e a senhora Campbell não ficarão tristes ao descobrir que ela se comprometeu antes de seu retorno?

— Sim, Jane diz que tem certeza que sim, mas, ainda assim, esta é uma colocação que ela não consegue se sentir justificada em declinar. Fiquei tão surpresa quando ela me contou o que estivera dizendo à senhora Elton, e quando a senhora Elton, no mesmo momento, veio me parabenizar! Era antes do chá, espere, não, não poderia ser antes do chá, porque íamos começar a jogar cartas, no entanto, era antes do chá, porque me lembro de ter pensado... Oh! Não, agora me lembro, agora eu sei, algo aconteceu antes do chá, mas não isso. O senhor Elton foi chamado para fora da sala antes do chá, o filho do velho John Abdy queria falar com ele. Pobre velho John, tenho grande consideração por ele; foi funcionário de meu pobre pai por 27 anos e agora, pobre homem, está acamado e muito mal, com gota reumática nas juntas. Devo ir vê-lo hoje, e Jane também, tenho certeza, se ela sair. E o filho do pobre John veio falar com o senhor Elton sobre o auxílio paroquial. Ele está bem de vida, sabe, sendo o chefe dos cavalariços da Crown e tudo o mais, mas ainda assim não consegue manter o pai sem alguma ajuda. Então, quando o senhor Elton voltou, ele nos contou o que John Ostler estivera lhe dizendo, e falou-se sobre a carruagem ter sido enviada a Randalls para levar o senhor Frank Churchill de volta a Richmond. Foi o que aconteceu antes do chá. Foi depois do chá que Jane falou com a senhora Elton.

A srta. Bates dificilmente daria tempo a Emma para dizer como essa circunstância era uma perfeita novidade para ela, mas como não supusesse que fosse possível que ela ignorasse qualquer um dos detalhes da partida do sr. Frank Churchill, continuou a contar todos eles, não teve importância.

O que o sr. Elton soubera com o cavalariço sobre o assunto, sendo a soma do conhecimento do próprio cavalariço e o dos criados em Randalls, foi que um mensageiro chegara de Richmond logo após o retorno do grupo de Box Hill. Tal mensageiro, no entanto, não era mais do que o esperado; e que o sr. Churchill enviara ao sobrinho um bilhete contendo, no todo, um relato tolerável sobre a sra. Churchill, e desejando apenas que ele não demorasse a voltar para além da manhã seguinte cedo; mas que o sr. Frank

Churchill, tendo resolvido ir para casa na mesma hora, sem demora, e seu cavalo parecendo estar resfriado, Tom fora enviado imediatamente para pegar a carruagem da Crown, e o cavalariço foi até a entrada e a viu passar, o garoto seguindo num bom ritmo e conduzindo com muita firmeza.

Não havia nada em tudo isso para surpreender ou interessar, e chamou a atenção de Emma apenas por se unir ao assunto que já ocupava sua mente. O contraste entre a importância da sra. Churchill no mundo e a de Jane Fairfax a impressionou: uma era tudo, a outra nada, e ela ficou meditando sobre a diferença do destino da mulher, totalmente inconsciente daquilo em que seus olhos estavam fixos, até ser despertada pelas palavras da srta. Bates:

— Sim, percebo o que está pensando, o piano. O que acontecerá com isso? Muito verdade. A pobre Jane estava falando sobre isso agora mesmo. "Você terá que ir", disse ela. "Você e eu devemos nos separar. Não terá serventia aqui. Deixe-o ficar, entretanto," disse ela, "guarde-o até o coronel Campbell voltar. Vou falar com ele sobre isso, ele vai resolver para mim, ele me ajudará com todas as minhas dificuldades." E até hoje, acredito, ela não sabe se era presente dele ou de sua filha.

Agora Emma foi obrigada a pensar no pianoforte, e a lembrança de todas as suas antigas suspeitas fantasiosas e injustas era tão pouco agradável que ela logo se permitiu considerar que sua visita havia sido longa o bastante. Repetindo tudo o que pudesse se atrever a dizer dos bons votos que realmente desejava, despediu-se.

Capítulo 9

As meditações absortas de Emma, enquanto caminhava para casa, não foram interrompidas, mas, ao entrar na sala de visitas, encontrou aqueles que deveriam despertá-la. O sr. Knightley e Harriet haviam chegado durante sua ausência e estavam sentados com o pai dela. O sr. Knightley se levantou imediatamente e, de uma maneira decididamente mais grave do que o normal, disse:

— Eu não iria embora sem vê-la, mas não tenho tempo a perder e, por isso, agora devo partir imediatamente. Estou indo para Londres passar uns dias com John e Isabella. Você tem alguma coisa para enviar ou dizer, além do 'amor', que ninguém carrega?

— Nada mesmo. Mas isso não é uma decisão repentina?

— Sim, ou melhor, tenho pensado nisso há algum tempo.

Emma tinha certeza de que ele não a perdoara; ele parecia diferente. O tempo, porém, ela pensou, diria a ele que deveriam ser amigos de novo. Enquanto ele estava parado, como se quisesse partir, mas sem ir, o pai dela começou suas indagações.

— Bem, minha querida, chegou lá em segurança? E como estavam minha boa e velha amiga e a filha? Ouso dizer que elas devem ter ficado muito gratas por você ter ido. A querida Emma visitou a senhora e a senhorita Bates, senhor Knightley, como eu disse antes. Ela é sempre tão atenciosa com elas!

Emma corou com esse elogio injusto e, com um sorriso e um balançar de cabeça que diziam muito, olhou para o sr. Knightley. Pareceu haver uma impressão instantânea a seu favor, como se os olhos dele tivessem recebido a verdade dos dela, e tudo o que havia se passado de bom em seus sentimentos foi imediatamente captado e honrado. Ele a fitou com um fulgor de consideração. Ela ficou sinceramente gratificada — e, no instante seguinte, ficou ainda mais, devido a um pequeno gesto mais do que amistoso da parte dele. Tomou-lhe a mão. Se ela mesma não havia feito o primeiro movimento, não seria capaz de dizer — talvez, na verdade, a tivesse oferecido. Mas tomou-lhe a mão, apertou-a e, de fato, estava a ponto de levá-la aos lábios, quando, por algum motivo, soltou-a de repente. Por que ele teria tal escrúpulo, por que mudaria de ideia quando o gesto estava quase concluído, ela não conseguia compreender. Ele teria feito melhor, ela pensou, se não tivesse se interrompido. A intenção, porém, era indubitável e, talvez porque seus modos em geral eram tão pouco galanteadores, ou por qualquer outro motivo, ela pensou que nada combinava mais com ele. Era nele uma atitude de natureza tão simples, mas tão distinta. Podia apenas se lembrar da tentativa com grande satisfação. Expressava uma amizade tão perfeita. Deixou-os imediatamente em seguida, num momento se fora. Ele sempre se movia com a agilidade de uma mente que não podia estar indecisa nem dilatória, mas agora parecia mais abrupto do que o normal em seu desaparecimento.

Emma não podia se arrepender de ter ido à casa da srta. Bates, mas gostaria de tê-la deixado dez minutos antes; teria sido um grande prazer conversar sobre a situação de Jane Fairfax com o sr. Knightley. Ela também não lamentava que ele estivesse indo a Brunswick Square, porque sabia o quanto a visita seria apreciada, mas poderia ter acontecido em um momento melhor, e ter ficado sabendo disso antes teria sido mais agradável. Entretanto, se separaram como amigos. Ela não estava enganada quanto ao significado da expressão e do galanteio inacabado; tudo foi feito para assegurar-lhe que ela havia recuperado por completo sua boa opinião. Ele estivera com eles por meia hora, ela descobriu. Pena não ter voltado antes!

Na esperança de desviar os pensamentos de seu pai do incômodo com a ida do sr. Knightley a Londres; e uma ida tão repentina, a cavalo, o que ela sabia que era muito ruim, Emma comunicou as notícias sobre Jane

Fairfax, e sua confiança no efeito foi justificada. Ofereceu uma distração muito útil, interessou-o, sem perturbá-lo. Há muito que ele se acostumara com a ideia de Jane Fairfax ir embora para ser governanta e podia falar alegremente sobre o assunto, mas a ida do sr. Knightley para Londres fora um golpe inesperado.

— Estou muito contente, de verdade, minha querida, em saber que ela vai estar tão confortavelmente instalada. A senhora Elton é muito afável e agradável, e ouso dizer que seus conhecidos são exatamente o que devem ser. Espero que seja um lugar sem muita umidade e que cuidem bem da saúde dela. Deve ser uma das principais preocupações, como com certeza a da pobre senhorita Taylor sempre foi para mim. Sabe, minha querida, ela vai ser para esta nova senhora o que a senhorita Taylor foi para nós. E espero que ela fique melhor em um aspecto e não seja induzida a partir depois de viver com a família por tanto tempo.

O dia seguinte trouxe notícias de Richmond para deixar todo o resto em segundo plano. Um mensageiro expresso chegou a Randalls para anunciar a morte da sra. Churchill! Embora seu sobrinho não tivesse nenhum motivo especial para voltar correndo por sua causa, ela não viveu mais que 36 horas após seu retorno. Um ataque repentino de natureza diferente de qualquer coisa pressagiada por seu estado geral, levou-a embora após um breve sofrimento. A grande sra. Churchill se fora.

Foi sentido como tais coisas devem ser sentidas. Todos demonstraram certo grau de gravidade e tristeza, ternura para com a falecida, preocupação pelos amigos que ficavam e, em um tempo razoável, curiosidade para saber onde seria enterrada. Goldsmith nos diz que, quando a adorável mulher se rebaixa à tolice, não tem nada a fazer a não ser morrer; e quando ela se rebaixa a ser desagradável, a mesma solução é recomendável para livrá-la da má fama. A sra. Churchill, depois de não ser apreciada por pelo menos vinte e cinco anos, agora era mencionada com uma mescla compassiva. Em um ponto ela estava totalmente justificada. Ela nunca tinha sido internada antes por estar gravemente doente. O acontecimento a absolveu de todas as fantasias e de todo o egoísmo das queixas imaginárias.

"Pobre sra. Churchill! Sem dúvida vinha sofrendo muito, mais do que qualquer pessoa jamais poderia supor, e a dor contínua afetaria seu temperamento. Foi um acontecimento triste, um grande choque, com todos os seus defeitos. O que o sr. Churchill faria sem ela? A perda que o sr. Churchill sofreu é realmente terrível. O Sr. Churchill nunca superará isso." Até o sr.

Weston balançou a cabeça com ar solene e disse: 'Ah! Pobre mulher, quem diria!' e decidiu que seu luto deveria ser o mais honroso possível. Sua esposa sentou-se suspirando e moralizando sobre suas bainhas largas com comiseração e bom senso, verdadeiros e constantes. Como isso afetaria Frank estava entre os primeiros pensamentos de ambos. Também foi uma consideração muito inicial de Emma. O caráter da sra. Churchill, a dor do marido — a mente de Emma lançou um olhar para os dois com admiração e compaixão, e então repousou com sentimentos mais suaves sobre como Frank poderia ser afetado pelo evento, quão beneficiado, quão libertado. Em um momento visualizou todo o bem possível. Agora, não haveria nada que se opusesse a um enlace com Harriet Smith. O sr. Churchill, independente de sua esposa, não era temido por ninguém; um homem tranquilo e influenciável, que poderia ser persuadido pelo sobrinho a fazer qualquer coisa. Tudo o que restava a desejar era que o sobrinho formasse o vínculo, pois, mesmo com toda sua boa vontade pela causa, Emma não tinha certeza de que já estava formado.

Harriet se comportou extremamente bem na ocasião, com grande autocontrole. Seja qual fosse o grau de esperança que sentisse, ela não traiu nada. Emma ficou satisfeita ao observar tal prova de maior força de caráter e se absteve de fazer qualquer alusão que pudesse pôr em risco sua continuidade. Falaram, portanto, da morte da sra. Churchill de modo muito contido.

Cartas breves de Frank foram recebidas em Randalls, comunicando tudo o que era imediatamente importante sobre o estado de espírito e planos deles. O sr. Churchill estava melhor do que se poderia esperar, e seu primeiro destino, assim que o funeral partisse para Yorkshire, era a casa de um velho amigo em Windsor, a quem o sr. Churchill vinha prometendo uma visita pelos últimos dez anos. No momento, não havia nada a ser feito por Harriet. Bons votos para o futuro eram tudo o que era possível da parte de Emma.

Era uma preocupação mais urgente ser atenciosa para com Jane Fairfax, cujas perspectivas estavam se estreitando, enquanto as de Harriet se expandiam, e cujos compromissos agora não permitiam demora a ninguém em Highbury que desejasse demonstrar-lhe amizade, o que para Emma havia se tornado uma prioridade. Dificilmente havia algo que ela lamentasse mais do que sua frieza passada; e a pessoa, que ela havia negligenciado por tantos meses, era agora aquela a quem ela teria concedido todas as distinções da consideração ou da simpatia. Ela queria ser-lhe útil, queria mostrar que dava valor à sua associação e demonstrar-lhe respeito e consideração. Ela resolveu convencê-la a passar um dia em Hartfield. Um bilhete foi escrito para convidá-la. O convite foi recusado por mensagem verbal. "A srta. Fairfax não estava bem o suficiente para escrever", e quando o sr. Perry visitou Hartfield, na mesma manhã, parecia que ela estava tão indisposta a ser visitada, ainda mais sem o seu consentimento, por ele, e que ela estava sofrendo de horríveis dores de cabeça e de uma febre nervosa, a ponto de fazê-lo duvidar da possibilidade de ela ir para a casa da sra. Smallridge na data marcada. No momento, sua saúde parecia completamente debilitada; estava sem apetite. Apesar de não haver nenhum sintoma de fato alarmante, nada que indicasse queixas pulmonares, que era a apreensão permanente da família, o sr. Perry estava inquieto a respeito dela. Ele pensava que ela havia se esforçado mais do que era capaz, e que ela mesma sentia isso, embora não admitisse. Seu espírito parecia oprimido. Sua atual casa, ele não podia deixar de observar, não era apropriada para alguém com um distúrbio nervoso, sempre confinada a um quarto. Ele desejava que fosse diferente, e a boa tia, embora sua velha amiga, tinha que reconhecer que não era a melhor companhia para uma inválida nessas condições. Seu cuidado e sua atenção não podiam ser questionados; na verdade, chegavam a ser excessivos. Ele temia muito que causassem mais mal que bem à srta. Fairfax. Emma ouviu com a mais calorosa preocupação. Sofreu cada vez mais por ela e pensava com ansiedade em alguma maneira de ser útil. Separá-la da tia, nem que fosse por apenas uma ou duas horas, para oferecer-lhe uma mudança de ares e de cenário, e uma conversa racional e tranquila, mesmo que fosse apenas por uma ou duas horas, deveria lhe fazer bem. Na manhã seguinte, ela escreveu novamente para dizer, na linguagem mais sensível que pudesse, que iria buscá-la de carruagem a qualquer hora que Jane indicasse — mencionando que o sr. Perry era decididamente a favor de tal exercício para sua paciente. A resposta foi apenas esse breve bilhete:

"A srta. Fairfax envia seus cumprimentos e agradecimentos, mas está indisposta demais para fazer qualquer exercício."

Emma sentiu que seu próprio bilhete merecia resposta melhor, mas era impossível discutir com as palavras, cuja letra trêmula e desigual mostrava indisposição tão evidente. Ela apenas pensava em como poderia superar essa falta de vontade de ser vista ou ajudada. Apesar da resposta, portanto, ela pediu a carruagem e se dirigiu até a casa da sra. Bates, na esperança de que Jane fosse induzida a se juntar a ela, mas isso não aconteceu. A srta.

Bates veio até a porta da carruagem, toda gratidão, e concordou plenamente com ela ao pensar que uma saída poderia ser muito benéfica, e tudo o que uma mensagem poderia fazer foi tentado, mas foi em vão. A srta. Bates foi obrigada a regressar sem sucesso. Jane não foi persuadida; a mera proposta de sair parecia fazê-la piorar. Emma desejou que pudesse ter visto Jane e testado seus próprios poderes, mas, quase antes que pudesse sugerir isso, a srta. Bates indicou que havia prometido a sua sobrinha, em hipótese alguma, deixar a srta. Woodhouse entrar.

— De fato, a verdade era que a pobrezinha da Jane não estava em condições de ver ninguém, ninguém mesmo. A não ser a senhora Elton, é verdade, que não aceitou não como resposta, e a senhora Cole que havia feito tanta questão, e a senhora Perry que havia pedido muito, mas, exceto elas, Jane realmente não veria ninguém.

Emma não queria ser classificada junto com as senhoras Elton, Perry e Cole, que forçariam sua entrada em qualquer lugar, nem sentia que tinha qualquer direito a uma preferência. Submeteu-se, portanto, e apenas questionou a srta. Bates sobre o apetite e a dieta da sobrinha, que ela desejava poder ajudar. Sobre esse assunto, a pobre srta. Bates mostrou-se muito infeliz e muito comunicativa, Jane mal comia alguma coisa. O sr. Perry recomendou alimentos nutritivos, mas nada que elas podiam oferecer, e ninguém tinha vizinhos tão bons, lhe apetecia.

Emma, ao chegar em casa, imediatamente chamou a governanta, para examinar suas despensas, e um pouco de araruta de excelente qualidade foi despachada rapidamente para a srta. Bates com um bilhete muito amigável. Em meia hora a araruta foi devolvida, com mil agradecimentos da srta. Bates, mas "a querida Jane não ficaria satisfeita sem que ela devolvesse. Era algo que ela não podia suportar e, além disso, ela insistia que avisasse que não tinha necessidade de nada".

Quando Emma soube depois que Jane Fairfax fora vista vagando pelos prados, a alguma distância de Highbury, na tarde do mesmo dia em que, sob a alegação de estar indisposta demais para fazer qualquer exercício, recusou-se peremptoriamente a sair com ela na carruagem, não pôde ter mais nenhuma dúvida, juntando todos os pontos, que Jane estava decidida a não aceitar qualquer gentileza *dela*. Emma sentiu muito, muito mesmo. Seu coração se encheu de pesar por um estado que parecia ainda mais lamentável devido a essa irritação do espírito, inconsistência de ação e desigualdade de forças, e a mortificava que recebesse tão pouco crédito por seus bons sentimentos, ou que fosse considerada tão pouco digna de se ter como amiga. Mas tinha o consolo de saber que suas intenções eram boas e de poder dizer a si mesma que, caso o sr. Knightley soubesse de todas as suas tentativas de ajudar Jane Fairfax, se ele pudesse ver o que se passava em seu coração, ele não teria, nessa ocasião, encontrado nada para reprovar.

Capítulo 10

Certa manhã, cerca de dez dias após o falecimento da sra. Churchill, Emma foi chamada lá embaixo para falar com o sr. Weston, que "não podia ficar cinco minutos e queria falar em especial com ela". Ele a encontrou na porta da sala e, mal perguntando como ela estava, no volume natural de sua voz, diminuiu-o de imediato para dizer, sem ser ouvido pelo pai dela:

— Poderia vir a Randalls a qualquer hora esta manhã? A senhora Weston quer ver a senhorita. Ela precisa ver a senhorita.

— Ela não está bem?

— Não, não, de jeito nenhum, só um pouco agitada. Ela teria pedido a carruagem e vindo até a senhorita, mas ela precisa vê-la *sozinha*, e isso, como sabe … — acenando com a cabeça para o pai dela. — Bem! Poderá vir?

— Com toda certeza. Agora mesmo, se quiser. É impossível recusar o que me pede dessa forma. Mas qual pode ser o problema? Ela está mesmo bem?

— Dou-lhe minha palavra que sim, mas não faça mais perguntas. Saberá tudo na hora certa. A situação mais inexplicável! Mas silêncio, silêncio!

Adivinhar o significado disso tudo era impossível até mesmo para Emma. Algo realmente importante parecia ser anunciado pelo ar dele, mas, como sua amiga estava bem, ela se esforçou para não ficar preocupada e, avisando ao pai, que ela daria sua caminhada agora, ela e o sr. Weston logo saíram de casa juntos e seguiram em um ritmo rápido rumo a Randalls.

— Agora — disse Emma, quando estavam bem além dos portões —, agora, senhor Weston, deixe-me saber o que aconteceu.

— Não, por favor — respondeu ele gravemente —, não me pergunte nada. Prometi a minha esposa deixar tudo para ela. Ela irá revelar tudo para a senhorita melhor do que eu. Não seja impaciente, Emma. Vai saber de tudo muito em breve.

— Revelar-me — exclamou Emma, parando aterrorizada. — Meu Deus! Senhor Weston, diga-me de uma vez. Algo aconteceu em Brunswick Square. Sei que aconteceu. Diga-me, exijo que o senhor me diga agora mesmo o que houve.

— Não. Na verdade, está enganada.

— Senhor Weston, não brinque comigo. Considere quantos de meus amigos mais queridos estão agora em Brunswick Square. Qual deles é? Eu te peço por tudo o que há de sagrado, não tente esconder.

— Garanto-lhe, Emma.

— Garante! Por que não me dá sua palavra de honra? Por que não diz por sua palavra de honra que isso não tem nada a ver com nenhum deles? Céus! O que pode ser *revelado* para mim, que não esteja relacionado com alguém daquela família?

— Dou-lhe minha palavra de honra que não está — disse ele, muito seriamente. — Não está nem um pouco relacionado com nenhum ser humano de nome Knightley.

A coragem de Emma voltou, e ela seguiu em frente.

— Eu escolhi mal as palavras — ele continuou — ao falar sobre isso ser *revelado* para a senhorita. Eu não deveria ter usado a expressão. Na verdade, isso não diz respeito a senhorita, diz respeito apenas a mim, isto é, esperamos. Bem! Em suma, minha querida Emma, não há motivo para ficar tão inquieta com isso. Não digo que não seja algo desagradável, mas as coisas poderiam ser muito piores. Se andarmos rápido, logo estaremos em Randalls.

Emma descobriu que precisava esperar, e agora isso lhe exigia pouco esforço. Desse modo, não fez mais perguntas, apenas empregou a própria imaginação, e isso logo indicou-lhe a probabilidade de ser algum assunto financeiro, algo que acabara de vir à tona, de natureza desagradável nas circunstâncias da família. Algo que o recente evento em Richmond havia trazido à tona. Sua imaginação estava muito ativa. Meia dúzia de filhos naturais, talvez, e o pobre Frank privado da herança! Isso, embora muito indesejável, não seria uma questão de agonia para ela. Isso inspirou pouco mais do que uma forte curiosidade.

— Quem é aquele cavalheiro a cavalo? — disse ela, à medida que avançavam, falando mais para ajudar o sr. Weston a guardar seu segredo do que por qualquer outro motivo.

— Não sei. Um dos Otways. Não o Frank. Não é o Frank, garanto-lhe. A senhorita não vai encontrá-lo. Ele está a meio caminho de Windsor a esta altura.

— Seu filho esteve com o senhor, então?

— Oh! Sim, não sabia disso? Bem, bem, não importa.

Por um momento ele ficou em silêncio, então acrescentou, em um tom muito mais cauteloso e recatado:

— Sim, Frank veio esta manhã, apenas para nos perguntar como estávamos.

Eles se apressaram e logo chegaram a Randalls.

— Bem, minha querida — disse ele, enquanto entravam na sala. — Eu a trouxe e agora espero que logo se sinta melhor. Vou deixar as duas sozinhas. Não adianta protelar. Não estarei longe, se precisar de mim.

E Emma claramente o ouviu acrescentar, em um tom mais baixo, antes que ele saísse da sala:

— Cumpri minha palavra. Ela não tem a menor ideia.

A sra. Weston parecia tão abatida e com um ar de tamanha perturbação que a inquietação de Emma aumentou. No instante em que ficaram sozinhas, ela perguntou ansiosamente:

— O que houve, minha querida amiga? Algo de natureza muito desagradável aconteceu, suponho. Deixe-me saber logo o que é. Vim por todo o caminho em completo suspense. Ambas detestamos suspense. Não deixe o meu continuar por mais tempo. Será bom falar de sua angústia, seja ela qual for.

— Realmente não tem ideia? — questionou a sra. Weston com a voz trêmula. — Não pode imaginar, minha querida Emma, não consegue adivinhar o que vai ouvir?

— Adivinho apenas que diz respeito ao senhor Frank Churchill.

— Está certa. Relaciona-se a ele, e contarei a você agora mesmo — disse, retomando o bordado e parecendo decidida a não erguer os olhos.

— Ele esteve aqui esta manhã, em uma missão muito extraordinária. É impossível expressar nossa surpresa. Ele veio falar com seu pai sobre um assunto… para anunciar um afeto…

Ela parou para respirar. Emma pensou primeiro em si mesma e depois em Harriet.

— Mais do que um afeto, na verdade — retomou a sra. Weston —, um noivado… um verdadeiro noivado. O que vai dizer, Emma… o que todos dirão, quando souberem que Frank Churchill e a senhorita Fairfax estão noivos… não, que eles estão noivos há muito tempo!

Emma até pulou de surpresa e, horrorizada, exclamou:

— Jane Fairfax! Meu Deus! Não está falando sério! Não pode estar falando sério!

— Tem razão de se surpreender — respondeu a sra. Weston, ainda desviando os olhos e falando com ansiedade para que Emma pudesse ter tempo para se recuperar. — Tem toda razão de se surpreender. Mas é isso mesmo. Há um compromisso solene entre eles desde outubro, firmado em Weymouth e mantido em segredo de todo mundo. Nenhuma criatura sabia disso, exceto eles próprios, nem os Campbell, nem a família dela, nem a dele. É tão surpreendente que, embora perfeitamente convencida do fato, ainda é quase inacreditável para mim. Mal posso acreditar. Pensei que o conhecesse.

Emma mal ouviu o que ela disse. Sua mente estava dividida entre duas ideias: suas próprias conversas anteriores com ele sobre a srta. Fairfax; e a pobre Harriet. Por algum tempo ela pôde apenas exclamar e pedir confirmação, repetidas vezes.

— Bem — disse ela por fim, tentando se recuperar —, esta é uma circunstância na qual devo pensar por pelo menos meio dia, antes que possa compreendê-la. Como assim! Comprometido com ela durante todo o inverno… Antes de qualquer um dos dois vir para Highbury?

— Comprometidos desde outubro, secretamente noivos. Isso me magoou muito, Emma. Também magoou o pai dele. *Algumas partes* de sua conduta não podemos perdoar.

Emma ponderou por um momento e depois respondeu:

— Não vou fingir que *não* entendo o que quer dizer, e, para dar-lhe todo o alívio ao meu alcance, esteja certa de que as atenções dele para mim não surtiram o efeito pelo qual está apreensiva.

A sra. Weston ergueu os olhos, com medo de acreditar, mas o semblante de Emma era tão tranquilo quanto suas palavras.

— Para que tenha menos dificuldade em acreditar nessa declaração, de minha atual indiferença completa — Emma continuou —, direi ainda que houve um período no início de nossa amizade, quando eu, de fato, gostava dele, quando estava muito disposta a me apegar a ele... não, eu estava apegada... e, como isso acabou, talvez seja a maior surpresa. Felizmente, porém, acabou. Realmente há algum tempo, há pelo menos três meses, eu não sinto nada por ele. Pode acreditar em mim, senhora Weston. É a pura verdade.

Sra. Weston a beijou derramando lágrimas de alegria e, quando conseguiu encontrar as palavras, assegurou-lhe que essa afirmação havia lhe feito mais bem do que qualquer outra coisa no mundo poderia fazer.

— O senhor Weston ficará quase tão aliviado quanto eu — disse ela. — Nesse ponto, estávamos em um estado lamentável. Era nosso maior desejo que vocês pudessem se afeiçoar um ao outro, e estávamos convencidos de que assim seria. Imagine o que estávamos sentindo por sua causa.

— Eu escapei, e o fato de que eu ter escapado pode ser uma fonte de gratidão e surpresa para nós duas. Mas isso não *o* absolve, senhora Weston, e devo dizer que o considero muito culpado. Que direito ele tinha de vir entre nós com seus afetos e sua palavra comprometidos, mas com maneiras *tão* descomprometidas? Que direito ele tinha de se esforçar para agradar, como de fato o fez, para distinguir qualquer moça com atenção perseverante, como realmente o fez, enquanto na verdade pertencia a outra? Como ele poderia saber que tipo de dano estava fazendo? Como ele poderia saber que não estava me fazendo amá-lo? Muito errado, muito errado mesmo.

— Por algo que ele me disse, querida Emma, eu imagino que...

— E como *ela* conseguiu suportar tal comportamento? Manter tamanha compostura diante das pessoas! Assistir, enquanto repetidas atenções eram oferecidas a outra mulher, diante de seus olhos, e não se ressentir. Esse é um grau de serenidade que não posso compreender nem respeitar.

— Houve desentendimentos entre os dois, Emma, ele contou isso abertamente. Ele não teve tempo para dar muitas explicações. Ficou aqui apenas um quarto de hora, em um estado de agitação que não permitiu o aproveitamento total nem mesmo do tempo que poderia ficar, mas que houve desentendimentos, com certeza ele disse. A presente crise, na verdade, parece ter sido provocada por eles, e esses mal-entendidos podem muito possivelmente ter se originado da impropriedade de sua conduta.

— Impropriedade! Ora, senhora Weston, é uma censura muito suave. Muito, muito além da impropriedade! Isso o rebaixou, não posso dizer como o rebaixou em minha opinião. Tão diferente de como um homem deveria agir! Nada da integridade correta, da estrita aderência à verdade e aos bons princípios, do desprezo pelo subterfúgio e pela pequenez que um homem deve demonstrar em cada situação de sua vida.

— Não, querida Emma, agora preciso tomar o partido dele, pois embora ele tenha agido errado nesse caso, eu o conheço há tempo suficiente para garantir que ele tem muitas, muitíssimas qualidades boas e…

— Santo Deus! — Exclamou Emma, sem dar ouvidos a ela. — E a senhora Smallridge também! Jane prestes a ir se tornar governanta! Qual poderia ser a intenção dele com indelicadeza tão horrível? Permitir que ela se comprometesse, deixar que ela até mesmo pensasse em tal medida!

— Ele não sabia nada sobre isso, Emma. Disso posso absolvê-lo por completo. Foi uma resolução exclusivamente dela, não comunicada a ele, ou, pelo menos, não comunicada de uma forma que transmitisse convicção. Até ontem, sei que ele disse que desconhecia os planos dela. Teve notícias deles, não sei como, mas por alguma carta ou mensagem, e foi a descoberta do que ela estava fazendo, desse exato plano dela, que o determinou a revelar tudo de uma vez, contar tudo para o tio, entregar-se à bondade dele e, em suma, pôr fim ao miserável estado de ocultação que durava tanto tempo.

Emma começou a ouvir com mais atenção.

— Terei notícias dele em breve — continuou a sra. Weston. — Ele me disse na despedida que escreveria logo, e falou de uma maneira que parecia prometer muitos detalhes que não poderiam ser dados agora. Assim, vamos esperar por essa carta. Talvez revele muitas circunstâncias atenuantes. Pode tornar compreensíveis e perdoáveis muitas coisas que agora não são entendidas. Não sejamos severas, não tenhamos pressa em condená-lo. Tenhamos paciência. Eu devo amá-lo e, agora que estou tranquila quanto ao ponto, o único ponto de real importância, estou sinceramente ansiosa para que tudo termine bem e disposta a torcer para que assim aconteça. Ambos devem ter sofrido muito sob tal estado de sigilo e dissimulação.

— Os sofrimentos *dele* — respondeu Emma secamente — não parecem lhe ter causado muito mal. Bem, e como o senhor Churchill reagiu?

— De maneira muito favorável ao sobrinho, deu seu consentimento sem a menor dificuldade. Imagine o que os acontecimentos de uma semana operaram naquela família! Enquanto a pobre senhora Churchill era viva, suponho que não poderia ter havido uma esperança, uma chance, uma possibilidade… mas mal seus restos repousam no mausoléu da família e seu marido é persuadido a agir de modo exatamente contrário ao que ela teria desejado. É uma bênção quando a influência indevida não sobrevive à sepultura! Custou pouco para que ele desse seu consentimento.

"Ah!" pensou Emma, "ele teria feito ainda mais por Harriet."

— Isso foi resolvido ontem à noite, e Frank partiu hoje à primeira luz da manhã. Ele parou em Highbury, na casa das Bates, imagino, por algum tempo. Depois veio para cá, mas estava com tanta pressa de voltar para o tio, a quem agora é mais necessário do que nunca, que, como lhe digo, só poderia ficar conosco um quarto de hora. Ele estava muito agitado... muito agitado mesmo... a tal ponto que o fazia parecer uma criatura bem diferente de qualquer outra vez em que eu já o vi. Além de todo o resto, houve o choque de encontrá-la tão mal, do que ele não tinha nenhuma suspeita prévia, e parecia que ele estava sob a influência de emoções muito fortes.

— E realmente acredita que o caso tenha sido levado sob um segredo tão perfeito? Os Campbell, os Dixon, nenhum deles sabia do noivado?

Emma não conseguia falar o nome de Dixon sem corar um pouco.

— Nenhum deles sabia, nenhum deles mesmo. Ele disse categoricamente que ninguém no mundo sabia, a não ser eles mesmos.

— Bem — disse Emma —, suponho que gradualmente nos acostumaremos com a ideia, e desejo-lhes muitas felicidades. Mas sempre pensarei que é uma maneira muito abominável de se proceder. O que tem sido senão um sistema de hipocrisia e engano, de espionagem e traição? Vir entre nós com declarações de franqueza e simplicidade enquanto estavam aliados em segredo para julgar a todos nós! Aqui estivemos, durante todo o inverno e a primavera, completamente enganados, imaginando-nos todos no mesmo nível de honestidade e honra, com duas pessoas entre nós que se comunicavam sem que ninguém soubesse e comparavam e julgavam sentimentos e palavras que nunca deveriam ter visto ou ouvido. Eles devem aguentar a consequência se ouviram falar um do outro de forma não perfeitamente agradável!

— Estou muito tranquila quanto a isso — respondeu a sra. Weston. — Tenho toda certeza de que nunca falei nada sobre um para o outro que ambos não pudessem ter ouvido.

— Está com sorte. Seu único equívoco ficou limitado ao meu ouvido, quando imaginou que um certo amigo nosso estava apaixonado pela dama.

— É verdade. Mas como sempre tive uma opinião absolutamente favorável da senhorita Fairfax, nunca poderia, sob qualquer engano, falar mal dela. E quanto a falar mal dele, disso devo ter estado a salvo.

Nesse momento, o sr. Weston apareceu a uma pequena distância da janela, claramente à espreita. A esposa deu-lhe um olhar que o convidou a entrar. Enquanto ele estava dando a volta, acrescentou:

— Agora, querida Emma, permita-me admoestá-la que diga e faça tudo o que possa acalmar o coração dele e fazê-lo ficar satisfeito com a união. Vamos tirar o melhor proveito disso. De fato, quase tudo pode ser dito com justiça em favor da moça. Não é uma aliança gratificante, mas, se o senhor Churchill não se importa com isso, por que nós deveríamos? E talvez seja uma circunstância muito feliz para ele, para Frank, quero dizer, que tenha se apegado a uma garota de tamanha firmeza de caráter e bom senso como sempre acreditei, e ainda estou disposta a acreditar que ela seja, apesar deste grande desvio da estrita regra do que é correto. E quanto pode ser dito em defesa dela, considerando sua situação, mesmo diante desse erro!

— Muito, é verdade! — Respondeu Emma, emocionada. — Se uma mulher pode ser desculpada por pensar apenas em si mesma, é em uma situação como a de Jane Fairfax. Dessas, quase se pode dizer que "o mundo não é delas, e também não o é a lei do mundo".

Ela recebeu o sr. Weston, quando ele entrou, com um semblante sorridente, exclamando:

— Uma bela peça o senhor me pregou, dou-lhe minha palavra! Suponho que esse fosse um truque para brincar com minha curiosidade e exercitar meu talento de adivinhação. Mas o senhor me assustou de verdade. Achei que tivesse perdido metade de sua propriedade, no mínimo. E então, em vez de ser uma questão para condolências, revela-se uma para felicitações. Eu o parabenizo, senhor Weston, de todo o coração, pela perspectiva de ter uma das jovens mais adoráveis e talentosas da Inglaterra como nora.

Um ou dois olhares entre ele e sua esposa o convenceram de que tudo estava tão bem quanto proclamava esse discurso, e o feliz efeito deste em seu espírito foi imediato. Sua atitude e sua voz recuperaram a vivacidade de sempre; apertou-lhe a mão com força e gratidão e abordou o assunto de forma a provar que agora só precisava de tempo e persuasão para pensar que o noivado não era nada mau. Suas companheiras sugeriram apenas o que poderia atenuar a imprudência ou suavizar as objeções. Depois que haviam conversado sobre tudo juntos, e que ele conversou de novo com Emma em sua caminhada de volta para Hartfield, ele estava perfeitamente conformado e não muito longe de considerar que havia sido a melhor coisa que Frank poderia ter feito.

CAPÍTULO 11

"Harriet, pobre Harriet!" Essas eram as palavras; nelas estavam as ideias torturantes das quais Emma não conseguia se livrar e que constituíam para ela a verdadeira infelicidade da situação. Frank Churchill havia se comportado muito mal para com ela mesma, muito mal, em diversos aspectos; mas não era tanto o comportamento *dele,* quanto o *próprio*, que a deixava tão brava com ele. Foi o apuro no qual ele a envolveu por causa de Harriet que deu o tom mais profundo à sua ofensa. Pobre Harriet! Ser enganada pela segunda vez por seus equívocos e bajulação. O sr. Knightley havia falado profeticamente, quando disse uma vez: "Emma, você não tem sido uma amiga para Harriet Smith". Temia não ter feito nada por ela além de um desserviço. Era verdade que ela não tinha que acusar a si mesma, nesse caso, como única e primeira autora do erro, como no anterior, por ter sugerido sentimentos que, de outra forma, nunca teriam passado pela cabeça de Harriet, pois Harriet havia reconhecido sua admiração e preferência por Frank Churchill antes mesmo que lhe desse qualquer pista sobre o assunto. Mas Emma se sentia completamente culpada por ter encorajado o que poderia ter reprimido. Ela poderia ter evitado a indulgência e o aumento de tais sentimentos. Sua influência teria sido suficiente. E agora ela estava muito consciente de que deveria tê-lo feito. Sentia que estivera arriscando a felicidade da amiga por motivos muito insuficientes. O bom senso a teria instruído a dizer a Harriet que ela não devia se permitir pensar nele e que havia quinhentas vezes mais chances de ele não se interessar por ela. "Mas, receio ter me mantido muito afastada do bom senso," refletiu Emma.

Ela estava extremamente zangada consigo mesma. Se ela não pudesse estar zangada com Frank Churchill também, teria sido terrível. Quanto a Jane Fairfax, pelo menos ela poderia aliviar seus sentimentos de qualquer preocupação atual por causa dela. Harriet já causaria ansiedade suficiente. Ela não precisava mais se preocupar com Jane, cujas perturbações e enfermidade tendo, é claro, a mesma origem, deviam estar igualmente sendo curadas. Seus dias de insignificância e males haviam chegado ao fim. Ela logo estaria boa, feliz e próspera. Emma agora podia inferir por que suas próprias atenções haviam sido desprezadas. Essa descoberta esclareceu muitas questões menores. Sem dúvida tinha sido por ciúme. Aos olhos de Jane, ela era uma rival, e era compreensível que qualquer ajuda ou gentileza que ela oferecesse fosse recusada. Um passeio na carruagem de Hartfield teria sido uma tortura, a araruta da despensa de Hartfield teria sido um veneno. Emma compreendeu tudo e, à medida que sua mente conseguia se desvencilhar da injustiça e do egoísmo dos sentimentos raivosos, ela reconhecia que Jane Fairfax não teria ascensão nem felicidade além de seu merecimento. Mas a pobre Harriet era uma preocupação que a absorvia tanto! Havia pouca simpatia a ser dispensada para qualquer outra pessoa. Emma estava lamentavelmente temerosa de que essa segunda decepção fosse mais severa do que a primeira. Considerando as qualidades muito superiores do rapaz, deveria; e, a julgar por seu efeito aparentemente mais forte na mente de Harriet, produzindo reserva e autocontrole, iria. Contudo, ela precisava comunicar a dolorosa verdade e o mais rápido possível. Uma injunção de sigilo estava entre as palavras de despedida do sr. Weston. "Por enquanto, todo o caso deveria ser mantido completamente em segredo. O sr. Churchill fizera questão disso, como um sinal de respeito à esposa que perdera tão recentemente; e todo mundo concordava que não era mais do que o devido decoro." Emma prometera, mas ainda assim Harriet deveria ser excluída. Era seu maior dever.

Apesar de sua aflição, ela não podia deixar de sentir que era quase ridículo que ela tivesse o mesmo ofício penoso e delicado para desempenhar por Harriet que a sra. Weston acabara de cumprir para com ela. A notícia, que havia sido anunciada com tanta ansiedade para ela, ela agora iria anunciar ansiosamente para outra pessoa. Seu coração bateu rápido ao ouvir os passos e a voz de Harriet. Assim, ela supôs, se sentiu a pobre sra. Weston quando *ela* se aproximava de Randalls. Se ao menos o evento da revelação pudesse ser semelhante! Mas disso, infelizmente, não poderia haver chance.

— Bem, senhorita Woodhouse! — Exclamou Harriet, entrando ansiosamente na sala. — Não é esta a notícia mais estranha que já se ouviu?

— A quais notícias se refere? — respondeu Emma, incapaz de adivinhar, por olhar ou voz, se Harriet poderia de fato ter recebido alguma dica.

— Sobre Jane Fairfax. A senhorita já ouviu algo tão estranho? Oh! Não precisa ter medo de admiti-lo para mim, pois o próprio senhor Weston me contou. Eu o encontrei agora há pouco. Ele me disse que era para ser um grande segredo e, portanto, eu não deveria pensar em mencioná-lo a ninguém além da senhorita, que ele me disse que já sabia.

— O que o senhor Weston lhe contou? — disse Emma, ainda perplexa.

— Oh! Ele me contou tudo, que Jane Fairfax e o senhor Frank Churchill vão se casar e que estão noivos em segredo há muito tempo. Que coisa estranha!

Era, de fato, tão estranho. O comportamento de Harriet era tão estranho que Emma não sabia como entendê-lo. Seu caráter parecia alterado por completo. Ela aparentava tentar não demonstrar qualquer agitação, ou desapontamento, ou preocupação peculiar com a descoberta. Emma encarou-a, incapaz de falar.

— A senhorita tinha alguma ideia — questionou Harriet — de que ele estava apaixonado por ela? Talvez tivesse. A senhorita — corando enquanto falava —, que pode enxergar dentro do coração de todo mundo, mas ninguém mais…

— Garanto que — respondeu Emma — começo a duvidar de que tenha esse talento. Consegue mesmo me perguntar com seriedade, Harriet, se eu o imaginava afeiçoado a outra mulher ao mesmo tempo em que eu estava, de maneira tácita, se não abertamente, encorajando você a ceder aos seus próprios sentimentos? Eu nunca tive a menor suspeita, até uma hora atrás, de que o senhor Frank Churchill tivesse a menor consideração por Jane Fairfax. Pode ter certeza de que, se tivesse, eu a teria alertado.

— A mim! — Retorquiu Harriet, corando e espantada. — Por que deveria me alertar? Não acha que gosto do senhor Frank Churchill, acha?

— Estou muito feliz em ouvi-la falar com tanta firmeza sobre o assunto — respondeu Emma, sorrindo. — Mas não vai tentar negar que houve um tempo, não muito distante, em que me deu razões para entender que se importava com ele!

— Com ele! Nunca, nunca. Cara senhorita Woodhouse, como pode me entender tão errado? — disse, afastando-se angustiada.

— Harriet! — Exclamou Emma, após um momento de pausa. — O que quer dizer? Deus do céu! O que quer dizer? Errado? Devo supor então...

Ela não conseguia falar mais uma palavra. Sua voz sumiu, e ela se sentou, esperando com grande terror até que Harriet respondesse.

Harriet, que estava de pé a alguma distância, de costas para ela, de imediato não falou nada. Quando falou, foi em uma voz quase tão agitada quanto a de Emma.

— Eu jamais teria pensado que fosse possível a senhorita me entender errado! — Ela começou. — Sei que concordamos em nunca dizer o nome dele, mas considerando o quão infinitamente superior ele é em relação a todas as outras pessoas, eu não pensei que a senhorita imaginaria que eu pudesse estar me referindo a qualquer outra pessoa. O senhor Frank Churchill, de fato! Não sei quem olharia para ele na companhia do outro. Espero ter um gosto melhor do que pensar no senhor Frank Churchill, que é como ninguém do lado dele. E que a senhorita tenha se enganado tanto, é surpreendente! Com certeza, exceto por acreditar que a senhorita aprovava inteiramente e pretendia me encorajar em meu afeto, eu teria considerado a princípio uma presunção grande demais ousar pensar dele. A princípio, se a senhorita não tivesse me dito que coisas mais espantosas já aconteceram, que já existiram uniões de maior desigualdade — foram essas as suas palavras exatas —, eu não teria ousado ceder, não teria pensado que fosse possível... Mas se *a senhorita*, que o conhece a vida toda...

— Harriet! — Disse Emma, recompondo-se resolutamente. — Vamos nos entender agora, sem a possibilidade de mais enganos. Está falando do... senhor Knightley?

— Com certeza que estou. Nunca poderia pensar em qualquer outro, então, pensei que a senhorita soubesse. Quando falamos sobre ele, fui o mais clara possível.

— Não exatamente — respondeu Emma, com uma calma forçada —, pois de tudo o que você disse então pareceu-me estar relacionado a outra pessoa. Quase poderia afirmar que você *nomeou* o senhor Frank Churchill. Tenho certeza de que o serviço que o senhor Frank Churchill lhe prestou, protegendo-a dos ciganos, foi mencionado.

— Ah! Senhorita Woodhouse, a senhorita se esquece!

— Minha querida Harriet, lembro-me perfeitamente da essência do que eu disse na ocasião. Disse-lhe que não me admirava de seu afeto, que considerando o serviço que ele lhe prestara, era extremamente natural. E você concordou, expressando com muito fervor o quanto apreciava esse serviço, mencionando até quais foram as suas sensações ao vê-lo vir em seu resgate. A minha memória ficou com uma forte impressão disso.

— Oh, minha nossa — exclamou Harriet —, agora me recordo do que a senhorita está falando, mas eu pensava em algo muito diferente na época. Não era aos ciganos, não era ao senhor Frank Churchill que me referia. Não!

— Disse, com certa exaltação. — Estava pensando em uma circunstância muito mais preciosa, no senhor Knightley vindo e me tirando para dançar, quando o senhor Elton se negou a dançar comigo e não havia outro par no salão. Essa foi a ação gentil, a nobre benevolência e generosidade, esse foi o serviço que me fez começar a perceber como ele era superior a todos os outros seres da face da terra.

— Santo Deus! — Exclamou Emma. —Esse foi um erro muito infeliz, muito deplorável! O que fazer?

— Então, não teria me encorajado, se tivesse me entendido? Pelo menos, porém, não posso estar em pior situação do que estaria, se o outro fosse a pessoa. Agora, é, *sim*, possível...

Ela parou por alguns instantes. Emma não conseguia falar.

— Não me surpreendo, senhorita Woodhouse — ela continuou —, que sinta uma grande diferença entre os dois, em relação a mim ou a qualquer outra pessoa. Deve considerar um quinhentas milhões de vezes superior a mim do que o outro. Mas espero, senhorita Woodhouse, que supondo... que se... por mais estranho que pareça... Mas, sabe, foram as suas próprias palavras, coisas *mais* surpreendentes já aconteceram, já houve uniões de *maior* desigualdade do que entre o senhor Frank Churchill e eu e, portanto, parece que até mesmo algo assim, pode ter ocorrido antes. E se eu tivesse a sorte indescritível de... se o senhor Knightley realmente... se *ele* não se importar com a disparidade, eu espero, querida senhorita Woodhouse, que não se oponha a isso e nem tente colocar dificuldades no caminho. Mas é boa demais para fazer uma coisa dessas, tenho certeza.

Harriet estava parada diante de uma das janelas. Emma se virou para olhar para ela, consternada, e disse apressada:

— Acredita que seja possível que o senhor Knightley retribua seu afeto?

— Sim — respondeu Harriet com modéstia, mas sem medo. — Devo dizer que sim.

Emma imediatamente desviou o olhar e ficou meditando em silêncio, imóvel, por alguns minutos. Alguns minutos bastaram para que ela conhecesse o próprio coração. Uma mente como a dela, uma vez aberta às suspeitas, progredia rapidamente. Ela sentiu, admitiu e reconheceu toda a verdade. Por que era tão pior Harriet estar apaixonada pelo sr. Knightley do que por Frank Churchill? Por que o mal era tão terrivelmente maior por Harriet ter alguma esperança de um retorno? A certeza atravessou-lhe com a velocidade de uma flecha: o sr. Knightley não poderia se casar com nenhuma outra a não ser ela mesma!

Compreendera qual fora sua conduta, assim como o que se passava em seu coração, naquele curto espaço de tempo. Ela viu tudo com uma clareza que nunca a abençoara antes. Como agira de maneira inadequada para com Harriet! Quão imprudente, indelicada, irracional e insensível havia sido sua conduta! Que cegueira, que loucura a haviam guiado! A consciência disso a atingiu com uma força terrível, e ela estava pronta para dar-lhe todos os piores nomes do mundo. Alguma porção de respeito por si mesma, porém, a despeito de todos esses deméritos, certa preocupação com a própria aparência e um forte senso de justiça para com Harriet — não havia necessidade de *compaixão* para a moça que se acreditava amada pelo sr. Knightley, mas a justiça exigia que ela não fosse tornada infeliz por qualquer frieza agora — deram a Emma a resolução para se sentar e suportar mais com calma, até com aparente simpatia. Até mesmo para sua própria vantagem era cabível que as esperanças de Harriet fossem cuidadosamente investigadas, e Harriet nada fizera para perder o apreço e o interesse que haviam sido formados e mantidos de maneira tão voluntária, nem para merecer ser menosprezada pela pessoa cujos conselhos nunca a guiaram bem. Assim, despertando de sua reflexão e dominando suas emoções, ela se voltou para Harriet de novo e, num tom mais convidativo, recomeçou a conversa, pois, quanto ao assunto que primeiro a introduziu, a história maravilhosa de Jane Fairfax, esse estava bem esgotado e perdido. Nenhuma das duas pensava em nada além do sr. Knightley e delas mesmas.

Harriet, que havia estado em um devaneio nem um pouco infeliz, ainda assim ficou muito contente por ser chamada de volta à realidade pela maneira agora encorajadora de uma juíza e uma amiga como a srta. Woodhouse, e apenas precisava de um convite para contar a história de suas esperanças com grande, embora trêmulo, deleite. Os tremores de Emma ao questionar e ao ouvir foram melhor escondidos do que os de Harriet, mas não eram menores. Sua voz não estava instável, mas sua mente estava tomada pela perturbação que tal desenvolvimento de si mesma, tal erupção do mal ameaçador, tal confusão de emoções repentinas e desnorteantes deveriam criar. Ouviu com muito sofrimento interior, mas com grande paciência exterior, ao relato detalhado de Harriet. Não era possível esperar que fosse metódico, nem bem organizado, nem bem expresso, mas continha, quando separado de toda a debilidade e tautologia da narração, uma substância capaz de afundar seu espírito, especialmente com as circunstâncias corroborantes que sua própria memória provia em favor da melhora da opinião do sr. Knightley sobre Harriet.

Harriet percebeu uma diferença no comportamento dele desde aquelas duas danças decisivas. Emma sabia que, naquela ocasião, ele descobrira que ela era muito superior às suas expectativas. Desde aquela noite, ou pelo menos desde o momento em que a srta. Woodhouse a encorajara a pensar nele, Harriet começara a notar que ele falava com ela muito mais do que costumava fazer antes, e que ele, de fato, tinha uma atitude muito diferente para com ela, uma atitude de delicadeza e ternura! Ultimamente, ela ficara cada vez mais ciente disso. Quando caminharam todos juntos, ele tantas vezes viera e caminhara ao lado dela, e falara tão deliciosamente! Ele parecia querer conhecê-la melhor. Emma sabia que era bem esse o caso. Ela, com frequência, havia observado a mudança, quase na mesma medida. Harriet repetia expressões de aprovação e elogios dele, e Emma sentia que estavam de acordo com o que sabia da opinião dele sobre Harriet. Ele a elogiava por não usar ardis, por não ser afetada, por ter sentimentos simples, honestos e generosos. Ela sabia que ele via essas qualidades em Harriet; ele as descrevera para Emma mais de uma vez. Muito do que habitava a memória de Harriet, muitos pequenos detalhes da atenção que recebera dele, um olhar, um discurso, uma mudança de uma cadeira para outra, um elogio implícito, uma preferência inferida, haviam passado despercebidos por Emma, porque eram insuspeitados. Circunstâncias que podiam ser infladas até ocuparem meia hora de relato, e que continham múltiplas provas para ela que as tinha visto, passaram despercebidas por ela que agora as ouvia, mas as duas últimas ocorrências a serem mencionadas, as duas de maior promessa para Harriet, não deixaram de em algum grau serem testemunhadas pela própria Emma. A primeira foi ele caminhar com ela afastado dos outros, na alameda de limoeiros em Donwell, onde estiveram caminhado algum tempo antes de Emma aparecer, e ele se esforçou, como ela estava convencida, para separá-la dos demais; e, a princípio, ele falara com ela de uma forma mais próxima do que já fizera antes, de uma maneira muito próxima, mesmo! Harriet não conseguia se lembrar sem corar. Parecia estar quase lhe perguntando se seus afetos estavam comprometidos. Mas assim que ela (a srta. Woodhouse) pareceu querer se juntar a eles, ele mudou de assunto e começou a falar sobre agricultura. A segunda, foi ele ter conversado com ela por quase meia hora antes de Emma voltar de sua visita, na última manhã em que ele esteve em Hartfield — embora, tivesse dito que entrou, ele dissera que não poderia ficar nem cinco minutos — e ter dito a ela, durante sua conversa, que embora devesse ir para Londres, era muito contra sua vontade que ele deixava sua casa, o que era muito mais, como Emma sentia, do que ele havia admitido para *ela*. O grau superior de confiança em Harriet, que essa ocorrência sinalizava, causou-lhe uma dor severa.

Sobre o assunto da primeira das duas circunstâncias, ela, após refletir um pouco, arriscou a seguinte pergunta:

— Não poderia ser...? Não seria possível que, ao questionar, como você pensou, sobre o estado de suas afeições, ele não estivesse aludindo ao senhor Martin... ele poderia ter os interesses do senhor Martin em vista?

Mas Harriet rejeitou a suspeita com veemência.

— O senhor Martin! Com certeza não! Não houve nenhuma menção ao senhor Martin. Espero ter juízo demais agora para pensar no senhor Martin, ou para ser suspeita disso.

Quando Harriet terminou o relato de suas provas, apelou para sua querida srta. Woodhouse para que lhe dissesse se não tinha bons motivos para ter esperança.

— Eu nunca teria ousado pensar nisso a princípio — disse ela —, não fosse pela senhorita. A senhorita me disse para observá-lo com cuidado e deixar que o comportamento dele guiasse o meu, e foi o que fiz. Mas agora pareço sentir que possa merecê-lo e que, se ele de fato me escolher, não será nada tão inacreditável.

Os sentimentos amargos provocados por essa declaração, os diversos sentimentos amargos, tornaram necessário o máximo esforço da parte de Emma para torná-la capaz de dizer em resposta:

— Harriet, só me arriscarei a afirmar que o senhor Knightley é o último homem no mundo a, intencionalmente, dar a qualquer mulher a ideia de que sentia mais por ela do que de fato sente.

Harriet parecia pronta para adorar a amiga por uma frase tão satisfatória e Emma só foi salva do êxtase e da afeição, que naquele momento teriam sido uma penitência terrível, pelo som dos passos do pai. Ele estava vindo pelo corredor. Harriet estava agitada demais para encontrá-lo. "Ela não conseguiria se recompor... o sr. Woodhouse ficaria alarmado... era melhor ela ir". Com o mais pronto encorajamento da parte da amiga, portanto, ela saiu por outra porta... e, no momento em que ela saiu, os sentimentos de Emma explodiram espontaneamente assim: "Oh, Deus! Quem dera eu jamais a tivesse conhecido!".

O restante do dia e a noite seguinte dificilmente bastaram para seus pensamentos. Ela estava perplexa em meio à confusão de tudo o que havia se precipitado sobre ela nas últimas horas. Cada momento trouxera uma nova surpresa, e cada surpresa havia sido motivo de humilhação para ela. Como compreender tudo? Como compreender as ilusões que vinha criando para si mesma e sob as quais estivera vivendo? Os desatinos, a cegueira de sua própria mente e coração! Ela se sentou quieta, andou, ficou no próprio quarto, caminhou entre os canteiros — em todos os lugares, em todas as situações, percebeu que agira de modo muito frívolo, que os outros haviam se aproveitado dela da maneira mais mortificante, que ela mesma estivera abusando de si em um grau ainda mais humilhante, que era miserável e que provavelmente devia encarar esse dia como sendo apenas o começo da miséria.

Compreender, compreender plenamente o próprio coração, era seu primeiro objetivo. Para alcançá-lo, dedicou todos os momentos livres que as reivindicações de seu pai sobre ela lhe deixavam e todos os momentos de involuntária distração da mente.

Há quanto tempo o sr. Knightley lhe era tão querido, como todos os sentimentos declaravam agora que ele era? Quando a influência dele, tamanha influência, começou? Quando ele passou a ocupar aquele lugar no afeto dela, que Frank Churchill uma vez, por um curto período, ocupou? Ela olhou para o passado. Comparou os dois, comparou-os, como sempre estiveram em sua estima, a partir do momento em que conhecera este último, e como deviam ter sido comparados por ela a qualquer tempo, se tivesse... Oh! Se tivesse, por alguma bendita felicidade, ocorrido a ela, instituir a comparação. Ela percebeu que nunca houve um tempo em que ela não considerasse o sr. Knightley como infinitamente superior, ou que o apreço dele por ela não tivesse sido infinitamente mais importante. Percebeu que, ao persuadir-se, ao fantasiar, ao agir em contrário, estivera inteiramente sob uma ilusão, totalmente ignorante do próprio coração e, em suma, que nunca se importara realmente com Frank Churchill!

Essa foi a conclusão da primeira série de reflexões. Esse foi o conhecimento de si mesma, na primeira linha de investigação, que ela alcançou, e sem demorar para alcançá-lo. Estava pesarosamente indignada, envergonhada de todos os sentimentos, exceto aquele que lhe fora revelado: sua afeição pelo senhor Knightley. Todas as outras partes de sua mente eram repugnantes.

Com insuportável vaidade acreditara saber o segredo dos sentimentos de todos; com imperdoável arrogância se propôs a organizar o destino de todos. Provou-se que ela estivera universalmente equivocada, e ela não tinha feito exatamente nada, pois ela havia feito o mal. Ela havia causado mal a Harriet, a si mesma e, temia demais, ao sr. Knightley. Caso essa conexão mais que desigual se concretizasse, a ela caberia toda a reprovação por tê-la iniciado, pois quanto ao apego dele, ela devia acreditar que fora produzido apenas por uma consciência de Harriet, e, mesmo que não fosse esse o caso, ele nunca teria conhecido Harriet se não fosse pela sua tolice.

O sr. Knightley e Harriet Smith! Era uma união para superar todas as maravilhas do tipo. O compromisso de Frank Churchill e Jane Fairfax tornou-se comum, tênue, rançoso em comparação, incapaz de excitar surpresa, sem apresentar qualquer disparidade, sem proporcionar qualquer comentário ou consideração. O sr. Knightley e Harriet Smith! Que elevação da parte dela! Quanta degradação da dele! Era horrível para Emma pensar como isso o rebaixaria na opinião geral, prever os sorrisos, o escárnio, a hilaridade que provocaria às custas dele, a mortificação e o desdém do irmão, as mil dificuldades para ele mesmo. Seria possível? Não, era impossível. E, no entanto, estava longe, muito longe, do impossível. Seria uma circunstância inédita um homem de habilidades de primeira classe ser cativado por capacidades muito inferiores? Seria uma novidade um homem, talvez ocupado demais para procurar alguém, ser o prêmio de uma moça que o procuraria? Era novo que qualquer coisa neste mundo fosse desigual, inconsistente, incongruente, ou que o acaso e as circunstâncias, como causas secundárias, direcionassem o destino humano?

Ah! Se ela nunca tivesse trazido Harriet para seu círculo! Teria sido melhor se a tivesse deixado onde estava! Se ela não tivesse, com uma tolice que nenhuma língua poderia expressar, impedido que ela se casasse com o jovem irrepreensível que a teria feito feliz e respeitável na esfera da vida à qual ela devia pertencer, tudo estaria seguro. Nenhuma dessas consequências terríveis teriam acontecido.

Como Harriet poderia ter a presunção de elevar seus pensamentos ao sr. Knightley? Como ela podia ousar imaginar-se a escolhida de um homem sem estar de fato segura disso? Mas Harriet era menos humilde, tinha menos escrúpulos do que antes. A inferioridade dela, fosse de espírito ou de situação, parecia pouco percebida. Ela parecera mais sensível ao fato de o sr. Elton se rebaixar em se casar com ela do que agora parecia em relação ao Sr. Knightley. Céus! E isso também não era culpa sua? Quem se desdobrara para dar a Harriet ideias da própria importância, exceto ela mesma? Quem, exceto ela mesma, ensinou-lhe que deveria se elevar, se possível, e que suas pretensões a uma elevada situação material eram grandes? Se Harriet deixou de ser humilde para se tornar vaidosa, também era obra de Emma.

Capítulo 12

Até esse momento, no qual ela era ameaçada com sua perda, Emma nunca soubera o quanto de sua felicidade dependia de ser a *primeira* para o sr. Knightley, a primeira no interesse e afeto dele. Satisfeita de que o fosse, e sentindo que era seu direito, havia desfrutado disso sem reflexão e, apenas no terror de ser suplantada, descobriu quão inexprimivelmente importante havia sido. Por muito, muito tempo, ela sentiu que era a primeira; pois, como ele não tinha relações femininas próprias, havia apenas Isabella cujos direitos podiam se comparar aos dela, e ela sempre soube exatamente o quanto ele amava e estimava Isabella. Ela fora a primeira para ele por muitos anos. Não merecera isso: costumava ser negligente ou perversa, desprezando o conselho dele, ou mesmo se opondo a ele de propósito, insensível a metade de seus méritos e discutindo com ele, porque ele não reconhecia sua errônea e insolente avaliação de si mesma. Mas ainda assim, por apego e hábito familiar, e perfeita excelência da mente, ele a amara e cuidara dela desde menina, empenhando-se para melhorá-la, com uma ansiedade para que ela fizesse o que era certo que nenhuma outra criatura tivera. Apesar de todos os seus defeitos, ela sabia que era estimada por ele — será que não poderia dizer muito estimada? Contudo, quando as sugestões da esperança, que deveriam se seguir a isso, se apresentaram, ela não podia ousar desfrutar delas. Harriet

Smith podia ser capaz de pensar que não era indigna de ser amada de modo peculiar, exclusivo e apaixonado pelo sr. Knightley. *Ela* não podia. Ela não podia se bajular com a ideia de que havia qualquer cegueira no afeto dele a *ela*. Recebera uma prova muito recente de sua imparcialidade. Quão chocado ficara com o comportamento dela para com a srta. Bates! Quão direta e enfaticamente se expressara a ela sobre o assunto! Não enfática demais para a ofensa, mas o bastante para mostrar que não era fruto de qualquer sentimento mais suave do que a justiça honesta e a boa vontade lúcida. Ela não tinha esperança, nada que merecesse o nome de esperança, que ele pudesse ter por ela aquele tipo de afeto que agora estava em questão, mas havia uma esperança, por vezes tênue, por vezes muito mais forte, de que Harriet pudesse ter se enganado e superestimado o apreço dele por *ela*. Precisava ter essa esperança, pelo bem dele, mesmo que a consequência não fosse nada para si própria, exceto por ele permanecer solteiro por toda a vida. De fato, se pudesse ter essa certeza, de que ele nunca se casaria, ela acreditava que ficaria perfeitamente satisfeita. Que ele continue o mesmo sr. Knightley para ela e seu pai, o mesmo sr. Knightley para todo o mundo. Que Donwell e Hartfield não percam nada de suas preciosas relações de amizade e intimidade. Assim, sua paz estaria totalmente assegurada. O casamento, de fato, não serviria para ela. Seria incompatível com o que ela devia ao pai e com o que sentia por ele. Nada podia separá-la de seu pai. Ela não se casaria, mesmo que o sr. Knightley a pedisse.

Precisava ser seu desejo ardente que Harriet fosse desapontada, e Emma esperava que, quando pudesse vê-los juntos de novo, fosse ao menos capaz de averiguar quais eram as chances disso. De agora em diante, ia observá-los com a maior atenção e, mesmo tendo até então se equivocado miseravelmente até mesmo sobre aqueles que estivera observando, ela não sabia como admitir que poderia se enganar nesse caso. O retorno dele era esperado todos os dias. A possibilidade de observá-los seria concedida em breve, assustadoramente em breve lhe parecia quando seus pensamentos tomavam certo rumo. Nesse ínterim, ela resolveu não ver Harriet. Não faria bem a nenhuma das duas, não faria bem ao assunto discuti-lo mais. Ela estava decidida a não se convencer, enquanto pudesse duvidar, e ainda assim não tinha autoridade para se opor à confiança de Harriet. Falar causaria apenas irritação. Portanto, escreveu a ela, com delicadeza, mas com firmeza, implorando que ela não fosse a Hartfield no momento, declarando ser sua convicção de que era melhor evitar toda discussão confidencial adicional de *certo* tópico e esperando que, se alguns dias se passassem antes que se vissem de novo, exceto na companhia de outras pessoas — ela se opunha apenas a um *tête-à-tête* — talvez elas pudessem agir como se tivessem esquecido a conversa do dia anterior. Harriet se submeteu, aprovou e ficou grata.

Esse ponto acabara de ser acertado quando um visitante chegou para desviar um pouco os pensamentos de Emma do único assunto que os havia absorvido, estivesse ela dormindo ou acordada, nas últimas vinte e quatro horas: a sra. Weston, que estivera visitando sua futura nora, e passou por Hartfield na volta para casa, quase tanto por dever para com Emma quanto por prazer para si mesma, para relatar todos os detalhes dessa entrevista tão interessante.

O sr. Weston a acompanhou até a casa da sra. Bates e cumpriu sua parte dessa atenção essencial da maneira mais graciosa. Mas ela, então, induziu a srta. Fairfax a se juntar a ela em uma caminhada e retornava agora com muito mais a dizer, e muito mais a dizer com satisfação, do que um quarto de hora passado na sala da sra. Bates, com todo o estorvo de sentimentos embaraçosos, teria permitido.

Emma tinha um pouco de curiosidade e aproveitou ao máximo o relato da amiga. A própria sra. Weston havia ido fazer a visita em um estado de grande agitação e, a princípio, não desejara ir agora, preferia apenas escrever para a srta. Fairfax em vez disso, e adiar essa visita cerimoniosa até que um pouco de tempo tivesse passado e o sr. Churchill concordasse com o anúncio do noivado, já que, considerando tudo, ela pensava que tal visita não poderia ser feita sem gerar comentários. O sr. Weston, porém, pensava de maneira diferente. Estava bastante ansioso para demonstrar sua aprovação à srta. Fairfax e sua família, e não acreditava que qualquer suspeita pudesse ser levantada por isso, ou que, se fosse, seria de alguma importância. Pois "tais coisas", observou ele, "sempre se espalhavam". Emma sorriu e pensou que o sr. Weston tinha boas razões para falar assim. Em suma, eles haviam ido, e a evidente aflição e confusão da moça haviam sido muito grandes. Ela mal conseguia falar uma palavra, e cada olhar e ação mostravam o quão profundamente sofria com o remorso. A silenciosa e sincera satisfação da velha senhora e o êxtase encantado da filha, que se mostrou ainda mais jovial ao falar do que de costume, foram uma cena gratificante, quase comovente. Ambas eram tão respeitáveis em sua felicidade, tão desinteressadas em todos os sentimentos; pensavam tanto de Jane, tanto de todo mundo, e tão pouco de si próprias, que todo tipo de sentimento generoso despertava em favor delas. A doença recente da srta. Fairfax oferecera um argumento justo para que a sra. Weston a chamasse para dar uma volta. Jane se retraiu e declinou a princípio, mas, ao ser pressionada, cedeu, e, no curso de seu passeio, a sra. Weston, por meio de gentil encorajamento, superou tanto o embaraço de Jane a ponto de levá-la a falar sobre o assunto importante. Um pedido de desculpas por seu silêncio aparentemente indelicado quando chegaram, e as mais calorosas expressões da gratidão que ela sempre sentira pela própria sra. e pelo sr. Weston, necessariamente abriram o assunto, mas quando essas efusões terminaram, elas falaram muito sobre o estado presente e futuro do noivado. A sra. Weston estava convencida de que tal conversa deveria representar muito alívio para sua companheira, que reprimia em sua própria mente quando do desenrolar das coisas, e ficou muito satisfeita com tudo o que ela dissera sobre o assunto.

— Quanto ao infortúnio do que havia sofrido, durante a ocultação de tantos meses — continuou a sra. Weston —, ela foi enérgica. Esta foi uma de suas expressões: "Não direi que desde que firmei o noivado não tive alguns momentos felizes, mas posso dizer que nunca conheci a bênção de uma hora tranquila", e o lábio trêmulo, Emma, com que declarou isso, foi um atestado que tocou meu coração.

— Pobre garota! — Disse Emma. — Então, ela considera que errou, por ter consentido em um noivado secreto?

— Considera que errou? Ninguém, acredito, pode reprová-la mais do que ela está disposta a reprovar a si mesma. "A consequência", disse ela, "tem sido um estado de sofrimento perpétuo para mim, e assim deve ser. Mas depois de todo o castigo que a má conduta pode trazer, não é menos má conduta. Dor não é expiação. Nunca serei inocente. Agi contra todo o meu senso do que é correto, e a abençoada virada que todas as coisas deram, e a bondade que estou recebendo agora, é o que minha consciência me diz que não deveria ser", ela continuou. "Não imagine, senhora, que fui ensinada de modo errado. Não deixe que isso reflita sobre os princípios ou o cuidado dos amigos que me criaram. O erro foi todo meu, asseguro-lhe, e com todas as desculpas que as presentes circunstâncias possam parecer dar, ainda temerei revelar a história ao coronel Campbell".

— Pobre garota! — Disse Emma mais uma vez. — Então, ela o ama de maneira extremada, suponho. Deve ter sido apenas pelo afeto que foi levada a formar o noivado. Seu sentimento deve ter superado seu julgamento.

— Sim, não tenho dúvidas de que ela é extremamente afeiçoada a ele.

— Receio — respondeu Emma, suspirando — que muitas vezes devo ter contribuído para torná-la infeliz.

— De sua parte, meu amor, foi feito de jeito muito inocente. Mas ela provavelmente tinha algo disso em seus pensamentos, ao aludir aos mal-entendidos dos quais ele nos deu pistas antes. Uma consequência natural do mal em que ela se envolveu, disse ela, foi torná-la *irracional*. A consciência de ter agido mal a expôs a mil inquietações e a tornou implicante e irritadiça a um grau que devia ter sido, que havia sido, difícil para ele suportar. "Eu não fiz as concessões que deveria ter feito", disse ela, "para seu temperamento e ânimo, seu encantador ânimo, e aquela índole alegre e brincalhona que, em quaisquer outras circunstâncias, teriam, tenho certeza, continuado a ser fascinantes para mim, como eram no início". Ela então começou a falar de você e da grande bondade que teve para com ela durante sua doença e, com um rubor que me mostrou como tudo estava conectado, me pediu que, quando tivesse a oportunidade, lhe agradecesse, não poderia lhe agradecer tanto, por cada desejo e cada esforço para lhe fazer o bem. Ela estava ciente de que você nunca tinha recebido qualquer reconhecimento adequado da parte dela.

— Se eu não soubesse que ela está feliz agora — disse Emma, séria —, o que, apesar de cada pequena hesitação de sua consciência escrupulosa, ela deve estar, eu não aguentaria esses agradecimentos, pois... Ah! Senhora Weston, se o mal e o bem que fiz à senhorita Fairfax fossem calculados...! Bem — se controlando e tentando ser mais animada —, tudo isso deve ser esquecido. É muito gentil por me trazer esses detalhes interessantes. Eles a mostram pelo melhor dos ângulos. Estou certa de que ela é muito boa, espero que seja muito feliz. É adequado que a fortuna seja toda da parte dele, pois creio que o mérito será todo da parte dela.

Tal conclusão não poderia passar sem resposta pela sra. Weston. Ela pensava bem de Frank em quase todos os aspectos e, além disso, o amava muito. Por isso, sua defesa foi sincera. Ela falava com muita razão, e pelo menos igual afeto, mas tinha muito a dizer para a atenção de Emma, que logo se voltou para Brunswick Square ou Donwell; ela se esqueceu de tentar ouvir, até que a sra. Weston terminou com:

— Ainda não recebemos a carta pela qual estamos tão ansiosos, sabe, mas espero que chegue logo.

Emma foi obrigada a fazer uma pausa antes de responder e, afinal, obrigada a responder ao acaso, antes que ela pudesse se lembrar qual carta eles esperavam tão ansiosos.

— Está bem, minha Emma? — foi a pergunta de despedida da sra. Weston.

— Oh! Perfeitamente. Estou sempre bem, a senhora sabe. Por favor, dê-me notícias da carta assim que ela chegar.

As informações que a sra. Weston lhe passara forneceram a Emma mais conteúdo para reflexões desagradáveis, aumentando sua estima e compaixão, bem como seu senso de que cometera injustiças para com a srta. Fairfax no passado. Lamentava amargamente não ter tentado uma intimidade mais próxima com ela e corou devido aos sentimentos de inveja que certamente foram, em certa medida, a causa. Se tivesse realizado os desejos do sr. Knightley e dado a atenção que era devida à srta. Fairfax, se tivesse tentado conhecê-la melhor, se tivesse feito sua parte para formar a intimidade, caso tivesse se esforçado para encontrar uma amiga nela em vez de em Harriet Smith, teria, com toda a probabilidade, sido poupada de toda dor que agora a oprimia. Nascimento, capacidades e educação haviam igualmente marcado uma como companheira para ela, para ser aceita com gratidão; e a outra, o que ela era? Supondo até que nunca tivessem se tornado amigas íntimas, que ela nunca tivesse sido admitida à confiança da srta. Fairfax sobre este assunto importante, o que era o mais provável, ainda assim, por conhecê-la como deveria e como poderia, ela teria sido preservada das suspeitas abomináveis de uma ligação imprópria com o sr. Dixon, que ela não apenas havia imaginado e alimentado de maneira tão tola, mas também transmitido de forma muito imperdoável. Uma ideia que ela temia muito, ter se tornado um objeto de enorme angústia para a delicadeza dos sentimentos de Jane, pela leviandade ou imprudência de Frank Churchill. De todas as fontes do mal que cercaram a primeira, desde sua chegada a Highbury, Emma estava persuadida de que ela mesma deve ter sido a pior. Ela devia ter sido uma inimiga perpétua. Eles nunca poderiam ter ficado os três juntos, sem que ela apunhalasse a paz de Jane Fairfax em mil ocasiões, e Box Hill, talvez, tenha sido a agonia de uma mente que não podia suportar mais.

A noite deste dia foi muito longa e melancólica em Hartfield. O clima acrescentou o que podia de melancolia. Uma chuva fria e tempestuosa caiu e nada de julho era visto, a não ser nas árvores e arbustos que o vento estava fustigando, e na duração do dia, que só tornava essas cenas cruéis visíveis por mais tempo.

O tempo afetou o sr. Woodhouse, e ele só poderia ficar razoavelmente confortável com a atenção quase incessante da filha e com esforços que nunca haviam custado a ela nem a metade antes. Isso a lembrou de seu primeiro desolado *tête-à-tête*, na noite do dia do casamento da sra. Weston, mas o sr. Knightley havia aparecido então, logo depois do chá, e dissipado todo devaneio melancólico. Ai! As deliciosas provas da atração de Hartfield, que tais visitas ofereciam, poderiam acabar em breve. A imagem que ela havia criado das privações do inverno que se aproximava provou-se errônea: nenhum amigo os abandonara, nenhum prazer fora perdido. Mas seus pressentimentos atuais, ela temia, não encontrariam contradição semelhante. A perspectiva agora diante dela era tão ameaçadora que não podia ser totalmente dissipada, nem mesmo poderia ser parcialmente aliviada. Se acontecesse tudo o que poderia acontecer entre o círculo de seus amigos, Hartfield ficaria deserta em comparação com agora, e ela ficaria para alegrar o pai somente com o espírito de uma felicidade destruída.

A criança que estava para nascer em Randalls seria um laço ainda mais estimado do que ela, e o coração e o tempo da sra. Weston seriam ocupados por ele. Iriam perdê-la e, era provável, também seu marido em grande parte. Frank Churchill não voltaria mais para eles, e a srta. Fairfax, era razoável supor, logo deixaria de pertencer a Highbury. Os dois se casariam e se estabeleceriam em ou próximo a Enscombe. Tudo o que havia de bom seria retirado. E se a essas perdas se acrescentasse a perda de Donwell, o que restaria de uma sociedade alegre ou estimulante ao seu alcance? O sr. Knightley não iria mais até lá em busca de seu conforto vespertino! Não mais entraria a qualquer hora, como se estivesse disposto a trocar sua própria casa pela deles! Como ela seria capaz de suportar? E se o perdessem por causa de Harriet, se devessem pensar a partir de então que ele encontrara na companhia de Harriet tudo o que desejava, se Harriet fosse a escolhida, a primeira, a mais querida, a amiga, a esposa a quem ele se voltava em busca das melhores bênçãos da existência, o que poderia aumentar a miséria de Emma, senão a certeza de que nunca estaria muito distante de sua mente, de que fora tudo obra dela?

Quando chegava a tal extremo, ela não conseguia refrear um sobressalto ou um suspiro pesado, ou mesmo deixar de andar pela sala por alguns segundos, e a única fonte de onde algo parecido com consolo ou compostura poderia ser extraído estava na própria determinação de adotar uma conduta melhor, na esperança de que, por mais inferiores que viessem a ser em animação e alegria o próximo e todos os invernos futuros de sua vida em comparação com o passado, ainda a encontrariam mais racional, mais familiarizada consigo mesma, e deixariam com menos de que se arrepender quando partissem.

Capítulo 13

O tempo continuou quase o mesmo na manhã seguinte, e a mesma solidão, a mesma melancolia, parecia reinar em Hartfield. À tarde, porém, o tempo clareou, o vento se tornou mais suave, as nuvens foram carregadas para longe, o sol apareceu. Era verão mais uma vez. Com todo o afã que tal mudança provoca, Emma decidiu estar fora de casa o mais rápido possível. Nunca a deslumbrante visão, o aroma, a sensação da natureza, tranquila, quente e brilhante depois de uma tempestade, haviam lhe sido mais atraentes. Ansiou pela serenidade que poderiam gradualmente produzir e, com a chegada do sr. Perry logo após o almoço, com uma hora livre para dedicar ao pai dela, Emma não perdeu tempo e caminhou até as sebes. Lá, com o ânimo revigorado e os pensamentos um pouco aliviados, ela havia dado algumas voltas quando viu o sr. Knightley passando pela porta do jardim e vindo em sua direção. Foi a primeira indicação de que ele tivesse retornado de Londres. Estivera pensando nele um momento antes, como inquestionavelmente a 25 quilômetros de distância. Havia tempo apenas para o mais rápido arranjo da mente. Precisava se mostrar contida e calma. Em meio minuto, eles estavam juntos. Os "como vai?" foram silenciosos, constrangidos de ambos os lados. Ela perguntou sobre seus amigos em comum. Estavam todos bem. Quando ele os deixou? Naquela manhã. Devia ter viajado sob chuva. Sim. Ela descobriu que ele vinha se juntar ela na sua caminhada. "Ele tinha acabado de dar uma olhada para a sala de jantar e, como não era necessário, preferia ficar ao ar livre." Ela não achou sua aparência nem seu tom de voz animados, e a primeira causa possível para isso, sugerida pelos temores dela, era que talvez ele tivesse comunicado seus planos ao irmão e ficado magoado com a maneira como foram recebidos.

Caminharam lado a lado. Ele ficou em silêncio. Ela achou que ele estava olhando repetidas vezes para ela, tentando obter uma visão mais completa de seu rosto do que lhe agradava mostrar. E essa ideia produziu outro pavor. Talvez ele quisesse falar com ela sobre sua afeição a Harriet. Poderia estar procurando o encorajamento para começar. Ela não se sentia, não podia sentir-se em condições de abrir caminho para tal assunto. Ele teria que fazer tudo por si. No entanto, ela não podia suportar esse silêncio. Com ele, não era natural. Ela considerou, decidiu e, tentando sorrir, começou:

— O senhor tem uma notícia para ouvir, agora que voltou, que vai surpreendê-lo bastante.

— Tenho? — disse ele num tom baixo, olhando para ela. — De que natureza?

— Ah! Da melhor natureza do mundo: um casamento.

Depois de esperar um momento, como se para ter certeza de que ela não pretendia dizer mais nada, ele respondeu:

— Se estiver se referindo ao da senhorita Fairfax e de Frank Churchill, já ouvi essa.

— Como é possível? — exclamou Emma, virando suas bochechas coradas para ele. Pois, enquanto ela falava, ocorreu-lhe que ele poderia ter ido à casa da sra. Goddard em seu caminho.

— Eu recebi um bilhete sobre os negócios da paróquia do senhor Weston esta manhã e, no final, ele me deu um breve relato do que tinha acontecido.

Emma ficou bastante aliviada e, poderia dizer agora, com um pouco mais de compostura:

— *O senhor* provavelmente ficou menos surpreso do que qualquer um de nós, pois teve suas suspeitas. Não me esqueci que uma vez tentou me alertar. Desejo que tivesse lhe dado atenção… mas — com uma voz fraca e um suspiro pesado — parece que estou condenada à cegueira.

Por um ou dois instantes nada foi dito, e ela acreditou que não despertara qualquer interesse particular, até que ela percebeu o próprio braço sendo enlaçado e puxado pelo dele e pressionado contra o coração do sr. Knightley, e o ouviu dizer, em um tom de grande sensibilidade, falando baixo:

— Tempo, minha querida Emma, o tempo curará a ferida. Sua enorme sensatez... seus esforços pelo bem de seu pai... sei que você não se permitirá...

Ela sentiu seu braço ser pressionado de novo, quando ele acrescentou, em um tom mais embargado e contido:

— Os sentimentos da mais calorosa amizade... Indignação... Canalha abominável!

E em um tom mais alto e firme, concluiu com:

— Ele logo terá partido. Logo eles estarão em Yorkshire. Sinto muito por *ela*. Ela merece um destino melhor.

Emma o compreendeu e, assim que pôde se recuperar da vibração de prazer excitada por tão terna consideração, respondeu:

— O senhor é muito bondoso, mas está enganado, e preciso corrigi-lo. Não preciso desse tipo de compaixão. Minha cegueira para o que estava acontecendo me levou a agir para com eles de uma maneira da qual sempre me envergonharei, e fui tolamente tentada a falar e fazer muitas coisas que podem muito bem me expor a conjecturas desagradáveis, mas não tenho nenhuma outra razão para lamentar que não saber do segredo antes.

— Emma! — Exclamou ele, olhando ansiosamente para ela. — Você está, de verdade? — controlando-se. — Não, não, eu entendo você, perdoe-me, estou contente que você possa dizer tanto. Ele não é motivo de arrependimento, é verdade! E não demorará muito, espero, para que isso seja reconhecido por algo mais do que a sua razão. É uma sorte que suas afeições não estavam mais envolvidas! Confesso que, baseado em sua atitude, não conseguia ter certeza da extensão dos seus sentimentos, apenas podia ter certeza de que havia uma preferência, uma preferência que eu nunca acreditei que ele merecesse. Ele é uma vergonha para a classe dos homens. E será recompensado com aquela doce jovem? Jane, Jane, será uma criatura infeliz.

— Senhor Knightley — disse Emma, tentando parecer animada, mas realmente confusa. — Estou em uma situação muito extraordinária. Não posso deixar o senhor continuar em seu erro e, no entanto, talvez, já minhas maneiras deram tal impressão, tenho tantos motivos para me envergonhar de confessar que nunca estive tão apegada à pessoa de quem estamos falando, quanto seria natural para uma mulher se sentir confessando exatamente o contrário. Mas nunca estive.

Ele ouviu em perfeito silêncio. Ela queria que ele falasse, mas ele não o fez. Ela supôs que deveria dizer mais antes de ter direito à clemência dele, mas era difícil ser obrigada a se rebaixar ainda mais em sua opinião. No entanto, ela continuou.

— Tenho muito pouco a dizer sobre minha própria conduta. Fui tentada pelas atenções dele e me permiti parecer satisfeita. Uma velha história, provavelmente, um caso comum e não mais do que aconteceu a centenas de outras como eu antes. Entretanto, pode não ser mais desculpável em alguém que, como eu, valoriza o entendimento. Muitas circunstâncias contribuíram para a tentação. Ele era filho do senhor Weston, ele estava sempre aqui, eu sempre o achei muito agradável e, em suma, pois — com um suspiro —, apesar de ter aumentado as causas de maneira tão engenhosa, todas elas se resumem a isso no fim das contas: minha vaidade foi adulada e aceitei as atenções dele. Ultimamente, porém, há um bom tempo, na verdade, não acreditava que tivessem algum significado. Eu as considerava um hábito, um jogo, nada que exigisse seriedade da minha parte. Ele me impôs, mas não me feriu. Eu jamais estive afeiçoada a ele. E agora compreendo razoavelmente o seu comportamento. Ele jamais quis minha afeição. Era apenas um truque para ocultar sua real situação com outra. O objetivo era iludir a todos ao seu redor, e tenho certeza que ninguém foi mais efetivamente iludida do que eu, exceto que eu *não* estava iludida, isso foi a minha sorte, que, em suma, eu estivesse de uma forma ou de outra a salvo dele.

Ela esperara por uma resposta agora, algumas palavras para dizer que sua conduta era pelo menos compreensível, mas ele permaneceu calado e, pelo que ela podia julgar, imerso em pensamentos. Por fim, quase em seu tom habitual, ele disse:

— Nunca tive uma opinião favorável sobre Frank Churchill. Posso supor, porém, que o tenha subestimado. Meu contato com ele foi insignificante. E mesmo que eu não o tenha subestimado até agora, ele ainda pode se sair bem. Com uma esposa como ela, ele tem uma chance. Não tenho motivo para desejar-lhe mal e, pelo bem dela, cuja felicidade estará ligada ao bom caráter e conduta dele, certamente lhe desejo bem.

— Não tenho dúvidas de que serão felizes juntos — disse Emma. — Eu acredito que são mutua e sinceramente afeiçoados um ao outro.

— Ele é um homem muito afortunado! — respondeu o sr. Knightley, com energia. — Tão cedo na vida, aos 23 anos, um período no qual, se um homem escolhe uma esposa, geralmente escolhe mal. Aos 23 anos, ter conquistado tal prêmio! Quantos anos de felicidade esse homem, em todos os cálculos humanos, tem pela frente! Seguro do amor de tal mulher, amor desinteressado, pois o caráter de Jane Fairfax atesta seu desinteresse, tudo está a favor dele: igualdade de situação, quero dizer, no que diz respeito à sociedade e a todos os hábitos e maneiras importantes, igualdade em todos os pontos, exceto um; e esse, já que a pureza do coração dela não pode ser duvidada, deve aumentar sua felicidade, pois ele poderá conceder as únicas vantagens que faltam a ela. Um homem sempre deseja dar a uma mulher um lar melhor do que aquele do qual ele a tira, e aquele que pode fazer isso, quando não há dúvidas do afeto *dela*, deve, penso eu, ser o mais feliz dos mortais. Frank Churchill é, de fato, favorecido pela fortuna. Tudo converge para o seu bem. Ele se encontra com uma moça em um balneário, ganha sua afeição, não consegue exauri-la nem mesmo com um tratamento negligente, e, se ele e toda a sua família procurassem em todo o mundo uma esposa perfeita para ele, não poderiam ter encontrado uma superior a ela. A tia dele se opõe. A tia falece. Ele precisa apenas falar. Seus amigos anseiam por promover sua felicidade. Ele abusou de todo mundo, e todos ficam felizes em perdoá-lo. Ele é um homem realmente afortunado!

— O senhor fala como se o invejasse.

— E eu o invejo, Emma. Em um aspecto, ele é alvo da minha inveja.

Emma não pôde dizer mais nada. Eles pareciam estar a meia frase de falar em Harriet, e seu desejo imediato foi evitar o assunto, se possível. Ela fez seu plano, falaria de algo totalmente diferente: as crianças de Brunswick Square. Ela só tomava fôlego para começar, quando o sr. Knightley a assustou, dizendo:

— Não vai me perguntar qual é o motivo da inveja. Está determinada, pelo que vejo, a não ter curiosidade. É sensata, mas *eu* não posso ser sensato. Emma, devo lhe dizer o que você não pergunta, embora você possa desejar que não seja dito no próximo momento.

— Oh! Então, não fale, não fale — exclamou ela bruscamente. — Leve algum tempo, reflita, não se comprometa.

— Obrigado — disse ele, num tom de profunda mortificação, e nenhuma outra sílaba se seguiu.

Emma não suportava causar-lhe dor. Ele desejava fazer-lhe uma confidência, talvez consultá-la. Não importava o quanto lhe custasse, ela ouviria. Ela poderia ajudá-lo a decidir ou a conformar-se com a decisão que já havia tomado. Poderia fazer justos elogios a Harriet ou, ao ressaltar para ele a própria independência, livrá-lo daquele estado de indecisão, que deveria ser mais intolerável do que qualquer alternativa para uma mente como a dele.

Haviam alcançado a casa.

— Vai entrar, suponho? — disse ele.

— Não — respondeu Emma, decidindo-se diante da maneira deprimida com que ele ainda falava. — Eu vou dar outra volta. O senhor Perry não foi embora — e, depois de dar alguns passos, ela acrescentou —, eu o interrompi de forma indelicada, ainda agora, senhor Knightley, e temo tê-lo magoado. Mas se o senhor deseja falar abertamente comigo como sua amiga, ou para pedir minha opinião sobre qualquer coisa que possa estar considerando, como verdadeira amiga, estou às suas ordens. Escutarei o que o senhor quiser dizer. Direi exatamente o que penso.

— Como uma amiga! — repetiu o sr. Knightley. — Emma, temo que essa seja uma palavra... Não, não desejo nada... Espere, sim, por que eu deveria hesitar? Eu já fui longe demais para ocultar... Emma, aceito sua oferta, por mais extraordinário que possa parecer, eu a aceito e confio-me a você como uma amiga. Diga-me, então: não tenho nenhuma chance de algum dia ter sucesso?

Ele parou em seu fervor para expressar sua dúvida, e a expressão nos seus olhos sobrepujou-a.

— Minha adorada Emma — disse ele —, pois minha adorada você sempre será, não importa qual seja o resultado dessa conversa, minha adorada e amada Emma... Diga-me de uma vez. Diga "não", se tiver que dizer.

Ela não pôde dizer nada.

— Está calada — exclamou ele, com grande agitação. — Completamente calada! Não perguntarei mais nada agora.

Emma estava a ponto de submergir na agitação desse momento. O medo de ser acordada do mais feliz dos sonhos era talvez o sentimento mais proeminente.

— Eu não sei fazer discursos, Emma — ele logo recomeçou, num tom de ternura tão sincera, decidida e inteligível que foi bastante convincente. — Se eu a amasse menos, talvez pudesse falar mais. Mas você sabe como sou. Não ouvirá nada além da verdade de mim. Eu acusei-a e dei-lhe sermões, e você suportou como nenhuma outra mulher na Inglaterra teria suportado. Aceite as verdades que eu lhe digo agora, adorada Emma, assim como suportou as outras. A maneira como são ditas, talvez, pode ter muito pouco para recomendá-las. Deus sabe que tenho sido um pretendente muito indiferente. Mas você me compreende. Sim, você compreende meus sentimentos e os retribuirá se puder. No momento, peço apenas para ouvir, uma única vez, a sua voz.

Enquanto ele falava, a mente de Emma estava muito ocupada e, com toda a maravilhosa velocidade do pensamento, fora capaz — mas sem perder uma palavra — de captar e compreender a verdade exata do todo e ver que as esperanças de Harriet eram inteiramente infundadas, um erro, uma ilusão, uma ilusão tão completa quanto qualquer outra das suas. Que Harriet não era nada para ele. Que ela mesma era tudo. Que o que ela estivera falando em relação a Harriet fora interpretado como a linguagem de seus próprios sentimentos, e que sua agitação, suas dúvidas, sua relutância, seu desencorajamento haviam todos sido recebidos como desencorajamento por parte dela mesma. E não só houve tempo para essas convicções, com todo o fulgor da felicidade que as acompanhava, houve tempo também para regozijar-se por não ter deixado escapar o segredo de Harriet e para decidir que não precisava e não devia. Isso era tudo o que ela podia fazer por sua pobre amiga agora, pois quanto a um desses heroísmos de sentimento que poderiam tê-la levado a suplicar a ele que transferisse sua afeição dela para Harriet, como sendo infinitamente a mais digna das duas, ou mesmo a mais simples sublimidade de decidir recusá-lo de uma vez por todas, sem revelar nenhum motivo, dado que ele não poderia se casar com as duas, Emma não os tinha. Ela sentia por Harriet, com dor e contrição, mas nenhum voo de descontrolada generosidade, opondo-se a tudo que poderia ser provável ou razoável, entrou em seu cérebro. Ela havia desencaminhado sua amiga, e isso seria uma vergonha para ela para sempre, mas seu julgamento era tão forte quanto seus sentimentos, e tão forte como nunca antes, ao reprovar qualquer aliança do tipo para ele, como sendo muito desigual e degradante. O caminho dela estava livre, embora não muito plano. Falou então, diante dessa súplica. O que disse? Exatamente o que deveria, é claro. Uma dama sempre o faz. Disse o bastante para mostrar que não precisa haver desespero e para convidá-lo a dizer mais ele mesmo. Ele *havia* perdido a esperança por um momento. Recebera tal imposição de cautela e silêncio, que esmagara todas as esperanças naquele instante. Ela começara recusando-se a ouvi-lo.

A mudança talvez tenha sido um tanto repentina. Quando ela propôs que dessem outra volta, retornando ao assunto ao qual havia acabado de pôr um fim, poderia ser um pouco extraordinária! Ela percebeu a incoerência, mas o sr. Knightley foi bastante amável a ponto de tolerar isso e não buscar nenhuma outra explicação.

Raramente, muito raramente, a verdade completa pertence a qualquer revelação humana. Raramente acontece de algo não estar um pouco dissimulado, ou um pouco equivocado. Mas onde, como nesse caso, embora a conduta esteja errada, os sentimentos não estão, isso pode não ser muito importante. O sr. Knightley não poderia atribuir a Emma um coração mais compassivo do que ela possuía, ou um coração mais disposto a aceitar o dele.

De fato, ele não desconfiara nem um pouco de sua própria influência. Ele a seguira até as sebes sem a menor ideia de pô-la à prova. Viera, em sua ansiedade para ver como ela estava reagindo ao noivado de Frank Churchill, sem nenhuma ideia egoísta, sem objetivo algum, fora se esforçar, se ela lhe desse uma abertura, para consolá-la ou aconselhá-la. O restante havia sido obra do momento, o efeito imediato daquilo que ouvira em seus sentimentos. A maravilhosa certeza da total indiferença dela para com Frank Churchill, de que o coração dela estava completamente livre, fizera nascer no sr. Knightley a esperança de que, com o tempo, ele próprio poderia ganhar o afeto dela, mas não havia sido uma esperança presente. Ele tinha apenas, na vitória momentânea da ânsia sobre o julgamento, aspirado a ouvir que ela não proibia sua tentativa de conquistá-la. As esperanças superiores que gradualmente se abriram eram muito mais encantadoras. A afeição que ele estivera pedindo permissão para criar, se pudesse, já era dele! Em meia hora, ele havia passado de um estado de espírito profundamente angustiado a algo tão parecido com a felicidade perfeita que não podia ter outro nome.

A mudança dela foi igual. Essa meia hora concedera a cada um a mesma certeza preciosa de ser amado, dispersara em cada um o mesmo grau de ignorância, ciúme ou desconfiança. Do lado dele, havia um ciúme antigo, datado da chegada, ou mesmo da expectativa da chegada, de Frank Churchill. Apaixonara-se por Emma e começara a sentir ciúmes de Frank Churchill, mais ou menos na mesma época, um sentimento provavelmente fazendo-o perceber o outro. Foi seu ciúme de Frank Churchill que o tirou do campo. O passeio até Box Hill o fizera se decidir a ir embora. Ele se pouparia de testemunhar de novo tais atenções permitidas e encorajadas. Havia partido para aprender a ser indiferente. Mas ele tinha ido para o lugar errado. Havia felicidade doméstica demais na casa de seu irmão. A mulher tomava uma forma amável demais ali; Isabella era parecida demais com Emma, diferindo apenas nas marcantes inferioridades, que sempre faziam a outra brilhar diante dele, por muito que tivesse a fazer, mesmo que seu tempo tivesse sido mais longo. Ele permaneceu, no entanto, firmemente, dia após dia, até que o correio dessa manhã lhe trouxesse a história de Jane Fairfax. Então, com a alegria que deveria ser sentida, não, que ele não tinha escrúpulos em sentir, nunca tendo acreditado que Frank Churchill merecesse Emma, estava lá tanta solicitude afetuosa, tanta ansiedade por ela, que ele não podia mais ficar. Ele havia cavalgado para casa sob chuva e ido até lá logo após o almoço para ver como ela, a mais doce e a melhor de todas as criaturas, perfeita apesar de todos os seus defeitos, estava suportando a descoberta.

Ele a encontrou agitada e abatida. Frank Churchill era um vilão. Ele a ouviu declarar que nunca amara o rapaz. O caráter de Frank Churchill ainda podia ser salvo. Ela era sua própria Emma, em mão e em palavra, quando eles voltaram para a casa, e, se ele pudesse ter pensado em Frank Churchill naquele momento, poderia tê-lo considerado um sujeito muito bom.

Capítulo 14

Que sentimentos totalmente diferentes Emma levou de volta para casa daqueles que havia levado para fora! Ela se atrevera a esperar apenas uma pequena trégua do sofrimento. Estava agora em uma deliciosa vibração de felicidade; ainda por cima, era uma felicidade que ela acreditava que seria ainda maior quando a vibração tivesse passado.

Sentaram-se para tomar chá, as mesmas pessoas ao redor da mesma mesa, quantas vezes estiveram reunidos! E quantas vezes os olhos de Emma haviam pousado sobre os mesmos arbustos no gramado e observado o mesmo lindo efeito do sol poente! Nunca em tal estado de espírito, porém, nunca sentindo algo semelhante, e foi com dificuldade que conseguira compor-se o suficiente para ser a atenciosa senhora da casa, ou mesmo a filha atenciosa.

O pobre senhor Woodhouse mal suspeitava do que se tramava contra ele no coração daquele homem a quem recebia com tanta cordialidade e esperava com tanta ansiedade que não tivesse se resfriado da cavalgada. Pudesse ter visto o coração, teria se importado muito com os pulmões, mas sem a mais distante suspeita do mal iminente, sem a menor percepção de qualquer coisa extraordinária na aparência ou nas maneiras de qualquer um dos dois, ele repetiu para eles de maneira muito tranquila todas as novidades que ouvira do sr. Perry e conversou muito contente, sem nenhuma suspeita do que eles poderiam ter contado a ele em troca.

Enquanto o sr. Knightley permaneceu com eles, a agitação de Emma continuou, mas quando ele se foi, ela começou a ficar um pouco mais tranquila e composta e, no decorrer da noite insone que fora o preço por uma tarde como aquela, ela encontrou um ou dois pontos muito sérios a considerar, que a fizeram sentir que mesmo a sua felicidade tinha alguma imperfeição. Seu pai e Harriet. Ela não podia ficar sozinha sem sentir todo o peso de suas reivindicações individuais, e como proteger ao máximo o conforto de ambos, era a questão. Com relação a seu pai, foi uma pergunta logo respondida. Ela mal sabia ainda o que o sr. Knightley perguntaria, mas uma conversa muito curta com o próprio coração produziu a resolução mais solene de nunca abandonar o pai. Ela até chorou ao pensar nisso, como se pecasse em pensamento. Enquanto ele vivesse, deveria ser apenas um noivado, mas ela se consolava com a ideia de que, sem o perigo de afastá--la, isso poderia se tornar algo que aumentaria a tranquilidade dele. Como fazer o melhor por Harriet era uma decisão mais difícil. Como poupá-la de qualquer dor desnecessária, como se redimir com ela, como parecer menos sua inimiga? Em relação a esses assuntos, sua perplexidade e angústia eram muito grandes, e sua mente tinha que passar repetidas vezes por cada amarga censura e doloroso remorso que alguma vez a havia cercado. Pôde apenas decidir por fim que ainda evitaria um encontro com Harriet e que comunicaria tudo o que fosse necessário por carta, que seria inexprimivelmente desejável que ela ficasse afastada de Highbury por um tempo e, cedendo a mais um plano, quase decidiu que seria praticável conseguir um convite para ela para ir a Brunswick Square. Isabella havia simpatizado com Harriet, e algumas semanas passadas em Londres poderiam proporcionar à moça alguma diversão. Ela não achava que fosse da natureza de Harriet deixar de se beneficiar com a novidade e a variedade, com as ruas, as lojas e as crianças. De qualquer forma, seria uma prova de atenção e bondade da própria parte, que tudo lhe devia, uma separação por ora, um adiamento do dia horrível no qual deveriam estar todos juntos mais uma vez.

Ela se levantou cedo e escreveu sua carta para Harriet, uma tarefa que a deixou tão séria, quase triste, que o sr. Knightley, ao ir até Hartfield para o café da manhã, de modo algum chegou cedo demais. Depois disso, meia hora roubada para trilhar de novo o mesmo caminho com ele, no sentido literal e figurado, foi absolutamente necessária para fazê-la recuperar uma boa parte da felicidade da tarde anterior.

Ele tinha deixado-a há pouco, tão pouco tempo que de maneira nenhuma seria capaz de pensar em qualquer outra pessoa, quando uma carta chegou de Randalls, uma carta muito grossa; ela adivinhou o que deveria conter e lamentou a necessidade de lê-lo. Ela agora tinha perfeita boa-vontade para com Frank Churchill. Não queria explicações, queria apenas ter seus pensamentos para si. Quanto a entender qualquer coisa que ele escrevesse, ela tinha certeza de que era incapaz de fazê-lo. Mas precisava fazer o esforço. Ela abriu o pacote. Era como pensava: um bilhete da sra. Weston, acompanhava a carta de Frank para a madrasta:

> *Tenho o maior prazer, minha querida Emma, em encaminhar-lhe o anexo. Sei que lhe fará a justiça mais completa e quase não tenho dúvidas de seu efeito positivo. Creio que nunca mais discordaremos significativamente sobre o remetente, mas não vou prendê-la com um longo prefácio. Estamos muito bem. Esta carta foi a cura para todo o pequeno nervosismo que tenho sentido ultimamente. Não gostei muito da sua aparência na terça-feira, mas foi uma manhã pouco aprazível e, embora você nunca admitirá ser afetada pelo clima, acho que todo mundo é afetado por um vento nordeste. Preocupei-me muito com seu querido pai durante a tempestade da tarde de terça e de ontem de manhã, mas tive o consolo de saber na noite passada, pelo sr. Perry, que não o deixou doente.*
>
> *Sempre sua,*
> *A. W.*

A seguir, a carta enviada pelo sr. Frank Churchill:

> *Para a sra. Weston.*
> *Windsor, julho.*
>
> *Minha cara senhora,*
> *Se eu me fiz compreender ontem, esta carta será esperada; mas esperada ou não, sei que será lida com candura e generosidade. A senhora é pura bondade, e acredito que haverá necessidade*

até mesmo de toda sua bondade para aceitar algumas partes de minha conduta passada. Mas fui perdoado por alguém que tinha ainda mais pelo que se ressentir. Minha coragem aumenta enquanto escrevo. É muito difícil para o afortunado ser humilde. Já tive tanto êxito em dois pedidos de perdão que corro o risco de acreditar que estou muito seguro do seu, e daqueles entre seus amigos que tiveram qualquer motivo de ofensa. Precisam se esforçar para compreender a exata natureza da minha situação quando cheguei a Randalls. Precisam levar em consideração que eu tinha um segredo que deveria ser mantido a todo custo. Essa era a situação. Meu direito de me colocar em uma situação que exigia tal ocultação é outra questão. Não a discutirei aqui. Quanto à minha tentação de pensar que tinha esse direito, remeto todos que a questionam a uma casa de tijolos, com janelas de guilhotina no andar de baixo e de caixilhos no de cima, em Highbury. Não ousei aproximar-me dela abertamente. Minhas dificuldades no estado de Enscombe então decerto são conhecidas demais para exigir explicação; e tive a sorte de ter êxito, antes de nos separarmos em Weymouth, e convencer a mais íntegra mente feminina da criação a se rebaixar em caridade a um noivado secreto. Se ela tivesse recusado, eu teria enlouquecido. A senhora, porém, deve estar pronta para dizer: qual era sua esperança ao fazer isso? O que esperava? Qualquer coisa, tudo: tempo, acaso, circunstâncias, efeitos demorados, rompantes, perseverança e cansaço, saúde e doença. Todas as possibilidades de bem estavam diante de mim, e a primeira das bênçãos estava garantida, ao obter as promessas de fidelidade e correspondência dela. Se precisar de mais explicações, tenho a honra, minha cara senhora, de ser filho de seu marido, e a vantagem de herdar uma inclinação a esperar o bem que nenhuma herança de casas ou terras pode jamais se igualar em valor. Então, nessas circunstâncias, cheguei para minha primeira visita a Randalls e nisso estou ciente de ter errado, pois aquela visita poderia ter sido feita antes. Ao olhar para trás, verá que não fui até que a srta. Fairfax estivesse em Highbury, e, como a senhora foi a ofendida, irá me perdoar em um instante. Mas devo apelar à compaixão de meu pai, lembrando-o que, enquanto eu me ausentava de sua casa, perdia a bênção de conhecê-la. Meu comportamento, durante a feliz quinzena que passei na companhia de ambos, não me deixou, espero, sujeito à repreensão, exceto em um aspecto. E agora chego ao ponto principal, à única parte importante de minha conduta em relação à senhora que desperta minha própria ansiedade, ou requer uma explicação muito solícita. Com o maior respeito e a mais calorosa amizade, menciono a srta. Woodhouse; meu pai talvez pense que eu deva acrescentar "com a mais profunda humilhação". Algumas palavras que ele deixou escapar ontem expressaram sua opinião, e reconheço merecer alguma censura. Meu comportamento para com a srta. Woodhouse insinuou, creio, mais do que deveria. A fim de auxiliar uma ocultação tão essencial para mim, fui levado a fazer mais um uso maior do que o permitido do tipo de intimidade na qual fomos imediatamente lançados. Não posso negar que a srta. Woodhouse era meu alvo ostensivo, mas tenho certeza de que a senhora irá acreditar na declaração de que se eu não estivesse convencido da indiferença dela, não teria sido induzido por quaisquer objetivos egoístas a prosseguir. Amável e encantadora como a srta. Woodhouse é, ela nunca me pareceu uma jovem passível de se afeiçoar, e que ela estava perfeitamente livre de qualquer tendência a se apegar a mim era tanto minha convicção quanto meu desejo. Ela recebia minhas atenções com um divertimento fácil, amigável e bem-humorado, que me convinha com perfeição. Parecíamos nos entender. Por nossa situação, essas atenções eram devidas a ela e assim o eram consideradas. Se a srta. Woodhouse começou a de fato me entender antes do fim daquela quinzena, não posso dizer. Quando a visitei para me despedir, lembro-me que eu estava prestes a confessar a verdade e, então, suspeitei que ela suspeitava, mas não tenho dúvidas de que desde então ela percebeu o que eu estava fazendo, ao menos em algum grau. Ela pode não ter compreendido o todo, mas sua sagacidade deve ter entendido uma parte. Não tenho dúvidas disso. A senhora descobrirá, quando o assunto estiver livre de suas atuais restrições, que ela não foi pega totalmente de surpresa. Com frequência ela me deu indicações disso. Lembro-me dela me dizendo no baile que eu devia gratidão à sra. Elton por suas atenções para com a srta. Fairfax. Espero que essa explicação de minha conduta em relação a ela seja admitida por você e por meu pai como uma grande atenuação do que viram de errado. Enquanto considerassem que eu tinha pecado contra Emma Woodhouse, eu não poderia merecer nada de qualquer um dos dois. Absolva-me agora e obtenha para mim, quando for permitido, a absolvição e os bons votos da dita Emma Woodhouse, a quem considero com tanto afeto fraterno a ponto de desejar vê-la tão profunda e alegremente apaixonada quanto eu. A senhora tem agora a explicação para todas as coisas estranhas que eu disse ou fiz naquela quinzena. Meu coração estava em Highbury, e meu objetivo era levar meu corpo para lá com a maior frequência possível e levantando o mínimo de suspeitas possível. Caso a senhora se recorde de alguma estranheza, coloque-as todas na conta certa. Quanto ao tão falado pianoforte, sinto apenas ser necessário dizer que sua compra fora feita sem qualquer conhecimento da parte da srta. F., que nunca teria permitido que eu o enviasse, se tivesse lhe dado escolha. A delicadeza da mente dela durante todo o noivado, minha cara senhora, está muito além da minha capacidade de fazer-lhe justiça. Em breve, espero com sinceridade, a senhora irá conhecê-la intimamente. Nenhuma descrição pode descrevê-la. Ela mesma deve dizer à senhora quem ela é, mas não por palavras, pois nunca houve criatura humana que omitisse de forma tão deliberada seu próprio mérito. Desde que comecei esta carta, que será mais longa do que previ, tive notícias dela. Ela afirma que sua saúde está boa, mas, como nunca reclama, não me atrevo a confiar nisso. Desejo saber a opinião da senhora sobre a aparência dela. Sei que a senhora irá visitá-la em breve; ela está apavorada à espera dessa visita. Talvez já a tenha feito. Peço que me responda sem demora, estou impaciente por mil detalhes. Lembre-se de como eu fiquei poucos minutos em Randalls, e quão perplexo, em que estado de desvario: e ainda não estou muito melhor, ainda louco de felicidade ou de tristeza. Quando penso na gentileza e favor que encontrei, na excelência e paciência dela e na generosidade de meu tio, fico louco de alegria, mas quando me recordo de todo o mal-estar que causei a ela, e de quão pouco mereço ser perdoado, enlouqueço de raiva. Se ao menos pudesse vê-la de novo! Mas não devo propor isso ainda. Meu tio tem sido bom demais para que eu abuse. Devo ainda acrescentar algo a essa longa carta. A senhora ainda não soube tudo o que deveria saber. Não pude dar nenhum detalhe coerente ontem, mas a rapidez e, sob certo aspecto, a intempestividade com que o caso veio à tona, precisa de explicação. Pois embora o acontecimento do último dia 26, como a senhora concluirá, de imediato abrisse para mim as perspectivas mais felizes, eu não teria tido a presunção de agir tão cedo, exceto pelas circunstâncias muito particulares que não me deixaram com nem um instante a perder. Por mim, eu teria evitado qualquer ação tão precipitada, e ela teria sentido cada escrúpulo meu com força e refinamento multiplicados. Mas não tive escolha. O compromisso apressado que ela havia firmado com aquela mulher... — Aqui, minha cara senhora, fui obrigado a parar abruptamente, para me acalmar e me recompor. Estive caminhando pelas redondezas e agora estou, espero, calmo o suficiente para escrever o restante da minha carta como deve ser escrita. Na verdade, essa é uma recordação muito mortificante para mim. Eu me comportei vergonhosamente. E aqui posso admitir que minhas maneiras para com a srta. W., por serem desagradáveis para a srta. F., foram altamente culpáveis. Ela as desaprovava, o que deveria ter bastado. Ela não considerou suficiente o meu argumento de que estava escondendo a verdade. Ela ficou descontente. Achei que ela não estava sendo razoável, achei-a, em mil ocasiões, desnecessariamente escrupulosa e cautelosa, achei-a até fria. Mas ela sempre estivera certa. Se eu tivesse seguido seu julgamento e acalmado meu espírito ao nível do que ela considerava adequado, eu teria escapado da maior infelicidade que já experimentei. Nós brigamos. A senhora se lembra da manhã passada em Donwell? Lá, cada pequena insatisfação que havia ocorrido antes provocou uma crise. Eu me atrasei; encontrei-a voltando para casa sozinha e quis acompanhá-la, mas ela não queria aceitar isso. Ela se recusou terminantemente a permitir que eu o fizesse, o que considerei muito irracional. Agora, porém, não vejo nisso nada além de um grau de discrição muito natural e consistente.

Enquanto eu, para cegar o mundo para o nosso noivado, estava me comportando numa hora com questionável parcialidade para com outra mulher, deveria ela consentir numa proposta que poderia ter tornado todas as precauções anteriores inúteis? Caso fôssemos vistos caminhando juntos entre Donwell e Highbury, a verdade teria sido suspeitada. Estava desatinado o suficiente, porém, para ficar ressentido. Eu duvidei de seu afeto. Duvidei ainda mais no dia seguinte em Box Hill, quando, provocada por tal conduta da minha parte, por minha negligência tão vergonhosa e insolente para com ela, e por minha aparente devoção à srta. W., como teria sido impossível a qualquer mulher sensata suportar, ela expressou seu ressentimento de uma maneira perfeitamente compreensível para mim. Em suma, cara senhora, foi uma briga irrepreensível da parte dela, abominável da minha. Voltei na mesma noite a Richmond, embora pudesse ter ficado em Randalls até a manhã seguinte, simplesmente porque estava disposto a ficar o mais zangado possível com ela. Mesmo então, eu não era tolo a ponto de não querer me reconciliar com o tempo, mas eu era a pessoa ferida, ferida pela frieza dela, e parti determinado que ela teria que dar o primeiro passo. Serei sempre grato pela senhora não ter feito parte do grupo de Box Hill. Caso a senhora tivesse testemunhado meu comportamento lá, eu dificilmente poderia imaginar que a senhora voltaria a pensar bem de mim. O efeito que exerceu sobre ela ficou claro na resolução imediata que produziu: assim que ela descobriu que eu, de fato, havia ido embora de Randalls, ela aceitou a oferta daquela intrometida sra. Elton, cujo tratamento em relação a ela, a propósito, sempre me encheu de indignação e raiva. Não devo questionar um espírito de paciência que tão amplamente se estendeu a mim, mas, por outro lado, eu protestaria com veemência contra o quanto aquela mulher exigiu. "Jane", de fato! A senhora observará que ainda não me dei ao luxo de chamá-la por esse nome, mesmo nessa carta. Pense, então, no que devo ter suportado ao ouvi-lo ser alardeado entre os Elton com toda a vulgaridade da repetição desnecessária e toda a insolência da superioridade imaginária. Tenha paciência comigo, em breve terei terminado. Aceitou a oferta, decidindo romper comigo por completo, e escreveu no dia seguinte para me dizer que nunca nos veríamos de novo. Considerava o noivado uma fonte de sofrimento e infelicidade para ambos e por isso o rompia. Essa carta foi-me entregue na manhã da morte de minha pobre tia. Respondi dentro de uma hora, mas pela confusão de minha mente e a multiplicidade de assuntos que despencavam sobre mim de uma vez, minha resposta, em vez de ser enviada com todas as muitas outras cartas daquele dia, foi trancada em minha escrivaninha; e eu, confiando ter escrito o suficiente, embora apenas algumas linhas, para satisfazê-la, permaneci sem qualquer inquietação. Fiquei bastante desapontado por não receber uma resposta dela logo, mas encontrei desculpas para ela e estava muito ocupado e — devo acrescentar? — otimista demais em minhas ideias para ser capcioso. Retiramo-nos para Windsor, e dois dias depois recebi um pacote dela com minhas próprias cartas todas devolvidas! E algumas linhas ao mesmo tempo pelo correio, declarando sua extrema surpresa por não ter recebido a menor resposta para a última dela, e acrescentando que, como o silêncio sobre tal assunto não podia ser mal interpretado e como devia ser igualmente desejável para ambos ter todos os arranjos relacionados concluídos o mais rápido possível, ela agora me enviava, por meio de um transporte seguro, todas as minhas cartas e pedia, que se eu não pudesse reunir as dela de imediato, de modo a enviá-las para Highbury dentro de uma semana, eu deveria encaminhá-las após esse período para ela em... resumindo, o endereço completo para a casa do sr. Smallridge, perto de Bristol, estava diante de meus olhos. Eu sabia o nome, o lugar, sabia tudo sobre o assunto, e imediatamente entendi o que ela estivera fazendo. Estava perfeitamente de acordo com a firmeza de caráter que eu sabia que ela possuía, e o sigilo que ela havia mantido, quanto a qualquer um desses desígnios em sua carta anterior, era igualmente descritivo de sua ansiosa delicadeza. Pois por nada no mundo ela ia querer parecer me ameaçar. Imagine o choque, imagine como, até que de fato detectei meu próprio erro, delirei com os erros do correio. O que deveria fazer? Apenas uma coisa. Devia falar com meu tio. Sem sua aprovação, eu não poderia esperar ser ouvido novamente. Conversei com ele; as circunstâncias estavam a meu favor. O acontecimento recente havia suavizado seu orgulho e ele ficou, antes do que eu poderia ter previsto, totalmente reconciliado e de acordo e, por fim, pôde dizer — pobre homem! —, com um suspiro profundo, que desejava que eu pudesse encontrar tanta felicidade no matrimônio quanto ele havia encontrado. Senti que seria de um tipo diferente. A senhora está disposta a ter pena de mim pelo que devo ter sofrido ao revelar tudo para ele, pela minha expectativa enquanto tudo estava em jogo? Não, não tenha pena de mim até que eu tenha chegado a Highbury e visto como a fiz adoecer. Não tenha pena de mim até que eu a tenha visto abatida e doentia. Cheguei a Highbury na hora do dia em que, pelo meu conhecimento da hora tardia do desjejum delas, tinha certeza de ter uma boa chance de encontrá-la sozinha. Não fui desapontado e, por fim, também não fiquei desapontado com o objetivo de minha viagem. Precisei afastar uma grande quantidade de desagrado, muito razoável e justo. Mas está feito. Estamos reconciliados, mais apegados, muito mais apegados do que nunca, e nenhum momento de inquietação pode existir entre nós novamente. Agora, minha cara senhora, vou liberá-la, mas não podia concluir antes. Milhares e milhares de agradecimentos por toda a bondade que sempre teve para comigo, e dez mil pelas atenções que seu coração ditará para com ela. Se considera que sou mais feliz do que mereço, estou totalmente de acordo. A senhorita W. me chama de filho da boa sorte. Espero que esteja certa. Em um aspecto, minha boa sorte é indiscutível, a de poder assinar como,

Seu agradecido e afetuoso filho,
F. C. WESTON CHURCHILL.

Capítulo 15

Essa carta tocou os sentimentos de Emma. Ela foi obrigada, apesar de sua determinação anterior em contrário, a fazer toda a justiça que a sra. Weston predisse que faria. Assim que chegou ao próprio nome, foi irresistível. Cada linha relacionada a si era interessante e quase todas agradáveis. Quando esse encanto cessou, o tema ainda manteve seu interesse, pelo retorno natural de seu antigo carinho pelo autor e pela atração muito forte que qualquer imagem de amor tinha para ela naquele momento. Ela não parou até que tivesse lido tudo e, embora fosse impossível não sentir que ele havia errado, ainda assim, ele havia errado menos do que ela supôs — e ele sofrera e estava muito arrependido —, e ele era tão grato à sra. Weston e tão apaixonado pela srta. Fairfax, e ela própria estava tão feliz, que não havia como ser severa. Se ele tivesse entrado na sala, ela teria apertado a mão dele tão calorosamente quanto antes.

Ela pensou tão bem na carta que, quando o sr. Knightley apareceu, desejou que ele a lesse. Tinha certeza de que sra. Weston gostaria que fosse compartilhada, especialmente com alguém que, como o sr. Knightley, vira tantos motivos para reprovar a conduta do rapaz.

— Ficarei muito feliz em examiná-la — disse ele —, mas parece longa. Vou levá-la para casa comigo à noite.

Mas isso não serviria. O sr. Weston deveria visita-los à noite, e ela deveria devolvê-la por ele.

— Prefiro conversar com você — respondeu ele —, mas, como parece uma questão de justiça, será feita.

Ele começou, no entanto, logo em seguida interrompeu a leitura para dizer:

— Se eu tivesse recebido uma das cartas deste cavalheiro por meio da madrasta dele, alguns meses atrás, Emma, não teria sido recebida com tanta indiferença.

Ele avançou um pouco mais, lendo para si mesmo e, então, com um sorriso, observou:

— Hum! Uma bela introdução lisonjeira. Mas é o jeito dele. O estilo de um homem não deve ser a regra de outro. Não sejamos severos.

— Será natural para mim — acrescentou ele logo depois —, expressar minha opinião em voz alta enquanto leio. Ao fazer isso, sinto que estou perto de você. Não será uma perda de tempo tão grande, mas se não gostar...

— De jeito nenhum. Eu desejaria.

O sr. Knightley voltou a ler com maior alacridade.

— Ele brinca aqui — disse ele —, sobre a tentação. Ele sabe que está errado e não tem nada de racional a apresentar. Mau. Ele não deveria ter formado o noivado. "A disposição do pai'"; ele é injusto, porém, para com o pai. O temperamento otimista do sr. Weston é uma bênção em todos os seus esforços corretos e honrados, mas o sr. Weston fez por merecer todos os seus atuais confortos antes de se tentar para obtê-los. É bem verdade, ele não veio até que a srta. Fairfax estivesse aqui.

— E eu não esqueci — disse Emma —, de como você tinha certeza de que ele poderia ter vindo antes, se quisesse. Omite muito bem, mas estava completamente certo.

— Não fui muito imparcial em meu julgamento, Emma, mas ainda assim, eu acho... se *você* não estivesse envolvida, eu ainda teria desconfiado dele.

Quando chegou à parte que falava da srta. Woodhouse, foi obrigado a ler tudo em voz alta, tudo o que se referia a ela, com um sorriso, um olhar, um aceno de cabeça, uma ou duas palavras de concordância ou desaprovação, ou apenas de amor, conforme o assunto exigia, concluindo, porém, com seriedade e, após firme reflexão, dessa forma:

— Muito ruim, embora pudesse ter sido pior. Jogando um jogo muito perigoso. Devendo demais ao evento para sua absolvição. Incapaz de julgar o próprio comportamento para com você. Sempre enganado pelos próprios desejos e indiferente a quase tudo além da própria conveniência. Imaginando que você tivesse descoberto seu segredo. É bem natural! A própria mente cheia de intrigas fazia com que suspeitasse isso dos outros. Mistério e sutileza, como pervertem o entendimento! Minha Emma, isso tudo não serve para provar cada vez mais a beleza da verdade e da franqueza em todas as nossas relações?

Emma concordou e, com um rubor de sensibilidade por causa de Harriet, pelo que não poderia dar uma explicação sincera.

— É melhor continuar — disse ela.

Ele obedeceu, mas logo parou de novo para dizer:

— O pianoforte! Ah! Esse foi o ato de um homem muito, muito jovem, jovem demais para considerar se a inconveniência não excederia em muito o prazer. Um plano infantil, na verdade! Não consigo compreender um homem desejar dar a uma mulher qualquer prova de afeto que ele sabe que ela preferiria recusar, e ele sabia que ela teria impedido a vinda do instrumento se pudesse.

Depois disso, fez algum progresso sem qualquer pausa. A confissão de Frank Churchill de ter se comportado vergonhosamente foi a primeira coisa a exigir mais do que uma palavra breve.

— Concordo perfeitamente com o senhor — foi então o seu comentário. — Comportou-se de maneira muito vergonhosa. Jamais escreveu uma linha mais verdadeira.

E tendo lido o que se seguiu imediatamente, sobre a razão de seu desentendimento e sua persistência em agir em oposição direta ao senso de correção de Jane Fairfax, fez uma pausa mais completa para dizer:

— Isso é muito ruim. Ele a convenceu a colocar a si mesma, pelo bem dele, em uma situação de extrema dificuldade e desconforto, e o primeiro objetivo dele deveria ter sido impedi-la de sofrer desnecessariamente. Ela deve ter tido muito mais dificuldades para continuar a correspondência do que ele. Ele deveria ter respeitado até mesmo os escrúpulos irracionais, caso existissem, mas os dela eram todos razoáveis. Devemos olhar para o único erro dela e lembrar que fez uma coisa errada ao consentir com o noivado, para suportar que ela tenha passado por tal estado de punição.

Emma sabia que ele estava chegando à parte do passeio a Box Hill e ficou desconfortável. O próprio comportamento havia sido tão impróprio! Ela estava profundamente envergonhada e um pouco receosa do próximo olhar dele. Tudo foi lido, no entanto, de forma constante, atenta e sem a menor observação; exceto por uma olhadela na direção dela, logo desviada, por medo de causar dor, nenhuma lembrança de Box Hill parecia existir.

— Não há muito o que dizer em defesa da delicadeza de nossos bons amigos, os Elton — foi sua observação seguinte. — Os sentimentos dele são naturais… Como! De fato, resolver romper por completo com ele! Ela sentia que o noivado era uma fonte de remorso e miséria para ambos, ela o rompeu. Que noção isso dá da percepção que tinha do comportamento dele! Bem, ele deve ser um dos mais extraordinários…

— Não, não, continue lendo. Descobrirá o quanto ele sofre.

— Espero que sim — respondeu o sr. Knightley friamente, retomando a carta. — "Smallridge!" O que isso significa? O que é tudo isso?

— Ela havia se comprometido a trabalhar como governanta para os filhos da senhora Smallridge, uma amiga querida da senhora Elton, uma vizinha de Maple Grove. A propósito, pergunto-me: como a senhora Elton está suportando a decepção?

— Não diga nada, minha querida Emma, enquanto me obriga a ler, nem mesmo sobre a senhora Elton. Apenas mais uma página. Terminarei em breve. Que carta o homem escreve!

— Gostaria que você lesse com um espírito mais generoso para com ele.

— Bem, *há* sentimento aqui. Ele de fato parece ter sofrido ao encontrá-la doente. É verdade, não posso ter dúvidas de que gosta dela. "Querida, muito mais querida do que nunca." Espero que por muito tempo continue a sentir todo o valor dessa reconciliação. Ele é muito generoso em seus agradecimentos, com seus milhares e dezenas de milhares. "Mais feliz do que mereço." Bem, ao menos reconhece. "A srta. Woodhouse me chama de filho da boa fortuna." Essas foram as palavras da senhorita Woodhouse, não foram? E um belo final… Aí está a carta. O filho da boa sorte! Era assim que o chamava, não é?

— Não parece tão satisfeito com a carta dele quanto eu, mas ainda assim deve, pelo menos eu espero, pensar melhor dele devido a ela. Espero que tenha servido para deixá-lo em melhor posição com o senhor.

— Sim, com certeza serviu. Ele cometeu grandes erros, erros de falta de consideração e negligência, e concordo muito com sua opinião de pensar que ele provavelmente será mais feliz do que ele merece; contudo, como ele é, sem dúvida, realmente apegado à senhorita Fairfax, e em breve, pode-se esperar, terá a vantagem de estar constantemente com ela, estou pronto para acreditar que seu caráter irá melhorar e adquirir pelo dela a firmeza e a delicadeza de princípios que faltam a ele. E agora, deixe-me falar com você sobre outra coisa. Trago tanto no coração o interesse de outra pessoa que não consigo mais pensar em Frank Churchill. Desde que a deixei essa manhã, Emma, minha mente tem trabalhado arduamente em um assunto.

O assunto seguiu, em um inglês simples, sem afetação e cavalheiresco, como o sr. Knightley usaria até com a mulher por quem estava apaixonado: como pedir-lhe em casamento, sem ferir a felicidade de seu pai. A resposta de Emma estava pronta na primeira palavra: "Enquanto seu amado pai estivesse vivo, qualquer mudança de condição seria impossível para ela. Ela jamais poderia deixá-lo." Todavia, somente parte dessa resposta foi aceita. A impossibilidade de ela deixar o pai o sr. Knightley sentia tão fortemente quanto ela; mas a inadmissibilidade de qualquer outra mudança, ele não podia aceitar. Ele estivera pensando sobre isso profunda e intensamente. A princípio, teve a esperança de convencer o sr. Woodhouse a se mudar com ela para Donwell. Ele quis acreditar que seria possível, mas seu conhecimento do sr. Woodhouse não permitiria que ele se enganasse por muito tempo, e agora ele confessou sua convicção de que tal mudança seria um risco para o bem-estar do pai dela, talvez até mesmo para sua vida, que não deve ser arriscada. O sr. Woodhouse ser removido de Hartfield! Não, ele sentia que não devia ser tentado. Mas para o plano que surgira após o sacrifício desse, ele acreditava que sua querida Emma não teria nenhuma objeção. Era que ele mesmo deveria ser recebido em Hartfield, que, enquanto a felicidade do pai dela — em outras palavras, sua vida — exigisse que Hartfield continuasse sendo o lar de Emma, seria também o dele.

Sobre todos se mudarem para Donwell, Emma já tivera seus próprios pensamentos passageiros. Como ele, ela havia cogitado o esquema e o rejeitado, mas uma alternativa como essa não lhe ocorrera. Ela percebia todo o carinho que demonstrava. Pensou que, ao deixar Donwell, ele deveria estar sacrificando uma grande dose de independência de horários e hábitos, que morando constantemente com o pai dela, numa casa que não lhe pertencia, teria que suportar muita, muita coisa. Ela prometeu considerar a ideia e o aconselhou a pensar mais, mas ele estava totalmente convencido de que nenhuma reflexão poderia alterar seus desejos ou sua opinião sobre o assunto. Ele havia, podia garantir, deliberado longa e calmamente. Passara a manhã inteira fugindo de William Larkins para ter seus pensamentos para si mesmo.

— Ah! Aí está uma dificuldade não prevista — exclamou Emma. — Tenho certeza de que William Larkins não vai gostar. Deve obter o consentimento dele antes de pedir o meu.

Ela prometeu, no entanto, pensar no assunto e quase prometeu, aliás, pensar com a intenção de achar que era um plano muito bom.

É notável que Emma, nos muitos, muitos pontos de vista nos quais estava começando agora a considerar a Abadia de Donwell, em momento algum tenha sido atingida por qualquer senso de injustiça contra seu sobrinho Henry, cujos direitos como futuro herdeiro haviam sido considerados com tanta tenacidade no passado. Ela devia pensar na possível diferença para o pobre menino e, no entanto, apenas sorriu para si mesma de modo atrevido e encabulado e se divertiu ao encontrar a verdadeira causa daquela violenta aversão ao casamento do sr. Knightley com Jane Fairfax, ou com qualquer outra, que na época ela havia imputado totalmente à amável solicitude de irmã e tia.

Essa proposta dele, esse plano de se casar e continuar em Hartfield, quanto mais ela pensava nisso, mais agradável se tornava. Os males para ele pareciam diminuir, as vantagens para ela, aumentar, o bem que proporcionaria a ambos parecia compensar todas as desvantagens. Tal companheiro nos períodos de ansiedade e tristeza diante dela! Tal companheiro em todos os deveres e cuidados cuja melancolia o tempo deveria aumentar!

Ela teria ficado feliz demais se não fosse pela pobre Harriet, mas todas as suas próprias bênçãos pareciam envolver e promover o sofrimento de sua amiga, que agora devia até mesmo ser excluída de Hartfield. Da encantadora família que Emma estava garantindo para si mesma, a pobre Harriet deveria, por mera cautela caridosa, ser mantida à distância. Ela sairia perdedora em todos os aspectos. Emma não podia lamentar a futura ausência dela como algo que reduziria o próprio contentamento. Em tal família, Harriet seria mais um peso morto do que outra coisa, mas, para a pobre moça, parecia uma necessidade peculiarmente cruel colocá-la em tal estado de punição imerecida.

Com o tempo, é claro, o sr. Knightley seria esquecido, ou melhor, suplantado, mas não se poderia esperar que isso acontecesse muito cedo. O próprio sr. Knightley não faria nada para ajudar na cura — diferentemente do sr. Elton. O sr. Knightley, sempre tão gentil, tão sensível, tão verdadeiramente atencioso para com todos, jamais mereceria ser menos adorado do que agora, e era realmente demais esperar até mesmo de Harriet que ela pudesse se apaixonar por mais de *três* homens em um ano.

Capítulo 16

Foi um grande alívio para Emma descobrir que Harriet desejava tanto quanto ela evitar um encontro. A comunicação delas foi dolorosa o suficiente por carta. Quão pior seria se tivessem sido obrigadas a se encontrar!

Harriet respondeu bem como se poderia supor, sem censuras ou aparente senso de ter sido maltratada, e, no entanto, Emma imaginou que havia um sinal de rancor, algo que beirava isso em seu estilo, que aumentava o desejo de ficarem separadas. Poderia ser apenas sua própria consciência, mas parecia que apenas um anjo poderia não se ressentir de tal golpe.

Ela não teve dificuldade em conseguir o convite de Isabella e teve a sorte de ter uma razão suficiente para pedir, sem recorrer a invenções. Havia um problema num dente. Harriet realmente desejava, e havia desejado por algum tempo, consultar um dentista. A sra. John Knightley ficou encantada em ser útil. Qualquer problema de saúde era interessante para ela e, embora não gostasse tanto de um dentista como do sr. Wingfield, ela estava muito disposta a ter Harriet sob seus cuidados. Quando isso foi decidido por parte da irmã, Emma propôs o plano para a amiga e a encontrou muito persuadível. Harriet iria. Havia sido convidada a passar pelo menos quinze dias. Seria transportada na carruagem do sr. Woodhouse. Tudo havia sido arranjado, tudo foi completado, e Harriet estava segura em Brunswick Square.

Agora Emma podia, de fato, desfrutar das visitas do sr. Knightley, agora podia falar e ouvir com verdadeira felicidade, sem ser reprimida pelo sentimento de injustiça, de culpa, de algo mais doloroso que a assombrava quando se lembrava o quão decepcionado estava um coração próximo a ela, o quanto poderiam, naquele momento e a pequena distância, estar suportando os sentimentos que ela mesma havia induzido ao erro.

A presença de Harriet na casa da sra. Goddard ou em Londres talvez tenha feito uma diferença irracional nas emoções de Emma, mas ela não conseguia pensar em Harriet em Londres sem alvos para sua curiosidade e ocupações que deviam estar afastando o passado e fazendo-a se esquecer de si mesma.

Ela não permitiu que nenhuma outra ansiedade sucedesse de imediato ao lugar em sua mente que Harriet ocupara. Havia uma comunicação diante dela, uma que competia somente a *ela:* a confissão de seu noivado para o pai, mas ela decidiu não fazer isso no momento. Resolvera adiar a revelação até que a sra. Weston estivesse sã e salva. Nenhuma agitação adicional deveria ser lançada neste período entre seus entes queridos, e o mal não agiria sobre ela mesma antes do tempo designado. Uma quinzena, pelo menos, de tranquilidade e paz de espírito para coroar cada encanto mais caloroso, porém, mais agitado, deveria ser dela.

Logo resolveu, igualmente por dever e por prazer, dedicar meia hora desse feriado do espírito para visitar a srta. Fairfax. Devia ir e estava ansiosa para vê-la. A semelhança de suas situações atuais aumentando todas as outras razões para boa vontade. Seria uma satisfação *secreta*, mas a ciência de uma semelhança de perspectivas com certeza aumentaria o interesse com que ela prestaria atenção a qualquer coisa que Jane pudesse falar.

Ela foi, a carruagem a levara em vão uma vez até a porta, mas não entrara na casa desde a manhã depois de Box Hill, quando a pobre Jane estava em tal agonia que a encheu de compaixão, embora não suspeitasse do pior de seus sofrimentos. O receio de ainda não ser bem-vinda a fez decidir, embora tivesse recebido a garantia de que elas estavam em casa, a esperar na passagem e pedir que a anunciassem. Ela ouviu Patty anunciá-la, mas nenhuma agitação se seguiu como a pobre srta. Bates fizera antes tão felizmente inteligível. Não, ela não ouviu nada além da resposta imediata: "Peça-lhe para subir", e um momento depois ela foi recebida na escada pela própria Jane, que avançava com ansiedade, como se nenhuma outra recepção sua fosse considerada suficiente. Emma nunca a vira com aparência tão boa, tão adorável, tão cativante. Havia acanhamento, animação e ternura, havia tudo que sempre faltara a seu semblante ou maneiras. Adiantou-se oferecendo a mão e disse, em um tom baixo, mas muito emocionado:

— É muita gentileza, de fato! Senhorita Woodhouse, é impossível para mim expressar... espero que acredite... Desculpe-me por estar totalmente sem palavras.

Emma ficou gratificada e não teria mostrado falta de palavras se o som da voz da sra. Elton vinda da sala de estar não a tivesse interrompido e tornado oportuno concentrar todos os seus sentimentos de amizade e felicitação em um aperto de mão muito, muito sincero.

A sra. Bates e a sra. Elton estavam juntas. A srta. Bates estava fora, o que explicava a tranquilidade anterior. Emma teria desejado que a sra. Elton estivesse em outro lugar, mas ela estava com humor para ter paciência com todos e, como a sra. Elton a recebeu com uma cordialidade incomum, Emma esperava que o encontro imprevisto não lhes fizesse mal.

Logo acreditou que penetrara nos pensamentos da sra. Elton e entendera por que esta, assim como ela própria, estava de bom humor. Acreditava ser a confidente da srta. Fairfax e imaginava que sabia de algo que ainda era um segredo para outras pessoas. De imediato, Emma viu os sintomas disso na sua expressão e, enquanto fazia seus cumprimentos à sra. Bates e aparentava estar atenta às respostas da boa e velha senhora, viu-a, com uma espécie de ostentação ansiosa de mistério, dobrar uma carta que aparentemente estivera lendo em voz alta para a srta. Fairfax e recoloca-la na retícula roxa e dourada ao seu lado, dizendo, com acenos de cabeça significativos:

— Podemos terminar isso outra hora, sabe. Não nos faltarão oportunidades. E, de fato, já ouviu todo o essencial. Queria apenas provar-lhe que a senhora S. aceita nossas desculpas e não está ofendida. Vê como ela escreve lindamente. Oh! É uma doce criatura! Você iria adorá-la, se tivesse ido. Mas nem uma palavra mais. Sejamos discretas, vamos manter nosso comportamento. Caladas! Lembra-se daqueles versos... eu esqueci o poema neste momento:

Pois quando há uma dama em questão,
Sabe-se que de todas as outras se abre mão.

— Agora digo, minha querida, no *nosso* caso, no lugar de *dama*, leia... Psiu! Para bom entendedor... Estou em um ótimo estado de espírito, não é?

Mas quero tranquilizar seu coração quanto à senhora S. *Minha* representação, entende, a acalmou bastante.

E, novamente, quando Emma apenas virou a cabeça para olhar o tricô da sra. Bates, ela acrescentou, em um meio sussurro:

— Eu não mencionei *nomes*, vai observar. Oh, não! Cautelosa como ministro de Estado. Eu administrei tudo extremamente bem.

Emma não podia duvidar. Foi uma demonstração palpável, repetida em todos os momentos possíveis. Quando conversaram um pouco em harmonia sobre o clima e a sra. Weston, ela se viu abruptamente abordada:

— Não acha, senhorita Woodhouse, que nossa travessa amiguinha aqui está encantadoramente recuperada? Não pensa que a cura dela dá a Perry o maior crédito? — dirigiu um olhar de soslaio de grande significado para Jane. — Estou maravilhada, Perry a restaurou em um curto espaço de tempo maravilhoso! Ah! Se a tivesse visto, como eu, quando ela estava pior!

E quando a sra. Bates estava dizendo algo a Emma, sussurrou mais adiante:

— Não falaremos uma palavra de qualquer *ajuda* que Perry possa ter, nem uma palavra sobre certo jovem médico de Windsor. Oh, não! Perry terá todo o crédito.

— Quase não tive o prazer de vê-la, senhorita Woodhouse — ela começou logo depois —, desde o passeio a Box Hill. Passeio muito agradável. Mas ainda acho que havia algo faltando. As coisas não pareciam… isto é, parecia haver uma pequena nuvem sobre os espíritos de alguns. Foi o que me pareceu, pelo menos, mas posso estar enganada. No entanto, creio que foi bom o bastante para nos tentar a ir novamente. O que dizem de reunirmos o mesmo grupo e explorarmos Box Hill novamente, enquanto durar o bom tempo? Deve ser o mesmo grupo, sabe, exatamente o mesmo, sem *uma* exceção.

Logo depois disso, a srta. Bates entrou, e Emma não pôde deixar de se distrair com a perplexidade de sua primeira resposta a ela, resultante, supôs, da dúvida sobre o que podia ser dito e da impaciência de dizer tudo.

— Obrigada, cara senhorita Woodhouse, é a gentileza em pessoa. É impossível dizer… Sim, com certeza, entendo muito bem… as perspectivas da querida Jane… isto é, não quero dizer. Mas ela está encantadoramente recuperada. Como vai o senhor Woodhouse? Fico tão feliz. Totalmente fora de meu alcance. Um grupinho tão feliz como esse no qual nos encontra aqui. Sim, de fato. Rapaz encantador! Isto é… muito amigável. Quero dizer, o bom senhor Perry! Tanta atenção para com Jane!

E por seu grande, mais do que comumente grato, deleite pela sra. Elton estar lá, Emma adivinhou que devia ter havido uma pequena demonstração de ressentimento para com Jane, vinda do vicariato, que estava agora graciosamente superado. Na verdade, depois de alguns sussurros que não deixaram dúvidas, a sra. Elton, falando mais alto, disse:

— Sim, estou aqui, minha boa amiga, e aqui estou há tanto tempo que em qualquer outro lugar acharia necessário pedir desculpas, mas, a verdade é que estou esperando por meu senhor e mestre. Ele prometeu se juntar a mim aqui e prestar seus respeitos a você.

— O quê? Teremos o prazer de uma visita do senhor Elton? Será um favor, de fato! Pois sei que os cavalheiros não gostam de visitas matinais, e o tempo do senhor Elton é tão precioso.

— Dou-lhe minha palavra, senhorita Bates. Ele está muito ocupado de manhã à noite. É um sem fim de pessoas vindo em busca dele, sob um pretexto ou outro. Os magistrados, supervisores e fabriqueiros estão sempre querendo a opinião dele. Parecem não ser capazes de fazer nada sem ele. Muitas vezes digo: "Sinceramente, senhor E., melhor você do que eu. Não sei o que seria dos meus lápis de cor e do meu instrumento, se tivesse a metade de tantos solicitantes." Está ruim o bastante como está, pois com certeza já os negligencio num grau imperdoável. Acredito que não toquei uma nota nessa quinzena. No entanto, ele está vindo, asseguro-lhe. Sim, é verdade, com o propósito de visitar todas vocês.

E erguendo a mão para esconder as palavras de Emma:

— Uma visita de congratulações, entende. Ah, sim, completamente indispensável.

A srta. Bates olhou em volta, tão alegre!

— Ele prometeu vir se juntar a mim assim que terminasse seu assunto com Knightley; mas ele e Knightley estão trancados em profunda consulta. O senhor E. é o braço direito de Knightley.

Emma não teria sorrido por nada no mundo, e apenas disse:

— O senhor Elton foi a pé para Donwell? Sentirá calor durante a caminhada.

— Ah! Não, é uma reunião na Crown, uma reunião habitual. Weston e Cole também estarão lá, mas tende-se a mencionar apenas aqueles que lideram. Imagino que o senhor E. e Knightley tenham tudo organizar a seu gosto.

— Não confundiu o dia? — disse Emma. — Estou quase certa de que a reunião na Crown não ocorrerá até amanhã. O senhor Knightley esteve em Hartfield ontem e falou sobre isso como sendo para sábado.

— Ah! Não, a reunião é certamente hoje — foi a resposta abrupta, o que denotou a impossibilidade de qualquer erro da parte da sra. Elton. — Acredito — continuou ela —, que essa é a paróquia mais problemática que já existiu. Nunca ouvimos falar dessas coisas em Maple Grove.

— Sua paróquia lá era pequena — disse Jane.

— Sinceramente, minha querida, não sei, pois nunca ouvi falar no assunto.

— Mas isso é provado pela pequenez da escola, da qual a ouvi falar, como estando sob o patrocínio de sua irmã e da sra. Bragge, a única escola, com não mais do que vinte e cinco crianças.

— Ah! Criatura inteligente, isso é verdade. Que cérebro pensante você tem! Afirmo, Jane, que ser perfeito você e eu faríamos, se pudéssemos ser misturadas numa só. Minha vivacidade e a sua firmeza produziriam a perfeição. Não que eu pretenda insinuar, porém, que *algumas* pessoas não pensem que *você* é perfeita. Mas, silêncio! Nem uma palavra, por favor.

Parecia um cuidado desnecessário. Jane queria dizer suas palavras, não para a sra. Elton, mas para a srta. Woodhouse, como esta última viu claramente. O desejo de distingui-la, tanto quanto a civilidade permitia, era muito evidente, embora muitas vezes não pudesse ir além de um olhar.

O sr. Elton apareceu. Sua senhora o cumprimentou com um pouco de sua vivacidade cintilante.

— Muito bonito, senhor, por minha palavra. Manda-me para cá, para ser um estorvo para minhas amigas, tanto tempo antes de se dignar a vir! Mas sabia com que criatura obediente estava lidando. Sabia que eu não sairia daqui até que meu senhor e mestre aparecesse. Aqui estive eu sentada a essa hora, dando a essas jovens uma amostra da verdadeira obediência conjugal, pois quem pode dizer, sabe, em quão pouco tempo pode ser necessário?

O sr. Elton estava tão acalorado e cansado que toda essa espirituosidade pareceu desperdiçada. Suas civilidades para com as outras damas deviam ser pagas, mas seu objetivo em seguida foi lamentar sobre si mesmo pelo calor de que estava sofrendo e pela caminhada que fizera em vão.

— Quando cheguei a Donwell — disse ele —, Knightley não foi encontrado. Muito estranho! Bastante inexplicável! Após o bilhete que enviei a ele esta manhã, e a mensagem que ele retornou, dizendo que certamente estaria em casa até a uma.

— Donwell! — exclamou sua esposa. — Meu caro senhor E., não esteve em Donwell! Quis dizer a Crown. Você vem da reunião na Crown.

— Não, não, isso é amanhã, e eu queria muito ver Knightley hoje por causa disso mesmo. Que manhã horrível e escaldante! Ainda fui até lá atravessando os campos — falando em um tom de grande maltrato —, o que tornou tudo ainda pior. E então, não o encontrar em casa! Garanto que não estou nada satisfeito. E não deixou nenhuma desculpa, nenhuma mensagem para mim. A governanta afirmou que não sabia nada sobre eu ser esperado. Muito extraordinário! E ninguém sabia para que lado ele tinha ido. Talvez para Hartfield, talvez para o Moinho da Abadia, talvez para seu bosque. Senhorita Woodhouse, isso não é normal para nosso amigo Knightley! Consegue explicar?

Emma se divertiu protestando que era muito extraordinário, de fato, e que ela não tinha uma sílaba a dizer em favor dele.

— Não consigo entender — disse a sra. Elton, sentindo a indignidade que uma esposa deveria sentir. — Não consigo entender como ele pôde fazer uma coisa dessas com você, de todas as pessoas do mundo! A última pessoa que se esperaria que fosse esquecida! Meu caro senhor E., ele deve ter deixado uma mensagem para você, tenho certeza. Nem mesmo Knightley poderia ser tão excêntrico. Seus criados esqueceram. Pode ter certeza de que foi esse o caso, e isso é muito provável de acontecer com os empregados de Donwell, que são todos, observei muitas vezes, extremamente desajeitados e negligentes. Tenho certeza de que não teria uma criatura como o tal Harry servindo à nossa mesa por qualquer razão nesse mundo. E quanto à senhora Hodges, Wright não a considera grande coisa, é verdade. Ela prometeu a Wright uma receita e nunca a enviou.

— Eu encontrei William Larkins — continuou o sr. Elton — quando me aproximei da casa, e ele me disse que eu não encontraria seu mestre em casa, mas não acreditei nele. William parecia um tanto mal humorado. Ele não sabia o que estava acontecendo com seu mestre ultimamente, disse ele, mas mal conseguia fazê-lo dizer uma palavra. Não tenho nada a ver com os desejos de William, mas realmente é de grande importância que *eu* veja Knightley hoje. Torna-se, portanto, um problema muito sério que eu tenha feito esta caminhada quente sem nenhum propósito.

Emma sentiu que não havia nada melhor a fazer do que ir para casa agora. Com toda a probabilidade estava neste exato momento sendo esperada lá, e o sr. Knightley poderia ser preservado de se afundar mais na agressão contra o sr. Elton, se não contra William Larkins.

Ela ficou satisfeita, ao despedir-se, por descobrir que a srta. Fairfax estava decidida a acompanhá-la até a saída, até mesmo a ir com ela ao andar de baixo. Isso lhe dava uma oportunidade, que ela imediatamente aproveitou, para dizer:

— É bom, talvez, que eu não tenha tido a possibilidade. Caso não estivesse cercada de outras amigas, eu teria sido tentada a abordar um assunto, a fazer perguntas, falar mais abertamente do que seria estritamente correto. Sinto que com certeza teria sido impertinente.

— Oh! — exclamou Jane, com um rubor e uma hesitação que Emma achou infinitamente mais apropriados para ela do que toda a elegância de sua compostura habitual. — Não teria havido perigo algum. O perigo teria sido eu cansá-la. Não poderia ter me alegrado mais do que expressando interesse... Na verdade, senhorita Woodhouse — falando de maneira mais comedida —, com a consciência que tenho da minha má conduta, uma significativa má conduta, é especialmente reconfortante saber quais de meus amigos, cuja boa opinião mais vale a pena preservar, não estão enojados a ponto de... Não tenho tempo para metade do que gostaria de dizer. Anseio por pedir desculpas, dar explicações, alegar algo em meu favor. Sinto que lhes devo muito. Mas, infelizmente... Em suma, se sua compaixão não continua me acompanhando...

— Ah! É de fato escrupulosa demais — retrucou Emma calorosamente, pegando sua mão. — Não me deve desculpas, e todos a quem supõe devê-las estão tão perfeitamente satisfeitos, tão encantados, até...

— É muito gentil, mas eu sei quais foram minhas maneiras para com a senhorita. Tão frias e artificiais! Eu sempre tive um papel a desempenhar. Era uma vida de engano! Eu sei que devo tê-la enojado.

— Por favor, não diga mais nada. Sinto que todas as desculpas devem ser da minha parte. Perdoemo-nos imediatamente. Façamos o que for preciso fazer o mais rápido possível, e creio que nossos sentimentos não perderão tempo nisso. Espero que tenha notícias agradáveis de Windsor.

— Muito.

— E a próxima notícia, suponho, será que vamos perdê-la, justo quando comecei a conhecê-la.

— Ah! Quanto a isso, é claro que nada pode ser pensado ainda. Estou aqui até ser chamada pelo coronel e pela senhora Campbell.

— Não se pode definir nada ainda, talvez — respondeu Emma, sorrindo —, mas, permita-me dizer, é necessário pensar.

O sorriso foi devolvido quando Jane respondeu:

— Está mais do que certa, e já foi pensado. E admitirei para a senhorita, sei que manterá em segredo, que, no que diz respeito a residirmos com o senhor Churchill em Enscombe, está decidido. É necessário haver três meses, pelo menos, de luto fechado, mas, quando acabarem, imagino que não haverá mais nada pelo que esperar.

— Obrigada, obrigada. Era exatamente disso que eu queria ter certeza. Ah! Se soubesse o quanto eu amo tudo que é decidido e aberto! Até breve! Até!

CAPÍTULO 17

Os amigos da sra. Weston ficaram todos felizes com sua segurança, e, se a satisfação por seu bem-estar podia aumentar para Emma, era por saber que ela era mãe de uma garotinha. Ela fora firme em desejar uma srta. Weston. Não iria reconhecer que era com o intuito de encontrar, no futuro, um par para ela em qualquer um dos filhos de Isabella, mas ela estava convencida de que uma filha seria a melhor opção tanto para o pai quanto para a mãe. Seria um grande conforto para o sr. Weston, à medida que envelhecia — e até mesmo o sr. Weston estaria envelhecendo daqui a dez anos —, ter sua lareira animada pelos jogos e as tolices, as esquisitices e as fantasias de uma criança nunca mandada para longe de casa. Quanto à sra. Weston, ninguém podia duvidar que uma filha seria perfeita para ela, e seria uma pena que alguém que sabia ensinar tão bem não exercitasse suas habilidades mais uma vez.

— Ela teve a vantagem, sabe, de praticar comigo — ela continuou —, como La Baronne d'Almane fez com La Comtesse d'Ostalis, ou em *Adelade e Theodore,* de Madame de Genlis, e agora veremos como sua pequena Adelaide foi educada de acordo com um desígnio mais impecável.

— Então — respondeu o sr. Knightley — ela será ainda mais indulgente com a filha do que foi com você, e acreditará que não a mima de modo algum. Serão as únicas diferenças.

— Pobre criança! — exclamou Emma. — Nesse caso, o que será dela?

— Nada muito ruim. O destino de milhares. Ela será desagradável na infância e se corrigirá à medida que envelhecer. Estou perdendo toda a minha amargura contra crianças mimadas, minha querida Emma. Eu, que devo toda a minha felicidade a *você*, não seria uma ingratidão horrível ser severo com elas?

Emma riu e respondeu:

— Mas tive a ajuda de todos os seus esforços para neutralizar a indulgência de outras pessoas. Duvido que meu próprio senso tivesse me corrigido sem eles.

— Duvida mesmo? Eu não tenho dúvidas. A natureza lhe deu entendimento. A senhorita Taylor lhe deu princípios. Você com certeza teria se saído bem. Minha interferência tinha a mesma probabilidade de causar danos ou benefícios. Teria sido muito natural que dissesse: "que direito ele tem de me dar um sermão?" E temo que teria sido muito natural para você achar que era feito de maneira desagradável. Acredito que não lhe fiz nenhum bem. O benefício era todo para mim, tornando-a um objeto do mais tenro carinho para mim. Não conseguia pensar tanto em você sem adorá-la, com defeitos e tudo. E por imaginar tantos erros, estou apaixonado por você desde que você tinha treze anos, pelo menos.

— Tenho certeza de que o senhor foi útil para mim — exclamou Emma. — Muitas vezes fui influenciada de maneira positiva por você, mais do que eu própria pensaria na época. Tenho certeza que você me fez bem. E se a pobrezinha Anna Weston será mimada, será a maior generosidade de sua parte fazer por ela tanto quanto fez por mim, exceto se apaixonar por ela quando tiver treze anos.

— Quantas vezes, quando você era uma menina, me disse, com um de seus olhares atrevidos: "Senhor Knightley, vou fazer isso e aquilo, papai diz que posso", ou "tenho a permissão da senhorita Taylor", algo que, você sabia, eu não aprovava. Nesses casos, minha interferência lhe causava dois sentimentos ruins em vez de um.

— Que criatura amável eu fui! Não me admira que mantenha meus discursos em tão afetuosa lembrança.

— "Senhor Knightley", você sempre me chamou de "senhor Knightley" e, devido ao hábito, não soa tão formal. E, no entanto, é formal. Quero que você me chame de outra coisa, mas eu não sei do quê.

— Lembro-me de uma vez chamá-lo de "George", em um de meus afáveis ataques, cerca de dez anos atrás. Fiz isso porque pensei que iria ofendê-lo, mas, como o senhor não fez nenhuma objeção, nunca mais fiz de novo.

— E não pode me chamar de "George" agora?

— Impossível! Jamais poderei chamá-lo de qualquer coisa além de "senhor Knightley". Não prometerei nem mesmo igualar a concisão elegante da senhora Elton, chamando-o de senhor K. Prometo, porém — acrescentou, em seguida, sorrindo e corando —, chamá-lo uma vez pelo seu nome de batismo. Não digo quando, mas talvez possa imaginar onde: no prédio onde N. receberá M. na alegria ou na tristeza.

Emma lamentou não poder ser mais abertamente justa quanto a um importante serviço que o bom senso dele teria prestado a ela, ao conselho que a teria salvado da pior de todas as suas loucuras femininas: sua teimosa intimidade com Harriet Smith. Mas era um assunto delicado demais. Ela não podia abordá-lo. Harriet raramente era mencionada entre eles. Isso, da parte dele, poderia simplesmente decorrer do fato de ele não pensar nela, mas Emma estava bastante inclinada a atribuir isso à delicadeza e a uma suspeita, devido às aparências, de que a amizade delas estava diminuindo. Ela mesma estava ciente de que, separando-se em quaisquer outras circunstâncias, elas decerto deveriam estar se correspondendo mais, e que suas notícias dela não teriam se baseado, como se baseavam quase que inteiramente agora, nas cartas de Isabella. Ele devia estar percebendo isso. A agonia de ser obrigada a ocultar algo dele era muito pouco inferior à agonia de ter feito Harriet infeliz.

Isabella enviou um relato tão bom de sua visitante quanto se poderia esperar. Quando ela havia acabado de chegar, julgou-a desanimada, o que parecia perfeitamente natural, pois havia um dentista para consultar, mas, uma vez que o assunto estava encerrado, ela não parecia achar Harriet diferente de como a conhecera. Isabella, com certeza, não era uma observadora muito sagaz; entretanto, se Harriet não estivesse disposta a brincar com as crianças, isso não teria lhe escapado. Os consolos e esperanças de Emma foram continuados de modo muito agradável, pois Harriet ficaria mais tempo. Era provável que sua quinzena se tornasse p elo menos um mês. O sr. e a sra. John Knightley viriam em agosto, e ela foi convidada a ficar até que pudessem trazê-la de volta.

— John nem mesmo menciona sua amiga — disse o sr. Knightley. — Aqui está a resposta dele, se quiser ver.

Era a resposta à sua participação em seu casamento. Emma a aceitou com uma mão muito ansiosa, com uma impaciência muito viva para saber o que ele responderia, e nem se importou ao ouvir que sua amiga não havia sido mencionada.

— John compartilha de minha felicidade como um irmão — continuou o sr. Knightley —, mas ele não é um bajulador. Embora eu saiba que ele também tenha uma afeição fraternal por você, ele está tão longe de fazer floreios, que qualquer outra jovem poderia considerá-lo um tanto frio nos elogios a ela. Mas não tenho receio de que você leia o que ele escreve.

— Ele escreve como um homem sensato — respondeu Emma, depois de ler a carta. — Eu honro sua sinceridade. Está muito claro que ele considera que toda a boa sorte do noivado cabe a mim, mas que não deixa de ter esperança de que eu me torne, com o tempo, tão digna do seu afeto, quanto o senhor considera que eu já seja. Se ele tivesse dito qualquer coisa que admitisse uma interpretação diferente, eu não teria acreditado nele.

— Minha Emma, ele não quis dizer tal coisa. Ele só quis dizer…

— Ele e eu diferiríamos muito pouco em nossa avaliação dos dois — interrompeu ela, com uma espécie de sorriso sério —, muito menos, talvez, do que ele imagina, se pudéssemos falar sem cerimônia ou reserva sobre o assunto.

— Emma, minha querida Emma…

— Oh! — ela exclamou com maior alegria. — Se acha que seu irmão não me faz justiça, espere apenas até que meu querido pai esteja a par do segredo e ouça a opinião dele. Pode ter certeza de que ele estará muito mais longe de fazer justiça ao *senhor*. Ele vai considerar que toda a felicidade, toda a vantagem, serão suas, e todo o mérito meu. Eu gostaria de não ser reduzida a "pobre Emma" de imediato. Sua terna compaixão para com o valor oprimido não pode ir mais longe.

— Ah! — ele exclamou. — Gostaria que seu pai se convencesse com metade da facilidade de John, de que temos todos os direitos que uma igualdade de valor pode conceder de sermos felizes juntos. Eu me diverti com uma parte da carta de John, você notou? Na qual ele diz que minha comunicação não o pegou totalmente de surpresa, que ele estava na expectativa de ouvir algo desse tipo.

— Se entendi seu irmão, ele falava apenas sobre você estar pensando em se casar. Ele não tinha ideia de que fosse comigo. Ele parece totalmente surpreso com isso.

— Sim, sim… mas achei engraçado que ele tivesse percebido tanto dos meus sentimentos. Em que ele estava se baseando para julgar? Não estou ciente de nenhuma diferença em meu espírito ou conversa que pudesse prepará-lo agora para meu casamento mais do que em outra época. Mas assim o era, suponho. Ouso dizer que houve uma diferença quando estive com eles outro dia. Acho que não brinquei com as crianças tanto quanto de costume. Lembro-me de uma noite em que os pobres meninos disseram: "O tio parece que está sempre cansado agora".

Estava chegando a hora em que a notícia deveria se espalhar mais, e a recepção de outras pessoas testada. Assim que a sra. Weston se recuperou o suficiente para receber as visitas do sr. Woodhouse, Emma, tendo em vista que o gentil raciocínio desta deveria ser empregado na causa, resolveu primeiro fazer o anúncio em casa e depois em Randalls. Mas como finalmente dar essa notícia para o pai? Ela se comprometera a fazê-lo quando da ausência do sr. Knightley, ou quando seu coração fraquejasse, e ela, então, teria desabafado; mas o sr. Knightley viria a determinada hora, e continuaria a partir da introdução que ela iria fazer. Era forçada a falar e, também, a falar com alegria. Não podia tornar a notícia matéria de sofrimento mais decidido para o pai, ao revelá-la com um tom melancólico. Não podia parecer considerá-la uma desgraça. Com toda a animação que tinha à sua disposição, primeiro o preparou para algo estranho; então, em poucas palavras, disse que se o consentimento e a aprovação dele pudessem ser obtidos — o que, ela acreditava, aconteceria sem a menor dificuldade, já que era um plano que promoveria a felicidade de todos —, ela e o sr. Knightley pretendiam se casar. Dessa forma, Hartfield receberia o acréscimo constante da companhia daquela pessoa que ela sabia que, ao lado das filhas e da sra. Weston, ele amava mais que todas no mundo.

Pobre homem! A princípio, foi um choque considerável, e ele tentou seriamente dissuadi-la disso. Recordou-lhe, mais de uma vez, que ela sempre dissera que nunca se casaria e assegurou-lhe que seria muito melhor para ela permanecer solteira e lembrou-lhe da pobre Isabella e da pobre srta. Taylor. Mas não adiantou. Emma o abraçou afetuosamente, sorriu e disse que precisava ser assim e que ele não devia classificá-la junto com Isabella e a sra. Weston, cujos casamentos, tirando-as de Hartfield, de fato, haviam ocasionado uma mudança melancólica. Mas ela não estava indo embora de Hartfield, ela sempre estaria lá. Não estava introduzindo nenhuma mudança em seus números ou conforto, exceto para melhor, e tinha certeza de que ele ficaria muito mais feliz por ter o sr. Knightley sempre por perto, depois que se acostumasse com a ideia. Acaso não amava o sr. Knightley? Não negaria que o amava, Emma tinha certeza. A quem ele desejava consultar sobre os negócios, fora o sr. Knightley? Quem lhe era tão útil, tão disposto a escrever suas cartas, tão feliz em ajudá-lo? Quem era tão alegre, tão atencioso, tão afeiçoado a ele? Não gostaria de tê-lo sempre por perto? Sim, isso tudo era verdade. O sr. Knightley nunca poderia estar lá vezes demais. Ele ficaria feliz em vê-lo todos os dias. Mas eles já o viam todos os dias. Por que não podiam continuar como antes?

O sr. Woodhouse não iria se conformar logo, mas o pior havia sido superado, a ideia fora apresentada. O tempo e a repetição contínua fariam o resto. Às súplicas e garantias de Emma sucederam as do sr. Knightley, cujos elogios afetuosos a ela fizeram com que o assunto fosse até bem-vindo, e logo ele se acostumou a ter cada um deles tocando no assunto, sempre que era oportuno. Eles tiveram toda a ajuda que Isabella podia dar, por meio de cartas que expressavam a mais forte aprovação, e a sra. Weston estava pronta, no primeiro encontro, a considerar o assunto da maneira mais prática: primeiro, como uma coisa decidida e, segundo, como uma coisa boa — plenamente ciente da importância quase igual das duas recomendações para a mente do sr. Woodhouse. Foi estabelecido como algo que ia acontecer, com todos por quem costumava ser guiado assegurando-lhe que contribuiria para a felicidade dele. Com ele mesmo tendo alguns sentimentos que quase aceitavam a ideia, começou a pensar que em algum momento, daqui a mais um ou dois anos, talvez, poderia não ser tão ruim se o casamento realmente acontecesse.

A sra. Weston não estava representando nenhum papel, nem fingindo nenhum sentimento em tudo o que disse a ele a favor do evento. Ela havia ficado extremamente surpresa, como nunca antes, quando Emma lhe revelou a situação, mas via nisso apenas um aumento da felicidade para todos e não teve escrúpulos em exortá-lo ao máximo. Ela tinha tanta consideração pelo sr. Knightley que considerava que ele merecia até mesmo sua amada Emma. Era uma conexão tão apropriada, adequada e irrepreensível em todos os aspectos e, em um aspecto, um ponto da mais alta importância, tão peculiarmente desejável, tão singularmente afortunada, que parecia, agora, que Emma não poderia ter se unido com segurança a nenhuma outra criatura, e que ela mesma havia sido a mais tola das criaturas por não ter pensado nisso e desejado isso há muito tempo. Quão poucos daqueles homens de posição social adequada para cortejar Emma teriam renunciado à própria casa em favor de Hartfield! E quem, a não ser o sr. Knightley, poderia conhecer e saber lidar com o sr. Woodhouse de modo a tornar esse arranjo desejável! A dificuldade de lidar com o pobre sr. Woodhouse sempre havia sido sentida nos planos do marido e nos dela, para um casamento entre Frank e Emma. Como resolver as demandas de Enscombe e Hartfield havia sido um obstáculo contínuo, menos reconhecido pelo sr. Weston do que por ela. Mesmo ele, porém, nunca foi capaz de encerrar o assunto melhor do que dizendo: "Esses assuntos cuidarão de si mesmos, os jovens encontrarão um jeito". Mas, nessa situação, não havia nada a ser deixado para depois em uma arriscada especulação sobre o futuro. Tudo estava acertado, claro, equilibrado. Nada exigido de nenhuma das partes que poderia ser considerado um sacrifício. Era uma união com a maior promessa de felicidade em si mesma, sem nenhuma dificuldade real e racional para se opor a ela ou adiá-la.

A sra. Weston, com sua bebê no colo, entregando-se a essas reflexões, era uma das mulheres mais felizes do mundo. Se alguma coisa podia aumentar seu deleite, era perceber que a bebê logo estaria grande demais para seu primeiro conjunto de touquinhas.

A notícia foi uma surpresa para todos onde quer que se espalhasse, e o sr. Weston sentiu sua parcela de surpresa por cerca de cinco minutos. Mas cinco minutos foram suficientes, com sua agilidade mental, para se familiarizar com a ideia. Ele viu as vantagens da união e se alegrou com elas com toda a constância da esposa, mas a admiração com a novidade logo era nada, e ao cabo de uma hora não estava longe de acreditar que sempre a previra.

— Deve ser mantido em segredo, imagino — disse ele. — Essas coisas são sempre um segredo, até que se descubra que todo mundo sabe. Só me diga quando puder falar. Pergunto-me se Jane tem alguma suspeita.

Ele foi para Highbury na manhã seguinte e se satisfez quanto a esse ponto. Contou a ela a novidade. Não era como uma filha, sua filha mais velha? Ele precisava contar a ela. Como a srta. Bates estivera presente, é claro que a notícia chegou até a sra. Cole, a sra. Perry e a sra. Elton logo em seguida. Não era mais do que aquilo para o que os principais envolvidos estavam preparados. Haviam calculado que, a partir do momento que fosse conhecida em Randalls, a notícia logo chegaria a Highbury e, com grande astúcia, pensavam em si mesmos como a maravilha da noite em muitos círculos familiares.

No geral, foi uma união muito bem aprovada. Alguns consideravam que a maior sorte era dele, outros que era dela. Um grupo recomendava que todos se mudassem para Donwell e deixassem Hartfield para os John Knightley, outro previa desentendimentos entre seus empregados, mas, no geral, não houve objeção séria levantada, exceto em uma habitação: o vicariato. Lá, a surpresa não foi amenizada por qualquer satisfação. O sr. Elton pouco se importava com o assunto, em comparação com sua esposa. Ele apenas esperava que "o orgulho da jovem ficasse satisfeito agora" e supôs que "ela sempre teve a intenção de agarrar Knightley se pudesse" e, quanto a morar em Hartfield, ousadamente exclamou: "antes ele do que eu!" Mas a sra. Elton estava realmente muito desconcertada. "Pobre Knightley! Pobre coitado! Que coisa triste para ele." Ela estava extremamente preocupada, pois, embora muito excêntrico, ele tinha mil boas qualidades. Como podia ser enganado assim? Não achava que ele estava apaixonado, nem um pouco. Pobre Knightley! Esse seria o fim do convívio agradável entre eles. Como ele ficava feliz em vir jantar com eles sempre que o convidavam! Mas agora tudo estaria acabado. Pobre sujeito! Nada mais de passeios exploratórios em Donwell feitos para *ela*. Oh não! Haveria uma sra. Knightley para jogar água fria em tudo. Extremamente desagradável! Mas ela não lamentava ter insultado a governanta no outro dia. Que plano estranho, morarem juntos. Nunca daria certo. Ela conhecia uma família perto de Maple Grove que tentou fazer isso e foi obrigada a se separar antes do final do primeiro trimestre.

Capítulo 18

O tempo passou. Mais algumas manhãs e o grupo de Londres chegaria. Era uma mudança alarmante, e Emma estava pensando nisso uma manhã como algo que traria muita coisa para agitá-la e entristecê-la, quando o sr. Knightley chegou e os pensamentos angustiantes foram deixados de lado. Depois da primeira conversa prazerosa, ele ficou em silêncio; então, em um tom mais grave, começou dizendo:

— Tenho algo para lhe dizer, Emma. Uma notícia.

— Boa ou má? — questionou ela, rapidamente fitando o rosto dele.

— Não sei como deverá ser classificada.

— Oh! Boa, tenho certeza. Vejo em seu semblante. Está tentando não sorrir.

— Receio que… — disse ele, compondo suas feições. —. Temo, minha querida Emma, que você não sorrirá ao ouvir isso.

— É mesmo? Mas por quê? Não consigo imaginar que qualquer coisa que o agrade ou divirta também não me agrade ou divirta.

— Há um assunto — respondeu ele —, e espero que seja apenas um, sobre o qual não pensamos da mesma forma.

Ele parou por um momento, sorrindo de novo, com o olhar fixo em seu rosto.

— Não lhe ocorre nada? Não se lembra dela? Harriet Smith.

As faces coraram com o nome, e ela sentiu medo de alguma coisa, embora não soubesse do quê.

— Ouviu falar dela esta manhã? — perguntou ele. — Já ouviu, acredito, e sabe de tudo.

— Não, não ouvi; eu não sei de nada. Por favor, diga-me.

— Está preparada para o pior, posso ver, e é muito ruim. Harriet Smith se casará com Robert Martin.

Emma sobressaltou-se, parecendo não estar preparada, e seus olhos, com um fitar ansioso, diziam: "Não, é impossível!", mas seus lábios ficaram fechados.

— É verdade — continuou o sr. Knightley. — Soube do próprio Robert Martin. Ele me deixou há menos de meia hora.

Ela ainda estava olhando para ele com o maior dos espantos.

— Gostou tão pouco da notícia como eu temia, minha Emma. Gostaria que nossas opiniões fossem a mesma. Mas com o tempo serão. O tempo, pode ter certeza, fará um de nós pensar de forma diferente, e, por enquanto, não precisamos falar muito sobre o assunto.

— O senhor me interpreta mal, muito mal — respondeu ela, com um esforço. — Não é que tal circunstância agora me deixaria infeliz, mas não consigo acreditar. Parece uma coisa impossível! Não pode estar querendo me dizer que Harriet Smith aceitou Robert Martin. Nem mesmo pode estar querendo dizer que ele a pediu em casamento de novo, ainda. Apenas quer dizer que ele tem essa intenção.

— Quero dizer que ele propôs — respondeu o sr. Knightley, com uma firmeza sorridente, mas determinada —, e foi aceito.

— Meu Deus! — exclamou ela. — Nossa!

Então, recorrendo à sua cesta de trabalho, como desculpa para inclinar o rosto e esconder todos os maravilhosos sentimentos de deleite e diversão que ela sabia que deveria estar expressando, acrescentou:

— Bem, agora conte-me tudo, torne compreensível para mim. Como, onde, quando? Deixe-me a par de tudo. Nunca fiquei mais surpresa… mas isso não me deixa infeliz, garanto-lhe. Como… como foi possível?

— É uma história muito simples. Ele foi à cidade a negócios três dias atrás e eu pedi a ele que se encarregasse de alguns papéis que eu queria enviar a John. Ele entregou esses papéis para John, em seu escritório, e este o convidou a acompanhá-los ao teatro de Astley naquela mesma noite. Eles iam levar os dois meninos mais velhos ao Astley. O grupo seria formado por nosso irmão e irmã, Henry, John... e a senhorita Smith. Meu amigo Robert não podia resistir. Eles o pegaram a caminho. Todos se divertiram muito, e meu irmão convidou-o para jantar com eles no dia seguinte, o que ele fez. Durante aquela visita, pelo que sei, ele encontrou uma oportunidade de falar com Harriet, e com certeza não falou em vão. Ela o fez, por sua aceitação, tão feliz quanto ele é merecedor. Ele retornou na diligência de ontem e foi ter comigo essa manhã, logo após o desjejum, para me informar, primeiro sobre meus negócios, depois dos seus. Isso é tudo que posso relatar sobre como, onde e quando. Sua amiga Harriet fará um relato muito mais longo quando você a vir. Ela lhe dará todos os detalhes minuciosos, que só a linguagem das mulheres pode tornar interessantes. Em nossas comunicações, lidamos apenas com os grandes. Contudo, devo dizer que o coração de Robert Martin parecia a *ele*, e a *mim*, muito transbordante, e que ele mencionou, sem ser muito pertinente, que ao deixar o camarote no Astley, meu irmão tomou o braço da senhora John Knightley e do pequeno John, e Robert o seguiu com a senhorita Smith e Henry, e que em determinado momento eles se encontraram no meio de uma multidão, a ponto de deixar a senhorita Smith bastante inquieta.

Ele parou. Emma não ousou responder imediatamente. Ela tinha certeza que se falasse trairia um grau de felicidade inexplicável. Precisava esperar um momento, ou ele pensaria que ela estava louca. O silêncio dela o perturbou e, depois de observá-la um pouco, ele acrescentou:

— Emma, meu amor, você disse que esse fato não a faria infeliz agora, mas temo que isso lhe cause mais dor do que você esperava. A posição dele não é boa, mas você deve considerar que satisfaz sua amiga, e garanto que você vai pensar cada vez melhor dele, quando o conhecer melhor. Seu bom senso e seus bons princípios vão encantá-la. No que diz respeito ao caráter dele, não poderia desejar que sua amiga estivesse em melhores mãos. Eu mudaria a posição dele na sociedade se pudesse, o que é muito, garanto-lhe, Emma. Você ri de mim sobre William Larkins, mas eu também não poderia abrir mão de Robert Martin.

Ele queria que ela erguesse o olhar e sorrisse, e tendo agora se contido para não dar um sorriso largo demais, ela o fez, respondendo alegremente:

— Não precisa se esforçar para fazer com que me conforme com a união. Acho que Harriet está se saindo muito bem. As conexões *dela* podem ser piores que as *dele*. Em respeitabilidade de caráter, não pode haver dúvida de que são. Fiquei calada apenas devido à surpresa, enorme surpresa. O senhor não imagina como isso me surpreendeu! O quão completamente despreparada estava! Pois tinha motivos para acreditar que ela ultimamente estava mais determinada contra ele, muito mais, do que estava antes.

— Deveria conhecer melhor sua amiga — respondeu o sr. Knightley. — Mas devo dizer que ela é uma garota de bom temperamento e coração mole, e é pouco provável que estivesse muito, muito determinada contra qualquer jovem que lhe dissesse que a amava.

Emma não pôde deixar de rir ao responder:

— Acredito que você a conheça tão bem quanto eu. Mas, senhor Knightley, tem certeza de que ela o *aceitou* de verdade e sem margens para dúvidas? Eu poderia supor que ela aceitaria com o tempo, mas agora? Não o entendeu mal? Estavam conversando sobre outras coisas, sobre os negócios, gado ou novas semeadeiras, e o senhor não poderia, na sequência de tantos assuntos, confundi-lo? Não era da mão de Harriet que ele tinha certeza, era das dimensões de algum touro famoso.

O contraste entre o semblante e o ar do sr. Knightley e de Robert Martin era, nesse momento, tão forte para os sentimentos de Emma, e tão forte era a lembrança de tudo o que havia se passado da parte de Harriet, tão fresco o som daquelas palavras, faladas com tanta ênfase: "Não, espero saber melhor do que pensar em Robert Martin", que ela realmente esperava que a informação se mostrasse, em certa medida, prematura. Não poderia ser de outra forma.

— Ousa dizer isso? — exclamou o sr. Knightley. — Atreve-se a supor que eu seja tão estúpido a ponto de não saber do que um homem está falando? O que você merece?

— Ah! Sempre mereço o melhor tratamento, porque nunca aceitei outro, e, desse modo, o senhor deve me dar uma resposta simples e direta. O senhor tem certeza de que compreende os termos em que o senhor Martin e Harriet se encontram agora?

— Tenho total certeza — respondeu ele, falando muito distintamente — que ele me disse que ela o havia aceitado, e que não havia obscuridade, nada de duvidoso, nas palavras que ele usou. E creio que posso lhe dar uma prova de que é verdade. Ele perguntou minha opinião sobre o que deveria fazer agora. Ele não conhecia ninguém além da senhora Goddard a quem pudesse solicitar informações sobre os parentes ou amigos dela. Será que eu poderia indicar algo mais adequado a fazer do que falar com a senhora

Goddard? Assegurei-lhe que não. Então, ele disse, se esforçaria para vê-la ainda hoje.

— Estou perfeitamente satisfeita — respondeu Emma, com os sorrisos mais brilhantes — e sinceramente desejo que sejam felizes.

— Sua opinião mudou significativamente desde que falamos sobre esse assunto antes.

— Espero que sim, pois na época eu era uma tola.

— E eu também mudei, pois agora estou muito disposto a reconhecer todas as boas qualidades de Harriet. Esforcei-me por você e por Robert Martin, que sempre tive motivos para acreditar que continuava apaixonado por ela como sempre, para conhecê-la. Várias vezes conversei muito com ela. Deve ter visto que eu o fiz. Às vezes, de fato, pensei que você suspeitava que eu estava defendendo a causa do pobre Martin, o que nunca foi o caso. Mas, por todas as minhas observações, estou convencido de que ela é uma moça ingênua e amável, com noções muito boas, princípios muito sérios, e que acredita que sua felicidade está nos afetos e na utilidade da vida doméstica. Muito disso, não tenho dúvida, ela deve a você.

— A mim! — surpreendeu-se Emma, negando com a cabeça. — Ah! Pobre Harriet!

Ela se conteve, no entanto, e em silêncio se submeteu a um pouco mais de elogios do que ela merecia.

A conversa foi encerrada logo depois com a entrada de seu pai. Ela não lamentou. Queria ficar sozinha. Sua mente estava em um estado de agitação e surpresa que tornava impossível para ela se conter. Ela estava em um estado de espírito que a fazia querer dançar, cantar, exclamar, e até que se movesse e falasse consigo mesma, risse e refletisse, não estaria capaz de fazer nada racional.

O pai viera anunciar que James saíra para preparar os cavalos, em antecipação de sua viagem diária para Randalls, e ela teve, assim, uma desculpa imediata para desaparecer.

A alegria, a gratidão, o maravilhoso deleite de suas sensações pode ser imaginado. Com a única queixa e mácula removida dessa forma na perspectiva do bem-estar de Harriet, ela realmente corria o risco de ficar feliz demais para sua própria segurança. O que poderia desejar? Nada, a não ser se tornar mais digna dele, cujas intenções e julgamentos foram sempre superiores aos dela. Nada, exceto que as lições de sua tolice do passado pudessem ensinar-lhe humildade e prudência no futuro.

Estava sendo séria, muito séria em sua gratidão e em suas resoluções, e, ainda assim, não havia como evitar uma risada, às vezes bem no meio dessas reflexões. Ela precisava rir ante essa conclusão! Que conclusão para a sombria decepção de cinco semanas atrás! Aquele coração... aquela Harriet!

Agora haveria prazer no retorno de Harriet. Tudo seria um prazer. Seria um grande prazer conhecer Robert Martin.

No topo das felicidades mais sérias e sinceras de Emma, estava a reflexão de que toda necessidade de ocultar qualquer coisa do sr. Knightley logo terminaria. A dissimulação, a ambiguidade, o mistério cuja prática lhe era tão odiosa, poderiam acabar logo. Emma agora podia esperar dar a ele aquela confiança plena e perfeita que sua disposição estava pronta para encarar como um dever.

Com o mais alegre e feliz dos ânimos, ela saiu com o pai, nem sempre ouvindo, mas sempre concordando com o que ele dizia, fosse falando ou silenciando, sendo conivente com a confortável persuasão de que ele era obrigado a ir a Randalls todos os dias ou a pobre sra. Weston ficaria desapontada.

Eles chegaram. A sra. Weston estava sozinha na sala de estar. Mas mal haviam ouvido as notícias da bebê, e o sr. Woodhouse recebido os agradecimentos por ter vindo, que ele pedira, quando vislumbraram pela cortina duas figuras passando perto da janela.

— São Frank e a senhorita Fairfax — disse a sra. Weston. — Estava prestes a lhes contar sobre nossa agradável surpresa em vê-lo chegar esta manhã. Ele fica até amanhã, e a senhorita Fairfax foi persuadida a passar o dia conosco. Eles estão chegando, espero.

Em meio minuto eles estavam na sala. Emma ficou extremamente feliz em vê-los, mas havia certo grau de confusão, várias lembranças embaraçosas de cada lado. Eles se encontraram prontamente e sorrindo, mas com um acanhamento que, a princípio, permitiu que pouco fosse dito. Tendo todos se sentado novamente, houve por algum tempo tamanho silêncio no círculo que Emma começou a duvidar se o desejo agora realizado, que há muito sentia, de ver Frank Churchill mais uma vez, e de vê-lo com Jane, renderia sua porção de prazer. Quando o sr. Weston se juntou ao grupo, porém, e quando a bebê foi trazida, não havia mais falta de tema ou animação — ou de coragem e oportunidade para Frank Churchill se aproximar dela e dizer:

— Tenho de lhe agradecer, senhorita Woodhouse, pela mensagem muito generosa e bondosa que me enviou numa das cartas da senhora Weston.

Espero que o tempo não a tenha deixado menos disposta a perdoar. Espero que não retraia o que então disse.

— Não, não mesmo — exclamou Emma, muito feliz em começar —, nem um pouco. Estou bastante feliz em vê-lo, apertar sua mão e parabenizá-lo em pessoa.

Ele a agradeceu de todo o coração e continuou algum tempo falando com seriedade sobre sua gratidão e felicidade.

— Ela não lhe parece bem? — disse ele, voltando os olhos para Jane. — Melhor do que já esteve? Veja como meu pai e a senhora Weston a adoram.

Mas seu ânimo logo se avivou de novo e, com olhos risonhos, após mencionar o esperado retorno dos Campbell, ele falou o nome de Dixon. Emma corou e proibiu que fosse pronunciado em sua presença.

— Nunca vou conseguir pensar nisso sem sentir uma vergonha profunda! — exclamou ela.

— A vergonha é toda minha, ou deveria ser — respondeu ele. — Mas é possível que a senhorita não tivesse nenhuma suspeita? Quero dizer, no fim. No início, eu sei, não tinha nenhuma.

— Eu nunca tive a menor suspeita, garanto-lhe.

— Isso me parece muito espantoso. Uma vez eu estive muito perto de… e gostaria de ter dito… teria sido melhor. Mas embora eu estivesse sempre fazendo coisas erradas, eram coisas muito ruins e erradas, e não me serviram de nada, teria sido uma transgressão muito melhor se eu tivesse quebrado o vínculo do sigilo e lhe contado tudo.

— Não vale a pena lamentar agora — disse Emma.

— Tenho alguma esperança — retomou ele —, de que meu tio seja persuadido a fazer uma visita a Randalls; ele quer ser apresentado a ela. Quando os Campbell retornarem, devemos encontrá-los em Londres e continuar lá, espero, até que possamos levá-la para o norte. Mas agora estou tão longe dela… não é difícil, senhorita Woodhouse? Até essa manhã, não nos encontramos nenhuma vez desde o dia da reconciliação. Não tem pena de mim?

Emma expressou sua pena com tanta gentileza que, com um súbito acesso de alegria, ele exclamou:

— Ah! A propósito — então abaixando a voz e parecendo recatado por um momento —, espero que o senhor Knightley esteja bem.

Ele fez uma pausa. Ela corou e riu.

— Sei que viu minha carta e acho que pode se lembrar dos meus bons votos. Permita-me retribuir os parabéns. Garanto-lhe que ouvi a notícia com o mais caloroso interesse e satisfação. Ele é um homem a quem não posso ter a presunção de elogiar.

Emma ficou encantada e só queria que ele continuasse no mesmo estilo, mas a mente dele no momento seguinte voltou às próprias preocupações e à sua Jane, e suas palavras seguintes foram:

— Já viu pele assim? Tanta suavidade! Tanta delicadeza! E ainda sem ser realmente alva. Não se pode chamá-la de alva. É uma tez bastante incomum, com seus cílios e cabelos escuros, uma tez muito distinta! Tão peculiar a uma dama… Apenas cor suficiente para a beleza.

— Sempre admirei a compleição dela — respondeu Emma de modo debochado —, mas acho que me recordo de uma vez em que você a criticou por ser tão pálida… Quando começamos a falar dela. O senhor se esqueceu?

— Oh, não… que cão atrevido eu era! Como pude ousar…

Mas ele riu com tanto entusiasmo da lembrança que Emma não pôde deixar de dizer:

— Suspeito que, em meio às suas perplexidades naquela época, o senhor se divertiu muito em enganar a todos nós. Tenho certeza disso. Estou certa de que foi um consolo para o senhor.

— Ah! Não, não, não… Como pode suspeitar de uma coisa dessas? Eu era o desgraçado mais miserável!

— Não tão miserável a ponto de ser insensível ao riso. Tenho certeza de que foi uma fonte de grande divertimento para o senhor, sentir que estava enganando a todos nós. Talvez eu esteja mais inclinada a ter essa suspeita, porque, para falar a verdade, creio que teria sido divertido para mim se estivesse na mesma situação. Penso que há uma pequena semelhança entre nós.

Ele acenou com a cabeça.

— Se não em nossas disposições — ela logo acrescentou, com um olhar de verdadeira sensibilidade —, há uma semelhança em nosso destino, o destino que considerou justo nos conectar com duas pessoas com o caráter tão superior ao nosso.

— É verdade, é verdade — respondeu ele calorosamente. — Não, não é verdade da sua parte; não há quem seja superior à senhorita. Mas é muito verdadeiro no meu caso. Ela é um verdadeiro anjo. Olhe para ela. Não é um anjo em cada gesto? Observe a curva de seu pescoço. Observe os olhos dela enquanto olha para meu pai. A senhorita ficará feliz em ouvir (inclinando a cabeça e sussurrando num tom sério) que meu tio pretende dar a ela todas as joias de minha tia. Elas receberão um novo engaste. Estou decidido a mandar colocar algumas em um ornamento de cabeça. Não ficará lindo em seu cabelo escuro?

— Muito lindo, com certeza — respondeu Emma, e ela falou tão gentilmente que ele explodiu agradecido.

— Como estou muito feliz em vê-la novamente! E vê-la com aparência tão excelente! Eu não perderia este encontro por nada neste mundo. Eu certamente teria ligado para Hartfield se você não tivesse vindo.

Os outros estavam falando sobre a criança, e a sra. Weston relatou um pequeno susto que tivera, na noite anterior, pois a menina parecia não estar muito bem. Ela acreditava que tinha sido tola, mas ficou alarmada e estivera a meio minuto de mandar chamar o sr. Perry. Talvez ela devesse ter vergonha, mas o sr. Weston estava quase tão inquieto quanto ela. Em dez minutos, entretanto, a criança estava perfeitamente bem de novo. Essa era sua história, e foi particularmente interessante para o Sr. Woodhouse, que a elogiou muito por ter pensado em mandar chamar Perry, e apenas lamentou que ela não o tivesse feito. "Ela deveria sempre mandar chamar Perry, se a criança parecesse ter a mais leve indisposição, mesmo que fosse apenas por um momento. Ela não podia ficar alarmada cedo demais, nem mandar chamar Perry com frequência demais. Era uma pena, talvez, que ele não tivesse vindo na noite anterior, pois, embora a criança parecesse bem agora, muito bem considerando tudo, provavelmente teria sido melhor se Perry a tivesse visto."

Frank Churchill captou o nome.

— Perry! — disse ele a Emma, tentando, enquanto falava, chamar a atenção da srta. Fairfax. — Meu amigo, senhor Perry! O que estão dizendo sobre o senhor Perry? Ele esteve aqui esta manhã? E como ele viaja agora? Ele comprou sua carruagem?

Emma logo se lembrou e entendeu e, enquanto ria, era evidente pelo semblante de Jane que ela também o estava ouvindo, embora tentasse parecer não o fazer.

— Que sonho extraordinário esse meu! — exclamou ele. — Nunca consigo pensar nele sem rir. Ela está nos ouvindo, ela está nos ouvindo, senhorita. Woodhouse. Eu vejo na bochecha, no sorriso, na tentativa vã de franzir a testa. Olhe para ela. Não vê que, neste instante, a exata passagem de sua própria carta, na qual me enviou o relatório, está passando sob seus olhos, que toda a gafe está disposta diante dela, que ela não pode cuidar de mais nada, embora finja estar escutando os outros?

Jane foi forçada a sorrir completamente, por um momento, e o sorriso permaneceu parcialmente quando ela se virou para ele e disse em uma voz encabulada, baixa, mas firme:

— Como pode suportar tais recordações é surpreendente para mim! Elas às vezes emergem, mas como pode cortejá-las!

Ele tinha muito a dizer em troca, de modo muito divertido, mas os sentimentos de Emma estavam principalmente do lado de Jane na discussão. Ao deixar Randalls, naturalmente caindo em uma comparação dos dois homens, ela sentiu que, feliz como havia ficado por ver Frank Churchill, e de fato considerando-o, como fazia, com amizade, ela nunca tinha sido mais sensível à grande superioridade de caráter do sr. Knightley. A felicidade deste dia tão feliz completou-se com a contemplação animada do valor dele que essa comparação produziu.

Capítulo 19

Se Emma ainda tinha, por vezes, um sentimento de ansiedade por Harriet, uma dúvida momentânea de que ela pudesse estar realmente curada de seu apego ao sr. Knightley e fosse realmente ser capaz de aceitar outro homem com inclinações neutras, não demoraria muito para que deixasse de sofrer a recorrência de tal incerteza. O grupo vindo de Londres chegou poucos dias depois, e mal ela teve a oportunidade de ficar uma hora sozinha com Harriet, já ficou perfeitamente satisfeita, por mais inexplicável que fosse, que Robert Martin havia suplantado completamente o sr. Knightley e agora era o foco de todas as suas perspectivas de felicidade.

Harriet estava um pouco angustiada e parecia um pouco patética a princípio. Mas uma vez tendo admitido que fora presunçosa, tola e que se iludira, sua dor e confusão pareceram morrer com as palavras e deixá-la sem uma preocupação com o passado, com a completa exultação no presente e no futuro. Pois, quanto à aprovação de sua amiga, Emma havia removido em um instante todo medo dessa natureza, ao recebê-la com as mais sinceras felicitações. Harriet ficou muito feliz em apresentar todos os detalhes da noite no Astley e do jantar no dia seguinte. Ela poderia se alongar neles com o maior deleite. Mas o que tais detalhes explicavam? O fato era, como Emma agora podia reconhecer, que Harriet sempre gostara de Robert Martin, e que ele continuar a amá-la tinha sido irresistível. Além disso, seria sempre ininteligível para Emma.

O evento, entretanto, era muito alegre, e cada dia lhe dava novos motivos para pensar assim. A linhagem de Harriet se tornou conhecida. Ela provou ser filha de um comerciante, rico o suficiente para lhe dar o sustento confortável que sempre fora dela e decente o suficiente para sempre ter desejado ocultar sua identidade. Tal era o sangue nobre que Emma antes estivera tão disposta a atestar! Era provável que fosse tão imaculado, talvez, quanto o sangue de muitos cavalheiros. Mas que conexão ela estivera preparando para o sr. Knightley, ou para os Churchill, ou mesmo para o sr. Elton! A mancha da ilegitimidade, não branqueada pela nobreza ou riqueza, teria sido uma mancha de fato.

Nenhuma objeção foi levantada por parte do pai. O jovem foi tratado com generosidade. Estava tudo como deveria ser, e quando Emma conheceu Robert Martin, que agora fora apresentado em Hartfield, ela reconheceu nele toda a aparência de sensatez e valor que pareciam muito promissores para sua amiguinha. Ela não tinha dúvidas da felicidade de Harriet com qualquer homem de bom temperamento, mas com ele, na casa que ele oferecia, haveria a esperança de mais, de segurança, estabilidade e melhora. Ela seria colocada no meio de pessoas que a amavam e que tinham mais bom senso do que ela, isolada o suficiente para estar em segurança e ocupada o suficiente para viver em alegria. Ela nunca seria levada à tentação, nem deixada onde poderia ser encontrada por ela. Ela seria respeitável e feliz, e Emma admitiu que ela era a criatura mais sortuda do mundo, por ter criado uma afeição tão constante e perseverante em um homem assim; ou, se não a mais sortuda, perdia apenas para a própria Emma.

Harriet, necessariamente afastada por seus compromissos com os Martin, estava cada vez menos em Hartfield, o que não era motivo para lamentar. A intimidade entre ela e Emma deveria desaparecer, sua amizade deveria se transformar em uma espécie de boa vontade mais calma. E, felizmente, o que precisava e deveria ser parecia já estar começando, da maneira mais gradual e natural.

Antes do final de setembro, Emma acompanhou Harriet à igreja e viu sua mão ser concedida a Robert Martin com uma satisfação tão completa que nenhuma lembrança, mesmo relacionada ao sr. Elton quando estava diante delas, poderia prejudicar. Na verdade, talvez naquele momento ela mal via o sr. Elton, exceto como o clérigo cuja bênção no altar poderia cair sobre ela em seguida. Robert Martin e Harriet Smith, o último casal a noivar dos três, foram os primeiros a se casar.

Jane Fairfax já havia deixado Highbury e sido restaurada ao conforto de seu amado lar com os Campbell. O sr. Churchill também estava na cidade, e eles estavam apenas esperando novembro.

O mês intermediário foi o fixado, tanto quanto eles ousaram, por Emma e o sr. Knightley. Haviam decidido que seu casamento deveria ser concluído enquanto John e Isabella ainda estivessem em Hartfield, para permitir-lhes a ausência de quinze dias em um passeio à beira-mar que planejavam. John e Isabella, e todos os outros amigos, concordaram em sua aprovação. Mas o sr. Woodhouse... como o sr. Woodhouse poderia ser persuadido a consentir? Ele, que ainda não havia aludido ao casamento deles, a não ser como um evento distante.

Quando primeiro se falou no assunto, ele estava tão infeliz que eles quase perderam as esperanças. Uma segunda alusão, porém, causou menos dor. Ele começou a pensar que era para ser e que não poderia impedir... um passo muito promissor da mente em seu caminho para a resignação. Mesmo assim, não estava feliz. Não, ele parecia tão infeliz, que a coragem da filha falhou. Ela não suportava vê-lo sofrendo, saber que ele se imaginava negligenciado e, embora a mente dela quase concordasse com as garantias de ambos os sr. Knightley de que, quando o evento estivesse concluído, sua angústia também acabaria, ela hesitou. Não podia prosseguir.

Nesse estado de suspense eles se beneficiaram, não por qualquer iluminação repentina da mente do sr. Woodhouse ou qualquer mudança maravilhosa em seu sistema nervoso, mas pela operação do mesmo sistema de outra maneira. Todos os perus do galinheiro da sra. Weston foram roubados uma noite, evidentemente pela engenhosidade humana. Outros galinheiros na vizinhança também foram atacados. Furto era o mesmo que *arrombamento* para os temores do sr. Woodhouse. Ele estava muito inquieto e, se não fosse pelo senso de proteção de seu genro, teria ficado sob terrível alarme todas as noites de sua vida. A força, resolução e presença de espírito dos irmãos Knightley exigiam sua total confiança. Enquanto qualquer um deles protegesse a ele e aos seus, Hartfield estava segura. Mas o sr. John Knightley devia estar de volta em Londres no final da primeira semana de novembro.

O resultado dessa angústia foi que, com um consentimento muito mais voluntário e alegre do que sua filha jamais ousou esperar no momento, ela foi capaz de marcar o dia do seu casamento, e o sr. Elton foi chamado, dentro de um mês a partir do casamento do sr. e da sra. Robert Martin, para unir as mãos do sr. Knightley e da srta. Woodhouse.

O casamento foi muito parecido com outros casamentos, nos quais os noivos não gostam de excesso de luxo ou de exibição, e a sra. Elton, pelos detalhes informados pelo marido, achou tudo extremamente pobre e muito inferior ao dela. "Muito pouco cetim branco, poucos véus de renda, um negócio lamentável! Selina ficaria chocada quando soubesse." Mas, apesar dessas deficiências, os desejos, as esperanças, a confiança, as previsões do pequeno grupo de verdadeiros amigos que testemunharam a cerimônia, foram plenamente correspondidos pela perfeita felicidade da união.

FIM

SIGA NAS REDES SOCIAIS:

@editoraexcelsior

@editoraexcelsior

@edexcelsior

@editoraexcelsior

editoraexcelsior.com.br